대실 해밋

04 세계문학 단편선

대실 해밋

변용란 옮김

H
현대문학

차례

배신의 거미줄

Zigzags of Treachery

1

"에스텝 박사의 죽음에 관해서 제가 아는 거라곤 기사에 난 내용뿐입니다."

내 말에 밴스 리치먼드의 깡마른 잿빛 얼굴엔 못마땅한 기색이 떠올랐다.

"신문 기사는 항상 철저하지도 정확하지도 않은 법이죠. 당신이 직접 밑바닥부터 훑어가며 정보를 알아내고 싶어 하리라고 생각됩니다만 일단 제가 아는 대로 핵심적인 사항을 짚어 드리겠습니다."

내가 고개를 끄덕이자 변호사는 입 밖으로 소리를 내기 전부터 미리 얇은 입술을 움직여 각 낱말을 정확히 발음하며 설명을 이어 갔다.

"에스텝 박사는 1898년 혹은 1899년에 샌프란시스코에 왔습니다. 의사 자격증을 갓 딴 스물다섯 살의 청년이었죠. 그는 이곳에서 개원을 했고, 아마 댁도 아시겠지만 세월이 흐르며 상당히 뛰어난 외과의가 되었습니디. 박사는 이곳에 오고 2, 3년 뒤에 결혼을 했지요. 아이는 없었습니다. 박사와 그의 아내는 평균적인 부부들보다 얼마쯤 더 행복한 삶을 살았던 것으로 보입니다.

샌프란시스코로 오기 이전의 삶에 대해서는 알려진 것이 없어요. 아내한테는 자기가 웨스트버지니아 주 파커스버그에서 나고 자랐는데 가정 환경이 너무도 불행해 잊고만 싶다고, 그래서 그 시절에 대해서는 이야기하고 싶지도 않고 심지어 생각하기조차 싫다고만 간단하게 이야기했답니다. 그 점을 명심해 두십시오.

2주 전, 이달 초사흘에 어느 여자분이 오후 무렵 그의 진료실을 찾았습니다. 박사의 진료실은 파인 가에 있는 자택에 딸려 있지요. 에스텝 박사의 간호사 겸 비서인 로시 코는 그 여인을 진료실로 안내하고 대기실에 있는 자기 자리로 돌아갔습니다.

의사 선생이 그 여인에게 하는 말은 하나도 듣지 못했지만 닫힌 문 너머로 이따금씩 여인의 목소리가 들렸다더군요. 톤이 높고 괴로워하는 목소리로 간청하는 듯했답니다. 무슨 말인지는 대부분 못 들었지만 간호사가 확실하게 들은 문장이 있어요. '제발! 부탁이에요!'라고 하더니 이어 여자가 소리쳤답니다. '저를 돌려보내지 마세요!' 그 여인은 대략 15분간 에스텝 박사와 함께 있다가 손수건으로 얼굴을 가린 채 흐느끼며 떠나갔답니다. 에스텝 박사는 그 방문객에 대해서 간호사에게도 부인에게도 아무 말 하지 않았고, 부인은 남편이 죽은 다음에야 그런 이야기를 들었습니다.

다음 날, 저녁 무렵 간호사가 퇴근을 하려고 미리 모자를 쓰고 외투를 걸치고 있으려니 에스텝 박사가 모자를 쓴 채 손에는 편지 한 통을 들고 진료실 밖으로 나왔습니다. 간호사는 그의 얼굴이 창백해졌음을 알아차렸고 ─ '제 유니폼처럼 새하얗더라고요'라고 말했습니다 ─ 의사 선생은 비틀거리지 않으려고 통증을 참는 사람처럼 조심스럽게 걷더랍니다.

간호사가 그에게 어디 아프냐고 물었죠. 그는 '아, 아무것도 아니오! 몇 분만 지나면 괜찮아질 거요'라고 대답했습니다. 그리고는 밖으로 나갔죠. 간호사는 곧장 그의 뒤를 따라 집을 나섰고, 그가 길모퉁이에 있는 우체통에 편지를 넣고 나서 집 안으로 향하는 것을 보았답니다.

10분 뒤 ─ 그보다 더 늦지는 않았을 겁니다 ─ 아래층으로 내려온 에스텝 부인은 1층에 막 당도하는 순간 남편의 진료실 쪽에서 울린 총성을 들었습니다. 다급히 달려갔지만 아무도 없더랍니다. 남편만이 책상 옆에 서서 비틀거리며 연기 나는 리볼버 권총의 총구를 관자놀이에 대고 있었지요. 부인이 다가가 껴안은 순간 그는 책상 위로 쓰러지며 사망했습니다."

"다른 사람은, 가령 하인들 가운데 누구라도 에스텝 부인이 총성이 울린 이후에 진료실로 갔다는 것을 확인해 줄 수가 없었습니까?"

내 물음에 변호사는 단호히 고개를 저었다.

"없어요, 빌어먹을! 그래서 사달이 난 겁니다!"

한차례 감정을 폭발시키고 난 뒤, 그는 다시 예리한 어조의, 평소 수준으로 가라앉은 말투로 이야기를 이어 갔다.

"다음 날 신문에 에스텝 박사의 부고 기사가 나자, 의사 선생이 사망하기 전에 그를 만나러 왔던 여성이 그날 오전 늦게 집으로 찾아왔습니다. 자기가 에스텝 박사의 첫 번째 부인, 말하자면 법적인 아내라는 겁니다. 나로선 전혀 믿고 싶지 않았지만 그 말을 의심할 만한 여지는 눈곱만큼도 없는 듯했습니다. 두 사람은 1896년 필라델피아에서 결혼을 했답니다. 혼인증명서 사본을 갖고 있더군요. 필라델피아에서 그 부분을 조사해 보니 에스텝 박사는 그 여인― 미혼 시절 이름은 에드나 파이프였습니다 ―과 정말로 결혼을 했고 분명한 사실이었습니다.

그 여인 말로는 에스텝 박사가 필라델피아에서 자신과 2년간 살고는 버리고 떠났답니다. 그때가 아마도 1898년이었거나, 에스텝이 샌프란시스코로 오기 직전이었을 겁니다. 그 여성은 자기 신분을, 에스텝과 결혼한 진짜 에드나 파이프라는 사실을 입증할 증거를 충분히 갖고 있어요. 동부에 있는 저희 쪽 사람도 에스텝이 필라델피아에서 2년간 개원했었다는 결정적인 증거를 찾아냈습니다.

그런데 여기서 유의할 점이 있습니다. 에스텝이 파커스버그에서 나고 자랐다고 제가 이야기했었지요. 그곳에 조사를 의뢰했지만 그가 거기에 산 적이 있었다는 사실을 입증하는 근거는 아무것도 찾아내지 못했고, 부인에게 말했던 주소에는 결코 산 적이 없었다는 증거만 다수 확보했습니다. 그러니까 의사 선생이 불운한 유년기 운운한 건 난처한 질문을 빠져나가려는 핑계에 지나지 않았다고 봐야겠지요."

"의사 선생과 첫 부인이 이혼한 적은 있었는지에 대해서도 좀 알아보셨습니까?"

"지금 알아보는 중입니다만 이혼 사실을 밝혀내게 될 것 같지는 않습니다. 그렇게 되면 상황이 너무 치졸해집니다. 제 이야기를 들어 보세요. 그 여성은 ― 첫 번째 에스텝 부인 말입니다 ― 남편의 행방을 최근에야 알게 되었고, 화해를 시도해 볼 작정으로 그를 만나러 왔답니다. 의사 선생이 사망하기 전 오후에 찾아갔을 때는, 그가 어떻게 할지 마음을 정할 시간을 좀 달라고 하더랍니다. 이틀 뒤에 결심을 알려 주겠다고 약속하면서요. 그 여인과 몇 번 이야기를 나눠 본 저의 사견으로는 남편이 재산을 좀 축적했다는 것을 알게 된 뒤, 남편을 되찾기보다는 돈을 손에 넣는 데 더 관심이 있는 것 같더군요. 하지만 물론 그 점은 중요하지 않습니다.

처음엔 당국에서도 그의 사인을 자연스레 자살로 받아들였습니다. 하지만 첫 번째 부인이 나타난 뒤 두 번째 부인 – 나의 의뢰인 —이 체포되었고 살인 혐의를 받고 있어요.

경찰이 내세우는 가설은 이렇습니다. 첫 번째 부인의 방문 이후 에스텝 박사가 둘째 부인에게 모든 사연을 밝혔고, 그러자 남편이 자신을 속였으며 자신이 그의 아내가 아니었다는 사실을 곰곰이 곱씹던 부인이 마침내 격노하여 간호사가 퇴근하고 난 뒤 진료실로 찾아가, 남편이 항상 책상에 넣어 둔다는 것을 잘 알고 있는 권총으로 쏘아 죽였다는 겁니다.

물론 저로서는 검찰에서 정확히 어떤 증거를 확보하고 있는지 모르지만 신문 기사에 드러난 사실을 취합해 보면 의사 선생이 살해당한 권총에 남아 있는 부인의 지문과, 책상에 엎어진 잉크병, 부인이 입고 있던 드레스에 흩뿌려진 잉크 얼룩, 그리고 책상에 놓여 있던 찢어진 신문에 찍힌 손자국 잉크가 부인에 대한 혐의 증거로 제출될 것 같습니다.

부인이 처음에 취한 행동이 남편 손에서 권총을 빼앗는 것이었으니, 그것은 불행하지만 완벽히 자연스러운 결과입니다. 권총에 부인의 지문이 남은 게 설명이 되지요. 말씀드렸다시피 의사 선생이 쓰러지려는 순간 부인이 그를 끌어안았다고 하는데, 다만 그 부분에 대해서는 부인의 기억이 아주 명료하질 않습니다. 그러니 의사 선생이 책상 위로 고꾸라지면서 부인을 함께 쓰러뜨렸을 가능성도 있어요. 그러면 엎어진 잉크병과 찢어진 신문, 잉크 얼룩이 설명됩니다. 하지만 검찰 측에서는 그러한 일들이 모두 총성 이전에 일어났다고 배심원단을 설득하려 할 겁니다. 두 사람이 난투극을 벌인 증거라고요."

"허무맹랑한 이야기는 아니군요."

내가 의견을 밝혔다.

"사건을 어떻게 바라보느냐는 관점에 따라서는 지독히도 허무맹랑한 억지입니다. 게다가 하필 이런 사건을 다루기에 지금은 상상도 못 할 만큼 최악의 상황이에요! 지난 몇 달간 배신을 당했거나 속임수에 넘어갔거나, 또는 그 밖의 이유로 여자들이 남자를 살해한 떠들썩한 사건이 다섯 건도 넘습니다.

그간 다섯 여인들 가운데 한 사람도 유죄 선고를 받지 않았단 말이죠. 그 결과 언론과 대중, 심지어 교회까지 나서서 좀 더 엄중한 정의의 심판을 외치고 있습니다. 신문사마다 명예훼손 소송에 걸릴 수위를 넘지 않는 한도 내에서 최대한 강하게 에스텝 부인을 비난하고 있습니다. 모두들 부인을 본보기로 단죄해야 한다고 떠들어 대고 있지요.

그것만으로도 충분치 않은지 담당 지방 검사가 최근 대형 사건에서 두 번이나 패소하는 바람에 이번엔 꼭 피를 보려고 할 겁니다. 선거일이 머지않았거든요."

침착하고 엄격하기까지 했던 변호사의 목소리는 이제 사라지고 없었다. 대신에 열변이 터져 나왔다.

"댁은 어떻게 생각하는지 모르겠군요. 선생은 탐정이니까요. 이런 사건은 탐정들에겐 흔하겠죠. 댁들은 다소 냉담한 편이니 아마 대개들 상대의 결백에 대해 회의적일 겁니다. 하지만 저는 에스텝 부인이 남편을 죽이지 않았다는 걸 '압니다'. 제 의뢰인이라서 하는 말이 아니에요! 저는 에스텝 박사의 변호사이자 친구였기 때문에, 만일 에스텝 부인이 유죄라고 생각했다면 부인이 유죄 선고를 받도록 힘닿는 데까지 온갖 애를 썼을 겁니다. 하지만 부인이 의사 선생을 죽이지 않았다는 사실만큼은, 절대 남편을 죽였을 리 없다는 사실만큼은 제가 잘 압니다.

부인은 결백해요. 하지만 제가 이처럼 심증 이상의 변론을 준비하지 못하고 법정에 들어간다면 부인이 유죄 선고를 받게 되리라는 점 또한 잘 압니다! 그간 여성 범죄자들에게 지나치게 관대했다는 것이 대중들의 생각이니까요. 저울의 추가 반대편으로 향하고 있으니 에스텝 부인이 유죄판결을 받는다면 극형이 선고될 겁니다. 그래서 댁한테 사건을 맡기는 겁니다! 부인을 구할 수 있겠습니까?"

리치먼드가 소리쳤다.

"최선의 방법은 의사 선생이 죽기 전에 부친 편지를 확보하는 것이겠네요. 어떤 남자가 편지를 써서 부치고 난 다음에 권총으로 자살했다면, 그 편지가 자살과 아무런 관련이 없을 순 없거든요. 첫 번째 부인에게 편지에 대해서 물어보셨습니까?"

변호사가 사건의 사실관계와 상관없이 했던 말은 전부 무시하며 내가 물었다.

"물어봤지만 편지를 받은 적이 없답니다."

"그거 이상하군요. 만일 의사 선생이 그 여인의 출현으로 자살에 이르렀다면, 모든 정황으로 보아 편지는 그 부인에게 쓴 것이어야 할 텐데요. 두 번째 부인한테 썼을 수도 있겠지만, 그랬다면 우편으로 부칠 리가 없었겠죠. 혹시 그 여인이 편지에 대해서 거짓말을 할 만한 이유가 있을까요?"

"네."

변호사가 천천히 설명했다.

"제 생각으론 그럴 만한 이유가 있습니다. 유언장에 전 재산을 둘째 부인에게 남긴다고 했거든요. 물론 첫 번째 부인은 유일한 합법적인 아내로서 아무 어려움 없이 그 유언을 무효로 만들 겁니다. 하지만 두 번째 부인이 첫 번째 부인의 존재에 대해서 알지 못했으며 정말로 자신이 에스텝 박사의 합법적인 아내라고 믿었다는 사실이 밝혀진다면, 최소한 재산의 일부는 받게 될 거라고 생각합니다. 상황을 고려한다면 어떤 법정이라도 부인한테서 모든 것을 빼앗을 리 없어요. 하지만 부인이 에스텝 박사 살해 혐의로 유죄판결을 받는다면 그런 정상참작은 이루어질 수 없을 테고, 첫 번째 부인이 푼돈까지 다 챙기겠죠."

"죄 없는 사람을 교수대로 보낼 만큼 의사가 남긴 재산의 절반이 그렇게 대단합니까?"

"유산을 대략 50만 달러 정도 남겼습니다. 25만 달러면 하찮은 동기가 아니죠."

"첫 번째 부인이 그런 짓을 하기에 충분한 인물로 보이던가요, 직접 만나 보신 느낌으로 말입니다."

"솔직히 말해서 그렇습니다. 제가 본 그 여인의 인상은 양심의 거리낌이 대단한 인물은 아니었어요."

"첫 번째 부인이 지내는 곳은 어디죠?"

내가 물었다.

"현재 몽고메리 호텔에 묵고 있습니다. 집은 루이빌일 겁니다. 하지만 당신이 직접 그 여인과 이야기를 한다 해도 아무것도 얻어 내진 못할 겁니다. 서머싯 서머싯 앤드 퀼 법률회사를 변호인단으로 선임했는데, 아주 평판이 좋은 회사고, 당신도 그리로 연결해 줄 겁니다. 그쪽에선 아무 얘기도 해주지 않을 테고요. 하지만 그 여인의 행동에 정직하지 않은 부분이 있다 해도, 가령 에스텝 박사의 편지를 숨긴다거나 하는 일 말입니다, 서머싯 서머싯 앤드 퀼에서는 그에 관해 전혀 모를 것이라고 확신합니다."

"의뢰인이신 두 번째 에스텝 부인과 제가 이야기를 나눠 볼 수 있을까요?"

"안타깝지만 지금은 곤란합니다. 아마 하루 이틀 지나야 할 거예요. 부인은 지금 쓰러지기 직전이에요. 줄곧 몸이 약했던 분이 남편을 잃은 충격에다 곧이어 체포와 구금까지 당했으니 감당할 수가 없었을 겁니다. 부인은 보석 신청도 기각된 채 교도소에 갇혀 있어요. 시립병원에 있는 재소자 병동으로 이송시켜 보내려고 제가 애를 썼지만 당국에선 부인의 와병을 그저 술책이라고 여기는 듯합니다. 부인의 상태는 정말로 심각한데 말이죠."

그의 목소리가 또다시 침착성을 잃고 있었으므로 나는 모자를 집어 들고 당장 일에 착수하겠다는 말을 한 뒤 밖으로 나왔다. 나는 웅변을 싫어한다. 마음을 뚫고 들어올 만큼 효과도 없을뿐더러 따분하다. 혹시라도 마음을 뚫고 들어온다 해도 생각을 방해할 뿐이다.

2

이후 몇 시간 동안 에스텝 집안의 하인들을 심문했지만 별 소득이 없었다. 총성이 울린 시점에 집 앞쪽 그 근방에 있던 사람도 없었고, 남편이 사망하기 직전 에스텝 부인을 본 사람도 없었다.

수없이 탐문을 계속한 끝에 나는 발레이오 가의 아파트에서 루시 코 간호사를 찾아냈다. 서른 살쯤 되어 보이는 체구가 작고 무뚝뚝하고 사무적인 여자였다. 그녀는 밴스 리치먼드가 내게 했던 말을 되풀이했고, 덧붙일 내용이 하나도 없었다.

그것으로 에스텝 부인 쪽 수사는 끝이었으므로, 보통 잘 일어나지 않는 기적을 제외한다면 사건 해결을 위한 유일한 희망은 에스텝 박사가 첫 번째 부인에게 보냈을 것으로 보이는 편지를 찾는 길뿐이었다. 나는 몽고메리 호텔로 향했다.

몽고메리 호텔 경영진과는 상당한 친분이 있어, 법에 아주 저촉되지 않는 한 무엇이든 알아낼 수 있었다. 그래서 나는 호텔에 당도하자마자 부지배인 가운데 한 사람인 스테이시를 찾았다.

"여기 묵고 있는 에스텝 부인이라는 사람에 대해서 뭘 좀 압니까?"

내가 물었다.

"전 아무것도 모르지만 몇 분 기다려 주시면 뭐라도 알아보겠습니다."

부지배인은 10분쯤 사라졌다.

"그 손님에 대해선 별로 아는 사람이 없는 듯합니다."

되돌아온 그가 내게 말했다.

"교환원 아가씨들과 벨보이, 룸메이드, 프런트 직원, 경비원에게 다 물어봤지만 아무도 이렇다 할 얘기를 해주지 못하더군요. 숙박부엔 이달 초이튿날 루이빌에서 온 걸로 기록되어 있습니다. 과거에 이곳을 방문한 적은 전혀 없고, 도시에 대해서도 낯설어하는 듯합니다. 주변 지리에 대해 몇 번이나 물어보더랍니다. 우편물 담당 직원들은 그 여인에게 우편물을 전달한 기억이 없다고 하고, 교환원 아가씨들도 전화 연결을 한 적이 없답니다. 드나드는 시간은 규칙적이어서 대개 오전 10시나 그 이후에 나가 자정 전에 들어옵니다. 방문객이나 친구도 없는 것 같습니다."

"그 여성에게 오는 우편물을 지켜보다가 편지가 오면 우체국 소인과 발신인 주소를 나에게 알려 주시겠습니까?"

"그러죠."

"교환원 아가씨들한테도 전화 통화 내용을 엿들어 달라고 해주실 거죠?"

"네."

"지금 방에 있습니까?"

"아뇨, 조금 전에 나갔습니다."

"잘됐네요! 방에 올라가서 소지품을 살펴보고 싶습니다."

스테이시는 나를 날카롭게 쳐다보더니 헛기침을 했다.

"그게, 아, 그렇게도 중요한 일인가요? 제가 드릴 수 있는 도움은 다 드리고 싶지만……"

"한 여인의 목숨이 달려 있을 정도로 중요한 일입니다."

내가 장담했다.

"좋습니다! 우리가 볼일을 끝내기 전에 손님이 돌아오면 알려 달라고 프런트 직원에게 이야기해 두죠. 그런 다음에 곧장 올라가죠."

그가 말했다.

여인의 방엔 작은 여행 가방 두 개와 트렁크 하나가 있었는데 모두 잠기지 않은 채였고, 중요한 것들은 하나도 들어 있지 않았다. 편지는 없었다. 사실 이렇다 할 물건이 없어도 너무 없어서 나는 그 여인이 소지품 수색을 예상하고 있었던 모양이라고 거의 확신했다.

다시 아래층으로 내려온 나는 열쇠 보관함이 잘 보이는 안락의자에 자리를 잡고 앉아 첫 번째 에스텝 부인이라는 사람이 나타나기를 기다렸다.

그녀는 그날 밤 11시 15분에 들어왔다. 45세에서 50세 정도에 덩치가 크고 옷을 잘 차려입었으며 자신감이 넘쳐흘렀다. 입과 턱이 꽤 매정해 보이는 얼굴이었지만 흉할 정도는 아니었다. 능력 있는 여성으로 원하는 것은 손에 넣고야 말 것처럼 보였다.

3

이튿날 아침 괘종시계가 8시를 알릴 때 몽고메리 호텔로 들어선 나는 이번에는 엘리베이터가 시야에 들어오는 자리를 골라 앉았다.

10시 30분에 에스텝 부인이 호텔을 나서자 뒤를 밟았다. 남편이 죽기 직전에 쓴 편지를 받지 못했다는 여인의 주장은 내가 파악한 가능성과 맞아떨어지지 않았다. 탐정 업계에는 쓸 만한 좌우명이 하나 있다. '의심이 들면 미행하라.'

오패럴 가에 있는 식당에서 아침을 먹은 여인은 쇼핑가로 향했다. 길고도 지리한 시간 동안 — 내가 느낀 것보다는 훨씬 짧은 시간이었겠지만 — 그녀는 사람들로 붐비는 백화점에서도 가장 복잡한 구역으로 나를 이끌고 다녔다.

아무것도 사지 않았지만, 아내를 위해 심부름을 나온 키 작고 뚱뚱한 남자를 흉내 내는 나를 끌고 다니며 상당히 많은 물건들을 세심하게 살폈다. 그러는 동안 튼튼한 여자들은 나와 몸을 부딪쳤고 마른 여자들은 나를 치고 지나갔으며, 온갖 부류의 여자들이 내 앞길을 막아서다 발을 밟고 스쳐 갔다.

내가 1, 2킬로그램쯤 땀을 쏟아 내고 난 뒤에야 마침내 그녀는 쇼핑가를 벗어나 산책을 나온 양 한가로운 걸음걸이로 유니언 스퀘어를 가로질렀다.

그 길을 4분의 3쯤 걷다 말고 그녀는 돌연 방향을 틀어 오던 길을 뒤돌아 가며 지나치는 사람들을 하나하나 예리하게 관찰했다. 그녀와 마주칠 때쯤 나는 벤치에 앉아 하루 묵은 버려진 신문을 읽고 있었다. 그녀는 포스트 가까지 걸어 내려간 다음 커니 가로 접어들었고 이따금씩 상점 쇼윈도를 구경하느라 — 혹은 구경하는 것처럼 보이느라 — 걸음을 멈추었다. 나는 느긋한 걸음걸이로 때로는 그녀와 나란히 걷기도 하고 때로는 거의 바로 뒤에 있다가 때로는 앞쪽에서 걸음을 옮겼다.

여인은 주변 사람들을 살피며 자기가 미행당하고 있는지 아닌지 판단하려고 애쓰는 중이었다. 하지만 이렇게 분주한 도심에서 내가 걱정할 이유는 없었다. 덜 붐비는 거리에서라면 사정이 달랐을 수도 있지만, 그렇다고 해도 꼭 위험한 것만은 아니다.

미행에는 네 가지 원칙이 있다. 가능한 한 미행 당사자와의 거리를 멀리 하라, 절대 숨으려고 하지 마라, 어떠한 일이 있더라도 자연스럽게 행동하라, 상대와 절대로 눈을 마주치지 마라. 이 원칙만 따른다면 특이한 상황이 아닌 한 미행은 탐정에겐 가장 쉬운 임무이다.

얼마쯤 지나 아무도 따라오는 사람이 없음을 확인한 에스텝 부인은 다시 파월 가로 방향을 틀어 세인트 프랜시스 호텔 앞 정류장에서 택시를 탔다. 나는 유니언 스퀘어 옆쪽으로 기어리 가를 따라 죽 늘어서 있는 임대용 차량 중에서 수수한 차를 잡아타고 뒤를 쫓았다.

포스트 가를 빠져나가 라구나 가로 접어든 순간 택시가 곧 인도로 다가가더니 멈춰 섰다. 여인이 택시에서 내려 기사에게 돈을 내고는 아파트 건물로 이어지는 계단으로 올라갔다. 나는 차의 속도를 늦춰 그 거리 위쪽 반대편 인도 가까이에 차를 갖다 붙이게 했다. 택시가 모퉁이를 돌아 사라지자, 에스텝 부인이 아파트 건물 현관에서 빠져나와 인도로 내려오더니 라구나 가를 걸어 내려가기 시작했다.

"지나쳐 가요."

내가 운전기사에게 말했다. 그녀와의 거리가 좁혀졌다.

우리 차가 그녀와 나란해지자 여인은 또 다른 건물의 현관 계단을 올라갔고 이번에는 초인종을 눌렀다. 아파트 네 채가 있는 건물로 이어지는 그 계단에는 현관문이 각각 따로 나 있었고, 그녀가 누른 초인종은 오른쪽 2층 아파트 입구에 달려 있었다.

나는 자동차 뒷좌석 창문을 가린 커튼 뒤에 숨은 채로 현관문을 계속 주시했고, 그러는 사이 운전기사는 나음 블록에서 주차할 만한 공간을 찾아냈다.

아파트 현관을 지켜보고 있자니 오후 5시 35분, 이윽고 여인이 밖으로 나와 서터 가를 지나는 전차에 올라 몽고메리 호텔로 돌아갔고 방으로 사라졌다.

나는 콘티넨털 탐정사무소 샌프란시스코 지부장인 영감님에게 전화를 걸어 라구나 가 아파트 거주자에 대한 인적사항을 알아낼 직원 배치를 요청했다.

그날 밤 여인은 호텔에서 저녁을 먹은 뒤 쇼를 보러 나갔고, 미행 가능성에 대해서는 관심을 보이지 않았다. 그녀는 11시를 조금 넘긴 시간에 호텔 방으로 들어갔고 나는 하루를 마감했다.

다음 날 아침 나는 여인의 미행을 딕 폴리에게 넘기고, 라구나 가에 있는 아파트 조사를 맡겼던 밥 틸을 기다리기 위해 사무실로 돌아갔다. 그는 10시가 조금 지나 나타났다.

"거기엔 제이콥 레드위치라는 남자가 삽니다."

밥이 말했다.

"사기꾼 부류인 것 같긴 한데 정확히 어느 쪽인지는 모르겠어요. 그 작자와 '이탈리아 놈팡이' 힐리가 친한 사이니 그자도 사기꾼이 틀림없습니다! '뚱보' 그라우트 말로는 그자가 지금도 도박판에 관여하는 전직 야바위꾼이라지만, '뚱보'야 푼돈 5달러라도 생기겠다 싶으면 주교님도 금고 털이였다고 말할 놈이니까요. 이 레드위치라는 작자는 주로 밤에만 나다니고 꽤 잘나가는 듯합니다. 어쩌면 상류층만 상대하는 도박꾼인지도 모르겠어요. 뷰익 한 대를 갖고 있는데 번호판은 645-221이고, 차는 아파트 모퉁이에 있는 차고에 보관합니다. 하지만 자동차를 많이 사용하지는 않는 것 같아요."

"어떻게 생겨 먹은 작자였어?"

"180센티미터도 넘을 것 같은 큰 키에 몸무게도 100킬로그램은 족히 나갈 것 같던데요. 낯짝이 우스꽝스럽게 생겼어요. 넓적한 얼굴에 뺨과 턱이 투실투실한데 입은 더 작은 사람에게나 달려 있어야 되겠다 싶을 정도로 작아요. 젊은이는 아니고 중년입니다."

"하루나 이틀간 미행을 해서 무슨 일을 하고 다니는지 알아봐 주게, 밥. 인근에 아파트나 방을 구해 봐, 그자의 현관문을 지켜볼 수 있는 곳으로 말이야."

내가 레드위치의 이름을 언급하자마자 밴스 리치먼드의 깡마른 얼굴이 환해졌다.

"맞아요!"

그가 외쳤다.

"그 사람은 에스텝 박사의 친구거나 최소한 아는 사람이었습니다. 저도 한 번 만난 적이 있는데, 입이 이상스럽게도 안 어울리는 거구의 남자더군요. 언젠가 의사 선생을 만나러 들렀더니 레드위치가 진료실에 있었습니다. 에스텝 박사가 우릴 인사시켰고요."

"그자에 대해서 뭘 알고 있습니까?"

"아무것도 모릅니다."

"의사 선생과 친한 사이였는지 그냥 가볍게 아는 지인이었는지도 모릅니까?"

"네. 제가 아는 거라곤 과거에 알던 친구나 환자, 그 밖에 어떤 관계든 가능했을 사이라는 겁니다. 의사 선생은 저한테 그 사람에 대해 이야기한 적이 없었고 그날 오후 제가 있는 동안에도 둘 사이에는 아무런 대화도 오고 가지 않았어요. 저는 그저 의사 선생이 부탁했던 정보를 알려 주고 나왔습니다. 왜 물으시죠?"

"에스텝 박사의 첫 번째 부인이 미행을 당하지 않는지 확인하려고 온갖 수고를 한 끝에 어제 오후 레드위치와 접촉을 했습니다. 우리가 알아낸 바에 따르면 그자가 사기꾼 부류인 듯싶어서요."

"그게 무슨 의미일까요?"

"무슨 의미인지는 확실하지 않지만 여러 가지를 추측할 수 있겠죠. 레드위치가 의사 선생과 첫 번째 부인 둘 다와 아는 사이라면 '그 부인'이 남편의 행방을 줄곧 알고 있었을 가능성도 배제할 수 없습니다. 만약 그랬다면 그 여자가 의사 선생한테서 계속 돈을 받고 있었을 가능성도 크고요. 박사의 회계장부를 확인해서 달리 출처를 설명할 수 없는 돈이 빠져나갔었는지 확인해 주실 수 있겠습니까?"

변호사는 고개를 저었다.

"아뇨, 의사 선생의 회계장부는 관리가 부실해서 다소 엉망입니다. 소득세 증명서를 제출하는 것 말고는 별다른 수고를 들이지 않았던 게 분명해요."

"알겠습니다. 제 추측으로 되돌아가 보죠. 만약에 첫 번째 부인이 남편의 행방을 줄곧 알고 있었고 돈을 받아 왔다면, 어째서 마침내 남편을 만나러 찾아왔을까요? 그 이유는 어쩌면……"

"그 부분은 제가 도와드릴 수 있을 것 같군요."

리치먼드가 말허리를 잘랐다.

"두세 달 전 운 좋게 목재 사업에 투자를 했다가 에스텝 박사의 재산이 거의 두 배로 늘어났습니다."

"그렇다면 그거로군요! 레드위치를 통해서 그 점을 알게 된 겁니다. 레드위치를 통해서든 편지로든, 의사 선생이 기꺼이 내줄 만한 금액 이상으로 상당한 몫을 요구한 겁니다. 박사가 거절하자 직접 만나서 당장에라도 폭로를 하겠다든가 하는 협박으로 돈을 받아 내려고 찾아왔겠죠. 의사 선생은 부인의 말이 진심이라고 생각했습니다. 부인이 요구한 돈을 구할 수가 없었거나 이중생활을 이어 나가기가 지긋지긋해졌겠죠. 어쨌거나 그는 곰곰이 생각하다가 자살을 결심했던 거예요. 이건 모두 다 추측에 불과합니다만 내게는 그럴 법하게 들리는군요."

"저도 그렇게 생각합니다. 이제 어쩔 작정입니까?"

변호사가 물었다.

"아직 두 사람을 미행하고 있습니다. 지금 당장은 달리 그들을 덮칠 방법이 없어요. 루이빌에 그 여인의 행적 조사를 의뢰해 놨습니다. 하지만 아시다시피 그 두 사람의 관계를 샅샅이 파헤쳐야 할지 모릅니다. 사정을 알아낸다고 해도 에스텝 박사가 죽기 전에 쓴 편지를 찾아낸다는 보장은 여전히 없어요. 그 여인이 편지를 없애 버렸을 공산이 큽니다. 그게 가장 현명한 행동이었을 테니까요. 하지만 그랬더라도 그 여인에 대해 제대로 된 정보를 알아낼 수 있다면, 편지를 받은 적이 있으며 자살에 관한 것이 적혀 있었다는 사실을 인정하도록 그 여인을 다그칠 수 있을 겁니다. 편지 내용이 정말로 그렇다면 말입니다. 그렇게 되면 댁의 의뢰인을 빼내기에 충분하겠죠. 오늘 그분은 어떠십니까? 좀 나아지셨나요?"

레드위치에 대해 의논하는 동안 변호사의 깡마른 얼굴에 떠올랐던 활기가 사라지고 다시 창백함이 번져 갔다.

"부인은 어젯밤 완전히 정신을 놓아 병원으로 이송되었습니다. 애당초 그리로 갔어야 했는데 말입니다. 사실대로 말씀드리자면, 부인께 곧 자유를 찾아 주지 못하면 우리 도움은 아예 필요도 없어질 겁니다. 보석으로 부인을 빼내려고, 알고 있는 연줄을 전부 동원해 최선을 다해 봤지만 그쪽 방면으로는 성사될 가능성이 거의 없어요. 남편을 살해한 혐의로 죄수가 되어 갇혀 있다는 사실 때문에 부인은 죽어 가고 있습니다. 젊지도 않은 데다 줄곧 신경쇠약을 앓던 분이에요. 남편을 잃은 충격만으로도 쓰러지기에 충분한 상황인데 지금 이런 지경이니, 댁이 부인을 '빼내' 주어야 합니다, 그것도 빨리요!"

그는 감정에 복받친 목소리로 열변을 토하며 사무실을 성큼성큼 오가고 있었다. 나는 재빨리 그곳을 빠져나왔다.

6

변호사 사무실에서 탐정사무소로 돌아온 나는 밥 틸이 라구나 가에 빌린 가구 딸린 아파트 수소를 전화로 알려 왔다는 보고를 들었다. 그 아파트를 둘러보려고 전차에 올라 그리로 향했다.

그러나 나는 목적지까지 가지 못했다.

전차에서 내려 라구나 가를 걸어 내려가고 있자니 밥 틸이 내 쪽으로 다가오는 것이 보였다. 밥과 나 사이에서, 역시나 내 쪽으로 걸어오고 있는 거구의 사내가 제이콥 레드위치임을 나는 알아차렸다. 조그만 입술을 에워싼 큼지막한 붉은 얼굴을 지닌 거구의 사나이.

나는 레드위치와 밥 둘 다에게 별다른 관심을 보이지 않은 채 지나쳐 계속해서 길을 걸어갔다. 다음 모퉁이에서 담배를 마는 척 걸음을 멈추고 두 사람을 흘끔 훔쳐보았다.

내가 활기에 넘치게 된 건 바로 그때였다!

레드위치가 뭔가를 사려는 듯 길거리 건물 입구에 있는 시가 가판대에서 걸음을 멈추었다. 미행에 익숙한 밥 틸은 그를 지나쳐 계속해서 인도를 걸어가고 있었다.

밥은 레드위치가 시가나 담배를 살 목적으로 나왔는지, 그래서 물건을 사 들고 아파트로 돌아갈 것인지, 아니면 물건을 산 뒤 계속해서 전찻길로 갈 것인지 가늠해 본 뒤, 어느 경우이건 기다릴 것이다.

그러나 레드위치가 시가 가판대 앞에서 걸음을 멈추자, 길 건너편에서 남자 하나가 갑자기 보행을 중단하고 건물 현관 쪽으로 들어가 그늘에 몸을 숨기고 섰다. 그제야 생각해 보니, 그 남자는 밥과 레드위치가 오던 길 건너편 인도에서 같은 방향으로 걷고 있었다.

그 남자 역시 레드위치를 미행하고 있었다.

그 무렵 레드위치는 가판대에서 볼일을 끝냈다. 밥은 전찻길에서 가장 가까운 서터 가에 도착했다. 레드위치는 그쪽 방향으로 걷기 시작했다. 건물 현관에 숨어 있던 남자도 밖으로 나와 그를 뒤쫓았다. 나는 그 남자를 미행했다.

내가 길모퉁이에 막 당도했을 때 선착장행 전차가 서터 가에 도착했다. 레드위치와 나는 함께 전차에 올랐다. 수수께끼의 낯선 사내는 전차가 다시 움직이려 할 때까지 길모퉁이로부터 몇 발자국 떨어진 인도에서 신발 끈을 쥐고 씨름을 하다가 역시나 몸을 날려 전차를 탔다.

전차 뒤쪽에 있던 내 옆으로 와 선 그는 전신 작업복을 입은 덩치 큰 남자 뒤에 숨어 이따금씩 어깨 너머로 레드위치를 훔쳐보았다. 교차로 위쪽까지 올라갔던 밥은 레드위치와 그 아마추어 탐정— 그가 아마추어라는 것은 의심의 여지가 없었다 —과 내가 전차에 탔을 때 이미 자리에 앉아 있었다.

나는 이 아마추어가 고개를 쭉 빼고 레드위치를 훔쳐보는 동안 그를 관찰했다. 체구가 작고 깡마르고 허약한 탐정이었다. 외모 가운데 가장 인상적인 부분은 코였는데, 축 늘어진 코가 시종일관 초조하게 씰룩거렸다. 의복은 오래되어 남루했고 나이는 오십대 언저리로 보였다.

몇 분간 관찰한 끝에 나는 그가 우리의 미행극에서 밥 틸의 역할을 알아차리지 못했다고 판단했다. 그의 관심은 오로지 레드위치에게만 집중되어 있었고, 밥 역시 그 남자가 거구의 사내를 뒤쫓고 있다는 사실을 눈치채기엔 미행 거리가 너무 짧았다.

그래서 나는 마침 밥 옆에 빈자리가 나자 담배를 내던지고 전차 안쪽으로 들어가, 코를 씰룩거리는 왜소한 남자를 등진 채로 좌석에 앉았다.

"몇 블록 더 가서 내린 다음에 아파트로 돌아가 있게. 내가 지시할 때까지 더는 레드위치를 미행하지 마. 그냥 집만 지켜. 그자한테 새 한 마리가 따라붙었으니, 어떻게 하려는지 봐야겠어."

나지막하게 밥에게 말했다.

그는 툴툴거리며 알아들었음을 알리고는 몇 분 뒤 전차에서 내렸다.

스톡턴 가에서 레드위치가 내리자 코 씰룩이 사내도 따라 내렸고 내가 그 뒤를 따랐다. 그 순서 그대로 우리는 그날 오후 내내 시내를 돌아다녔다.

거구의 사내는 다수의 당구장과 시가 가게, 음료수 가게에서 볼일을 보았다. 내가 알기로는 그런 가게에선 대부분 탠포런이든 티후아나든 티모니움이든 북미 지역에서 달리는 그 어떤 경주마에도 내기 돈을 걸 수 있었다.

레드위치가 그런 곳에서 정확히 무엇을 했는지는 알아보지 않았다. 나는 미행 행렬의 끝에 있었고, 내 관심사는 오로지 미지의 키 작은 낯선 사내에게 집중되었다. 그는 레드위치를 따라 어디에도 들어가지 않고, 레드위치가 다시 나타날 때까지 근방을 배회할 뿐이었다.

그러면서 레드위치의 시야에 들지 않으려고 부단히 애를 쓰며 상당히 악전고투하고 있었는데, 그나마 그런 시도가 성공할 수 있었던 건 우리가 그 어떤 종류의 미행도 눈에 잘 띄지 않을 시내 중심가에 있었기 때문이었다. 확실히 그는 여기저기로 몸을 숨기며 대단히 분주했다.

한동안 그러다가 레드위치가 그를 따돌렸다.

거구의 사내는 다른 사내와 함께 시가 가게에서 나와, 인도 옆에 서 있던 자동차에 올라 사라져 버렸다. 원통함에 코를 씰룩거리던 남자를 인도 끝에 버려둔 채로. 교차로 바로 근방에 택시 한 대가 있었지만, 그는 그 사실을 알지 못했든지 아니면 차비를 낼 돈이 충분하지 않은 듯했다.

그래서 나는 그가 라구나 가로 되돌아갈 것이라 생각했지만 예상은 빗나갔다. 그는 나를 키어니 가에서 포츠머스 가까지 이끌더니 잔디밭에 대자로 엎드려 검정색 파이프 담배에 불을 붙이고는 스티븐슨 기념비를 멍하니 쳐다보고 있었다. 아마도 그걸 바라보고 있다는 사실조차 인식하지 못하는 듯했다.

나는 약간 떨어진 풀밭에 편히 자리를 잡고 앉았다. 완벽하게 동그란 얼굴을 한 두 아이를 데려온 중국 여인과 경쾌한 체크무늬 양복을 입은 포르투갈 노인 사이에 앉아 미지의 사내와 함께 오후를 흘려보냈다.

해가 지평선 가까이 떨어져 싸늘해지자, 작은 사내는 몸을 일으켜 옷을 털고는 키어니 가로 되돌아가 싸구려 간이식당에서 보잘것없는 식사를 했다. 그리고 나서는 몇 건물 떨어진 호텔로 들어가 벽에 줄지어 있는 고리에서 열쇠를 받아 들고 어두운 복도로 사라졌다.

숙박부를 뒤진 나는 그가 가져간 열쇠에 해당하는 방이 '미주리 주, 세인트루이스에서 온 존 보이드' 앞으로 되어 있으며, 전날 도착했음을 알아냈다.

이것저것 캐묻기에 안전한 종류의 호텔이 아니었으므로 다시 길바닥으로 나가 가장 눈에 덜 띄는 근처 길모퉁이에 잠복했다.

땅거미가 내리자 가로등과 상점에 불빛이 들어왔다. 날이 어두워졌다.

키어니 가를 지나는 밤의 행렬이 나를 스쳐 갔다. 지나치게 말쑥한 옷차림으로 절대 빠질 수 없는 블랙잭 게임을 하러 가는 필리핀 청년들, 낮에 자느라 아직도 눈꺼풀이 묵직한 천박한 차림새의 아가씨들, 퇴근 전에 보고를 마치려고 본사로 돌아가는 평범한 옷차림의 사내들, 차이나타운에서 왔거나 그리로 향하는 중국인들, 짝을 이루어 다니며 뭔가 소일거리를 찾아 어슬렁거리는 선원들, 이탈리아 식당과 프랑스 식당으로 향하는 허기진 사람들, 경찰에 잡혀간 친구나 친척을 빼내 보려고 길모퉁이에 있는 보석 중개인 사무실을 찾아가는 걱정스러운 표정의 사람들, 일을 끝내고 집으로 향하는 이탈리아인들, 떳떳지 못한 다양한 심부름에 나서 수상쩍은 얼굴로 눈치를 보는 각양각색의 군상들.

자정이 되었지만 존 보이드는 나타나지 않았다. 나는 하루를 마감하고 집으로 갔다.

잠자리에 들기 전 딕 폴리와 통화를 했다. 그는 에스텝 부인이 온종일 별다른 일을 하지 않았으며 우편물이나 전화를 받은 적도 없다고 보고했다. 나는 존 보이드와의 일을 해결할 때까지 부인에 대한 미행을 중단하라고 말했다.

보이드가 그 여인에게 관심을 돌릴지도 모른다는 점이 염려되었고, 그녀가 미행을 당하고 있다는 사실을 그에게 들키고 싶지 않았다. 나는 이미 밥 틸에게 레드위치의 아파트를 단순히 관찰하고만 있으라고 지시해두었다. 그가 언제 들어오고 나가는지 누구와 움직이는지만 살피라고 했고, 이제 여인을 담당하고 있는 딕에게도 같은 지시를 내렸다.

이 보이드라는 인물과 그 여인이 한통속이라는 것이 나의 추측이었다. 레드위치가 배신을 하지 못하도록 그녀가 거구의 사내에게 남자를 붙인 것이라고. 하지만 어디까지나 내 짐작이었으므로 추측만으로 너무 무리한 도박을 하고 싶진 않았다.

7

다음 날 아침 나는 군용 셔츠와 신발, 오래되어 색이 바랜 모자, 완전 누더기는 아니지만 존 보이드의 남루한 옷에 비해 지나치게 두드러져 보이지 않을 만큼은 충분히 낡은 양복을 찾아 입었다.

보이드가 호텔을 나선 건 9시가 조금 지난 시각이었고 전날 밤에 갔던 싸구려 식당에서 아침 식사를 했다. 그러고는 라구나 가로 이동하여 길바닥 한구석에 자리를 잡은 뒤 제이콥 레드위치를 기다렸다.

그의 기다림은 길었다. 그는 하루 종일 대기했다. 어두워질 때까지 레드위치가 나타나지 않았기 때문이다. 하지만 이 왜소한 사내는 인내심이 대단했다. 그건 내가 보장할 수 있다. 그는 안절부절못했고 이쪽 다리에서 저쪽 다리로 체중을 옮기다 심지어 한동안 인도에 쭈그려 앉기도 했지만 계속 자리를 지켰다.

나의 감시 임무는 쉬운 편이었다. 레드위치의 아파트를 감시할 목적으로 밥 틸이 세낸 가구 딸린 아파트는 보이드가 기다리고 있는 길모퉁이에 면한 도로의 건너편 1층이었다. 그래서 우리는 그와 아파트를 한눈에 지켜볼 수 있었다.

밥과 나는 온종일 의자에 앉아 담배를 피우고 수다를 떨면서, 구석에서 안절부절못하는 사내와 레드위치의 현관문을 번갈아 감시했다.

땅거미가 막 완전히 내려앉았을 무렵 레드위치가 밖으로 나와 전차 선로 쪽으로 걷기 시작했다. 나는 슬며시 거리로 나왔고 다시 우리의 행진이 시작되었다. 레드위치가 앞장을 서고, 보이드가 그를 따라가고, 우리가 '그'를 따라가는 순서였다.

반 블록쯤 이렇게 걸어가다 좋은 수가 떠올랐다!

나는 사람들이 명석한 두뇌의 소유자라고 부를 만한 인물은 아니다. 내가 그런 경향을 보인 때는 대부분 인내심과 업계의 특성, 상상력과는 상관없는 집요함에 얼마쯤 행운이 곁들여진 결과였지만, 간혹 지성이 번뜩이는 순간이 있긴 하다. 그리고 그때가 바로 그런 순간이었다.

레드위치가 나보다 한 블록 정도 앞서 있고, 보이드는 그 중간쯤 되는 거리에 있었다. 나는 속도를 높여 보이드를 지나쳐 레드위치를 따라잡았다. 그러고는 그와 나란히 걸을 수 있도록 보폭을 조절하면서도 뒤에서 보기에는 그에게 별다른 관심을 보이지 않는 듯하게 주의를 기울였다.

"제이크, 당신 뒤에 따라오는 남자가 있어요!"

나는 고개를 돌리지 않은 채 말했다.

거구의 사내는 돌연 걸음을 멈춰 나의 기발한 계략을 망칠 뻔했으나, 제때에 정신을 차려 내 신호를 알아듣고 계속 걸음을 옮겼다.

"대체 당신은 누구요?"

레드위치가 웅얼웅얼 물었다.

"농담으로 듣지 말아요!"

여전히 앞을 보고 걸으며 내가 쏘아붙였다.

"내가 손해 볼 일 아니잖소. 어쨌든 당신이 집 밖으로 나왔을 때 마침 내가 길을 걷고 있는데 저 남자가 기둥 뒤에 숨어서 당신이 지나갈 때까지 기다렸다가 미행을 하더군요."

내 말에 그가 관심을 보였다.

"확실합니까?"

"확실해요! 다음 모퉁이에서 기다려 보면 당장 확인할 수 있을 거요."

이 무렵 나는 레드위치보다 두세 걸음 앞서 있었으므로 모퉁이를 돌자마자 걸음을 멈추고, 벽돌 건물 정면에 등을 붙이고 섰다. 레드위치가 내 옆에 똑같은 자세로 자리를 잡았다.

"좀 도와줄까요?"

내가 그를 보며 씩 웃었다. 내 연기력이 형편없지 않는 한은 퍽 무모해 보일 거라 생각되는 종류의 미소였다.

"아니요."

울퉁불퉁하고 작은 그의 입이 흉하게 일그러지며 파란 눈이 자갈처럼 단단해졌다.

나는 외투 자락을 들어 올려 삐죽이 나온 총자루를 보여 주었다.

"총 빌려 줄까요?"

내가 물었다.

"아니요."

그는 내 정체를 파악하려 애쓰며 좀 놀라워하고 있었다.

"좀 더 있으면서 재미난 구경 좀 해도 괜찮겠지요?"

내가 조롱하듯 물었다.

그 질문에 대답할 시간은 없었다. 걸음을 빨리한 보이드가 사냥개처럼 코를 씰룩거리며 이제 막 모퉁이를 돌아오고 있었다.

레드위치가 인도 한가운데로 나서자, 너무도 갑작스러운 그의 행동에 놀란 왜소한 사내는 끙 소리를 내며 몸을 부딪쳤다. 순간적으로 서로를 쳐다본 두 사람 사이에 아는 기색이 오갔다.

레드위치가 큼지막한 손을 뻗어 키 작은 사내의 어깨를 꽉 움켜쥐었다.

"내 주변에서 뭘 기웃거리고 있는 거요? 샌프란시스코엔 얼씬도 하지 말라고 내가 말하지 않았던가?"

"아, 제이크!"

보이드가 애걸했다.

"일을 망칠 생각은 없었소. 내 생각엔 그저……"

레드위치가 그의 몸을 흔들어 입을 막은 뒤 나를 돌아보았다. 그는 으르렁거리듯, "내 친구요"라고 말했다. 그의 눈빛이 다시 의심스럽다는 듯 험악해져 모자부터 신발까지 나를 훑어보았다.

"내 이름은 어떻게 알았습니까?"

그가 물었다.

"댁처럼 유명한 사람을 어떻게 몰라요?"

익살스럽게 놀라는 체하며 내가 되물었다.

"코미디는 집어치우시지! 내 이름은 어떻게 알았느냐니까?"

레드위치가 위협하듯 내 쪽으로 한 걸음 다가섰다.

"그야 댁이 상관할 바 아니죠."

내가 쏘아붙였다.

내 태도가 그를 안심시킨 모양이었다. 의혹에 찬 그의 표정이 약간 누그러졌다.

"흠, 댁한테 이런 수고를 끼쳤으니 푼돈이나마 은혜를 갚아야겠는데…… 밑천은 좀 있으신가?"

그가 느릿느릿 말했다.

"과거엔 꽤나 칙칙했었죠."

칙칙하다는 말은 태평양 연안에서 잘나간다는 뜻의 은어이다.

그는 생각에 잠긴 표정으로 나와 보이드를 번갈아 쳐다보다 다시 나를 응시했다.

"'서클' 알아요?"

그가 내게 물었다.

나는 고개를 끄덕였다. 지하세계에서는 '이탈리아 놈팡이' 힐리의 도박장을 '서클'이라고 부른다.

"내일 밤에 거기로 찾아오면 내가 댁한테 사례를 좀 할 수도 있을 것 같군요."

"어림없는 말씀! 요새 난 그렇게 눈에 띄는 데는 못 돌아다닙니다."

나는 힘주어 머리를 절레절레 흔들었다.

내가 그곳에서 그와 만날 가능성은 거의 없었다! '이탈리아 놈팡이' 힐리와 그의 고객 절반은 내가 탐정임을 알고 있었다. 그러므로 당분간 꽤나 악명 높은 도박장에 얼씬거리는 걸 회피할 만한 이유가 있는 사기꾼이라는 인상을 주도록 노력하는 수밖에 없었다. 그는 잠시 생각하더니 라구나 가의 집 주소를 알려 주었다.

"내일 이맘때 들르면 당신이 솔깃할 만한 제안을 할지도 모르겠군요. 댁한테 그런 배짱이 있다면 말이오."

"생각해 보죠."

나는 애매하게 대답한 뒤 가던 길을 가려는 듯 돌아섰다.

"잠깐만요."

그가 불러 세우는 바람에 다시 그를 마주 보았다.

"당신 이름은 뭡니까?"

"위셔요. 이름까지 알고 싶다면 샤인이고."

"샤인 위셔. 전에 들어 본 적 있는 것 같진 않군요."

들어 본 적 있는 이름이라면 내가 놀랄 판이었다. 불과 15분 전에 생각해 낸 이름이기 때문이다.

"주변에 지나가는 사람들 다 듣고 기억하라고 그렇게 큰 소리로 외칠 것까진 없잖소."

내가 짐짓 불쾌한 듯 말했다.

그 말과 함께 돌아선 나는 스스로 꽤나 흡족했다. 레드위치에게 보이드의 미행을 귀띔해 줌으로써 그는 나에게 빚을 졌고, 최소한 잠정적으로나마 나를 동료 사기꾼으로 받아들이게 되었다. 그리고 딱히 그의 덕을 보겠다고 달려들지 않았기에 내 입지는 그만큼 더 확고해졌다.

다음 날 그와 만날 약속을 잡았으므로, 그곳에 가면 분명 불법이겠지만 '푼돈'을 벌 기회를 얻게 될 것이다.

레드위치가 심중에 둔 그 제안이 에스텝 사건과 아무 관련이 없을 가능성이 있긴 했지만 또 모를 일이었다. 그리고 상관이 있든 없든 나는 제이크 레드위치의 사업에 살짝 한 발을 들여놓은 셈이었다.

30분쯤 주변을 어슬렁거리다가 밥 틸의 아파트로 돌아갔다.

"레드위치는 돌아왔나?"

"네, 선배가 미행하던 키 작은 남자를 달고 왔던데요. 30분쯤 전에 둘이 들어갔어요."

"좋았어! 여자가 들어가는 건 못 봤고?"

"네."

그날 저녁쯤 첫 번째 에스텝 부인이 당도할 것이라고 예상했지만 그녀는 나타나지 않았다. 밥과 나는 방에 앉아 수다를 떨며 레드위치의 현관을 지켜보았고, 몇 시간이 흘러갔다.

새벽 1시, 레드위치가 홀로 나타났다.

"혹시 운이 좋을 수도 있으니 제가 미행할게요."

밥이 모자를 집어 들며 말했다.

레드위치는 모퉁이를 돌아 사라졌고, 이어 밥이 그의 뒤를 따라 시야에서 모습을 감추었다.

5분 뒤 밥은 다시 나와 함께 있었다.

"차고에서 자동차를 빼내고 있더라고요."

나는 전화기로 뛰어가 임대용 자동차를 다급하게 요청했다.

창가에 서 있던 밥이 외쳤다.

"저기 왔어요!"

밥의 곁으로 간 나는 마침 건물 현관으로 들어가고 있던 레드위치를 볼 수 있었다. 그의 자동차는 집 앞에 서 있었다. 바로 몇 분 뒤 보이드와 레드위치가 함께 나타났다. 보이드는 축 늘어져 레드위치에게 기대고 있었고 레드위치는 키 작은 사내의 허리에 팔을 둘러 부축하고 있었다. 어두워서 두 사람의 얼굴을 볼 순 없었지만 키 작은 사내가 병이 났거나 술에 취했거나 약물에 중독된 것이 틀림없었다!

레드위치는 친구가 차에 타는 것을 도왔다. 몇 블록을 지나는 동안 빨간색 후미등이 우리를 조롱하듯 깜박이다가 이내 사라졌다. 내가 부른 자동차는 20분 뒤에 당도했으므로 우리는 쓰지 않은 차를 그냥 돌려보냈다.

새벽 3시가 조금 지나 레드위치가 차고 방향에서 돌아오는 듯 홀로 걸어서 나타났다. 그가 사라졌던 시간은 정확히 두 시간이었다.

8

밥도 나도 그날 밤 집에 가지 않고 라구나 가에 있는 아파트에서 잠을 잤다.

아침이 되자 밥은 우리가 먹을 아침거리를 장만하느라 길모퉁이에 있는 식료품 가게에 다녀오면서 조간신문을 집어 왔다.

내가 아침 식사를 준비하는 동안, 그는 레드위치의 현관과 신문을 번갈아 살폈다.

"이것 좀 보세요! 여기요!"

갑자기 그가 소리쳤다.

나는 베이컨을 움켜쥔 채로 부엌에서 달려 나왔다.

"뭔데 그래?"

"들어 보세요. '공원 살인 미스터리!'래요."

그가 신문을 읽었다.

"오늘 새벽 골든게이트 공원 진입로 근처에서 신원 미상의 남자 사체가 발견되었다. 경찰에 따르면, 시신은 목이 부러졌으며 몸에 특별한 타박상 흔적이 없는 데다 단정한 옷매무새와 근처 땅의 정황으로 보아 추락사했거나 자동차에 치인 것으로 보이지는 않는다. 피해자는 살해당한 이후에 자동차로 공원까지 운반되어 그곳에 버려졌을 것으로 추측된다.'"

"보이드로군!"

내가 말했다.

"저도 장담해요!"

밥이 맞장구를 쳤다.

그리고 잠시 뒤 시체 공시소에서도 우리의 짐작이 옳았음이 드러났다. 죽은 남자는 존 보이드였다.

"레드위치가 집 밖으로 데리고 나왔을 때 죽어 있었던 겁니다."

밥이 말했다.

나는 고개를 끄덕였다.

"틀림없어! 몸집이 작은 사람이니까, 레드위치 같은 거구한테는 술 취한 사람을 부축하는 척히면서 한 팔로 끌어안고도 현관문에서 찻실까지 정도의 짧은 거리를 끌고 가는 건 대수롭지 않은 일이었을 거야. 경찰청에 가서 뭐라도 좀 밝혀낸 게 있는지 알아보자고."

우리는 수사국에서 강력반을 맡고 있는 오가르 반장을 찾았는데 그는 함께 일하기 좋은 경찰이었다.

"공원에서 발견된 죽은 남자 말입니다, 그자에 대해서 좀 아는 게 있습니까?"

내가 물었다.

오가르는 시골 순경이나 쓸 법한 모자를 — 챙이 축 늘어진 큼지막한 검정색 중절모는 소극장 무대에 더 어울릴 것 같았다 — 뒤로 젖히고 둥근 대머리를 북북 긁더니, 마치 내가 터무니없는 조롱이라도 한 것처럼 인상을 썼다.

"죽은 사람이라는 것 말고는 하나도 없는데!"

마침내 그가 말했다.

"그자가 마지막으로 같이 있던 사람이 누구인지 안다면 어떻게 될까요?"

"그자를 죽인 범인을 찾아내는 데 방해가 될 정보는 아니란 것만은 확실하겠군."

"감이 어떤지 얘기나 좀 들어 보시죠? 그자의 이름은 존 보이드이고, 근처 호텔에서 지내고 있었습니다. 그자와 마지막으로 함께 있는 것이 목격된 사람은 에스텝 박사의 첫 번째 부인과 연결된 인물이죠. 다들 두 번째 부인이 저지른 살인죄를 입증하려고 아우성인 바로 그 에스텝 박사 말입니다. 흥미가 좀 동하십니까?"

"그렇군. 제일 먼저 어디부터 쑤셔야 할까?"

그가 말했다.

"보이드가 마지막으로 함께 있는 것이 목격된 사람은 바로 레드위치라는 인물인데, 샅샅이 조사하기가 어려운 대상일 겁니다. 여자를 먼저 조사하는 게 좋겠어요. 첫 번째 에스텝 부인 말입니다. 보이드랑 그 여자가 친한 사이일 가능성이 있어요. 그럴 경우, 레드위치가 그자를 없애 버렸다는 사실을 알게 되면 입을 열고 우리한테 협조할지도 모르죠. 반면에 그 여자가 레드위치와 한패거리라서 함께 보이드에 맞서는 형국이었다면, 그자를 덮치기 전에 여자는 안전하게 떼어 놓는 것이 좋을 겁니다. 어쨌거나 오늘 밤 이전에 그자를 잡아들이는 건 원치 않습니다. 내가 그자와 약속이 있거든요, 먼저 내가 올가미를 던져 보렵니다."

밥 틸은 문 쪽으로 향했다. 그가 어깨 너머로 "선배님 오실 때까지 제가 놈을 잘 감시하고 있겠습니다"라고 외쳤다.

"좋아. 그자가 우리를 피해 시외로 달아나도록 내버려 두진 말게. 놈이 내빼려고 하면 꼼짝 못하게 잡아 둬."

내가 말했다.

몽고메리 호텔 로비에서 오가르 반장과 나는 먼저 딕 폴리와 이야기를 나누었다. 그는 여자가 아직 방에 있다고 말해 주었다. 아침 식사를 방으로 올려 달라고 했다고 했다. 그녀는 우리가 감시를 시작한 뒤로 편지든 전보든, 전화든 어느 것도 받은 게 없었다.

나는 다시 스테이시를 찾았다.

"에스텝 부인이라는 여인과 이야기를 나눠 볼 작정인데, 어쩌면 우리가 밖으로 함께 데리고 나갈지도 모르겠습니다. 룸메이드를 올려 보내 잠자리에서 일어나 있는지, 옷은 갈아입었는지 알아봐 주겠소? 우리가 왔다는 걸 사전에 알리고 싶지도 않지만 그렇다고 잠자리에 누워 있거나 옷도 다 안 입은 여자에게 들이닥치고 싶지도 않습니다."

그는 우리를 15분쯤 기다리게 한 뒤, 에스텝 부인이 잠자리에서 일어나 옷도 입고 있다고 말해 주었다.

우리는 룸메이드를 대동하고 방으로 올라갔다.

룸메이드가 방문을 두드렸다.

"무슨 일이죠?"

짜증스러운 목소리가 들려왔다.

"룸메이드인데요, 제가……"

안쪽에서 열쇠고리가 돌아가더니 성난 에스텝 부인이 문을 열었다. 오가르와 내가 앞으로 다가섰고, 오가르는 경찰 배지를 내밀었다.

"시경에서 나왔습니다. 댁과 이야기를 하고 싶은데요."

그가 말했다.

여인이 눈앞에서 문을 쾅 닫을 수 없도록 오가르가 발을 문틈에 넣고 있다가 우리 두 사람이 함께 앞으로 다가들자, 부인은 다시 방 안으로 뒷걸음쳐 우리를 맞이할 수밖에 없었다. 그녀는 상냥한 체하는 기색도 전혀 없이 우릴 들였다.

방문을 닫고 나서 나는 그녀에게 폭탄을 투척했다.

"에스텝 부인, 무엇 때문에 제이크 레드위치가 존 보이드를 살해했습니까?"

그녀의 얼굴에는 제각기 이러한 표정이 스쳐 갔다. 레드위치의 이름에는 경계, '살해'라는 단어에는 공포, 그러나 존 보이드의 이름에는 어리둥절함만이 떠올랐다.

"무엇 때문에 뭘 했다고요?"

그녀는 시간을 벌고자 의미 없는 말을 더듬었다.

"말 그대로입니다. 무엇 때문에 제이크가 어젯밤 자기 아파트에서 그자를 살해해 공원으로 데려가 버려두었을까요?"

또 다른 일련의 표정이 스쳐 갔다. 내가 문장을 마무리할 때까지는 어리둥절함이 증폭되었다가 갑자기 무언가 알아차린 듯했고, 눈에 띄게 평정심을 되찾으려는 안간힘이 뒤를 이었다. 알다시피 그런 미묘한 표정 변화는 광고판처럼 뚜렷하진 않지만, 카드든 포커 게임이든 해본 적이 있는 사람이라면 누구나 알아차릴 수 있는 법이다.

그 상황에서 내가 알아차린 것은 보이드가 여자와 함께, 또는 여자의 수하로 일한 것이 아니었다는 사실과, 레드위치가 과거 언젠가 누군가를 죽인 적이 있다는 사실을 여자가 알고 있다는 점이었는데, 그 대상은 보이드가 아니었고 시기도 어젯밤이 아니었다. 그렇다면 누구일까? 언제였고? 에스텝 박사였을까? 그럴 리는 없다! 박사가 살해되었다고 하더라도, 그의 부인이, 그의 두 번째 부인이 살인을 저지른 것이 아니라면 누구라도 그런 일을 벌일 가능성은 없었다. 가능한 증거를 모두 감안해도 다른 해답은 도출할 수 없었다.

그렇다면 레드위치가 보이드 이전에 살해한 사람은 누구였을까? 그가 대량 살인 청부업자라도 된단 말인가?

이러한 생각들이 섬광처럼 두서없이 스쳐 지나가는 동안 에스텝 부인은 이런 말을 하고 있었다.

"어처구니가 없군요! 여기까지 올라오겠다는 생각을 하다니……"

그녀는 꼬박 5분간 이야기를 했고 굳은 입술 사이로 말이 퍽 술술 흘러나왔지만 말 자체는 아무런 의미도 없었다. 여인은 한동안 이야기를 계속했는데, 가장 안전한 태도가 무엇인지 떠올리는 동안 그저 입을 놀리고 있을 뿐이었다.

그러다 지친 우리가 입을 막아 버리기도 전에 그녀 스스로 불현듯 떠올린 대응책은 침묵이었다!

우리는 그 여인으로부터 더는 아무 말도 듣지 못했다. 그것은 질문 공세에서 승리할 수 있는 세상 유일의 방법이다. 보통의 용의자는 핑계를 대 체포를 피하려고 애쓴다. 얼마나 빈틈이 없는지, 또는 얼마나 거짓말에 능숙한지는 문제가 되지 않는다. 입만 열어 준다면, 그리고 당신이 제대로 패를 쓴다면 상대를 걸려들게 할 수 있다. 상대가 당신을 도와 유죄판결을 받도록 할 수 있다는 뜻이다. 하지만 입을 열지 않는다면 그런 사람을 데리고 할 수 있는 일은 하나도 없다.

그런데 이 여인이 그 작전을 쓰고 있었다. 그녀는 우리 질문에 관심을 보이는 것조차 거부했다. 말도 하지 않았고 고개를 끄덕이거나 신음 소리를 내거나 대답 대신 팔을 내젓는 것조차 하지 않았다. 여인이 상당한 표정 변화를 보여 준 것은 사실이었으나, 우리는 말로 내뱉는 정보를 원했고, 그런 협조는 얻어 내지 못했다.

하지만 우리라고 쉽게 물러서진 않았다. 꼬박 세 시간 동안 쉴 새 없이 여인을 공박했다. 호통을 쳤다가 달랬다가 협박도 했다가, 때로는 내가 보기에 거의 춤까지 추는 지경이었지만 소용없었다. 그래서 결국 우리는 여인을 데리고 밖으로 나섰다. 아무런 혐의점도 잡아내지 못했지만, 레드위치를 확실히 손에 넣기까지는 여인이 제멋대로 돌아다니도록 내버려 둘 수 없었다.

경찰청에 데려가서도 취조를 한 것이 아니라, 그냥 참고인으로 오가르의 부하 사무실에 나이 든 여성 경관과 함께 있게 하고 우리가 레드위치를 뒤쫓는 동안 뭐든 알아보라고 지시했다. 물론 시경에 도착해서 에스텝 부인의 몸수색을 했지만, 예상했던 대로 중요한 물건은 하나도 지니고 있지 않았다.

오가르와 나는 몽고메리 호텔로 돌아가 부인의 방을 샅샅이 수색했으나 아무것도 찾지 못했다.

"자네 제대로 알고 하는 소리가 확실하긴 한 거야? 만에 하나 실수한 거라면 엉뚱한 사람 잡아 놓고 일이 꽤 우스꽝스럽게 돌아가겠는걸."

호텔을 나서며 강력반장이 물었다.

나는 그의 질문에 대답하지 않았다.

"6시 30분에 만나서 같이 레드위치나 요리하러 갑시다."

그는 끙 소리로 알았다는 의사를 전했고, 나는 밴스 리치먼드의 사무실로 향했다.

9

속기사가 나를 안내하자마자 변호사는 책상에서 벌떡 일어났다. 그의 얼굴은 전보다 더 수척하고 잿빛이었고 주름은 깊어졌으며 눈 주변도 푹 꺼져 있었다.

"무슨 일이든 좀 해주셔야겠습니다!"

쉰 목소리로 그가 외쳤다.

"막 병원에서 돌아오는 길입니다. 에스텝 부인이 다 죽게 생겼어요! 이런 상황이 하루만 더 지속된다면, 최대로 잡아도 이틀 뒤면 부인은 세상을 하직……"

나는 그의 말문을 막고 재빨리 그날 있었던 일과 그러한 정황으로부터 내가 얻고자 예상하는 바, 혹은 희망하는 바에 대해 설명했다. 하지만 내가 전하는 소식을 듣고도 그는 얼굴이 밝아지지 않았고 가망 없다는 듯 고개를 절레절레 저었다.

내가 말을 마치자 그가 열변을 토했다.

"하지만 그 정도로는 안 된다는 거 모르겠습니까? 때가 되면 댁이 부인의 결백을 밝힐 증거를 찾아낼 수 있다는 것은 저도 압니다. 불평하는 게 아니에요. 탐정님은 예측 가능한 일은 전부 다, 그 이상을 해내셨죠! 하지만 그래도 아무런 소용이 없습니다! 저에게 필요한 건, 글쎄요, 아마도 기적이겠군요. 보이드 살인 사건에 대한 재판 과정 때 레드위치와 첫 번째 에스텝 부인한테서 결국 진실을 밝혀낼 거라고 생각하십니까? 혹은 사흘이나 나흘 안에 사건의 밑바닥까지 파헤치게 될 거라고 생각하시나요? 그러면 너무 늦습니다! 에스텝 부인한테 가서 이제는 자유의 몸이라고 말해 줄 수 있다면, 부인도 스스로 심신을 추스르고 견뎌 낼 겁니다. 하지만 하루라도 더 갇혀 있으면, 이틀은 고사하고 겨우 두 시간만 더 있으라고 해도 부인은 굳이 누구의 도움을 받아 풀려날 필요가 없게 될 겁니다. 죽음이 해결해 줄 테니까요! 제가 장담하는데 부인은……"

또다시 나는 느닷없이 밴스 리치먼드의 사무실을 빠져나왔다. 그와 함께 있으면 자꾸만 감정이 치민다. 하지만 나는 일은 그냥 일로 대하는 게 좋다. 근무 시간에 감정의 과잉은 성가실 뿐이다.

10

그날 저녁 7시 15분 전, 오가르를 길에 세워 둔 채 제이콥 레드위치의 아파트 벨을 눌렀다. 나는 전날 밤 밥 틸과 함께 우리 아파트에서 지내는 동안 샤인 위셔라는 인물로 레드위치와 안면을 텄을 때 입었던 옷을 계속 입고 있었다.

레드위치가 현관문을 열었다.

"안녕하시오, 위셔!"

그는 시큰둥하게 말하며 나를 이끌고 2층으로 올라갔다.

그의 아파트는 건물 전체 길이만큼 길쭉한 공간에 너비는 건물 폭의 절반이었고, 방이 네 개, 건물 앞과 뒤에 모두 출구가 있었다. 흠잡을 데 없이 말쑥한 느낌이 아니라 세상 어디에나 있는, 평범하게 적당한 가격대의 가구로 채운 전형적인 아파트였다.

거실에 앉아 이야기를 나누고 담배를 피우며 우리는 서로 상대방을 가늠했다. 그는 약간 초조해 보였다. 내가 찾아오겠다는 약속을 까먹었더라면 그가 더 흡족해했을 거라는 생각이 들었다.

"말씀하셨던 일거리는요?"

내가 이내 물었다.

"미안하지만 그 건은 다 끝났소."

레드위치는 약간 갈라진 입술을 축이며 말했다. 그러고는 다시 생각해 본 듯 덧붙였다.

"최소한 현재로선 그렇다는 얘기요."

그 말을 듣고 보니 내게 시키려던 일이 보이드를 처치하는 것이었던 모양이라고 짐작됐다. 하지만 보이드는 확실히 처리가 끝났다.

잠시 후 그가 위스키를 가져왔고 우리는 딱히 하는 일 없이 한동안 술을 마시며 이야기를 나누었다. 그는 나를 내보내고 싶은 열망을 지나치게 드러내지 않으려고 애를 썼고, 나는 조심스레 그를 떠보았다.

그가 여기저기 흘린 이야기를 종합해 보건대, 전직 사기꾼이 최근 들어 좀 더 손쉬운 도박 분야로 전업했다는 결론이 나왔다. '뚱보' 그라우트가 밥 틸에게 했던 이야기와도 일맥상통했다.

나는 내게 던지는 질문은 교묘하게 빠져나가면서 곤란한 처지에 놓인 사기꾼에게 자연스럽게 여겨질 만한 이야기를 들려주었다. 그러면서 당시 왈라왈라 교도소에서 대부분 장기 복역 중인 '지미 리베터' 노상강도 일당과 관련이 있다는 믿음을 줄 만한 실마리를 조심스레 한두 마디 흘렸다.

그는 내가 다시 자립할 수 있을 때까지 밑천이 될 만한 돈을 넉넉히 빌려 주겠다고 제안했다. 나는 뭔가 대박 칠 기회를 잡게 된다면 모를까 푼돈은 필요 없다고 대꾸했다.

저녁 시간이 흘러갔지만 우리의 대화는 계속 표류했다.

이윽고 나는 겉으로는 대수롭지 않은 듯 지나가는 말투로 말을 건넸다.

"제이크, 어젯밤에 그 작자를 그런 식으로 해치웠으니 대박의 기회를 잡았겠더군요."

나는 상황을 뒤흔들어 놓을 작정이었고, 성공했다.

그의 얼굴이 일그러졌다.

그의 외투에서 권총이 튀어나왔다.

나는 주머니에 손을 넣은 채로 그대로 총을 쏘아 그의 손에서 권총을 떨어뜨렸다.

"이젠 얌전히 계시지!"

내가 명령했다.

그는 앉은 채로 마비된 손을 주무르며 휘둥그레진 눈으로 연기가 피어오르는 구멍 난 나의 외투를 바라보았다.

총을 쏴서 상대방의 손에서 권총을 떨어뜨리는 것은 대단한 묘기처럼 보이지만, 사실 이따금씩 일어나는 흔한 일이다. 사격 솜씨가 훌륭한 사람이라면(더도 덜도 말고 바로 나만큼) 자연스레 자동적으로 시선이 가는 지점을 쏘게 된다. 눈앞에 있는 상대가 당신을 향해 총을 겨눌 때는 당신도 딱히 어느 지점을 목표로 하는 게 아니라 막연히 '그'에게 총을 쏜다. 특정 지점을 생각할 시간도 없으며, 당신은 그저 '그'에게 총을 발사한다. 이미 당신은 그의 총을 마주하고 있을 가능성이 대단히 크기 때문에 이 경우 당신이 쏜 총알이 상대의 총을 맞힌다 해도 그리 놀라운 일은 아니다. 내가 그랬듯이 말이다. 하지만 인상적인 광경으로 보이긴 한다.

나는 코트에 난 총알구멍 주변에 붙은 불을 털어 끄고, 방 안을 가로질러 그의 권총이 떨어진 곳으로 가서 총을 집어 들었다. 탄창을 열어 총알을 빼내기 시작하던 나는 마음을 바꿔 다시 총알을 집어넣고 주머니에 쑤셔 넣었다. 그러고는 레드위치의 건너편 의자로 돌아갔다.

"사람이 그렇게 행동하면 안 되지. 그러다간 누군가 병신 만들기 십상이거든."

내가 그를 조롱했다.

그의 작은 입이 위로 일그러졌다.

"팔꿈치로군?"

목소리에 한껏 경멸을 담아 그가 말했다. 탐정을 뜻하는 은어는 어떤 말이든 경멸의 뜻을 꽤 담을 수밖에 없는 듯하다.

잘 얼버무려 다시 위서 역할에 충실할 수도 있었을 것이다. 못 할 것도 없었지만 그럴 만한 가치가 있을 것 같지 않았다. 그래서 나는 고개를 끄덕여 시인했다.

이제 그는 머리를 굴리고 있었고, 주저앉아 오른손을 문지르는 동안 그의 얼굴에선 격분이 사라지며 열심히 주판알을 튕기는 듯 작은 입과 눈이 씰룩거리기 시작했다.

나는 그의 고민이 어떤 결론을 내리는지 보려고 기다리며 침묵을 지켰다. 이 놀음판에서 내 위치가 정확히 어디쯤인지 가늠하려고 그가 애쓰고 있다는 건 나도 아는 사실이었다. 그가 알기로 내가 놀음판에 끼어든 것은 전날 밤 사건 이전의 일이었고, 따라서 보이드 살해 사건을 내가 알 도리는 없었다. 그렇다면 에스텝 사건이 남게 된다. 그가 내가 전혀 알지 못하는 또 다른 구린 일에 수없이 연루되어 있지 않은 한은 말이다.

"경찰 소속은 아니죠?"

이윽고 그가 물었다. 그의 목소리는 이제 다정함을 띨 모양이었다. 무언가로 설득하려 하거나 무언가를 팔 심산이 있는 이의 목소리.

진실을 털어놓아도 무방하겠다고 나는 생각했다.

"그래요. 난 콘티넨털 소속이오."

레드위치는 내가 들고 있는 자동 권총 총구 쪽으로 의자를 조금 더 가까이 당겨 앉으며 물었다.

"그럼 뭘 조사하고 있는 거요? 어디서부터 개입한 겁니까?"

나는 또다시 진실을 써먹었다.

"두 번째 에스텝 부인. 그 사람은 남편을 죽이지 않았소."

"그 여자를 풀려나게 하려고 온갖 정보를 캐고 다니는 겁니까?"

"그래요."

그가 의자를 좀 더 가까이 끌고 오려 하기에 내가 손짓으로 그를 물렸다.

"어떻게 하려고 그래요?"

그는 목소리를 낮추어 한 마디 한 마디가 좀 더 중요한 비밀인 듯 물었다.

나는 계속해서 진실 한 자락을 더 펼쳤다.

"박사는 죽기 전에 편지를 한 통 썼어요."

"그래서요?"

그러나 일단 나는 작전을 중단했다.

"그냥 그렇다는 거요."

내가 말했다.

그는 의자에 기대앉았고, 생각에 잠긴 눈과 입이 다시 작아졌다.

"어젯밤 죽은 남자에 대해서는 웬 관심이죠?"

그가 느릿느릿 물었다.

나는 또다시 사실대로 말했다.

"당신과 심상찮은 관계가 있으니까. 그 사건은 어쩌면 두 번째 에스텝 부인에겐 직접적으로 아무런 이익이 안 될지도 모르죠. 하지만 당신과 첫 번째 부인은 서로 작당해서 그 여인과 맞서고 있소. 그러니까 어찌 됐든 당신들 두 사람에게 해가 되는 일은 그 여인을 돕는 일이겠죠. 어둠 속에서 내가 방황을 좀 하고 있다는 건 인정하겠소만, 빛을 한 줄기라도 발견하게 되면 어디든 그쪽으로 달려갈 거요. 그래서 결국엔 햇빛 속으로 빠져나오겠지. 당신이 보이드 살해범이란 걸 밝히는 일이 그 빛을 찾는 한 가지 길이니까."

별안간 그가 튀어나올 정도로 눈과 입을 크게 벌리고는 몸을 앞으로 바짝 숙였다.

"물론 빠져나오게 되겠죠, 판단력만 좀 발휘하면 말이오."

그가 아주 부드럽게 말했다.

"무슨 뜻으로 하는 말이실까나?"

"내가 보이드의 살해범이란 걸 밝혀서, 나를 살인죄로 기소할 수 있을 거라고 생각합니까?"

여전히 아주 부드러운 말투로 그가 물었다.

"그럴 거라 생각하오."

그러나 대단한 자신감은 없었다. 무엇보다도 도덕적으로 심증은 있었지만, 밥 틸도 나도 레드위치와 함께 자동차에 탄 남자가 존 보이드란 걸 맹세할 순 없었다.

물론 우리가 그의 얼굴을 알아보기엔 너무 어두웠다는 점이 문제였다. 게다가 어둠 속에서 우리는 그가 살아 있다고 생각했었다. 그가 계단을 내려올 당시 죽어 있었다는 건 우리도 나중에 안 사실이었다.

사소한 부분까지 절대적으로 확신하지 않는 한, 그러한 빈약한 주장으로 사설탐정이 증인석에 오르는 것은 불쾌하고도 효과 없는 짓이었다.

"그럴 거라 생각하오."

나는 이러한 점들을 생각하며 되풀이해 말했다.

"그리고 당신에 대해 알아낸 사실과 지금부터 당신과 당신 공범이 재판을 받을 때까지 내가 확보하게 될 정보에 만족할 거요."

"공범이라뇨? 에드나를 말하는 모양이로군요. 벌써 그 여자를 붙잡았다는 말입니까?"

별로 놀란 기색 없이 그가 말했다.

"그렇소."

그가 웃음을 터뜨렸다.

"그 여자한테서 뭐든 알아내려면 애깨나 먹을 거요. 첫째 그 여자는 별로 아는 게 없고, 둘째…… 아무튼 시도는 해봤을 테니까, 그 여자가 얼마나 협조적인지 알겠군요! 그러니 그 여자가 다 털어놓은 척 구태의연한 연기를 할 생각은 마시오!"

"난 아무것도 척하는 게 없소."

우리 사이에 몇 초간 침묵이 흘렀다. 그러다 이내 그가 입을 열었다.

"내가 제안을 하나 하죠. 받아들이든 말든 당신 마음이오. 에스텝 박사가 죽기 전에 쓴 편지는 나한테 보낸 것이었고, 그가 자살했다는 확실한 증거입니다. 내가 빠져나갈 기회를, 단 30분쯤만이라도 준다면 편지를 당신에게 넘기겠다고 내 명예를 걸고 약속하겠소."

"당신을 믿어도 된다는 건 나도 알고 있소."

내가 빈정거리듯 말했다.

"그럼 나도 댁을 믿어 보죠! 30분만 시간을 준다고 약속하면 편지를 댁한테 넘기겠소."

그가 쏘아붙였다.

"무엇 때문에? 내가 당신과 편지를 둘 다 손에 넣지 못할 이유가 없잖소?"

내가 물었다.

"둘 다 손에 넣을 수가 있어야 말이죠! 내가 그런 편지를 쉽게 찾을 수 있는 곳에 둘 사람같이 보입니까? 편지가 이 방 안에 있기라도 할 것 같아요?"

나는 편지가 그 방에 있다고 생각하진 않았지만 레드위치가 편지를 숨겼다고 해서 찾을 수 없으리라고 생각하지도 않았다.

"내가 왜 당신과 거래를 해야 하는지 통 이유를 생각해 낼 수가 없군. 당신이 내 말에 겁을 집어먹었으니 그걸로 충분하오."

"댁이 두 번째 에스텝 부인을 풀려나게 할 수 있는 유일한 기회는 자발적인 나의 협조를 통한 길뿐이라는 사실을 보여 준다면 거래에 응하겠소?"

"그럴지도. 일단 당신 주장을 들어나 봅시다."

"좋아요. 댁한테는 다 실토하죠. 하지만 이제부터 내가 말하는 내용은 대부분 내 도움 없이는 법정에서 입증할 수 없는 이야기일 겁니다. 당신이 내 제안을 거부한다면, 이 모든 이야기가 전부 거짓이라고 배심원들을 설득할 만한 증거가 나한테도 충분해요. 나는 이런 말을 한 적도 없고 당신이 나에게 누명을 씌우려는 거라고 말하면 그뿐이니까."

레드위치가 말했다.

그 부분은 충분히 그럴듯했다. 나도 워싱턴 시부터 워싱턴 주에 이르기까지 방방곡곡에서 증언대에 섰지만, 배심원단 치고 사설탐정을 주머니에 속임수용 카드를 넣고 다니거나 종종 거짓 증언을 일삼으며 결백한 사람을 감옥에 처넣지 않은 날은 손해를 봤다고 생각하는 배신 전문가로 여기지 않은 사람을 한 번도 본 적이 없었다.

11

"여기서 아주 먼 어느 도시에 한때 젊은 의사가 살았소."

52

레드위치가 이야기를 시작했다.

"스캔들에 휘말리게 됐는데 꽤나 고약한 사건이라서, 감옥에 가는 걸 가까스로 모면했을 정도였죠. 주 의사협회는 그 친구의 자격을 박탈했소. 그리 멀지 않은 대도시로 흘러 들어온 이 젊은 의사 양반은 어느 날 밤 술에 취해 — 당시엔 대개 취해서 지냈으니까요 — 싸구려 술집에서 만난 어떤 남자한테 자기 고민을 털어놓았소. 그 친구는 수완이 좋은 부류였고, 돈을 주면 어디 다른 주에 가서 개원할 수 있게 가짜 의사 면허증을 만들어 주겠다고 제안을 했지요. 젊은 의사 양반은 그 제안을 받아들였고, 그 친구는 의사를 위해서 면허증을 구해 줬어요. 그 의사는 댁도 알다시피 에스텝 박사고 내가 바로 그 친구요. 진짜 에스텝 박사는 오늘 아침에 공원에서 시체로 발견됐고요!"

그것은 놀라운 얘기였다, 사실이라면 말이다!

거구의 사내는 설명을 이어 갔다.

"젊은 의사 양반한테 — 그 친구 진짜 이름은 상관하지 않았소 — 가짜 면허를 구해 주겠다고 제안했을 때 나는 서류를 위조할 생각이었소. 요새는 그런 수요가 워낙 많아서 구하기 쉽지만, 25년 전에는 어렵사리 손에 넣을 수 있긴 해도 구하기가 만만치는 않았어요. 의사 면허를 구하려고 애를 쓰던 나는 과거에 같이 일한 적이 있는 에드나 파이프와 맞닥뜨렸소. 당신이 첫 번째 에스텝 부인이라고 알고 있는 바로 그 여자죠.

에드나는 의사와 결혼을 했는데, 그 사람이 진짜 험버트 에스텝 박사요. 하지만 그 작자는 의사로선 엉망이었소. 필라델피아에서 남편과 몇 년이나 굶주리던 에드나는 병원 문을 닫게 하고, 남편을 이끌고 사기도박 세상으로 되돌아왔던 거요. 말이 나왔으니 말이지만 솜씨가 좋은 여자였소. 그 여자가 진짜 꾼이었는데, 줄곧 남편을 꽉 잡고 살면서 남편까지도 꽤 솜씨 좋은 도박꾼으로 만들었더군요.

에드나를 다시 만난 지 얼마 안 돼서 그런 이야기를 나한테 다 털어놓길래, 내가 남편의 의사 면허와 다른 기밀서류를 사겠다고 제안을 했소. 의사 양반도 팔 의향이 있었는지 없었는지는 모르겠소만, 어쨌든 그 사람은 아내가 시키는 대로 했고 나는 서류를 손에 넣었소.

나는 서류를 젊은 의사한테 넘겼고 그 친구는 샌프란시스코로 와서 험버트 에스텝이라는 이름으로 개원을 했소. 진짜 에스텝 부부는 그 이름을 더는 쓰지 않기로 약속했는데, 두 사람이야 원래도 주소지를 옮길 때마다 이름을 바꾸며 살았으니 불편할 것도 전혀 없었죠.

물론 나는 젊은 의사와 계속 연락을 취하면서 주기적으로 내 몫을 챙겼소. 내가 그 친구의 목을 틀어쥔 상황인데, 그렇게 쉽게 돈을 벌 수단을 놓칠 만큼 어리석진 않았으니까요. 1년쯤 지나자 그 친구도 제정신을 차렸는지 돈을 잘 벌고 있다는 걸 알게 됐지요. 그래서 나도 기차를 집어타고 샌프란시스코로 왔소. 그 친구는 잘해 내고 있었어요. 그래서 나도 그 친구를 계속 감시하며 내 몫을 챙길 수 있는 이곳에 자리를 잡았소.

그 무렵 그 친구는 결혼을 했고 병원 일과 투자로 큰돈을 벌어들이기 시작하더군요. 하지만 나한테는 박하게 굴었어요, 빌어먹을 자식! 출혈은 하지 않겠다는 거였소. 나는 그 친구가 벌어들이는 돈의 일정 비율만 주기적으로 받았고, 그게 전부였소. 25년 가까이 돈을 받긴 했지만 일정 비율 이상은 한 푼도 더 받지 못했어요. 내가 황금알을 낳는 거위를 죽이는 짓은 하지 않을 거란 걸 그도 알고 있었으니 내가 정체를 폭로하겠다고 아무리 협박해도 그 친구는 꿈쩍도 하지 않고 버텼소. 난 주기적인 상납을 받았을 뿐 한 푼도 더 받지 못했소.

그렇게 몇 년 세월이 흘렀소. 그 친구 덕에 나도 생계유지는 됐지만 큰돈은 전혀 벌지 못하고 있었죠. 몇 달 전에 그 친구가 목재 사업에 투자해서 거액을 벌어들였다는 걸 알게 된 나는 단단히 내 몫을 챙겨야겠다고 결심했소.

오랜 세월을 지내면서 나는 의사 양반에 대해서 꽤 잘 알게 되었소. 누군가의 피를 빨아먹다 보면 다들 알게 되는 사실이오. 머릿속엔 어떤 생각이 들어 있는지, 어떤 일이 벌어지면 그 친구가 어떤 행동을 할 가능성이 큰지 상당히 파악하게 된다는 말이오. 그래서 나도 의사 양반을 꽤 잘 알고 있었소.

예를 들면, 자기 과거에 대해 의사 양반이 아내한테 절대로 털어놓지 않았다는 것도 알고 있었죠. 웨스트버지니아에서 태어났다면서 약간의 거짓말을 구실로 삼았다는 것도요. 나로서는 금상첨화였소! 그러다가 그 친구가 책상에 권총을 넣어 두고 있다는 것도 알게 됐는데 이유도 짐작이 되더군요. 의사 면허에 관한 진실이 밝혀지면 자살할 목적으로 보관한 거였소. 정체가 폭로되려는 낌새가 보일 때 즉각 자신을 세상에서 지워 버리면, 그간 자기가 쌓아 놓은 좋은 평판에 대한 존중의 의미로 당국에서도 사실을 덮어 버릴 거라고 짐작했던 거요.

그리고 그의 부인 역시 설령 진실을 알게 된다고 해도, 공개적으로 추문에 휩싸이는 건 피할 수 있을 테니까요. 여자 마음 하나 지켜 주겠다고 스스로 죽음을 택하는 건 나로선 있을 수 없는 일이지만, 의사 양반은 한편으로 좀 웃기는 작자였고, 자기 부인에 대해선 유난스러웠소.

그런 식으로 나는 그 친구를 압박했고, 상황은 내 짐작대로 돌아가더군요.

내가 세운 계획이 좀 복잡하게 들릴지 모르지만, 실은 꽤 간단했소.

진짜 에스텝 부부를 손에 넣었으니 말이오. 찾는 데 오래 걸리기는 했지만 마침내 나는 그들을 찾아냈소. 여자는 샌프란시스코로 데려왔고 남자한테는 멀리 떨어져 있으라고 지시했소.

그 삭자가 내가 시킨 대로만 했더라면 모든 게 잘 풀렸을 거요. 하지만 그자는 에드나와 내가 자기를 배신할까 봐 겁이 나서 우리를 감시하려고 이리로 쫓아왔소. 하지만 나는 당신이 그 친구의 존재를 내게 찔러 줄 때까지 그 사실을 알지 못했소.

에드나한테는 꼭 알아야 할 것 이상은 알려 주지 않은 채 이리로 데려왔고, 토씨 하나 틀리지 않게 연기할 때까지 훈련을 시켰지요.

에드나가 오기 며칠 전에 나는 의사 양반을 만나러 가서 10만 달러를 현금으로 내놓으라고 요구했소. 그 친구는 비웃었고, 나는 불같이 화를 내는 체하며 떠났소.

에드나가 도착하자마자 나는 의사에게 여자를 보냈소. 자기 딸에게 불법으로 수술을 해달라고 요청하러 간 거였소. 물론 의사 양반은 거절했소. 그런 다음 여자는 간호사든 누구든 대기실에 있는 사람에게 충분히 들릴 만큼 큰 소리로 애걸을 했소. 목소리를 높였을 땐 우리가 원하는 대로 해석될 수 있는 말만 하도록 조심을 시켜 두었소. 여자는 완벽하게 연기를 마쳤고 눈물을 흘리며 진료실을 나왔소.

그런 다음 나는 다른 속임수를 동원했소! 인쇄용 조판을 만들었는데, 마침 나에겐 그런 쪽으로 도가 튼 친구도 한 명 있었지요. 신문 인쇄용 가짜 조판 말이오. 진짜 기사처럼 활자를 넣어, 가짜 신분으로 발급된 의사 면허로 샌프란시스코에서 개원한 명망 있는 의사에 대한 조사를 주 경찰 당국에서 착수했다는 내용의 기사를 만들었소. 가로 10센티미터, 세로 17센티미터 크기의 조판이었소. 주중에 어느 날이든 〈이브닝 타임스〉 첫 장을 펼치면 딱 그 크기의 사진을 볼 수 있을 거요.

에드나가 찾아갔던 다음 날 아침 10시에 나는 길거리에서 〈타임스〉 초판 신문을 한 부 샀소. 위조꾼 친구를 시켜서 신문에 난 사진을 산성 용액으로 벗겨 내게 한 다음 그 자리에 우리가 만든 가짜 기사를 인쇄했지요.

그날 저녁에 '가정배달용' 석간신문 표지에다 우리가 꾸민 신문 속지를 넣어, 배달원이 의사 선생네 집에 신문을 넣자마자 바꿔치기했소. 그 부분엔 아무 문제가 없었지요. 배달원 아이는 신문을 현관에 휙 던지고 갔을 뿐이니까요. 건물 현관에 살짝 들어가서 신문을 바꿔치기하고는 가짜 기사를 의사가 읽도록 내버려 두기만 하면 되는 일이었소."

나는 관심 없는 듯 보이려고 애를 썼지만 귀를 쫑긋 세우고 한 마디 한 마디에 귀를 기울였다. 처음엔 거짓말이 흘러나올 것을 기대하고 마음의 준비를 했었다. 그러나 이제 그가 진실을 이야기하고 있다는 걸 알 수 있었다! 그의 한 마디 한 마디에 모두 으스댐이 묻어났다. 그는 자신의 절묘한 술수에 대한 뿌듯함에 거의 반쯤 취해 있었다. 교묘하게 배신과 살인을 계획하고 실행에 옮겼다는 뿌듯함.

나는 레드위치가 진실을 털어놓고 있음을 깨달았고, 그가 의도했던 것보다 더 많은 이야기를 실토했다고 짐작했다. 그는 자만심으로 한껏 부풀어 있었다. 사기꾼은 사소한 성공을 거둔 뒤 거의 어김없이 자만심에 빠져들게 마련인데, 결국엔 그것 때문에 감옥에 가기 십상이다.

그의 눈은 반짝거렸고, 계속해서 무용담을 털어놓는 작은 입가엔 승리의 미소마저 감돌았다.

"물론 의사 양반은 그 신문을 읽었고, 권총으로 자살을 했소. 하지만 그보다 먼저 그는 편지를 써서 나에게 우편으로 부쳤소. 그의 부인이 남편을 살해한 혐의를 받게 될 줄은 짐작 못 했소. 그건 순전히 행운이었지.

나는 경황이 없는 터라 가짜 신문 기사는 아무도 눈여겨보지 않을 거라고 짐작했소. 그런 다음 에드나가 나타나 자기가 의사의 첫 번째 부인이라고 주장할 예정이었지요. 에드나가 처음 의사를 찾아갔고 간호사가 얼핏 이야기를 엿들은 뒤에 그가 스스로에게 총을 쏘고 죽었으니, 의사 양반의 죽음은 에드나가 그의 첫 번째 부인이라는 고백으로 보일 게 분명했소.

나는 에드나가 어떤 종류의 심문도 잘 버텨 낼 것이라는 자신이 있었소. 의사 양반이 사람들한테 했던 이야기 말고는 그의 진짜 과거에 대해 아무도 아는 사람이 없는데, 그게 거짓으로 드러나는 거요.

에드나는 1896년에 필라델피아에서 정말로 험버트 에스텝 박사와 결혼을 했었소. 27년이란 긴 세월은 그 험버트 에스텝 박사가 여기 사는 험버트 에스텝 박사가 아니라는 사실을 숨기는 데 충분했소.

내가 원했던 것은 의사 양반의 진짜 부인과 변호사에게 그녀가 그간 합법적인 아내가 절대 아니었다는 사실을 납득시키는 것뿐이었지요. 그리고 그렇게 되었고요! 에드나가 합법적인 부인이라는 걸 모두들 당연하게 받아들이더군요.

다음 단계는 유산을 놓고 에드나와 진짜 부인 사이에 어떻게든 합의를 이끌어 내는 것이었고, 그렇게 되면 에드나는 상당한 재산을, 최소한 유산의 절반은 차지하게 되겠지요. 그랬더라면 아무것도 세상에 알려지지 않았을 거요.

최악의 경우 우리는 법정에 나갈 준비까지 되어 있었소. 우리가 유리한 입장이었으니까요! 하지만 난 유산의 절반에 만족했을 거요. 최소한 수십만 달러는 될 테니, 에드나에게 주기로 약속했던 2만 달러를 제한 다고 해도 내 몫으로는 넉넉했을 거요.

하지만 경찰에서 의사 부인을 붙잡아 살인 혐의로 기소를 했으니, 내 가 전 재산을 차지하게 생겼더군요. 내가 할 일은 그냥 가만히 앉아서 그 여자가 유죄 선고를 받을 때까지 기다리는 것뿐이었소. 그러면 법정 에서 전 재산을 에드나 앞으로 넘겨줄 테니까.

의사 부인을 풀려나게 할 유일한 단서는 내가 갖고 있소. 의사 양반이 나에게 쓴 편지 말이오. 하지만 내가 그러고 싶어도, 내 음모를 폭로하지 않고는 편지를 넘길 수가 없는 상황이오. 신문에서 가짜 기사를 읽은 의사 양반은 그 기사를 찢어 그 앞면에다 나에게 보내는 메시지를 적어 우편으로 부쳤소. 그러니 그 편지는 죽음을 앞두고 쓴 고백이지요. 하지 만 나는 어찌 되었든 그걸 공개할 의향이 없었소.

지금까지는 모든 것이 꿈결처럼 흘러갔소. 내가 할 일은 내 몫의 현찰 을 챙기게 될 때까지 기다리는 것뿐이었지요. 그런데 진짜 험버트 에스 텝이 나타나 일을 망치고 만 거요.

그자는 수염을 깎아 버리고 낡은 옷을 걸친 뒤 에드나와 내가 자기를 배신하고 달아나지 않을까 숨어서 살피러 나타났소. 행여나 우리를 막 을 수나 있다는 듯이! 당신이 그자의 존재를 찔러준 뒤 나는 그자를 이 리로 데려왔소. 갖고 있는 패를 다 돌릴 때까지는 그자를 달래 볼 작정 이었지요. 댁을 고용하려던 것도 그자를 돌보기 위함이었소.

하지만 이야기를 하면서 우린 몸싸움을 벌였고 어쩔 수 없이 난 그자 를 쓰러뜨리게 됐소. 그자는 일어나지 않았고, 나는 그가 죽었다는 걸 알게 됐소. 목이 부러졌더군. 그자를 공원으로 데려가 버리는 것 외엔 할 일이 없었소.

에드나에게는 이야기하지 않았소. 내가 아는 한 그자는 에드나에게 별 쓸모도 없는 인간이었지만 여자들이 상황을 어떻게 받아들일지는 늘 모르는 일이잖소. 어쨌든 에드나는 받아들일 테니까 그 문제는 다 해결이 된 거였소. 에드나는 항상 솔직한 사람이오. 그래서 자백을 하더라도 나에게 큰 해는 입히지 못해요. 주어진 역할에 대해서만 알 뿐이니까.

길고 복잡한 이 이야기를 전부 들었으니 이제 당신도 어떤 상황인지 정확히 판단이 될 거요. 어쩌면 당신은 내가 지금 해준 이야기에 대한 단서를 파헤칠 수 있다고 생각하겠죠. 여기까지는 가능할지도 모르오. 에드나가 의사 양반의 부인이 아니었다는 점은 입증할 수 있겠죠. 내가 그 사람을 협박해 왔다는 것도 입증할 수 있을 거요. 하지만 에드나가 자기 남편의 진짜 아내였다는 걸 의사 양반 부인이 몰랐다는 사실까지는 입증하지 못할 거요! 그 부인의 말은 에드나와 내 증언과는 반대일 테니까.

우리는 부인이 틀림없이 그 사실을 알았다고 맹세할 테고, 그러면 그게 부인의 살해 동기가 될 거요. 내가 이야기해 준 가짜 신문 기사가 존재했었다는 사실도 당신은 입증할 수 없소. 배심원들에겐 그런 이야기를 해봤자 미치광이의 꿈처럼 들릴 거요.

어젯밤의 살인 사건도 나와 엮지 못해요. 나에겐 댁의 코를 납작하게 해줄 알리바이가 있소! 나는 술에 취한 친구 하나를 여기서 데리고 나가 호텔까지 부축한 뒤 호텔 야간 담당 직원과 벨보이의 도움으로 침대에 눕히기까지 했다는 사실을 증명할 수 있소. 그런데 댁은 뭘로 그걸 반박할 거요? 사설탐정 두 사람의 증언을 누가 믿어 주겠소?

어쩌면 나를 사기 공갈 공모죄로 집어넣을 순 있겠죠. 하지만 그것과 상관없이, 에스텝 부인을 풀려나게 하는 건 내 도움 없인 불가능해요.

나를 풀어 주면 의사 양반이 나에게 쓴 편지를 넘기겠소. 그거야말로 확실하고도 충분한 증거잖소! 가짜 신문 기사 위에다 의사가 직접 자기 필체로 남긴 메모는 아마 경찰에서 증거품으로 갖고 있을 찢어진 신문과 아귀가 딱 맞을 거요. 그리고 그는 거의 확실한 어조로 자살을 하겠다고 적어 놓았단 말이오."

그 쪽지가 속임수를 밝힐 열쇠라는 점에는 추호의 의심도 없었다. 나는 레드위치의 이야기를 믿었다. 생각해 보면 볼수록 마음에 드는 이야기였다. 모든 면에서 사실과 딱 맞아떨어졌다. 그러나 이 거물 사기꾼을 자유로이 풀어 주는 일은 내키지 않았다.

"웃기지 마쇼! 나는 당신도 잡아넣고 에스텝 부인도 풀려나게 할 거요, 둘 다."

"어디 한번 해보시지! 편지 없이는 어림없는 일이오. 설마 이런 일을 계획할 만큼 두뇌가 뛰어난 사람이 그런 편지를 쉽게 찾을 수 있는 곳에 둘 정도로 어리석다고 생각하진 않겠죠?"

레드위치를 잡아넣는 것과 죽은 남자의 부인을 풀려나게 하는 일이 난관에 봉착했다는 사실은 딱히 염려되지 않았다. 가장 최근까지 함께한 공범 에드나 에스텝을 포함하여 관련자 모두를 냉혈한처럼 배신의 거미줄에 매단 그의 계획은 본인이 생각하고 있는 것만큼 빈틈없지 않았다. 동부에 있는 연줄 몇몇을 동원하면 일주일 안에…… 하지만 문제는 내게 일주일의 여유가 없다는 점이었다!

밴스 리치먼드의 말이 머릿속에서 맴돌았다. '하지만 하루만 더 갇혀 있으면, 이틀은 고사하고 겨우 두 시간만 더 있으라고 해도 부인은 굳이 누구의 도움을 받아 풀려날 필요가 없게 될 겁니다. 죽음이 해결해 줄

테니까요!'

에스텝 부인을 어떻게든 도우려면 빨리 움직여야 했다. 법의 테두리 안이든 밖이든 부인의 목숨이 퉁퉁한 내 손에 달려 있었다. 내 앞에 있는 이 남자는 ― 이제는 희망으로 눈을 빛내며 석성스레 입을 다물고 있는 ― 도둑, 협박범, 배신자에다 최소한 두 번은 살인을 저지른 놈이었다. 순순히 그가 걸어 나가게 하기는 싫었다. 하지만 병원에서 한 여인이 죽어 가고 있었다……

12

레드위치에게 시선을 고정한 채 전화기로 다가가 밴스 리치먼드의 집으로 연락을 취했다.

"에스텝 부인은 어떻습니까?"

내가 물었다.

"더 약해졌어요! 30분 전에 의사와 얘기를 했는데 의사 말로는……"

나는 그의 말허리를 잘랐다. 자세한 이야기는 듣고 싶지 않았다.

"병원으로 건너가서 내 전화 연락이 닿을 만한 곳에 계십시오. 오늘 밤이 지나기 전에 소식을 전하게 될지도 모르겠습니다."

"뭐라고요, 가능성이 있는 겁니까? 정말로……"

나는 변호사에게 아무것도 약속하지 않았다. 수화기를 내려놓고 레드위치에게 말했다.

"이것까지는 나도 해주겠소. 쪽지를 넘기면 당신에게 총을 돌려준 뒤 뒷문으로 내보내 주겠소. 건물 앞 모퉁이에 지키고 있는 사람이 있지만,

그 친구 앞은 무사히 통과하게 해줄 수 있소."

그는 환하게 웃으며 자리에서 일어났다.

"확실히 약속하는 겁니까?"

그가 물었다.

"그러니까, 어서 가져와요!"

그는 내 옆을 지나 전화기로 가더니 교환에게 번호를 댔고(물론 나는 그 번호를 적어 두었다) 이어 다급히 수화기에 대고 말을 했다.

"나 슐러야. 내가 대신 맡아 달라고 했던 봉투 있잖아, 누구 하나 그 거 들려서 택시 태워 이리로 당장 보내."

그는 집 주소를 알려 주고는 두 번 "그래"라고 말한 뒤 전화를 끊었다.

내 말에 토 달지 않고 수긍하는 그의 행동에는 놀라울 것이 없었다. 그는 내가 자기와 공평하게 거래하고 있다는 데 대해 조금도 의심하지 않았다. 또한 성공한 사기꾼들은 하나같이 어느 시점에 이르면, 세상은 자기들 외에는 진짜 양처럼 순순히 믿어도 좋은 인간 양들의 종족으로 가득 차 있다고 믿는다.

10분 뒤 초인종이 울렸다. 우리는 함께 문을 열러 나갔고 레드위치가 심부름꾼 아이한테서 커다란 봉투 하나를 받아 드는 사이 나는 아이 모자에 적힌 전화번호를 외웠다. 그러고 나서 우리는 다시 거실로 돌아 갔다.

레드위치가 봉투를 찢어 내용물을 나에게 건넸다. 대충 찢어 낸 신문 조각이었다. 거짓 기사 위로 그가 내게 이야기했던 내용이 휘갈겨 적혀 있었다.

레드위치, 나는 당신이 그토록 심대하게 어리석은 인간이란 것을 짐작도

하지 못했소. 내 생의 마지막 생각은, 내 인생을 끝내는 이 총알이 당신의 느긋한 세월 또한 끝장낼 거라는 점이오. 이젠 당신도 일을 해야 할 거요.

에스텝

의사는 당당하게 세상을 떠났다!

나는 거구의 사내에게서 봉투를 받아 들고 유서를 안에 넣은 뒤 봉투째 내 주머니에 넣었다. 그러고 나서 건물 앞쪽 창문으로 다가가, 몇 시간 전에 지시한 그대로 끈기 있게 모퉁이에 서 있는 오가르의 희미한 형체가 눈에 들어올 때까지 유리창에 뺨을 대고 지켜보았다.

"형사는 길모퉁이에 있소."

내가 레드위치에게 말했다. 조금 전에 그의 손에서 총으로 쏴 떨어뜨렸던 권총을 내밀며 나는 말을 이었다.

"당신 총은 여기 있으니 갖고 뒷문으로 빠져나가시오. 내가 제안할 수 있는 건 이게 전부라는 거 명심해요, 권총과 먼저 달아나는 것. 만일 당신이 나와 정정당당하게 게임을 한다면 나는 당신을 찾는 데 아무런 도움도 주지 않을 거요. 내 입장이 곤란해지지 않는 한."

"좋소!"

그는 권총을 받아, 아직 총알이 장전되어 있는지 탄창을 꺾어 본 다음 제자리에 돌려놓았다. 사내는 문 앞에서 걸음을 멈추고 망설이더니 다시 나를 향해 돌아섰다. 나는 줄곧 나의 자동 권총으로 그를 겨누고 있었다.

"거래 조건에 넣지는 않았지만 내 부탁 하나 들어주겠소?"

그가 물었다.

"뭐요?"

"의사 양반의 쪽지가 내 필체가 적힌 봉투에 들어 있는데 거기 내 지문도 묻어 있을지 모르잖소. 새 봉투에 넣도록 해주겠소? 필요 이상으로 내 뒤를 쫓는 증거를 남기고 싶진 않소."

오른손은 권총을 쥐고 있느라 바빴으므로 나는 왼손으로 주머니를 뒤져 봉투를 꺼내 그에게 던졌다. 그는 탁자에서 평범한 봉투를 한 장 꺼내 손수건으로 조심스레 닦은 뒤 안에 쪽지를 넣고 손끝 지문 부분이 봉투에 닿지 않도록 신경을 쓰며 다시 나에게 봉투를 넘겼고, 나는 그것을 주머니에 집어넣었다.

내 앞에서 그는 희색이 만면해져 웃음을 참지 못하고 있었다.

그가 손수건으로 봉투를 더듬는 걸 보며 나는 주머니에 넣은 봉투가 비어 있으며, 쪽지가 레드위치의 수중에 있다는 걸 알아차렸다. 비록 쪽지를 옮기는 것을 보지는 못했지만 말이다. 그의 사기꾼다운 꼼수를 하나 더 보여 준 셈이었다.

"꺼져!"

그의 얼굴에서 웃음기를 없애 주려고, 내가 소리쳤다.

그가 홱 돌아섰다. 그의 발소리가 바닥을 쿵쿵 울렸다. 이내 뒷문에서 쾅 소리가 났다.

나는 레드위치가 준 봉투를 뜯어 열어 보았다. 그가 나를 속였는지 확인할 필요가 있었다.

봉투는 비어 있었다.

우리의 합의는 파기되었다.

나는 앞쪽 창문으로 달려가 창을 활짝 열고 밖으로 몸을 내밀었다. 오가르는 내 쪽에서 그를 알아보는 것보다 더 확실하게 나를 알아보았다. 나는 팔을 크게 휘둘러 건물 뒤쪽을 가리켰다. 오가르가 뒷골목으로 달려갔다. 나는 레드위치의 아파트를 가로질러 부엌 쪽으로 달려갔고 이미 열려 있는 창밖으로 머리를 내밀었다.

칠이 벗겨진 하얀색 담장을 배경으로 레드위치가 건물 후문을 열어젖히고 골목으로 뛰어나가는 모습이 보였다.

오가르의 땅딸한 체구가 골목 끝에 매달린 가로등 아래 나타났다.

레드위치는 권총을 들고 있었다. 오가르는 아직 총을 꺼내지 못한 상태였다.

레드위치가 권총을 들어 올려 공이치기를 뒤로 꺾었다.

오가르의 총이 불을 뿜었다.

레드위치는 하얀 담장을 배경으로 슬로모션으로 쓰러지며 한두 번 헐떡거리더니 풀썩 나자빠졌다.

나는 천천히 계단을 내려가 오가르와 합류했다. 의도적으로 죽게 만든 사람을 보는 일이 좋을 건 없었으므로 천천히 움직였다. 그것이 비록 죄 없는 목숨을 살리기 위한 가장 확실한 방법이었다고 해도, 죽은 사람이 제이크 레드위치라고 해도, 어쨌거나 기만은 기만이었다.

골목에 서서 죽은 남자를 내려다보고 있던 오가르는 내가 당도하자, "어떻게 된 거야?"라고 물었다.

"나를 피해 달아났어요."

나는 간단하게 대꾸했다.

"그랬겠지."

나는 몸을 굽혀 죽은 남자의 주머니를 죄다 뒤져 유서를 찾았고, 여전히 손수건 안에 구겨져 있던 쪽지를 발견했다. 오가르는 죽은 남자의 권총을 확인하고 있었다.

그가 외쳤다.

"이것 좀 봐! 오늘 내가 운이 좋았던 게 아니었나 봐! 아까 이자가 나한테 총을 쐈는데 불발됐었거든. 이러니 당연하지! 누가 권총을 도끼처럼 휘둘렀는지, 공이가 깨끗이 떨어져 나갔어!"

"그래요?"

내가 되물었다. 아까 레드위치의 손에서 권총을 떨어뜨렸다가 처음 집어 들었을 때 이미 망가져 못쓰게 됐던 것을 전혀 몰랐다는 듯이.

불탄 얼굴

The Scorched Face

1

"우린 애들이 어제 집에 오는 걸로 알고 있었습니다."

앨프리드 밴브룩이 이야기를 시작했다.

"오늘 아침까지 아이들이 나타나지 않자 집사람이 월든 부인한테 전화를 걸었어요. 월든 부인은 아이들이 거기에 오지 않았다고, 실은 오는 줄도 몰랐다고 합디다."

"그렇다면 그 사실을 감안할 때 따님들은 본인들의 의지로 집을 나갔다가 본인들의 의지로 외박을 한 걸로 보이는군요?"

내 말에 밴브룩은 심각한 표정으로 고개를 끄덕였다. 살집 많은 얼굴엔 지친 근육이 축 늘어져 있었다.

"그렇게 보일 겁니다. 내가 경찰 대신 댁의 사무실을 찾아간 것도 그때문이고요."

"따님들이 전에도 사라진 적이 있습니까?"

"아뇨. 댁도 신문 잡지를 본다면 젊은 세대가 변덕스럽다는 깃 정도야 얼마든지 쉽게 알았을 겁니다. 딸들도 자기 마음대로 상당히 자유분방하게 드나든 건 사실이오. 하지만 그 애들이 무슨 일로 나다니는지 그것까지 안다고 말할 수는 없어도, 아이들의 행방은 대체로 항상 알고 있는 편이었어요."

"이렇게 가출을 할 만한 이유로 뭔가 짚이는 데가 있습니까?"

그는 지친 머리를 흔들었다.

"최근에 말다툼을 했다든지요?"

내가 넌지시 물었다.

"그런 적 없……"

그는 말을 바꾸었다.

"있기는 하지만, 별로 중요한 일도 아니었고, 선생이 내 기억을 다그치지 않았다면 떠올리지도 못했을 정도로 사소한 일이었습니다. 목요일 저녁이었는데, 아이들이 나가기 전날 저녁이었죠."

"무슨 일이었는데요……?"

"당연히 돈이죠. 우린 다른 문제에 대해선 절대로 다툰 적이 없어요. 나는 딸들에게 쓸 만큼의 용돈을 주었습니다. 어쩌면 상당히 넉넉한 편일 겁니다. 그 용돈으로만 지내라고 엄격하게 강요하지도 않았어요. 정해진 용돈만큼 쓰는 달이 얼마 되지 않았으니까요. 목요일 저녁엔 두 아이의 씀씀이에 비해 평소보다 지나치게 많은 돈을 요구하더군요. 결국엔 달라는 것보다 좀 적은 돈을 주기는 했지만, 그런 거금을 줄 생각은 없었습니다. 엄밀히 말해서 말다툼을 — 말뜻을 정확히 따져 본다면 전혀 해당되지 않아요 — 한 건 아니지만, 그날은 애들과 나 사이에 확실히 다정함이 부족하긴 했습니다."

"그럼 그 언쟁 이후에 따님들이 몬터레이에 있는 월든 부인의 집에서 주말을 보내겠다고 말한 겁니까?"

"그렇다고 할 수 있어요. 그 시점에 대해서는 확실하지가 않습니다. 나는 다음 날 아침까지 그런 이야기를 듣지 못했다고 생각하지만, 집사람한테는 그 전에 이야기를 했을 수도 있으니까요. 원한다면 아내에게 물어보겠습니다."

"따님들이 가출할 만한 다른 이유는 모르십니까?"

"모르겠소. 돈 문제로 언쟁을 벌인 것도 결코 유별난 일이 아니기 때문에 집을 나간 이유와 관련이 있다고는 생각되지 않아요."

"따님들 어머님은 어떻게 생각하시죠?"

"애들 엄마는 죽었소."

밴브록이 내 실수를 바로잡아 주었다.

"지금 아내는 애들한테 새엄마입니다. 집사람은 큰딸인 마이러보다 두 살밖에 많지 않아요. 집사람도 나만큼이나 어쩔 줄 몰라 하고 있습니다."

"따님들과 새어머님은 잘 지내셨습니까?"

"그럼요! 그래요! 아주 잘 지냈습니다! 가족 간에 편을 나눈다면 보통은 여자들이 똘똘 뭉쳐서 나와 맞서는 편이었죠."

"따님들이 금요일 오후에 출발했습니까?"

"정오나 그 몇 분 뒤일 겁니다. 차를 몰고 갈 예정이었어요."

"자동차는 당연히 아직 분실 상태겠죠?"

"그래요."

"차종이 뭡니까?"

"특수 덮개를 얹은 로코모빌입니다. 검정색이고요."

"자동차 등록번호와 엔진 번호를 알려 주실 수 있겠습니까?"

"그러지요."

그는 사무실 한쪽 벽을 4분의 3이나 가리고 있는 대형 접이식 덮개 책상 쪽으로 의자를 돌리고 칸막이에 든 서류를 뒤적이더니 어깨 너머로 숫자를 불러 주었다. 나는 봉투 뒤쪽에 번호를 받아 적었다.

"자동차는 경찰에 도난 신고를 해놓겠습니다. 그건 따님들을 언급하지 않고도 할 수 있으니까요. 경찰 수배로 자동차를 찾을 수 있을지도 모릅니다. 그러면 저희가 따님들을 찾는 데도 도움이 될 테고요."

"불쾌하게 세상에 알려지는 것만 피할 수 있다면 좋습니다. 처음에도 말했다시피 절대적으로 필요한 경우가 아니라면, 딸아이들한테 험한 일이 생겼을 가능성이 있지 않은 한은, 세상에 알리고 싶지가 않아요."

나는 고개를 끄덕여 이해했음을 전하고 자리에서 일어났다.

"전 그만 나가서 부인과 이야기를 나눠 보고 싶습니다. 지금 댁에 계신가요?"

"그래요, 있을 겁니다. 집사람한테 전화해서 댁이 찾아갈 거라고 얘기해 두겠습니다."

2

바다와 만을 굽어보는 시클리프 언덕 꼭대기에 있는 거대한 석회암

요새 안에서 나는 밴브록 부인과 이야기를 나누었다. 그녀는 큰 키에 검은 머리, 스물두 살 이상은 안 되어 보이는 얼굴에 통통한 편이었다.

남편이 언급하지 않은 내용을 부인이 더 들려줄 순 없었지만, 좀 더 자세한 이야기를 들을 수는 있었다.

나는 두 딸의 인상착의를 알아냈다.

마이러, 20세. 173센티미터. 59킬로그램. 운동신경이 뛰어나며 무뚝뚝하고 태도나 풍채가 거의 남자 같음. 갈색 단발머리. 갈색 눈. 피부색은 중간 징도. 턱이 넓고 코가 짧은 각진 얼굴. 왼쪽 귀 위로 난 흉터를 머리칼로 가렸음. 승마와 모든 야외 스포츠를 좋아함. 집을 나갈 당시 파란색과 초록색으로 된 모직 드레스를 입고 작은 파란색 모자와 짧은 검정색 물개 모피코트, 검정색 슬리퍼 착용.

루스, 18세. 162센티미터. 48킬로그램. 갈색 눈. 갈색 단발머리. 피부색은 중간 정도. 작은 달걀형 얼굴. 조용하고 소심하며 좀 더 강한 성격의 언니에게 기대는 경향이 있음. 마지막 목격 당시 회색 실크 드레스에 갈색 모피 장식이 들어간 진밤색 코트를 입고 넓은 갈색 모자 착용.

나는 두 딸의 독사진을 얻었고, 마이러가 자동차 앞에 서 있는 스냅사진도 한 장 더 확보했다. 또 그들이 가져간 물건들의 목록을 작성했는데, 주말여행에 흔히 가져갈 만한 것들이었다. 얻어 낸 정보 가운데 가장 쓸 만한 것은 밴브록 부인이 아는 대로 일러 준 그들의 친구와 친척, 여타 지인들 목록이었다.

"따님들이 밴브록 씨와 말다툼을 벌이기 전에 월든 부인 댁에 초대받은 이야기를 언급했습니까?"

접촉 인물 목록을 넣어 두고 나서 내가 물었다.

"그런 것 같지는 않아요. 전 그 두 일을 함께 생각해 보지 않았어요.

아이들 아버지하고는 정말로 말다툼을 한 것도 아니었어요. 말다툼이라고 할 만큼 큰 언성이 오가지 않았거든요."

밴브록 부인이 진지하게 말했다.

"따님들이 집을 나설 때 보셨습니까?"

"당연하죠! 아이들은 금요일 오후 12시 반쯤 집을 나섰어요. 늘 그렇듯 나가면서 저한테 입을 맞춰 주었고, 평소와 다른 느낌이나 태도는 확실히 없었어요."

"따님들이 어디로 갔는지 혹시 모르시겠습니까?"

"몰라요."

"짐작할 수도 없을까요?"

"못해요. 제가 알려 드린 이름과 주소는 다 다른 도시에 사는 아이들의 친지예요. 그 사람들 가운데 누구에게 갔을지 모르죠. 저희가 연락을……?"

"제가 알아서 하겠습니다. 그 목록 가운데 따님들이 찾아갔을 가능성이 가장 큰 사람들을 한둘 정도 꼽아 주실 수 있을까요?"

부인은 시도할 마음이 없는 듯했다.

"아뇨, 못 하겠어요."

그녀가 단호하게 말했다.

이 면담을 끝으로 나는 사무실로 돌아갔고, 탐정사무소 조직을 가동했다. 콘티넨털 탐정사무소의 다른 지부 요원을 동원해 내가 확보한 목록에 있는 시외 거주자들에게 전화를 걸도록 하는 것을 시작으로 사라진 로코모빌을 경찰서에 신고했고, 두 아가씨의 사진 한 장씩을 사진사에게 보내 복사본을 만들도록 지시했다.

그 일을 마친 다음에는 밴브록 부인이 준 목록에 있는 사람들에 대한 탐문에 착수했다. 첫 방문은 포스트 가 아파트 건물에 사는 콘스턴스 델리였다. 하녀가 나를 맞았다. 그녀는 델리 양이 시외로 출타 중이라고 했다. 하녀는 여주인이 어디에 갔는지, 언제 돌아올지 내게 말해 주지 않았다.

그곳에서 밴네스 애버뉴로 올라간 나는 자동차 영업소에서 웨인 페리스라는 인물을 찾아냈다. 매끈한 머리 모양에 아주 깍듯한 예의범절과 옷차림새를 갖춘 청년은 그가 지니고 있을지 모를 다른 것들— 예를 들면 두뇌라든지 —을 완벽하게 감추었다. 그는 매우 기꺼이 나를 도우려 했지만 아는 것이 전혀 없었다. 그리고 그런 사실을 나에게 알려 주기까지 오랜 시간이 걸렸다. 착한 청년이었다.

다시 공백. "스콧 부인은 호놀룰루에 계십니다."

몽고메리 가의 부동산 회사에서 나는 한 청년을 만났다. 예의범절이 바르고 옷차림이 말쑥한 매끈하고 세련되고 머릿결 좋은 또 한 명의 청년, 레이먼드 엘우드였다. 세상엔, 특히 춤을 추고 차를 곁들이는 세상엔 그런 부류의 청년들이 가득하다는 사실을 내가 미처 몰랐다면, 그와 페리스를 당연히 먼 친척뻘이라고 생각했을 것이다. 나는 그에게서도 아무것도 알아내지 못했다.

그러고 나서는 더 많은 공백과 직면했다. "시골에 가 계십니다." "쇼핑 가셨습니다." "어딜 가야 만나실 수 있을지 전 모르겠군요."

하루 일과를 마치기 전에 나는 밴브록 자매의 친구들 가운데 한 사람을 더 찾아냈다. 스튜어트 코렐 부인이었다. 그녀는 밴브록의 집에서 멀지 않은 프레시디오 테라스에 살고 있었다. 밴브록 부인과 같은 또래의 체구가 작은 여인으로 아가씨처럼 보였다. 솜털처럼 약간 보송보송한 금발 머리에 파란색 눈이 아주 유별나게 커서, 무슨 생각을 하든 항상 정직하고 솔직해 보이는 눈빛이었다.

"루스도 마이러도 2주 넘게 보지 못했어요."

나의 질문에 그녀가 대답했다.

"그때 말입니다, 그 아가씨들을 마지막으로 만났을 때 가출에 대해서 둘 다 아무 말 없었습니까?"

"네."

커다란 그녀의 눈엔 가식이 없었다. 윗입술 근육이 약간 씰룩거렸다.

"그들이 갔을 만한 데를 아십니까?"

"아뇨."

그녀는 쥐고 있던 레이스 손수건을 돌돌 작게 말았다.

"마지막으로 두 사람을 본 이후로 소식을 들은 적은 있으신가요?"

"아뇨."

코렐 부인은 대답하기 전에 혀로 입술을 축였다.

"부인과 밴브록 따님들을 함께 아는 사람들의 이름과 주소를 전부 저에게 알려 주시겠습니까?"

"왜요……? 무슨 상관이……?"

"그분들 중에 부인보다 최근에 두 사람을 본 적이 있는 분이 있을지도 모르니까요. 어쩌면 금요일 이후에도 두 사람을 만났을지 모르죠."

내키지 않아 했지만 그녀는 나에게 열두 명의 이름을 알려 주었다. 모두 내 목록에 있는 사람들이었다. 그녀는 마치 입에 올리고 싶지 않은 이름을 말하는 듯 두 번이나 머뭇거렸다. 손수건을 뭉치느라 바삐 움직이던 손가락은 이제 치맛자락을 대신 움켜잡고 있었다.

나는 그녀를 믿는 척 연기하지 않았다. 하지만 그녀를 강하게 닦달할 만큼 내 입지가 확실하지도 않았다. 나는 그녀가 생각하기에 따라 협박으로도 받아들여질 수 있을 만한 약속을 하고 코렐 부인과 헤어졌다.

"대단히 감사합니다. 매사를 정확하게 기억하기란 어렵다는 건 저도 압니다. 부인의 기억을 도울 만한 단서가 나오면 다시 와서 알려 드리도록 하죠."

"뭐라……? 네, 그러세요!"

그 집에서 멀어지며 나는 건물이 시야에서 사라지기 직전 고개를 돌려 뒤를 돌아보았다. 2층 창문 커튼이 얼른 제자리로 돌아갔다. 가로등이 별로 밝지 않아 커튼 뒤에 숨은 사람이 금발 머리였는지는 확인할 수가 없었다.

손목시계를 보니 9시 반이었다. 아가씨들의 친구를 더 탐문하기엔 너무 늦은 시간이었다. 나는 집으로 가서 일지를 쓴 뒤 잠자리에 들어 코렐 부인을 생각했다. 실종된 아가씨들보다 왠지 코렐 부인이 더 신경이 쓰였다.

조사해 볼 가치가 있는 인물 같았다.

3

다음 날 사무실에 출근해 보니 전보로 몇 가지 보고가 들어와 있었다. 쓸 만한 건 없었다. 다른 도시에 사는 이들의 이름과 주소를 탐문한 결과로는 아무것도 드러나지 않았다. 몬터레이에 의뢰한 수사 결과는 두 아가씨가 최근 그곳에 온 적이 없었으며, 로코모빌도 그곳에 나타난 적이 없다는 사실을 논리적으로 규명했다.

전날 밤 중단했던 따분한 탐문 작업을 계속하기 전에 아침이나 좀 먹으려고 밖으로 나갔다. 오후에 발간되는 석간신문 초판본이 벌써 가판대에 나와 있었다. 나는 그레이프푸르트를 받쳐 둘 요량으로 신문 한 부를 샀다.

신문은 내 아침 식사를 망쳐 놓았다.

금융가 아내의 자살

골든게이트 신탁회사 부사장의 아내 스튜어트 코렐 부인이 오늘 아침 프레시디오 테라스에 있는 자택 침실에서 숨진 채 하녀에게 발견되었다. 침대 옆 바닥에는 독극물이 들었던 것으로 보이는 약병이 놓여 있었다.

죽은 여성의 남편은 아내가 자살할 이유가 없다고 말했다. 겉보기엔 우울증을 앓은 적도 없는 데다……

나는 달걀과 토스트를 후딱 먹어 치우고 커피로 음식물 덩어리를 삼킨 다음 밖으로 나섰다.

코렐의 자택에선 코렐 씨를 만나기까지 많은 설명을 해야 했다. 그는 서른다섯 살 안쪽으로 보이는 키가 크고 호리호리한 남자로 누리끼리하고 초조한 기색의 얼굴에 파란 눈은 안절부절못하고 있었다.

"이런 때에 불편 드리게 돼서 죄송합니다."

온갖 우격다짐 끝에 마침내 그와 마주하게 됐을 때 내가 말했다.

"필요 이상으로 시간을 빼앗진 않겠습니다. 저는 콘티넨털 탐정사무소 소속 탐정입니다. 며칠 전에 사라진 루스와 마이러 밴브룩을 찾고 있죠. 댁도 두 사람을 아실 거라고 생각합니다."

"그래요. 압니다."

그가 별 흥미 없이 말했다.

"그들이 사라졌다는 것도 아셨습니까?"

"아뇨. 그걸 내가 왜 알아야 하죠?"

그의 시선이 의자에서 러그로 옮겨 갔다.

"최근에 두 사람 가운데 누구라도 보셨습니까?"

그의 질문을 무시하며 내가 되물었다.

"지난주, 수요일이었을 겁니다. 은행에서 귀가하니까 두 사람이 막 나가려는지 문가에 서서 집사람한테 이야기를 하고 있더군요."

"부인께서 그 두 사람이 사라진 사실에 관하여 무슨 얘기라도 한 적이 있습니까?"

"아뇨. 정말이지 난 밴브록 자매에 대해서는 아무것도 해줄 말이 없습니다. 난 이만 실례……"

"잠깐만 더 묻겠습니다"라고 내가 말했다.

"필요한 상황이 아니었다면 이렇게 괴롭혀 드리지도 않았을 겁니다. 코렐 부인께 물을 것이 있어서 어젯밤에 제가 여기 왔었습니다. 초조해 보이시더군요. 느낌상 제 질문에 대해서 부인이 답을……, 뭐랄까, 좀 회피하는 것 같았습니다. 제가 원하는 건……"

그가 의자에서 벌떡 일어났다. 내 앞에 선 그의 얼굴이 붉게 상기되었다. 그가 소리쳤다.

"당신이었군! 나한테 고맙다는 말을 기대하진……"

"자, 코렐 씨, 그러실 필요는 없……"

나는 그를 진정시키려고 했다. 하지만 그는 폭발하고 말았다.

"당신이 내 아내를 죽음으로 몰고 간 거야. 당신의 그 빌어먹을 심문과 앞뒤 안 가리는 협박 수법으로 아내를 죽게 한 거야, 당신의 그……"

어리석은 생각이었다. 젊은 남자의 아내가 자살을 했다는 점은 유감이었다. 그러나 그것과 별개로 나에겐 해야 할 일이 있었다. 그를 좀 더 압박했다.

"싸우지 맙시다, 코렐 씨. 요점은 부인께서 밴브록 자매에 대해 뭐든 해줄 말이 있는지 알아보려고 제가 여기 왔었다는 겁니다. 부인은 진실을 털어놓지 않았어요. 나중에 자살을 했고요. 저는 이유를 알아야겠습니다. 저에게 다 털어놓으시면, 언론과 대중이 부인의 죽음과 자매의 실종 사건을 연결시키지 못하도록 제가 최선을 다하겠습니다."

"내 아내의 죽음과 두 사람의 실종을 연결시키다뇨? 그건 말도 안 돼요!"

그가 소리쳤다.

"그럴지도 모르지만, 분명 관련이 있습니다!"

나는 코렐을 계속 다그쳤다. 그가 안쓰럽긴 했지만 일은 해야 했다.

"분명 있어요. 그게 뭔지 선생이 말해 준다면 공공연히 알려지지 않도록 제가 조치할 수 있을 겁니다. 어쨌거나 저는 알아낼 테니까요. 댁이 알려 주지 않는다면 내가 공개적으로 밝혀내겠죠."

순간적으로 나는 그가 나를 조롱할 것이라고 생각했다. 그렇게 한대도 그를 탓할 순 없었다. 그의 몸이 뻣뻣하게 굳어지더니 이내 축 늘어졌고, 다시 의자에 털썩 주저앉았다. 그의 불안한 눈빛은 나를 피했다.

"말해 줄 것이 없다니까요. 오늘 아침에 하녀가 아내를 깨우려고 아내 방으로 올라갔을 때 죽어 있었습니다. 유서도 없고, 이유도 없고, 아무것도 없었어요."

그가 웅얼웅얼 말을 뱉었다.

"어젯밤에 부인을 보셨습니까?"

"아뇨. 집에서 저녁을 먹지 않았습니다. 늦게 들어와서, 아내를 방해하지 않으려고 내 방으로 곧장 올라갔어요. 어제 아침에 집을 나간 뒤로는 아내를 보지 못했어요."

"아침에 봤을 때 불안해한다거나 염려하는 눈치던가요?"

"아뇨."

"부인이 왜 그랬다고 생각하십니까?"

"맙소사, 이봐요, 난 모릅니다! 생각하고 또 생각해 봤지만 모르겠다고요!"

"건강은요?"

"건강해 보였습니다. 아픈 적도 없었고, 불평한 적도 없었어요."

"최근에 말다툼을 한 적은?"

"우린 말다툼을 한 적이 한 번도 없어요. 결혼생활 1년 반 동안 한 번도요!"

"경제적인 문제는요?"

그는 바닥에서 시선을 들어 올리지도 입을 열지도 않은 채 고개를 저었다.

"다른 걱정거리는요?"

그가 또다시 머리를 흔들었다.

"어젯밤 부인의 행동에 대해서 하녀가 특이한 점을 눈치채진 않았습니까?"

"아무것도 없었어요."

"부인 물건을, 서류라든지 편지라든지 좀 뒤져 보셨습니까?"

"그래요, 그런데 아무것도 찾지 못했습니다."

그가 고개를 들어 나를 쳐다보았다.

"다만 한 가지."

그가 매우 천천히 말했다.

"서류나 편지를 태운 것처럼 집사람 방 벽난로에 잿더미가 좀 있더군요."

코렐은 더 이상 나를 도와주지 못했다. 어쨌거나 더는 그에게서 얻어낼 것이 없었다.

앨프리드 밴브록 하역회사 건물의 대형 사무실 문을 지키는 여직원은 그가 '회의 중'이라고 말했다. 나는 내 이름을 적어 들여보냈다. 그가 회의에서 빠져나와 나를 데리고 개인 사무실로 갔다. 그의 지친 얼굴엔 의문이 가득했다.

나는 그를 기다리게 하지 않고 대답을 해주었다. 그는 성인이었다. 나는 나쁜 소식은 에둘러 말하지 않는 사람이었다.

"일이 좋지 않은 쪽으로 흘러가고 있습니다."

둘이 함께 방 안으로 들어가 문을 닫자마자 내가 말했다.

"아무래도 경찰과 언론에 알려 도움을 받아야 할 것 같습니다. 따님들의 친구분인 코렐 부인이 어제 제 질문에 거짓말을 했습니다. 그러고는 어젯밤에 자살을 했고요."

"어마 코렐이? 자살을 해요?"

"그분을 아십니까?"

"그럼요! 잘 알죠! 그 사람은 그러니까, 집사람과 딸아이들의 친한 친구였어요. 자살을 했다고요?"

"네. 음독자살입니다. 어젯밤에요. 따님의 실종에 그분이 어느 지점에서 연루되었을까요?"

"어느 지점? 나는 몰라요. 그 사람과 그렇게 관련이 있을까요?"

"반드시 관련이 있다고 생각합니다. 코렐 부인은 따님들을 몇 주째 못 만났다고 말했습니다. 그런데 방금 남편과 이야기를 나눠 보니 지난 수요일 오후 은행에서 집에 돌아왔을 때 두 사람이 부인과 이야기를 나누고 있더랍니다. 제가 탐문을 할 때 그분은 초조해 보였습니다. 얼마 지나지 않아 자살을 했고요. 어느 지점이든 그 여성도 사건과 관련이 있다는 데는 의심의 여지가 없습니다."

"그렇다면 그 말의 의미는……?"

"따님들께서 완벽하게 안전한 상태일 수도 있지만, 그럴 가능성에 대해 도박을 할 순 없다는 뜻입니다."

내가 밴브록 대신 문장을 마무리했다.

"아이들이 위험한 상황에 처했을 거라고 생각합니까?"

"따님들의 실종에 죽음이 밀접하게 연결되어 있으니, 여유를 부릴 수 없는 상황이라는 점 외에는 저는 아무 생각도 하지 않습니다."

나는 즉답을 피했다.

밴브록이 변호사에게 전화를 연결했다. 분홍색 얼굴에 백발노인인 노월이라는 인물로 모건 그룹 계열사보다 기업들 사정에 더 밝다는 평판이 있었지만 경찰 수사 과정에 대해서는 전혀 모르고 있었으므로 경찰청에서 우리와 만나기로 했다.

우리는 그곳에서 꼬박 한 시간 동안 경찰의 질문 공세에 답변을 하고, 언론에는 우리가 원하는 만큼의 정보만 알려 주었다. 두 자매에 대한 풍성한 정보와 사진 등을 제공했지만 코렐 부인과 두 자매의 연관성에 대해서는 아무것도 알려 주지 않았다. 물론 경찰이 그쪽 각도에서도 수사하는 것을 막지는 않았다.

4

밴브록과 변호사가 함께 돌아가고 난 뒤 나는 사건에 배정된 팻 레디 형사와 일을 좀 더 의논하려고 형사들 전용 회의실로 되돌아갔다.

팻은 수사국에서 가장 젊은 형사였고, 자신의 느긋한 태도를 멋지다고 여기는 거구의 금발 아일랜드 계였다.

몇 년 전 신입 경찰관이었던 그는 정복을 입고 언덕배기 관할구역을 도보로 순찰하는 임무를 맡고 있었다. 어느 날 밤 그는 소화전 앞에 주차된 자동차의 딱지를 끊었다. 바로 그때 차주가 밖으로 나와 항의를 했다. 그녀는 월랙 커피회사 소유주의 안하무인 외동딸, 앨시어 월랙이었는데, 날씬한 몸매에 눈빛이 뜨거운 무모한 아가씨였다. 그녀가 팻에게 실컷 욕을 한 모양이었다. 그는 여자를 경찰서로 데려가 유치장에 처넣었다.

전해지는 말에 따르면, 월랙 어르신이 다음 날 아침 길길이 날뛰며 샌프란시스코에 소재한 변호사의 절반을 대동하고 나타났다. 하지만 팻은 끝내 기소 주장을 굽히지 않았고 아가씨에겐 벌금형이 내려졌다. 월랙 어르신은 나중에 복도에서 팻에게 주먹을 한 번 날렸을 뿐이었다. 팻은 커피 수입업자에게 나른한 웃음을 씩 웃어 보이며 느릿느릿 대꾸했다.

"더는 저를 건드리지 않으시는 게 좋을 겁니다, 안 그러면 댁의 커피 사 마시는 것부터 끊겠어요."

그날 사건은 전국 신문에 대거 보도되었고 브로드웨이에선 심지어 쇼의 소재로 차용되었다.

그러나 팻의 절묘한 응수는 그것으로 끝이 아니었다. 사흘 뒤 그와 앨시어 월랙은 앨러미다 섬에 가서 단둘이 결혼식을 올렸다. 나도 그 일에 일조를 했다. 나는 마침 그들이 잡아탄 여객선에 타고 있었는데 그들은 나를 끌고 가서 증인으로 세웠다.

월랙 어르신은 곧장 딸과 의절했지만, 그 외에 다른 사람들은 아무도 걱정하지 않는 듯했다. 팻은 도보 순찰 임무를 계속 수행했지만 이제 너무 눈에 띄는 인물이 되었고, 오래지 않아 그의 자질도 눈에 두드러졌다. 그는 수사국으로 발탁되었다. 월랙 어르신은 죽기 전에 마음을 돌렸으며 앨시어에게 수백만 달러의 유산을 고스란히 남겼다.

팻은 오후에 조퇴를 하고 장인 장례식에 참석했지만, 그날 밤엔 무장 강도 차량을 쫓느라고 업무에 복귀했다. 그는 일을 계속했다. 그의 아내가 거금의 유산으로 무얼 하는지 나는 모르지만, 팻은 피우던 시가를 좀 더 비싼 걸로 바꿀 만도 한데 절대 그러지 않았다. 확실히 월랙 대저택에 살았고 이따금씩 비가 내리는 아침엔 기사 딸린 이스파노 수이자* 대형 세단을 타고 경찰청에 출근을 했다. 하지만 그것 말고는 달라진 점이 없었다.

회의실 맞은편 책상에 앉아 시가처럼 생긴 물건으로 나에게 연기를 뿜어 대고 있는 장본인이 바로 그 아일랜드 계 거구의 금발이었다.

그는 이내 입에서 시가처럼 생긴 물건을 빼내고 연기 사이로 내게 말을 걸었다.

"밴브록 자매와 연관성이 있다고 생각하시는 그 코렐이라는 여자 말

---

*1900년대 초반에 명성을 떨친 스페인 자동차 회사 이름.

이에요, 두어 달 전에 노상강도를 당해서 800달러를 빼앗겼어요. 그거 알고 계셨어요?"

모르는 사실이었다.

"현금 말고 달리 잃어버린 건?"

"없어요."

"그 말을 믿어?"

내 물음에 그가 씩 웃었다.

"그게 요점이죠. 누구 짓인지 범인을 못 잡았거든요. 그런 식으로 물건을, 특히 돈을 잃어버린 여자들의 경우엔 그게 노상강도인지 자발적으로 준 건지가 문제예요."

그가 말했다.

팻은 시가로 또다시 독가스 뿜어 대는 놀이를 한 다음 덧붙였다.

"그래도 자발적으로 준 거라면 합법적일 수도 있겠죠. 지금까지 조사한 걸 바탕으로 뭣 좀 알아내셨어요?"

"같이 우리 사무실로 가서 뭐가 새로운 소식이 들어왔는지 알아보자고. 그런 다음엔 밴브록 부인과 다시 이야기를 나눠 봐야겠어. 코렐 부인이라는 여자에 대해 뭐라도 얘기를 들을 수 있을지 모르잖아."

사무실에 들어가니 타지에 사는 나머지 인물들에 대한 보고서가 들어와 있었다. 그들 중에선 두 자매의 행방에 대해 아는 사람이 아무도 없는 듯했다. 팻과 나는 밴브록의 집이 있는 시클리프로 향했다.

밴브록은 전화로 코렐 부인의 죽음에 대해 아내한테 이미 알려 두었고 본인도 직접 신문을 읽은 터였다. 그녀는 자살할 만한 이유가 생각나지 않는다고 말했다. 그 여자의 자살과 의붓딸들의 실종 사이에 관련이 있을 가능성에 대해서도 짐작하지 못했다.

"코렐 부인은 2, 3주쯤 전에 마지막으로 봤을 때 평소와 다름없이 흡족하고 행복해 보였어요. 물론 기질적으로 매사에 시큰둥해하는 경향이 있기는 했지만, 이런 일을 벌일 정도는 아니었어요."

밴브룩 부인이 말했다.

"그분과 남편 사이에 혹시 불화가 있었는지 아십니까?"

"아뇨. 제가 아는 한 두 사람은 행복했어요, 다만……."

그녀가 말꼬리를 흐렸다. 검은 눈동자에 망설임과 당혹감이 드러났다.

"다만?"

내가 되풀이했다.

"지금 말씀 안 드리면 제가 뭔가를 숨긴다고 생각하시겠죠."

그녀는 얼굴을 붉히며, 즐거워서라기보다는 초조함에서 비롯된 웃음소리를 살짝 내며 웃었다.

"별거 아니긴 한데, 저는 항상 어마를 약간 질투했었어요. 어마와 제 남편 사이가……, 음, 모두들 두 사람이 결혼할 거라고 생각했거든요. 남편과 제가 결혼하기 얼마 전까지도 그랬어요. 제 속마음을 드러낸 적도 없고, 바보 같은 생각이라고 감히 말하지만, 어마가 스튜어트와 결혼한 건 단지 욱해서 저질렀을 뿐 다른 이유는 없다는 의구심이 늘 있었어요. 어마가 여전히 앨프리드, 밴브룩 씨를 좋아하면서도 말이죠."

"그렇게 단정 지을 만한 이유라도 있습니까?"

"아뇨, 없어요, 정말이에요! 저도 완전히 그렇게 믿진 않았어요. 그냥 막연한 느낌이랄까요. 분명 그냥 여자 특유의 심술일 거예요."

팻과 내가 밴브룩의 집을 나선 때는 저녁이 다 되어서였다. 하루 일과를 마감하기 전에 나는 콘티넨털 탐정사무소의 샌프란시스코 지부장, 곧 나의 상관인 영감님에게 전화를 걸어 어마 코렐의 과거를 파헤칠 요원을 요청했다.

나는 해가 시야에서 사라지자마자 거의 동시에 모습을 나타내는 관례 덕분에 잠자리에 들기 전 다음 날 조간신문들을 훑어보았다. 신문은 우리 사건을 속속들이 다루고 있었다. 코렐 부인의 자살 사건으로 이어지는 단서를 제외한 모든 사실에 사진까지 더해져, 쓸 만한 추측 기사와 더불어 그와 비슷한 쓰레기 기사까지 실려 있었다.

다음 날 아침 나는 아직 이야기를 나누지 못한 실종 자매의 친구들을 뒤쫓았다. 몇몇은 찾아냈지만 쓸 만한 것은 아무것도 알아내지 못했다. 오전 늦게 무언가 새로운 소식이 있는지 사무실로 전화를 걸었다.

성과가 있었다.

"마르티네즈 보안관 사무실에서 방금 전화를 받았네. 놉 밸리 근처에서 포도를 재배하는 이탈리아인이 며칠 전에 불에 탄 사진 한 장을 주웠는데, 오늘 아침 신문에 난 루스 밴브록의 사진을 보니까 알아보겠더라는군. 자네가 가겠나? 놉 밸리 연방 보안관 사무실에 가면 보안관과 그 이탈리아인이 자네를 기다리고 있을 걸세."

영감님이 말을 전했다.

"곧장 출발하겠습니다."

내가 대답했다.

여객선 선착장에서 배가 떠나기 전 팻 레디에게 전화 연락을 하느라 4분을 허비했지만 연락이 닿지 않았다.

놉 밸리는 인구 1천 명 미만의 소도시로 콘트라코스타 카운티에 있는 황량하고 지저분한 도시였다. 나는 샌프란시스코와 새크라멘토를 잇는 지방철도를 달려 아직 이른 오후에 그곳에 당도했다.

연방 보안관 톰 오스와는 조금 아는 사이였다. 사무실엔 그와 함께 두 남자가 더 있었다. 오스가 우리를 소개했다. 부보안관 애브너 패짓은 엉거주춤한 인상의 사십대로 턱은 축 늘어지고 앙상한 얼굴에 흐린 눈동자가 지적으로 보였다. 이탈리아인 포도 재배업자 조 세레기노는 체구가 작고 진밤색 머리에, 검정색 수염 밑으로 끊임없이 미소를 지어 튼튼한 누런 이를 드러냈고 눈은 연갈색이었다.

패짓이 나에게 사진을 보여 주었다. 1달러 지폐 반 장만 한 크기의 불에 그슬린 사진은 원래 사진에서 타버리지 않고 남은 전부였다. 그것은 루스 밴브록의 얼굴이었다. 의심할 여지는 거의 없었다. 그녀는 유별나게 흥분한 듯, 술에 취한 듯한 표정이었고, 다른 사진에서보다 눈도 더 커 보였다. 하지만 그것은 분명 그녀의 얼굴이었다.

패짓이 이탈리아인을 고갯짓으로 가리키며 무미건조하게 설명했다.

"그저께 발견했답니다. 집 근처로 난 길을 걷고 있는데 사진이 바람에 날아와 발길에 차이더랍니다. 사진을 집어서 별다른 이유 없이 주머니에 넣었다고 하는데, 내 짐작엔 사진이 이 작자 마음에 들었던 모양입니다."

그는 말을 멈추고 생각에 잠긴 듯 이탈리아인을 쳐다보았다. 이탈리아인은 열렬히 고개를 끄덕여 인정했다.

"어쨌거나 오늘 아침 시내에 들어가 샌프란시스코에서 온 신문을 보게 됐겠죠. 그래서 여기로 와 톰한테 이야기를 한 겁니다. 톰과 저는 댁의 탐정사무소에 전화를 거는 것이 최선이라고 결론을 내렸습니다. 신문에 그쪽 담당 사건이라고 적혀 있었으니까요."

나는 이탈리아인을 쳐다보았다.

패짓이 내 마음을 읽은 듯 설명했다.

"세레기노는 산속에서 살고 있습니다. 그곳에서 포도 농장을 운영하죠. 여기 온 지 5, 6년쯤 되었는데 내가 알기로는 아무도 죽인 적이 없습니다."

"사진을 발견한 장소를 기억합니까?"

내가 이탈리아인에게 물었다.

콧수염 아래로 미소가 더욱 완연해지더니 그의 고개가 위아래로 움직였다.

"당연하죠, 거기가 어딘지 기억해요."

"그곳으로 가봅시다."

내가 패짓에게 제안했다.

"좋아요. 같이 가시죠, 톰?"

연방 보안관은 갈 수 없다고 했다. 그는 시내에 볼일이 있었다. 세레기노와 패짓, 나는 밖으로 나가 부보안관이 운전하는 먼지 덮인 포드 자동차에 올랐다.

시골길을 따라 한 시간 가까이 차로 움직였고 디아블로 산의 비탈길을 올라갔다. 잠시 후 이탈리아인의 설명에 따라 우리는 시골길을 벗어나 먼지가 풀풀 나고 울퉁불퉁한 비포장도로로 접어들었다.

그 길로 1.5킬로미터를 더 갔다.

"여깁니다."

세레기노가 말했다.

패짓이 포드 자동차를 멈췄다. 우리는 공터에 내렸다. 길옆으로 빽빽했던 나무와 관목 숲이 이곳에선 양쪽으로 6미터쯤 뒤로 물러나 숲 속에 흙먼지를 조금 날리는 원형 공터가 생겨나 있었다.

이탈리아인이 말했다.

"이 근방이었어요. 이 그루터기 옆이었던 것 같아요. 하지만 저 앞쪽에 굽은 나무와 뒤쪽 나무 사이에서 정확히 어딘지는 확실히 모르겠어요."

5

패짓은 시골 사람이었다. 나는 아니다. 나는 그가 움직이기를 기다렸다.

그는 공터 주변을 천천히 둘러보며 여전히 이탈리아인과 내 사이에서 있었다. 그의 흐린 눈동자가 이내 빛을 발했다. 그는 포드 자동차를 빙 돌아 반대편 공터 쪽으로 걸어갔다. 세레기노와 나는 그 뒤를 따랐다.

공터 가장자리의 관목 숲 근처에서 깡마른 보안관이 걸음을 멈추고 바닥에 쭈그려 앉았다. 자동차 바퀴자국이 나 있었다. 자동차가 여기서 방향을 돌린 흔적이었다.

패짓은 계속해서 숲으로 걸어 들어갔다. 이탈리아인이 바짝 뒤를 쫓았다. 나는 맨 뒤에서 움직였다. 패짓이 무언가 흔적을 따라가고 있었다. 그게 뭔지 내 눈엔 보이지 않았는데, 그와 이탈리아인이 앞에서 걸어가며 지워 버렸거나 내가 형편없는 인디언이거나 둘 중 하나 때문일 터였다.

우리는 상당한 길을 되짚어갔다.

패짓이 걸음을 멈추었다. 이탈리아인도 걸음을 멈추었다.

패짓은 기대했던 것을 찾기라도 했다는 듯, "아하" 하고 말했다.

이탈리아인은 하느님을 찾으며 뭔가 중얼거렸다.

나는 나뭇가지를 짓밟으며, 그들이 발견한 것을 보려고 두 사람 옆으로 다가섰다.

그것을 보았다.

나무 밑동 근처에, 옆으로 누워 무릎을 몸 쪽으로 바싹 구부린 채 여자가 죽어 있었다.

썩 보기 좋은 광경은 아니었다. 새들이 다녀간 뒤였다.

진밤색 코트가 반쯤 몸에 걸쳐진 채 양쪽 어깨에서 절반쯤 내려와 있었다. 땅바닥에 닿아 새들이 무사히 남겨 놓은 얼굴 반쪽을 굳이 돌려 보기도 전에 나는 그녀가 루스 밴브록임을 일아차렸다.

세레기노는 내가 소녀를 조사하는 동안 옆에 서서 나를 지켜보았다. 그의 얼굴은 침착한 애도의 빛을 띠었다. 부보안관은 시신에 별 관심을 보이지 않았다. 그는 숲으로 들어가 주변을 돌아다니며 땅바닥을 살폈다.

내가 시신 조사를 마쳤을 무렵 그가 돌아왔다.

"오른쪽 관자놀이에 총상을 한 방 입었군요. 그 전에는 몸싸움이 있었던 것 같습니다. 몸에 깔려 있던 팔 쪽에 흔적이 남아 있어요. 남겨진 물건은 없습니다, 보석도, 돈도, 아무것도 없어요."

내가 그에게 말했다.

"그렇겠죠. 두 여자가 공터에 세워 둔 자동차에서 내려 이쪽으로 왔습니다. 다른 두 사람이 이 여자를 옮겨 왔을 경우엔 세 사람이었을 수도 있겠죠. 돌아간 사람이 몇 명인지는 모르겠군요. 그들 중 한 사람은 이 여자보다 몸집이 큽니다. 여기에서 실랑이를 벌였어요. 총은 찾았습니까?"

패짓이 물었다.

"아뇨."

"저도 못 찾았어요. 그렇다면 차에 싣고 갔다는 얘기죠. 저쪽에 불을 피운 흔적이 남아 있습니다."

그가 머리를 왼쪽으로 기울이며 말했다.

"종이와 헝겊 따위를 태웠어요. 우리에게 쓸 만한 건 전혀 남아 있지 않습니다. 세레기노가 발견한 사진은 불에 태우다가 날아온 것 같습니다. 지난 금요일 정도였거나 토요일 아침이었을 수도 있겠군요…… 그보다 나중은 아닙니다."

나는 부보안관의 말을 그대로 믿었다. 그는 뭘 좀 알고 일을 하는 사람 같았다.

"이쪽으로 와보세요. 보여 줄 게 있습니다."

그가 나를 이끌고 검은 잿더미 쪽으로 걸어갔다.

그가 나에게 보여 줄 것은 없었다. 이탈리아인의 귀를 피해 이야기를 하고 싶었을 뿐이었다.

"저 친구는 혐의가 없는 것 같지만 확실히 해둘 때까지는 붙잡아 놓는 것이 최선이라고 생각합니다. 여기는 저 친구 농장에서 꽤 떨어진 곳인 데다, 어쩌다가 이곳을 지나게 되었는지 설명하면서 약간 과도하게 말을 더듬었거든요. 물론 그게 아무 의미도 없을 순 있습니다. 이런 외국인들은 전부 다 '밀주'를 팔러 다니는데 그래서 이쪽까지 오게 된 것 같아요. 어쨌거나 저 친구는 제가 하루 이틀 붙잡아 놓겠습니다."

"좋아요. 여긴 댁의 관할구역이고 사람들도 잘 아시겠죠. 주변을 탐문해서 주민들한테 뭐든 더 알아봐 주실 수 있겠습니까? 누구라도 뭐든 본 게 있는지 말입니다. 로코모빌 개폐형 자동차를 본 사람이라든지, 뭐라도 좋습니다. 저보다는 보안관께서 더 많은 정보를 알아내실 수 있을 겁니다."

"그렇게 해보죠."

그가 약속했다.

"좋습니다. 그럼 전 이제 그만 샌프란시스코로 돌아가겠습니다. 시신과 함께 이곳에서 야영을 하실 작정이시겠죠?"

"네. 포드 자동차는 댁이 몰고 놉 밸리로 돌아가서 톰한테 상황을 전해 주십시오. 톰이 직접 오든지 사람을 보낼 겁니다. 저 친구는 제가 여기 같이 데리고 있겠습니다."

놉 밸리에서 서쪽으로 향하는 다음 기차를 기다리며 사무실로 전화를 걸었다. 영감님은 외출 중이었다. 나는 사무실 직원에게 알아낸 사항을 전하고, 최대한 빨리 영감님에게 소식을 알리라고 요청했다.

샌프란시스코로 돌아왔을 땐 모두들 사무실에 모여 있었다. 잿빛 도는 앨프리드 밴브룩의 얼굴은 짙은 회색보다 더 진해져 죽은 사람의 낯빛 같았다. 분홍색 얼굴의 백발 변호사. 다리를 다른 의자에 올려놓고 한껏 기대앉은 팻 레디. 금테 안경 너머의 부드러운 눈빛과 온화한 미소 뒤로, 탐정 경력 50년을 지나며 어떠한 사건 앞에서도 감정을 전혀 드러내지 않게 되었다는 사실을 감추고 있는 영감님(화이티 클레이턴은 영감님이 8월에도 고드름을 뱉어 낼 수 있다고 이야기하곤 했다).

내가 들어가자 아무도 입을 열지 않았다. 나는 가능한 한 간략하게 정황을 보고했다.

"그렇다면 다른 아이는, 루스를 죽인 사람은 대체……?"

밴브룩은 차마 질문을 끝내지 못했다. 아무도 대답할 수 없는 물음이었다.

잠시 시간이 흐른 뒤 내가 입을 열었다.

"무슨 일이 있었는지는 우리도 모릅니다. 댁의 따님과 함께 우리가 모르는 누군가가 그곳에 갔을 수도 있습니다. 따님은 그곳으로 옮겨지기 전에 사망했을 수도 있어요. 어쩌면……"

"하지만 마이러는! 마이러는 어디 있죠?"

밴브룩이 셔츠 깃 안으로 손가락을 넣어 잡아당기며 말했다.

그 질문에는 나도 대답하지 못했고 다른 누구도 대답할 수가 없었다.

"이제 놉 밸리로 가실 건가요?"

내가 그에게 물었다.

"그래요, 당장. 댁도 나와 함께 갈 겁니까?"

함께 가지 못해 아쉽진 않았다.

"아뇨. 전 여기서 해야 할 일이 있습니다. 연방 보안관에게 보내는 편지를 써 드리겠습니다. 이탈리아인이 발견했다는 따님 사진을 주의 깊게 봐주시기 바랍니다. 본 기억이 있는 사진인지 말입니다."

밴브록과 변호사가 길을 떠났다.

6

팻 레디가 고약한 시가에 불을 붙였다.

"차는 찾았네."

영감님이 말했다.

"어디서요?"

"새크라멘토에서. 금요일 밤늦게나 토요일 아침 일찍 그곳 주차장에 버려져 있었다는군. 폴리가 조사하러 올라갔네. 그런데 레디 형사가 새로운 단서를 알아냈어."

팻이 연기를 피워 올리며 고개를 끄덕였다.

"오늘 아침에 전당포 업자 하나가 찾아와선 마이러 밴브록과 다른 여자 하나가 지난주에 자기네 가게에 와서 상당히 많은 물건을 맡겼다고 신고를 했어요. 가명을 대긴 했지만, 둘 중 한 사람은 마이러가 틀림없다네요. 신문에서 그 여자 사진을 보자마자 알아봤답니다. 그런데 같이 온 사람은 루스가 아니었어요. 체구가 작은 금발이었대요."

"코렐 부인?"

"맞아요. 전당포 업자가 확인해 주진 못했지만 세 생각엔 확실해요. 보석 일부는 마이러 것이고, 일부는 루스 것이고, 일부는 우리가 모르는 거였어요. 그 보석들이 코렐 부인 것이었는지 입증할 수가 없다는 거죠. 그래도 앞으로 알아낼 겁니다."

"그게 다 언제 일어난 일이야?"

"떠나기 전 월요일에 물건을 저당 잡혔더군요."

"코렐은 만나 봤나?"

"예. 그 사람과 많은 이야기를 나누긴 했는데 대답이 별로 시원치 않아요. 부인의 보석 가운데 어느 게 없어졌는지 알지도 못하고 상관하지도 않는다고 말하더군요. 부인 물건이니까 부인이 원하는 대로 마음대로 처분할 수도 있다는 거예요. 상당히 비협조적이었어요. 그래도 하녀들 가운데 한 사람이랑은 좀 친해졌죠. 그 여자 말로는 코렐 부인의 귀중품 일부가 지난주에 사라졌답니다. 코렐 부인 말로는 친구한테 빌려 줬다고 하더래요. 전당포에 맡겼던 물건을 내일 가져가서 알아볼 수 있는지 확인할 예정입니다. 그 하녀도 그 밖에 다른 건 모르더라고요. 다만 코렐 부인이 금요일에 한동안 행적이 묘연했답니다. 밴브록 자매가 사라진 날 말이죠."

팻이 말했다.

"행적이 묘연하다니 그게 무슨 뜻이야?"

내가 물었다.

"오전 늦게 외출했다가 이튿날 새벽 3시 가까이까지 들어오지 않았었대요. 부인과 코렐이 그 문제로 말다툼을 했다는데, 어디에 갔었는지 끝내 남편에게 말을 하지 않았답니다."

마음에 드는 이야기였다. 뭔가 의미심장한 일일지도 몰랐다.

팻이 설명을 이어 갔다.

"게다가 코렐이, 아내한테 삼촌이 한 명 있는데 1902년에 피츠버그에서 발광을 했었고, 그래서 부인도 미친 사람이 될까 봐 병적인 공포를 갖고 있었고, 발광하게 되면 자살할 거라고 종종 말했었다는 걸 기억해 냈어요. 마침내 그런 일을 기억해 내다니 참 자상한 남편 아닙니까? 아내의 죽음을 설명하기 위해서?"

"그렇군, 하지만 그건 사건 해결에 아무 도움이 되질 않아. 그자가 아는 게 있다는 사실을 입증하는 증거도 안 되고. 내 추측으로는 이제……"

"추측은 집어치우세요. 제 귀에 탐정님 추리는 전부 다 잡음으로 들리거든요. 전 집에 가서 저녁 먹고 성경이나 좀 읽은 다음에 자야겠어요."

팻이 자리에서 일어나 모자를 쓰며 말했다.

내 생각에도 그는 아마 자기 말대로 했을 것이다. 어쨌거나 그는 우릴 두고 가버렸다.

이후로 사흘간 분주하게 뛰어다녔지만 얻어 낸 결과는 줄곧 침대에서 뒹군 것과 다를 바가 없었다. 우리가 찾아다닌 어느 곳에서도, 캐묻고 다닌 사람들 그 누구도, 우리에게 새로운 정보를 보태 주진 못했다. 우리는 막다른 골목에 놓여 있었다.

새크라멘토에 로코모빌을 버려둔 사람이 다른 누구도 아닌 마이러 밴브룩이었음을 알게 되었지만, 이후로 그녀가 어디로 갔는지는 알 수 없었다. 전당포에 맡긴 보석 일부가 코렐 부인의 것이었음도 드러났다. 로코모빌은 새크라멘토에서 샌프란시스코로 이송되었다. 코렐 부인은 매장되었다. 루스 밴브록도 매장되었다. 신문에선 다시 다른 미스터리 사건을 찾아냈다. 레디와 나는 사건을 파헤치고 또 파헤쳤지만 우리가 발견한 건 흙더미뿐이었다.

월요일이 되자 거의 한계에 다다랐다. 뒤로 물러나 앉아서 북미 대륙에 뿌린 전단지가 결과를 가져오기를 바라는 수밖에 더 할 일이 없는 듯했다. 팻 레디는 이미 수사를 중단하고 새로운 사건을 뒤쫓았다. 내가 계속 매달리고 있는 것은, 밴브록이 밝혀내지 못한 부분이 있는 한 끝까지 수사해 줄 것을 원했기 때문이었다. 월요일이 되자 나는 외근을 나섰다.

밴브록의 사무실로 찾아가 패배 선언을 하기 전에 팻 레디와 함께 밤샘 작업을 할 만한 일감을 찾아 경찰 본부에 들렀다. 그는 책상에 엎드려 다른 사건에 대한 보고서를 작성하고 있었다.

"어서 오세요! 밴브록 사건은 어떻게 돼가요?"

그가 보고서를 밀쳐 내다 시가에서 떨어진 담뱃재로 종이에 얼룩을 묻히며 나를 반겼다.

"돼 가는 거 없어. 이렇게 단서가 줄줄이 쌓여 있는데도 완전히 수사가 교착 상태에 빠지다니 있을 수 없는 일이야! 우리가 못 찾아서 그렇지 분명 실마리가 있을 텐데. 밴브록 양과 코렐 부인이 둘 다 재앙을 맞기 전에 돈이 필요했다는 점. 내가 두 자매에 대해서 질문을 한 직후에 코렐 부인이 자살을 했다는 점. 그 여자도 죽기 전에 물건을 태웠고 루스 밴브록도 죽기 직전이나 직후에 물건을 태웠다는 점."

"어쩌면 문제는 본인이 그리 훌륭한 탐정이 아니라는 점일걸요."

팻이 넌지시 말했다.

"그럴지도 모르지."

모욕적인 말이 오간 후 우리는 몇 분간 침묵 속에서 담배를 피웠다.

곧이어 팻이 입을 열었다.

"밴브룩 자매의 죽음과 실종 사건이 코렐 부인의 죽음과 연관성이 전혀 없을 수도 있다는 건 탐정님도 아시잖아요."

"관련이 없을 수도 있겠지. 하지만 밴브룩 양의 죽음과 실종 사이엔 분명 연관성이 있어. 그러한 일을 앞두고 보인 밴브룩과 코렐 부인의 행동에도 연관성이 있잖아, 전당포엘 갔으니까. 그 점이 연결고리라면, 그 다음엔……."

나는 여러 가지 아이디어가 떠올라 말꼬리를 흐렸다.

"왜 그러세요? 껌이라도 삼키셨어요?"

팻이 물었다.

"들어 봐!"

나는 거의 흥분 상태가 되어 혼자서 열을 냈다.

"우린 세 여자한테 일어난 사건을 한꺼번에 엮어서 수사했어. 그들 사건에 또 다른 사건을 연결시켜 본다면…… 지난 1년간 샌프란시스코에서 자살을 했거나 살해당했거나 실종된 부녀자들의 이름과 주소를 전부 알아야겠어."

"이걸 대형 사건이라고 보시는 거예요?"

"더 많은 사건을 서로 연결할수록 우리가 골라낼 수 있는 연줄도 더 많아질 거라고 생각해. 전부 다 쓸데없진 않을 거야. 당장 목록을 뽑아 보자고, 팻!"

사건 목록을 뽑느라 우리는 오후 시간을 몽땅 할애하고도 대부분의 저녁 시간까지 바쳐야 했다. 서류 분량은 상공회의소를 난감하게 할 만한 규모였다. 두께가 전화번호부 책과 맞먹었다. 1년간 도시 하나에서 일어난 사건이 그 정도였다. 가출한 아내와 딸을 찾는 사건 비율이 가장 많았고, 자살이 그다음, 가장 적은 비중을 차지하는 살인 사건도 목록이 결코 짧지 않았다.

우리는 경찰에서 이미 행방을 알았거나 동기를 확인한 사건과 이름을 일일이 대조하여, 현재 우리의 관심사와 조금도 연관이 없다고 확신이 드는 사건을 솎아 냈다. 나머지는 관련이 없을 성싶은 사건과 관련이 있을 가능성이 좀 더 큰 사건에 따라 두 부류로 나누었다. 그렇게 추려 낸 두 번째 목록도 내가 기대했거나 바랐던 것보다 훨씬 더 길었다.

자살 사건이 여섯, 살인 사건이 셋, 실종이 스물한 건이었다.

팻은 달리 할 일이 있었다. 나는 파일을 주머니에 넣고 전화를 걸러 거리로 나섰다.

<h2 style="text-align:center">7</h2>

나는 나흘 동안 그 목록과 씨름을 했다. 목록에 포함된 부녀자들의 친구와 친척 들을 찾아다니고 만나고 질문을 하고 조사했다. 질문은 모두 한 방향으로 흘러갔다. 마이러 밴브룩과 알고 지낸 적이 있는지? 루스와는? 코렐 부인과는? 사망이나 실종 이전에 돈을 필요로 했었는지? 사망이나 실종 전에 소지품을 없앴는지? 내가 확보한 목록에 있는 다른 여인들과 혹시 아는 사이였는지?

나는 '그렇다'는 대답을 세 번 들었다.

스무 살 아가씨였던 실비아 바니는 11월 5일 자살했는데, 죽기 일주일 전에 은행에서 600달러를 인출했다. 가족 중 누구도 그녀가 그 돈으로 무엇을 했는지 알려 주지 못했다. 실비아 바니의 친구였던 에이다 영맨은 스물대여섯 살의 유부녀였는데 12월 2일에 사라져 여전히 실종 상태였다. 바니 양은 자살을 하기 전 영맨 부인의 집에서 한 시간 동안 머물렀다.

젊은 과부였던 도로시 소든 부인은 1월 13일 밤 권총으로 자살했다. 남편이 그녀에게 유산으로 남긴 돈도, 그녀가 회계를 맡았던 클럽의 자금도 흔적 없이 사라져 찾을 길이 없었다. 그날 오후 하녀가 주인마님에게 전달했다고 기억하는 두툼한 편지봉투는 어디에서도 찾지 못했다.

이 세 여인과 밴브록-코렐 사건의 연관성은 상당히 미약했다. 그들의 행동은 스스로 목숨을 끊거나 가출한 여자들 열 가운데 아홉은 똑같이 했을 만한 일이라 별다를 것이 없었다. 그러나 세 여인 모두 최근 몇 달 새에 일을 당했고, 모두 경제적 사회적 지위가 코렐 부인이나 밴브록 자매와 비슷한 수준이었다.

새로운 단서 없이 목록 조사를 끝낸 나는 다시 이 세 사람에게로 돌아갔다.

밴브록 자매의 친구로 확보한 명단과 주소는 62명이었다. 나는 같은 사건의 범주로 포함시키려 애쓰는 세 여인에 대해서도 똑같은 목록을 작성하는 데 착수했다. 그런 일을 나 혼자 감당할 필요는 없었다. 다행히도 마침 사무실엔 그 일 외에 달리 할 일이 없는 직원이 두셋 있었다.

우리는 무언가를 알아냈다.

소든 부인은 레이먼드 엘우드와 아는 사이였다. 실비아 바니도 레이먼드 엘우드를 알았다. 영맨 부인도 그와 아는 사이인지는 드러나지 않았지만 알고 지냈을 확률이 높았다. 그녀와 바니는 절친한 사이였다.

레이먼드 엘우드는 밴브록 자매와 연관성이 있는지 알아보느라 나도 이미 만난 적이 있었지만, 특별한 관심을 기울이지 않았었다. 명단에 있는 세련되고 빤질빤질한 머리 모양을 한 청년 가운데 하나라고 생각했을 뿐이다.

이번엔 온갖 관심을 기울여 다시 그를 조사했다. 그 결과는 조짐이 좋았다.

앞서 이야기했듯이 그는 몽고메리 가에 부동산 사무실이 있었다. 우리는 그가 중개한 고객을 한 사람도 확보할 수 없었고, 부동산 거래가 있었다는 흔적조차 찾지 못했다. 그는 선셋 지역에 있는 아파트에 혼자 살았다. 정확한 시점을 알아낼 수는 없었지만 그가 인근에서 활동한 행적은 불과 10개월 전까지만 확인이 되었다. 샌프란시스코에 사는 친척이 있는 것 같지는 않았다. 그는 몇몇 상류층 클럽에 소속되어 있었다. 막연히 '동부에 좋은 연줄이 있는' 사람으로 생각되었다. 그는 돈을 펑펑 썼다.

너무 최근에 그와 면담을 했기 때문에 내가 엘우드를 미행할 순 없었다. 미행은 딕 폴리가 맡았다. 엘우드는 딕이 따라붙은 첫 사흘간 좀처럼 사무실에 붙어 있지 않았다. 금융가에도 좀처럼 나타나지 않았다. 그는 클럽을 찾아 춤을 추고 차를 마시는 따위의 일로 시간을 보냈고, 사흘 내내 빠짐없이 텔레그래프 힐에 있는 저택을 방문했다.

딕이 미행에 나선 첫날 오후 엘우드는 벌링게임* 출신의 키 큰 미녀를 대동하고 텔레그래프 힐을 찾았다. 둘째 날 저녁엔 브로드웨이의 한 저택에서 나온 통통한 젊은 여자를 동반했다. 셋째 날 저녁에는 그와 같은 건물에 사는 것으로 보이는 아주 어린 아가씨를 데려갔다.

* 샌프란시스코 남쪽의 부촌 지명.

텔레그래프 힐의 저택에서 엘우드와 일행은 보통 서너 시간을 보냈다. 딕이 지켜보는 가운데 하나같이 부유해 보이는 다른 남녀들도 저택을 들락거렸다.

그 집을 속속들이 살펴볼 생각으로 나는 텔레그래프 힐에 올라갔다. 그곳은 대저택으로 달걀색 페인트로 칠해져 있었고 골조가 튼튼해 보였다. 저택은 한쪽 바위가 떨어져 나간 듯 위태로워 보이는 언덕 한쪽 꼭대기에 어지럽게 매달려 있는 형국이었다. 저 아래 까마득한 지붕들 위로 저택이 곧 활강이라도 할 것 같았다.

바로 근방엔 이웃이 없었다. 집에 접근하는 길은 관목과 나무로 가려져 있었다.

나는 그 언덕배기를 샅샅이 돌아다니며 연노란색 집을 중심으로 사정거리에 있는 집들을 모두 방문했다. 그 집에 대해서나 거주자에 대해 아는 사람은 아무도 없었다. 텔레그래프 힐 주민들은 호기심이 많은 사람들이 아니었다. 어쩌면 그들 대부분이 각자 무언가 숨길 것이 있기 때문인지도 몰랐다.

소득 없이 언덕을 이리저리 오르내리던 나는 마침내 노란 집의 주인이 누구인지 알아내는 데 성공했다. 집주인은 웨스트코스트 신탁회사에 자산을 맡긴 부동산 업자였다.

신탁회사에 대한 조사에 착수한 나는 흡족한 결과를 얻어 냈다. 그 집은 T. F. 맥스웰이라는 고객을 대신하여 8개월 전 레이먼드 엘우드 앞으로 임대되었다.

우리는 맥스웰을 찾아내지 못했다. 맥스웰을 아는 사람도 전혀 나오지 않았다. 맥스웰이라는 이름을 제외하고는 존재 증거를 찾을 수가 없었다.

요원 하나가 언덕 위 노란 집에 올라가 30분간 벨을 눌렀지만 아무도 나오지 않았다. 우리는 지금 단계에서 일을 망치고 싶지는 않았으므로 다시 접촉을 시도하지는 않았다.

나는 집을 하나 알아보려고 또다시 언덕을 오르내렸다. 원하는 만큼 노란 집에 가까운 곳을 확보하진 못했지만, 그 집으로 가는 길목을 지켜볼 수 있는 방 셋짜리 아파트를 빌리는 데 성공했다.

딕과 나는 아파트에서 잠복하며 — 다른 일이 없을 때는 팻 레디도 합류했다 — 달걀색 집으로 올라가는 호젓한 도로에 접어드는 자동차를 감시했다. 오후와 밤 시간에는 드나드는 자동차가 꽤 있었다. 차엔 대부분 여자들이 타고 있었다. 저택에 거주하는 사람으로 지목할 만한 얼굴은 보이지 않았다. 엘우드는 매일 찾아왔고, 한 번은 혼자, 다른 때는 창문으로 보기에 얼굴을 알아볼 수 없는 여자들을 대동했다.

우리는 방문객들을 몇 사람 미행했다. 그들은 예외 없이 경제적으로 풍족했고 일부는 사회적으로도 명망이 높았다. 우리는 그들과 이야기를 나누는 것까지는 시도하지 않았다. 한 치 앞을 알 수 없는 장님놀이에서는 제아무리 조심스레 꾸며 낸 핑계도 속마음을 보이지 않는 것만 못하다.

그렇게 사흘을 보내고 난 뒤 변화가 찾아왔다.

초저녁이었으나 꽤 어두웠다. 팻 레디는 전화를 걸어 일 때문에 이틀 낮 하룻밤 동안 쉬지 않고 깨어 있었다며 앞으로 24시간 동안 잘 작정이라고 알려 왔다. 딕과 나는 빌린 아파트 창가에 앉아 노란 집으로 향하는 자동차를 감시하며, 마침 창문 바로 앞길에 매달린 아크등의 청백색 조명 아래로 지나가는 자동차 번호판을 적었다.

걸어서 언덕을 올라오는 여자가 나타났다. 키가 크고 단단한 체격이었다. 외모를 가리려는 목적이 두드러질 만큼 천이 두껍지는 않지만 그래도 얼굴을 가리기는 하는 짙은 색 베일을 늘어뜨리고 있었다. 그녀는 언덕을 올라와 우리 아파트 앞을 지나 도로의 반대 방향으로 걸어가는 중이었다.

태평양에서 불어온 밤바람에 흔들려 아래층에 매달린 식료품상 간판이 삐걱거렸고, 허공에 매달린 아크등도 흔들거렸다. 여자가 우리 건물 앞마당을 거의 지나갔을 무렵 바람이 그 주변으로 휘몰아쳤다. 외투와 스커트 자락이 휘날렸다. 그녀는 한 손으로 모자를 잡고 바람을 등지고 섰다. 얼굴을 가렸던 베일이 홀링 벗겨졌다.

그녀는 사진에서 본 얼굴, 마이러 밴브록이었다.

딕도 그녀를 알아보았다.

"우리가 찾던 아가씨예요!"

그가 벌떡 일어서며 외쳤다.

"기다려. 어차피 언덕 꼭대기에 있는 집으로 들어갈 거야. 가게 내버려 둬. 일단 안에 들어가면 우리도 따라 들어간다. 그래야 우리가 그 집을 수색할 구실이 생겨."

내가 말했다.

나는 전화기가 있는 옆방으로 가 팻 레디의 번호로 전화를 걸었다.

"그 집으로 들어가지 않는데요, 진입로를 지나쳤어요."

창가에서 딕이 소리쳤다.

"쫓아가!"

내가 명령을 내렸다.

"그럴 리가 없는데! 무슨 생각인 거지?"

예상이 빗나갔다는 사실에 부아 같은 것이 치밀었다.

"분명 집 안으로 들어갈 거야! 자네가 미행해. 팻과 연락이 닿으면 나도 뒤따라가게."

딕이 뛰쳐나갔다.

팻의 부인이 전화를 받았다. 그녀에게 내 신분을 밝혔다.

"팻을 흔들어 깨워서라도 이리로 보내 주겠어요? 내가 어디 있는지는 그 친구가 알아요. 서둘러 오기 바란다고 남편한테 전해 줘요."

"그럴게요. 어디 있는지 몰라도 10분 안에 그리로 보낼게요."

그녀가 장담했다.

집 밖으로 나간 나는 언덕길을 올라가며 딕과 마이러 밴브록을 찾았다. 둘 다 눈에 들어오지 않았다. 노란 집을 가리고 있는 관목 숲을 지나 계속해서 걸어가며 자갈 깔린 오솔길을 따라 왼쪽으로 한 바퀴 돌아보았다. 둘 다 흔적이 없었다.

되돌아오던 나는 마침 아파트로 들어가던 딕을 발견했다. 그를 따라갔다.

"집 안에 들어갔어요. 길을 끝까지 올라가서 관목 숲을 가로지르더니 절벽 뒤쪽으로 접근해서 지하실 창문으로 숨어들더라고요."

나를 본 딕이 말했다.

잘된 일이었다. 일반적으로 탐정 수사를 하는 상대방의 행동이 점점 이상해질수록 사건의 종결은 점점 더 다가오는 법이다.

팻 레디는 그의 아내가 약속한 시간보다 1, 2분 전에 당도했다. 그는 옷의 단추를 채우며 들어섰다.

"앨시어한테 대체 뭐라고 하셨어요? 대뜸 잠옷 위에 외투를 입히더니 나머지 옷은 차 안으로 내던지며 가는 길에 입으라고 하더라고요."

그가 나를 보며 으르렁거리듯 투덜거렸다.

"내가 나중에 같이 울어 줄게."

나는 그의 짜증을 대수롭지 않게 넘겼다.

"마이러 밴브록이 방금 지하실 창문으로 그 집에 잠입했어. 엘우드는 한 시간째 안에 있는 상황이고. 가서 해치우세."

팻은 신중한 사람이다.

"그렇더라도 영장이 있어야 해요."

그가 버텼다.

"그야 그렇지만 서류는 나중에 처리해도 되잖아. 자네를 여기 부른 이유도 그 때문이라고. 콘트라코스타 카운티에선 수배령이 떨어졌어, 어쩌면 살인 혐의로 잡아넣으려 할지도 모르지. 우리가 저 소굴에 들어갈 핑계는 그것뿐이야. 우리는 여자를 잡으러 가는 거야. 우연히 다른 일을 맞닥뜨린다면, 금상첨화지."

팻이 조끼 단추를 마저 채웠다.

"에라 모르겠다, 좋습니다! 탐정님 방식대로 하죠 뭐. 하지만 탐정님 때문에 영장도 없이 가택수색을 했다고 쫓겨나기라도 하면, 불법을 자행하는 그 탐정사무소에 제 일자리도 만들어 줘야 할 겁니다."

그가 심술궂게 말했다.

"그럴게."

나는 딕 폴리를 돌아보았다.

"자네는 밖에서 기다려야 할 거야, 딕. 도주로를 지키고 있어야 해. 다른 사람은 누가 나오든 상관하지 말고 밴브록 양이 나오면 계속 미행해."

"그럴 줄 알았다니까요. 저도 낄 수 있겠다 싶은 재미있는 일만 생기면 꼭 저를 길모퉁이에 세워 놓더라고요!"

딕이 아우성을 쳤다.

8

팻 레디와 나는 곧장 관목 숲으로 가려진 오솔길을 올라가 노란 집 현관문으로 향했고 초인종을 눌렀다.

빨간색 빵모자를 쓰고, 빨간색 줄무늬 실크 셔츠 위에 빨간색 실크 재킷을 걸친 데다 빨간색 주아브 바지*를 입고 빨간색 슬리퍼를 신은 거구의 흑인 사내가 문을 열었다. 그는 등 뒤쪽의 어두운 현관을 온통 가리며 문을 막아섰다.

"맥스웰 씨 댁에 계십니까?"

내가 물었다.

흑인 사내는 머리를 흔들며 내가 알지 못하는 언어로 대꾸했다.

"그럼 엘우드 씨는요?"

또 한 번 도리질. 낯선 언어도 더 흘러나왔다.

"그럼 집에 누가 있는지 알아봅시다."

내가 고집을 부렸다.

나에겐 아무런 의미도 없는 뒤죽박죽 언어 가운데서 딱 세 마디 엉터리 영어를 알아들었는데 짐작건대 '주인님', '집', '없음'이라는 말인 듯했다.

현관문이 닫히기 시작했다. 나는 문틈에 발을 끼워 넣었다.

팻이 경찰 배지를 뽑아 들었다.

흑인 사내는 영어는 서툴렀지만 경찰 배지는 알아보았다.

그가 한쪽 발로 뒤쪽 바닥을 쿵 내리찍었다. 집 뒤쪽에서 징 소리가

---

*무릎 길이의 통이 넉넉한 바지.

귀가 먹먹할 정도로 크게 울려 퍼졌다.

흑인이 문에 체중을 실었다.

나도 문틈에 끼워 넣었던 발에 체중을 실어 옆쪽으로 흑인을 밀어냈다.

엉덩이를 문에 부딪치며 나는 흑인의 복부에 주먹을 휘둘렀다.

레디가 문을 밀쳤고 우리는 현관으로 들어갔다.

"빌어먹을 뚱땡이 땅딸보 녀석, 감히 나를 다치게 하다니!"

흑인이 능숙한 버지니아 주 흑인 사투리로 외쳤다.

레디와 나는 그의 옆을 지나 어둠 속에 가려져 보이지 않는 복도 쪽으로 들어갔다.

2층으로 이어지는 계단 밑에서 나는 걸음을 멈추었다.

2층에서 총성이 울렸다. 우리를 겨냥한 듯했다. 총알받이는 피했다.

2층에서 여자들의 비명과 남자들의 고함이 왁자지껄 들려왔다. 마치 문이 열렸다가 닫힌 듯 목소리가 순간 들렸다가 사라졌다.

"올라가시죠, 어르신!"

레디가 내 귀에 대고 소리쳤다.

우리는 계단을 뛰어 올라갔다. 우리에게 총을 쏜 사람을 찾지는 못했다.

계단 꼭대기에 이르자 방문 하나가 잠겨 있었다. 레드가 몸을 던져 강제로 문을 열었다.

우리는 푸르스름한 조명 속으로 걸어 들어갔다. 온통 보라색과 황금빛으로 치장된 커다란 방이었다. 가구가 뒤집히고 러그는 마구 구겨져 엉망이었다. 멀리 보이는 문 근처에 회색 슬리퍼 한 짝이 놓여 있었다. 초록색 실크 가운 하나는 바닥 중앙에 있었다. 그 방엔 아무도 없었다.

팻과 나는 경주를 하듯 슬리퍼 뒤쪽의 커튼 쳐진 문으로 달려갔다.

문은 잠겨 있지 않았다. 레디가 활짝 문을 열어젖혔다.

여자 셋과 남자 하나가 공포 어린 얼굴로 구석에 웅크리고 있었다. 그들 중엔 마이러 밴브록도, 레이먼드 엘우드도 없었고, 우리가 아는 사람은 아무도 없었다.

재빨리 그들을 살펴본 우리는 다른 데로 눈을 돌렸다.

방 건너편에 열려 있는 문이 시선을 사로잡았다.

그 방 안은 혼란의 도가니였다.

작은 방에 인체들이 뒤엉켜 있었다. 살아 있는 인체들이 헐떡이며 몸부림쳤다. 깔때기로 한꺼번에 쏟아부은 듯 많은 남녀가 모두 그 방에 모여 있었다. 그들은 깔때기의 입구인 듯한 작은 창문 하나를 둘러싸고 소란스레 몰려들었다. 나이 지긋한 남녀와 어린 남녀가 다 같이 고함을 지르고 악을 써대며 꿈틀꿈틀 몸싸움을 벌이고 있었다. 일부는 옷도 입지 않았다.

"우리가 뚫고 들어가서 창문을 막아야 해요!"

팻이 내 귀에 대고 소리쳤다.

"말도 안 돼……"

내가 말문을 열었지만 그는 이미 혼돈 속으로 뛰어든 뒤였다.

나도 그의 뒤를 따랐다.

나는 창문을 막을 심산이 아니었다. 팻이 어리석은 짓을 하려는 걸 말릴 작정이었다. 다섯 남자가 달려든다 해도 들끓는 미치광이들의 소란을 뚫고 들어갈 순 없었다. 열 명이 달려들어도 그들을 창문에서 떼어 놓지 못했을 것이다.

내가 다가갔을 땐 그토록 거구인 팻도 바닥에 쓰러져 있었다. 어린애나 다름없는 반라의 아가씨가 뾰족한 하이힐로 그의 얼굴을 후려치고 있었다. 사방에서 들러붙은 손과 발이 그를 갈가리 찢어 놓을 기세였다.

나는 총구로 사람들 정강이와 손목을 밀어내 그를 풀어 준 뒤 다시 끌고 나왔다.

"마이러는 저기 없어. 엘우드도 없고!"

그를 부축해 일으켜 세우며 그의 귀에 대고 소리쳤다.

나도 자신은 없었지만 내 눈으로 그들을 보지 못했고, 두 사람이 이런 엉망진창 상태로 엉겨 있을 것 같진 않았다. 우리에게는 관심도 보이지 않은 채 또다시 미친 듯이 창문으로 몰려든 야만인들은 본래 정체가 무언지 몰라도 분명 내부자는 아니었다. 그들은 흥분한 군중이었고 주연배우가 그들 가운데 있을 리 없었다.

"다른 방을 뒤져 봐야 해. 이런 걸 원한 게 아니잖아."

내가 다시 고함을 질렀다.

팻은 손등으로 찢어진 얼굴을 문지르며 웃음을 터뜨렸다.

"확실히 이런 일은 더 겪고 싶지 않네요."

그가 말했다.

우리는 왔던 길을 다시 돌아가 계단 꼭대기로 향했다. 아무도 눈에 띄지 않았다. 옆방에 있던 남자도 사라지고 없었다.

계단 꼭대기에서 우리는 움직임을 멈추었다. 우리 뒤쪽 방에서 출구를 찾아 몸싸움을 벌이는 미치광이들의 희미한 아우성 말고는 아무 소리도 들리지 않았다.

아래층에서 요란하게 문 하나가 닫혔다.

느닷없이 나타난 몸통 하나가 등을 가격해 나를 계단참에 납작하게 짓눌렀다.

뺨을 스치는 실크 감촉이 느껴졌다. 건장한 손 하나가 내 목덜미를 움켜잡고 있었다. 나는 엎드린 채로 권총이 거꾸로 향하도록 손목을 꺾었다. 납작하게 바닥에 짓눌리며 나는 귀가 멀쩡하기를 빌었다.

뺨에 불이 붙은 듯했다. 머리가 터져 나갈 듯 띵했다.

실크 감촉이 내 몸을 스치며 미끄러져 멀어졌다.

팻이 나를 덥석 잡아 일으켜 세웠다.

우리는 계단을 내려가기 시작했다.

슝!

어떤 물건이 내 얼굴을 스쳐 지나며 벗겨진 머리칼을 건드렸다.

유리인지 도자기인지 석고인지 모를 물건이 내 발치 위쪽에서 수천 조각으로 폭발했다.

나는 머리를 쳐드는 동시에 권총을 위로 꺾었다.

빨간색 실크를 입은 흑인이 2층 난간 너머로 여전히 한쪽 팔을 뻗고 있었다.

나는 그에게 총알 두 발을 박아 주었다. 팻도 그에게 두 방을 쏘았다.

흑인이 난간 너머로 쓰러졌다. 그는 양팔을 벌린 채로 우리 위로 떨어져 내렸다. 죽은 자의 다이빙.

아래쪽에 있던 우리는 서둘러 계단을 내려왔다.

남자가 바닥에 떨어지며 집 안을 뒤흔들었지만 그를 살펴보지는 않았다.

레이먼드 엘우드의 매끈한 머리통이 우리의 시선을 붙들었다.

아주 눈 깜짝할 사이 2층에서 새어 나온 조명이 계단 아래쪽 난간 기둥 주변을 비추었다. 순식간에 나타났다 사라진 형체.

나보다 난간에 더 가까이 있던 팻 레디가 한 손으로 난간을 짚고 그 아래쪽의 어둠 속으로 훌쩍 넘어 들어갔다.

나는 한 손으로 난간을 잡아 체중을 지탱하며 두 걸음 만에 계단 아래로 내려가 갑자기 소란스러워진 어두운 복도로 뛰어들었다.

나는 미처 보지 못했던 벽에 부딪혔다. 맞은편 벽에서 튕겨져 나온 나는 홱 몸을 돌렸고, 반대편 복도에서 낮의 환한 빛이 커튼을 통과하며 회색으로 바뀌어 비쳐 드는 방으로 달려갔다.

9

팻 레디가 한 손으로 의자 등받이를 짚은 채 다른 손으로는 배를 움켜잡고 서 있었다. 핏자국이 얼룩진 그의 안색은 짙은 회색빛이었다. 눈동자는 거울처럼 고통을 내비쳤다. 세게 걷어차인 표정이었다.

씩 웃어 보이려던 그의 시도는 실패로 돌아갔다. 그는 고갯짓으로 집 뒤쪽을 가리켰다. 나는 뒤로 돌아갔다.

좁은 통로에서 레이먼드 엘우드를 찾아냈다.

그는 흐느끼며 잠긴 문을 미친 듯이 잡아당기고 있었다. 얼굴은 선연한 공포로 새하얗게 굳어 있었다.

나는 우리 둘 사이의 거리를 가늠했다.

내가 몸을 날리자 그가 돌아섰다.

나는 남은 힘을 온몸에 모두 실어 총구로 내리쳤다……

1톤쯤 되는 무게의 뼈와 살이 내 등을 짓눌렀다.

나는 숨이 막혀 어질어질 혼미한 상태로 벽에 기댔다.

빨간색 실크에 감싸여 끝에는 갈색 손이 달린 팔이 나를 옥죄었다.

요란뻑적지근한 차림의 흑인 부대가 떼로 몰려든 것인지, 아니면 내가 똑같은 인물과 계속해서 싸우고 있는 것인지 궁금했다.

이 친구는 나에게 생각할 여유를 별로 주지 않았다.

그는 거대했다. 힘도 셌다. 선의는 조금도 없었다.

권총을 쥔 내 팔은 몸통 아래 옆쪽으로 곧게 뻗어 있었다. 나는 흑인의 발을 쏘려고 애를 썼다. 빗나갔다. 다시 쏘았다. 그가 발을 움직였다. 나는 절반쯤 몸을 틀어 그와 마주 서려고 몸을 꿈틀거렸다.

엘우드가 반대편에서 나에게 매달렸다.

흑인은 아코디언처럼 내 척추를 접어 버리려는 듯 뒤로 나를 밀쳤다.

나는 무릎에 힘을 주고 버텼다. 몸에 실린 체중이 너무 무거웠다. 차츰 무릎이 꺾였다. 내 몸이 뒤로 굽어졌다.

팻 레디가 비틀거리며 문가에 나타나 천사장 가브리엘처럼 흑인의 어깨 위로 나를 굽어보았다.

팻의 얼굴은 고통으로 잿빛이었지만 눈빛만은 선명했다. 오른손엔 권총을 쥐고 있었다. 왼손에는 뒷주머니에서 꺼낸 강철 곤봉이 들려 있었다.

그가 흑인의 맨머리통에 곤봉을 휘둘렀다.

흑인이 머리를 흔들며 나한테서 떨어져 나갔다.

팻은 흑인이 달려들기 전에 한 번 더 곤봉을 휘둘렀고 정면으로 얼굴을 가격했지만 단숨에 쓰러뜨리진 못했다.

팔이 풀려난 나는 권총을 들어 엘우드의 가슴팍에 깨끗이 한 방 먹였고, 그가 스르르 바닥으로 미끄러져 쓰러지도록 내버려 두었다. 흑인은 팻을 벽에 밀치고 서서 몹시 괴롭히고 있었다. 그의 드넓은 등이 과녁처럼 드러나 있었다.

그러나 나는 권총에 든 여섯 발 가운데 다섯 발을 이미 써버렸다. 주머니에 총알이 더 있긴 했지만 재장전하려면 시간이 걸렸다.

힘 빠진 엘우드의 손아귀에서 벗어난 나는 권총 손잡이로 흑인을 가격하기에 나섰다. 그의 두개골과 목이 만나는 지점엔 살집이 두둑했다. 그곳을 세 번째 내리치자 그가 팻과 함께 축 늘어졌다.

나는 그의 몸을 돌려 젖혔다. 이제는 금발을 찾아볼 수 없는 금발의 경찰관이 몸을 일으켰다.

복도 반대편 끝으로 열린 문은 텅 빈 부엌으로 이어졌다.

팻과 나는 엘우드가 씨름하던 문으로 다가갔다. 단단한 목재를 세공해 만든 문은 굳게 잠겨 있었다.

어깨동무를 한 우리는 합해서 160~170킬로그램쯤 되는 체중을 실어 문과 부딪치기 시작했다.

문은 흔들렸지만 그대로 버텼다. 다시 한 번 몸을 날렸다. 나무가 쪼개지는 광경은 볼 수 없었다.

또 한 번.

문이 힘에 밀려나며 젖혀졌다. 우리는 계단으로 굴러 떨어졌고 눈덩이처럼 데굴데굴 구르다 마침내 시멘트 바닥에서 멈췄다.

팻이 먼저 정신을 차렸다.

"곡예 솜씨가 아주 형편없으시네요. 제 목 좀 놓으세요!"

그가 말했다.

나는 몸을 일으켰다. 그도 몸을 일으켰다. 우리는 저녁 내내 바닥에 쓰러졌다가 바닥에서 일어나기를 반복하고 있는 듯했다.

내 어깨춤에 스위치가 보였다. 나는 스위치를 올려 불을 켰다.

만일 나도 팻과 똑같은 몰골이었다면 우리는 악몽에 등장하는 아주 멋진 주인공 한 쌍이었을 것이다. 그는 온통 날고기 같은 모습으로 먼지

투성이였고, 그나마 몸을 가린 옷도 성한 곳이 별로 없었다.

나는 그의 표정이 마음에 들지 않았으므로 우리가 서 있는 지하실 주변을 둘러보았다. 뒤쪽에는 조개탄과 장작을 때는 난로가 놓여 있었다. 앞쪽에는 위층과 마찬가지로 복도와 방이 자리 잡고 있었다.

우리가 열어 본 첫 번째 문은 잠겨 있었지만 자물쇠가 튼튼하지 않았다. 문을 박차고 들어가 보니 사진을 현상하는 암실이었다.

두 번째 방문은 잠겨 있지 않았는데 화학 실험실처럼 증류기와 시험관, 버너, 작은 여과기가 갖추어져 있었다. 방 중앙에는 작고 둥근 철제 난로가 놓여 있었다. 그곳엔 아무도 없었다. 복도로 나온 우리는 별로 내키지 않는 걸음으로 세 번째 문으로 다가갔다. 지하실로 내려온 게 실수인 것 같았다. 어쩐지 위층에 있어야 하는데 이곳에서 시간을 낭비하고 있다는 느낌이 들었다. 내가 문을 열어 보았다.

문은 움직일 생각이 없어 보였다.

우리는 둘의 체중을 실어 시험 삼아 부딪쳐 보았다. 꿈쩍도 하지 않았다.

"기다려 보세요."

팻이 뒤쪽에 있는 장작더미로 가서 도끼를 찾아 들고 왔다.

그가 문에 도끼를 휘두르자 나무 한 줌이 날아갔다. 문구멍에서 은색 불꽃이 반짝거렸다. 문 반대편은 무쇠나 강철판으로 되어 있었다.

팻이 도끼를 내려 세우고는 도끼 손잡이에 몸을 기댔다.

"다음 처방전은 탐정님이 쓰시지그래요."

그가 말했다.

나로서도 한 가지밖에 달리 제안할 것이 없었다.

"내가 여길 지키고 있을게. 자네는 올라가서 동료 경찰이 하나라도 나

타났는지 알아봐. 여긴 하늘이 내려 주신 은신처지만 누군가가 신고를
했을지도 모르잖아. 이 방으로 들어갈 수 있는 다른 길이 있는지 알아
보고, 창문 같은 거 말이야, 그게 없으면 이 문을 따고 들어갈 수 있을
만한 인력을 동원할 수 있는지 알아봐 줘."

팻이 계단 쪽으로 돌아섰다.

무슨 소리가 들려 그가 행동을 멈추었다. 철판을 댄 문 반대편에서
자물쇠를 돌리는 소리였다.

팻이 펄쩍 몸을 날려 한쪽 문설주 옆으로 기대섰다. 나도 한 걸음 옮
겨 반대편 구석으로 갔다.

천천히 문이 안쪽으로 열렸다. 너무 천천히.

내가 발로 차 문을 젖혔다.

발길질과 동시에 팻과 내가 방 안으로 뛰어들었다.

그의 어깨에 여자가 부딪혔다. 나는 여자가 쓰러지기 전에 가까스로
그녀를 붙잡았다.

팻이 여자가 들고 있던 권총을 빼앗았다. 나는 비틀거리는 여자의 몸
을 바로 세워 주었다.

여자의 얼굴은 창백하고 무표정했다.

마이러 밴브록. 그녀에게서는 사진과 인상착의 설명처럼 남자다운 모
습이 전혀 보이지 않았다.

부축과 동시에 그녀의 두 팔을 결박하려고 한 팔로 여자를 감싸고 있
던 나는 방 안을 둘러보았다.

작은 정사각형 방의 벽은 갈색으로 칠해진 금속이었다. 바닥에는 기
묘하게 생긴 작은 남자가 죽어 있었다.

몸에 찰싹 달라붙는 검정색 벨벳과 실크 옷을 입은 체구가 작은 남자

였다. 검정색 벨벳 블라우스와 바지를 입고 검정색 실크 스타킹과 빵모자를 걸친 데다 굽 높은 검정색 에나멜가죽 구두를 신고 있었다. 작은 그의 얼굴은 늙어서 뼈가 앙상했지만, 크고 작은 주름살 하나 없이 돌처럼 매끈했다.

턱까지 깃이 높이 올라오는 그의 블라우스에 구멍이 나 있었다. 구멍에서는 아주 천천히 피가 흘러나왔다. 그가 쓰러져 있는 주변 바닥은 조금 전까지도 피가 빠르게 흘러나왔음을 보여 주었다.

그의 뒤쪽으로 금고가 열려 있었다. 금고를 기울여 내용물을 쏟아 내기라도 한 듯 서류들이 앞쪽 바닥에 널브러져 있었다.

내 품에서 여자가 몸을 움직였다.

"당신이 저 사람을 죽였습니까?"

내가 물었다.

"그래요."

1미터쯤 떨어진 곳에서 들려온 듯 희미한 목소리였다.

"왜 그랬어요?"

내 물음에 그녀는 지친 머리를 홱 젖혀 눈을 덮었던 짧은 갈색 머리를 넘겼다.

"그게 무슨 상관이죠? 내가 죽였다니까요."

"상관있을지도 모르죠."

부축했던 팔을 풀고 그녀에게 말하며 문을 닫으러 갔다. 사람들은 문이 닫힌 방에서는 좀 더 자유롭게 말하니까.

"저는 댁의 아버님이 고용한 사람입니다. 레디 씨는 형사고요. 물론 우리 둘 다 법망을 피해 갈 순 없겠지만, 뭐가 뭔지 이야기를 털어놓으면 도움을 드릴 수 있을지도 모릅니다."

"우리 아버지가 고용한 분이라고요?"

"네. 사라진 당신과 동생분을 찾아 달라고 아버님이 저를 고용했습니다. 동생분은 우리가 찾아냈는데……"

마이러 밴브록의 얼굴과 눈빛과 목소리에 생기가 돌아왔다. 그녀가 외쳤다.

"나는 루스를 죽이지 않았어요! 신문 기사는 거짓이에요! 나는 동생을 죽이지 않았어요! 나는 동생이 권총을 갖고 있는 줄도 몰랐어요. 그것도 몰랐다고요! 우린 멀리 달아나 숨을 작정이었어요, 모든 것들을 피해서요. 우리는 그, 그 물건들을 태우려고 숲속에서 잠시 멈췄어요. 동생이 권총을 갖고 있다는 걸 처음 안 것도 그때였어요. 처음엔 같이 자살하자고 이야기했지만, 내가 그러지 말자고 동생을 설득했어요. 동생을 설득했다고 생각했죠. 나는 동생한테서 권총을 빼앗으려고 했는데 그러지 못했어요. 내가 총을 빼앗으려고 하는 사이에 동생이 자기한테 총을 쐈어요. 나는 말릴 작정이었어요. 내가 죽이지 않았다고요!"

그런 사연이라면 상황은 또 달라졌다.

"그래서 그런 다음에는요?"

내가 그녀를 다그쳤다.

"그래서 나는 새크라멘토로 가서 거기다 차를 버려두고 샌프란시스코로 돌아왔어요. 루스가 레이먼드 엘우드한테 편지를 썼다고 이야기했거든요. 자살하지 말라고 설득하기 전에 동생이 처음으로 그 얘기를 했어요. 나는 레이먼드한테서 그 편지를 돌려받으려고 했어요. 동생은 그 사람에게 보낸 편지에 자살을 하겠다고 썼댔어요. 나는 편지를 돌려받을 작정이었는데 레이먼드가 편지를 하더에게 줬다고 했어요.

그래서 오늘 저녁에 그걸 가지러 온 거예요. 막 편지를 찾았을 무렵 위층에서 요란한 소리가 들려왔어요. 그러자 하더가 들어와 나를 찾아냈죠. 그 사람이 문을 잠갔어요. 그래서, 그래서 나는 금고에 들어 있던 권총으로 그 사람을 쐈어요. 그 사람이 돌아서서 뭐라고 말도 하기 전에 내가, 내가 그를 쏴버렸어요. 그런 식이 아니었다면 난 총을 쏘지 못했을 거예요."

"그 사람한테 협박이나 폭행을 당하지 않았는데도 총으로 쐈다는 뜻입니까?"

팻이 물었다.

"그래요. 나는 그 사람이 두려웠어요. 그 사람이 말을 하는 게 두려웠어요. 나는 그 사람을 증오했어요! 나도 어쩔 수가 없었죠. 그런 식으로 죽일 수밖에 없었어요. 그가 말을 걸었더라면 나는 그 사람을 쏘지 못했을 거예요. 그 사람은, 그 사람이 나를 말렸을 거예요!"

"하더가 누군데요?"

내가 물었다.

마이러는 팻과 나의 시선을 피해 벽과 천장을 바라보다 바닥에 죽어 누워 있는 기묘한 작은 남자를 쳐다보았다.

10

"저 사람은……"

마이러는 헛기침을 하고 나서 자기 발끝을 내려다보며 다시 설명을 시작했다.

"레이먼드 엘우드가 처음 우리를 여기로 데려왔어요. 우리는 그게 재미있다고 생각했어요. 하지만 하더는 악마였어요. 그 사람이 무슨 이야기를 하면 누구든 그 말을 믿었죠. 우리도 어쩔 수가 없었어요. 그 사람이 하는 이야기는 뭐든 '전부 다' 믿게 됐어요. 어쩌면 우리가 약에 취해서 그랬을지도 몰라요. 항상 따뜻하고 푸른빛이 도는 와인이 있었어요. 거기에 틀림없이 약을 탔을 거예요. 그러지 않았다면 우리가 그런 행동을 할 순 없었을 거예요. 누구라도 못했을걸요. 그 사람은 자기가 사제라고 했어요, 앨조아의 사제라고. 그 사람은 영혼을 육체에서 분리하는 법을 가르쳐 주겠다면서……"

마이러의 목소리가 쉰 것처럼 갈라졌다. 그녀가 몸서리를 쳤다.

"끔찍했어요!"

팻과 내가 잠자코 있자 그녀가 이내 말을 이었다.

"하지만 누구나 그 사람을 믿게 됐죠. 그게 전부예요. 스스로 이해하지 않는 한은 누구도 이해할 수 없다는 거예요. 그가 가르쳐 준 것들은 이해할 수 없는 것들이었어요. 하지만 그 사람은 이해할 수 있다고 말했고, 사람들은 그렇다고 '믿었어요'. 어쩌면, 저도 모르겠어요, 어쩌면 그런 말을 믿는 척했을 수도 있겠죠. 핏속에 광기나 약 기운이 흐르고 있었기 때문에. 우린 몇 주일, 몇 달간 거듭 다시 이곳을 찾아왔고, 끝내 역겨움에 멀어질 때까지 그런 일이 계속됐어요.

우리는, 루스와 저와 어마는 여기 오는 걸 그만뒀어요. 그런 다음에야 우리는 저 작자가 어떤 인간인지 알게 됐죠. 저 사람은 우리가 사이비 종교를 믿고 있을 때보다, 아니 믿는 척했을 때보다 점점 더 많은 돈을 요구했어요. 우리는 저 사람이 요구하는 돈을 줄 수가 없었어요. 우린 돈을 주지 않겠다고, 내가 저 작자에게 말했어요. 그랬더니 우리가 여기 있는 동안 찍힌 사진들을 보내왔어요. 그건 확실히 '사진'이었지만,

'설명'할 수가 '없는' 사진이었어요. 진짜 우릴 찍은 사진이 맞긴 했어요! 우린 그게 진짜라는 걸 알았죠. 우리가 무얼 할 수 있었겠어요? 저 사람은 돈을 주지 않으면 사진 사본을 우리 아버지와 친구들, 우리가 아는 모든 사람들한테 보내겠다고 했어요.

돈을 주는 것 말고 우리가 무얼 할 수 있었겠어요? 우리는 어떻게든 돈을 마련했어요. 우린 저 사람에게 돈을 주었고, 점점 더, 점점 더 액수가 늘어났어요. 그러다가 수중에 돈이 떨어졌고, 더 구할 도리도 없었어요. 우린 어떻게 해야 할지 몰랐어요. 루스와 어마처럼 스스로 목숨을 끊는 것 말고는 할 수 있는 일이 없었죠. 저도 그러려고 생각했었어요. 하지만 루스한테 자살을 만류했어요. 같이 떠나 버리자고 말했죠. 동생을 데리고 떠났어요, 안전하게 지켜 주려고요. 그랬는데, 그랬는데 이렇게 된 거예요!"

마이러는 이야기를 멈추고 계속해서 자기 발만 응시했다.

나는 기묘한 검정색 모자와 복장을 하고 바닥에 누워 죽어 있는 작은 남자를 다시 쳐다보았다. 그의 목에선 더 이상 피가 흘러나오지 않았다.

퍼즐 조각을 맞추는 것은 어렵지 않았다. 어떤 종류인지는 몰라도 스스로 사제를 사칭하다 죽임을 당한 하더라는 인물은 종교 의식이라는 미명 아래 난잡한 파티를 개최한 것이 분명했다. 공모자인 엘우드는 명문가와 부유한 집안 여자들을 그에게 데려다 주는 역할이었다. 방에는 카메라를 숨겨 두고 사진 찍기 좋은 조명을 설치했을 것이다. 추종자들이 그의 사이비 종교에 성실히 따르는 동안은 헌금이 들어왔다. 나중엔 사진의 도움을 받아 협박 공세.

나는 하더를 쳐다보다 팻 레디에게 시선을 옮겼다. 그는 죽은 남자를 보며 인상을 찌푸리고 있었다. 바깥쪽 방에서는 아무 소리도 들려오지 않았다.

"동생분이 엘우드한테 쓴 편지는 갖고 있습니까?"

내가 마이러에게 물었다.

그녀의 손이 재빨리 가슴팍으로 움직이더니 구겨진 편지를 꺼냈다.

"네."

"동생분이 자살할 거라는 의향이 거기에 똑똑히 적혀 있나요?"

"네."

"그러면 콘트라코스타 카운티에서 내려진 수배령은 해결되겠군."

내가 팻에게 말했다.

그가 너덜너덜해진 머리를 끄덕였다.

"그럴 수밖에 없을 겁니다. 어차피 편지가 없더라도 자매간 살인 혐의를 입증할 가능성은 없었어요. 편지가 있으니 법정까지 가지도 못할 겁니다. 그건 확실해요. 여기서 총을 쏜 것에 대해서도 아무 문제 없을 거예요. 저 아가씨는 자유의 몸으로 풀려나게 될 뿐만 아니라 덤으로 사방에서 감사 인사를 받게 되겠죠."

마이러 밴브록은 마치 팻한테 얼굴을 얻어맞기라도 한 듯 움찔하며 그를 외면했다.

지금 현재 나는 그녀의 아버지가 고용한 사람이다. 나는 그녀의 편에 섰다.

담배에 불을 붙이고 나서 피와 땟국으로 뒤덮인 팻의 얼굴을 살폈다. 팻은 믿음직한 남자이다.

"잘 들어, 팻."

나는 그럴 의도가 전혀 없다는 듯 담담한 목소리로 그를 구슬렸다.

"자네가 말했다시피 밴브록 양이 법정에 섰다가 자유의 몸으로 풀려나 감사 인사를 받을 순 있겠지. 하지만 그러려면 알고 있는 사실을 전부 털어놓아야 해. 여기 있는 증거를 전부 다 드러내야 한단 말이지. 하더라 찍은 모든 사진들, 혹은 우리가 찾아낼 수 있는 전부를 증거로 제출해야 할 기야. 그런 사진을 몇 장만 보고도 여자들이 자살을 했어, 팻. 우리가 아는 것만도 최소한 두 건이지. 만일 밴브룩 양이 법정에 서게 된다면 우리는 얼마나 많은 여자들이 더 연루되어 있는지는 하느님만이 아실 사진들을 세상에 공개해야 해. 우리로선 사건 정황을 공개할 수밖에 없을 테고, 밴브룩 양은 최소한 두 명이 자살을 선택했을 만큼 벗어나려고 애썼던 곤란한 처지에 놓이겠지. 여기에 관련된 부녀자들이 얼마나 더 많은지는 우리도 알 수 없는 일이야."

팻은 인상을 찌푸리며 더러운 턱을 더 더러운 엄지손가락으로 문질렀다.

나는 깊은 숨을 들이마시고 내 역할에 충실했다.

"팻, 자네와 나는 레이먼드 엘우드를 미행하다가 물어볼 게 있어서 여기 온 거야. 지난달에 세인트루이스 은행을 턴 은행 강도와 연관이 있다는 혐의로 그자를 의심했다고 할 수도 있겠지. 지지난주에 덴버 근처에서 노상강도를 당한 우편 트럭에서 탈취한 장물을 취급한 혐의로 뒤쫓고 있었다고 해도 좋아. 어쨌든 우리는 그자가 근거 없이 흘러드는 거금을 보유하고 있고, 부동산 사무소도 진짜 부동산 사무소가 아니라는 사실을 알고 그자를 미행하던 중이었어. 우리는 방금 내가 언급한 사건 가운데 하나와 관련해서 그를 탐문하러 여기 온 거야. 우리가 수사관이란 걸 알게 되자 위층에서 반짝이들 몇 명이 우릴 덮쳤어. 나머지는 거기서 연결하면 돼. 사이비 종교집단 사건은 우연히 맞닥뜨리게 된 거고, 우리로선 특별한 관심을 가질 일이 아니었어. 우리가 확인한 바로는, 우리한테 덤벼든 사람들은 전부 우리가 조사하려던 엘우드에 대한 우정을 빌미로 끼어들었어. 하더 역시 그런 사람들 가운데 하나였고, 자네와 몸싸움을 벌이던 중에 자네가 그의 소유였던 총으로 쏘게 된 거지. 물론 밴브록 양이 금고에서 찾아낸 그 총 말이야."

팻 레디는 나의 제안이 전혀 마음에 들지 않는 모양이었다. 몹시 못마땅한 눈빛으로 나를 쏘아보았다.

"말도 안 되는 말씀이에요. 그런다고 누구에게 무슨 이득이 있겠어요? 그렇게 한다 해도 밴브록 양을 이 사건에서 제외시키진 못할 겁니다. 지금 여기 와 있는 사람을 어쩌겠어요, 안 그래요? 나머지도 실타래처럼 술술 풀려 나올 겁니다."

그가 나를 힐난했다.

"하지만 밴브록 양은 여기 있지 '않았어'. 어쩌면 지금쯤 위층에 경찰이 득시글거릴지도 모르겠군. 아닐 수도 있고. 어쨌거나 우린 밴브록 양을 데리고 여길 빠져나가서 딕 폴리한테 넘기면 그 친구가 집에 데려다줄 거야. 그럼 여기서 벌어진 파티와는 아무 상관 없는 사람이 되는 거지. 내일이 되면 밴브록 양과 부친의 변호사, 내가 함께 마르티네즈로 올라가서 콘트라코스타 카운티 지방 검사와 일을 해결할 거야. 루스가 어떻게 자살했는지 설명할 거라고. 위층에 죽어 있을 엘우드를 혹시라도 두 자매와 코렐 부인이 알던 엘우드와 연결하는 사람이 나타난다고 한들 뭘 어쩌겠어? 콘트라코스타 사람들한테는 동생을 살해한 혐의로 밴브록 양을 기소할 가능성이 전혀 없다는 점을 우리가 잘 설득할 테니까, 법정에 갈 일도 만들지 않고 언론도 계속 피한다면 문제는 없어."

팻은 여전히 엄지로 턱을 문지르며 망설였다.

"우리가 이러는 건 단지 밴브록 양을 위한 것만이 아니란 걸 명심하게.

분명 자발적으로 하더와 엮인 사람들 가운데는 죽은 사람도 몇몇 있고 살아 있는 사람들도 무수히 많은데, 그런 일이 밝혀지면 다들 인간으로서의 존엄을 잃게 돼."

내가 그를 다그쳤다.

팻은 고집스레 고개를 저었다.

나는 도저히 가망이 없는 척하며 아가씨에게 말했다.

"죄송하군요. 나로선 최선을 다했습니다만 레디 형사에게 부탁하기엔 무리가 있는 일이죠. 이런 선택을 두려워한다고 해서 저 친구를 비난할 수 없다는 건 저도 압니다만……"

팻은 아일랜드 계이다.

"그렇게 성급하게 단정 짓지 마세요."

그가 나의 위선적인 태도를 잘라먹으며 딱딱거렸다.

"하지만 저 하더라는 인간을 쏜 사람이 왜 꼭 저여야 합니까? 탐정님이 아니고요?"

내 술수에 그가 걸려들었다!

"왜냐하면 자네는 경찰이고 난 아니니까. 성실하고 경찰 배지도 있는 단호한 평화의 사도 경찰관이 놈을 쏘았다고 하는 편이 일을 망칠 가능성이 적잖아. 위층에 있는 놈들은 대부분 내가 쏘아 죽였어. 자네도 여기 있었다는 사실을 뭔가로 보여 줘야지."

내가 설명했다.

그 해석은 일부만 진실이었다. 나의 꿍꿍이는 만약에 팻이 사건 해결의 공을 독차지하게 된다면, 정말로 무슨 일이 일어났든 나중에 그가 쉽사리 발을 뺄 수 없도록 하기 위함이었다. 팻은 믿음직한 남자이고 어디서나 나는 그를 신뢰하지만, 쉽사리 속여 넘겼던 남자를 그렇게 쉽게 믿을 수는 없는 법이다.

팻은 투덜거리며 고개를 저었지만 결국 이렇게 말했다.

"제가 스스로 파멸의 길을 걷고 있다는 건 틀림없지만, 이번 한 번만 그렇게 하도록 하죠."

"잘했어!"

나는 구석에 떨어져 있던 여자 모자를 집어 들었다.

"자네가 아가씨를 딕한테 넘기고 올 때까지 나는 여기서 기다릴게."

나는 밴브록 양에게 모자를 건네주며 지시 사항도 함께 전했다.

"레디 형사가 인계해 줄 사람과 함께 집으로 가세요. 저는 최대한 빨리 여길 수습하고 갈 테니까 제가 갈 때까지 집에서 기다려요. 제가 입을 다물라고 했다는 말 이외에는 누구한테도 아무 얘기 하지 말아요. 아가씨 아버님도 마찬가집니다. 나와 어디서 만났는지조차 이야기하지 말랬다고 아버님께 전해요. 알겠습니까?"

"네, 저는……"

감사 인사는 나중엔 좋을지 몰라도 해야 할 일이 있을 땐 영 시간 낭비이다.

"어서 가, 팻!"

두 사람이 떠났다.

11

죽은 남자와 단둘이 남자마자 나는 시체를 넘어가 금고 앞에 무릎을 꿇은 채 사진을 찾기 위해 편지와 서류 들을 헤집었다. 사진은 눈에 띄지 않았다. 금고 한쪽 부분이 잠겨 있었다.

시신을 뒤졌다. 열쇠는 나오지 않았다. 그리 튼튼한 잠금장치는 아니었지만 나 역시 서부 최고의 금고 털이는 아니었다. 잠긴 문을 열기까지 시간이 꽤 걸렸다.

내가 원했던 것이 안에 들어 있었다. 두툼한 필름 뭉치. 50장은 족히 넘을 듯한 인화된 사진 뭉치.

나는 밴브록 자매의 사진을 찾느라 사진 뭉치를 훑기 시작했다. 팻이 돌아오기 전에 감춰 두고 싶었다. 그가 얼마나 더 내 편의를 봐줄지 알 수 없는 일이었다.

행운은 내 편이 아니었고, 잠금장치를 여느라 나는 시간을 너무 허비했다. 사진 뭉치에서 겨우 여섯 장째 사진을 넘겼을 때 그가 돌아왔다. 살펴본 사진 여섯 장은 꽤나 심각했다.

"일은 처리했어요." 팻이 방으로 들어서며 으르렁거리듯 말했다.

"여자는 딕한테 넘겼어요. 엘우드는 죽었고, 우리가 위층에서 본 흑인들 가운데선 한 사람만 죽었더군요. 다른 사람들은 모두 달아난 모양이에요. 경찰은 아무도 나타나지 않아서 한 차 가득 대원을 파견하라고 전화를 걸어 뒀어요."

나는 한 손엔 필름 뭉치를 들고 다른 손엔 인화지를 든 채로 자리에서 일어섰다.

"그건 다 뭐예요?"

그가 물었다.

나는 다시 그를 회유하기에 나섰다.

"사진이야. 자네가 방금 나에게 큰 호의를 베풀었다는 거 알아, 또 부탁을 할 만큼 나도 욕심 많은 놈은 아니야. 하지만 결정은 자네한테 맡길게, 팻. 처분은 자네에게 넘길 테니까 원하는 대로 해. 이건……"

사진들을 그에게 흔들어 보였다.

"하더의 밥줄이었어, 그자가 수집하는 중이었거나 수집하려고 계획한 사진들이었겠지. 주로 여자들과 아가씨들을 찍은 사진인데 일부는 꽤나 흉측해. 요란한 불꽃놀이 이후에 이 집에서 사진 뭉치가 발견됐다는 사실이 내일 자 신문에 실리면, 아마 그다음 날 신문에는 엄청난 자살 사건 명단이 올라갈 테고 실종 사건 명단은 더 길게 보도될 거야. 신문에 사진에 대한 이야기가 없으면 얼마쯤 줄어들지도 모르지만 그리 많은 차이는 없을걸. 여기에 사진이 보관되어 있는 사람들 중 일부는 자기 사진이 여기 있다는 걸 알아. 그 사람들은 경찰이 여기서 사진을 찾아낼 거라고 예상할 거야. 어떤 사진인지는 우리도 알 만큼 알잖아. 사진이 폭로되는 걸 피하고 싶어서 두 여자가 자살을 했어. 이건 수많은 사람들과 수많은 가족을 폭파해 버릴 수도 있는 엄청난 뇌관이고, 전자나 후자의 언론 보도를 그들이 어떻게 이해하든 결과는 마찬가지일 거야. 하지만 팻, 자네가 하더를 쏘기 직전에 그자가 수많은 사진과 서류를 알아볼 수 없을 정도로 다 태워 버리는 데 성공했다고 생각해 봐. 그러면 자살하는 사람이 아무도 없을 가능성도 있지 않겠어? 최근 몇 달 새 발생한 실종 사건도 저절로 해결될지도 모르고? 결정은 자네 몫이야, 팻. 마음대로 해."

돌이켜 보니 평생 그토록 달변가의 말솜씨에 가까이 근접했던 적은 그때가 처음인 것 같다.

하지만 팻은 박수갈채를 보내지 않았다.

그는 내게 욕설을 퍼부었다. 처절하고 격심한 저주와 욕설을 엄청 쏟아 냈고 내가 사소한 게임에서 또 한 번 승점을 기록했다는 으쓱한 느낌이 들 만큼 나를 비난했다. 살과 뼈로 이루어져 있으며 입을 맞출 수도 있는 인간의 입에서 그토록 많은 종류의 욕설이 흘러나오는 건 처음 들어 봤다. 그는 온갖 쌍욕을 나에게 퍼부었다.

그의 욕설이 끝나자 우리는 서류와 사진과 금고에서 찾은 작은 주소록을 들고 옆방으로 가, 거기에 있던 작고 둥근 난로에 집어넣었다. 경찰이 도착하는 소리가 들리기 전에 마지막 꾸러미가 잿더미로 변했다.

"이걸로 진짜 끝이에요! 탐정님이 앞으로 천 살까지 산다고 해도 두 번 다시 저한테 다른 일 부탁할 생각 마세요."

일을 끝내고 일어나며 팻이 단언했다.

"이걸로 진짜 끝이야."

메아리처럼 나는 되풀이해 말했다.

나는 팻을 좋아한다. 그는 믿음직한 남자이다. 사진 뭉치에서 본 여섯 번째 사진은 그의 아내를 찍은 것이었다. 눈빛이 뜨겁고 무모한, 커피 수입업자의 딸.

중국 여인들의 죽음
Dead Yellow Women

1

영감님이 사무실로 불러 들어가 보니 그녀가 의자에 꼿꼿한 자세로 앉아 있었다. 스물넷쯤 되어 보이는 외모에 키가 큰 아가씨는 어깨가 넓고 가슴이 깊이 팬 남자 옷 같은 회색 옷차림새였다. 그녀가 동양인임을 드러내는 부분은 짧게 자른 윤기 나는 검은 머리와 화장기 없는 연노란색 피부, 그리고 짙은 색 안경테에 절반쯤 가려져 잘 보이지 않게 눈동자를 덮은 위쪽 눈꺼풀의 접힌 모양 정도에 불과했다. 하지만 그녀는 눈꼬리도 올라가지 않았고 콧날은 거의 매부리코에 가까웠으며, 대부분의 몽고계 사람들보다 턱도 길었다. 무두가죽으로 만든 굽 낮은 구두부터 장식을 달지 않은 모직 모자에 이르기까지 그녀는 현대적인 중국계 미국인이었다.

영감님에게 소개를 받기 전에 나는 그녀를 알아보았다. 샌프란시스코 신문은 며칠째 그녀에 관한 기사로 도배가 되어 있었다. 연일 신문에 사진과 도표, 인터뷰 기사, 논평이 실렸고 다양한 분야의 전문가 의견도 다소 언급되었다. 사연은 1912년으로 거슬러 올라가 현지 중국인들의 고집스러운 싸움을 끄집어냈는데, 주로 푸젠 성과 광저우 출신이었던 중국 이민자들이 민주주의 사상과 만주인에 대한 증오심으로 똘똘 뭉쳐, 만주국이 패망한 후 서둘러 조국을 떠나온 그녀의 아버지가 미국 땅에 발을 들이지 못하도록 행동에 나선 사건이었다. 신문들은 당시 산팡의 입국허가가 떨어지자 차이나타운에 일어났던 소요를 상기시켰다. 거리에는 모욕적인 플래카드가 나붙었고 불쾌한 환영 행사가 계획되었다.

그러나 산팡은 광저우인들을 속여 넘겼다. 차이나타운에서는 결코 그의 모습을 찾아볼 수 없었다. 지방 관리로 평생 악정을 펼쳐 축적한 재산으로 장만했다고 짐작되는 금덩이와 딸을 이끌고 샌머테이오 카운티로 내려갔고, 언론에서 태평양 끝자락에 지은 궁궐이라고 묘사한 대저택을 지었다. 그곳에 머물던 그는 '대인大人'이자 백만장자에 어울리는 방식으로 세상을 떠났다.

아버지에 대한 이야기는 이쯤 해두자. 그 딸에 대해서, 지금 탁자 건너편에 앉아 나를 차분하게 관찰하고 있는 이 젊은 아가씨에 대해서 말해 보자면, 아버지를 따라 캘리포니아로 왔을 때 그녀의 나이는 열 살이었고 이름은 아이호, 어김없는 중국인 소녀였다. 현재의 그녀가 갖고 있는 동양적인 특징은 내가 앞서 언급했던 외모와 아버지가 남겨 준 돈뿐이었다. 소녀의 이름은 영어로 번역하면 수련, 워터릴리였고 한 단계 더 나아가 릴리언이 되었다. 릴리언 샨이 되면서 그녀는 동부의 대학에 진

학했고 학위를 몇 개나 땄으며 1919년에는 어느 테니스 대회 우승자가 되기도 했고, 페티시의 특징과 의의에 대해서 온갖 종류를 망라한 책을 출간했다.

1921년 아버지가 사망한 이후 해변 저택에서 네 명의 하인들과 함께 살며 첫 책을 집필했고, 현재는 다른 책을 쓰고 있었다. 몇 주 전 그녀는 글을 쓰다 난관에 봉착했는데, 본인 말에 따르면 막다른 골목에 놓이고 말았다. 그녀는 파리의 아르세날 도서관에 소장된 고대 히브리어 신비 철학 사본이 문제를 해결해 줄 거라고 믿었다. 그래서 옷 몇 벌을 챙겨 왕마라는 중국인 하녀를 대동하고 뉴욕행 기차에 올랐고, 부재중 저택 관리는 다른 세 하인들에게 맡겨 두었다. 프랑스에 가서 사본을 봐야겠다는 생각은 어느 날 아침 불현듯 떠올랐던 터라, 해지기 전에 기차를 탈 수 있었다.

시카고와 뉴욕 사이의 기차 안에서 느닷없이 그녀를 괴롭히던 문제를 해결할 열쇠가 떠올랐다. 그녀는 뉴욕에서 하룻밤 머물며 휴식을 취하지도 않고 곧장 발길을 되돌려 다시 샌프란시스코로 향했다. 샌프란시스코에 도착해 여객선에 오른 후 자동차를 가져오라고 운전기사에게 전화 연락을 취했다. 전화를 받지 않았다. 릴리언과 하녀는 택시를 타고 집으로 갔다. 초인종을 눌렀지만 아무 응답이 없었다.

자물쇠에 열쇠를 꽂아 넣고 돌리는 순간 돌연 젊은 중국인 청년이 현관문을 열었다. 그녀가 모르는 얼굴이었다. 청년은 릴리언이 자기 신분을 밝힐 때까지 안으로 들여보내기를 거부했다. 그녀와 하녀가 현관으로 들어서자 청년은 웅얼웅얼 알아들을 수 없는 핑계를 댔다.

두 사람은 커튼 같은 것에 꽁꽁 묶이는 신세가 되었다.

두 시간 뒤 릴리언 산은 2층 세탁물 수납장 안에서 결박을 풀었다. 불을 켜고 나서 다시 하녀의 밧줄을 풀기 시작했다. 그녀는 손놀림을 멈췄다. 왕마는 죽어 있었다. 목 주변의 밧줄이 너무 꽉 조여 있었다.

릴리언 샨은 텅 빈 집 안으로 걸어 나와 레드우드 시 보안관 사무실로 전화를 걸었다.

보안관 두 명이 집으로 찾아왔고, 그녀의 설명을 들은 뒤 주변을 탐색하다가 지하실에 매장된 또 다른 중국인 시신을 발견했다. 또 한 여자가 목 졸려 죽어 있었다. 죽은 지 일주일이나 열흘쯤 된 것으로 보였다. 눅눅한 땅 때문에 더 정확한 사망일 추정은 불가능했다. 릴리언 샨은 사망자가 하인 가운데 한 명이라고 확인해 주었다. 요리사 완란이었다.

다른 하인, 후룬과 인홍은 사라져 버렸다. 샨팡이 생전에 모아 둔 수십만 달러 상당의 귀중품부터 동전 한 푼 값어치의 물건에 이르기까지 도난품은 하나도 없었다. 몸싸움의 흔적도 없었다. 모든 것들이 제자리에 있었다. 가장 가까운 이웃집은 거의 1킬로미터 가까이 떨어져 있었다. 이웃들은 아무것도 보지 못했고 아무것도 알지 못했다.

신문 지상에 헤드라인으로 실린 이야기도 그러했고, 의자에 아주 꼿꼿하게 앉아 검정색 타자기의 활자체처럼 정확하고 사무적인 말투로 영감님과 나에게 그 여자가 설명한 이야기도 그것이 골자였다.

"단독범인지 공범이 있는지 모르겠지만, 샌머테이오 카운티 당국에서 용의자를 체포하는 데 보이고 있는 노력이 나로선 전혀 흡족하질 않습니다. 댁의 탐정사무소에 일을 맡기고 싶어요."

그녀가 말을 맺었다.

영감님은 항상 곁에 두고 있는 노란색 연필로 탁자를 톡톡 두드리며 나에게 고갯짓을 했다.

"살인 사건에 대해서 개인적인 의견이라도 있으십니까, 샨 양?"

내가 물었다.

"없어요."

"하인들에 대해서는 얼마나 알고 계신가요? 죽은 사람들뿐만 아니라 사라진 사람들에 대해서도요."

"그 사람들에 대해서는 거의 아는 것이 없거나 전혀 모릅니다."

그녀는 별로 흥미가 없는 듯했다.

"왕마는 하인들 중에서 가장 최근에 온 사람이었는데, 같이 지낸 지 7년 가까이 됩니다. 다 아버지가 고용한 사람들이라, 아버지는 그 사람들에 대해서 뭘 좀 아셨을 거예요."

"다들 어디 출신인지 모르세요? 친척들이 있는지 여부는요? 친구들은 있는지? 일을 하지 않을 때는 다들 무슨 일을 하고 지냈는지는요?"

"아뇨. 난 그 사람들 사생활을 캐묻지 않았어요."

"사라진 두 사람 말입니다. 생김새는 어떻습니까?"

"후룬은 노인이라 머리가 상당히 세었고 마른 편에 허리가 굽었어요. 집안일을 맡아 했죠. 인홍은 운전기사 겸 정원사였는데 훨씬 젊고, 내 생각엔 서른 살쯤 됐을 거예요. 광저우인치고도 상당히 키가 작은 편이지만 다부진 체구였어요. 언젠가 코가 부러졌다가 제자리를 찾지 못한 모양이더군요. 코가 아주 넓적하고 콧대가 심하게 휘어졌어요."

"그 두 사람이, 혹은 둘 중 한 사람이 여자들을 죽였을 수도 있다고 생각하십니까?"

"그 사람들 짓이라고는 생각하지 않아요."

"댁을 집 안으로 들었다는 그 낯선 중국인 청년 말입니다. 그 사람은 어떻게 생겼던가요?"

"꽤 마른 편이었고 스무 살이나 스물한 살 이상은 안 된 것 같았는데

앞니를 큼지막하게 금으로 때웠더군요. 피부색이 꽤 검었던 것 같아요."

"보안관의 수사가 정확히 어떻게 흡족하지 않은지 말씀해 주시겠습니까, 샨 양?"

"첫째로 그 사람들 능력에 확신이 들지 않아요. 내가 만나 본 사람들한테서 명석하다는 인상을 받지 못했어요."

"그럼 두 번째 이유는요?"

"정말이지, 그런 생각들을 굳이 말로 해야 할 필요가 있을까요?"

그녀가 차갑게 물었다.

"그렇습니다."

그녀는 예의 바르게 의미 없는 미소를 짓고 있는 영감님을 쳐다보았다. 그의 미소는 아무것도 읽어 낼 길 없는 가면이었다.

잠시 동안 그녀는 망설였다. 이윽고,

"그 사람들은 가장 가능성이 있는 곳을 조사하지 않고 있어요. 집 주변에서 시간 대부분을 보내더군요. 살인자들이 다시 돌아올 거라고 생각하다니 어리석잖아요."

나는 그 점을 곰곰이 생각해 보았다.

"샨 양, 그 사람들이 당신을 의심한다는 생각은 들지 않으십니까?"

"말도 안 되는 소리예요!"

"그건 중요한 게 아닙니다. 그런가요?"

내가 다그쳐 물었다.

"난 경찰의 마음을 꿰뚫어 볼 능력이 없어요. '당신' 생각은요?"

그녀가 응수했다.

"저는 신문에서 읽은 내용과 방금 댁이 말씀하신 것 말고는 이 사건에 대해서 아는 것이 없습니다. 누구든 의심을 하려면 좀 더 근거를 확보해야겠죠. 하지만 보안관 사무실에서 어째서 약간이나마 의심을 품는지는 이해할 수 있습니다. 댁은 서둘러 집을 떠났습니다. 왜 집을 나섰다가 왜 돌아왔는지 수사 당국에서 들은 이유는 당신 설명뿐입니다. 당신의 주장이 전부죠. 지하실에서 발견된 여인은 댁이 집을 나선 이후 살해되었을 수도 있지만 직전에 죽었을 가능성도 있죠. 진실을 발설할 수 있는 왕마는 죽었고요. 다른 하인들은 실종 상태입니다. 아무것도 도둑맞지 않았고요. 보안관이 댁에 대해서 생각해 볼 여지는 충분하죠!"

"당신도 나를 의심하나요?"

그녀가 다시 물었다.

"아뇨. 하지만 그걸로 입증되는 건 아무것도 없습니다."

내가 솔직히 말했다.

그녀는 턱을 빳빳이 들어 올리고 마치 내 머리 위로 말을 하듯 영감님에게 물었다.

"저를 위해서 이 사건을 맡아 주실 건가요?"

"아주 기꺼이 저희가 할 수 있는 일을 찾아보겠습니다."

영감님이 말했다. 그러고는 거래 조건에 대한 논의를 마치고 난 뒤 그녀가 수표를 끊는 동안 나에게 말을 건넸다.

"사건은 자네가 맡아. 필요한 인력은 얼마든지 동원하게."

"우선 집에 가서 좀 둘러보고 싶습니다."

내가 말했다.

릴리언 샨이 수표책을 넣었다.

"잘됐네요. 지금 나도 집으로 돌아갈 거예요. 내가 태워 드리죠."

편안한 동승이었다. 여자도 나도 굳이 에너지를 낭비하며 대화를 하려 들지 않았다. 나의 고객과 나는 서로를 별로 마음에 들어 하지 않는 듯했다. 운전은 잘하는 여자였다.

2

산 저택은 잔디밭 한가운데 들어선 거대한 적갈색 사암 건물이었다. 삼면으로 어깨 높이의 울타리가 둘러쳐 있었다. 뻥 뚫린 한쪽 면으로는 바다가 펼쳐졌고, 바닷물은 두 개의 작은 바위섬 사이까지 밀려 들어와 해안선을 그리고 있었다.

집 안엔 러그와 그림 따위가 잔뜩 걸려 있었는데, 미국식과 유럽식, 아시아식의 혼합이었다. 나는 집 안에서는 시간을 많이 보내지 않았다. 세탁물 수납장과 아직 열려 있는 지하 저장고를 둘러보고, 릴리언 산이 새로운 하인 군단을 고용하기 전까지 집 안을 돌보고 있는 창백한 낯빛에 투실투실한 외모의 덴마크 여인을 만나 본 뒤 다시 밖으로 나왔다. 몇 분간 잔디밭을 둘러보다 방금 우리가 시내에서 타고 들어온 자동차를 포함해 차 두 대가 나란히 서 있는 차고 안을 기웃거려 본 다음, 여자의 이웃들을 탐문하며 나머지 오후 시간을 허비했다. 뭐라도 아는 사람이 아무도 없었다. 이번 수사 게임에서 서로 적수인 보안관 측 수사관들과는 부딪지 않았다.

저물녘이 되어 나는 다시 시내로 되돌아왔고, 샌프란시스코에서 보낸 첫해에 내가 살던 아파트 건물을 찾아갔다. 손바닥만 한 그 방에서 원하던 사람을 찾아냈는데, 작은 몸집에 선홍색 실크 셔츠를 걸친 그의 모습은 참 볼만했다. 시프리아노는 낮 동안 아파트 현관문을 지키는 밝은 얼굴의 필리핀 청년이었다. 샌프란시스코에 사는 모든 필리핀인과 마찬가지로 밤에는 그도 차이나타운 바로 아래쪽의 키어니 가에서 연일 어슬렁거렸다. 중국인 도박장에서 얼굴 노란 형제들에게 돈을 뜯기고 있을 때만 예외였다.

언젠가 나는 반쯤 농담 삼아 그에게 기회가 닿으면 탐정 놀이를 시켜주겠다는 약속을 한 적이 있었다. 나는 지금 청년을 이용할 참이었다.

"들어오세요!"

그는 나를 위해 구석에서 의자를 끌어와 깊숙이 머리를 조아리며 미소를 지었다. 스페인 사람들이 필리핀을 통치하며 그곳 사람들에게 달리 또 무슨 짓을 했는지는 모르겠으나 공손한 국민을 만든 것은 확실했다.

"요즘엔 차이나타운이 어떻게 돌아가고 있나?"

그가 계속해서 옷을 차려입는 동안 내가 물었다.

그가 새하얀 이를 드러내 보이며 미소를 지었다.

"어젯밤 콩 게임에서 11달러 땄어요."

"그래서 오늘 밤엔 그 돈을 다시 돌려주려는 건가?"

"전부 다는 아니죠! 이 셔츠 사느라고 5달러는 썼거든요."

"잘 샀군."

나는 도박에서 딴 돈을 일부라도 투자한 그의 현명함을 칭찬해 주었다.

"그 밖엔 어떻게 돌아가고 있어?"

"별다른 일은 없어요. 뭐 알아볼 게 있으신 거예요?"

"그래. 지난주 남쪽에서 벌어진 살인 사건에 대해서 뭐 들은 얘기 없어? 중국 여자 둘이 죽었는데?"

"아뇨. 중국 사람들은 그런 일에 대해서 별로 이야기하지 않아요. 우리 미국인들이랑은 다르거든요. 신문에서 그런 기사를 보긴 했는데 들은 적은 없어요."

"요새도 차이나타운에 낯선 사람들이 많은가?"

"낯선 사람들이야 항상 있죠. 하지만 새로 온 중국인 젊은이들이 좀 있는 것 같기는 해요. 아닐 수도 있고요."

"나를 위해서 일을 좀 해주는 건 어때?"

"예! 예! 예, 선생님!"

그가 원래도 종종 하는 표현이었지만, 오늘은 느낌이 달랐다. 그렇게 말하며 시프리아노는 바닥에 무릎을 대고 침대 밑에서 작은 여행 가방을 꺼냈다. 가방 안에서 그는 황동 손가락 보호대 한 켤레와 반짝이는 권총을 꺼냈다.

"이봐! 난 정보를 좀 알아봐 달라는 거야. 나 대신 누구를 없애 달라는 게 아니라고."

"쓰려는 건 아니에요. 혹시 모르니까 필요할 경우를 대비해서 가져가는 것뿐이죠."

그가 무기를 뒷주머니에 넣으며 나를 안심시켰다.

나는 그냥 내버려 두기로 했다. 그가 쇳덩이를 1톤쯤 지고 가느라 다리가 휜다고 해도 나와는 상관없는 일이었다.

"내가 원하는 건 정보야. 저 아랫동네 저택에서 하인 두 명이 도망쳤어."

인홍과 후룬의 인상착의를 설명했다.

"그들을 찾고 싶어. 차이나타운 사람들 중에서 그 살인 사건에 대해 누구든 아는 게 있는지 알아야겠어. 죽은 여자들의 친구와 친척은 누군지, 그 여자들은 어디에서 왔는지, 두 남자에 대해서도 마찬가지야. 그 낯선 중국인들에 대해서도 알고 싶군. 그자들은 어디에서 어울리고 어디에서 잠을 자고 무슨 일을 하는지 말이야. 그렇다고 하룻밤에 그 모

든 걸 다 알아내려고 하지는 마. 일주일 동안 그 가운데 하나라도 알아
내면 아주 잘하는 거야. 여기 20달러 받아. 그중에 5달러는 야간일 대
신에 주는 거야. 나머지는 경비로 쓰도록 해. 바보같이 너무 사방을 찔
러 대면서 다니지는 말고. 편안하게 돌아다니면서 나를 위해 무슨 일을
해줄 수 있는지 알아봐. 난 내일 들를게."

　필리핀 청년의 아파트를 나와 사무실로 향했다. 야간 당직인 피스크
를 제외하고는 모두들 퇴근하고 없었지만, 피스크는 영감님이 몇 분 뒤
에 들를 거라고 생각했다. 나는 담배를 피우며, 그 주에 오르페움 극장
에서 일어난 우스꽝스러운 사건에 대한 피스크의 수다를 듣는 척했지
만 실제로는 일을 생각하고 있었다. 차이나타운에서 은밀하게 정보를
빼내기엔 나는 너무 많이 알려져 있었다. 시프리아노가 큰 도움이 돼줄
지도 자신은 없었다. 누구든 그곳 내부에서 바로 나를 도와줄 사람이
필요했다.

　그런 생각을 연이어 하노라니 '얼간이' 얼이 떠올랐다. 가게를 빼앗긴
얼은 바보 흉내를 내서 먹고살았다. 5년 전 그는 거리로 나앉는 신세가
되었다. 슬픈 얼굴로 '저는 귀머거리 바보입니다'라는 표지판과 장식용
배지 꾸러미를 든 채 사무실 건물 사이를 제아무리 돌아다녀도 하루에
20달러도 벌지 못했고 하루하루가 다 형편없는 날이었다. 그의 주 무기
는 동상처럼 꼼짝 않고 서 있기였는데, 그러면 의심 많은 사람들이 고함
을 지르거나 뒤에서 갑자기 소리를 내기도 했다. 얼이 잘나갈 때는 귓가
에서 총이 발사되어도 눈꺼풀 하나 깜짝하지 않았다. 하지만 헤로인이
신경을 너무 심하게 망가뜨린 탓에 이젠 속삭이는 소리만 들려도 펄쩍
뛰기에 이르렀다. 그는 배지 꾸러미와 표지판을 치워 버렸다. 사람 잘못
사귀었다가 인생을 망친 또 한 명이었다.

그 이후로 얼은 누구든 코카인 사는 데 필요한 돈을 대주는 사람을 위해 봉사하는 심부름꾼이 되었다. 그는 차이나타운 어딘가에서 잠을 잤고 게임 방식에 대해서는 특별히 신경 쓰지 않았다. 6개월 전에도 나는 유리창 파괴 사건에 대한 정보를 좀 알아봐 달라고 그를 이용한 적이 있었다. 또다시 그를 써먹어야겠다는 결심이 섰다.

나는 별명이 '올가미'인 피가티의 술집에 전화를 걸었다. 그곳은 차이나타운이 라틴 지구와 이어지는 시 외곽 퍼시픽 가에 있는 싸구려 술집이었다. '올가미'는 거친 술집을 운영하는 거친 인물로 남의 일엔 통 관심이 없었고, 그의 술집이 돈을 버는 이유도 바로 그 때문이었다. '올가미'는 모든 이들을 똑같이 대한다. 상대가 강도든, 끄나풀이든, 탐정이든, 사회복지사든 모두 똑같이 대할 뿐 전혀 차이를 두지 않는다. 그의 장사에 해가 되는 일이 아닌 한, 누가 무슨 말을 하더라도 비밀이 새어 나갈 염려가 없다. 또한 그가 해주는 말은 옳은 말일 확률이 대단히 높다.

그가 직접 전화를 받았다.

"얼간이 얼한테 연락 좀 할 수 있을까요?"

내가 누구인지 밝힌 뒤 그에게 물었다.

"어쩌면."

"고마워요. 오늘 밤에 만나고 싶은데."

"그 친구한테 문제가 있어서 찾는 건 아니지?"

"아니에요, 무슨 문제가 있겠어요. 뭘 좀 알아봐 달라고 부탁할 게 있어서 그래요."

"알았어. 어디에서 만나고 싶은데?"

"집으로 보내 줘요. 기다리고 있을게요."

"오면 전해 줄게."

그가 약속을 하고 전화를 끊었다.

영감님이 오시면 전화 해달라는 전갈을 피스크에게 남기고 나는 정보원을 기다리러 집으로 올라갔다.

얼은 10시가 조금 지나서 나타났다. 땅딸하고 다부진 몸집에 얼굴이 창백한 마흔 남짓한 이 남자는 짙은 회색 머리칼에 드문드문 노란빛이 도는 백발이 섞여 있었다.

"'올가미' 말로는 나한테 부탁할 게 있다던데."

"그래. 정보를 좀 사려고."

그에게 손짓으로 의자를 권하고 문을 닫으며 말했다.

그는 모자를 만지작거리며 바닥에 침을 뱉으려다가 마음을 바꿔 입술을 빨더니 나를 올려다보았다.

"어떤 종류의 정보? 나는 아무것도 아는 게 없는데."

나는 어리둥절했다. '얼간이'의 노르스름한 눈동자엔 마약 중독자 특유의 축소된 동공이 들어 있어야 마땅했다. 그런데 그렇지가 않았다. 그의 동공은 정상 크기였다. 그렇다고 그가 마약을 끊었다는 의미는 아니었다. 그의 동공은 마약 투여량에 따라 팽창되었다가 정상으로 돌아왔다가 수시로 달라졌다. 내가 어리둥절했던 건 왜일까, 하는 의문 때문이었다. 평소 그는 마약 때문에 자기 외모가 망가지는 것에 대해 별 신경을 쓰지 않았다.

"지난주에 남쪽 해안가에서 발생한 중국인 살인 사건에 대해 들어 봤어?"

내가 물었다.

"아니."

"음. 후룬과 인흥이라고, 달아난 중국인 남자 둘을 찾고 있어. 그 사람들에 대해서 뭐 아는 거 있어?"

그의 대답에 신경도 쓰지 않고 다시 물었다.

"아니."

"날 위해서 둘 중에 한 사람이라도 찾아 준다면 수백 달러는 벌 수 있는 일이야. 살인 사건에 대해서도 정보를 알아 오면 따로 몇백 달러 더 벌게 해줄게. 금니를 해 박은 깡마른 중국인 청년이 샨 아가씨와 하녀에게 현관문을 열어 줬다는데 그 친구를 찾아 줘도 사례할 거야."

"그 사람들 일에 대해선 난 아무것도 몰라."

자동적으로 말은 그렇게 했지만 그의 머리는 내가 제시한 수백 달러의 가능성을 바삐 셈하고 있었다. 마약에 중독된 그의 두뇌로는 합이 몇천 달러대에 이르렀을 것이라고 나는 생각했다. 그가 벌떡 일어났다.

"내가 뭘 할 수 있을지 알아볼게. 선불로 지금 100달러 먼저 주면 좋겠는데."

나는 그 제안을 받아들이지 않았다.

"돈은 정보를 제공할 때 줄 거야."

우리는 그 점에 대해서 논쟁을 벌여야 했지만 이윽고 그는 투덜투덜 불만스럽게 중얼거리며 소식을 알아보러 나갔다.

나는 사무실로 돌아갔다. 영감님은 아직 오지 않았다. 그가 나타난 것은 자정이 다 됐을 때였다.

"얼간이 얼을 다시 써먹을 생각이고, 필리핀 청년 하나도 거기 보내 뒀습니다. 다른 계획이 있긴 한데 누굴 시켜서 처리해야 할지 모르겠어요. 시골 외딴집 같은 데서 운전기사와 관리인을 구한다는 광고를 내면 사라진 놈들이 걸려들지도 모른다는 생각을 했습니다. 우리 대신 그런 일을 맡아 줄 사람 누구 아세요?"

내가 그에게 말했다.

"정확히 어떤 생각인 거야?"

"누구든 시골에 집을 갖고 있는 사람이어야 하고, 멀면 멀수록, 외딴 곳일수록 좋겠죠. 집주인이 중국인 직업소개소에 전화를 걸어서 하인 셋이 필요하다고 하는 겁니다. 요리사와 관리인, 운전기사. 확실히 해두려면 요리사는 우리 쪽에서 투입하고요. 일은 빈틈없이 진행해야 하고, 만약에 놈들이 미끼를 물더라도 그쪽에서 조사할 시간을 줘야 할 겁니다. 그러니까 누가 그 일을 맡든 하인도 좀 다룰 줄 알고 허풍을 칠 줄도 알아야겠죠. 이웃 사람들한테 데리고 있는 하인들이 그만두겠다고 해서 걱정이라고 떠벌리며 하인들을 꼭 구해야 한다고 설레발을 쳐둬야 한다는 뜻입니다. 그러고 나서 며칠 기다려 보면, 여기 있는 우리 친구들도 시간을 갖고 조사에 나서겠죠. 워싱턴 가에 있는 평익 직업소개소를 활용하는 게 나을 것 같습니다.

누구든 섭외가 되면 그 사람이 내일 아침 평익에 전화를 걸어, 목요일 아침에 지원자를 살펴보러 들르겠다고 하는 겁니다. 오늘이 월요일이니까 그 정도면 충분할 겁니다. 우리를 도와줄 사람은 직업소개소에 목요일 오전 10시에 나타나야겠죠. 샨 양과 제가 택시를 타고 10분 뒤에 도착하면, 그 사람은 한창 지원자들의 면접을 보고 있을 테고요. 저는 택시에서 내려 슬쩍 평익으로 들어가 우리가 찾고 있는 사라진 하인들과 닮은 사람이 있는지 살펴볼 겁니다. 샨 양은 1, 2분 뒤에 저를 따라와서 확인해 주고요. 그러면 엉뚱한 사람을 잘못 체포하는 혼란은 방지되겠죠."

영감님은 고개를 끄덕여 허락을 알렸다.

"아주 좋아. 그건 내가 알아볼 수 있을 것 같군. 내일 통보해 주겠네."

나는 집으로 가 잠자리에 들었다. 그렇게 첫날을 보냈다.

3

다음 날인 화요일 아침 9시, 나는 시프리아노가 고용된 아파트 건물 로비에서 그와 이야기를 나누고 있었다. 하얀 접시에 검정색 잉크를 떨어뜨린 듯 그의 눈이 휘둥그레졌다. 그는 뭔가 알아냈다고 생각했다.

"맞아요! 낯선 중국인 청년들이 시내에 있는데, 그게 일부 인원이래요. 숙소는 웨이벌리 플레이스에 있는데, 제가 가끔 주사위 게임을 하러 가는 제어 쿠언 집에서 몇 집 떨어진 서쪽 구역에 있어요. 그게 다가 아니에요. 어느 백인한테 들은 이야긴데, 그 사람들 포틀랜드와 유레카, 새크라멘토에서 온 조직원들이더라고요. 힙싱 파 조직원들이 모였으니 어쩌면 곧 조직 간에 전쟁이 시작될 거래요."

"그 사람들 자네 눈엔 총잡이로 보이던가?"

시프리아노는 머리를 긁적였다.

"아뇨, 아닐지도 몰라요. 하지만 겉모습이 그럴듯하지 않은 사람도 간혹 총질을 잘할 수도 있잖아요. 그 남자 말로는 그 사람들 확실히 힙싱 파 조직원이랬어요."

"그 백인은 누구야?"

"이름은 모르지만 거기 사는 사람이에요. 키가 작고 좀 늙었어요."

"반백에 눈이 노란색인가?"

"맞아요."

보나마나 얼간이 얼이었다. 내가 투입한 정보원 하나가 다른 정보원과 연결이 됐다는 의미였다. 어쨌거나 조직 이야기는 신빙성 있게 들리지 않았다. 가끔 가다 한 번씩 중국인 폭력배 조직이 소요를 일으키기는 하지만, 다른 사람이 저지른 범죄를 그들에게 덮어씌우는 경우가 보통이었다. 차이나타운에서 벌어지는 대규모 살인 사건은, '사형제'*가 일으켰던 것과 마찬가지로 가문이나 문중 간의 불화가 낳은 결과였다.

"낯선 사람들이 묵고 있다는 그 집 말이야, 그 집에 대해선 좀 알아?"

"아뇨. 하지만 반대쪽 도로, 스포포드 골목에 있는 창리칭의 집을 거치면 그리로 들어갈 수도 있을 거예요."

"그래서? 창리칭이라는 사람은 또 누구지?"

"몰라요. 하지만 거기 산대요. 아무도 그 사람을 만난 적 없지만 중국인들은 다들 그 사람이 위대하다고 말해요."

"그래서? 그 사람 집이 스포포드 골목에 있단 말이지?"

"네, 빨간 대문과 빨간 계단이 있는 집이에요. 쉽게 찾을 수 있지만 창리칭과는 함부로 얽히지 않는 게 좋아요."

나는 그 말이 충고인지 아니면 그냥 하는 말인지 알 수가 없었다.

"거물 총잡이라도 되나?"

내가 떠보았다.

그러나 필리핀 청년은 창리칭이라는 인물에 대해서 정말로 아무것도 아는 게 없었다. 그 중국인이 위대하다는 시프리아노의 의견은 순전히 창리칭에 대해 언급하는 중국 동포들의 태도를 근거로 삼았을 뿐이었다.

"두 중국 남자에 대해서는 좀 알아봤어?"

그 점을 확인하고 나서 내가 물었다.

---

* '사형제'는 라우, 콴, 청, 추, 네 갈래의 혈통을 통합한 중국인 가문으로 1909~1910년 뉴욕에서 벌어진 폭력집단 간의 전쟁에 휘말려 최소한 12명이 사망했다.

"아뇨, 하지만 앞으로 알아볼게요. 두고 보세요!"

그의 노고를 칭찬한 뒤 밤에 다시 알아보라고 당부하고 집으로 돌아가, 10시 반에 오기로 약속한 얼간이 얼을 기다렸다. 집에 도착한 시간은 아직 10시 전이었으므로 남는 시간을 이용해 사무실로 전화를 걸었다. 영감님이 우리 사무소 최고의 미행 고수인 딕 폴리가 놀고 있다고 말해 그를 빌리기로 했다. 그러고 나서 총을 준비한 뒤 의자에 앉아 끄나풀이 나타나기를 기다렸다.

11시에 초인종이 울렸다. 그는 심각하게 인상을 찡그린 채 들어왔다.

"도대체 어떻게 설명해야 좋을지 통 모르겠다니까."

그가 담배를 말며 중대 선언을 하듯 말했다.

"심상치 않은 일이 거기서 일어나고 있는 건 확실해. 하기야 중국인 거리에서 일본인들이 가게를 사들인 뒤로는 조용한 날이 없었으니까 어쩌면 그것과 관련된 일일지도 몰라. 하지만 시내에 들어온 낯선 중국인들은 없어. 빌어먹게도 한 명도 없더라니까! 보아하니 자네 동료들이 로스앤젤레스까지 뒤지고 다닌 모양이지만, 오늘 밤엔 확실히 뭔지 알 것 같아. 마약을 구하려고 내가 중국 놈 하나를 족쳤거든. 내가 자네라면 샌페드로에 정박된 배를 감시하겠네. 어쩌면 그쪽 선원들이 돈을 받고 여기 머물려고 하는 중국 뱃놈 몇몇을 바꿔치기할지도 몰라."

"그런데도 시내에 들어온 낯선 자들은 없다고?"

"전혀 없어."

"얼, 당신은 거짓말쟁이에다 얼간이야. 난 당신을 미끼로 보냈던 거야. 당신은 그 살인 사건에 가담했고 당신 친구들도 마찬가지인 것 같으니 감옥에 처넣어야겠어. 당신보다 당신 친구들을 먼저!"

나는 흉터 가득한 그의 잿빛 얼굴 가까이에 총을 들이댔다.

"내가 전화 거는 동안 꼼짝 말고 있어!"

자유로운 손으로 전화에 손을 뻗으며 나는 한 눈으로 얼을 계속 주시했다.

그것으론 충분하지가 않았다. 내가 들고 있는 총이 그와 너무 가까웠다.

그는 내 손에서 총을 빼앗았다. 내가 그를 덮쳤다.

권총이 그의 손아귀에 들어가고 말았다. 나도 총을 붙잡았지만, 너무 늦은 뒤였다. 총이 발사되었고, 총구는 가장 뚱뚱한 나의 복부에서 30센티미터도 채 떨어지지 않은 거리에 있었다. 몸에 확 불이 붙는 느낌이었다.

양손으로 권총을 움켜쥐고 나는 바닥에 쓰러졌다. 얼은 문도 열어 놓은 채 내뺐다.

불에 타는 듯한 배를 한 손으로 움켜쥐고 나는 창문으로 다가가 길모퉁이에서 대기하고 있던 딕 폴리에게 팔을 흔들었다. 그러고 나서 화장실로 가 상처를 살폈다. 탄창이 비어 있어도 가까운 곳에서 총이 발사되면 꽤나 아프다.

조끼와 셔츠와 위아래가 붙은 속옷까지 타버렸고, 몸에도 고약한 화상 자국이 생겼다. 나는 상처에 연고를 바르고 그 위에 푹신한 완충재를 대고 반창고를 붙인 뒤 옷을 갈아입고 다시 총에 장전을 하고는 사무실로 나가 딕한테서 소식이 오기를 기다렸다. 첫 속임수는 나에게 유리한 것 같았다. 마약을 했든 안 했든, 맨정신인 척하느라 눈동자까지 신경을 쓴 데다 차이나타운에 낯선 사람이 없다며 둘러댄 거짓말까지 감안할 때, 내 짐작이 상당히 정곡에 근접하지 않았다면 얼간이 얼이 달려들었을 리가 없었다.

딕은 머지않아 나와 합류했다.

"예리한 선택이었어요!"

사무실로 들어서며 그가 말했다. 체구가 작은 이 캐나다 친구는 구두 쇠가 치는 전보처럼 단문으로 말을 한다.

"튀어 가 전화부터 찾더군요. 어빙턴 호텔로요. 칸막이라 번호밖에 못 봤어요. 그거면 충분했죠. 그러고는 차이나타운행. 웨이벌리 플레이스 서쪽 지하로 숨어들었어요. 가까이는 접근 불가라 정확히 어딘지 몰라요. 주변에서 어슬렁거리다 들키면 큰일이죠. 마음에 드세요?"

"아주 마음에 들어. '휘슬러'의 기록부터 확인해 보자고."

파일 담당 직원이 관련 서류를 가져다주었다. 서류 가방 크기의 두툼한 봉투에 메모와 신문 스크랩, 편지가 잔뜩 들어 있었다. 우리가 확보한 그 남자의 신상은 다음과 같았다.

닐 코니어스, 일명 휘슬러는 1883년 필라델피아 위스키 힐에서 태어났다. 1894년 열한 살의 나이로 워싱턴 경찰에 걸려들었고 거기서 곧장 콕시 휘하의 군에 입대했다. 군대에선 그를 집으로 돌려보냈다. 1898년 선거일 불꽃놀이에서 다른 소년을 연거푸 칼로 찌른 혐의로 고향에서 체포되었다. 이번에는 부모님의 보증으로 풀려났다. 1901년 필라델피아 경찰이 그를 다시 체포했고, 조직적으로 자동차 절도를 일삼는 패거리의 우두머리로 기소했다. 그는 증거 부족으로 재판 없이 석방되었다. 그러나 지방 검사는 그 사건의 여파로 일자리를 잃었다. 1908년 코니어스는 '더스터' 휴즈라고 알려진 사기꾼과 동행하여 태평양 연안에 나타났고 시애틀, 포틀랜드, 샌프란시스코, 로스앤젤레스를 누볐다. 휴즈는 이듬해 가짜 비행기 공장 거래로 사기를 쳤던 상대가 쏜 총에 맞아 죽었다. 코니어스도 같은 거래 혐의로 체포되었다. 배심원 두 명이 반대해 석방되었다. 1910년 유명한 우체국 습격 사건으로 일확천금을 노리다 걸려들었다. 그러나 또 한 번 증거 불충분으로 혐의를 벗고 풀려났다. 1915년 처음으로 법망에 걸려들었다. 파나마-태평양 국제 박람회 관람객들을 상대로 사기를 친 혐의로 샌퀜틴 교도소에 수감되었다. 그곳에서 3년간 복역했다. 1919년 하세가와라는 이름의 일본인과 함께 시애틀에 있는 일본인 거주지 매매를 빙자해 2만 달러를 받아 냈고, 당시 그는 1차 대전 때 일본 군대에서 장교로 복무했던 미국인 행세를 했다. 코니어스는 욱일승천기가 새겨진 위조 훈장까지 갖고 있었는데 그 훈장은 일본 천황이 직접 달아 준 것으로 알려져 있었다. 사기극임이 드러났지만 하세가와 가문은 그 2만 달러를 지켜 냈고, 코니어스도 상당한 몫을 챙겼을 뿐만 아니라 유쾌하지 못한 정체 노출도 없었다. 사건을 쉬쉬거렸기 때문이다. 이후 샌프란시스코로 돌아와 어빙턴 호텔을 매입했고, 전과 기록에 한 줄도 더 보태는 일 없이 지금까지 5년간 그곳에서 살고 있었다. 그는 무언가 일을 꾸미고 있었지만 아무도 그게 무엇인지 알 수 없었다. 손님으로 가장해 탐정을 그의 호텔에 잠입시키는 것도 불가능했다. 듣자 하니 그의 호텔은 항상 빈방이 없었다. 퍼시픽-유니언 클럽만큼이나 배타적인 곳이었다.

그러니까 이 인물은 얼간이 얼이 차이나타운에 있는 은신처로 뛰어들기 전에 전화를 건 호텔의 소유주였다.

나는 코니어스를 한 번도 본 적이 없었다. 딕도 마찬가지였다. 그의 서류 봉투에는 사진이 몇 장 있었다. 한 장은 샌퀜틴에서 복역하게 만든 사건 기소 때 지방 경찰이 찍은 정면과 프로필 사진이었다. 또 한 장은 단체 사진이었는데, 모두들 연미복을 떨쳐입은 가운데 가짜 일본 훈장을 단 그가 대여섯 명의 시애틀 일본인과 함께 있는 사진을 오린 것이었다. 그가 일본인들을 실패한 사기극으로 이끌던 당시 플래시를 터뜨리고 찍은 사진이었다.

사진으로 보아 그는 거구에 살집이 많고 거만한 표정에 턱이 각지고 두툼했으며 약삭빠른 눈매의 소유자였다.

"보면 알아볼 수 있겠어?"

내가 딕에게 물었다.

"당연하죠."

"그럼 자네가 그리로 가서 방을 잡거나 근처에 아파트를 얻도록 해봐. 호텔을 감시할 수 있는 곳에 말이야. 거기 있다 보면 이따금 그자를 미행할 기회도 생길지 모르지."

나는 혹시 필요할 경우를 대비해 사진들을 주머니에 넣고, 나머지 자료를 봉투에 쓸어 담은 다음 영감님의 사무실로 들어갔다.

"직업소개소 작전은 내가 지시해 뒀네. 마르티네즈 위쪽에 목장을 갖고 있는 프랭크 폴이라는 사람이 펑익의 사무소에 목요일 오전 10시에 나타나 맡은 역할을 수행할 거야."

그가 말했다.

"좋습니다! 저는 이제 차이나타운에 들어가 볼 작정입니다. 저한테서 2, 3일간 연락이 없으면 거리 청소부한테 쓰레기 더미를 잘 살펴봐 달라고 해주시겠어요?"

그는 그러겠다고 답했다.

4

샌프란시스코 차이나타운은 캘리포니아 가에 있는 쇼핑가에서 시작되어 라틴 지구까지 북쪽으로 펼쳐지며, 두 블록 넓이에 여섯 블록 길이의 길쭉한 형태이다. 대화재 이전에는 이 열두 블록에만 거의 2만 5천명의 중국인이 살았다. 현재 인구는 그때의 3분의 1도 되지 않을 거라 생각한다.

이 지역의 중앙로이자 척추라 할 수 있는 그랜트 애버뉴에는 여행객들을 상대로 하는 조잡한 기념품 가게와 요란한 중국 음식점이 거의 도로 끝까지 즐비하게 늘어서 있고, 미국인 재즈 오케스트라가 연주하는 소음이 이따금씩 들려오는 중국 피리 연주를 압도한다. 더 외곽으로 나가면 요란한 페인트와 금박 장식은 사라지고 향신료와 식초와 말린 음식들이 풍기는 중국 냄새를 제대로 느낄 수 있다. 직선으로 뻗은 중앙로와 명소를 벗어나 골목과 어두운 모퉁이를 여기저기 쑤시고 돌아다니기 시작하면 별다른 일은 없어도, 무언가 흥미로운 일을 맞닥뜨릴 가능성이 있다. 비록 그 가운데 일부는 당신 마음에 들지 않을지 몰라도.

하지만 여기저기 쑤시고 돌아다닐 목적이 아니었으므로, 그랜트 애버뉴에서 클레이 가로 꺾어져 들어가 스포포드 골목으로 올라간 나는 시 프리아노가 창리칭의 집이라고 말해 준 빨간 계단과 빨간 대문이 있는 집을 찾아다녔다. 나는 웨이벌리 플레이스를 지나치며 몇 초간 멈춰 서서 위를 올려다보았다. 필리핀 청년은 낯선 중국인들이 그곳에 살고 있으며, 그들이 사는 집을 거쳐 창리칭의 집으로 들어갈 수 있을지도 모른다고 생각했다. 딕 폴리도 얼간이 얼을 그곳까지 미행했었다.

하지만 나는 어느 곳이 중요한 집인지 짐작할 수가 없었다. 시프리아노의 말로는 제어 쿠언의 도박장에서 네 집 떨어져 있다고 했는데, 일단 나는 제어 쿠언의 도박장 위치를 몰랐다. 웨이벌리 플레이스는 현재 그림 같은 평화와 고요의 공간이었다. 뚱뚱한 중국인 하나가 식료품 가게 앞에 초록색 채소 상자를 쌓고 있었다. 길 한가운데선 대여섯 명의 황인종 소년들이 구슬치기를 하고 있었다. 그 반대편에선 트위드 재킷을 입은 금발 청년이 지하실에서 도로로 이어지는 여섯 개짜리 계단을 오르고 있었는데, 문이 닫히기 직전 화장한 중국 여자의 얼굴이 문틈으로 잠시 보였다. 도로 위쪽 중국어 신문 인쇄소 앞에선 트럭이 대형 종이 두루마리를 내리는 중이었다. 허름한 가이드 하나가 수헝 본부 너머에 있는 불교 사찰, 관세음보살전에서 관광객 네 명을 데려 나오고 있었다.

스포포드 골목으로 올라간 나는 조금도 어렵지 않게 찾던 집을 발견했다. 계단과 대문을 마른 피 색깔로 칠하고, 창문엔 두툼한 널빤지를 못으로 박아 견고하게 가린 허름한 건물이었다. 주변에서 그 건물만 도드라져 보이는 이유는 1층에 가게나 영업장이 없기 때문이었다. 차이나타운에서 순전히 거주자용 건물은 드물다. 거의 예외 없이 거리로 이어지는 1층은 영업장이고 지하실이나 위층을 살림 공간으로 쓰는 것이 보통이다.

나는 계단 세 개를 올라가 손가락 관절로 빨간 문을 두들겼다.

아무 일도 일어나지 않았다.

나는 더 세게 다시 두들겼다. 여전히 아무 반응이 없었다. 또다시 시도하자 이번엔 안쪽에서 쇠가 긁히고 철컥거리는 소리가 들려왔다.

그렇게 쇠가 긁히고 철컥거리는 소리가 최소한 2분은 들린 끝에 문이 열렸다. 겨우 한 뼘 정도만.

주름진 갈색 얼굴에 쭉 찢어진 작은 눈 하나가 문틈에 걸린 굵직한 사슬 아래로 나를 쳐다보았다.

"원하는 거 뭐냐?"

"창리청을 만나고 싶다."

"모르겠다. 길 건너 가보든지."

"헛소리 마! 문이나 잘 고치고 들어가서 창리청에게 내가 만나고 싶어 한다고 전해라."

"나 못해! 창 모른다."

"가서 내가 왔다고 전해라."

나는 이렇게 말하고는 문에서 등을 돌렸다. 계단 꼭대기에 앉아서 뒤도 돌아보지 않고 덧붙였다.

"기다리겠다."

거기 앉아 담배를 꺼내는 동안 내 뒤에선 정적이 흘렀다. 이어 문이 살며시 닫히고 안쪽에서 쇠가 긁히고 철컥거리는 소리가 들려왔다. 나는 담배를 한 대 피우고 또 한 대 피우며 엄청나게 끈기 있는 사람처럼 보이려고 애를 쓰면서 시간을 보냈다. 기다림이 지긋지긋해지도록 종전의 황인종 남자가 나를 멍청이로 만들지 않기를 바랐다.

결코 그들 발엔 맞지 않게 만들어진 미국 신발을 신은 중국인들이 골목을 오갔다. 그들 중 일부는 호기심 어린 눈초리를 던졌지만, 일부는 아예 관심이 없었다. 한 시간이 하릴없이 지나고 몇 분 더 지나자 익숙한 쇠 긁히는 소리와 철컥거리는 소리가 문 뒤의 정적을 깨뜨렸다.

문이 열리자 쇠사슬이 쩔그럭거렸다. 나는 고개도 돌리지 않았다.

"저리 가! 창 못 잡는다!"

나는 아무 말도 하지 않았다. 나를 들여보내 줄 게 아니라면 더는 신경 쓰지 말고 거기 앉아 있도록 내버려 두란 뜻이었다.

잠시 침묵.

"원하는 거 뭐냐?"

"창리칭을 만나고 싶다."

나는 돌아보지도 않고 말했다.

또다시 찾아든 침묵은 쇠사슬이 문틀에 부딪치는 소리로 이어졌다.

"좋다."

나는 담뱃불을 길바닥에 내던지고 일어나 집 안으로 들어섰다. 어두침침한 조명 속에서 닳아빠진 싸구려 가구 몇 점이 눈에 들어왔다. 나는 중국인이 팔뚝 굵기의 쇠막대를 네 개나 문에 가로지르는 동안 기다려야 했다. 그러고 나서 그는 나에게 고개를 끄덕이며 현관을 가로질렀다. 대머리에 목은 밧줄처럼 비틀어졌으며 체구가 작고 허리가 굽은 황인종 남자였다. 그곳을 벗어난 그는 나를 이끌고 더 어두운 방으로 데려갔고, 복도를 지나 곧 무너질 것 같은 계단을 내려갔다. 옷에서 나는 퀴퀴한 냄새와 눅눅한 흙냄새가 강렬했다. 한동안 어두운 길을 따라 흙바닥을 가로질렀고, 왼쪽으로 꺾어지자 발밑으로 다시 시멘트가 느껴졌다. 어둠 속에서 두 번 더 방향을 틀었고 이어 거친 나무 계단을 올라가자, 갓을 씌운 전구가 꽤 밝은 빛을 뿜어내는 복도가 나왔다.

앞장을 섰던 중국인이 이 복도에서 문 하나를 열었고, 원뿔 모양의 향이 타고 있는 방을 가로질러, 금빛으로 한자가 쓰인 족자가 널빤지 벽에 걸려 있고 작은 빨간색 탁자에 찻잔이 놓여 있는 광경이 등잔불에 드러나 보이는 공간으로 들어갔다. 그 방의 반대편 문을 나서자 돌연 새까만 암흑이었으므로 나는 안내자가 입은 헐렁한 파란색 맞춤 외투의 옷자락을 잡아야 했다.

집 안 순회가 시작된 이후로 이제껏 그는 단 한 번도 내 쪽을 돌아보지 않았고, 우리 둘 다 입을 열지 않았다. 계단을 오르락내리락, 좌우로 방향을 틀어 대는 행군은 조금도 해로울 것이 없어 보였다. 나를 혼란스럽게 하는 데 재미를 붙인 거라면 얼마든지 환영이었다. 이제 나는 충분히 혼란스러웠고 방향에 관한 한은 어디가 어딘지 전혀 알지 못했다. 하지만 그 점은 크게 걱정되지 않았다. 만약에 목숨을 잃게 될 거라면 지리적인 위치를 안다고 해서 죽음이 더 유쾌해질 리 없었다. 무사히 빠져나가게 된다고 해도, 마찬가지로 위치가 어디든 상관없었다.

우리는 한참을 더 빙글빙글 돌아다녔고 계단을 오르락내리락했으며 계속해서 바보 놀음을 이어 갔다. 실내에 들어온 지 지금쯤 거의 30분은 됐겠다고 짐작했지만, 여태 안내자 말고는 아무도 눈에 보이지 않았다.

그러다 무언가 다른 것을 발견했다.

우리는 갈색으로 칠한 문 두 개가 나란히 마주 보며 나 있는 길고 좁은 복도를 걸어가고 있었다. 둘 다 닫혀 있는 문은 어두침침한 조명 아래 꽤 비밀스러워 보였다. 한쪽 문의 어깨 높이 즈음에서 금속광이 나의 시선을 붙들었다. 문 중앙에 짙은 색 쇠고리가 보였다.

나는 바닥으로 몸을 낮추었다. 얻어맞은 듯 쓰러지면서 섬광을 피했다. 그러나 굉음 소리와 함께 화약 냄새가 났다.

안내하던 중국인이 슬리퍼 신은 발로 소리 없이 홱 돌아섰다. 그의 양손엔 석탄 통만큼이나 큼지막한 자동 권총이 각기 들려 있었다. 차고 있던 권총을 꺼내려고 애쓰면서도 나는 그토록 왜소한 남자가 그처럼 많은 무기를 어떻게 몸에 감추고 있었을까 의아했다.

왜소한 남자의 손에 들린 큼지막한 권총이 나를 향해 불을 뿜었다. 그는 중국인 방식으로 탄창을 비워 대고 있었다. 팡! 팡! 팡!

나는 방아쇠에 손가락을 단단히 걸며 그의 총알이 나를 빗나가고 있다고 생각했다. 그러다가 가까스로 정신을 차려 늦기 전에 발사를 중지했다.

그는 나에게 총을 쏘는 게 아니었다. 그는 총알이 날아온 내 뒤쪽의 문을 향해 총알을 쏟아붓고 있었다.

나는 몸을 굴려 복도를 가로질러 문에서 멀어졌다.

깡마른 남자는 한 걸음 더 가까이 다가가 총격을 끝냈다. 그가 퍼부은 총알에 나무가 종잇장처럼 너덜거렸다. 그의 총에서 찰칵 빈 탄창 소리가 들렸다.

문 중앙의 작은 미닫이창에 매달려 버티려고 안간힘을 쓰던 남자의 체중에 떠밀려 문이 열렸다.

가운데 몸통은 죄다 사라지고 없는 얼간이 얼이 바닥으로 스르르 미끄러져 보따리 더미라기보다는 물웅덩이에 가까운 형체로 널브러졌다.

나무딸기 숲에 다닥다닥 피어난 찔레꽃처럼 검정색 총을 빼어 든 황인종 남자들이 복도를 가득 메웠다.

나는 몸을 일으켰다. 나의 안내자는 총을 옆으로 내리고 고래고래 악을 썼다. 중국인들이 여러 문으로 사라지기 시작했지만, 네 명은 뒤에 남아 얼간이 얼이 남긴 스무 발의 총알을 줍기 시작했다.

왜소한 노인은 탄창이 빈 총을 치워 놓고 나에게 다가오며 내가 들고 있는 권총을 향해 한 손을 뻗었다.

"당신은 그거 준다."

그가 공손한 말투로 말했다.

나는 권총을 넘겼다. 그가 바지를 내놓으라고 해도 기꺼이 주었을 것이다.

내 권총을 셔츠 가슴팍에 넣은 그는 현장을 정돈하는 중국인 넷을 대수롭지 않게 쳐다보다 다시 나를 보았다.

"저놈 안 좋아, 어?"

그가 물었다.

"별로 안 좋아."

내가 인정했다.

"좋다. 내가 당신 데려간다."

다시 우리 두 사람의 행진이 계속되었다. 뱅글뱅글 원을 그리며 도는 아이들 놀이처럼 계단을 또다시 오르내리고 좌우로 방향을 틀던 나의 안내자는 어느 문 앞에서 걸음을 멈춘 뒤 손톱으로 문을 긁었다.

5

또 다른 중국인이 문을 열어 주었다. 그러나 이 인물은 흔히 보는 왜소한 광저우인이 아니었다. 그는 육식을 일삼는 거구의 레슬링 선수처럼 목이 황소처럼 두껍고 어깨는 산처럼 높았으며 고릴라 같은 팔에 피부는 가죽 같았다. 신은 재료를 풍부하게 써서 그를 빚은 뒤 단단해질 때까지 오랜 시간을 허락한 듯했다.

문을 가리고 있던 커튼을 붙잡으며 그가 옆으로 한 걸음 물러났다. 안으로 들어선 나는 문 반대편에 그와 쌍둥이 같은 거구가 서 있음을 발견했다.

방은 크고 정사각형이었는데, 문과 창문은 모두 초록색과 파란색, 은색 벨벳 커튼 뒤에 감추어져 보이지 않았다. 검정색 상감 장식의 탁자 뒤에 놓인 무늬를 공들여 새긴 커다란 검정색 의자에 나이 든 중국인한 명이 앉아 있었다. 얼굴은 둥글고 통통했지만 날카로운 인상이었고, 턱에는 가느다란 하얀 수염이 매달려 있었다. 머리 둘레에 딱 맞고 챙이 없는 짙은 색 작은 모자를 쓴 그는 기장이 길고 짧은 깃이 목 주변을 둘러싼 자주색 전통 복장을 하고 있었는데, 파란색 비단 바지 위로 젖혀진 옷자락 부분에는 안을 댄 흑담비 모피가 보였다.

그는 의자에서 일어나지 않은 채로 희미하게 미소를 지으며, 거의 탁자에 놓인 찻잔을 쳐다보는 정도로만 고개를 숙였다.

"저명하신 탐정의 아버지께서 어울리지 않는 미천한 아랫것의 집을 찾으매, 곧장 달려 나가 고귀한 분의 발밑에 엎드리지 못하였음은 차마 하늘처럼 높은 존재가 감히 존귀한 시간을 허비하며 하찮은 미물에게 까지 그 광채를 허하리라는 것을 믿지 못하였기 때문이오."

그의 입에서 흘러나온 영어는 나보다도 훨씬 더 명확하고 유창했다. 나는 진지한 얼굴로 기다렸다.

"악인들에겐 공포의 존재가 그 신성한 육신을 보잘것없는 나의 의자에 기대고 휴식을 취하는 영광을 내게 허락한다면, 그 의자는 훗날 그보다 못한 존재가 감히 사용하지 못하도록 불태워 버릴 것임을 확약하오. 그게 저어된다면 혹시라도 도둑 잡기의 왕자를 위하여 내가 하인을 그대의 집으로 보내 격에 어울리는 의자를 가져오도록 허락하시겠소?"

나는 머릿속으로 할 말을 정돈하려 애쓰며 의자 쪽으로 천천히 다가갔다. 이 재담꾼 노인은 유명한 중국식 예절을 과장한 풍자극으로 나를 놀리고 있었다. 나는 함께 어울리기에 힘든 사람이 아니다. 어느 정도까지는 누구와도 게임을 즐겨 줄 용의가 있다.

"감히 제가 앉으려 하는 이유는 다만 위대하신 창리칭에 대한 경외심으로 무릎에 힘이 빠졌기 때문입니다."

의자에 자리를 잡고 앉으며 고개를 돌려 보니 문 양쪽에 서 있던 거인들은 사라지고 없었다.

문을 가린 벨벳 커튼의 뒤쪽에 서 있다면 모를까, 그들이 그 이상 멀리 가진 않았을 것이라는 게 나의 짐작이었다.

창리칭은 또다시 과장된 언사를 이어 갔다.

"사람 찾기의 제왕이 세상 모든 이치를 꿰뚫고 있지 않다면, 나 또한 그가 미천한 나의 이름을 들어 본 적 있다는 사실에 놀라움을 금치 못했을 것이오."

나 역시 농담으로 화답했다.

"들어 보다니요? 그 누군들 들어 본 적이 없겠습니까? 영어 '체인지 change'가 창에서 유래되지 않았던가요? 변화를 뜻하는 체인지는 가장 위대한 사람이 창리칭의 지혜를 듣고 나서 생각을 바꿀 때 생겨나는 법이지요!"

나는 골머리가 지끈거리는 연극 놀음에서 빠져나가려고 애를 썼다.

"오는 길에 부하를 시켜 제 목숨을 구해 주셨음에 감사드립니다."

그가 탁자 위에 양손을 펼쳤다.

"그것은 오로지 그토록 비천한 피의 냄새가 탐정계 황제의 후각에 불쾌감을 주어 귀하신 몸께서 몸소 재빨리 그 악취를 제거할 것이 저어되었기 때문이오. 내가 실수를 저질렀다면 그대는 놈의 몸뚱이를 한 줌씩 산산조각 내려 했을 터이고, 나로서는 그자 대신 내 아들 하나를 고문하도록 내어 주는 수밖에 없었겠지요."

"아드님은 내버려 두십시오."

나는 심드렁하게 대꾸한 뒤 일 이야기로 접어들었다.

"어르신의 위대한 지혜로 도움을 받아야만 비로소 정상의 삶으로 돌아갈 수 있을 만큼 제가 무지함을 겪고 있지 않았다면 이렇듯 폐를 끼치지는 않았을 것입니다."

"눈먼 자를 인도하듯 돕기를 청하는가? 제아무리 뜻이 있다 하나 별이 날을 도울 수 있는가? 사냥개의 대부께서 장리칭의 도움으로 당신의 위대한 지식을 더할 수 있다고 치켜세우니, 창이 누구라고 어찌 감히 귀인의 청을 거절하는 우를 스스로 범하겠는가?"

허풍쟁이 노인이 한쪽으로 머리를 갸우뚱하며 물었다.

나는 그의 말을 그가 기꺼이 내 의문을 귀담아들어 주겠다는 뜻으로 받아들였다.

"제가 알고 싶은 것은 누가 릴리언 샨의 하인들인 왕마와 완란을 죽였는가 하는 것입니다."

그는 핏기 없는 작은 손가락으로 하얀 수염 몇 가닥을 잡고 만지작거렸다.

"사슴 사냥꾼이 토끼를 쫓는다고? 또한 그토록 위대한 사냥꾼이 언제부터 미천한 하인들의 죽음을 걱정하는 체하는 것인지, 창은 위대한 자께서 진정한 목적을 숨기고 있음이 분명하다는 것 말고는 다른 생각이 들지 않는데? 어쨌거나 그렇다 쳐도, 죽은 자들이 하인들이고 서양인이 아니라는 이유로 올가미의 제왕께서는 수백 개의 이름 중 하나에 불과한 미천한 창리칭이 그들에 대해 알지 모른다고 생각하는군. 쥐의 사정은 쥐들이 알지 않는가?"

그는 이런 이야기를 몇 분이나 계속했고, 의자에 앉아 귀를 기울이는 동안 나는 둥글고도 예리한 가면 같은 그의 얼굴을 보며 무언가 명확한 이야기가 흘러나오기를 바랐다. 건질 것은 아무것도 없었다.

"나의 무지는 오만하기 짝이 없는 나의 생각보다 훨씬 더 크도다. 그대가 던진 그 간단한 질문은 혼란스러운 나의 정신력의 한계를 넘어서는 것이니. 나는 누가 왕마와 완란을 죽였는지 알지 못하오."

그가 장황한 연설을 끝냈다.

나는 그를 보며 씩 웃고는 다른 질문을 던졌다.

"후룬과 인홍은 어딜 가야 찾을 수 있겠습니까?"

"다시 한 번 나의 무지에 무릎을 꿇어야 하겠으니, 미스터리의 대가인 그대는 질문에 대한 답을 익히 알면서도 창에게 소기의 목적을 애써 감추고 있다는 생각밖에 들지 않으니 그것이 내게 유일한 위안이로다."

얻어 낼 수 있는 대답은 그것이 전부였다.

우스꽝스러운 칭찬이 좀 더 이어지고, 굽실거림과 말씨름, 영원한 존경과 사랑에 대한 맹세가 좀 더 오가고 난 뒤 나는 밧줄 같은 목덜미를 지닌 안내자를 따라 꼬불꼬불 캄캄한 복도와 어두침침한 방들을 가로질러 곧 무너질 듯한 계단을 또다시 오르내렸다.

거리로 이어진 문 앞에서 그는 쇠막대를 모두 내려놓은 후에 셔츠 가슴팍에 손을 넣어 권총을 꺼내 내게 주었다. 나는 권총에 아무런 이상은 없는지 그 자리에서 확인해 보고 싶은 충동을 애써 눌렀다. 대신에 총을 주머니에 집어넣고 문으로 걸어 나왔다.

"위층에선 고마웠소."

내가 그에게 말했다.

중국인은 신음 소리를 내고 고개를 숙인 뒤 문을 닫았다.

스톡턴 가로 올라가 사무실을 향해 걸어가며 천천히 머릿속을 정리했다.

우선, 얼간이 얼의 죽음에 대해서 생각해 봐야 했다. 사전에 짜인 일이었을까? 그날 아침 일을 망친 그를 단죄하고 동시에 나에게 깊은 인상을 심어 주기 위해서? 그렇다면 어떻게? 왜? 그게 아니라면 중국인들에게 빚을 졌다는 부채감을 주려고? 만일 그렇다면 왜? 혹은 단지 중국인들이 좋아하는 복잡한 속임수 가운데 하나였을까? 그 주제를 밀어 두고 나는 자주색 예복을 입은 작고 뚱뚱한 황인종 노인에게 생각을 집중했다.

나는 그가 마음에 들었다. 그는 유머 감각과 두뇌와 배짱과 모든 것을 갖췄다. 그를 감방에 가두려면, 나중에 고향 집에 편지라도 쓰고 싶어질 만한 대단한 속임수를 동원해야 할 것이다. 맞상대를 할 만한 가치가 있는 위인이었다.

그러나 그 노인에 대한 일말의 단서라도 잡았다고 생각함으로써 나 자신을 속이지는 않았다. 얼간이 얼은 휘슬러의 어빙턴 호텔과 창리청의 관계를 일러 주었다. 얼은 샨 살인 사건에 연루되었다고 내가 비난하자 행동에 돌입했다. 창이 샨 사건에 관심이 없다는 사실을 보여 주기 위해 아무 말도 하지 않았다는 점을 제외하면 내가 알아낸 것은 그것이 전부였다.

이러한 관점에서 볼 때 얼간이의 죽음은 계획된 일이 아닐 가능성이 컸다. 그는 내가 찾아온 것을 보고 없애 버리려다가, 창이 나에게 허락한 접견을 방해했기 때문에 안내자에게 죽임을 당했을 확률이 더 높았다. 중국인들의 눈에, 혹은 다른 누구의 눈에도 얼간이 얼은 그리 가치 있는 목숨이 아니었을 것이다.

현재까지 내가 확인한 진척 상황에 대해서 불만스러운 것은 전혀 아니었다. 눈부신 성공은 하나도 없었지만 목적지가 어딘지는 파악이 되었거나, 근접했다는 생각이 들었다. 돌담을 머리로 들이받는 셈이기는 했지만, 최소한 돌담이 어디에 있는지 그 주인은 누구인지 알아냈다.

사무실에는 딕 폴리가 남겨 둔 메시지가 기다리고 있었다. 그는 어빙턴 호텔과 같은 도로 건너편에 있는 아파트를 빌렸고 몇 시간째 휘슬러를 미행 중이었다.

휘슬러는 마켓 가에 있는 '뚱뚱이' 톰슨의 가게에서 30분간 머물며 주인장과 그곳에 모여든 골수 도박꾼들과 이야기를 나누었다. 그러고는 택시를 타고 오패럴 가, 글렌웨이에 있는 아파트 앞에서 내려 초인종을 눌렀다. 아무 응답이 없자 직접 열쇠로 문을 열고 건물로 들어갔다. 한 시간 뒤에 아파트를 나온 그는 호텔로 되돌아갔다. 딕은 어느 초인종을 눌러야 할지, 그가 방문한 집이 어디인지 알아내지 못했다.

나는 릴리언 샨에게 전화를 걸었다.

"오늘 저녁 댁에 계십니까? 저와 함께 가주셔야 할 일이 있는데, 유선상으로는 말씀드릴 수가 없습니다."

"7시 반까지는 집에 있을 거예요."

"좋습니다, 제가 가죠."

임대한 차가 그녀의 집 앞에 나를 내려 준 시각은 7시 15분이었다. 그녀가 직접 문을 열어 주었다. 하인들을 구하기 전까지 일을 해주던 덴마크 여인은 낮 동안에만 저택에서 지냈고, 밤에는 해변에서 1.5킬로미터 떨어진 자기 집으로 돌아갔다.

릴리언 샨이 입고 있는 이브닝드레스는 퍽 수수했지만, 안경을 벗어던지고 좀 가꾼다면 꽤나 여성스러운 모습으로 돌아갈 수도 있겠다는 가능성을 내비쳤다. 그녀는 나를 데리고 2층 서재로 올라갔고, 우리가 들어서자 깔끔하게 정장을 차려입은 이십대 청년이 의자에서 일어났다. 금발 머리에 흰 피부를 지닌 건장한 청년이었다.

서로 소개를 받고 나서 알게 된 그의 이름은 거손이었다. 릴리언 샨은 기꺼이 그 청년 앞에서 우리 논의를 펼칠 의향이 있는 듯했다. 나는 반대였다. 단둘이만 이야기하고 싶다고 노골적으로 우기지는 않았지만 내가 온갖 회유를 한 끝에 그녀는 청년을 잭이라고 부르며 양해를 구한 뒤 나를 데리고 다른 방으로 갔다.

그때쯤 나는 좀 짜증이 나 있었다.

"저 사람은 누굽니까?"

내가 물었다.

그녀는 눈썹을 들어 올리고 나를 쳐다보았다.

"존 거슨 씨라니까요."

"얼마나 잘 아는 사이죠?"

"댁이 왜 그토록 관심을 보이는지 물어도 될까요?"

"그럼요. 제 생각에 존 거슨 씨는 아닙니다."

"아니에요?"

나는 다른 생각이 떠올랐다.

"저 사람 어디 살죠?"

그녀가 오패럴 가 주소를 댔다.

"글렌웨이 아파트로군요?"

"그럴 거예요. 무슨 일인지 설명 좀 해주시겠어요?"

그녀는 아무 꾸밈 없이 나를 쳐다보았다.

"한 가지만 더 묻고 말씀드리죠. 창리칭이라는 중국인을 아십니까?"

"아뇨."

"좋습니다. 거슨에 대해서 말씀드리죠. 이번 사건에 대해 지금까지 저는 두 가지 각도에서 조사를 했습니다. 하나는 차이나타운에 사는 창리칭이라는 사람과 관련이 되어 있고, 다른 하나는 코니어스라는 이름의 전과자와 연결됩니다. 존 거손은 오늘 차이나타운에 있었어요. 아마도 창리청의 집과 연결되어 있는 듯한 지하 방에서 나오는 그 친구의 모습을 제가 봤습니다. 코니어스라는 전과자는 오늘 오후 거손이 사는 아파트 건물을 방문했고요.'

여자의 입이 벌어졌다 이내 닫혔다.

"말도 안 돼요! 거손 씨는 나와 알고 지낸 지 한참 되었고……"

"정확히 얼마나 됐죠?"

"오래됐어요, 몇 달이나."

"어디에서 만났습니까?"

"대학 때 알던 여자 친구를 통해서요."

"직업은 뭐죠?"

그녀는 뻣뻣하게 서서 입을 다물었다.

"들어 보세요, 샨 양. 어쩌면 거손이 아무 문제 없는 사람일 수도 있겠지만 저로선 일단 알아봐야 합니다. 그의 결백이 드러난다면 해 될 건 없죠. 그 사람에 대해서 당신이 아는 게 뭔지 저도 알아야겠습니다."

조금씩 나는 정보를 입수했다. 그는, 혹은 릴리언 샨이 알고 있다고 생각하는 인물은 버지니아 주 명문가인 리치먼드 가문의 막내아들로, 현재는 유치한 불장난 때문에 집안에서 외면당한 처지였다. 그는 아버지의 화가 가라앉기를 기다리느라 넉 달 전 샌프란시스코로 왔다. 그러는 동안 그의 어머니가 용돈을 대주며, 추방 기간에도 생계를 위해 일을 할 필요는 없도록 배려하고 있었다. 그는 릴리언 샨의 동창이 쓴 소개 편지를 갖고 찾아왔었다. 내가 보기에 릴리언 샨은 그를 많이 좋아하고 있었다.

이 같은 정보를 얻고 나서 내가 물었다.

"오늘 밤 그자와 외출하는 겁니까?"

"그래요."

"그 친구 차로요, 아니면 댁의 차로요?"

그녀는 얼굴을 찌푸렸지만 질문에 대답을 해주었다.

"그 사람 차로요. 드라이브 겸 하프문으로 저녁 먹으러 갈 거예요."

"그렇다면 두 분이 나가고 난 뒤에 제가 올 테니 열쇠를 주십시오."

"뭐라고요?"

"제가 여기로 다시 오겠다고요. 그 사람을 향해 제가 품고 있는 다소 불필요한 의심에 대해서는 아무 말도 하지 마시기를 바랍니다만, 솔직한 제 의견으로는 오늘 저녁 그 친구가 당신을 일부러 집 밖으로 데려가는 듯합니다. 그러니까 돌아오는 길에 자동차 엔진이 고장 나더라도 별다른 낌새를 눈치챈 것처럼 보이지 마십시오."

걱정스러운 눈치였지만 그녀는 내가 옳을지도 모른다는 사실을 인정하지 않으려 했다. 어쨌든 열쇠를 받았고, 그제야 나는 직업소개소 작전에 그녀의 도움이 필요하다는 사실을 털어놓았다. 그녀는 목요일 아침 9시 반에 사무실로 오겠다고 약속을 했다.

집을 나서기 전에 다시 거손을 만나지는 못했다.

6

임대 자동차에 다시 오른 나는 운전기사에게 가장 가까운 마을로 가자고 청했고 그곳 잡화점에서 씹는담배 한 통과 손전등, 총알 한 통을 샀다. 내 총은 38구경 스페셜이었지만 가게에는 총에 맞는 탄환이 없어서 길이가 더 짧고 화력도 약한 총알을 사야 했다.

산 물건을 주머니에 넣고서 다시 샨의 저택을 향해 출발했다. 집까지 이어진 도로가 두 굽이 정도 남았을 때 나는 차를 세우고 운전기사에게 비용을 지불한 뒤 차를 돌려보냈다. 남은 길은 걸어서 접근했다.

저택은 온통 어두웠다.

손전등 불빛에 의지해 가능한 한 조용히 집 안으로 들어가 지하실부터 지붕까지 샅샅이 실내를 살폈다. 집 안에는 나 혼자뿐이었다. 부엌으로 건너가 아이스박스에서 간단한 요깃거리를 찾아 먹은 뒤엔 우유로 입가심을 했다. 커피를 좀 마실 수도 있었겠지만 커피는 향이 너무 진했다.

간단한 식사를 마친 나는 부엌과 나머지 집 안을 연결하는 복도에 있는 의자에 편히 자리를 잡고 앉았다. 복도 한쪽 옆으로는 지하로 내려가는 계단이 뻗어 있었다. 반대편에는 위층으로 올라가는 계단이 자리를 잡았다. 출입문을 제외한 집 안의 모든 문을 열어 두었으므로 복도는 집 안에서 들려오는 모든 소음을 들을 수 있는 중심이었다.

100미터쯤 떨어진 도로를 지나가는 자동차 소리와 저택 앞 작은 만에서 철썩이는 태평양의 파도 소리를 제외하면 고요하게 한 시간이 흘러갔다. 나는 담배 대신 씹는담배를 질겅거리며, 이렇듯 무언가 일이 벌어지기를 기다리며 앉거나 서서 보내는 시간이 내 인생에서 얼마나 될까 가늠하려 애를 썼다.

전화벨이 울렸다.

나는 계속 울리도록 내버려 두었다. 도움이 필요한 릴리언 샨일 수도 있겠지만 위험을 무릅쓸 순 없었다. 집에 누가 있는지 확인하려는 수법일 가능성이 너무도 농후했다.

바다에서 산들바람이 불어와 바깥 나무들이 흔들리는 가운데 또다시 30분이 지나갔다.

바람도, 파도 소리도, 지나가는 자동차 소리도 아닌 소음이 들려왔다. 어디선가 무언가 딸깍거리는 소리였다.

창문에서 들려왔지만 어느 창문인지 알 수 없었다. 나는 담배를 뱉어 버리고 총을 꺼낸 뒤 손전등을 껐다.

소리가 또다시 요란하게 들려왔다.

누군가가 유리창을 세게, 지나치게 험하게 손보고 있었다. 덜그럭거리는 소리가 들리며 무언가 유리창에 부딪혔다. 바람잡이였다. 침입자가 누구든 차라리 유리창을 깨는 것이 소리가 덜 났을 것이다.

나는 자리에서 일어났지만 복도를 벗어나진 않았다. 창문에서 들려오는 소리는 혹시 집 안에 있을 누군가의 관심을 끌기 위한 거짓 수법이었다. 창문을 등지고 서서 부엌을 노려보았다.

부엌은 무언가를 보기엔 너무 캄캄했다.

나는 아무것도 보지 못했다. 아무 소리도 들리지 않았다.

부엌 쪽에서 눅눅한 공기가 불어왔다.

그것은 걱정해야 할 만한 사태였다. 누군가가 나와 함께 있는데 그가 나보다 행동이 민첩했다. 그는 내 코밑에서 문이나 창문을 열 수도 있었다. 그리 좋지 않은 상황이었다.

고무창에 체중을 실어 걸으며 나는 의자에서 뒤로 물러나, 지하실로 통하는 입구의 문틀이 어깨에 닿을 때까지 움직였다. 놈들을 상대할 수 있을지 자신이 없었다. 나는 공평한 기회나 유리한 입장을 선호하는데, 지금 상황은 그런 경우가 아닌 듯했다.

그리하여 가느다란 손전등 불빛이 부엌에서 새어 나와 복도에 놓인 의자를 비추었을 때 나는 계단 벽에 바짝 등을 댄 채 지하실 계단을 세 칸 내려가 있었다.

불빛은 몇 초간 의자에 고정되어 있다가 복도 주변으로 움직여 그 너머에 있는 방을 비추기 시작했다. 내 쪽에선 불빛밖에 아무것도 볼 수 없었다.

새로운 소리가 들려왔다. 길 쪽에서 집으로 다가오는 낮은 자동차 엔진 소리에 이어 뒤쪽 현관을 올라오는 작은 발소리가 부엌 리놀륨 바닥으로 들어와 몇 걸음 앞에서 멈추었다. 악취가 훅 끼쳐 왔다. 틀림없는, 씻지 않은 중국인의 체취였다.

그러고 나서는 상황 파악이 어려워졌다. 앞에 닥친 것들이 너무 많았다.

손전등의 소유자가 지하실 계단 꼭대기에 와 있었다. 나는 불빛을 지켜보느라 잠시 시력을 잃었다. 그를 볼 수가 없었다.

처음 그가 아래층을 비춘 가느다란 불빛은 나를 불과 몇 센티미터 비껴갔고, 그사이 나는 어둠 속에서 면밀히 사태를 계산할 시간을 확보했다. 만일 그가 중간 체격에 왼손으로 손전등을 들고 오른손에 총을 쥐어 가능한 한 자신의 모습을 노출시키지 않고 있다면, 그의 머리통은 불빛의 시작점에서 45센티미터쯤 위쪽에, 그리고 뒤쪽으로도 같은 거리에, 왼쪽으로 15센티미터쯤 되는 곳에 있을 것이다. 내 왼쪽으로.

불빛이 옆쪽으로 돌며 내 한쪽 다리를 붙잡았다.

나는 어둠 속에서 X표를 해두었던 나의 표적을 향해 총구를 들어 올렸다.

그가 쏜 총알이 내 뺨에 화상을 입히고 스쳐 지나갔다. 그가 쓰러지며 한쪽 팔로 나를 끌고 가려 했다. 나는 몸을 비틀어 빼 그가 지하실로 혼자 떨어지도록 했다. 내 옆을 스치며 그는 번쩍이는 금니를 보여 주었다.

온 집 안에 "아 야"라는 외침과 발소리가 울렸다.

지하로 내려가는 건 스스로 덫에 걸리는 일일 수 있었다. 나는 다시 복도로 올라갔다.

복도는 고약한 냄새가 나는 몸뚱이로 빽빽하고 시끌시끌했다. 사방에서 달려든 여러 개의 손과 이빨이 내 옷을 잡아 뜯기 시작했다. 내가 무언가 선전포고를 했다는 사실은 나도 빌어먹게 잘 알았다.

나 역시 보이지 않는 떼거리와 하나가 되어 몸싸움과 잡아 뜯기, 으르렁거리기, 신음 소리에 합류했다. 그들이 썰물처럼 나를 부엌으로 몰고 갔다. 나는 주먹질을 하고 발로 차고 버티며 끌려갔다.

귀를 찢을 듯 높은 목소리가 중국어로 비명을 지르듯 명령을 내리고 있었다.

당최 보이질 않아서 여전히 손안에 있던 총도 쓸 수 없는 적들을 상대로 최대한 몸싸움을 벌이며 나는 부엌으로 끌려가다 문설주에 어깨를 부딪혔다.

나는 정신 나간 드잡이 집단의 일부에 불과했다. 어쩌면 총의 번득임 때문에 몸싸움의 중심이 되었을지도 모르겠다. 미치광이들은 이제 겁에 질려 싸우고 있었다. 나는 그들에게 잡아 뜯을 수 있는 무언가를 제공하고 싶지 않았다.

그들에게 끌려가며 나는 앞길에 방해가 되는 것은 무엇이든 넘어뜨렸고 똑같은 공격을 받았다. 발 사이에 양동이 하나가 걸렸다.

나는 바닥으로 쓰러지며 주변 사람들과 엉켰고, 누군가의 몸 위로 구르면서 얼굴을 밟혀 꿈틀거리다 구석으로 밀려나 잠시 숨을 돌리면서 아직도 양은 양동이를 붙들고 있었다.

양동이를 내려 주신 하느님께 감사할지어다!

나는 이 사람들을 쫓아 버리고 싶었다. 그들이 누구인지 또는 어떤 족속인지 상관없었다. 그들이 평화롭게 물러나기만 한다면 그들의 죄를 용서해 줄 것이다.

나는 양동이 안에 총을 넣고 방아쇠를 당겼다. 최악의 혼돈에 휩쓸린 상황이었지만 총성은 주의를 돌리기에 충분할 정도로 컸다. 폭탄이 터지는 것 같은 소리가 났다.

또다시 양동이 안에다 총을 쏘아 대며 나는 다른 생각을 떠올렸다. 왼손 손가락 두 개를 입안에 넣고 나는 총알을 비우는 동안 있는 힘껏 소름끼치는 소리가 나도록 휘파람을 불었다.

대단한 소음이었다!

권총에 든 총알이 떨어지고 허파에도 남은 숨이 없어질 무렵 나는 혼자였다. 혼자가 된 것이 반가웠다. 인간이 왜 세상을 떠나 동굴에서 자기네들끼리 살았는지 알게 되었다. 그럴 만도 했다!

어둠 속에 홀로 앉아서 권총을 재장전했다.

네 발로 기어서 열린 부엌문으로 가는 길을 찾았고, 캄캄한 밖을 내다보았지만 아무것도 알 순 없었다. 바닷가에서 철썩이는 파도 소리만 들려왔다. 집의 반대편에서는 자동차 여러 대가 내는 소음이 들려왔다. 친구들이 떠나가는 소리이기를 바랐다.

문을 닫고 잠근 뒤 부엌 불을 켰다.

예상한 것만큼 집 안이 엉망은 아니었다. 프라이팬과 접시 몇 개가 바닥에 떨어져 있고 의자 하나가 부서졌으며 실내에선 씻지 않은 몸뚱이의 냄새가 풍겼다. 하지만 그것이 전부였다. 바닥 한복판에 놓인 파란색 면 소매 한 짝과 복도 문 근처에 떨어진 갈대로 엮은 샌들 한 짝, 짧은 검정색 머리칼 한 줌, 샌들 옆에 약간의 핏자국을 제외한다면.

지하실에는 내가 그리로 떨어뜨린 남자가 보이지 않았다. 아래쪽에 열린 문이 있어 그가 어떻게 사라졌는지 알 수 있었다. 지하실엔 그의 손전등과 나의 손진등, 그리고 그의 핏방울이 일부 떨어서 있었다.

다시 위로 올라온 나는 저택 전면을 살폈다. 현관문은 열려 있었다. 러그는 엉망으로 구겨진 상태였다. 파란색 꽃병 하나가 바닥에 깨져 있었다. 탁자는 제자리에서 밀려났고 의자도 두어 개 쓰러져 있었다. 나는 땀을 흡수해 주는 속 밴드도 장식 밴드도 없는 낡고 기름에 쩐 갈색 모직 모자 하나를 발견했다. 중국어 신문에서 오려 낸 듯한 쿨리지 대통령의 때 묻은 사진 한 장과 밀짚으로 만든 담배 종이 여섯 장도 발견했다.

2층에는 손님들이 다녀간 흔적이 전혀 없었다.

새벽 2시 반이 되자 현관문으로 다가오는 자동차 소리가 들렸다. 나는 2층에 있는 릴리언 샨의 침실 창문으로 밖을 몰래 내다보았다. 그녀가 잭 거손에게 작별 인사를 하고 있었다.

서재로 돌아가 그녀를 기다렸다.

"아무 일도 없었나요?"

그녀의 첫 물음은 무엇보다도 기도처럼 들렸다.

"있었습니다. 댁도 차가 고장 났었나 보군요."

내가 말했다.

순간 그녀가 거짓말을 할 것이라고 생각했지만 그녀는 고개를 끄덕였고, 평소처럼 꼿꼿하지는 못한 자세로 의자에 털썩 주저앉았다.

"다녀간 손님이 많았습니다만 그들에 대해서 알아낸 것은 많지 않습니다. 실은 내가 감당할 수 있는 정도를 넘어섰기 때문에, 놈들을 쫓아내는 것으로 만족해야 했죠."

"보안관 사무실에 전화 안 했어요?"

질문을 던지는 그녀의 말투에 무언가 이상한 구석이 있었다.

"네. 아직은 거손이 체포되는 걸 원치 않습니다."

내 말에 그녀의 풀죽은 태도가 사라졌다. 그녀는 벌떡 일어나 큰 키로 내 앞에 꼿꼿이 서서 차갑게 말했다.

"그 이야기는 다시는 하고 싶지 않군요."

그건 나도 바라는 바이지만 내가 말했다.

"그 사람에게 아무 말도 하지 않으셨길 바랍니다."

"그 사람한테 무슨 말을 하죠? 당신의 추측을, 그 말도 안 되는 추측을 옮겨서 내가 그 사람을 모욕할 거라고 생각했어요?"

그녀는 놀라워하는 듯했다.

"잘했어요."

내 생각을 믿어 주진 않았어도 침묵을 지킨 그녀를 칭찬했다.

"오늘 밤엔 저도 여기 있을 겁니다. 또 무슨 일이 일어날 가능성은 작지만 안전한 게 제일이니까요."

릴리언 샨은 내 의견이 그리 탐탁지 않은 듯했지만 결국 잠자리에 들기 위해 사라졌다.

물론 그 뒤로 해가 뜰 때까지는 아무 일도 일어나지 않았다. 나는 날이 밝자마자 집을 빠져나와 일단 마당을 살폈다. 바닷가부터 진입로에 이르기까지 발자국이 사방에 나 있었다. 진입로를 따라 뒤덮인 잔디는 자동차가 부주의하게 방향을 튼 탓에 일부가 잘려 나가 있었다.

차고에서 자동차 한 대를 빌려 아침이 다 가기 전에 샌프란시스코로 돌아왔다.

사무실에서 나는 영감님에게 잭 거손에게 미행을 붙여 달라고 부탁했다. 낡은 모자와 손전등, 샌들, 그 밖에 나머지 기념품들도 현미경 아래 놓고 지문과 발자국, 잇자국, 그 외에 알아낼 수 있는 모든 것을 조사해 달라고 부탁했고, 리치먼드 지부에 거슨의 뒷조사도 의뢰했다. 그러고 나서 필리핀 조수를 만나러 갔다.

그는 울적해 있었다.

"무슨 일이야? 누구한테 얻어맞았어?"

내가 물었다.

"어, 아니에요! 하지만 전 그렇게 훌륭한 탐정이 아닌가 봐요. 한 사람을 쫓아가려고 하니까 그 사람이 모퉁이를 돌아 사라져요."

"누군데? 무슨 일을 하고 있었는데?"

"몰라요. 사람들이 자동차 넉 대에서 내려 가지고, 지난번에 제가 낯선 중국인들이 산다고, 접때 말씀드렸던 그 지하실로 들어가요. 그 사람들이 들어가고 나서 한 남자가 나와요. 얼굴 위쪽에 붕대를 감고 그 위로 모자를 눌러 쓴 남자가 빠르게 걸어가요. 내가 따라가려고 하는데, 모퉁이를 돌고 나니까 그 남자 어디 갔죠?"

"그게 언제 일어난 일이야?"

"아마 한 12시쯤요."

"그보다 늦거나 빠를 수도 있을까?"

"네."

분명 내가 만난 놈들이었고, 시프리아노가 미행하려고 했던 남자는 내가 부상을 입힌 녀석이었다. 필리핀 청년은 자동차 번호판을 알아낼 생각은 하지 못했다. 그는 운전을 한 사람이 백인인지 중국인인지도 알지 못했고, 어떤 종류의 차종인지도 알아보지 못했다.

"그 정도면 잘했어. 오늘 밤에 다시 시도해 봐. 긴장 풀고 하면 잘 해낼 수 있을 거야."

나는 그를 안심시켰다.

그의 집에서 나와 공중전화로 가 경찰청에 전화를 걸었다. 얼간이 얼의 죽음은 신고된 적이 없었다.

20분 뒤 나는 손가락 관절의 피부가 벗겨지도록 창리칭의 대문을 두들기고 있었다.

7

이번에 문을 열어 준 사람은 목덜미가 밧줄 같은 왜소한 중국 노인이아니었다. 대신 얼굴에 마맛자국이 뒤덮인 중국인 젊은이가 활짝 웃고있었다.

"창리칭을 만나러 오셨죠."

그는 내가 입도 열기 전에 내가 들어갈 수 있도록 뒤로 물러났다.

안으로 들어간 나는 그가 쇠막대를 제자리에 돌려놓고 문을 잠그는동안 기다렸다. 우리는 전보다는 짧은 경로로 창에게 갔지만 여전히 직통이랄 수는 없었다. 청년을 따라가며 한동안 머릿속으로 지도를 그려혼자 놀이를 시도했으나 너무 복잡해 이내 포기했다.

안내인은 벨벳 커튼이 드리워진 빈방에 나를 들여보내 놓고 꾸벅 절을 한 뒤 씩 웃으며 가버렸다. 나는 탁자 근처 의자에 앉아 기다렸다.

창리칭은 소리 없이 모습을 드러내거나 하는 극적인 쇼를 보여 주진않았다. 나는 그가 커튼을 젖히고 들어오기 전 바닥을 스치는 슬리퍼소리를 들었다. 그는 혼자였고, 할아버지처럼 미소를 짓는 그의 입매를 따라 하얀 수염이 펄럭거렸다.

"무리를 쫓는 자가 누추한 내 집을 다시 찾아 주었구려."

인사를 건넨 그는 처음 왔을 때도 들어 봤던 것과 똑같은 종류의 헛소리를 길게 이어 갔다.

어젯밤 일을 가리키는 것이라면 무리를 쫓는 자는 내가 들어도 꽤 그럴듯했다.

미사여구가 다 떨어진 그가 입을 다물자 내가 말했다.

"어젯밤엔 미처 몰라보고 너무 늦게 깨닫는 바람에 귀하의 부하 한 사람 머리에 부상을 입히고 말았습니다. 그처럼 끔찍한 행동을 벌인 저 자신을 바로잡을 방법이 없다는 건 알지만 사죄의 의미로 귀댁의 쓰레기통 뚜껑으로 목을 그어 피를 흘려 죽도록 허락해 주시기를 바랍니다."

터져 나오는 웃음을 참는 듯한 낮은 한숨 소리가 노인의 입에서 흘러나왔고, 그의 머리 위에 얹힌 자주색 모자가 살짝 움직였다.

"약탈꾼을 내쫓는 자는 악령을 물리치는 소리의 값어치까지도 모든 것을 알고 있도다. 그대가 해친 자가 창리칭의 수하라고 말한다면, 창이 뉘라서 그것을 부인할까?"

나는 다른 각도로 그를 떠보았다.

"제가 모르는 것이 하도 많아, 어째서 경찰이 어제 이곳에서 죽은 남자 소식을 아직도 듣지 못했는지 그것조차 모르겠습니다."

그가 한 손으로 하얀 수염을 동그랗게 말았다.

"나는 그 죽음에 대해 들은 바가 없도다."

그가 말했다.

어떤 대답이 날아올지 짐작이 갔지만 나는 어떻게 되는지 한번 보고 싶어졌다.

"어제 저를 이곳으로 데려왔던 사람에게 물어보시지요."

내가 제안했다.

창리칭은 탁자에서 작은 헝겊 덩어리를 끝에 매단 막대를 들어 어깨 높이로 장식 수술에 매달린 종을 쳤다. 방 건너편 커튼이 열리고 나를 안내했던 마맛자국 난 중국인이 나타났다.

"어제 내 집 안에서 죽음이 벌어졌느냐?"

창이 영어로 물었다.

"아닙니다, 대인."

곰보 청년이 말했다.

"어제 저를 안내한 분은 이 황제의 자제분이 아니라 나이 든 귀족이었습니다."

내가 설명했다.

창이 놀라는 시늉을 했다.

"어제 첩자의 왕을 맞이한 사람이 누구냐?"

그가 문가에 선 남자에게 물었다.

"저입니다, 대인."

내가 곰보 청년에게 씩 웃어 주자 그도 마주 웃음 지었고, 창은 온화하게 미소를 지었다.

"빼어난 익살이로다."

그가 말했다.

사실이었다.

마맛자국 청년은 깊숙이 허리를 굽힌 뒤 커튼 뒤로 물러나기 시작했다. 그의 뒤쪽에서 신발 끄는 소리가 요란하게 들려왔다. 청년이 홱 돌아섰다. 전날 본 적 있는 거구의 레슬링 선수 하나가 그를 굽어보았다. 레슬링 선수는 흥분한 눈을 번득이며 중국어를 빠르게 내뱉었다. 마맛자국 청년이 대꾸를 했다. 창리칭이 준엄한 명령으로 둘의 입을 막았다. 모든 대화가 중국어로 이루어졌으므로 나의 재량 밖이었다.

"애통한 집안일로 잠시 자리를 비워야 하겠으니 인간 사냥꾼 대공께서는 수하들이 물러나는 것을 허락해 주시겠지요?"

"물론입니다."

창이 양손을 맞잡고 절을 한 뒤 레슬링 선수에게 말했다.

"너는 이곳에 남아 대공께 불편함이 없도록, 또한 바라시는 대로 시중을 들어 드리거라."

레슬링 선수는 허리를 숙인 뒤 창이 마맛자국 청년과 문으로 나가는 동안 옆으로 비켜 서 있었다. 그들이 나가자 커튼이 제자리에 드리워졌다.

나는 문지기 사내에게 쓸데없이 말을 걸진 않았고 담배를 한 대 피우며 창이 돌아오기를 기다렸다. 담배를 절반쯤 피웠을 때 그리 멀지 않은 건물 안에서 총성이 한 방 울렸다.

문을 지키던 거인이 인상을 찌푸렸다.

또 한 번 총성이 울리고 달려가는 발소리가 복도에서 들려왔다. 마맛자국 청년의 얼굴이 커튼 사이로 나타났다. 그가 레슬링 선수에게 으르렁거렸다. 레슬링 선수는 나를 향해 인상을 찌푸리며 반대했다. 청년이 계속 고집을 부렸다.

레슬링 선수는 또 한 번 나를 보며 인상을 찌푸리다 웅얼웅얼 "기다리쇼"라고 말하더니 청년과 함께 사라졌다.

나는 아래층에서 들려오는 듯한 난투극 소리에 귀를 기울이며 담배를 끝까지 피웠다. 먼 곳에서 총성이 두 발 더 들려왔다. 달려가는 발소리가 내가 있는 방 옆을 지나갔다. 홀로 남겨진 지 아마 10분쯤 되었을 때였다.

나는 혼자가 아니라는 사실을 깨달았다.

문과 반대편 쪽 벽에 드리워진 커튼이 움직였다. 파란색과 초록색과 은색이 뒤섞인 벨벳 커튼이 2, 3센티미터 앞으로 튀어나왔다가 제자리로 돌아갔다.

두 번째로 커튼이 흔들린 건 아마도 벽을 따라 3미터쯤 옮겨 간 곳이었다. 한동안 아무런 움직임이 없다가 이어 제일 먼 구석 쪽에서 떨림이 느껴졌다.

누군가가 커튼과 벽 사이로 기어가고 있었다.

나는 여전히 빈손으로 의자에 기대앉아 미지의 존재가 기어가도록 내버려 두었다. 만약 커튼의 움직임이 문제를 의미한다면 괜히 섣불리 행동했다간 문제만 더 빨리 겪게 될 터였다.

나는 벽을 따라 길게 움직여 문이 있는 곳으로 절반쯤 향해 가는 미묘한 행적을 눈으로 따라갔다. 그러다 한동안 행적을 놓치고 말았다. 숨어서 기어가던 자가 문으로 빠져나간 모양이라고 막 결론을 지었을 때, 커튼이 열리고 숨어 있던 사람이 걸어 나왔다.

누군가의 선반에 놓여 있던 살아 있는 장식품처럼 그녀는 키가 140센티미터도 채 되지 않았다. 작은 달걀형 얼굴에 화장을 해놓은 완벽한 미모는 관자놀이 주변으로 곱게 빗어 넘긴 새카맣고 윤기 나는 머리로 더욱 도드라졌다. 매끄러운 두 뺨 옆엔 금귀고리가 찰랑거렸고, 머리엔 옥색 나비 장식을 꽂고 있었다. 새하얀 보석이 박혀 반짝거리는 연보라색 상의가 그녀의 목부터 무릎까지 늘어졌다. 연보라색 짧은 바지 밑으로는 연보라색 버선이 드러났고, 전족을 한 작은 발엔 같은 색 슬리퍼를 신은 모습이었는데 고양이 모양 슬리퍼에는 눈이 있을 자리에 노란색 보석이 박히고 수염 자리엔 해오라기 깃털이 달려 있었다.

요즘 젊은 아가씨들의 최신 유행을 한눈에 보여 주는 듯한 이 광경의 요점은 그녀가 불가능할 정도로 앙증맞다는 것이었다. 그러나 그녀는 조각품이나 그림이 아니라 살아 있는 존재였고, 검은 눈엔 공포가 선연한 채 초조한 손길로 가슴팍의 옷자락을 움켜쥐고 있었다.

전족을 한 중국 여자 특유의 좁고 어색한 걸음걸이로 다급하게 다가오며 그녀는 두 번이나 문 쪽 커튼을 돌아보았다.

이제 나는 그녀를 맞이하려고 자리에서 일어나 있었다.

여자의 영어는 신통치 않았다. 그녀가 내게 주절거리는 말은 대부분 못 알아들었지만 '융 헬럽yung hel-lup'이라고 들린 부분은 '도와 달라You help'는 의미로 생각되었다.

나는 비틀거리는 그녀의 팔꿈치를 잡아 주며 고개를 끄덕였다.

몇 마디 더 내게 말을 했지만 어쩌된 상황인지 영문을 알 수는 없었다. '술레이비걸sul-lay-vee-gull'이 노예를 뜻하는 '슬레이브 걸slave-girl'이고 '타카와tak-ka-wah'는 '데려가 달라take away'는 의미로 알아들었을 뿐이었다.

"나더러 여기서 데리고 나가 달라고요?"

내가 물었다.

내 턱 밑에서 그녀가 고개를 까딱거리더니, 새빨간 꽃잎 같은 입술로 미소를 지어 보였다. 내 기억 속의 다른 미소를 전부 다 음흉한 웃음으로 전락시키는 황홀한 미소였다.

그녀가 좀 더 이야기를 했다. 나는 하나도 알아듣지 못했다. 내게 잡혔던 팔꿈치를 풀어낸 여자가 소매를 들어 올려, 예술가가 평생 상아를 조각해 만든 듯한 팔뚝을 보여 주었다. 팔뚝에는 다섯 손가락 모양이 선명한 명 자국 아래 점을 찍듯 손톱이 파고들어 생긴 상처가 나 있었다.

그녀는 소매를 다시 내리고 나서 나에게 몇 마디 더 했다. 의미는 전혀 알아들을 수 없었지만 여자의 목소리는 예쁜 종소리처럼 울렸다.

"좋아요. 나가고 싶다면 같이 나갑시다."

내가 총을 꺼내 들며 말했다.

그녀는 양손으로 권총을 잡아 아래로 내리더니, 내 얼굴에 대고 흥분한 말투로 이야기를 하다가 한 손으로 옷깃을 가로지르는 시늉을 했다. 목이 잘린다는 의미의 몸짓이었다.

나는 좌우로 고개를 저으며 그녀를 문 쪽으로 이끌었다.

그녀는 공포로 두 눈을 크게 뜨며 버텼다.

그녀의 손 하나가 내 시계 주머니 속으로 쏙 들어갔다. 나는 그녀가 시계를 꺼내도록 내버려 두었다.

여자는 작은 손끝 하나로 12시를 가리키더니 세 번 원을 그렸다. 나는 그 의미를 알아들었다고 생각했다. 정오부터 36시간이면 다음 날인 목요일 자정이었다.

"알겠어요."

내가 말했다.

그녀는 문 쪽을 재빨리 흘끔 쳐다본 뒤 찻잔이 놓여 있는 탁자로 나를 이끌었다. 차가운 찻물에 손가락을 담갔다가 그녀가 탁자 위에 그림을 그리기 시작했다. 두 개의 평행한 선을 나는 길이라고 생각했다. 또 한 쌍의 직선이 그 위를 가로질렀다. 세 번째 직선 한 쌍은 두 번째 길을 가로질러 처음 길과 평행하게 놓였다.

"웨이벌리 플레이슨가요?"

내가 추측했다.

기쁜 듯이 여자가 위아래로 얼굴을 까딱거렸다.

웨이벌리 플레이스의 동쪽 끝이라고 생각되는 지점에 그녀가 네모를 그렸다. 집인 듯했다. 네모 안에 그녀는 장미 한 송이로 생각되는 모양을 그려 넣었다. 그걸 보며 나는 인상을 찌푸렸다. 그녀가 장미를 지우고 그 자리에 삐뚤빼뚤한 원을 그리더니 안에 점을 찍었다. 뭔지 알 것 같았다. 장미는 양배추였다. 이번에 그린 것은 감자였다. 네모 그림은 내가 웨이벌리 플레이스에서 본 적 있는 식료품 가게였다. 나는 고개를 끄덕였다.

그녀는 손가락으로 길을 건너 반대편에 네모를 그려 놓고 나를 올려다보며 자신의 말을 이해해 달라고 간청하는 표정을 지었다.

"식료품 가게에서 길 건너편에 있는 집이군요."

내가 천천히 말을 하고 나자 그녀가 내 시계 주머니를 토닥거렸으므로 내가 덧붙였다.

"내일 자정에."

그녀가 얼마나 내 말을 알아들었는지 모르겠지만 귀고리가 미친 시계 추처럼 흔들릴 정도로 작은 머리를 끄덕거렸다.

여자는 재빠른 동작으로 내 오른손을 잡고 입을 맞춘 뒤 뒤뚱거리듯 통통 튀는 걸음으로 달아나 벨벳 커튼 뒤로 사라졌다.

내가 손수건을 꺼내 탁자 위의 물기를 닦은 뒤 의자에 앉아 담배를 피우고 있으려니 20분쯤 뒤에 창리칭이 돌아왔다.

그와 서로 어지러운 칭찬을 몇 마디 주고받자마자 나는 곧 그곳을 떠났다. 마맛자국 청년이 나를 밖으로 내몰았다.

사무실에는 새로운 소식이 없었다. 폴리는 전날 밤 휘슬러를 미행하는 데 실패했다.

나는 전날 밤 못 잔 잠을 자려고 집으로 향했다.

8

다음 날 아침 10시에서 10분이 지난 시각, 릴리언 샨과 나는 워싱턴 가에 있는 펑익 직업소개소 정문에 당도했다.

"딱 2분만 시간을 주십시오. 그런 다음 들어오세요."

차에서 내리며 그녀에게 말했다.

"시동은 계속 켜두는 게 좋을 겁니다. 서둘러서 빠져나가야 할지도 모르니까요."

운전기사에게 일러두었다.

펑익 직업소개소에는 영감님이 섭외한 프랭크 폴이라고 생각되는 깡마른 반백의 신사가 시가를 씹으며 중국인 여섯 명과 이야기를 나누고 있었다. 낡은 카운터 너머에선 알이 엄청나게 큰 철테 안경을 쓴 뚱뚱한 중국인이 지루한 표정으로 그들을 지켜보고 있었다.

나는 여섯 명을 살펴보았다. 세 번째 앉은 남자가 비뚤어진 코에 땅딸막한 키, 다부진 몸집을 지닌 인물이었다.

다른 사람들을 밀어젖히고 그에게 다가갔다.

그가 나에게 시도한 몸놀림이 뭔지는 모르겠지만, 아마도 주지츠*이거나 그와 유사한 중국 무술인 듯했다. 어쨌든 그는 몸을 수그리고 빳빳하게 편 양손을 이리저리 움직여 댔다.

나는 그의 몸을 이곳저곳 잡았다가 이내 그의 목덜미를 움켜잡고 한쪽 팔을 등 뒤로 꺾었다.

다른 중국인들이 내 등 뒤로 몰려들었다. 깡마른 반백의 신사가 어떤

---

*일본 전통 무술로 훗날 유도로 발전했음.

표정을 지었는지 모르지만, 중국인들이 구석으로 가 가만히 서 있었다.

그러한 상황에서 릴리언 샨이 들어섰다.

나는 코가 펑퍼짐한 사내를 그녀에게 들이밀었다.

"인홍!"

그녀가 소리쳤다.

"후룬은 저기 없습니까?"

내가 구경꾼들을 가리키며 물었다.

그녀는 안타깝다는 듯 고개를 젓고는, 내가 붙잡고 있는 포로에게 중국어로 지껄이기 시작했다. 그도 여주인의 시선을 맞받으며 마구 떠들어 댔다.

"그 사람을 어떻게 할 작정이죠?"

상황과는 별로 어울리지 않는 말투로 그녀가 내게 물었다.

"샌머테이오 보안관한테 넘길 때까지 잡아 두라고 경찰에 넘겨야죠. 다른 정보는 알아낼 수 없습니까?"

"네."

나는 그를 문 쪽으로 밀어내기 시작했다. 철테 안경을 쓴 중국인이 한 손으로 뒷짐을 진 채 길을 가로막았다.

"그럴 순 없습니다."

그가 말했다.

나는 인홍을 밀쳐 그와 부딪히게 했다. 그가 벽을 등지고 물러났다.

"나가요!"

내가 여자에게 소리쳤다.

반백의 신사가 문으로 달아나려는 중국인 두 사람을 붙잡아 다른 쪽으로 집어 던졌다. 그들은 벽에 세게 부딪혔다.

우리는 그곳을 빠져나왔다.

거리는 조용했다. 우리는 택시에 올라타 경찰 본부까지 한 블록 반을 이동한 다음 내가 포로를 끌어내렸다. 목장주 폴은 들어가지 않겠다며, 파티는 충분히 즐겼으니 이젠 자기 볼일을 봐야겠다고 했다. 그는 걸어서 키어니 가로 올라갔다.

택시에서 반쯤 내리던 릴리언 샨도 마음을 바꾸었다.

"꼭 필요하지 않다면 나도 들어가지 않는 게 좋겠어요. 여기서 기다릴게요."

그녀가 말했다.

"좋아요."

나는 포로를 밀어내며 인도를 지나 계단을 올라갔다.

안에 들어가자 흥미로운 상황이 벌어졌다.

샌프란시스코 경찰은 샌머테이오 카운티 보안관에게 넘길 때까지 물론 기꺼이 용의자를 맡아 주긴 하겠지만, 인홍에게 특별한 관심이 없었다.

인홍은 영어를 전혀 모르는 체했으므로 나는 그가 어떤 종류의 이야기를 할지 궁금해졌고, 형사 회의실을 뒤져 차이나타운 담당이라 중국어도 좀 할 줄 아는 빌 소드를 찾아냈다.

그와 인홍은 서로 한동안 지껄여 댔다.

그러고 나서 빌이 나를 쳐다보며 웃음을 터뜨리더니 시가 끝을 물어뜯으며 의자에 느긋하게 기대앉았다.

"이 친구 말에 따르면 완란이라는 여자와 릴리언 샨이 말다툼을 했다네. 다음 날 완란은 어디에서도 보이질 않더래. 샨이라는 여자랑 하녀 왕마는 완란이 집을 나갔다고 말했지만, 후룬은 이 친구한테 왕마가 완란의 옷을 태우는 걸 봤다고 이야기했어. 그러니까 후룬이랑 이 친구는 무언가 잘못됐다고 생각했고 다음 날 정원 연장 중에서 삽이 하나 사라진 걸 확인했기 때문에 확실하다고 여겼대. 그날 밤에 삽을 다시 찾기는 했지만 아직도 삽에 축축한 흙이 덮여 있었다는데, 집 주번에선 어니서도 땅을 파지 않았다는 거야. 어쨌든 집 바깥에선 말이지. 그래서 이 친구와 후룬은 머리를 맞대고 고민을 하다가 결국 내키지가 않아서, 완란이 간 데가 어딘지 모르지만 자기네들도 거기 가게 되기 전에 달아나는 게 좋겠다고 결정했다는군. 그런 사연이야."

빌이 설명했다.

"지금 후룬은 어디 있대?"

"자기는 모른대."

"그러니까 릴리언 샨과 왕마는 저 두 사람이 집을 나갔을 때 아직 집 안에 있었대? 아직 동부로 출발하기 전이었느냐고?"

내가 물었다.

"저 친구 말로는 그렇다는데."

"완란이 왜 죽었는지 혹시 안대?"

"내가 끄집어낼 수 있는 이야기 속엔 그런 말 없었어."

"고마워, 빌! 놈을 붙잡아 두었다고 담당 보안관한테 연락해 줄 거지?"

"당연하지."

물론 내가 경찰청 현관을 나왔을 때 릴리언 샨과 택시는 사라지고 없었다.

나는 경찰청 로비로 돌아가 공중전화 부스에서 사무실로 전화를 걸었다. 딕 폴리한테서는 아직 쓸 만한 보고가 없었고, 잭 거슨을 미행하고 있는 직원한테서도 소식이 없었다. 리치먼드 지사에서는 전보가 와 있었다. 거손 집안은 현지에서 정말로 부유하고 잘 알려진 가문인데 잭은 늘 문제를 일으켰으며, 몇 달 전 카페 단속 때 금주법 집행관을 폭행한 탓에 그의 아버지가 유언장에서 그를 제외시키고 집에서 내쫓았지만 어머니는 아들에게 돈을 보내고 있는 것으로 알려져 있다는 사실을 확인해 주는 내용이었다.

의뢰인 여자가 해준 이야기와도 맞아떨어졌다.

전차를 탄 나는 전날 아침 여자의 차고에서 빌려 타고 온 지붕 없는 자동차를 맡겨 두었던 차고로 향했다. 나는 시프리아노의 아파트 건물로 차를 몰고 갔다. 그도 내게 들려줄 만한 중요한 소식은 없었다. 차이나타운 주변에서 밤새 어슬렁거렸지만 아무것도 주워들은 것이 없다고 했다.

약간 부루퉁한 기분이 들어 차를 몰고 골든게이트 공원을 지나 오션 대로를 달렸다. 바랐던 것만큼 마음껏 속력을 높일 수가 없었다.

지붕 없는 자동차를 타고 빠르게 대로를 질주하며 짠 내 나는 바람이 뒤틀린 속마음을 조금이나마 날려 보내기를 바랐다.

릴리언 산의 저택 초인종을 누르자 분홍빛이 도는 콧수염을 기른 마른 남자가 문을 열었다. 나도 아는 얼굴, 부보안관 터커였다.

"안녕하시오. 무슨 일이신가?"

그가 말했다.

"저도 여자를 찾고 있습니다."

"계속 찾아보시오. 나 때문에 중단하지 말아요."

그가 씩 웃었다.

"여긴 없습니까?"

"없어요. 그 여자 밑에서 일하는 스웨덴 여자 말로는 내가 오기 30분 전쯤에 나갔다는데, 난 여기 온 지 이제 10분쯤 됐소."

"체포 영장을 가져온 겁니까?"

내가 물었다.

"당연하죠! 그 여자 운전기사가 다 실토했소."

"네, 저도 그 친구 얘기 들었습니다. 그 친구를 잡아들인 똑똑한 인물이 바로 저거든요."

터커와 5분에서 10분쯤 더 이야기를 나눈 다음 다시 자동차에 올랐다.

"그 여자를 체포하게 되면 저희 사무실로 전화 좀 해주시겠습니까?"

문을 닫으며 내가 부탁했다.

"당연히 그러지요."

나는 차를 몰고 다시 샌프란시스코로 향했다.

델리시티*를 막 벗어났을 때 택시 한 대가 나를 지나 남쪽으로 향했다. 창문으로 잭 거손의 얼굴이 들여다보였다.

나는 브레이크를 밟고 팔을 휘둘렀다. 택시가 방향을 돌려 내 쪽으로 되돌아왔다. 거손이 문을 열었지만 내리지는 않았다.

도로로 내려서 그에게 걸어갔다.

"부보안관이 샨 양의 집에서 기다리고 있으니 그리로 가는 길이라면 미리 알아 두시지."

그의 파란 눈이 화들짝 커졌다가 가늘어지며 나를 수상쩍은 듯 쳐다보았다.

"저쪽으로 가서 잠깐 얘기 좀 할까."

내가 그에게 제안했다.

---

* 샌머테이오 카운티에서 가장 큰 도시로 샌프란시스코와 인접해 있음.

그가 택시에서 내렸고 우리는 길 건너편 편안해 보이는 바위 쪽으로 걸어갔다.

"릴리…… 샨 양은 어디에 있어요?"

그가 물었다.

"휘슬러에게 물어보시지."

내가 넌지시 말했다.

금발 머리 애송이는 솜씨가 별로 좋지 않았다. 그는 한참 시간이 걸려 총을 뽑아 들었다. 나는 그러거나 말거나 내버려 두었다.

"그게 무슨 뜻입니까?"

그가 물었다.

별 뜻이 있어서 한 말은 아니었다. 난 그저 그가 내 말을 어떻게 받아들이는지 보고 싶었을 뿐이었다. 나는 침묵을 지켰다.

"휘슬러가 그 사람을 데리고 있어요?"

"그렇지는 않을걸."

인정하기 싫었지만 솔직히 말했다.

"하지만 요점은 휘슬러가 뒤집어씌운 살인 혐의로 교수형에 처해지는 걸 피하려면 그 여자도 숨는 수밖에 없을 거라는 사실이야."

"교수형이라고요?"

"그래. 보안관이 체포 영장을 가지고 집에서 기다리고 있거든. 살인 혐의로."

그가 총을 치우고 목구멍에서 가르랑거리는 소리를 냈다.

"내가 가야겠어요! 가서 아는 걸 전부 말해야겠어요!"

그가 택시를 타려고 걸음을 옮겼다.

"기다려! 어쩌면 자네가 아는 걸 나한테 먼저 털어놓는 게 좋을 거야.

알다시피 나는 그 여자를 위해서 일하고 있으니까."

그가 몸을 돌려 다시 돌아왔다.

"그래요, 맞아요. 당신이라면 어떻게 해야 할지 알겠죠."

"이제 말해 봐, 자네가 정말로 알고 있는 게 뭐지?"

그가 내 앞에 와 섰을 때 물었다.

"전부 다 알아요! 죽음에 대해서도, 술에 대해서도, 그리고……"

"잠깐! 진정해! 운전기사한테까지 그 모든 사실을 다 알려 줄 필요는 없잖아."

그가 흥분을 가라앉히자 나는 질문을 퍼붓기 시작했다. 모든 사실을 알아내기까지 거의 한 시간이 걸렸다.

9

그가 들려준 청년기 역사는 금주법 집행관 폭행으로 망신살이 뻗친 뒤 집에서 쫓겨나는 것으로 시작되었다. 그는 아버지의 화가 가라앉을 때까지 기다리기 위해 샌프란시스코로 왔다. 그러는 동안 어머니가 계속해서 그에게 자금을 대주었지만, 화려한 도시에서 젊은이가 마음껏 쓰고 싶은 만큼의 돈을 보내 주진 않았다.

그런 상황에서 휘슬러를 만나게 되었고, 휘슬러는 거손이 전면에 나서서 시키는 대로만 해준다면 주류 밀수업에서 쉽게 돈을 벌게 해주겠다고 제안했다. 거손은 기꺼이 동참할 의향이 있었다. 그가 겪고 있는 모든 문제의 원인인 금주법이 그는 마음에 들지 않았다. 주류 밀수업도 낭만적으로 들렸다. 어둠 속에서 총성이 울리고, 뱃머리 오른쪽에서 불을 꺼 신호를 보내는 따위의 모험이 아닌가.

휘슬러는 배도 소유하고 있고 술도 있고 기다리는 고객들도 있는 듯했지만, 하역 작업은 원활하지 못했다. 그는 해변에서 술을 들여오기에 이상적인 장소를 작은 만에 봐두었다. 샌프란시스코에서 너무 가깝지도 너무 멀지도 않은 곳이었다. 양쪽이 바위로 막혀 있고 대저택과 높은 관목 숲 때문에 도로에서도 보이지 않는 곳이었다. 그 집을 이용할 수만 있다면 그의 문제는 해결되는 셈이었다. 만으로 술을 들여와 집 안으로 옮긴 뒤 그곳에서 감쪽같이 재포장을 한 다음 현관문으로 내다가 자동차에 옮겨 실어 목마른 도시로 가져가면 되는 일이었다.

그 집은 릴리언 샨이라는 중국인의 소유인데 집을 팔지도 임대를 하지도 않을 여자라고 휘슬러는 거손에게 이야기했다. 그녀와 친해져 나중에 집을 빌려 달라는 부탁을 할 수 있을 정도로 각별한 친분을 쌓는 것이 거손이 맡은 임무였다. 휘슬러는 이미 마침 대학 졸업 후 상당히 타락한 샨의 과거 대학 동창생이 쓴 소개 편지를 만들어 두었다. 다시 말해 거손은 릴리언 샨이 휘슬러의 사업 이윤을 함께 나눠 가지겠느냐는 다소 솔직한 제안을 할 수 있을 만한 사람인지 아닌지 알아볼 작정이었다.

그는 맡은 역할을 잘 수행했고, 처음엔 일이 잘 풀려 여자와 퍽 절친한 사이가 되었는데, 갑자기 그녀가 동부로 떠나며 몇 달간 집을 비우게 됐다는 편지를 보냈다. 주류 밀수업자들에겐 절호의 기회였다. 다음 날 그 집으로 전화를 걸어 본 거손은 왕마 역시 여주인과 함께 여행을 떠났으며 저택 관리는 나머지 하인 세 사람이 맡게 되었다는 사실을 알았다.

처음 거손이 알게 된 것은 그것이 전부였다. 그도 끼고 싶었지만 술을 하역하는 작업엔 참여가 허락되지 않았다. 휘슬러는 여자가 돌아왔을 때 원래 역할을 계속할 수 있도록 거손에게 뒤로 빠져 있으라고 명령했다.

휘슬러의 말대로 거손은 돈을 써서 중국인 하인 셋의 도움을 받으려고 했지만, 그들은 각자의 몫을 놓고 싸우다가 완란이라는 여자가 두 남자에게 죽임을 당했다. 릴리언 샨이 집을 비운 사이 일단 저택으로 주류 반입이 이루어졌다. 그런데 예상치 못한 그녀의 귀가로 상황이 틀어졌다. 집 안엔 술이 일부 아직 남아 있었다. 그들은 물건을 다 반출할 때까지 릴리언 샨과 왕마를 붙잡아 옷장에 가둬 두어야 했다. 왕마가 목이 졸려 죽은 것은 사고였다. 밧줄을 너무 단단히 묶은 탓이었다.

그러나 최악의 복잡한 상황이 발생했으니, 또 다른 물량이 화요일 밤에 만으로 들어올 예정인데 저택이 폐쇄되었다는 사실을 배에 알릴 방법이 없다는 것이었다. 휘슬러는 우리의 영웅을 파견했고, 여자를 데리고 나갔다가 최소한 수요일 새벽 2시까지는 집 밖에 붙들어 두라는 명령을 내렸다.

거손은 그날 밤 차를 타고 하프문으로 가서 저녁 식사를 하자고 여자에게 청했다. 그녀는 초대를 받아들였다. 그는 거짓 자동차 고장을 핑계로 새벽 2시 반까지 그녀를 집 밖에 붙들어 두었고, 나중에 휘슬러는 아무 사고 없이 일이 진행되었다고 그에게 이야기했다.

이후 거손의 이야기를 들으며 나는 그가 의도하는 바가 무엇인지 추측을 해봐야 했다. 그는 이전보다 더 주저하고 말을 더듬으며 두서없이 자신의 생각을 늘어놓았다. 나는 상황을 종합하여 다음과 같은 결론을 내렸다. 그는 릴리언 샨과 어울리며 자신의 역할에 대해 윤리적인 측면에서는 크게 생각해 보지 않았다. 그녀는 너무 엄숙하고 진지해서 여성적인 면이 별로 느껴지지 않았으므로 거손에겐 아무런 매력이 없었다. 그는 그런 태도를 숨기지 않았고, 만남을 이어 가면서도 추파를 던진다는 생각은 하지 못했다. 그러다 문득 릴리언 샨이 자기처럼 무관심한 게 아니라는 사실에 정신을 차렸다. 그로서는 충격이었고, 견딜 수가 없었다. 그는 처음으로 사태를 똑똑히 바라보았다. 이전까지는 단순히 두뇌를 겨루는 게임이라고 생각했다. 비록 애정이 한쪽에만 쏠려 있다고 해도, 애정이 개입하자 상황이 달라졌다.

"오늘 오후에 휘슬러한테 가서 난 빠지겠다고 말했어요."

그가 고백을 마쳤다.

"그자가 그 말을 어떻게 받아들이던가?"

"별로 좋아하지 않더군요. 실은 그 사람과 맞서 싸워야 했어요."

"그래서? 다음엔 무얼 할 계획이지?"

"샨 양을 만나서 사실대로 이야기하고, 그런 다음엔, 그런 다음엔 쥐 죽은 듯이 지내는 게 낫겠죠."

"내 생각에도 그게 낫겠군. 휘슬러는 맞서 싸우는 걸 좋아하지 않을 걸."

"이제 와서 숨진 않겠어요! 내가 직접 나서서 진실을 밝힐 거예요."

"잊어버려! 그건 좋은 생각이 아니야. 자네는 그 여자를 도울 수 있을 만큼 제대로 아는 것도 없잖아."

릴리언 샨이 동부로 떠난 뒤에도 운전기사와 후룬이 집 안에 있었다는 사실을 그가 알고 있었으므로 정확한 말은 아니었다. 하지만 나는 아직 그가 게임에서 빠져나가는 것을 원치 않았다.

"내가 자네라면 조용한 데 가서 내가 연락할 때까지 숨어 지내겠어. 혹 괜찮은 아는 데 있나?"

계속되는 설득에 천천히 그가 대꾸했다.

"네. 숨겨 줄 만한 친구가…… 한 사람 있긴 해요…… 라틴 지구 근처에."

"라틴 지구 근처?"

그렇다면 차이나타운일 수도 있었다. 나는 예리하게 한번 넘겨짚어 보았다.

"웨이벌리 플레이스?"

그 말에 그가 펄쩍 뛰듯 놀랐다.

"어떻게 아셨어요?"

"난 탐정이야. 난 다 알아. 창리칭에 대해서 들어 본 적 있어?"

"아뇨."

어리둥절한 그의 표정을 보며 나는 웃음이 터져 나오려는 것을 애써 참았다.

처음 내가 이 청년을 보았을 때 그는 웨이벌리 플레이스에 있는 집에서 나오고 있었고, 등 뒤로 중국 여자의 얼굴이 희미하게 내비쳤다. 그 집은 길을 사이에 두고 식료품점과 마주 보고 있었다. 창의 집에서 나와 이야기를 나눈 중국인 아가씨는 노예 소녀라는 실마리를 주고 바로 그 집으로 유인했다. 마음이 약한 잭은 똑같은 덫에 빠져들었고, 그 아가씨가 창리칭과 관련이 있다는 사실도 창의 존재도 알지 못할 뿐만 아니라 창과 휘슬러가 한패거리라는 사실을 모르고 있었다. 이제 곤경에 빠진 잭은 또 그 아가씨한테 가서 몸을 숨길 작정이었다!

나는 게임이 이런 방향으로 풀려 나가는 것이 마음에 들지 않았다. 그는 덫으로 걸어 들어가고 있었지만, 나에겐 아무 상관 없는 일이었고, 차라리 그렇게 해서 그가 나를 도울 수 있기를 바랐다.

"친구 이름은 뭔가?"

내가 물었다.

그가 망설였다.

"식료품 가게 맞은편 집에 사는 아담한 여자 이름이 뭐냐니까?"

좀 더 확실하게 물었다.

"슈슈예요."

"좋아. 자네는 거기로 가. 숨기엔 훌륭한 곳이지. 앞으로 내가 중국인 아이를 통해서 자네한테 소식을 전하고 싶으면 어떻게 자네를 찾아야 하지?"

나는 그의 멍청함을 부추겼다.

"건물로 들어가면 왼쪽에 계단이 있어요. 두 번째랑 세 번째 계단에는 경보 장치 같은 게 붙어 있으니까 밟으면 안 돼요. 계단 난간도요. 2층에 올라가서는 다시 왼쪽으로 방향을 틀어야 해요. 복도가 어두워요. 복도 오른쪽으로 난 문 가운데 두 번째 문으로, 오른쪽 두 번째 문으로 들어 가면 방이 나와요. 문과 마주 보는 벽 쪽에 옷장이 놓여 있는데 낡은 옷 뒤로 문이 숨겨져 있어요. 그 방에 사람이 있으면 대개 문이 열려 있으 니까 그리로 지나가려면 기회를 포착해야 할 거예요. 그 방에는 밖으로 작은 발코니가 나 있는데, 양쪽 창문으로 나갈 수 있어요. 발코니 양쪽 옆면은 막혀 있어서 낮게 웅크리면 길에서나 다른 집에서 보이지 않아 요. 발코니 반대편 끝 쪽에는 바닥 널빤지 두 개가 들려요. 그리로 내려 가면 벽 사이에 있는 작은 공간이 나오죠. 거기에 달린 쪽문을 열고 또 다시 내려가면 똑같이 작은 공간이 있고 아마 내가 거기 있을 거예요. 건물 맨 밑바닥에 있는 방에서도 계단을 내려가 빠져나가는 방법이 있 다는데 그쪽 길로는 나도 가본 적 없어요."

복잡하기도 하지! 내가 듣기엔 어린아이 놀음 같았다. 하지만 그렇듯 얼토당토않은 설명의 연속인데도 우리의 명청이 청년은 꿈쩍도 하지 않았다. 그는 그 모든 설명을 진지하게 받아들였다.

"그렇게 하면 되겠군! 자네는 가능한 한 곧 그리로 가는 게 좋겠고, 내가 연락을 할 때까지 거기서 지내도록 해. 내가 보내는 친구는 한쪽 눈에 안대를 하고 있을 테니까 알아볼 수 있겠지만, 아무래도 암호를 정해 놓는 게 낫겠군. 아무렇게나, 그걸로 암호를 정하지. 길 쪽 출입문은 잠겨 있나?"

"아뇨. 잠겨 있었던 적 한 번도 없어요. 그 건물에 사는 중국인이 40~50명이나 있어서, 어쩌면 100명일지도 모르죠, 그래서 문은 잠가 두지 않는 것 같아요."

"좋아. 이제 가보게."

10

그날 밤 10시 15분에 나는 웨이벌리 플레이스 식료품 가게 건너편 건물의 문을 열고 들어갔다. 슈슈와 약속한 데이트 시간보다 1시간 45분 이른 시각이었다. 9시 55분에 전화를 걸어 온 딕 폴리는 휘슬러가 스포포드 골목에 있는 빨간 대문으로 들어갔다고 알려 주었다.

실내가 어둡다는 것을 깨달은 나는 문을 조용히 닫고 거손이 일러 준 유치한 약도 설명에 정신을 집중했다. 우스꽝스러운 설명이라는 것은 알지만, 그렇다고 다른 길을 알지 못했으므로 그런 생각은 도움이 되지 못했다.

계단 때문에 꽤 골치가 아팠지만 난간을 건드리지 않고 두 번째와 세 번째 계단을 건너뛰어 계속해서 올라갔다. 복도에서 두 번째 문을 발견했고, 방 안에 놓인 옷장과 옷장 뒤쪽에 감춰진 비밀 문도 찾아냈다. 문 틈으로 빛이 새어 나왔다. 귀를 기울여 보았지만 아무 소리도 들리지 않았다.

문을 밀어 열었다. 방은 비어 있었다. 안에서는 등잔불에서 연기가 솟아오르며 기름 냄새를 풍겼다. 가장 가까운 창문을 들어 올려 열었지만 아무 소리도 나지 않았다. 이해할 수 없는 일이었다. 끽 소리 한 번이면 거손이 위험을 감지했을 텐데.

발코니에 나간 나는 일러 준 대로 몸을 낮게 웅크렸고, 캄캄한 구멍으로 연결되는 바닥의 헐렁한 널빤지를 찾아냈다. 발을 먼저 넣고 내려가려니 벽이 비스듬해 수월했다. 벽 사이에 대각선으로 널빤지를 기대 놓은 부분인 듯했다. 그곳은 환기가 되지 않아 답답했는데, 나는 원래 좁은 구멍을 좋아하지 않는다. 재빨리 아래로 내려가 두툼한 벽 사이에 자리 잡은 듯한 길고 좁은 작은 방에 당도했다.

그곳엔 빛이 들어오지 않았다. 손전등을 비춰 보니 5, 6미터 정도 길이에 폭은 1미터를 조금 넘을 듯한 방에 탁자와 소파, 의자 두 개가 놓여 있었다. 나는 바닥에 깔린 러그를 들춰 보았다. 거기 쪽문이 있었는데, 워낙 마감이 조악하여 바닥과 차이가 두드러졌다.

바닥에 배를 깔고 쪽문에 귀를 댔다. 아무 소리도 들리지 않았다. 쪽문을 한 뼘쯤 들어 올렸다. 어둠 속에서 희미하게 웅얼거리는 사람 목소리가 들려왔다. 나는 쪽문을 활짝 열어젖혀 손쉽게 바닥에 내려놓은 뒤 머리와 어깨를 구멍 아래로 내려보냈고, 그제야 문이 두 개라는 사실을 알아차렸다. 아래쪽에 또 하나의 문이 있었는데, 아래쪽 방의 천장에 달려 있는 문이 분명했다.

조심스럽게 그 문 위로 두 발을 올렸다. 쪽문이 대번에 아래로 휙 열렸다. 나는 빛 속으로 떨어졌다. 머리 위로 쪽문이 무너져 내렸다. 나는 슈슈를 붙잡고 한 손으로 그녀의 작은 입을 가려 제때에 소리를 막을 수 있었다.

"잘 있었나. 오늘은 심부름을 해줄 아이가 쉬는 날이라 내가 직접 왔네."

소스라치게 놀라는 거손에게 내가 말했다.

"안녕하세요."

그가 헐떡이며 대꾸했다.

둘러보니 끝 쪽에 칠하지 않은 나무 문이 있기는 해도, 벽 사이에 놓인 찬장도 그렇고 방금 내가 떨어져 내려온 방과 복사판처럼 똑같은 공간이었다.

나는 슈슈를 거손에게 넘기며 당부했다.

"조용히 시키게, 내가⋯⋯"

문고리가 달각거리는 소리에 나는 입을 다물었다. 재빨리 몸을 날려 문의 경첩이 접히는 쪽 뒤로 간 순간 문이 열렸다. 문에 가려져 침입자가 누구인지 볼 수가 없었다.

문이 활짝 열렸지만, 거손의 파란 눈과 그의 입만큼은 아닐 터였다. 나는 문을 밀며 권총을 뽑아 들고 앞으로 한 걸음 나섰다.

어디선가 나타난 여왕이 그곳에 서 있었다!

키가 크고 꼿꼿한 자태에 자부심이 넘치는 여자였다. 수십 개의 보석이 박힌 나비 모양의 머리 장식 때문에 키가 더욱 커 보였다. 진보라색 드레스엔 금박을 입혀 무지개가 생명을 얻어 지상으로 내려온 듯했다.

옷은 아무것도 아니었다!

그녀는……, 아무래도 이렇게 설명해야 정확할 것 같다. 슈슈는 상상 가능한 여성의 아름다움을 완벽하게 재현해 놓은 미모였다. 슈슈는 완벽했다! 그런데 이 여왕 같은 존재가 나타나자 슈슈의 미모는 사라져 버렸다. 그녀는 태양 앞의 촛불에 불과했다. 여전히 그녀는 예뻤다. 따지고 들자면 문가에 선 여인보다 더 예뻤지만, 그럼에도 그녀에겐 조금도 관심이 가지 않았다. 슈슈는 예쁜 여자였다. 문가에 선 이 왕족 같은 여인은…… 나로선 뭐라 표현할 길이 없다.

"하느님 맙소사! 난 전혀 몰랐어요!"

거손이 거친 목소리로 속삭였다.

"여기서 뭐 하는 겁니까?"

내가 그 여인에게 감히 물었다.

여왕은 내 말을 듣지 않았다. 그녀는 암호랑이가 뒷골목 고양이를 바라보듯 슈슈를 쳐다보고 있었다. 슈슈는 뒷골목 고양이가 암호랑이를 바라보듯 여인을 쳐다보고 있었다. 거손의 얼굴에 땀이 배어 나왔고 병든 사람처럼 입을 헤 벌리고 있었다.

"여기서 뭐 하는 겁니까?"

릴리언 샨에게 한 걸음 더 다가가며 내가 되물었다.

"여긴 내가 있어야 할 곳이에요. 나는 동포들한테 돌아왔어요."

그녀가 노예 소녀에게서 시선을 떼지 않은 채 천천히 말했다.

그 말은 순전히 허풍이었다. 나는 눈을 휘둥그렇게 뜨고 있는 거손에게 돌아섰다.

"슈슈를 데리고 윗방으로 가서, 필요하다면 목이라도 졸라 조용히 시키게. 나는 샨 양과 이야기를 해야겠어."

여전히 멍한 채로 그는 탁자를 쪽문 아래로 밀어 놓고 그 위에서 천장 구멍으로 올라가, 아래로 손을 뻗었다. 슈슈는 발길질을 하며 할퀴어 댔지만 나는 그녀를 거손에게 올려 보냈다. 그러고 나서 릴리언 산이 들어왔던 문을 닫고 그녀와 마주 섰다.

"여긴 어떻게 들어온 겁니까?"

"당신과 헤어지고 나서, 인흥이 뭐라고 말할지 나는 알고 있었으니까 집으로 갔어요. 직업소개소에서 인흥이 한 말을 들었으니까요. 집에 가서는…… 집에 가서는 내가 있어야 할 곳인 이곳으로 와야겠다고 결심했어요."

"말도 안 되는 소립니다! 집에 가보니 창리칭이 보낸 전갈이 와 있었겠죠, 이리로 오라고 명령하는 내용으로요."

내가 반박했다.

그녀는 나를 쳐다보며 아무 말도 하지 않았다.

"창이 원하는 게 뭐였습니까?"

"어쩌면 나를 도와줄 수 있을 것 같다더군요, 그래서 난 여기 있기로 했어요."

더 말이 되지 않는 소리였다.

"거손이 위험에 처했다고 창이 이야기했겠죠. 휘슬러와 갈라섰다고."

"휘슬러라뇨?"

"당신은 창과 거래를 했군요."

그녀의 질문을 못 들은 척 그녀를 비난했다. 그녀가 휘슬러라는 이름을 모를 가능성이 있었다.

그녀는 머리 장식에 달린 보석을 쩔렁거리며 고개를 흔들었다.

"거래는 없었어요."

그녀가 나를 지나치게 빤히 바라보며 말했다.

나는 그녀의 말을 믿지 않았다. 그래서 그렇다고 말했다.

"당신은 창에게 집을 내주는 대신, 혹은 집을 사용하게 해주는 대신 약속을 받았겠죠."

멍청이라는 단어가 제일 먼저 떠올랐지만 나는 다른 말로 바꾸어 말했다.

"거손을 휘슬러한테서 구해 주겠다고, 그리고 당신도 법망을 피하게 해주겠다고."

그녀는 어깨를 당당히 폈다.

"그래요."

차분하게 그녀가 말했다.

나는 약해지고 있음을 깨달았다. 어느 나라의 여왕처럼 보이는 이 여자는 내가 원하는 대로 다루기가 호락호락하지 않았다. 나는 그녀가 남자 같은 옷을 입고 형편없이 매력 없는 모습일 때부터 알던 사람임을 상기했다.

"엉덩이를 맞아야 정신을 차리겠군요! 이제 와서 사기꾼 패거리와 새삼 엮이지 않아도 이미 겪고 있는 문제가 넘치지 않던가요? 휘슬러는 만나 봤습니까?"

내가 호통을 쳤다.

"위층에 남자가 하나 있기는 해요. 이름은 모르겠어요."

나는 주머니를 뒤져 그가 샌퀜틴 교도소로 들어갈 때 찍힌 사진을 찾아냈다.

"그 사람 맞아요."

사진을 보여 주자 그녀가 말했다.

"참 훌륭한 동업자를 골랐군요. 그자의 말을 한 마디라도 믿을 가치가 있다고 생각해요?"

나는 분통을 터뜨렸다.

"나는 그자의 말을 받아들인 게 아니에요. 창리칭의 말을 믿은 거죠"

그녀는 다시 한 번 등과 목을 꼿꼿하게 펴고 눈높이에 시선을 고정했다. 릴리언 샨이 만주국 공주 행세를 하며 자꾸만 나를 밀어내고 있었기 때문에 짜증이 났다.

"제발 멍청이처럼 굴지 말아요! 당신은 거래를 했다고 생각하겠죠. 놈들은 당신을 끌어들인 거예요! 놈들이 당신 집을 무슨 용도로 쓸 것 같습니까?"

그녀는 나를 깔보려 했다. 나는 다른 각도로 공격을 시도했다.

"좋습니다, 당신은 누구와 거래를 하든 상관 안 하는 사람이니까, 나랑 거래합시다. 어쨌거나 여전히 나는 장차 휘슬러를 감옥에 보낼 사람이니까 그 작자의 말이 그럴듯했다면 내 말은 훨씬 더 값어치가 있겠죠. 거래 내용이 뭔지 말해요. 꽤 괜찮은 거래 조건이라면, 나도 여기서 기어 나가 다 잊어버리겠다고 약속하죠. 하지만 내게 털어놓지 않는다면 제일 먼저 눈에 띄는 창문에 대고 총알을 다 쏘아 버릴 겁니다. 그럼 이 근방에선 총 한 방에 얼마나 많은 경찰이 몰려드는지, 얼마나 빨리 달려오는지 놀라며 지켜보게 되겠죠"

나의 협박에 그녀의 얼굴에 살짝 핏기가 돌아왔다.

"이야기하면 아무 짓도 하지 않겠다고 약속하는 거죠?"

"내 말을 반만 알아들었군요. 내가 생각하기에도 거래 조건이 괜찮은 수준이라면 입을 다물겠다고 했잖아요"

내가 다시 한 번 강조했다.

그녀는 입술을 깨물며 손가락을 잡아 비틀다가 드디어 입을 열었다.

"창리칭은 중국에서 이뤄지는 항일운동의 지도자 가운데 한 사람이에요. 쑨원이 ─ 중국 남부와 이곳에서 부르는 이름은 쑨얏센이죠 ─ 사망한 뒤로 일본인들은 과거 어느 때보다 중국 정부에 대한 지배력을 키워 왔어요. 창리칭과 그의 동료들은 쑨원의 과업을 잇고 있고요. 우리만의 정부를 세워, 때가 오면 일본 침략에 맞설 수 있는 애국자들을 충분히 많이 키워서 무장시키는 것이 무엇보다도 우선적인 과업이죠. 우리 집은 그런 용도로 사용될 거예요. 우리 집에서 총과 탄약을 작은 배에 싣고 나가 먼 바다에서 기다리고 있는 대형 선박까지 운반하는 거죠. 당신이 휘슬러라고 부르는 남자는 무기를 중국까지 옮겨 줄 배의 선주예요."

"그럼 하인들의 죽음은 어떻게 된 거죠?"

내가 물었다.

"완란은 중국 정부가 보낸, 일본을 위해서 일하는 첩자였어요. 내가 보기에 왕마의 죽음은 사고였던 것 같지만, 그 여자 역시 첩자로 의심을 받고 있었대요. 애국자한테 반역자의 죽음은 어쩔 수 없는 일이에요, 당신도 이해할 수 있지 않아요? 당신 나라가 위험에 빠진다면 당신네 국민들도 그렇게 할 거예요."

"거손은 주류 밀수 이야기를 하던데요. 그건 어떻게 생각합니까?"

"그 사람은 그 이야기를 믿었어요."

그녀는 거손이 사라진 천장 쪽문을 올려다보며 부드럽게 미소를 지었다.

"그 사람들이 거손에게 그렇게 이야기한 건 그를 믿을 수 있을 만큼 잘 알지 못했기 때문이었어요. 그 사람한테 하역 작업을 돕도록 허락하지 않은 것도 그래서고요."

그녀가 손을 뻗어 내 팔을 잡았다.

"그냥 이곳을 빠져나간 뒤에 비밀을 지켜 줄 거죠? 이런 일은 당신 나라의 법에 위배되는 일이지만 자기 조국의 명운을 지키기 위해서라면 당신도 다른 나라의 법 같은 건 어기지 않겠어요? 4억이나 되는 사람들이 자기네를 착취하려 드는 외세 인종과 맞서 싸울 권리도 없나요? 도광제* 시대 이후 나의 조국은 세계열강의 각축장이 되었어요. 치욕스러운 시대를 끝장내겠다는 애국자 중국인들에게 아까울 것이 뭐가 있겠어요? 당신이라면 동포의 해방을 위한 길에 한 몸 바치지 않겠어요?"

릴리언 샨이 간곡히 말했다.

"그들의 승리를 빕니다, 하지만 당신은 속았어요. 당신 집으로 들여간 유일한 총은 놈들 주머니에 있는 것뿐이었다고요! 그런 식으로 무기를 옮기려면 배 한 척 분량 나르는 데 1년은 걸리겠네요. 어쩌면 창이 중국으로 무기를 나르고 있을지도 모르겠군요. 그럴 가능성은 있어요. 하지만 당신 집을 통해서는 아닙니다.

내가 거기 갔던 날 밤 막노동꾼들이 몰려왔죠. 나가는 게 아니라 들어왔다고요. 그들은 해변 쪽에서 집으로 들어와 차를 타고 떠나갔습니다. 휘슬러가 혹시 창을 위해서 무기를 들여오느라 일꾼들을 데려갔는지도 모르죠. 그자는 1,000달러만 주면 그 누구를 위해서라도 무엇이든 구할 수 있는 인물이니까요. 문제는 방법이겠죠. 그자는 창을 위해 무기를 공급하며 동시에 자기 물건도 운반해, 오며 가며 엄청난 이윤을 내고 있어요. 막노동꾼과 아편도 분명 취급하겠죠. 무기 거래만으로는

---

*1782~1850. 중국 청나라 8대 황제로. 1차 아편전쟁(1839~1842)에서 패배한 이후 난징조약을 맺어 영국 상인들에게 5개 항을 개방했고 홍콩을 영국에 할양했다.

돈벌이가 충분하지 않았던 겁니다.

무기는 다른 물건으로 가장하면 부두에서 주기적으로 얼마든지 하역이 가능해요. 당신 집은 배가 돌아갈 때 이용할 수단이겠죠. 막노동꾼과 아편 밀수에 창리칭도 관련이 되어 있는지 아닌지는 모르지만, 휘슬러가 무기만 무사히 운반해 준다면 그자가 무슨 짓을 하든 내버려 둘 게 뻔합니다. 그러니까, 당신은 사기를 당한 거라고요!"

"하지만……"

"하지만이고 뭐고 필요 없어요! 당신은 막노동꾼 밀수에 가담함으로써 창을 돕고 있습니다. 그리고 짐작건대, 당신 하인들은 첩자라서 죽은 게 아니라 당신을 배신하려 들지 않았기 때문에 죽었을 겁니다."

그녀는 창백해진 얼굴로 약간 비틀거렸다. 나는 그녀가 침착함을 회복하도록 내버려 두지 않았다.

"창이 휘슬러를 믿는다고 생각해요? 두 사람이 다정해 보이던가요?"

나는 그 노인이 사기꾼을 믿을 리 없다는 걸 알고 있었지만, 무언가 세부적인 정보가 필요했다.

"아……뇨. 사라진 배에 대한 이야기가 오갔어요."

그녀가 천천히 대꾸했다.

그거면 충분했다.

"둘이 아직도 같이 있습니까?"

"네."

"거긴 어떻게 가야 하죠?"

"계단을 내려가서 지하실을 똑바로 가로지른 다음에, 반대편 계단으로 두 층 더 올라가세요. 2층 계단참 바로 오른쪽 방에 있어요."

고맙게도 한 번은 직통으로 가는 길을 나도 알게 되었다!

나는 탁자에 뛰어올라 천장을 두들기며, "내려오게 거손, 보호인도 데리고 내려와" 하고 말했다.

"둘 다 내가 돌아올 때까지 여기서 꼼짝도 하지 말아요."

멍청이 청년과 릴리언 샨이 한자리에 모이자 내가 두 사람에게 말했다.

"슈슈는 내가 데려가겠습니다. 아가씨는 나하고 가, 가다가 악당을 만나면 당신이 이야기를 해줘야 해. 우리는 창리칭을 만나러 간다, 알겠지?"

내가 인상을 썼다.

"한 번이라도 소리를 질렀다간……"이라고 말하며 나는 슈슈의 목을 움켜잡고 가볍게 눌렀다.

그녀는 깔깔 웃음을 터뜨려 그 효과를 약간 반감시켰다.

"창한테 가자고."

명령을 내린 뒤 그녀의 한쪽 어깨를 잡고 문 쪽으로 밀어냈다.

우리는 캄캄한 지하실로 내려가 반대편 계단을 찾아 어둠을 가로지른 다음 다시 계단을 오르기 시작했다. 우리의 행보는 더뎠다. 전족을 한 여자의 발은 빠르게 걷는 데 적합하지 않았다.

우리는 희미하게 불이 켜진 1층을 돌아 2층으로 올라갔다. 막 방향을 틀었을 때 뒤쪽에서 발소리가 들려왔다. 나는 여자를 번쩍 들어 두 계단 올라가 조명이 비치지 않는 곳에 숨겨 놓고 옆에 웅크려 꼼짝도 하지 못하도록 결박했다. 구겨진 평상복을 입은 중국인 넷이 1층 복도에서 나와 우리 쪽은 쳐다보지도 않고 계단을 내려갔다.

슈슈가 붉은 꽃 같은 입을 벌려 오클랜드에서도 들을 수 있을 만큼 요란한 비명을 질렀다.

나는 욕설을 지껄이며 여자를 놓아준 뒤 계단을 뛰어오르기 시작했다. 중국인 넷이 쫓아왔다. 앞쪽 계단참에도 창리칭을 지키던 거구의 레슬링 선수 하나가 모습을 드러냈다. 큼지막한 손에는 30센티미터 길이의 얇은 쇳덩이를 들고 있었다. 나는 뒤를 돌아보았다.

슈슈는 계단 아래 걸터앉아 어깨에 얼굴을 기댄 채 온갖 종류의 비명과 고함을 실험하고 있었고, 인형 같은 얼굴엔 장난기 어린 웃음이 가득했다. 계단을 올라오던 황인종 남자 하나가 자동 권총을 발사했다.

나는 무거운 다리를 놀려 계단 꼭대기에 버티고 있는 식인종을 향해 달려갔다.

그가 위쪽에서 나를 잡으려고 몸을 가까이 수그릴 때 나는 몸을 피하지 않았다.

날아간 내 총알에 그의 식도가 튀어나왔다.

권총으로 그의 얼굴을 밀어내자 그가 내 옆으로 굴러 떨어졌다.

손 하나가 내 발목을 잡았다.

계단 난간을 잡고 버티며 나는 다른 쪽 발을 허공에 날렸다. 무언가가 내 발을 막았다. 아무것도 나를 멈추지 못했다.

계단을 끝까지 올라가 오른쪽 문으로 달려든 순간 날아온 총알에 천장 일부가 떨어져 내렸다.

나는 문을 확 잡아당겨 열고 안으로 뛰어들었다.

또 한 사람의 식인종 거인이 나를 붙잡았다. 80킬로그램이 넘는 나를 그는 고무공을 집어 드는 아이처럼 가뿐하게 들어 올렸다.

방 건너편에는 창리칭이 통통한 손가락으로 가느다란 수염을 쓸어내리며 나에게 미소를 지었다. 그 옆에는 내가 휘슬러라고 알고 있는 남자가 살집 많은 얼굴을 씰룩거리며 의자에서 엉거주춤 일어나 있었다.

"사냥꾼의 왕자를 환영하오."

창이 말하고 나서, 나를 붙잡고 있는 식인종에게 중국어로 몇 마디 덧붙였다.

식인종이 나를 내려놓더니 돌아서서 문을 닫아 뒤쫓아 오던 자들을 차단했다.

휘슬러는 핏발 선 눈으로 나를 노려보며 다시 자리에 앉았다. 투실투실한 그의 얼굴에선 즐거움을 찾아볼 수 없었다.

나는 먼저 권총을 옷 속에 집어넣고 노인을 향해 방을 가로지르기 시작했다. 그에게로 가며 나는 무언가를 눈치챘다.

휘슬러의 의자 뒤쪽으로 벨벳 커튼이 약간 튀어나와 있었다. 전에도 커튼이 움직이는 것을 본 사람이 아니라면 알아차리지 못할 만큼 미세한 움직임이었다. 그러니까 창리칭도 동업자를 전혀 믿지 못한다는 의미였다!

"보여 드리고 싶은 게 있습니다."

나는 노인 앞으로, 아니, 노인 앞에 놓인 탁자 앞으로 가서 늙은 중국인에게 말했다.

"원수 갚는 자들의 아버지가 가져온 물건을 구경하는 기회라면 그 무엇이든 이 사람의 눈에 주어진 특권이로다."

"제가 듣자 하니, 중국으로 출발한 물건이 모두 당도하지 않았다더군요."

주머니에 한 손을 찔러 넣으며 내가 말했다.

휘슬러가 다시 자리에서 벌떡 일어났고, 이를 악문 채로 얼굴이 붉게 변했다. 창리칭이 그를 쳐다보자 그가 다시 의자에 앉았다.

나는 가슴에 욱일승천기 모양의 훈장을 단 채로 일본인 무리와 함께 서 있는 휘슬러의 사진을 꺼냈다. 창리칭이 과거의 사기극에 대해선 들어 본 적도 없고 훈장이 가짜라는 것도 알지 못하기를 바라며, 사진을 탁자 위에 내려놓았다.

휘슬러가 고개를 쭉 뺐지만 사진을 볼 순 없었다.

창리칭은 양손을 맞잡은 채로 예리하지만 상냥한 눈초리로 온화한 표정을 지으며 한참 동안 사진을 들여다보았다. 그의 얼굴에선 근육 하나 움직이지 않았다. 눈빛에도 전혀 변함이 없었다.

오른손 손톱으로 마주 잡은 왼 손등을 서서히 가로질러 붉은 상처를 냈을 뿐이었다.

"지혜로운 사람과 함께 어울리면 지혜를 얻게 된다는 말이 참으로 맞도다."

그가 나직이 말했다.

그가 마주 잡았던 손을 풀고 사진을 들어 뚱뚱한 남자에게 내밀었다. 휘슬러가 사진을 받아 들었다. 그의 얼굴이 잿빛으로 변하며 눈이 튀어나올 듯 씰룩거렸다.

"아, 이건……"

그는 말문을 열었지만 변명을 중단하고 사진을 무릎에 떨어뜨리더니 패배를 인정하는 사람처럼 앉은 채로 축 늘어졌다.

그의 태도에 나는 어리둥절해졌다. 그와 논쟁을 벌일 것을 예상하고 있었고, 훈장이 가짜가 아니라는 사실을 창에게 납득시켜야 할 것이라고 생각했었다.

"이것에 대한 보상으로 그대는 바라는 것을 손에 넣을 수 있을 것이오."

창리칭이 나에게 말하고 있었다.

"릴리언 산과 거슨을 풀어 주시고, 여기 있는 어르신의 뚱보 친구와 함께 살인 사건에 관련된 자들은 전부 넘겨주시기 바랍니다."

창은 잠시 눈을 감았다. 그의 둥근 얼굴에서 나는 처음으로 지친 기색을 보았다.

"그들은 데려가도 좋소."

그가 말했다.

"물론 어르신과 샨 양 사이에 맺어진 거래는 모두 취소입니다. 이 친구를 확실히 교수대로 보낼 수 있도록 약간의 증거가 필요할지도 모르겠군요."

내가 휘슬러 쪽으로 고갯짓을 하며 말했다.

창이 꿈을 꾸듯 미소를 지었다.

"유감스럽게도 그것은 불가하오."

"어째서……?"

나는 말문을 열었다가 입을 닫았다.

휘슬러 뒤쪽으로 커튼이 툭 튀어나와 있던 부분이 지금은 사라졌음을 알아차렸다. 의자 다리 하나가 조명 아래 번쩍거렸다. 휘슬러가 앉은 의자 아래쪽으로 붉은 웅덩이가 번져 갔다. 굳이 그의 등 뒤를 보지 않아도 그가 교수형 이상의 처벌을 받았음을 알 수 있었다.

"그건 별개의 문제입니다. 이제 진지하게 이야기를 해봐야겠군요."

내가 의자 하나를 발로 차 탁자 가까이 놓으며 말했다.

나는 자리에 앉았고 우리는 회의에 돌입했다.

11

이틀 뒤 경찰과 언론, 대중이 모두 만족할 만한 수준으로 모든 것이 밝혀졌다. 휘슬러는 등을 찔려 죽은 지 몇 시간 만에 뒷골목에서 발견되었는데, 주류 밀수를 둘러싼 전쟁에서 살해되었다는 후문이었다. 후문은 체포되었다. 릴리언 샨에게 현관문을 열어 주었던 금니를 해 박은 중국 청년도 체포되었다. 다른 다섯 명도 잡혀갔다. 운전기사 인훙과 이들 일곱 명은 결국 각각 종신형을 선고받았다. 그들은 모두 휘슬러의 수하였고, 창리칭은 눈 하나 깜짝하지 않고 그들을 희생시켰다. 범인들은 나만큼이나 창이 공모자라는 증거를 갖고 있지 못했으므로, 그들에게 불리한 증거 대부분은 창이 나에게 제공한 것임을 알면서도 창에게 반격할 수가 없었다.

릴리언 샨과 창, 그리고 나 외에는 거손의 가담 사실을 알지 못했으므로 그는 무사히 빠져나와 대부분의 시간을 여자 집에서 자유로이 보낼 수 있게 되었다.

나에게는 창리칭을 함께 엮어 넣을 수 있을 만한 증거가 없었고, 확보할 수도 없었다. 그의 불타는 애국심과 별개로, 그 늙은이를 잡아넣을 수만 있다면 나는 오른쪽 눈이라도 걸고 싶은 심정이었다. 그럴 수만 있다면 고향에 편지라도 써 보낼 만한 자랑스러운 사건이 될 터였다. 하지만 그를 잡아넣을 가능성은 없었으므로, 그가 자신과 친구들을 제외한 모든 것을 나에게 넘겨주는 거래를 성사시켰다는 데 만족하는 수밖에 없었다.

비명을 질러 대던 노예 소녀, 슈슈에게 무슨 일이 일어났는지는 나도 알지 못한다. 그녀는 무사히 빠져나올 만한 자격이 있었다. 창을 찾아가 그녀의 행방을 물을 수도 있었겠지만 나는 얼씬도 하지 않았다. 창은 사진 속의 훈장이 가짜라는 사실을 알게 되었다. 나는 그가 보낸 편지를 받았다.

비밀의 폭로자에게 안부와 깊은 사랑을 전하며,

한 사람의 애국심에 불타는 열정과 타고난 어리석음에 맹목이 더해져 귀중한 쓰임새의 도구를 깨뜨리고 말았으니, 세속적인 밀약의 행운이라 해도 해결사의 황제가 지닌 불가항력의 의지와 놀라운 지능에 맞서 두 번 다시 허약한 재주를 휘두르진 않으리라.

여러분은 이것을 어떻게 받아들여도 상관없다. 하지만 나는 편지를 보낸 인물을 알기에, 중국 음식점에서 식사하기를 관뒀으며 두 번 다시 차이나타운에 가는 일은 절대 없기를 바란다는 사실을 순순히 인정하는 바이다.

쿠피냘 섬의 약탈
The Gutting of Couffignal

1

쐐기 모양의 쿠피냘 섬은 면적이 넓지도 않고, 육지에서 그리 멀지도 않아 목재 다리로 연결되어 있다. 높고 깎아지른 절벽으로 이뤄진 섬의 서쪽 해안은 샌파블로 만에서 돌연 우뚝 솟아오른 듯한 모습이다. 섬은 이 절벽 꼭대기부터 동쪽으로 향하면서 완만하게 경사를 이뤄 매끄러운 자갈 해변까지 이어지며 다시 바다와 만나고, 그곳엔 부두들과 클럽하우스, 유람선들이 모여 있다.

해변을 따라 나란히 뻗어 있는 쿠피냘 섬의 중앙로에는 평범하게 은행과 호텔, 영화관, 상점들이 자리 잡고 있다. 하지만 좀 더 세심하게 건물을 배치하고 보존한 섬의 중앙로는 대다수의 흔한 중심가와 규모부터 다르다. 도로 양옆으로는 나무와 산울타리와 잔디밭이 가지런히 정비되어 있고 요란한 간판은 보이지 않는다. 건물들은 마치 같은 건축가가 설계한 듯 서로 조화를 이루고, 가게에 들어가면 최고의 도심 상점에 버금가는 고급 상품을 만나게 된다.

비탈 아래쪽 저지대 근방에 깔끔하게 줄지어 늘어선 작은 주택들 사이로 생겨난 격자형 도로는 절벽을 향해 점점 고도가 높아지면서 구불구불한 산울타리 도로로 이어진다. 길을 따라 언덕을 오를수록 집들은 점점 더 간격이 멀어지고 규모도 더 커진다. 이렇듯 높은 언덕에 자리 잡은 집에 사는 이들은 섬의 소유주와 지배층 들이다. 그들은 대부분 부유한 노신사들로, 젊은 시절 세상에서 양손으로 움켜쥐었던 재물을 안전한 비율로 비축해 두었다가, 여생을 건강이나 돌보면서 비슷비슷한 사람들끼리 골프 연습이나 하고 지낼 요량으로 섬에 땅을 사둔 사람들이었다. 그들은 자기네가 편안하게 보살핌을 받는 데 필요한 만큼 수많은 상점 주인들과 일하는 사람들, 유사한 하층민들을 섬으로 불러들였다.

그런 곳이 바로 쿠피냘이다.

자정이 얼마쯤 지난 시간이었다. 나는 쿠피냘에서 가장 큰 집의 2층에서, 값어치가 50달러부터 10만 달러에 이르는 결혼 선물에 둘러싸여 앉아 있었다.

사설탐정에게 주어지는 온갖 종류의 일 가운데 (콘티넨털 탐정사무소에서는 취급하지 않는 이혼 업무는 제외하고) 나는 결혼식이 제일 싫다. 보통 때는 어떻게든 피하는 편인데 이번엔 그럴 수가 없었다. 일을 맡기로 되어 있던 딕 폴리가 바로 전날 불친절한 소매치기한테 얻어맞아 눈두덩에 검은 멍이 들고 말았다. 그래서 딕이 빠지고 내가 투입되었다. 당일 아침 샌프란시스코에서 여객선을 두 시간이나 타고 와서 다시 자동차로 갈아타고 쿠피날에 온 나는 다음 날 돌아갈 예정이었다.

세부적으로는 보통의 결혼식보다 좋지도 나쁘지도 않은 예식이었다. 결혼식은 언덕 아래 돌로 지은 작은 교회에서 거행되었다. 그러고 나서는 피로연 하객들로 집 안이 북적거리기 시작했다. 신랑 신부가 동부로 가는 기차를 타러 빠져나가고 난 뒤에도 한참 동안이나 집 안은 계속해서 인파로 넘쳤다.

그곳은 세상을 잘 재현해 놓은 축소판 같았다. 해군 제독도 있고 영국에서 온 백작도 한두 사람 있었다. 남아메리카 어느 나라의 전직 대통령, 덴마크인 남작, 뚱뚱하고 대머리에 검게 구레나룻을 기른 쾌활한 러시아 장군을 비롯해 자기보다 신분이 낮은 귀족들한테 둘러싸여 있는 키가 크고 젊은 러시아 공주도 한 사람 있었다. 러시아 장군은 프로권투 시합에 대해 관심은 많은데 아는 게 별로 없다면서 나와 꼬박 한 시간이나 권투 이야기를 나누었다. 어느 중앙 유럽 국가의 대사와 대법관도 와 있고, 딱히 내세울 것은 없지만 명문가와 유사 명문가 출신 사람들이 떼거지로 몰려 있었다.

이론적으로 결혼 선물을 지키러 온 탐정은 다른 하객들과 구분되지 않도록 스스로 행동을 조심해야 한다. 하지만 현실에서는 절대로 일이 그렇게 돌아가지 않는다. 전리품이 시야에 들어오는 거리 안에서 대부분의 시간을 보내야 하므로 사람들 눈에 쉽게 띄기 때문이다. 그뿐 아니라, 하객들 가운데 내가 얼굴을 알아본 열 명 안팎의 사람들은 우리 탐정사무소의 현 고객이거나 예전 고객이라 그들도 나를 알아보았다. 하지만 탐정으로서의 존재가 알려졌다고 해서 사람들이 생각하는 것만큼 큰 차이가 있는 것은 아니므로, 모든 일은 순조롭게 흘러갔다.

얼근하게 와인에 취한 데다 장난꾸러기로서의 명성을 이어 갈 필요가 있다고 생각한 신랑 친구 몇몇이 결혼 선물을 전시해 놓은 방으로 몰래 들어가 선물 몇 개를 훔쳐 피아노에 숨겨 놓으려고 했다. 그러나 그런 빤한 수법은 익히 예상하고 있었으므로, 상황이 도에 넘쳐 사람들이 자칫 당황하기 전에 내가 막고 나섰다.

어두워진 직후 비 냄새를 풍기는 바람이 몰려와 만 위에 폭풍 구름을 드리우기 시작했다. 먼 거리에 사는 하객들, 특히 바다를 건너야 하는 사람들은 서둘러 귀가했다. 섬에 사는 사람들은 첫 번째 빗방울이 후드득 떨어지기 시작할 때까지 머물렀다. 그러고는 그들도 떠나갔다.

헨드릭슨 저택은 정적에 빠져들었다. 연주자들과 별도로 고용했던 하인들도 가버렸다. 저택에 상주하는 하인들도 지쳐 각자의 방을 향해 사라지기 시작했다. 샌드위치를 좀 찾아낸 나는 책 몇 권과 편안한 안락의자 하나를 들고서, 이제는 결혼 선물이 회백색 시트 아래 감추어져 있는 방으로 올라갔다.

신부의 할아버지— 신부는 부모님이 안 계셨다 —인 키스 헨드릭슨이 문틈으로 고개를 들이밀었다.

"편안하게 지내는 데 필요한 물건은 다 마련되어 있는가?"

그가 물었다.

"네, 감사합니다."

그는 잘 자라는 인사를 한 뒤 잠자리에 들러 갔다. 키가 큰 노인은 소년처럼 날씬했다.

창문과 방문을 두루두루 살피려고 아래층으로 내려가자 비바람이 세차게 몰아치고 있었다. 1층은 문단속이 모두 안전하게 잘되어 있었고, 지하실도 마찬가지였다. 다시 2층으로 올라갔다.

스탠드 등 옆으로 의자를 끌어간 나는 샌드위치와 책, 재떨이, 권총, 손전등을 작은 탁자에 올려놓았다. 그러고는 다른 전등을 전부 끄고 파티마 담배 한 개비에 불을 붙인 뒤, 의자에 앉아 척추가 푹신한 의자 등받이에 편안하게 자리를 잡도록 몸을 꼼지락거린 다음 책을 집어 들고 밤을 지새울 준비를 했다.

책 제목은 『바다의 제왕』*이고, 세상을 자기 손아귀에 넣겠다는 소박한 계획을 품은 강인하고 거칠고 폭력적인 호가스라는 남자에 대한 이야기였다. 계략과 그에 맞서는 음모, 납치, 살인, 탈옥, 위조, 절도, 모자만 한 크기의 다이아몬드, 쿠피냘 섬보다 크지만 둥둥 떠다니는 요새가 등장했다. 이렇게 주워섬기는 걸 들으면 자칫 어지러울 것 같지만 책 속에선 10센트짜리 동전만큼이나 현실감이 넘쳤다.

호가스가 여전히 강인하게 역경을 헤쳐 나가고 있는데 정전이 되었다.

2

어둠 속에서 반짝이는 담뱃불을 샌드위치에 대고 비벼 꺼버렸다. 책을 내려놓은 나는 권총과 손전등을 집어 들고 의자에서 먼 곳으로 이동했다.

바깥 소리에 귀를 기울여 봐도 소용이 없었다. 폭풍 때문에 수백 가지 소리가 들려오고 있었다. 내가 알아내야 하는 것은 왜 전기가 나갔는가 하는 점이었다. 집 안의 다른 전등은 한참 전에 전부 다 꺼져 있었

*1901년에 발표된 M. P. 실의 소설.

다. 그러므로 복도의 어둠만으로는 아무것도 판단할 수가 없었다.

나는 기다렸다. 내 임무는 선물을 지키는 것이었다. 아직은 아무도 선물을 건드리지 않았다. 흥분할 일은 아무것도 없었다.

몇 분이 흘러갔다, 어쩌면 10분쯤.

발밑에서 바닥이 흔들렸다. 창문도 폭풍의 강도를 넘어서는 정도로 격렬하게 흔들렸다. 바람과 쏟아지는 빗소리 너머로 묵직한 폭발음이 둔탁하게 들려왔다. 가까운 곳에서 일어난 폭발은 아니었지만 섬을 벗어날 만큼 먼 곳도 아니었다.

창문으로 다가가 젖은 유리창 너머를 내다보았지만 아무것도 보이지 않았다. 저 멀리 언덕 아래쪽으로 희미하게나마 불빛이 몇 개라도 보여야 마땅했다. 보이는 불빛이 없다는 사실은 한 가지 결론으로 귀결되었다. 헨드릭슨 저택뿐만 아니라 쿠퍼날 섬 전체가 정전됐다는 의미였다.

그 편이 나았다. 폭풍 때문에 전기 설비가 고장 났을 수도 있고, 어쩌면 폭발도 그 때문일지 몰랐다.

검은 유리창으로 밖을 내다보며 나는 언덕 아래쪽에 대단한 흥분 사태가 일어나 한밤중에 움직임이 일고 있다는 느낌을 받았다. 하지만 모든 것이 너무 멀어서 불빛이 있었다고 해도 어떤 영문인지 보고 들을 수 있는 거리는 아니었고, 무엇이 움직이는지 말하기도 모호했다. 느낌은 강렬했지만 가치는 없었다. 어떤 것도 설명해 주지 못했다. 마음이 약해진 것 같다고 스스로를 다그치며 창문에서 떨어졌다.

또 한 번 폭발이 일었으므로 나는 다시 창가로 돌아갔다. 이번 폭발음은 첫 번보다 더 가깝게 들렸는데 어쩌면 더 강했기 때문일 수도 있었다. 유리창으로 다시 내다보았지만 여전히 보이는 것은 없었다. 언덕 아래쪽에서 큼지막한 것이 움직이고 있다는 느낌은 여전했다.

복도에서 맨발로 걷는 소리가 들려왔다. 걱정스레 내 이름을 부르는 목소리가 있었다. 창문에서 다시 돌아선 나는 총을 주머니에 넣고 손전등을 켰다. 파자마에 목욕 가운을 걸친 키스 헨드릭슨이 그 누구보다도 마르고 늙은 모습으로 방 안으로 들어섰다.

"혹시……"

"지진은 아닌 것 같습니다."

캘리포니아 사람들이 처음 생각하는 재난이 지진이었으므로 내가 답했다.

"조금 전에 전기가 나갔습니다. 그러고 나서 언덕 아래쪽에서 몇 번 폭발음이 들렸는데……"

나는 말을 멈추었다. 가까운 곳에서 세 발의 총성이 들려왔다. 소총을 쏘는 소리였는데, 그중에서도 화력이 가장 강한 소총에서나 날 수 있는 소리였다. 이어서 폭풍을 뚫고 먼 곳에서 권총을 쏘는 듯, 날카롭고 작은 총소리가 들려왔다.

"저건 뭔가?"

헨드릭슨이 물었다.

"총성입니다."

일부는 맨발이고 일부는 신을 신은 채 복도를 걸어 다니는 발소리가 더 많아졌다. 흥분한 목소리로 속삭여 묻거나 탄식을 뱉었다. 엄숙한 표정에 풍채가 위풍당당한 집사가 옷을 대충 걸친 채 초가 다섯 개 달린 촛대를 들고 들어왔다.

"잘했네, 브로피. 무슨 일인지 자네가 알아봐 줄 거지?"

집사가 촛대를 내 샌드위치 옆 탁자에 내려놓자 헨드릭슨이 말했다.

"알아보려 했습니다만 전화도 고장 난 듯합니다, 어르신. 올리버를 마을로 내려보내 볼까요?"

"아, 아닐세. 그렇게 중대한 일은 아닐 거야. 자네 생각엔 심각한 일인 것 같나?"

그가 나에게 물었다.

그렇진 않은 것 같다고 대답했지만, 나는 그의 말보다 바깥에 더 관심을 기울이고 있었다. 멀리서 여자가 비명을 지르는 희미한 소리가 들렸고 마주 사격을 하듯 작게 총성이 울렸다. 시끄럽게 내리는 폭풍우 때문에 총성들이 가려졌지만, 우리가 좀 전에 들었던 묵직한 총격이 다시 시작되면서 확실해졌다.

총성을 좀 더 똑똑하게 들어 보겠다고 창문을 열었다간 빗물이 홍수처럼 밀려들 게 뻔했다. 유리창에 귀를 바짝 대고 서서 대체 밖에서 무슨 일이 벌어지고 있는지 생각을 떠올리려 노력했다.

또 다른 소리에 나의 관심은 창문을 떠났다. 초인종 소리였다. 초인종은 요란하고 끈질기게 울렸다.

헨드릭슨이 나를 쳐다보았다. 나는 고개를 끄덕였다.

"누군지 나가 보게, 브로피."

그가 말했다.

집사가 엄숙하게 밖으로 나갔다가 더 엄숙한 얼굴로 돌아왔다.

"주콥스키 공주님입니다."

그가 알려 주었다.

공주가 방으로 뛰어 들어왔다. 피로연에서 본 적 있는 키 큰 러시아 아가씨였다. 그녀는 흥분으로 짙어진 눈을 크게 뜨고 있었다. 얼굴은 매우 창백하고 흠씬 젖어 있었다. 그녀가 입고 있는 파란색 방수 망토에서 물줄기가 흘러내렸고, 옷에 달린 모자는 검은 머리칼을 뒤덮었다.

"오, 헨드릭슨 씨!"

그녀가 양손으로 노인의 한쪽 손을 잡았다. 전혀 외국인으로 느껴지지 않는 그녀의 목소리는 아주 기분 좋게 놀랄 일이 있어 흥분한 사람의 음성이었다.

"은행에 강도가 들었고, 또, 그 사람을 뭐라고 부르죠? 경찰 서장이 살해됐어요!"

"그게 무슨 말인가?"

공주의 망토에서 흘러내린 물이 그의 맨발로 떨어졌기 때문에 헨드릭슨이 어색하게 펄쩍 뛰며 물었다.

"위건이 죽었다고? 그리고 은행에 강도가 들어?"

"네! 정말 끔찍하지 않아요?"

마치 멋진 일이라고 말하는 듯 그녀가 외쳤다.

"우리는 처음 폭발음이 들렸을 때 깨어났고, 무슨 일인지 알아보라고 장군이 이그나티를 내보냈는데, 내려가 보니까 그때 마침 은행이 폭파되는 게 보이더래요. 들어 보세요!"

우리는 귀를 기울였고, 요란하게 뒤섞인 총성이 들려왔다.

"곧 장군이 도착할 거예요! 그분은 상황을 신나게 즐기고 계세요. 이그나티가 소식을 갖고 돌아오자마자 장군은 알렉산드르 세르기비치부터 요리사 이반까지 집 안에 있는 남자들을 전부 무장시키더니, 1914년에 동프로이센으로 진군했던 때보다도 더 행복하게 그들을 이끌고 나갔답니다."

"공작 부인은?"

헨드릭슨이 물었다.

"물론 장군은 저와 함께 부인을 집에 남겨 두고 나갔지만, 부인이 난생

처음 커피 주전자에 물을 담으려고 애쓰는 사이 몰래 빠져나왔어요. 이런 날 집에 꼼짝 않고 있을 수야 없잖아요!"

"으흠."

헨드릭슨은 이렇게 대꾸했지만 딴생각에 팔려 공주의 이야기엔 관심이 없었다.

"그럼 은행은!"

그가 나를 쳐다보았다. 나는 아무 말도 하지 않았다. 또 다른 총격전 소리가 우리가 있는 곳까지 들려왔다.

"자네가 내려가서 뭐든 해볼 수 있겠나?"

그가 물었다.

"그럴 수도 있겠지만……"

나는 시트를 덮어 놓은 선물 더미를 가리켰다.

"아, 저거! 나는 저것보다 은행에 더 관심이 가는군. 게다가 우리가 여기 있을 테니까 말이야."

노인이 말했다.

"좋습니다! 제가 내려가 보죠. 집사는 여기 와서 함께 있게 하시고 운전기사는 현관문 안쪽에서 지키라고 하시는 게 좋을 겁니다. 혹시 집안에 총이 있다면 그 사람들에게 나눠 주시는 게 좋겠군요. 제가 빌릴 만한 우비가 있을까요? 제가 가져온 건 얇은 외투밖에 없어서요."

나는 호기심 때문에라도 기꺼이 언덕을 내려가고 싶은 마음이었다.

브로피가 나에게 맞을 만한 노란색 우비를 찾아왔다. 브로피가 자기가 쓸 자동 권총을 가져와 총알을 장전하고 물라토인 올리버에겐 장총을 가져다주는 동안 우비를 챙겨 입은 나는 권총과 손전등을 젖지 않게 안쪽에 집어넣고 모자를 찾았다.

헨드릭슨과 공주가 아래층까지 따라왔다. 문 앞에서 나는 그녀가 나를 따라온 것이 아니라 나와 함께 나갈 작정이라는 걸 깨달았다.

"하지만, 소냐!"

노인이 만류했다.

"마음은 굴뚝같아도 바보 같은 짓은 안 할 거예요. 하지만 저도 이리나 안드로바나한테 가봐야죠, 지금쯤은 아마 커피 주전자에 물을 다 채웠을 테니까."

그녀가 노인을 안심시켰다.

헨드릭슨은 "생각 잘했어!"라고 말하며 우리를 비바람 속으로 내보내 주었다.

대화를 나눌 만한 날씨는 아니었다. 우리는 침묵을 지키며 두 갈래로 뻗은 산울타리 도로 중간에서 언덕 아래쪽으로 방향을 틀었고, 등 뒤에서 불어닥치는 폭풍우를 맞으며 걸어갔다. 산울타리가 처음으로 끝나는 지점에서 나는 걸음을 멈추고 저택이 드리운 검은 그림자 쪽으로 고갯짓을 했다.

"저기가 댁이신……"

그녀의 웃음소리가 내 말을 잘랐다. 그녀는 내 팔을 잡아끌며 다시 길 아래쪽으로 걷기 시작했다.

"헨드릭슨 씨 걱정을 덜어 드리려고 그렇게 말한 것뿐이었어요. 당신도 내가 정말로 좋은 구경을 놓칠 거라고는 생각하지 않았잖아요."

공주가 설명했다.

그녀는 키가 컸다. 나는 키가 작고 통통하다. 그녀의 얼굴을 보려면, 비 내리는 어두운 밤에 보이는 거라곤 별로 없긴 했지만, 암튼 나는 올려다봐야 했다.

"이런 빗속에 돌아다니면 뼛속까지 다 젖을 겁니다."

내가 반대하고 나섰다.

"그게 뭐 어때서요? 그럴 줄 알고 옷은 챙겨 입었어요."

그녀는 한쪽 발을 들어 올려 묵직한 방수 장화와 모직 스타킹을 신은 다리를 내게 보여 주었다.

"아래에 내려가면 어떤 일을 맞닥뜨리게 될지 알 수 없고, 저는 해야 할 일이 있습니다. 당신을 돌봐 줄 여력이 없어요."

내가 고집을 부렸다.

"내 앞가림은 내가 할 수 있어요."

그녀는 망토를 옆으로 젖혀 한 손에 들고 있는 각진 자동 권총을 보여 주었다.

"저한테 방해가 될 겁니다."

"그렇지 않을 거예요. 어쩌면 오히려 당신이 내 도움을 받게 될지도 모르죠. 나는 당신만큼 튼튼하고 몸은 더 빠르고 총도 쏠 줄 알아요."

그녀가 비아냥거렸다.

산발적인 총소리가 우리 언쟁에 마침표를 찍기는 했지만, 막상 이제 화력이 엄청난 무기들의 총성을 듣고 나자 이제껏 그녀의 동행을 반대하려고 생각하던 열 몇 가지 이유가 쏙 들어갔다. 어찌 되었든, 만약에 여자가 너무 골치 아프게 굴면 어둠을 틈타 버려두고 빠져나갈 수 있을 것이다.

"좋을 대로 하시죠, 하지만 저한테는 아무것도 기대하지 마십시오."

내가 윽박질렀다.

"참 친절도 하시네요."

등 뒤에서 불어오는 바람 때문에 다급해진 걸음으로 다시 언덕을 내려가며 그녀가 중얼거렸다.

이따금씩 앞쪽 길에서 어두운 형체가 움직였지만 너무 멀어서 알아볼 수가 없었다. 곧이어 언덕을 달려 올라오던 남자가 우리를 지나쳤다. 바지 위에 잠옷 상의를 입은 채 길게 외투를 걸친 키 큰 남자는 섬 거주민이었다.

"놈들이 은행을 털었고, 메드크래프트도 당했답니다!"

그가 우리 옆을 지나며 소리쳤다.

"메드크래프트는 보석상이에요."

공주가 설명해 주었다.

발밑에서 느껴지는 경사가 점점 완만해졌다. 어둡기는 하지만 창문 여기저기에서 희미하게 얼굴이 들여다보이는 집들의 간격도 점점 좁아졌다. 아래쪽에서 총이 발사되며 번쩍이는 불꽃이 이따금씩 빗속에서 주황색으로 두드러졌다.

우리가 걸어 내려오던 도로가 중앙로의 끄트머리와 이어지는 부분을 지나려는 순간 스타카토 같은 총성이 드르륵 울려 퍼졌다.

나는 여자를 가장 가까운 건물 현관 쪽으로 밀어붙이고 뒤따라 몸을 날렸다.

총알이 나뭇잎에 떨어지는 우박 같은 소리를 내며 벽을 뚫었다.

내가 알기로 그것은 특별히 군대에서 쓰는 중화기, 기관총에서 발사된 것이었다.

구석 쪽으로 쓰러졌던 여자가 무언가와 엉켜 씨름을 하고 있었다. 내가 그녀를 부축해 일으켜 주었다. 그 무언가는 다름 아닌 열일곱 살쯤 되어 보이는 소년이었는데 다리가 하나뿐이고 목발을 짚었다.

"신문 배달하는 아이인데, 당신이 서툴러서 애를 다치게 했잖아요."

주콥스키 공주가 말했다.

소년은 씩 웃으며 몸을 일으키고는 고개를 저었다.

"아니에요, 다치지 않았어요. 하지만 그렇게 저를 덮치시니까 좀 겁은 났어요."

그녀는 동작을 멈추고 자기는 소년을 덮친 게 아니었으며, 내가 밀어붙이는 바람에 그렇게 된 것일 뿐이니 자기도 미안하고 나도 미안하다고 아이에게 설명을 했다.

"무슨 일이 벌어지고 있는 거지?"

말이 끝나고 나도 끼어들 수 있게 되자 신문 배달 소년에게 물었다.

"살다 보니 별일이 다 있죠. 악당들이 백 명쯤 몰려와서 은행을 완전히 폭파시키고 지금은 놈들 몇몇이 메드크래프트 씨 가게에 들어가 있는데, 거기도 폭파할 것 같아요. 그리고 놈들이 톰 위건을 죽였어요. 길 한가운데 세워 놓은 자동차에서 기관총을 쏘고 있어요. 지금 총 쏘는 게 바로 그거예요."

그는 마치 자신의 공적을 자랑하듯 뽐냈다.

"유쾌한 주민들은 죄다 어디 간 거야?"

"주민들 대부분은 회관 뒤에 모여 있어요. 하지만 기관총 때문에 총격전이 어디에서 벌어지고 있는지 알아볼 만큼 가까이 접근할 수도 없어요. 그런데 잘나신 빌 빈센트가 저는 다리가 하나밖에 없으니까 방해안 되게 피해 있으라고 하더라고요. 같이 쏘아 댈 무기가 있다고 해도 저는 다른 사람들만큼 잘 쏘지도 못할 거라면서요!"

"그 사람들이 잘못했구나."

나는 맞장구를 쳐주었다.

"하지만 나를 위해서는 네가 좀 도와줄 수 있을 것 같은데. 여기서 꼼짝 않고 있으면서 길 이쪽을 감시해 주면 좋겠다. 그래야 놈들이 이쪽 방향으로 퇴각하는지 아닌지 나도 알 수 있잖아."

"아저씨도 저더러 방해 안 되게 여기에 피해 있으라고 이야기하는 건 아니죠?"

"아니야. 망을 봐줄 사람이 필요해서 그래. 공주님을 여기 두고 갈 작정이긴 하지만 네가 그 일을 더 잘할 것 같아서 말이야."

나는 거짓말을 했다.

내 의중을 알아차린 그녀가 지원사격에 나섰다.

"이 신사분은 탐정이시란다. 그러니까 이분이 시키는 대로 하면 넌 다른 사람들을 따라다니는 것보다 더 큰 도움을 줄 수 있을 거야."

기관총이 여전히 사격을 하고 있었지만 이제 우리가 있는 방향으론 총알이 날아오지 않았다.

나는 여자에게 말을 건넸다.

"난 길을 건널 겁니다. 당신은……"

"다른 사람들하고 합류하지 않을 거예요?"

"아닙니다. 놈들이 다른 사람들을 상대하느라 바쁜 사이에 강도들 뒤쪽으로 돌아갈 수 있다면 속임수가 통할 가능성이 더 커요."

"이제부터 잘 감시해!" 나는 소년에게 명령을 내렸고, 공주와 함께 건너편 인도를 향해 몸을 날렸다.

날아오는 총알 없이 무사히 건너편에 당도한 우리는 건물 옆면을 따라 몇 미터 전진했다가 골목으로 들어갔다. 골목 반대편 끝에서는 어슴푸레한 암흑으로 펼쳐진 바다 냄새가 풍겨 오며 희미한 파도 소리가 들렸다.

그 골목길을 따라 내려가며 나는 부질없는 연기를 해서라도 동반자를 떼어 버릴 만한 계획을 고심했다. 하지만 그걸 시도해 볼 기회는 없었다.

우리 앞쪽으로 거대한 사람 형체가 나타났다.

여자 앞을 가로막으며 내가 그를 향해 다가갔다. 우비 아래에서 나는 그의 복부를 겨냥해 총을 들고 있었다.

상대가 꼼짝 않고 걸음을 멈췄다. 그는 처음 봤을 때보다 체격이 더 컸다. 크고 축 늘어진 어깨에 몸은 술통만큼이나 두툼하고 떡 벌어진 사내였다. 그는 빈손이었다. 나는 손전등으로 0.5초간 그의 얼굴을 비추었다. 뺨은 홀쭉하고 이목구비가 뚜렷한 데다 광대뼈가 높고 세상 풍파를 많이 겪은 얼굴이었다.

"이그나티!"

내 어깨 너머에서 여자가 외쳤다.

그는 아마도 러시아어인 듯한 언어로 공주에게 말을 하기 시작했다. 여자가 웃음을 터뜨리더니 대꾸를 했다. 그는 완고하게 커다란 머리를 흔들며 무언가를 고집하고 있었다. 그녀는 발을 구르며 날카로운 목소리로 응대했다. 그는 또다시 머리를 흔들고 나서 나에게 말했다.

"플레셰케프 장군님, 나 소냐 공주 집에 데려가 말한다."

나에게 그의 영어는 그의 러시아어만큼이나 이해하기 어려웠다. 나는 그의 말투에 어리둥절했다. 무언가 자신은 비난받고 싶지 않지만 그럼에도 어쩔 수 없이 할 수밖에 없는 절대적인 강요 사항을 설명하는 듯했기 때문이다.

공주가 다시 그와 이야기를 나누는 사이 나는 그 해답을 추측했다. 이그나티라는 이 거구의 사내는 공주를 집으로 데려가라는 임무로 파견되었고, 필요하다면 여자를 안고서라도 명령에 따를 것이다. 그는 나에게 설명을 해줌으로써 미리 야기될 수 있는 문제를 피하려고 한 셈이었다.

"데려가십시오."

내가 옆으로 물러서며 말했다.

여자는 나에게 인상을 쓰며 웃음을 터뜨렸다.

"잘 알겠어, 이그나티. 집으로 갈게."

그녀가 영어로 말했다. 그러고 나서 그녀는 몸을 돌려 골목을 거슬러 올라갔고 거구의 사내는 그녀의 뒤를 바짝 쫓았다.

홀로 된 것을 기뻐하며 지체 없이 반대 방향으로 걸어가던 나의 발밑에 이윽고 해변의 자갈이 밟혔다. 발꿈치에 밟힌 큼지막한 자갈들이 묵직한 소리를 내며 서로 부딪쳤다. 나는 자갈 소리가 좀 덜 나는 쪽으로 자리를 옮겨, 총격전이 벌어지고 있는 중심가를 향해 가능한 한 빨리 해안선을 따라 거슬러 올라가기 시작했다.

기관총이 계속해서 발사되었다. 작은 총기에서 발사되는 총성도 들려왔다. 가까운 곳에서 수류탄 세 발이 한꺼번에 터졌다. 폭탄과 수류탄이 모두 터지고 있음을 나의 귀와 기억이 알려 주었다.

내가 있는 곳에서 좌측 위쪽 지붕 위로 폭풍우가 몰아치는 하늘이 분홍색으로 빛났다. 고막을 찢을 듯 폭발음이 들려왔다. 보이지 않는 파편들이 내 주변으로 떨어졌다. 보석상의 금고가 폭파된 것이라고 나는 생각했다.

다시 해안선을 따라 살금살금 올라갔다. 기관총 소리가 잠잠해졌다. 소형 무기에서 나는 총성이 간헐적으로 탕, 탕, 탕 울려왔다. 수류탄 하나가 더 터졌다. 선연한 공포에서 내지르는 남자의 비명이 들려왔다.

자갈 소리가 날 위험을 무릅쓰고 다시 물가로 내려갔다. 물 위엔 배 한 척의 그림자도 보이지 않았다. 오후에는 배들이 이 해변을 따라 줄지어 정박되어 있었다. 얕은 만의 바닷물에 발을 담근 채로 걸어가 봐도 아직은 눈에 들어오는 배가 없었다. 폭풍에 흩어졌을 수도 있겠지만, 그랬을 것 같지는 않았다. 섬 서쪽의 높은 절벽이 방패처럼 이쪽 해안을 막아 주고 있었다. 여기도 바람이 거셌지만 격렬한 정도는 아니었다.

자갈 해변 가장자리를 밟다가 이따금씩 물속으로 걷기를 반복하며 나는 계속해서 해안선을 따라 걸었다. 이젠 배 한 척이 눈에 들어왔다. 전방에서 배의 검은 그림자가 부드럽게 건들거리고 있었다. 불은 켜져 있지 않았다. 뱃전에서 감지되는 움직임은 없었다. 해변엔 그 배가 유일했다. 그 점이 중요했다.

한 걸음 한 걸음 배로 접근했다.

내가 있는 곳과 뒤쪽 건물 사이에서 그림자 하나가 움직였다. 나는 제자리에 얼어붙었다. 사람 크기의 그림자는 내가 떠나온 방향으로 다시 움직였다.

암흑을 배경으로 내 모습이 거의 드러나지 않는지, 아니면 선명하게 도드라져 보이는지 알 수 없었으므로 나는 기다렸다. 유리한 위치를 확보하기 전에는 먼저 움직이는 위험을 감수할 수도 없었다.

20미터쯤 떨어진 곳에서 그림자가 돌연 멈추었다.

나를 발견한 것이었다. 내가 든 권총은 그림자에 가려져 있었다.

"어서 오시오. 계속 걸어와요. 누군지 봅시다."

내가 부드럽게 외쳤다.

그림자는 망설였지만 몸을 숨기고 있던 건물을 벗어나 점점 내게 다가왔다. 위험하게 손전등을 켤 수는 없었다. 희미하게나마 한쪽 뺨에 검댕을 묻히고 어린아이처럼 무모해 보이는 잘생긴 얼굴을 알아볼 수 있었다.

"아, 안녕하세요? 오늘 오후에 피로연에 계셨던 분이로군요."

그 얼굴의 주인이 노래를 하듯 낮은 저음으로 말했다.

"그렇습니다."

"주콥스키 공주님을 보셨습니까? 그분 아시죠?"

"10분쯤 전에 이그나티와 함께 집으로 갔습니다."

"잘됐네요!"

그는 더러운 손수건으로 더러워진 얼굴을 훔치더니 배가 있는 쪽을 돌아보았다.

"저건 헨드릭슨 씨의 뱁니다. 놈들이 저 배를 장악하고 다른 배들은 흩어 버렸어요."

"그렇다면 놈들이 뱃길로 떠날 예정이라는 의미로군요."

"맞아요, 하지만…… 우리가 시도해 본다면 이야기가 달라지겠죠?"

그가 말했다.

"배를 급습하자는 뜻입니까?"

"못 할 것도 없잖아요? 배 안엔 사람이 많지 않을 거예요. 최대한 많은 인원이 상륙했을 게 틀림없어요. 댁도 무장하셨잖아요. 저한테도 권총이 있어요."

"먼저 상황을 살펴보죠, 그래야 급습하는 대상이 어떤지 알 수 있을 겁니다."

"지당하신 말씀이네요."

그가 대꾸하고는 건물 은신처로 되돌아가는 길을 앞장섰다.

건물 뒤쪽 벽을 껴안다시피 걸으며 우리는 배 쪽으로 조금씩 접근했다. 밤이었지만 배의 형체가 점점 뚜렷해졌다. 배는 길이가 15미터쯤 되는 듯했고 선미를 해안 쪽으로 향한 채, 작은 부두 옆에서 오르락내리락하고 있었다. 배의 선미를 가로질러서 무언가 툭 튀어나와 있었다. 나로선 그게 무엇인지 곧장 알아차릴 수가 없었다. 나무로 된 선창에 가죽 신발의 굽 소리가 이따금씩 울렸다. 이내 검은 머리 하나가 선미에 있는 미지의 물건 위로 어깨까지 모습을 드러냈다.

러시아 청년의 눈이 나보다 좋았다.

"복면을 했어요. 스타킹 같은 걸 머리와 얼굴에 뒤집어썼습니다."

그가 내 귓가에 숨을 토하듯 말했다.

복면을 한 남자는 서 있는 곳에서 미동도 하지 않았다. 우리도 우리가 서 있는 곳에서 꼼짝도 하지 않았다.

"여기에서 놈을 맞힐 수 있으세요?"

청년이 물었다.

"그럴지도 모르지만 밤과 비는 사격을 명중시키는 데 좋은 조합이 아니죠. 우리로서 최선의 방법은 가능한 한 가까이 몰래 접근해서 놈이 우리를 발견하게 되면 총을 쏘기 시작하는 겁니다."

"지당하신 말씀이네요."

그가 동의했다.

우리는 앞쪽으로 첫걸음을 내딛자마자 발각되었다. 배에 있던 남자가 신음 소리를 냈다. 내 옆에 있던 청년이 정면으로 몸을 날렸다. 배의 선미에 튀어나와 있던 물건이 눈에 들어온 나는 다리를 걸어 러시아 청년을 넘어뜨렸다. 그는 굴러 떨어져 자갈밭에 널브러졌다. 나는 그의 뒤쪽으로 몸을 납작 엎드렸다.

배의 뒤쪽에 실려 있던 기관총이 우리 머리 위로 총알 세례를 퍼부었다.

4

"그렇게 서두르면 어떻게 합니까? 저쪽으로 몸을 굴려 피해요!"

내가 말했다.

나는 우리가 방금 떠나왔던 건물 뒤편을 향해 몸을 굴리며 본보기를 보여 주었다.

기관총을 붙잡은 남자는 해변에 총질을 해댔지만, 총에서 번쩍이는 불빛 때문에 시야가 가려져 제대로 보이는 것이 없는 듯 무차별로 난사하고 있을 따름이었다.

건물 모퉁이를 돌아서 우리는 몸을 일으켜 앉았다.

"넘어뜨려 주신 덕분에 제가 목숨을 구했네요."

청년이 시원시원하게 말했다.

"그래요. 놈들이 도로에 있던 기관총을 그리로 옮겼는지 의아하긴 하지만 만약에……"

대답은 즉각 날아왔다. 도로 쪽 기관총에서 발사한 총성이 드럼 소리처럼 배 위에서 날아오는 기관총 소리와 요란하게 뒤섞였다.

"둘이나 있었군! 저쪽 인원 배치가 어떻게 되는지 좀 알아요?"

"어둠 속이라 인원을 세는 게 쉽지는 않지만, 합해 봐야 열 명에서 열두 명 정도 이상은 안 되는 것 같아요. 제가 본 몇 명은 배에 타고 있던 사람처럼 얼굴을 완전히 가렸어요. 놈들이 전화선과 전기선을 잘랐고 그러고 나서 다리도 폭파한 것 같더군요. 우리는 놈들이 은행을 털고 있을 때 공격했는데, 건물 앞 자동차에 기관총을 설치해 놓았더라고요, 그래서 동등한 입장에서 전투를 벌일 상황이 아니었어요."

"섬 주민들은 지금 어디에 있습니까?"

"플레셰케프 장군이 사람들을 다시 취합하는 데 성공을 거두지 않은 한은 흩어져서 대부분 숨어 있을 거예요."

청년이 말했다.

나는 인상을 찌푸린 채 머리를 회전시켰다. 평화로운 마을 사람들과 은퇴한 자본가들을 이끌고 기관총과 수류탄을 상대로 싸울 순 없다. 아무리 지휘를 잘하고 무장을 시켜 놓는다고 해도 그들을 데리고 할 수 있는 일은 아무것도 없다. 이런 상황에서 과연 누가 막강한 상대와 맞서 뭐든 시도해 볼 수 있을까?

"당신은 여길 지키면서 배를 감시하고 있어요. 나는 빠져나가서 저 위쪽 상황이 어떤지 살펴볼 거요. 혹시라도 우리 편을 몇 명 더 데려올 수 있다면, 이번엔 아마 다른 쪽에서 다시 급습을 해볼 작정입니다. 하지만 그건 장담할 수 없어요. 탈출로는 분명 뱃길일 겁니다. 그건 확실하니까, 막을 순 있겠죠. 누워서 접근해 건물 모퉁이에서 배를 감시하면 표적이 될 위험은 크게 없을 거요. 배를 탈취할 기회가 오기 전까지는 나 또한 누구의 시선도 끌지 않을 작정입니다. 그러니까 당신은 원하는 만큼 총을 쏘아 대도 좋아요."

"훌륭해요! 섬 주민들 대부분은 아마 교회 뒤에 있을 거예요. 철제 담장이 나타날 때까지 곧장 언덕길을 오르다가 거기서 오른쪽으로 꺾어지면 교회가 나올 겁니다."

그가 설명했다.

"알겠어요."

나는 그가 가리킨 방향으로 움직였다.

중앙로에서 걸음을 멈춘 나는 길을 건너기 전에 사방을 둘러보았다. 모든 것이 고요했다. 눈에 보이는 사람이라고는 내가 있는 곳에서 멀지 않은 인도에 얼굴을 땅에 처박고 널브러져 있는 사람이 유일했다.

나는 네 발로 기어 그의 곁으로 다가갔다. 그는 죽어 있었다. 나는 그를 좀 더 살펴보느라 시간을 지체하지는 않았다. 곧장 몸을 날려 도로 반대편으로 건너갔다.

나를 막는 것은 아무것도 없었다. 나는 어느 건물 현관에서 납작하게 벽에 기대어 밖을 살폈다. 바람이 멎었다. 쏟아지던 비도 더는 폭우가 아니라 작은 빗방울이 쉬지 않고 떨어지고 있었다. 내 느낌상 쿠피날 섬의 중심가엔 인적이 없었다.

배로 퇴각하려는 움직임이 벌써 시작된 것일까 의아했다. 인도에서 은행 쪽으로 천천히 걸어가며 나는 그 추측에 대한 대답을 들을 수 있었다.

언덕 위쪽 높은 곳에서, 소리로 보아 절벽 꼭대기에 거의 다 닿은 듯한 지점에서 기관총이 총알을 폭포처럼 쏟아 내기 시작했다.

기관총 소리와 더불어 소형 무기의 총성과 수류탄 한두 개가 터지는 소리가 들려왔다.

처음 나타난 교차로에서 나는 중앙로를 벗어나 언덕을 뛰어오르기 시작했다. 사람들이 내 쪽으로 달려오고 있었다. 두 사람은 "지금은 무슨 일입니까?"라는 나의 외침에 눈길도 주지 않고 지나쳤다.

세 번째 남자가 멈춘 것은 내가 그를 붙잡아 세웠기 때문이었다. 숨을 씩씩 몰아쉬는 뚱뚱한 남자였는데 얼굴이 생선 뱃가죽처럼 창백했다.

"놈들이 우리 뒤쪽으로 돌아 기관총 실은 자동차를 움직여 위쪽으로 올라갔소."

내가 그의 귀에 다시 질문을 고래고래 외치고 나서야 그가 헐떡이며 대답했다.

"총도 없이 뭐 하시는 겁니까?"

내가 물었다.

"떠…… 떨어뜨렸소."

"플레셰케프 장군은 어디에 있죠?"

"뒤쪽 어딘가 있을 거요. 자동차를 빼앗으려고 하는데 절대로 못 할 거요. 그건 자살행위예요! 왜 지원군이 오지 않는 거요?"

이야기를 나누는 동안 다른 사람들이 우리를 지나쳐 언덕을 달려 내려갔다. 나는 창백한 얼굴의 사내를 놓아준 뒤 다른 사람들처럼 너무 빠르게 달려가진 않는 사람들 넷을 불러 세웠다.

"지금은 어떻게 돼 가고 있습니까?"

내가 그들에게 물었다.

"놈들은 주택가를 거쳐 언덕을 오르고 있어요."

수염을 짧게 기르고 장총을 든 날카로운 생김새의 남자가 말했다.

"아직까지 섬 밖으로 소식을 전한 사람은 없습니까?"

내가 물었다.

"불가능해요. 놈들은 맨 처음 다리부터 폭파했어요."

다른 남자가 나에게 말했다.

"누구 수영할 사람 없어요?"

"저렇게 바람이 부는데 못 할 짓이오. 젊은 캐틀런이 시도했다가 운 좋게 늑골 몇 개만 부러진 채 다시 살아 나올 수 있었어요."

"바람이 잦아들었습니다."

내가 지적했다.

날카로운 표정의 사내가 장총을 옆 사람에게 맡기고 외투를 벗었다.

"내가 시도해 보겠소."

그가 결연히 말했다.

"좋습니다! 온 마을 사람들을 다 깨워서 샌프란시스코 해경 순찰선과 메어 섬 해군기지에 소식을 전해야 합니다. 강도들이 기관총을 갖고 있다고 이야기하면 그쪽에서 지원군을 보내 줄 겁니다. 강도들이 탈출용으로 무장한 배를 대기시켜 놓고 있다는 말도 전하세요. 헨드릭슨 씨의 뱁니다."

수영 자원자가 그곳을 떠났다.

"배라고요?"

두 남자가 동시에 물었다.

"네. 배에도 기관총이 있습니다. 만일 뭐든 해볼 작정이라면, 놈들과 놈들의 퇴로 사이를 우리가 막고 있는 지금 시도해야 합니다. 아래로 내려가서 찾을 수 있는 대로 모든 인원과 모든 무기를 확보하세요. 가능하다면 옥상에서 뛰어내려 배를 습격해요. 강도들이 탄 차가 그쪽으로 내려오면 기관총으로 난사하는 겁니다. 길에서 쏘는 것보다 건물에서 쏘는 것이 더 나을 겁니다."

세 남자는 계속해서 언덕을 내려갔다. 나는 귀를 찢을 듯 요란한 총격전이 들려오는 곳을 향해 언덕을 올라갔다. 기관총을 쏘는 소리는 불규칙하게 들려왔다. 1초 정도 드르륵 총알을 뿜어 대다가는 2, 3초간 멈추는 식이었다. 반격하는 총성은 희미하고 간헐적이었다.

나는 더 많은 사람들과 만났고, 장군이 십여 명도 안 되는 인원을 이끌고 아직도 자동차를 탈취하려 애쓰고 있다는 소식을 들었다. 나는 남자들에게 했던 충고를 그들에게도 반복했다. 내 이야기를 들은 주민들은 앞서 간 사람들과 합류하려 언덕을 내려갔다. 나는 계속 올라갔다.

장군이 이끌고 있다는 십여 명으로 보이는 사람들이 약 100미터 전방에서 비처럼 쏟아지는 총알을 피해 빠르게 달려 내려와 내 옆을 지나갔다.

도로로 접근하는 건 목숨이 하나뿐인 인간이 할 짓이 아니었다. 바짝 엎드린 나는 시신 두 구를 넘어 온몸에 열 군데도 넘는 상처를 입으면서 산울타리를 넘어갔다. 푹신하고 젖은 잔디밭을 밟으며 나는 언덕을 오르는 여정을 계속했다.

언덕 위에서 발사되던 기관총의 총성이 멎었다. 배에 실린 기관총은 여전히 작동 중이었다.

언덕 위쪽의 기관총이 다시 사격을 시작했지만 가까운 곳을 맞히기엔 조준점이 너무 높았다. 아래에 있는 동료들을 도와 중심가로 내려간 사람들을 흩어 버리려는 시도였다.

내가 더 가까이 가기도 전에 총성이 멈추었다. 자동차 엔진 소리가 들렸다. 자동차가 내 쪽으로 움직였다.

산울타리 안으로 몸을 숨긴 나는 그곳에 엎드린 채 나무줄기 사이로 밖을 살폈다. 오늘 밤 몇 톤쯤 되는 화약이 폭발하는 걸 목격했지만, 내 권총에 든 총알 여섯 발은 아직도 쏜 적이 없었다.

도로의 밝은 부분에 바퀴가 드러나자 나는 총알을 모두 비워 낸 뒤 권총을 낮게 들었다.

자동차는 계속해서 굴러갔다.

나는 숨어 있던 곳에서 튕기듯 일어났다.

자동차는 텅 빈 도로에서 갑자기 모습을 감추었다.

뭔가 갈리는 소리가 들려왔다. 충돌 사고였다. 금속이 맞닿아 접히는 소리가 들려왔다. 유리 깨지는 소리도.

나는 소리가 들려오는 곳을 향해 달려갔다.

5

엔진이 펑펑 소리를 내며 터지고 있는 검은 금속 더미에서 검은 형체 하나가 뛰어내리더니 축축한 잔디밭을 가로질러 달렸다. 자동차 잔해에 남은 다른 사람들은 영원히 잠들었기를 바라며 나는 뒤를 쫓았다.

5미터도 안 되는 거리에서 내가 뒤를 쫓고 있을 때 달아나던 남자가 울타리를 벗어났다. 나도 달리기 선수는 아니지만 잘 못 달리기는 상대도 마찬가지였다. 잔디밭이 젖어 달리기엔 미끄러웠다.

내가 울타리를 넘고 있는 동안 그가 발을 헛디뎠다. 우리 둘 다 몸을 바로 세웠을 땐 거리가 3미터 미만으로 좁혀져 있었다.

아까 총알을 다 써버린 걸 까먹고 나는 한 번 그를 향해 총을 쏘았다. 또 다른 여섯 개의 탄환이 종이에 싸여 조끼 주머니에 들어 있었지만 지금은 총알을 장전할 때가 아니었다.

나는 총알 없는 권총으로 그의 머리를 후려치고 싶은 충동을 느꼈다. 하지만 그건 너무 위험도가 높았다.

앞쪽에 건물 하나가 나타났다. 도망자는 모퉁이로 숨으려는 듯 오른쪽으로 방향을 틀었다.

왼쪽에서 묵직한 소총이 발사되었다.

달아나던 사내는 저택 모퉁이를 돌아 사라졌다.

"맙소사! 이놈의 소총은 멀리서는 한 사람도 쏘아 맞히질 못하는군!"

플레셰케프 상군이 날콤한 목소리로 불평을 했다.

"반대 방향으로 돌아가세요!"

나 역시 사냥감을 쫓아 건물 모퉁이를 돌며 고함을 질렀다.

그의 발소리가 앞쪽에서 들려왔다. 그의 모습을 볼 수는 없었다. 장군이 저택 반대편에서 돌아 나왔다.

"잡았습니까?"

"아니요."

앞쪽엔 돌을 쌓아 올린 축대가 서 있고 그 꼭대기에 작은 길이 나 있었다. 우리 양쪽으로는 높고 견고한 울타리가 둘러쳐 있었다.

장군이 이의를 제기했다.

"하지만 친구, 놈이 어떻게 감쪽같이······?"

축대 위쪽으로 뚫린 길에 희미한 삼각형이 나타났다. 그 삼각형의 정체는 조끼 앞섶으로 셔츠가 약간 드러나 보이는 모습이었다.

"여기서 계속 말씀을 하세요!"

나는 장군에게 속삭인 뒤 살금살금 앞으로 다가갔다.

장군은 내가 시킨 대로 마치 내가 바로 옆에 서 있다는 듯 주절주절 말을 이어 갔다.

"다른 길로 간 게 틀림없소, 내가 오던 길로 놈이 들어섰더라면 내가 분명 봤을 테니 말이오. 그리고 놈이 울타리나 축대 쪽으로 올라갔다면 우리 둘 중 한 사람은 분명히 발견했을 텐데······"

그가 계속해서 나불대는 사이 나는 오솔길이 난 방향에서 잘 보이지 않는 축대 쪽으로 접근하는 데 성공했고, 울퉁불퉁한 돌 틈에서 발끝을 지탱할 곳을 찾아 가며 축대에 매달렸다.

길에 올라간 남자는 등을 덤불 쪽으로 댄 채 몸을 잔뜩 웅크리고서, 주절대는 장군을 쳐다보고 있었다. 내가 길에 발을 내려놓은 순간 그가 나를 보았다.

그는 펄쩍 뛰며 한 손을 들어 올렸다.

나도 놀라 소스라치며 양손을 들어 올렸다.

발밑에서 돌멩이 하나가 굴러 옆으로 삐끗하면서 발목을 접질렸지만, 그 덕분에 그가 쏜 총알은 내 머리 위로 날아갔다.

나는 미끄러지면서 왼팔을 뻗어 그의 다리를 붙잡았다. 그가 내 위로 넘어졌다. 나는 발로 그를 한 번 걷어찬 뒤 총을 쥐고 있는 그의 팔을 결박했고, 물어뜯어야겠다고 막 결심한 순간 길가로 모습을 나타낸 장군이 총구를 사내에게 들이대 나와 떼어 놓았다.

일어설 차례가 되자, 나는 몸이 심상치 않음을 깨달았다. 접질린 발목은 80킬로그램이 넘는 나의 체중을 지탱하고 싶어 하지 않았다. 체중을 반대편 다리에 주로 실으며 손전등으로 우리의 포로를 비추었다.

"안녕, 플리포."

내가 외쳤다.

"안녕하쇼!"

서로 알아본 것이 반가울 리 없는 그가 말했다.

그는 스물서너 살쯤 되는 오동통한 이탈리아 청년이었다. 4년 전 임금 강탈 사건에 가담한 그를 샌퀜틴 교도소에 보내는 데 나도 일조를 한 적이 있었다. 그는 현재 7개월째 가석방 중이었다.

"교도소 위원회에서 이런 걸 좋아하지 않을 텐데."

내가 그에게 말했다.

"오해하신 겁니다. 전 아무 짓도 하지 않았어요. 여긴 친구 좀 만나러 온 것뿐입니다. 그런데 이런 일이 벌어지니까, 전과가 있는 저야 숨을 수밖에 없잖아요. 여기서 잡히면 낭상 감옥행이니까요. 그런데 이제 이렇게 잡혀 버렸고, 저도 한패거리라고 생각하시는군요!"

청년이 애원했다.

"사람 마음을 아주 잘 읽는군그래."

나는 그에게 빈정거린 뒤 장군에게 물었다.

"이 녀석을 당분간 꼼짝 못하게 가둬 놓을 곳이 어디 있을까요?"

"우리 집에 창고 방이 하나 있는데 문도 튼튼하고 창문도 없다네."

"거기면 되겠네요. 어서 걸어, 플리포!"

플레셰케프 장군이 청년의 멱살을 잡아 앞장을 섰고, 나는 두 사람 뒤에서 절룩이며 걸어가는 동안 플리포의 권총을 살펴보았다. 나에게 쏜 한 발을 제외하곤 총알이 모두 들어 있었으므로, 그 총알로 내 권총을 다시 장전했다.

우리가 포로를 잡은 곳이 바로 러시아인 집의 마당이었기 때문에 멀리 갈 것까지도 없었다.

장군은 문을 두들긴 뒤 자기네 언어로 뭐라고 소리쳤다. 딸깍거림과 쇠 갈리는 소리와 함께 빗장이 열리고 수염을 잔뜩 기른 러시아인 하인이 현관문을 열었다. 그 뒤로는 공주와 튼실해 보이는 노부인이 서 있었다.

우리는 안으로 들어갔고 장군이 집안 식솔들에게 포로에 대해 설명을 하고는 놈을 창고로 데려갔다. 나는 그의 몸수색을 해 주머니칼과 성냥을 찾아냈다. 창고에서 빠져나올 수 있을 만한 다른 소지품은 없었으므로 그를 안에 가두고, 기다란 널빤지로 튼튼하게 문을 막아 놓았다. 그러고 나서 우리는 다시 아래층으로 내려왔다.

"다쳤군요!"

내가 절룩이며 걸어오는 걸 본 공주가 소리쳤다.

"발목을 삔 것뿐입니다. 하지만 좀 불편하네요. 반창고 좀 구할 수 있을까요?"

그녀는 "그럼요"라고 대꾸한 뒤 수염 난 하인에게 지시를 했다. 그는 방을 나갔다가 이내 붕대와 반창고, 뜨거운 물이 담긴 대야를 들고 돌아왔다.

"좀 앉으세요." 공주는 하인한테서 물건을 건네받으며 말했다.

하지만 나는 고개를 젓고 반창고에 손을 뻗었다.

"다시 빗속으로 나가야 하니까 전 찬물이 좋겠습니다. 화장실이 어딘지 알려 주시면 제가 금방 처리하고 올 수 있습니다."

우리는 그 문제로 논쟁을 벌여야 했지만, 마침내 화장실로 들어간 나는 발과 발목에 찬물을 끼얹은 다음 혈액순환을 완전히 막지 않는 한도 내에서 최대한 단단히 반창고를 감았다. 젖은 신발을 다시 신는 것이 힘겹기는 했지만 그 일을 마치자 한쪽 발이 약간 아프기는 해도 나는 튼튼한 두 다리를 되찾았다.

다른 사람들이 있는 방으로 되돌아온 나는 언덕 위에서 들려오던 총성이 더는 들리지 않고 쏟아지던 빗줄기도 가늘어졌으며, 창문에 쳐놓은 블라인드 사이로 회색 여명이 비쳐 들고 있음을 깨달았다.

내가 우비 단추를 채우고 있는 사이 현관문을 두들기는 소리가 들렸다. 러시아어가 들려왔고 해변에서 나와 만난 적이 있는 젊은 러시아 청년이 들어왔다.

"알렉산드르, 너⋯⋯"

튼실한 노부인은 청년 뺨에 흐르는 피를 보고는 비명을 지르며 혼절했다.

노부인이 기절하는 모습에 익숙한 듯, 청년은 아무런 관심도 보이지 않았다.

"놈들이 배를 타고 사라졌어요."

공주와 두 남자 하인이 달려들어 노부인을 길쭉한 의자에 눕히는 사이 그가 내게 말했다.

"몇 명이나 되던가요?"

내가 물었다.

"세어 보니 열 명이었는데, 한두 명 이상 틀리진 않았을 거예요."

"내가 그리로 내려보낸 사람들이 놈들을 막지 못했군요?"

청년은 어깨를 으쓱했다.

"어쩌겠어요? 기관총과 맞서려면 상당한 배짱이 필요한 것을. 댁이 보낸 사람들은 놈들이 당도하기도 전에 건물 밖으로 사라져 버리더군요."

그 무렵 다시 정신을 차린 노부인은 청년에게 걱정스러운 질문을 퍼부었다. 공주가 파란색 망토를 입고 있었다. 노부인은 청년에게 던지던 질문을 멈추고 공주에게 무언가를 물었다.

"다 끝났어요. 나도 가서 폐허를 구경할래요." 공주가 대꾸했다.

그녀의 의견에 모든 사람이 솔깃했다. 5분 뒤, 우리는 하인들을 포함하여 모두 함께 언덕길을 내려갔다. 우리 주변과 앞뒤로도 언덕을 내려가는 다른 사람들이 있었는데, 다들 황량한 아침 하늘 아래 지치고 흥분된 얼굴로 가늘게 내리는 빗속에서 서둘러 걷고 있었다.

절반쯤 내려갔을까, 교차로에서 여자 하나가 달려 나와 나에게 무언가 말을 하기 시작했다. 나는 그녀가 헨드릭슨 씨의 하녀임을 알아보았다.

나는 그녀가 하는 말을 일부 알아들었다.

"선물이 사라졌어요…… 브로피 씨가 살해됐어…… 올리버도……"

6

"저는 나중에 내려가겠습니다."

나는 다른 사람들에게 말하고 나서 하녀를 따라갔다.

그녀는 헨드릭슨 저택으로 다시 달려가고 있었다. 나는 달릴 수도 없고 빠르게 걸을 수도 없는 상태였다. 내가 당도했을 땐 그녀와 헨드릭슨, 나머지 하인들이 현관에 서서 나를 기다리고 있었다.

"놈들이 올리버와 브로피를 죽였네."

노인이 말했다.

"어떻게요?"

"우린 2층 뒤쪽 방에서 마을에서 벌어지는 총격전의 불꽃을 지켜보고 있었네. 올리버는 현관문 바로 안쪽에, 여기 내려와 있고, 브로피는 선물을 보관한 방에 있었지. 아래층에서 총성이 한 발 들리더니, 순식간에 한 남자가 우리가 있던 방 문가에 나타나 권총 두 자루로 협박하면서 한 10분쯤 붙잡아 두었어. 그러고는 문을 닫아 잠그고 가버리더군. 우리가 문을 부수고 나와 보니, 브로피와 올리버가 죽어 있었네."

"그 사람들을 살펴봐야겠습니다."

운전기사는 현관문 바로 안쪽에 있었다. 그는 등을 대고 똑바로 누워 있었는데, 갈색 목이 정면에서 수평으로 잘려 거의 경추까지 깊게 베인 모습이었다. 그가 들고 있던 장총은 몸 아래 깔려 있었다. 총을 꺼내 살펴보았다. 총을 쏜 흔적은 없었다.

2층에 올라가자 브로피 집사는 선물을 펼쳐 두었던 탁자 다리에 웅크리고 기대 있었다. 그의 몸을 돌려 본 나는 그의 가슴에서 총구 하나를 발견했다. 그의 외투에 난 총구 주변은 넓게 불에 그슬려 있었다.

선물 대부분은 아직 그대로 거기 있었다. 그러나 가장 값나가는 물건들은 사라졌다. 나머지 선물들은 여기저기 제멋대로 흩어진 채 포장지가 뜯겨 나가 뒤죽박죽이었다.

"어르신이 만나 본 작자는 어떻게 생겼던가요?"

내가 물었다.

"별로 잘 보지 못했어. 우리가 있던 방엔 조명이 없었거든. 복도에서 타고 있는 촛불에 비친 모습으론 그냥 검은 형체에 불과했지. 검정색 고무 우비를 입은 덩치 큰 남자였는데, 머리와 얼굴을 온통 뒤덮고 작게 눈 구멍만 뚫어 놓은 가면 같은 걸 쓰고 있었네."

"모자는 안 썼고요?"

"안 썼어, 얼굴과 머리 전체를 뒤덮은 복면뿐이었네."

함께 다시 아래층으로 내려간 나는 밖으로 나간 이후 보고 듣고 한 일을 헨드릭슨에게 간단하게 설명했다. 길게 이야기를 할 만큼 보고할 일이 많지도 않았다.

"자네가 붙잡은 녀석한테서 다른 놈들에 대한 정보를 얻어 낼 수 있을 거라고 생각하나?"

내가 나갈 준비를 하자 그가 물었다.

"아뇨. 하지만 그래도 놈이 실토하길 기대해 봐야죠."

절룩거리며 다시 찾아 내려간 쿠피날 섬의 중심가는 인파로 가득했다. 메어 섬의 해군이 보낸 파견대도 와 있고 샌프란시스코 해경 순찰선이 보낸 인력도 와 있었다. 제대로 옷도 챙겨 입지 못해 정도에 따라 맨살을 드러낸 흥분한 시민들이 그들 주변으로 몰려들었다. 각자 겪은 모험담과 용감한 행동과 피해와 목격한 일을 설명하느라 수백 명이 동시에 목청을 높였다. 기관총, 폭탄, 강도, 자동차, 총성, 다이너마이트, 죽음 같은 낱말들이 각양각색의 목소리와 말투로 쏟아져 나왔다.

금고를 폭파하는 과정에서 은행은 완전히 파괴되었다. 보석상점 역시 폐허였다. 길 건너편의 식료품 가게는 야전병원으로 사용되고 있었다. 의사 둘이 그곳에서 부상 입은 마을 사람들을 치료하는 중이었다.

제복 모자를 쓴 사람들 가운데 낯익은 얼굴을 알아본 나는 인파를 헤치고 그에게 다가갔다. 해양경찰인 로시 경사였다.

"방금 온 겁니까? 아니면 여기 있었습니까?"

악수를 나누며 그가 물었다.

"여기 있었어."

"얼마나 아시죠?"

"전부 다."

"하기야 사설탐정치고 그렇게 말 안 하는 사람이 어디 있겠어요."

내가 그를 이끌고 인파를 벗어나자 그가 농담을 했다.

"이리로 오면서 만에서 떠다니는 빈 배를 마주쳤나?"

사람들 귀를 피해 멀어지고 난 뒤 내가 물었다.

"빈 배들은 밤새도록 만 주변을 떠돌고 있었어요."

그가 말했다.

그건 내가 미처 생각해 보지 못한 대답이었다.

"해경 배는 지금 어디 있지?"

그에게 물었다.

"강도 일당을 잡으러 출동했습니다. 저는 여기에 일손을 빌려 주려고 다른 동료들 몇 명과 함께 남아 있었고요."

"자네가 운이 좋군. 이센 길 건너편을 한번 슬쩍 훑어보게. 검게 콧수염을 기른 땅딸한 늙은이가 보이지? 약국 앞에 서 있는 사람 말이야."

플레셰케프 장군이 거기 서 있었다. 혼절했던 노부인과 뺨에 피를 흘려 그녀를 혼절하게 만들었던 젊은 러시아 청년, 그리고 피로연에서 그들과 있었던 창백하고 통통한 사십대 남자도 함께였다. 약간 옆쪽으로는 거구의 이그나티와 그 집에서 본 적 있는 남자 하인 두 명, 그리고 같은 일당이 분명한 한 사람이 서 있었다. 그들은 서로 수다를 떨면서, 붉게 상기된 얼굴로 통명스러운 해군 중위에게 강도들이 훔쳐다가 기관총을 싣고 다닌 자동차가 바로 자기 차였으니까 조치를 취해 주어야 한다고 주장하는 집주인의 흥분된 익살 놀음을 지켜보고 있었다.

"네, 말씀하신 대로 수염 기른 남자가 보이네요."

로시가 말했다.

"그 작자가 자네들이 찾는 범인이야. 그자와 함께 있는 여자와 두 남자 역시 마찬가질세. 그리고 왼쪽에 서 있는 러시아인 넷도 일당이지. 한 사람이 빠져 있긴 한데, 그 사람은 내가 처리하지. 저 대위한테 가서 말을 전하면, 놈들에게 반항할 기회도 주지 않고 수월하게 잡아갈 수 있을 거야. 놈들은 자기가 천사처럼 안전하다고 생각하거든."

"확실한 거죠?"

경사가 물었다.

"바보 같은 소리 말게!"

나는 평생 단 한 번도 실수를 한 적이 없다는 듯 거드름을 피웠다.

이제껏 나는 성한 다리로만 지탱하고 서 있었다. 경사를 남겨 두고 돌아서려고 체중을 다른 쪽 다리에 싣자 골반까지 찌릿한 통증이 전해졌다. 나는 이를 악물고 고통스럽게 인파를 헤치며 반대편 도로로 걷기 시작했다.

공주는 그곳에 와 있는 사람들 가운데 보이지 않았다. 약탈자들 중에 장군 다음으로 가장 중요한 구성원이 공주라는 것이 나의 짐작이었다. 만일 그녀가 아직도 아무 의심 없이 집에 있다면, 별다른 소란 없이 가까이 접근했다가 낚아챌 수 있을 거라고 생각했다.

걷는 건 지옥이었다. 체온이 올라갔다. 땀이 비 오듯 쏟아졌다.

"아저씨, 그쪽 길로는 놈들이 아무도 내려오지 않았어요."

외다리 배달 소년이 내 팔꿈치 옆에 서 있었다. 마치 그가 내 월급봉투라도 되는 듯 나는 소년을 반겼다.

"나랑 같이 가자. 아까도 맡은 일을 잘 해주었으니까, 이젠 나를 위해서 또 다른 일을 좀 해줬으면 해."

내가 그의 팔을 잡으며 말했다.

중앙로에서 반 블록쯤 걸어 나온 나는 작은 노란색 가정집 현관으로 소년을 이끌었다. 현관문은 활짝 열려 있었는데, 집주인이 해경과 해군을 환영하러 뛰쳐나가면서 그렇게 열어 둔 것이 틀림없었다. 현관문 바로 안쪽 복도 옷걸이 아래에 고리버들 벤치가 놓여 있었다. 나는 불법 가택침입을 저질러 그 벤치를 현관까지 끌고 나왔다.

"앉아라."

의자에 앉은 소년은 주근깨 가득한 얼굴에 어리둥절한 표정을 지으며 나를 올려다보았다. 나는 목발을 꽉 움켜쥐고 있다가 아이의 손에서 목발을 빼앗았다.

"대여비로 여기 5달러 받아. 혹시 잃어버리면 상아랑 금으로 만든 목발을 새로 사주마."

그리하여 목발을 팔 밑에 긴 나는 낑낑대며 언덕을 오르기 시작했다.

목발을 짚는 것은 처음 해보는 경험이었다. 그러니 기록을 세울 순 없었다. 하지만 부목도 없이 망가진 발목으로 비틀거리며 걷는 것보다는 훨씬 나았다.

언덕은 내가 본 그 어느 산보다 길고 가팔랐지만, 드디어 러시아인의 집으로 이어지는 자갈길 진입로가 발밑에 나타났다.

현관까지 아직 3, 4미터쯤 남았을 때 주콥스키 공주가 문을 열었다.

7

"어머!"라고 외친 공주는 이내 놀라움을 진정시키더니 "발목이 더 심해졌군요!"라고 말했다.

그녀가 계단을 달려 내려와 나를 부축해 주었다. 공주가 다가오는 동안 나는 그녀가 입고 있는 회색 플란넬 재킷 오른쪽 주머니에 무언가 묵직한 게 들어 축 늘어져 흔들리고 있음을 알아차렸다.

한 손은 내 팔꿈치를 잡고 다른 팔은 내 허리에 두른 채 그녀는 내가 계단을 올라 현관 입구를 가로지르는 것을 도와주었다. 그것은 내가 게임에 뛰어들었음을 그녀가 짐작하지 못했다는 점을 확인해 주었다. 만약에 그녀가 상황을 알아차렸다면 내 손이 닿는 곳에 자신을 맡기지는 않았을 것이다. 다른 사람들과 함께 언덕을 내려가기 시작했었는데, 그녀는 왜 집으로 돌아왔는지 의아했다.

내가 궁금증에 휩싸여 있는 사이 우리는 집 안으로 들어갔고, 공주는 나를 큼지막하고 푹신한 가죽 의자에 앉혔다.

"몹시 힘겨운 밤을 보냈으니 배가 많이 고프시겠어요. 제가 가서……"

"아뇨, 앉으십시오. 당신과 이야기를 하고 싶습니다."

내가 고갯짓으로 맞은편 의자를 가리켰다.

그녀는 의자에 앉아 무릎 위로 늘씬하고 하얀 손을 마주 잡았다. 그녀의 얼굴과 태도에선 초조함의 흔적이란 찾아볼 수 없었고, 호기심조차 내보이지 않았다. 그것이 바로 도에 지나친 부분이었다.

"약탈한 물건은 어디에 숨겼습니까?"

내가 물었다.

새하얀 그녀의 낯빛은 아무런 감정도 내비치지 않았다. 내가 처음 보았을 때부터 그녀의 얼굴은 대리석처럼 희었다. 어두운 눈빛도 자연스러웠다. 다른 어디에도 아무런 변화가 일어나지 않았다. 그녀의 목소리는 부드럽고 침착했다.

"미안하군요. 나는 그 질문이 이해가 안 됩니다."

그녀가 말했다.

"요점은 이렇습니다. 쿠피날 섬의 약탈과 그 과정에서 벌어진 살인에 공모한 혐의로 내가 지금 당신을 비난하고 있다는 거죠. 그리고 전리품은 어디에 숨겼는지 묻고 있는 겁니다."

천천히 자리에서 일어난 그녀는 턱을 들어 올리며 나를 지나 최소한 1킬로미터쯤 떨어진 곳을 응시했다.

"감히 당신이 어떻게? 주콥스키 가문인 나에게 당신이 감히 어떻게 그런 말을!"

"나는 당신이 스미스 브러더스*의 일원이라도 상관 안 합니다!"

앞으로 몸을 기울이다 접질린 발목을 의자 다리에 부딪혔으므로 나는 격렬한 고통에 기분이 더욱 나빠졌다.

"이 대화의 목적은 당신이 도둑이자 살인자임을 확인하는 겁니다."

건강하고 날씬한 그녀의 몸이 돌연 날렵하게 웅그린 짐승의 몸이 되었다. 새하얀 그녀의 얼굴 또한 성난 짐승의 얼굴이 되었다. 이제는 앞발로 변한 한 손은 묵직한 재킷 주머니 안으로 파고들었다.

그러다 내가 눈도 깜짝하기 전에 — 비록 내 목숨이 눈을 깜박이지 않는 능력에 달려 있는 것 같긴 했지만 — 들짐승의 모습은 사라지고 없었다. 그 모습에서 또다시 차분하고 꼿꼿하고 늘씬한 공주가 출현했다. 그제야 나는 옛날 동화 작가들이 어디에서 아이디어를 얻었는지 알게 되었다.

공주는 의자에 앉아 다리를 꼰 뒤 한쪽 팔꿈치를 팔걸이에 올리고 턱을 손으로 받친 뒤 호기심 어린 표정으로 내 얼굴을 지그시 들여다보았다.

"어떠한 우연으로 그토록 이상하고 허무맹랑한 가설을 도출하셨을까요?"

"우연도 아니고, 이상하고 허무맹랑한 이야기도 아닙니다. 당신 점수판이 얼마나 불리한 상황인지 보여 주면 혹 서로 시간도 수고도 절약할 수 있을지 모르겠군요. 그러고 나면 당신이 처한 입장을 똑똑히 알게 될 테니 결백을 주장하느라 머리를 굴리는 에너지 낭비도 하지 않게 되겠죠."

내가 말했다.

---

*기침 방지용 사탕을 개발한 당대 의약업계의 갑부 형제.

"고마워해야겠네요. 대단히!"

그녀가 미소를 지었다.

나는 양손의 손가락을 다 꼽아 점수를 헤아릴 수 있도록 목발을 한쪽 무릎과 의자 팔걸이 사이에 끼워 놓았다.

"첫째, 일을 계획한 사람이 누구든 섬을 잘 아는 인물이었습니다. 꽤나 잘 아는 정도가 아니라 구석구석 속속들이 알고 있었죠. 그 점에 대해서는 논쟁할 필요가 없을 겁니다. 둘째, 지붕에 기관총이 설치되었던 자동차는 이곳 주민한테서 훔쳐 낸 이 지역 재산이었죠. 강도들이 탈출에 사용할 것으로 생각했던 배도 마찬가집니다. 외부에서 온 강도들이라면 기관총과 폭발물, 수류탄을 이리로 운반하느라 자동차나 배가 필요했을 겁니다. 그렇다면 굳이 새로이 운송수단을 훔치는 대신에 자기네가 원래 가져왔던 차나 배를 이용해선 안 될 이유가 없었다는 뜻이죠. 셋째, 이번 사건에는 전문 강도범의 솜씨가 조금도 보이질 않았습니다. 개인적인 생각으로는 처음부터 끝까지 군사작전이었죠. 세상에서 제일 솜씨가 형편없는 금고 털이범이라고 해도 은행 금고와 보석상 금고 정도는 건물을 폭파하지 않고도 열 수 있었을 겁니다. 넷째, 외부에서 온 강도들이었다면 다리를 파괴하지 않았겠죠. 막아 놓았을 수는 있겠지만 망가뜨려 놓진 않았을 겁니다. 육로로 달아나게 될 경우를 대비해서 남겨 두었을 거예요. 다섯째, 강도들이 배로 달아날 계획을 세웠다면 밤새도록 질질 끌 게 아니라 일을 짧게 끝냈을 겁니다. 그런데 여기선 새크라멘토에서 로스앤젤레스까지 캘리포니아 주 전체를 다 깨우고도 남을 만큼 요란하게 총성이 울려 퍼졌어요. 당신들은 한 사람을 배에 태워 내보낸 다음 총질을 시켰고, 그는 그리 멀리 가지 않았죠. 안전할 정도로 멀리 나간 뒤엔 즉각 배에서 뛰어내려 헤엄을 쳐서 섬으로 돌아왔어요. 덩치 큰 이그나티라면 그런 일은 머리털 하나 까딱하지 않고도 해낼 수 있었겠죠."

거기까지 하고 나자 오른손이 피곤해졌다. 나는 손을 바꿔 왼손으로 세기 시작했다.

"여섯째, 나는 당신들 일당 가운데 한 사람인 청년을 해변에서 만났는데, 그 친구는 배에서 오고 있었습니다. 그 친구가 배를 습격하자고 제안하더군요. 우리는 총격을 받았지만, 기관총을 쏘는 남자는 우릴 데리고 장난을 했죠. 열심히 쏘아 댔더라면 1초 만에 쓰러뜨릴 수 있었을 텐데도 우리 머리 위로 총질을 해댔습니다. 일곱째, 내가 아는 한 섬 내에서 강도들이 떠나는 장면을 목격한 유일한 인물이 또 바로 그 청년입니다. 여덟째, 나와 마주했던 당신들은 하나같이 친절했습니다. 심지어 장군은 오후 피로연에서 나와 이야기를 나누느라 한 시간이나 보냈을 정도죠. 그건 확실히 아마추어 사기꾼의 수법입니다. 아홉째, 기관총이 달린 자동차가 망가지고 나서 나는 그 차에 탔던 사람을 추적했었습니다. 나는 그자를 이 집 근방에서 놓쳤죠. 내가 붙잡은 이탈리아 청년은 그자가 아니었어요. 그자가 그 높은 길까지 기어 올라가는 걸 내가 못 보고 놓쳤을 리가 없습니다. 하지만 그자가 장군이 맡았던 집 쪽으로 돌아 달아났다면 집 안으로 사라질 수 있었겠죠. 장군은 그자를 좋아했고 그래서 도와줬을 겁니다. 장군은 2미터도 안 되는 거리에서 소총을 쏘고도 그자를 놓치는 놀라운 기적을 행했기 때문에 내가 잘 압니다. 열째, 당신이 헨드릭슨의 집으로 올라왔던 건 나를 그 집에서 끌어내리려는 것 외에는 다른 목적이 없었어요."

그걸로 왼손도 숫자 세기가 끝이 났다. 나는 다시 오른손으로 돌아갔다.

"열한째, 헨드릭슨의 두 하인은 누군가 그들이 잘 알고 믿었던 사람들에게 죽임을 당했습니다. 둘 다 가까운 거리에서 살해되었고 총 한 방 쏘지 않았으니까요. 내 생각으론 당신이 나서서 올리버가 문을 열어 주도록 한 다음 이야기를 나누는 사이 당신 부하가 뒤에서 그의 목을 잘랐을 겁니다. 그런 다음에 당신은 위층으로 올라가서 아무 의심도 하지 않는 브로피를 아마도 손수 죽였겠죠. 당신이라면 그 사람이 맞설 생각도 하지 않았을 겁니다. 열두째, 이쯤 했으면 충분할 것 같군요. 게다가 줄줄이 읊어 대느라 목도 아프고."

그녀는 턱을 괴고 있던 손을 내려 얇은 검정색 케이스에서 통통한 하얀 담배를 한 개비 꺼내 입에 물었고, 그사이 내가 그 끝에 성냥불을 붙여 주었다. 그녀는 길게 한 모금 담배를 빨아들였다가 — 한 번 흡입에 담배 길이의 3분의 1까지 타들어 갔다 — 무릎 위로 연기를 내뱉었다.

모든 동작을 다 마치고 나서 그녀가 입을 열었다.

"우리가 그토록 사건에 깊숙이 연루되는 게 불가능하다는 걸 당신이 직접 봐서 알지 못했다면 그런 설명으로 충분했겠죠. 하지만 우릴 봤잖아요? 우리 모두를 여러 번이나 목격했을 텐데요?"

"그거야 쉽죠! 기관총 몇 정과 트렁크 가득 실어 놓은 수류탄만 있으면, 섬 지리도 속속들이 잘 알겠다, 캄캄하고 폭풍우가 몰아치는 밤에 당황한 민간인들을 상대로 그 정도는 식은 죽 먹기예요. 내가 알기론 여자 둘을 포함해서 당신 일당은 아홉 명입니다. 일단 일이 시작되고 나면, 다섯 명만 있어도 작업을 진행할 수 있었을 테고, 나머지는 번갈아 가면서 여기저기 모습을 보여 알리바이를 만들었겠죠. 딱 그렇게 했을 겁니다. 각자 알리바이를 만들려고 번갈아 가며 모습을 보였던 거예요.

내가 가는 곳마다 당신네 일당과 마주쳤으니까요. 장군은 또 어떻고요! 수염을 휘날리면서 평범한 시민들을 이끌고 전투를 벌이려 하다니! 장 담컨대 장군도 실전 경험은 몇 번 있지도 않을 겁니다! 오늘 아침까지 한 사람이라도 살아 있으면 운이 좋은 거겠죠!"

공주는 한 번 더 연기를 빨아들여 마저 다 피우고는 담배를 바닥에 떨어뜨리고 한 발로 비벼 불을 끄면서 지친 한숨을 내쉬다 양손을 허리 에 올리고 물었다.

"그래서 이제 어쩌라고요?"

"이젠 약탈한 물건을 어디에 숨겼는지 알고 싶습니다."

선선한 그녀의 대답에 나는 놀라고 말았다.

"몇 달 전 차고 아래쪽 지하에 비밀 창고를 파두었어요."

물론 나는 그 말을 믿지 않았지만 나중에 그것은 사실로 드러났다.

나는 더 할 말이 없었다. 빌린 목발을 집어 들고 내가 일어날 채비를 하자 그녀가 한 손을 들어 올리며 부드럽게 말했다.

"잠깐 기다려요, 제발. 제안할 게 있어요."

엉거주춤 서서 나는 그녀 쪽으로 몸을 기울이며 한 손을 그녀의 옆구 리 가까이 내밀었다.

"총은 주시죠."

그녀는 고개를 끄덕이며 가만히 앉아 있었고, 그사이 내가 그녀의 주 머니에서 권총을 꺼내 내 주머니에 옮겨 넣은 다음 다시 자리에 앉았다.

8

"조금 전에 당신은 내가 누구든 상관없다고 말했었죠."

그녀는 즉시 말을 시작했다.

"하지만 나는 당신한테 알려 주고 싶어요. 우리 러시아인들 가운데는 한때 대단한 사람이었지만 지금은 아무도 아닌 존재로 전락한 사람들이 아주 많기 때문에 온 세상이 하도 많이 들어 지쳐 버린 이야기를 되풀이해서 당신을 지루하게 만들진 않겠어요. 하지만 그 지겨운 이야기가 우리에겐 현실이고 우리가 그 주인공이라는 점을 기억해 줘요. 어쨌거나 우리는 러시아를 탈출하면서 재산을 가져올 수 있을 만큼 가져왔고, 다행히도 그걸로 몇 년간은 견딜 수 있을 만큼 안락하게 살기에 충분했어요.

런던에서 우리는 러시아 레스토랑을 열었지만, 갑자기 러시아 레스토랑이 넘쳐 났고 생계수단으로 연 가게는 오히려 손실만 안겨 줬어요. 우리는 음악과 언어 따위를 가르치려고 노력했어요. 한마디로 다른 러시아 망명자들이 먹고살려고 궁리해 낸 수단을 똑같이 생각해 냈고, 그래서 항상 우리들끼리 과도하게 경쟁하면서 포화 상태가 되었죠. 결과적으로 어떤 분야든 이윤을 내지 못했어요. 하지만 우리가 달리 무얼 알겠어요, 안 그래요?

참, 지루한 얘기는 하지 않겠다고 약속했었죠. 아무튼, 재산은 계속해서 줄어들었고 우리가 추레한 차림새로 굶주림에 허덕이는 나날은 어김없이 다가왔고, 당신들이 읽는 일요일 자 신문 독자들한테 낯익은 이야기 주인공으로 전락하는 나날이 이어졌어요. 청소부로 일하는 전직 공주, 현재는 집사가 된 공작 따위의 이야기였죠. 세상엔 우리가 설 자리가 없었어요. 버림받은 사람들은 쉽사리 범죄자가 되죠. 왜 안 그렇겠어요? 우리가 세상에 충성 서약이라도 한 건 아니잖아요? 어차피 세상은 우리가 살 곳과 재산과 나라를 빼앗기는 걸 한가롭게 앉아서 지켜보기만 했잖아요?

우리는 쿠피날에 대해서 듣기도 전에 일을 계획했어요. 부유하면서도 세상과 충분히 동떨어져 있는 작은 시역을 찾아낼 수만 있다면 우리도 거기 정착해서 기반을 잘 닦아 놓은 다음 재물을 빼앗자는 생각이었죠. 찾고 보니 쿠피날은 이상적인 곳 같았어요. 우리는 계획이 무르익을 때까지 이곳에서 적당하게 활동하고 살아가기에 충분할 만큼만 자금을 남기고 이 집을 6개월간 빌렸죠. 여기서 넉 달간 자리를 잡으면서 무기와 폭발물을 사 모으고, 작전 지도를 작성하고, 적당한 밤이 찾아오기를 기다렸어요. 어젯밤이 바로 그 적당한 기회인 것 같았고, 우린 모든 준비를 갖췄을 뿐만 아니라 가능한 모든 결과에 대해서도 미리 대비를 했다고 생각했어요. 하지만 물론 당신의 존재와 천재성에 대한 대비는 하지 못했던 셈이네요. 우리로선 영원히 비난받을 일이겠지만 그 사람들은 단지 예측하지 못했던 뜻밖의 불운을 겪은 타인에 불과해요."

공주가 말을 멈추고 애도하는 듯한 커다란 눈으로 지그시 바라보자 나는 안절부절못하는 듯한 기분이 들었다.

"나를 천재라고 부르는 건 부당합니다. 실은 당신들이 처음부터 끝까지 일을 망친 거예요. 당신네 장군이라는 사람은 군대에서 부하들을 이끌어 본 훈련 경력이 전무한 사람이 봤다고 해도 큰 웃음거리가 되었을 겁니다. 하지만 범죄 전력이 전혀 없는 당신들이 속임수를 써서 벌이려고 했던 일은 고도의 범죄 수법이 필요한 일이었어요. 내 주변에서 계속 얼씬거렸던 당신만 봐도 그래요! 아마추어의 행동이었죠! 조금이라도 머리가 있는 전문 사기꾼이었다면 나를 홀로 내버려 두었거나 해치웠을 겁니다. 당신들이 일을 망친 것도 무리가 아니죠! 나머지 사연에 대해서는, 당신들이 처한 곤경 말입니다, 그건 나도 어쩔 수 없는 일입니다."

"왜요? 왜 못 하죠?"

아주 부드러운 질문이었다.

"내가 왜 상관해야 합니까?"

나는 퉁명스럽게 대꾸했다.

"다른 사람은 아무도 당신만큼 사정을 몰라요. 차고 밑 지하실엔 한 재산이 들어 있죠. 당신이 원하면 아무거나 가질 수 있을지도 몰라요."

공주는 앞으로 몸을 숙여 내 무릎 위에 하얀 손 한쪽을 올려놓았다.

나는 고개를 저었다.

그녀가 반박에 나섰다.

"바보는 아닌 줄 알았더니! 당신도 알잖아요……"

"댁을 위해 제가 상황을 정리해 보죠."

내가 말허리를 잘랐다.

"우연히 내가 갖게 된 정직한 품성이라든지 고용주에 대한 충성심 따위는 제쳐 두겠습니다. 그런 자질은 당신이 의심할 수도 있으니 던져 버리자고요. 내가 탐정인 이유는 어쩌다 보니 이 일을 좋아하기 때문입니다. 월급은 꽤 괜찮은 편이지만 돈을 더 많이 벌 수 있는 다른 직업을 찾을 수도 있겠죠. 한 달에 100달러만 더 번다고 해도 1년이면 1,200달러에 이릅니다. 지금부터 예순 살 생일까지 햇수를 계산해 보면 2만 5천 내지 3만 달러죠. 그런데 지금 나는 탐정이라서 좋고 일이 좋아서 그 2만 5천 내지 3만 달러를 퇴짜 놓는 사람이에요. 일을 좋아하게 되면 가능한 한 그 일을 잘하고 싶어집니다. 그렇지 않다면 아무런 의미도 없으니까요. 그게 바로 나예요. 그 밖에 난 아무것도 모르고 아무것도 즐기지도 않고, 그 밖의 것들을 알거나 즐기고 싶지도 않습니다. 돈의 액수로는 도저히 그 무게를 가늠할 수 없어요. 돈이 좋긴 하죠. 나도 돈에는 유감없습니다. 하지만 지난 18년간 나는 사기꾼들을 뒤쫓고 수수께끼를 풀면서 재미를 느껴 왔고, 또 사기꾼들을 잡아들이고 사건을 해결하면서 만족감을 느꼈습니다. 그건 내가 잘 아는 유일한 스포츠고, 그런 삶을 20년쯤 더 하게 될 미래보다 더 유쾌한 삶은 상상이 되질 않아요. 난 내 미래를 망치지 않을 겁니다!"

천천히 고개를 젓던 그녀는 머리를 숙였고, 이제는 가느다란 반달 같은 눈썹 밑으로 검은 눈을 치뜨고 나를 쳐다보았다.

"당신은 돈 얘기만 하는군요. 난 당신이 원하면 아무거나 가질 수 있다고 말했는데."

그녀가 말했다.

또 그 수법이었다. 여자들이 대체 어디서 그런 생각을 품게 됐는지 모르겠다.

"당신은 아직도 모든 걸 왜곡하고 있군요."

이제 나는 자리에서 일어나 빌린 목발을 짚으며 무뚝뚝하게 말했다.

"나는 남자고 당신은 여자라고 생각하고 있는 모양입니다. 틀린 생각이에요. 나는 범죄자를 쫓는 사람이고 당신은 내 앞에서 달아나고 있던 존재죠. 그 상황에 인간이 낄 곳은 없습니다. 여우를 쫓던 사냥개가 사냥감을 덮치기 전에 이리저리 몰아대며 갖고 노는 것이나 마찬가지랄까요. 어차피 우리는 시간 낭비를 하고 있습니다. 경찰이나 해군을 올려 보내 내가 걸어야 하는 수고는 피할까도 생각했었죠. 당신은 당신 패거리가 돌아와 나를 붙잡아 주기를 기다리고 있었을 겁니다. 내가 올라올 때 그들이 체포되는 중이었다는 말을 미리 해줄 걸 그랬군요."

그 말에 공주는 흔들렸다. 그녀가 일어났다. 그러다 중심을 잡느라 등 뒤로 손을 뻗어 의자 등받이를 짚으며 한 걸음 뒤로 물러났다. 그녀의 입에서 터져 나온 외침을 나는 알아듣지 못했다. 러시아어였다고 생각했지만 다음 순간 그것이 이탈리아어였음을 알았다.

"손 올리시지."

그것은 플리포의 허스키한 목소리였다. 플리포가 자동 권총을 들고 문가에 서 있었다.

9

체중을 지탱하고 있던 목발을 떨어뜨리지 않는 선에서 최대한 손을 높이 들어 올리며, 나는 너무 부주의했거나 허영심에 들떠 여자와 대화를 나누는 동안 권총을 손에 쥐고 있지 않았던 나 자신에게 속으로 욕설을 퍼부었다.

공주가 집으로 돌아온 이유는 바로 이것이었다. 이탈리아 청년을 풀어 주고 나면 그가 강도 사건에 연루되지 않았다고 우리가 의심할 이유가 없으니 그의 친구들 사이에서 강도를 찾아보리라고 생각했을 것이다. 물론 가석방 죄수인 그는 자신의 결백을 우리에게 납득시켰을 수도 있다. 그녀가 플리포에게 총을 준 이유는 그래야 그가 총을 쏘아 대며 무사히 빠져나가거나 탈출을 시도하다 죽음을 맞이함으로써 어느 쪽이든 그녀를 돕게 되기 때문이었다.

내가 이런 생각을 머릿속으로 정리하고 있는 사이 플리포가 내 뒤로 다가왔다. 그가 남은 한 손으로 내 몸을 수색해 원래 내 총과 그의 총, 그리고 여자한테서 빼앗은 총을 모두 가져갔다.

"거래를 하지, 플리포."

그가 나에게서 떨어져 약간 옆쪽으로 물러나는 바람에 그와 여자와 내가 각기 삼각형의 꼭짓점을 이루고 서게 되자 내가 말했다.

"넌 아직 형기가 몇 년 남은 상황에서 가석방을 나와 있어. 네 녀석이 총을 갖고 있는 걸 내가 붙잡았지. 그것만으로도 넌 큰집으로 돌아가기에 충분해. 네가 이번 사건에 가담하지 않았다는 건 내가 알아. 아마 혼자서 사소한 일을 꾸미려고 왔겠지만 나로선 그걸 증명할 수도 없고 그러고 싶지도 않아. 여기서 혼자 중립을 지키고 걸어 나간다면 난 너를 봤다는 사실을 잊어 줄 거야."

생각에 잠긴 청년의 둥글고 거무스름한 얼굴에 작은 주름살이 패였다.

공주가 한 걸음 그에게 다가갔다.

"방금 전에 내가 저 사람한테 했던 제안 들었죠? 당신이 저 사람을 죽여 준다면 그 제안을 당신에게 하겠어요."

생각에 잠긴 청년의 얼굴 주름살이 더욱 깊어졌다.

"네 선택에 달렸어, 플리포. 내가 너에게 줄 수 있는 건 샌퀜틴 교도소로 돌아가지 않을 자유야. 공주가 너에게 줄 수 있는 건 들통 난 강도질로 챙긴 이득 가운데 상당한 몫이지만 교수형에 처해질 큰 가능성까지 따라올 거야."

내가 그를 대신해 상황을 정리해 주었다.

나보다 자신이 유리한 입장임을 상기한 여자는 열띤 이탈리아어로 그를 무섭게 다그쳤다. 내가 아는 이탈리아어는 네 단어뿐이었다. 그중 둘은 불경했고 둘은 음란했다. 나는 그 네 단어를 모두 말했다.

청년은 약해지고 있었다. 열 살만 더 먹었더라도 그는 내 제안을 선택하고 내게 고마워했을 것이다. 하지만 그는 어렸고, 지금 생각해 보니 여자는 아름다웠다. 대답이 무엇일지 짐작하는 것은 어렵지 않았다.

"하지만 저 사람을 제거하진 않겠어요. 내가 있던 곳에 가두면 돼요."

그가 나의 편의를 위해 영어로 말했다.

플리포가 살인에 각별한 편견이 있다고는 짐작하지 않았다. 살인을 좀 더 쉽게 저지르려고 나를 갖고 노는 게 아닌 한 그냥 필요할 것 같다는 생각에 해본 말에 불과했다.

여자는 청년의 제안이 불만족스러웠다. 그녀는 또다시 폭풍 같은 이탈리아어를 그에게 퍼부었다. 그녀가 이기는 게임이 확실해 보였지만 약점이 있었다. 그녀는 전리품 가운데 무엇이라도 손에 넣게 해주겠다는 좋은 구실로도 그를 설득하지 못했다. 이제 그녀는 자신의 매력에 의존해 그의 마음을 흔들어야 했다. 그렇다면 청년의 시선을 붙들어야 한다는 의미였다.

그와 나의 거리는 그리 멀지 않았다.

공주가 청년에게 가까이 다가갔다. 그녀는 청년의 둥근 얼굴에 온갖 곡조의 노래처럼 감미로운 이탈리아어 음절을 바쳤다.

청년은 그녀에게 넘어갔다.

그가 어깨를 으쓱했다. 그의 온 얼굴이 알겠다고 말하고 있었다. 그가 돌아섰다……

나는 빌린 목발로 그의 머리통을 후려갈겼다.

목발이 산산조각 났다. 플리포의 무릎이 꺾였다. 그의 몸이 길게 쭉 늘어났다. 그는 얼굴부터 바닥에 떨어졌다. 그의 머리칼 사이로 가느다란 벌레처럼 핏줄기가 흘러나와 러그에 고인 것 이외에는 그는 죽은 사람처럼 꼼짝도 하지 않고 쓰러져 있었다.

비틀비틀 한 걸음, 네 발로 기어서 또 한 걸음 움직인 나는 플리포의 총을 손에 넣을 수 있었다.

펄쩍 뛰어 내 옆에서 달아난 여자는 내가 총을 들고 바닥에 앉았을 때 문까지 절반이나 가 있었다.

"멈춰요!"

내가 명령했다.

"그럴 수 없어요."

말은 그렇게 하면서도 일단 잠시 그녀는 걸음을 멈추었다.

"난 나갈 거예요."

"내가 데려갑니다."

그녀는 웃음을 터뜨렸다. 낮고 유쾌하고 자신감 넘치는 웃음이었다.

"난 그 전에 나갈 거예요."

온화한 말투로 공주가 말했다.

나는 고개를 저었다.

"어떻게 나를 막을 건데요?"

그녀가 물었다.

"굳이 막을 필요는 없다고 생각합니다. 당신처럼 지나칠 정도로 분별력이 있는 사람이 내가 이렇게 권총을 겨누고 있는데 달아나려는 시도는 하지 않을 테니까요."

그녀는 즐거움의 파문을 퍼뜨리듯 또다시 웃음을 터뜨렸다.

"나처럼 지나칠 정도로 분별력이 있는 사람이 가지 않을 리가 없겠죠."

그녀가 내 말을 정정했다.

"목발은 망가졌고 당신은 다리를 저는 신세예요. 그러니까 달려와 나를 쫓는다 해도 잡지 못해요. 나를 쏠 것처럼 그러고 있지만 난 믿지 않아요. 물론 내가 당신을 공격한다면 나를 쏘겠지만, 난 그러지 않을 작정이거든요. 난 그냥 걸어 나갈 거고 당신은 그런 나를 쏘지 못할 거예요. 쏘고 싶겠지만 못할걸요. 두고 봐요."

그녀는 나를 향해 어깨 너머로 얼굴을 돌리고 검은 눈동자를 반짝거리며 문을 향해 한 걸음 내디뎠다.

"장담하지 않는 게 좋을 겁니다!"

내가 위협하듯 말했다.

대답 대신 그녀는 달콤한 웃음소리를 들려주었다. 그러고는 한 걸음 더 내디뎠다.

"멈춰, 이 멍청이!"

내가 그녀에게 고함을 질렀다.

어깨 너머로 돌아보는 그녀의 얼굴이 나를 향해 웃고 있었다. 그녀는 서두르는 기색 없이 문으로 걸어갔고, 걸음을 옮길 때마다 짧은 회색 플란넬 스커트가 회색 모직 스타킹을 신은 다리의 종아리 선을 고스란히 드러내 주었다.

총을 쥐고 있는 나의 손에 땀이 고였다.

오른발로 문턱을 밟는 순간 그녀의 목구멍에서 작게 킥킥 소리가 새어 나왔다.

"아듀!"

그녀가 부드럽게 말했다.

그리고 나는 그녀의 왼쪽 종아리에 총알을 박아 주었다.

그녀가 털썩 주저앉았다! 새하얀 얼굴에 놀라는 기색이 번졌다. 통증을 느끼기엔 아직 너무 일렀다.

이전까지 나는 여자를 쏘아 본 적이 한 번도 없었다. 기분이 이상했다.

"내가 쏠 거라는 걸 알았어야지!"

내 목소리는 내가 듣기에도 낯선 사람처럼 거칠고 야만스러웠다.

"난 장애인한테서도 목발을 훔쳤던 사람 아니던가?"

크게 한탕
The Big Knock-Over

1

나는 진 래루이의 술집에서 패디 더 멕스를 찾아냈다.

스페인 왕처럼 생긴 쾌활한 사기꾼 패디는 나를 보자 큼지막한 하얀 치아를 드러내며 미소를 짓더니 한쪽 발로 내게 의자를 밀어 준 뒤 동석했던 아가씨에게 말했다.

"넬리, 샌프란시스코에서 마음이 최고로 넓은 탐정님께 인사 드려. 이 작고 뚱뚱한 아저씨는 말이야, 범인을 잡아서 결국 종신형에 처할 수만 있다면 누구를 위해서든 어떤 일이라도 하는 양반이지."

시가로 여자 쪽을 가리키며 그가 나를 향해 돌아앉았다.

"이쪽은 넬리 웨이드인데 자네가 아무리 애써도 약점 잡힐 데 없는 사람이야. 일을 안 해도 되거든. 늙다리 남편이 밀주업자라서."

파란색 옷을 입은 날씬한 여자였다. 하얀 피부에 길쭉한 초록색 눈, 짧은 갈색 머리. 그녀가 테이블 위로 내게 손을 뻗으며 시무룩했던 표정을 풀자 얼굴에 생기가 돌며 미인으로 돌변했고, 우리는 둘이 함께 패디를 보며 웃음을 터뜨렸다.

"5년 만인가요?"

그녀가 물었다.

"6년."

내가 정정해 주었다.

"젠장! 언젠가는 내가 탐정을 속이는 날이 오겠지."

패디가 말하고는 씩 웃으며 웨이터를 불렀다.

지금껏 그는 모든 이들을 속여 넘겼다. 그는 교도소에 들어가 잔 적이 한 번도 없었다.

나는 다시 여자를 쳐다보았다. 6년 전, 이 아가씨 앤젤 그레이스 카디건은 필라델피아 부잣집 청년 여섯 명에게 사기를 쳤다. 댄 머리와 내가 그녀를 붙잡았지만, 피해자들 중 누구도 그녀에게 불리한 증언을 하려 들지 않았으므로 결국 풀려났다. 당시 열아홉 살의 애송이였지만 그녀는 이미 능숙한 사기꾼이었다.

플로어 한가운데에선 래루이가 데리고 있는 아가씨 한 명이 〈원하는 걸 내게 말해 주면 당신이 무얼 갖게 될지 내가 말해 줄게요Tell Me What You Want and I'll Tell You What You Get〉를 부르기 시작했다. 패디 더 멕스는 웨이터가 가져온 진저에일 잔에 진 술병을 기울여 술을 보탰다. 우리는 술을 마셨고 나는 패디에게 이름과 주소가 연필로 적힌 쪽지를 건넸다.

"잇치 메이커가 전해 달라더군. 어제 폴섬 교도소 갔다가 만났거든. 자기 어머니라면서 자네가 찾아가서 필요한 게 뭔지 알아봐 달라던데. 내 생각엔 자네와 그 친구가 함께 작업한 사기극에서 얻은 자기 몫을 어머니한테 주라는 뜻이겠지."

내가 설명을 했다.

"자네 때문에 나 마음 상했어."

패디가 주머니에 쪽지를 집어넣고 진 술병을 다시 꺼내며 말했다.

나는 두 잔째 진저에일을 비우고 자리에서 일어나 서둘러 집으로 가려고 두 발을 모았다. 그 순간 래루이의 단골 넷이 가게로 들어섰다. 그들 가운데 한 사람을 알아본 나는 계속 자리에 붙어 있었다. 그는 키가 크고 늘씬했고, 멋쟁이들의 필수 품목으로 온몸을 치장하고 있었다. 날카로운 눈매에 날카로운 얼굴, 뾰족하게 기른 콧수염 아래로 칼날처럼 얇은 입술이 특징인, 블루포인트 밴스였다. 나는 그가 자신의 사냥터인 뉴욕에서 5,000킬로미터나 떨어진 곳에서 무얼 하고 있는지 궁금했다.

그를 등지고 앉아 여가수에게 관심이 있는 척 열심히 쳐다보며 궁금증에 사로잡혀 있는 동안 여가수는 이제 손님들에게 〈나는 부랑자가 되고 싶어 I Want to Be a Bum〉를 불러 주고 있었다. 여가수 뒤쪽으로 구석진 자리에서 다른 도시에서 활약하는 낯익은 얼굴을 또 하나 발견했다. 둥글둥글한 생김새에 혈색이 좋은 디트로이트 출신 총잡이 해피 짐 해커는 두 번이나 사형선고를 받았다가 두 번 다 풀려난 인물이었다.

다시 앞쪽을 돌아보니 블루포인트 밴스와 일행 셋은 우리 자리에서 두 테이블 떨어진 곳에 앉아 있었다. 그의 등이 우리를 향하고 있었다. 나는 그의 동료들을 살폈다.

밴스와 마주 앉아 있는 어깨가 넓은 거인 청년은 빨간 머리에 눈은 파란색이었고 혈색이 불그레했는데, 거칠고 야만적인 느낌이긴 해도 잘생긴 얼굴이었다. 그의 왼쪽에 앉은 사람은 챙이 축 늘어진 모자를 쓰고 눈매가 교활한 검은 머리 아가씨였다. 그녀가 밴스에게 이야기를 하고 있었다. 빨간 머리 기인의 관심사는 온통 오른쪽에 앉아 있는 일행의 네 번째 인물에게 쏠려 있었다. 그럴 만한 여자였다.

그녀는 크지도 작지도 않은 키에 마르지도 뚱뚱하지도 않았다. 가장자리가 초록색이고 은장식이 매달린 러시아풍의 검정색 튜닉을 입고 있었다. 그녀의 의자 등받이에는 검정색 모피코트가 걸쳐져 있었다. 아마도 스무 살 정도인 듯했다. 눈은 새파랬고 입술은 빨간색, 치아는 하얀색, 검정색과 초록색과 은색이 뒤섞인 터번 밑으로 삐져나온 머리칼은 갈색이었고, 코가 일품이었다. 자세히 뜯어보지 않더라도 멋진 아가씨였다. 내가 그렇게 말했다. 패디 더 멕스는 "그야 그렇지"라며 동의했고, 앤젤 그레이스는 나더러 레드 오리어리한테 건너가 여자 친구가 참 멋지다고 생각한다고 말을 걸어 보라고 했다.

"저 친구가 빅 버드 레드 오리어리였어? 멋진 여자 친구는 누구지?"

테이블 밑에서 패디와 앤젤 그레이스 사이에 발을 끼워 넣느라 의자에 낮게 걸터앉으며 내가 물었다.

"낸시 리건, 다른 여자는 실비아 연트예요."

"그럼 우리한테 등을 보이고 앉은 뺀질이는?"

내가 계속 캐물었다.

테이블 밑에서 여자의 발을 찾던 패디의 발이 나와 부딪쳤다.

"차지 좀 마, 패디. 얌전하게 굴게. 어쨌거나 나도 멍들도록 여기 계속 있을 건 아니야. 집으로 갈 거라고."

내가 호소하듯 말했다.

272

그들과 작별 인사를 주고받은 뒤 나는 계속 블루포인트 밴스를 등진 채 길가로 향했다.

문을 나서려던 나는 두 남자가 들어오는 바람에 옆으로 비켜서야 했다. 둘 다 나를 아는 인물들이었지만 누구도 나를 눈여겨보지 않았다. 시니 홈스(과거 마차 몰고 다니던 시절 캐나다 무스조에서 활약하며 강도질을 하던 노인과는 다른 인물이다)와 볼티모어 개구리 섬의 왕이란 별명을 지닌 데니 버크였다. 둘은 어울리는 짝이었고, 둘 다 이익이 확실하고 정치적인 보호 목적이 아닌 한 사람 목숨을 빼앗을 생각은 하지 않았다.

밖으로 나온 나는 오늘 밤 래루이의 술집 한 군데만 해도 사기꾼들이 한가득 득시글거리니 우리들 중에도 사기꾼이 드문드문 섞여 있을 것이라는 생각을 하며 키어니 가를 향해 산보하듯 걸어갔다. 어느 건물 현관 앞에서 얼씬거리던 그림자가 내 생각에 훼방을 놓았다.

그림자가 "슉! 슉!"이라고 말했다.

걸음을 멈춘 나는 그림자를 유심히 쳐다보았고, 과거에 이따금씩 나에게 정보를 물어다 주던 마약중독자 신문 배달부 비노란 걸 알아차렸다. 그의 정보는 일부는 쓸 만했고 일부는 허위였다.

"나 지금 졸리거든, 그리고 말더듬이 모르몬교 신자에 대한 이야기는 이미 들었으니까 그 얘기를 하려던 거였으면 미리 말해. 난 가던 길이나 갈 테니까."

신문 더미를 안고 있는 비노를 따라 건물 현관으로 들어서며 내가 말했다.

"모르몬교 신자에 대해서는 아무것도 모르지만, 다른 건 알아요."

그가 투덜거렸다.

"그래서?"

"아저씨야 '그래서'라고 말해도 상관없지만, 내가 알고 싶은 건 그 얘기를 해서 나한테 뭐가 생기느냐는 거겠죠?"

"아늑하고 편한 구석에 가서 눈이나 붙이시지그래. 정신 차리고 나면 괜찮아질 거다."

내가 다시 길 쪽으로 걸어가며 그에게 충고했다.

"이봐요! 들어 보세요, 할 얘기가 있다니까요. 하늘에 맹세해요!"

"그래서?"

"들어 보세요!"

그가 가까이 다가와 속삭이기 시작했다.

"누가 시맨스 내셔널 은행을 어쩔 계획이래요. 웬 소란인지는 모르겠는데 진짜예요. 하늘에 맹세해요! 뻥치는 거 아니에요. 이름은 몰라서 못 가르쳐 줘요. 내가 알면 다 말해 줄 거라는 거 아저씨도 알잖아요. 하늘에 맹세해요! 10달러만 주세요. 그 정도 가치는 있잖아요, 안 그래요? 이건 진짜 생생한 정보잖아요, 하늘에 맹세해요!"

"그래, 마약쟁이 콧구멍에서 나온 듯 아주 생생하구나!"

"아니에요! 하늘에 맹세해요! 내가……"

"그럼 그 계획이 뭔데?"

"몰라요. 시맨스가 털린다는 것밖엔 못 들었는데, 하늘에 맹……"

"어디서 들은 얘기야?"

비노는 머리를 흔들었다. 나는 그의 손에 1달러 은화를 한 개 쥐여 주었다.

"주사 한 대 맞고 나머지 이야기도 잘 생각해 봐, 충분히 재미있으면 나머지 9달러도 줄게."

내가 그에게 말했다.

나는 비노가 들려준 이야기에 골몰해 이마를 찌푸리며 모퉁이를 돌아 계속 걸어갔다. 이야기 자체는 자기를 믿어 주는 탐정한테 푼돈을 얻어 내려고 아이가 꾸며 낸 실마리로서 소기의 목적을 달성하기에 딱 알맞게 들렸다. 하지만 그 이야기가 전부는 아니었다. 수많은 술집이 있는 도시에서 겨우 한 군데에 불과한 래루이의 술집이 인명과 재산을 위협하는 범죄자들로 가득했다. 특히나 시맨스 내셔널 은행을 담당하는 보험사가 콘티넨털 탐정사무소의 고객이었기에 살펴볼 만한 가치가 있었다.

모퉁이를 돌아 키어니 가를 따라 스무 발자국쯤 걸음을 옮기던 나는 발길을 멈추었다.

내가 방금 빠져나온 거리에서 두 번의 총성이 들려왔다. 꽤 큰 권총에서 난 소리였다. 나는 오던 길을 되돌아갔다. 모퉁이를 돌자마자 사람들이 길가에 무리 지어 모여 있는 것이 보였다. 열아홉 살이나 스무 살쯤 되었을까 말쑥하게 차려입은 아르메니아인 청년 하나가 주머니에 양손을 넣고 내 옆을 스쳐 반대 방향으로 느긋하게 어슬렁어슬렁 걸어가며 나직이 〈상심한 수Broken-hearted Sue〉를 휘파람으로 불렀다.

나는 이제 비노를 둘러싸고 군중으로 변한 사람들 무리에 합류했다. 비노가 죽어 있고, 그의 가슴에 뚫린 두 군데 총구멍에서 흘러나온 피가 밑에 깔린 신문을 적시고 있었다.

나는 래루이의 술집으로 올라가 안을 들여다보았다. 레드 오리어리, 블루포인트 밴스, 낸시 리건, 실비어 연트, 패디 더 멕스, 앤젤 그레이스, 데니 버크, 시니 홈스, 해피 짐 해커, 그들 가운데 아무도 거기에 없었다.

나는 비노가 쓰러져 있는 곳으로 돌아와, 현장에 도착한 경찰이 사방에 질문을 던졌지만 아무것도 알아내지 못하고 목격자도 찾지 못한 채 신문 배달 소년의 시신을 챙겨 현장을 떠날 때까지 벽을 등지고 줄곧 주변을 서성거렸다.

나는 집으로 가 잠자리에 들었다.

2

아침에 나는 탐정사무소 자료실에서 한 시간을 보내며 자료와 기록을 뒤졌다. 레드 오리어리와 데니 버크, 낸시 리건, 실비아 연트에 대해서는 아무런 자료도 없었고, 패디 더 멕스에 대한 몇 가지 추측만 확보되어 있었다. 앤젤 그레이스와 블루포인트 밴스, 시니 홈스, 해피 짐 해커에 대해서도 확실하게 진행되고 있는 수사는 전혀 없었지만 그들의 사진은 있었다. 은행 개점 시간인 10시에 나는 그들의 사진과 비노의 단서를 갖고 시맨스 내셔널 은행으로 향했다.

콘티넨털 탐정사무소 샌프란시스코 지부는 마켓 가 사무실 건물에 자리 잡고 있다. 시맨스 내셔널 은행은 샌프란시스코의 금융 중심가인 몽고메리 가에 있는 높은 회색 건물 1층을 전부 차지한다. 불필요하게 걷는 것을 싫어하는 나는 일곱 블록 정도 거리라도 대개는 전차를 타는 편이다. 하지만 그날따라 마켓 가에 교통 체증이 좀 있기에 나는 그랜트 애버뉴를 따라 걸어가기 시작했다.

몇 블록 걷다 보니 내가 향하고 있는 시내 쪽에서 무언가 잘못되었음이 감지되기 시작했다. 일단 소음이 들려왔다. 고함 소리와 덜걱거리는 소리, 폭발음까지. 서터 가에 이르자 한 남자가 마치 빠진 턱을 제자리로 돌려놓으려는 듯 양손으로 얼굴을 쥐고 내 곁을 스쳐 지나갔다. 그의 뺨엔 피가 흐르고 있었다.

나는 서터 가를 따라 내려갔다. 차량이 몽고메리 가까이 빽빽하게 밀려 있었다. 모자를 쓰지 않은 남자들이 흥분해서 주변을 뛰어다녔다. 폭발음이 더욱 선명해졌다. 경찰을 가득 태운 자동차가 교통량이 허락하는 수준에서 최대한 빠르게 내 옆을 지나갔다. 사이렌을 울리며 도로를 달리던 앰뷸런스 한 대는 길이 완전히 막힌 곳에 이르자 인도로 올라갔다.

나는 빠른 걸음으로 키어니 가를 건넜다. 도로 반대편에서는 순찰 경찰관 두 명이 달리고 있었다. 한 사람은 총을 빼 든 상태였다. 폭발음이 드럼 합주처럼 앞쪽에서 연이어 들려왔다.

몽고메리 가로 방향을 튼 나는 앞서 가던 구경꾼 몇 명을 발견했다. 도로 한복판을 가득 메운 트럭과 임대용 자동차, 택시가 모두 버려져 있었다. 부시 가와 파인 가 사이의 다음 블록은 지옥의 휴일을 맞은 듯 혼란의 도가니였다.

시맨스 내셔널 은행과 골든게이트 신탁회사가 도로를 사이에 두고 서로 마주 보고 있는 블록의 한가운데가 소란스러운 휴일 분위기의 정점이었다.

그로부터 여섯 시간 동안 나는 뚱뚱한 여자한테 달라붙은 벼룩보다도 더 바빴다.

3

오후 늦게야 수사를 중단하고 휴식을 취한 나는 영감님과 회의를 하려고 사무실로 들어갔다. 그는 늘 손에서 놓지 않는 노란색 연필로 책상을 톡톡 두들기며 의자에 기대앉아 창밖을 내다보고 있었다.

큰 키에 통통한 몸, 하얀 콧수염을 기르고 할아버지처럼 온화한 연분홍색 얼굴에 테 없는 안경 너머로 하늘색 눈동자를 빛내는 이 칠십대 사나이가 바로 나의 상관인데, 그는 사형집행인의 밧줄보다도 더 온기가 없는 인물이다. 콘티넨털 탐정사무소를 위하여 50년간 범죄자를 쫓아 다닌 끝에 그에게 남은 것이라곤 명석한 두뇌와 함께 상황이 좋을 때나 나쁠 때나 똑같이 부드러운 말투와 온화한 미소로 대하는 가면 같은 정중함뿐이었다. 그리고 경우에 따라선 좋은 상황이 곧 나쁜 상황을 의미 하기도 했다. 그의 수하에서 일하는 우리는 그의 냉담함을 자랑스럽게 여겼다. 우리는 그가 7월에도 고드름을 뱉어 낼 수 있다고 호언장담했고, 우리끼리는 그를 본디오 빌라도*라고 불렀다. 그가 자살행위나 다름 없는 일을 우리에게 맡겨 십자가를 지게 하면서도 정중히 미소를 짓기 때문이었다.

내가 들어서자 그는 창가에서 돌아앉아 턱짓으로 의자를 가리키고는 연필로 콧수염을 쓰다듬었다. 그의 책상에 놓인 석간신문에는 시맨스 내셔널 은행과 골든게이트 신탁회사가 동시에 약탈당한 사건에 대한 기사가 다섯 가지 색깔로 각기 비명을 내지르고 있었다.

"상황은 어떤가?"

날씨를 묻는 사람처럼 대수롭지 않게 그가 물었다.

"상황이야 엉망이죠. 범죄자들이 하나도 아니고 150명쯤 돌아다니고 있었습니다. 제가 직접 목격한 것만도 100명은 되는 것 같은데, 제가 못

---

*예수 그리스도에게 십자가형을 선고한 로마 총독.

본 놈들도 많겠죠. 놈들은 곳곳에 포진해 있다가 달려들어 필요할 때마다 이빨을 드러냈습니다. 물어뜯기도 했고요. 놈들은 경찰의 접근을 차단해 이리저리 뛰어다니기만 하는 무용지물로 만들었습니다. 놈들은 정각 10시에 근방 지역 전체를 장악하고 은행 두 군데를 덮쳐 사람들을 상당수 쫓아내거나 쓰러뜨렸어요. 그런 대규모 악당들한테 실제로 은행을 터는 일은 식은 죽 먹기였죠. 다른 놈들이 도로를 장악하고 있는 동안 스무 명에서 서른 명쯤 되는 놈들이 각기 양쪽 은행을 털었습니다. 그자들은 전리품을 챙겨 집으로 가져가는 것밖엔 별로 할 일도 없었을 겁니다.

시내에선 현재 대단히 성난 기업가들이 회의를 벌이고 있습니다. 경찰 책임자의 심장에서 피를 뽑아내려 들 정도로 격노한 주식중개인들이 저마다 떨치고 일어났거든요. 경찰이 기적을 행하지 못한 건 아쉬운 일이지만, 어느 경찰 부서도 그 정도 규모의 속임수를 감당하진 못해요. 자기네 능력이 얼마나 출중하다고 믿든 그건 상관없었을 겁니다. 모든 일은 20분 이내에 벌어졌습니다. 말하자면 만반의 싸울 준비를 갖춘 150명의 폭력배들이 달려들어 각자 맡은 임무를 철저히 수행한 겁니다. 거기에 얼마나 많은 경찰을 투입해야 범죄 규모를 판단하고 대응을 계획하고 그 짧은 시간에 진압을 하겠어요? 경찰은 항상 앞을 내다봐야 한다고, 모든 응급상황에 대처방법을 강구해 놓아야 한다고 누구나 말을 하기는 쉽지만, 다 '썩어 빠졌다'고 고함지르는 바로 그 사람들이야말로 막상 경찰 병력과 장비를 확충해야 하니까 몇 푼이라도 세금을 올리겠다고 하면 '강도짓'이라고 제일 먼저 꽥꽥거릴 장본인들일걸요.

하지만 경찰의 위신이 바닥에 떨어진 건 의문의 여지 없는 엄연한 사실이고, 도끼날 서슬에 목이 잘려 나갈 사람이 꽤나 많을 겁니다. 악당들 역시 경찰의 수법을 잘 알고 있었기 때문에 방탄차도 소용이 없었고 수류탄도 확률이 반반이었어요. 하지만 경찰 측에 정말로 망신을 준 건 경찰이 소유하고 있던 기관총이었죠. 은행가들과 중개인들은 기관총이 무용지물이었다고 이야기하고 있습니다. 고의로 조작이 되었거나 단순 관리 소홀이었으리라는 게 모든 사람들의 짐작이지만, 빌어먹을 기관총 가운데 글쎄 한 자루만 사격이 가능했고 그나마도 잘 안 쏴지더랍니다.

도주로는 몽고메리 가에서 콜럼버스 가로 이어지는 북쪽 방향이었습니다. 콜럼버스 가를 따라 행진하던 차량 행렬은 한 번에 몇 대씩 주변 도로로 빠져나갔어요. 뒤쫓던 경찰은 워싱턴 가와 잭슨 가 사이에서 매복조와 충돌했지만, 놈들이 총을 쏘며 경찰 저지선을 뚫고 달아났을 즈음엔 강도들의 차량은 도시 전체로 흩어졌습니다. 나중에 발견된 수많은 범행 차량은 비어 있었어요.

경찰 병력이 아직 모두 귀환하지는 않았지만 지금 당장 파악된 현황은 이렇습니다. 피해 금액이 수백만 달러를 얼마나 뛰어넘을지는 하느님만이 아실 일이고, 민간인이 총기로 저지른 강도 사건으로서는 분명 최고 거액일 겁니다. 경찰 열여섯 명이 사망했고 부상자 수는 그 세 배나 됩니다. 죄 없는 구경꾼들과 은행 직원 같은 이들도 열두 명이 죽었고 비슷한 숫자가 총상을 입었습니다. 범인 둘과 총상을 입은 다섯 명이 잡혔는데, 그 다섯 명은 강도 일당인지 너무 가까이 접근한 구경꾼인지 확실하지 않답니다. 우리가 알기로 강도 쪽 손실은 사망자 일곱과 체포된 서른다섯 명인데, 대부분 어딘가 피를 흘리던 놈들입니다.

사망자 중 한 명은 뚱보 클라크더군요. 기억나세요? 3, 4년 전에 디모인 법정에서 총을 쏘고 달아난 놈 말입니다. 암튼 그자의 주머니에서 종잇조각이 하나 나왔는데, 파인 가와 부시 가 사이부터 몽고메리 가와 사건이 벌어진 블록 전체의 지도였습니다. 지도 뒤에는 정확히 어떤 행동을 언제 해야 하는지 지시하는 명령이 타이핑되어 있었고요. 지도에 X표가 그려진 지점은 그자가 데려간 일곱 명과 함께 자동차를 주차할 곳이었고, 동그라미가 그려진 지점은 일행과 지키고 서서 특정 도로 건너편의 건물 창문과 옥상을 전반적으로 면밀히 감시하라는 표시였습니다. 지도에는 숫자 1, 2, 3, 4, 5, 6, 7, 8로 출입구와 계단, 움푹 들어간 창문 따위를 표시해 두어, 주변 건물의 창문과 옥상에서 총알이 날아오는 경우 몸을 숨기는 데 사용하도록 지시되어 있었죠. 해당 블록의 끄트머리인 부시 가는 클라크가 주시해야 할 구역이 아니었지만, 만일 경찰이 파인 가 쪽의 경계선을 점령하는 경우엔 부하들을 이끌고 그쪽으로 이동해, a, b, c, d, e, f, g, h로 각기 표시된 지점으로 흩어질 예정이었습니다. (그의 시신은 a 지점에서 발견되었고요.) 약탈이 자행되는 동안 매 5분마다 한 번씩 그는 지도에 별표가 그려진 지점에 서 있는 차량으로 사람을 보내 새로운 지시 사항이 있는지 확인해야 했습니다. 만일 자기가 총에 맞아 쓰러지는 경우엔 누군가 한 사람이 그 차로 가서 반드시 보고를 하고, 새로운 리더가 작전을 수행해야 한다고 부하들에게 당부해 놓아야 하고요. 퇴각 신호가 떨어지면, 타고 왔던 자동차로 먼저 한 사람을 보내는 겁니다. 아직 차량 운행이 가능하면 그 사람이 차를 운전하되 다른 차를 추월해서는 안 됐죠. 차가 망가졌을 경우에는 별표가 그려진 지점의 지휘 차량으로 가서 보고를 하고 새 자동차를 확보할 방법에 대한 지시 사항을 들었습니다. 그런 부분까지도 세세하게 해결할 수 있도록 놈들이 주변에 주차된 차량을 충분히 확보해 두었던 것 같습니다. 클라크는 자동차가 오기를 기다리며 부하들과 함께 맡은 구역에 있는 모든 목표물에 가능한 한 많은 총알을 쏟아부었고, 자동차가 바로 옆까지 다가오기 전에는 아무도 차에 오르지 않았습니다. 그러고 나서 그들은 몽고메리 가를 빠져나가 콜럼버스 가로 접어들었고 어딘가를 향해 차를 타고 달아났습니다. 무슨 말인지 아시겠어요?"

내가 물었다.

"150명이나 되는 총잡이들이 소그룹으로 나뉘어 그룹별로 우두머리의 지시 아래 각자가 해야 할 일을 적은 계획표와 지도를 지니고 있었던 겁니다. 몸을 숨길 수 있는 소화전부터, 밟고 올라설 벽돌이며 총을 쏘는 위치까지, 총을 쏘아 맞힐 경찰관의 이름과 주소를 제외한 모든 것이 적혀 있었다고요! 비노가 세부 사항을 저한테 알려 줄 수 없었던 게 차라리 다행입니다. 들었더라도 마약중독자의 허무맹랑한 꿈이라고 치부했을 테니까요!"

"아주 흥미롭군."

영감님이 환하게 미소를 지으며 말했다.

나는 사건 개요를 계속해서 설명했다.

"우리 쪽에서 확보한 일정표는 뚱보 클라크의 지도밖에 없습니다. 사망자와 체포된 자들 가운데서도 몇몇 아는 얼굴을 보았는데, 다른 사람들은 경찰에서 아직 신원 파악 중이에요. 몇몇은 근방에서 활약하던 놈들인데 대부분은 외부에서 들여온 인력인 듯합니다. 디트로이트, 시카고, 뉴욕, 세인트루이스, 덴버, 포틀랜드, 로스앤젤레스, 필라델피아, 볼티모어, 사방에서 대표단을 보낸 것 같더군요. 경찰에서 신원 파악을 끝내는 대로 제가 인명부를 만들겠습니다.

잡히지 않은 놈들 가운데서는 블루포인트 밴스가 주동자 같아요. 그자는 작전을 지휘하던 차에 타고 있었습니다. 그자와 함께 타고 있던 다른 사람들은 누군지 모르겠어요. 시버링 키드도 현장에 있었고, 정면으로 얼굴을 보진 못했지만 알파벳 쇼티 매코이도 본 것 같습니다. 벤더 반장은 추격 중에 투츠 샐더와 더비 엠러플린을 봤다고 말했고, 모건은 디드앤댓 키드를 봤답니다. 전국에서 총잡이, 협잡꾼, 납치범이 전부 이리로 모여들었으니 참 볼만한 풍경이죠.

오후 내내 경찰 본부는 도살장이나 다름없었습니다. 잡아온 손님들을 한 사람도 죽이진 않았지만 — 일단 제가 알기론 없습니다 — 놈들한테서 자백을 받아 내려고 경찰관들이 신처럼 군림하고 있거든요. 3도 화상이라고 부르는 경찰의 가혹 행위를 취재하고 싶어서 안달하는 신문 기자들은 지금 그곳에 가면 금상첨화일 겁니다. 암튼 약간의 구타가 이루어지고 나자, 일부 손님들이 입을 열었습니다. 하지만 황당한 건 놈들이 전체 그림을 모른다는 거예요. 몇몇 이름을 알긴 하데요. 데니 버크, 얼간이 토비, 올드 피트 베스트, 뚱보 클라크, 패디 더 멕스 같은 이름들이 나왔죠. 그게 수사에 도움이 되긴 하겠지만, 경찰 병력 전체를 동원해 두들겨 패고 있는데도 다른 이야기는 끄집어내지 못했습니다.

사건은 이런 식으로 조직된 것 같습니다. 가령, 데니 버크는 볼티모어에서 활약하던 범법자로 알려져 있습니다. 데니가 비슷비슷한 녀석들을 한 번에 여덟 명에서 열 명쯤 모아 놓고 말을 합니다. '간만에 바닷가에 가서 돈 좀 벌지 않을래?' 그가 친구들에게 말을 꺼내는 겁니다. '무슨 일인데?'라고 물으며 지원자들이 알고 싶어 하죠. 개구리 섬의 왕은 이렇게 말합니다. '시키는 대로 하기만 하면 돼. 너희들 나 알잖아. 완전 비밀인데, 이번 건은 제대로 한몫 단단히 챙길 수 있는 진짜 짜릿한 일이라는 것만 알려 줄게. 동참하는 사람들은 누구나 현찰을 두둑하게 챙겨서 집으로 돌아올 거야. 욕심만 부리지 않으면 다들 무사히 집으로 돌아올 거란 말이지. 내가 얘기할 수 있는 건 여기까지야. 마음에 안 들면

잊어버려.'

　데니와 알고 지내던 그 녀석들은 데니가 쓸 만한 일이라고 말하면 자기들한테도 짭짤한 일이란 걸 믿습니다. 그래서 그와 한패거리를 이루죠. 데니는 동료들한테 아무 말도 해주지 않았습니다. 그냥 총을 가져오라고 시키고 각자에게 샌프란시스코행 기차표와 20달러씩 나눠 준 뒤 이곳에서 만날 장소만 알려 줬죠. 어젯밤엔 그들을 모아 놓고 오늘 아침에 일을 하게 될 거라고 설명했겠죠. 놈들이 시내 곳곳으로 흩어져 돌아다닐 때쯤엔 투츠 샐더, 블루포인트 밴스, 시버링 키드 같은 거물을 포함해서 한다하는 솜씨들이 도시에 넘쳐 나고 있다는 걸 깨닫습니다. 그래서 오늘 아침 놈들은 개구리 섬의 왕을 따라서 신나게 시키는 대로 약탈에 앞장을 섰을 겁니다.

　다른 녀석들의 이야기도 좀 다르긴 하지만 엇비슷합니다. 경찰에선 가뜩이나 바글거리는 감방에 정보원도 몇 명 심어 놓았거든요. 강도들이 서로 얼굴을 아는 경우가 워낙 드물어서 정보원이 활동하기엔 손쉬웠지만, 그들이 용의자들 사이에서 좀 더 알아낸 것은 오늘 밤에 터질 대형 건수가 더 있다고 기대하더라는 것뿐입니다. 놈들은 자기네 일당이 유치장을 습격해 잡혀 온 놈들을 풀어 줄 거라고 생각하는 듯하답니다. 그렇다면 상대하기에 만만치 않겠지만 어쨌거나 이번엔 경찰 측에서도 대비가 되어 있을 겁니다.

　현재로선 이런 상황입니다. 경찰이 온 거리를 휩쓸고 다니면서 면도도 제대로 안 했거나, 주임목사가 서명한 집회 참여 증명서를 갖고 있지도 않으면서, 유별나게 기차와 배, 자동차로 시외로 빠져나가려 하는 사람들을 골라내고 있어요. 저도 잭 커니핸과 딕 폴리를 노스비치에 보내서 공조수사를 하며 무언가 알아낼 게 있는지 보라고 해두었습니다."

"블루포인트 밴스가 이번 강도 사건의 총지휘를 맡을 정도로 머리가 뛰어나다고 생각하나?"

"그러기를 바랍니다. 우리가 아는 놈이니까요."

영감님은 의자를 돌려 흐린 눈으로 다시 창밖을 내다보며 생각에 잠긴 듯 연필로 책상을 두들겼다.

"안타깝지만 난 아닌 것 같네."

조심스러운 듯 미안한 말투로 그가 말했다.

"밴스는 약삭빠르고 지략도 있고 결단력 있는 범죄자지만 그런 유형에게 흔한 한 가지 단점을 갖고 있지. 그자의 능력은 눈앞에 닥친 상황에서만 효과가 있을 뿐, 미리 계획하는 재주는 없어. 그자가 대형 범죄를 저지른 건 사실이지만, 난 항상 누군가 다른 사람이 그의 배후에서 일하고 있다고 생각했네."

나는 그 말에 이견을 달 수가 없었다. 영감님이 그렇다고 하면 그럴지도 몰랐다. 그는 억수로 비가 내리는 창밖을 내다보면서도 "비가 오는 것 같다"고 말할 정도로 신중한 사람이었다. 누군가가 지붕에서 물을 쏟아붓는 일은 도저히 있을 법하지 않은데도 말이다.

"그럼 이번 사건의 주모자는 누굴까요?"

"그야 나보다 아마 자네가 먼저 알게 되겠지."

그가 인자하게 미소를 지으며 말했다.

4

시경으로 돌아가 8시 무렵까지 용의자들을 족치는 데 일손을 돕던 나는 문득 허기를 느꼈다. 아침 식사 이후 아무것도 먹지 않았다는 사실을 떠올렸다. 나는 배를 채우고 나서, 괜한 운동으로 소화에 방해가 되지 않도록 래루이의 술집을 향해 한가롭게 걸음을 옮겼다. 래루이의 술집에서 45분쯤 있었지만 특별히 관심을 끄는 사람은 보이지 않았다. 아는 얼굴이 몇몇 와 있었지만 그들은 나와 어울리기를 꺼렸다. 사건이 터지고 난 직후에 탐정과 머리를 맞대고 있는 광경을 주변에 보이는 것은 범죄자 세계에서 별로 바람직한 일이 아니다.

아무것도 알아내지 못한 나는 거리로 나와 또 다른 술집인 웹 힐리의 주점을 향해 걸어갔다. 그곳에서도 나를 맞이하는 분위기는 똑같았다. 나는 테이블로 안내되었고 홀로 남겨져 있었다. 힐리의 악단이 유일한 레퍼토리인 〈속이지 마Don't You Cheat〉를 연주하자, 흥에 겨웠는지 손님들 몇 명이 플로어로 나와 발을 구르며 춤을 추었다. 춤을 추러 나온 사람들 가운데, 이목구비가 뚜렷하고 기분 좋은 인상에 약간 멍청해 보이는 거구의 갈색 피부 아가씨를 와락 끌어안고 있는 잭 커니핸도 보였다.

잭은 몇 달 전 콘티넨털 탐정사무소로 흘러든 키가 크고 호리호리한 스물서너 살의 청년이었다. 돈벌이라고는 그도 난생처음 해보는 일이었는데, 그나마도 그의 아버지가 대학을 간신히 졸업하는 것으로 평생에 할 일은 다 했다는 생각을 던져 버리기 전까지는 가족으로 인정하지 않겠다고 단단히 고집을 피우지 않았다면 일자리를 얻을 생각은 하지 않았을 것이다. 어쨌든 잭은 그래서 탐정사무소에 들어왔다. 그는 탐정 일이 재미있을 것이라고 생각했다. 엉뚱한 넥타이를 매는 것보다 엉뚱한 사람을 잡는 일이 더 잦기는 했지만, 그는 도둑을 잡는 일에 장래가 촉망되는 젊은이였다. 붙임성 좋은 이 젊은이는 호리호리한 체구임에도 근육질이었고, 매끄러운 머릿결에 신사다운 얼굴과 신사다운 매너, 머리 회전과 몸놀림이 빠르고 유들유들한 태도를 갖추었으며, 젊은이답게 될 대로 되라는 식의 유쾌함까지 지녔다. 물론 생각이 짧아서 붙잡아 줄 필요는 있었지만, 알고 지내던 수많은 옛 동료들보다 이 청년과 일하는 편이 더 좋았다.

30분이 지나도록 나의 관심을 끄는 것은 아무것도 없었다.

그러다 길거리에서 애송이 청년 하나가 힐리 주점으로 들어섰다. 바지 다림질이 유독 두드러지는 뺀지르르한 차림새의 아담한 청년이었는데, 구두가 엄청 번쩍거렸고, 버르장머리 없어 보이는 누르스름한 얼굴이 앞으로 약간 돌출된 인상이었다. 비노가 살해된 직후 브로드웨이를 뽐내며 걸어가는 것을 내가 목격했던 바로 그 청년이었다.

옆자리에 앉은 여자의 챙 넓은 모자에 가려지도록 의자에 드러눕듯 몸을 낮추며 나는 그 아르메니아인 청년이 테이블 사이를 요리조리 뚫고 지나가 세 사람이 앉아 있는 구석 자리로 다가가는 모습을 관찰했다. 그는 뜻밖이라는 듯이 그들과 열 몇 마디쯤 되는 이야기를 주고받은 뒤, 들창코에 머리칼이 검은 남자가 홀로 앉아 있던 다른 테이블로 자리를 옮겼다. 청년은 들창코와 마주 앉아 또 몇 마디 말을 하더니, 들창코의 질문에 비웃는 듯한 얼굴을 한 뒤 술을 주문했다. 술잔을 비운 그는 실내를 가로질러, 얼굴이 독수리처럼 깡마른 남자에게 말을 붙이고 나서 술집을 나갔다.

나는 잭이 여자와 함께 앉아 있는 테이블 곁을 지나며 그와 눈을 맞춘 뒤 청년을 따라 밖으로 나왔다. 밖에 나오자 아르메니아인 청년이 반 블록쯤 앞서 가고 있는 것이 보였다. 잭 커니핸이 나를 따라잡아 앞질러 걸어갔다. 파티마 담배를 하나 꺼내 입에 물고 내가 잭을 불러 세웠다.

"성냥 좀 있나, 친구?"

나는 그가 건넨 성냥으로 담배에 불을 붙이며 손으로 입을 가린 채 말했다.

"나들이옷을 입은 애송이 녀석을 미행하게. 나도 자네 뒤에서 따라갈 거야. 내가 모르는 놈이기는 하지만 어젯밤에 나한테 정보를 흘렸다는 이유로 비노를 죽인 놈이라면 저쪽에서 나를 알 거야. 바짝 따라붙어!"

잭이 성냥을 주머니에 넣고 청년을 따라갔다. 나는 잭이 한참 앞서 가게 한 뒤 그의 뒤를 쫓았다. 그러자 흥미로운 일이 벌어졌다.

거리엔 사람들이 우글우글했고, 주로 남자들이 걸어 다니거나 구석에서 빈둥거리거나 음료수 가게 앞에서 서성대고 있었다. 아르메니아인 청년이 불이 켜져 있는 골목으로 이어지는 길모퉁이에 당도하자, 두 남자가 골목에서 나타나 약간 서로 거리를 벌려 청년을 포위하듯 다가서며 말을 걸었다. 청년은 그들에게 무관심한 척 계속해서 걸어가려 했지만, 한 남자가 팔을 뻗어 그를 가로막았다. 다른 남자는 주머니에 넣고 있던 오른손을 꺼내어 청년의 얼굴에 들이밀었고 손가락 사이사이에 끼고 있던 은화가 조명을 받아 번쩍거렸다. 청년은 위협적인 손과 앞길을 가로막은 팔을 재빨리 피하며 골목을 지나갔고, 두 남자가 그의 뒤를 바짝 쫓고 있는데도 뒤도 돌아보지 않은 채 걸음을 옮겼다.

그들이 청년을 따라잡기도 전에 또 다른 남자가 그들을 막아섰다. 어깨가 넓고 팔이 긴 원숭이 같은 체형의 남자였는데 본 적이 없는 인물이었다. 그가 고릴라처럼 길쭉한 팔을 뻗어 큼지막한 손으로 두 남자를 한 손에 하나씩 붙잡았다. 두 남자의 목덜미를 움켜쥔 그는 그들의 모자가 바닥으로 떨어질 때까지 맹렬히 흔들다가 둘의 머리를 서로 세게 부딪쳐 빗자루 손잡이 부러지는 소리를 내더니 걸레처럼 축 늘어진 그들의 몸통을 질질 끌며 골목 안으로 사라졌다. 이런 일이 벌어지는 동안 청년은 뒤도 돌아보지 않은 채 빠른 걸음으로 걸어 거리를 내려갔다.

두개골 박살남이 골목에서 나오자 나는 불빛에 드러난 그의 얼굴을 확인했다. 살갗이 거무스름했고 주름 많은 얼굴은 넓적하고 평평했고, 귀 밑으로 턱 근육이 종기처럼 튀어나와 있었다. 그는 침을 뱉고 바지를 추켜올린 뒤 어기적거리며 청년의 뒤를 따라 거리를 걸어갔다.

청년은 래루이의 술집으로 들어갔다. 두개골 박살남도 그를 따라 안으로 들어갔다. 청년이 밖으로 나오자, 5, 6미터쯤 뒤에 두개골 박살남이 모습을 드러냈다. 내가 밖에서 지키고 있는 동안 잭은 그들을 미행해 래루이로 들어갔다.

"여전히 소식을 전하고 다니던가?"

내가 물었다.

"네. 술집에 있는 다섯 남자한테 말을 걸었습니다. 사방에 보디가드가 있는 친구인 것 같죠?"

"맞아. 그러니까 자네도 그들 사이에 끼지 않도록 죽어라 조심해야 해. 둘이 헤어지면 나는 두개골 박살남을 따라갈 테니까 자넨 애송이를 계속 미행해."

우리는 헤어져 각자 목표물을 따라 움직였다. 그들은 우리를 이끌고 카바레, 싸구려 클럽, 당구장, 살롱, 싸구려 여인숙, 매춘업소, 도박장까지 샌프란시스코의 모든 유흥업소를 돌아다녔다. 가는 곳마다 청년은 사람들에게 몇 마디를 전했고, 그렇게 장소를 찾아다니는 사이사이에도 길모퉁이에서 사람들과 접촉했다.

그가 접촉한 인물들의 뒤를 따라가 보고 싶은 마음이 굴뚝같았지만 잭을 혼자 그 청년과 경호원에게 붙여 놓고 싶진 않았다. 그들이 심상치 않은 인물로 보였기 때문이다. 그렇다고 잭이 다른 용의자를 쫓도록 보낼 수도 없었다. 아르메니아인 청년에게 내가 지나치게 가까이 따라 붙는 것은 안전하지 않기 때문이었다. 그래서 우리는 처음 시작했던 것처럼, 새벽을 향해 밤이 깊어질 때까지 구석구석 두 사람을 따라다니며 함께 미행하는 방식을 유지했다.

자정을 몇 분 넘긴 시각, 키어니 가에 있는 작은 호텔에서 나온 두 사람은 우리가 미행을 개시한 이후 처음으로 나란히 서서 그린 가로 걸어 갔고, 그곳에서 다시 동쪽으로 방향을 틀어 텔레그래프 힐을 따라 올라 갔다. 그렇게 반 블록쯤 걸어간 그들은 다 허물어져 가는 하숙집 현관 으로 이어지는 계단을 올라가 안으로 사라졌다. 나는 잭 커니핸이 걸음 을 멈춘 모퉁이에서 그와 합류했다.

"인사말을 다 전한 모양이군, 아니라면 그 녀석이 경호원을 집 안으로 불러들였을 리가 없어. 앞으로 30분 이내에 아무 일도 일어나지 않으면 나는 그만 갈 거야. 자네는 아침까지 이곳에 말뚝을 박도록 해."

20분 뒤 두개골 박살남이 집 밖으로 나와 거리를 따라 내려갔다.

"내가 따라갈게. 자네는 다른 놈을 지키게."

두개골 박살남은 그 집에서 열 발자국 남짓 걸어가다 걸음을 멈추었 다. 그가 집 쪽으로 고개를 돌리고 위층을 올려다보았다. 그제야 잭과 나는 그의 걸음을 멈추게 한 소리를 들을 수 있었다. 집 위쪽에서 한 남 자가 비명을 지르고 있었다. 소리 크기로는 비명이랄 수 없었다. 이제는 아까보다 소리가 더 커지기는 했지만 우리 귀에 겨우 들릴 정도였다. 그 러나 울부짖는 듯한 그 단 한 번의 비명 소리에는 죽음을 두려워하는 모든 심정을 담아 공포에 질려 외치는 절박함이 느껴졌다. 잭이 이를 부 딪치는 소리가 들려왔다. 나도 온몸의 살가죽이 영혼과 분리되는 느낌이 쭈뼛 들었지만 그와 동시에 나의 이마가 씰룩거리며 움직였다. 그렇게 표현하기에는 비명 소리가 너무도 약했다.

두개골 박살남이 움직였다. 쏜살같이 몸을 날려 다섯 걸음 만에 집 안으로 다시 들어갔다. 그는 예닐곱 개쯤 되는 현관 계단을 하나도 밟지 않았다. 고릴라 같은 체격의 소유자로는 도저히 지닐 수 없는 신속하고 날랜 동작으로 소리 없이 인도에서 현관까지 튕기듯 몸을 날렸다. 1분, 2분, 3분이 흐르자 비명이 멈추었다. 3분이 더 흐르자 두개골 박살남이 다시 집을 나섰다. 그는 인도에 잠시 멈춰 서서 침을 뱉고 바지를 추켜올렸다. 그러고 나서 어기적거리며 다시 길을 걸어 내려갔다.

"저 친구는 자네가 맡게, 잭. 나는 애송이를 만나 봐야겠어. 이제는 그 녀석도 나를 못 알아볼 거야."

내가 말했다.

5

도로와 연결되는 하숙집 현관문은 잠겨 있지 않은 정도가 아니라 활짝 열려 있었다. 문을 지나 복도로 들어가자, 흐릿한 조명이 위층으로 올라가는 계단을 비추고 있었다. 나는 계단을 올라가 집 앞쪽으로 향했다. 비명 소리는 집 앞쪽에서 들려왔었다. 2층 아니면 3층에서. 두개골 박살남이 도로로 난 현관문을 닫을 새도 없이 떠나간 것처럼 그가 방문도 열어 두고 갔을 가능성이 꽤나 컸다.

2층에선 별로 운이 없었지만, 3층에서 세 번째 문의 손잡이를 조심스레 돌려 보자 고리가 돌아가며 문이 살며시 열렸다. 약간 벌어진 문틈

앞에서 나는 잠시 기다렸지만, 복도 끝에서 들려오는 요란한 코골이 소리 말고는 아무 소리도 들리지 않았다. 나는 문짝에 손바닥을 대고 몇 뼘 더 문을 열었다. 아무 소리도 없었다. 방 안은 정직한 정치인의 미래처럼 깜깜했다. 나는 문설주 너머로 손을 뻗어 벽지를 더듬거리다 전등 스위치를 찾았고, 불을 켰다. 천장 중앙에 매달린 두 개의 알전구가 초라한 방 안과 침대에 누워 죽어 있는 아르메니아인 청년의 몸에 흐린 노란색 불빛을 쏟아 냈다.

나는 방 안으로 들어가 방문을 닫은 뒤 침대로 다가갔다. 청년은 튀어나올 듯 눈을 부릅뜨고 있었다. 관자놀이 한쪽엔 멍이 들어 있었다. 그의 목은 거의 귀에서 귀까지 길게 잘려 빨간 상처가 벌어져 있었다. 칼로 벤 자국 주변에는 가냘픈 목 군데군데에 핏기가 가시고 검게 멍이 드러났다. 두개골 박살남은 관자놀이를 때려 청년을 쓰러뜨린 뒤에 죽었다고 생각될 때까지 목을 졸랐을 것이다. 그러나 청년은 되살아나 비명을 질렀고, 비명을 지르면 안 된다는 데까지는 미처 생각이 미치지 못했다. 두개골 박살남은 되돌아와 칼로 일을 끝냈다. 침대보에 난 세 군데 핏자국은 그가 칼을 어디에 닦았는지를 보여 주었다.

청년의 주머니 안감이 튀어나와 있었다. 두개골 박살남이 주머니를 뒤진 흔적이었다. 나는 그의 옷을 살폈지만 예상했던 것보다 더 운이 나빴다. 살인자가 모든 것을 가져가 버린 뒤였다. 방에서도 알아낼 것은 없었다. 몇 벌의 옷들뿐, 정보를 얻어 낼 수 있는 물건은 하나도 없었다.

수색을 마친 나는 마룻바닥 한가운데에 서서 턱을 문지르며 생각에 잠겼다. 복도에서 마룻바닥이 삐걱대는 소리가 들려왔다. 고무창이 달린 뒤꿈치로만 움직여 뒤로 세 걸음 만에 먼지 낀 옷장으로 들어간 나는 손가락 반 마디쯤 남겨 놓고 문을 닫았다.

허리춤에서 권총을 꺼내는 사이 방문을 두들기는 소리가 들렸다. 또다시 노크 소리가 들리고 여자 목소리가 "키드, 키드!"라고 외치는 소리가 들렸다. 자물쇠 고리가 딸각 열리고 손잡이가 돌아갔다. 문이 열리자 앤젤 그레이스가 실비아 연트라고 불렀던 교활한 눈매의 아가씨가 문가에 모습을 드러냈다.

청년을 발견한 그녀의 눈빛에서 교활함이 사라지고 놀라움이 자리를 잡았다.

"젠장!"이라고 속삭인 뒤 그녀가 사라졌다.

내가 옷장에서 절반쯤 빠져나왔을 때 살금살금 다가오는 여자의 발소리가 들렸다. 나는 다시 옷장으로 몸을 숨기고 문틈에 눈을 댄 채 기다렸다. 여자가 재빨리 방 안으로 들어와 소리 없이 문을 닫은 뒤 죽은 청년 위로 몸을 수그렸다. 그녀의 손은 내가 안감을 제자리로 돌려 둔 주머니를 뒤지고 있었다.

"빌어먹을, 그런 행운이 있을 리가 없지!"

몸수색이 성과 없이 끝나자 그녀가 큰 소리로 외친 뒤 집을 나갔다.

나는 여자가 인도까지 내려갈 시간을 주었다. 내가 집 밖으로 나갔을 때 그녀는 키어니 가를 향해 걷고 있었다. 나는 키어니 가에서 브로드웨이까지 갔다가 브로드웨이를 따라 래루이의 술집으로 가는 그녀를 미행했다. 래루이의 술집은 붐볐고 특히 입구는 오가는 손님들로 북적거렸다. 내가 두어 걸음 뒤까지 따라붙었을 때 그녀가 웨이터 한 사람을 붙들고 속삭여 물었지만 흥분한 목소리라 충분히 들을 수 있었다.

"레드 여기 왔어요?"

웨이터가 고개를 저었다.

"오늘 밤엔 안 왔던데."

아가씨는 술집을 빠져나와 하이힐을 또각거리며 스톡턴 가를 따라 다급하게 호텔로 향했다.

내가 건물 전면 유리창으로 들여다보고 있는 사이 그녀가 프런트데 스크로 가 직원에게 말을 걸었다. 직원은 고개를 저었다. 그녀는 다시 말을 건넸고 직원이 종이와 봉투를 내밀자 여자는 숙박부 옆에 있던 펜 을 집어 들고 뭔가를 휘갈겨 적었다. 밖으로 나오는 그녀에게 들키지 않 도록 안전한 곳으로 몸을 숨기기 전에 나는 그 쪽지가 어느 칸막이에 꽂히는지 보아 두었다.

호텔에서 여자는 전차를 타고 마켓 가와 파월 가가 만나는 지점까지 이동했고, 그곳에서 파월 가를 따라 올라가 오패럴 가로 접어들자 회색 외투에 회색 모자를 쓰고 인도에 서 있던 얼굴 뚱뚱한 젊은이가 그녀와 팔짱을 낀 채 오패럴 가에 있는 택시 정류장으로 데려갔다. 나는 택시 번호를 적은 뒤 그들을 떠나보냈다. 얼굴 뚱뚱한 남자는 친구라기보다 는 고객처럼 보였다.

내가 마켓 가로 되돌아와 사무실로 올라간 시각은 새벽 2시가 조금 못 되었을 때였다. 야간 당직을 서고 있던 피스크는 잭 커니핸한테서 아 무런 보고가 없었으며, 그 밖에도 아무 소식이 없다고 말했다. 나는 그 에게 직원을 한 사람 깨워 달라고 부탁했고, 10분에서 15분 뒤 그는 미 키 리니헌을 잠자리에서 끌어내 전화 연결을 하는 데 성공했다.

"잘 들어, 미키. 밤새 자네가 서서 지킬 만한 아주 멋진 길모퉁이를 내 가 하나 봐뒀거든. 그러니까 기저귀 하나 차고 아장아장 걸어서 그리로 와줘, 알겠나?"

내가 말했다.

그가 투덜투덜 불평과 욕설을 지껄이는 사이 나는 그에게 스톡턴 가에 있는 호텔 이름과 주소를 알려 주었고, 레드 오리어리의 인상착의를 설명한 뒤 쪽지가 들어 있는 열쇠함 위치도 일러 주었다.

"거긴 레드의 숙소가 아닐지도 모르지만 그럴 가능성이 크니까 지켜 볼 가치가 있어. 그자를 보게 되면, 누구든 자네 일손을 거들 사람을 내 가 보내 줄 수 있을 때까지 절대 놓치지 않도록 노력해 줘."

모욕적인 내 언사에 외설스러운 욕설이 튀어나왔지만 나는 전화를 끊었다.

아직 건물 위층에 있는 유치장을 습격하는 사건은 벌어지지 않았으 나, 시경에 당도하니 몹시 분주했다. 몇 분 간격으로 수상쩍은 인물들이 계속해서 새로이 잡혀 들어오고 있었다. 정복을 입은 경찰관들이 사방 에서 들락거렸다. 수사국은 벌집을 쑤셔 놓은 듯했다.

담당 형사들과 정보를 주고받으며 나는 아르메니아인 청년에 대해 이 야기해 주었다. 현장을 다시 가보려고 조사 인원을 꾸리고 있으려니 서 장실 문이 열리고 더프 경위가 회의실로 들어왔다.

"자! 어서들 가시죠!"

그가 두툼한 손가락으로 오가르와 털리, 리더, 헌트와 나를 가리키며 말했다.

"필모어에 꼭 보셔야 할 게 있습니다."

우리는 그를 따라 자동차에 올랐다.

6

필모어 가에 있는 회색 목조 가옥이 우리의 목적지였다. 많은 사람들이 길에 모여 그 집을 구경하고 있었다. 경찰차가 그 앞에 멈춰 서자 안에 있던 정복 경찰관들이 밖으로 나왔다.

붉은 콧수염을 기른 순경 하나가 더프에게 거수경례를 한 뒤 우리를 집 안으로 안내하며 설명했다.

"주변 이웃에서 싸움을 하는 것 같다는 불만과 아우성이 접수되어 저희가 출동해 보니 싸우고 있는 사람은 아무도 없었습니다."

집 안에는 곳곳에 열네 구의 시신이 방치되어 있었다.

그들 가운데 열한 명은 독살되었다. 술에 탄 마취제를 과다 복용한 것 같다고 의사들은 말했다. 나머지 셋은 총에 맞았는데 복도를 따라 띄엄띄엄 쓰러져 있었다. 현장에 남은 정황으로 볼 때 그들은 독이 든 술로 건배를 했고, 금주 중이었거나 의심 많은 성격이었거나 해서 술을 마시지 않은 사람들은 달아나려고 하다가 총에 맞은 듯했다.

시체들의 신분을 확인한 우리는 그들이 무엇을 위해 건배했는지 짐작할 수 있었다. 그들은 모두 도둑이었다. 그날의 성과를 축하하려고 독이 든 술을 마신 것이었다.

당시엔 죽은 자들의 정체를 전부 다 파악하지 못했지만 우리 모두 그들 중에 더러 아는 얼굴이 있었고, 나중에 수사 기록을 통해 나머지 인물들의 정체를 알게 되었다. 그들의 이름을 나열한 전체 명단은 '범법자들의 인명사전' 같았다.

그들 중엔 불과 두 달 전 레번워스 교도소에서 탈옥한 디스앤댓 키드도 포함되어 있었다. 시니 홈스와 1919년에 프랑스에서 영웅답게 죽음을 맞이한 것으로 알려졌던 스노호미시 화이티도 있었다. 평소처럼 양말도 신지 않고 속옷도 입지 않은 대신, 외투 양쪽 어깨 안쪽에 1,000달러짜리 지폐를 꿰매어 넣고 다니던 덴버 출신의 LA 슬림도 있었다.

몇 년 전 형에게 칼부림을 당해 정수리부터 턱까지 흉터가 있고 셔츠 안에 쇠사슬로 만든 조끼를 입고 있던 스파이더 지루치와, 한때 하원의 원이었던 올드 피트 베스트도 있었다. 언젠가 시카고에서 벌어진 주사위 도박에서 175,000달러를 딴 적도 있는 니거 보잔도 포함되어 있었는데, 그의 몸 세 군데에 '아바카드브라'라는 문신이 새겨져 있었다. 알파벳 쇼티 매코이와 리치먼드식 '회전원반' 놀이기구를 발명해 그 이윤으로 호텔을 세 군데나 매입한 적이 있었던 알파벳 쇼티의 매형 톰 브룩스, 1924년에 유니언 퍼시픽 열차를 털었던 레드 커더히, 데니 버크, 졸리엣 교도소에서 15년을 복역한 직후라 여전히 창백한 불 맥고니클, 불의 동반자이자 워싱턴 소극장에서 윌슨 대통령의 지갑을 슬쩍했다고 으스대던 얼간이 토비, 그리고 패디 더 멕스도 있었다.

더프는 목록을 훑어본 뒤 휘파람을 불었다.

"몇 번만 더 이런 사기극이 벌어지면 우린 전부 다 일자리를 잃겠네요. 납세자들을 등쳐 먹을 사기꾼들이 하나도 남아나질 않겠어요."

"자네는 본인 직업을 마음에 들어 하니 다행이군. 나 같으면, 앞으로 며칠간은 샌프란시스코 경찰 노릇 정말 하기 싫을 것 같은데 말이야."

내가 그에게 말했다.

"왜 그러는데요?"

"이걸 좀 보라고, 이건 대대적인 배신 사건이야. 우리가 사는 이 마을에 이렇게 동료들을 시체로 만들어 놓고, 노상강도로 확보한 저들의 몫을 대신 차지하려고 때를 노리는 비열한 젊은이들이 지금도 득시글거린다는 뜻이지. 노상강도 무리에게 돌아가는 몫이 하나도 없다는 사실이 밖으로 새어 나가면 어떤 일이 벌어질 거라고 생각하나? 오도 가도 못하게 발이 묶인 100명도 넘는 폭력배들이 도주 비용을 구하려고 바삐 움직일 거야. 놈들이 차비를 마련할 때까지 한 블록에 세 집꼴로 도둑이 들고 길모퉁이마다 노상강도가 출몰하겠지. 하느님이 보우하사, 자넨 월급 받으려고 땀깨나 흘려야 할 거란 말일세!"

더프는 육중한 어깨를 으쓱하더니 전화가 있는 곳으로 가기 위해 시체들을 넘어갔다. 그가 통화를 끝내자 나도 사무실로 전화를 걸었다.

"잭 커니핸이 몇 분 전에 전화를 했던데요"라며 피스크가 아미 가 주소를 불러 주었다.

"그 친구 말로는 미행 대상이 일행과 함께 그곳에 있답니다."

나는 전화로 택시를 부른 뒤 더프에게 말했다.

"난 잠시 여기서 빠져야겠군. 그쪽 상황이 이번 사건 수사와 방향이 맞는지, 안 맞는지 이쪽으로 내가 전화를 해주겠네. 여기서 기다릴 건가?"

"너무 오래 걸리시지 않는다면요."

나는 피스크가 알려 준 주소보다 두 블록 전에 택시에서 내려 아미 가를 따라 올라가, 어두운 길모퉁이에서 잠복을 하고 있던 잭 커니핸을 찾아갔다.

그가 나를 반기며 털어놓았다.

"제가 운이 나빴어요. 길 위쪽 간이식당에서 제가 전화를 거는 사이에 놈들 일부가 달아나고 말았어요."

"그래? 어떻게 된 건데?"

"글쎄요, 그 먹잇감 녀석이 그린 가 하숙집에서 나와 가지고 필모어 가에 있는 집으로 부리나케 가더라고요. 그래서……"

"주소가 어떻게 돼?"

잭이 불러 준 번지수는 내가 방금 다녀온 죽음의 집이었다.

"10분에서 15분쯤 지나고 난 뒤에 다른 녀석들이 수없이 그 집으로 들어갔어요. 대부분 걸어서 나타났는데 혼자 온 놈도 있고 짝을 지어 온 놈도 있었죠. 그리고 나선 자동차 두 대가 동시에 나타났는데 아홉 명이 타고 있었어요. 제가 세어 봤거든요. 놈들은 자동차를 집 앞에 세워 둔 채로 집 안으로 들어가더군요. 조금 있다가 마침 택시 한 대가 지나가길래, 혹시 제가 쫓던 놈이 자동차를 타고 가버릴 경우를 대비해 세워서 대기시켜 놓았어요.

아홉 명이 들어가고 나서 최소한 30분 정도는 아무 일도 없었던 것 같아요. 그러다 집 안에 있던 사람들이 한꺼번에 감정이 상한 모양이었어요. 고성이 오가더니 총소리도 들리더라고요. 소동은 주변 이웃을 다 깨울 만큼 오래 지속됐어요. 소음이 멎은 다음엔 열 명이 — 제가 세어 봤어요 — 집에서 달려 나와 자동차 두 대에 나눠 타고 떠나더군요. 제가 쫓던 녀석도 그들과 함께 갔고요.

대기시켜 놓은 충직한 택시를 타고 저는 사냥개를 쫓듯 소리를 지르면서 놈들을 쫓았고, 놈들은 우리를 이곳까지 데려와서는 아직도 길가에 차 한 대를 세워 놓은 저 아래쪽 집으로 들어가더군요. 30분쯤 기다린 뒤에 보고를 하는 게 낫겠다고 생각했고, 계속 요금이 올라가는 택시를 구석에 세워 둔 채로 밤새 영업을 하는 여관으로 들어가서 피스크한테 전화를 걸었죠. 그리고 나서 돌아와 보니 자동차 두 대 중 한 대가 가버렸더라고요. 오호통재라! 누구누구가 그 차를 타고 갔는지 모르겠어요. 제가 일을 망친 거죠?"

"당연하지! 전화를 걸러 가면서 그놈들 자동차도 끌고 갔어야지. 내가 진압 병력을 모아 오는 동안 자네는 남은 자동차를 잘 감시하게."

나는 간이식당으로 올라가 더프에게 전화를 걸어 내가 있는 위치를 알려 주며 이렇게 말했다.

"자네 올 때 지원 병력을 함께 데려오는 게 유리할 거야. 필모어 가에 갔다가 무사히 빠져나온 일당들이 자동차 두어 대로 이리로 이농했는데, 놈들 중 일부는 아직도 여기 있으니 불시에 습격할 좋은 기회겠지."

더프는 형사 네 명과 정복 경찰관 열두 명을 데리고 나타났다. 우리는 그 집을 앞뒤에서 덮쳤다. 초인종을 누르며 낭비할 시간은 없었다. 우리는 그냥 문을 부수고 쳐들어갔다. 손전등으로 비출 때까지 집 안은 온통 암흑이었다. 저항은 없었다. 평소 같았으면 우리가 수적으로 유리했더라도 집 안에서 발견된 여섯 명 정도의 인원이라면 극렬하게 저항하며 꽤나 애먹였을 것이다. 그러나 그렇게 하기에는 그들은 너무도 싸늘히 죽어 있었다.

우리는 기가 막혀 입을 헤 벌리고서 서로를 쳐다보았다.

"사건이 점점 단조로워지는군요. 기를 쓰고 쫓아가도 결과는 계속 똑같으니, 전 이제 살해당한 사기꾼들로 가득한 방 안으로 걸어 들어가는 짓은 지긋지긋해졌어요."

더프가 담배 끄트머리를 씹어 뱉으며 투덜거렸다.

이곳의 사망자 명단에는, 이전보다 숫자는 적었지만 거물급 이름이 등장했다. 시버링 키드가 여기 있었다. 이젠 그의 목에 걸린 어마어마한 현상금을 아무도 타지 못할 것이다. 손가락과 넥타이핀에 1만 달러 상당의 다이아몬드가 번쩍이던, 뿔테 안경이 코에 걸린 더비 엠러플린, 해피 짐 해커, 모두 살인자로 악명을 떨치던 아버지와 5형제 '안짱다리 마르' 집안의 막내 동키 마르, 딱 한 번 체포되었으나 자신에게 수갑을 채웠던 경찰관 두 명을 치고 달아나 범법자계에서 가장 힘이 센 인물로 통하던 투츠 샐더, 1916년 시카고에서 레프티 리드를 살해했던 럼덤 스미스— 그는 왼쪽 손목에 묵주를 차고 있었다 —가 그들이었다.

신사다운 독살 시도는 없었다. 이들은 생김새는 조악하지만 효과는 만점인 소음기를 단 30-30 라이플로 한꺼번에 살육되었다. 라이플은 식탁에 놓여 있었다. 부엌과 식당은 문 하나로 연결되어 있었다. 그 문의 반대편에도 양쪽으로 열리는 문이 활짝 젖혀져 있고, 그 방 안에 죽은 도둑들이 누워 있었다. 그들은 벽에 한 줄로 세워 놓고 살해한 듯 앞쪽 벽 가까이 모여 있었다.

회색 벽지를 바른 벽에는 핏자국이 뒤덮였고, 두어 군데는 인체를 뚫고 나간 총알이 벽에 박혀 구멍이 생겼다. 잭 커니핸의 젊은 눈이 벽지에서 우연히 튄 것이 아닌 피 얼룩을 발견했다. 시버링 키드 옆쪽 바닥에서 가까운 위치였고, 키드의 오른손에 피가 묻어 있었다. 죽기 전에 그가 자기 피와 투츠 샐더의 피를 묻혀 벽에다 글귀를 적어 놓은 것이었다. 손가락에 묻힌 피가 말라 글자는 군데군데 끊겨 공백이 있었고, 어둠 속에서 쓴 탓인지 전체적으로 글자체가 비뚤비뚤 불규칙했다.

군데군데 끊긴 선을 채워 넣어 비뚤비뚤한 글자를 연결하고 알쏭달쏭한 공백은 추측해 가며 우리는 두 낱말을 완성했다. '빅 플로라'였다.

"무슨 의미인지 저로선 통 모르겠지만, 어쨌거나 사람 이름이고 우리가 현재까지 알아낸 이름들은 대부분 사망자들 이름이니까 때가 되면 명단에 추가할 수 있겠죠."

더프가 말했다.

"자넨 어떻게 생각하나? 놈들과 한패거리인 녀석들이 누구보다 먼저 저들에게 총을 들이대 벽에 한 줄로 세워 놓고, 명사수가 부엌에서 단번에 쏘아 죽였을까? 팅, 팅, 팅, 팅, 팅, 팅?"

강력반을 맡고 있는 대머리 오가르 반장이 시신을 쳐다보며 물었다.

"그렇게 보이는데요."

우리도 맞장구를 쳤다.

내가 나섰다.

"필모어 가에서 놈들 열 명이 이리로 왔습니다. 여섯 명은 여기 남았죠. 넷은 다른 집으로 갔으니, 그곳에서도 지금 놈들 일부가 다른 녀석들을 처단하고 있을 겁니다. 오직 한 놈만 남을 때까지는 이 집 저 집으로 시체나 쫓아다니는 것 말고는 해야 할 일도 없을 겁니다. 그러다 보면 놈이 제 꾀에 넘어가 골로 갈 테고 훔쳐 간 돈은 원래 모습 그대로 되찾게 되겠죠. 여러분도 나머지 악당 놈들을 찾아다니느라 밤새 고생하실 필요는 없길 빕니다. 가세, 잭. 우린 집에 가서 잠이나 자자고."

7

이불을 젖히고 침대로 기어든 시간은 새벽 5시 정각이었다. 잠들기 직전에 피운 담배의 마지막 연기를 내뿜기도 전에 나는 잠이 들었다. 5시 15분 전화벨 소리가 나를 깨웠다.

피스크였다.

"미키 리니헌한테 방금 전화가 왔는데, 선배가 미행을 지시하셨던 레드 오리어리가 30분 전에 보금자리로 돌아왔답니다."

"신고하라고 해"라고 말한 뒤 나는 5시 17분에 다시 잠이 들었다.

침대 머리맡에 놓아둔 알람시계 덕분에 9시에 침대에서 빠져나와 아침 식사를 하고 빨간 머리 청년을 경찰에서 어떻게 처리했는지 확인하려고 형사과로 향했다. 상황은 별로 좋지 않았다.

"놈이 보통이 아니라 손쓸 수가 없더군. 강도 사건과 어젯밤 소동이 있던 시간에 알리바이가 있어. 게다가 심지어 총기 소지죄로도 체포할 수가 없네. 직업도 있는 녀석이야. 험퍼디켈의 유용하고 박식한 유니버설 대백과사전이라나 뭐라나 하는 걸 팔러 다니는 영업사원이야. 그 한탕 사건이 터지기 전날부터 전단을 돌리기 시작했다는데, 사건 발생 시각에 그자는 사람들한테 빌어먹을 책을 팔아 달라며 초인종을 누르고 있었어. 어쨌거나, 놈에겐 그렇다고 말해 줄 증인이 셋이나 있네. 어젯밤 놈은 11시부터 새벽 4시 반까지 호텔에서 카드놀이를 했고, 증인도 있어. 놈의 몸수색도 하고 방도 뒤져 봤지만 아무것도 안 나왔네."

형사과장이 말했다.

나는 그의 전화기를 빌려 잭 커니핸의 집으로 전화를 걸었다.

"어젯밤에 자동차로 움직이던 놈들 중에서 하나라도 얼굴을 알아볼 만한 놈이 있을까?"

잠자리를 떨치고 달려 나온 그에게 내가 물었다.

"아뇨. 어둡기도 하고 놈들이 워낙 빨리 움직였어요. 제가 미행하던 놈의 얼굴도 겨우 확인할 정도였습니다."

"못한다 이거지? 별다른 혐의 없이도 놈을 24시간은 잡아 둘 수 있으니까 잡아 두긴 하겠지만, 자네들이 뭔가 더 파헤치지 못하는 한 결국 풀어 주는 수밖에 없어."

형사과장이 말했다.

"지금 풀어 주는 게 낫겠습니다."

몇 분간 담배를 피우며 생각한 끝에 내가 제안했다.

"놈이 알리바이를 다 만들어 놓았다면, 우릴 피해 숨을 이유도 없겠죠. 하루 종일 놈을 그냥 내버려 두어서 미행당하고 있지 않다는 걸 확인할 만한 시간을 충분히 준 다음에, 오늘 밤부터 놈의 행방을 쫓아 미행하는 겁니다. 빅 플로라에 대해서는 아무 소식 없습니까?"

"없어. 그런 가에서 살해당한 애송이는 모트사 키드라는 가명으로 알려진 버니 베른하이머였네. 소매치기들과 어울린 걸 보면 놈도 소매치기였던 것 같은데, 놈에 대해선 그다지⋯⋯"

전화벨 소리가 형사과장의 말을 중단시켰다. 그는 "여보세요, 네"라고 말한 뒤 "잠깐만 기다리십시오"라고 하고는 수화기를 책상 너머에 있는 나에게 내밀었다.

여자 목소리가 들려왔다.

"저 그레이스 카디건이에요. 탐정사무소로 전화했더니 거기 계시다고 알려 줬어요. 탐정님을 만나야겠어요. 지금 만나 주실 수 있으세요?"

"어디 있는데?"

"파월 가에 있는 전화국요."

"내가 15분 안에 그리로 갈게."

사무실로 전화를 건 나는 딕 폴리를 찾아 당장 엘리스 가와 마켓 가 교차로에서 만나자고 했다. 그러고 나서 형사과장에게 전화기를 돌려주며 "나중에 뵙죠"라고 말한 뒤 약속 장소인 주택가로 향했다.

그곳에 당도하자 딕 폴리는 이미 와 있었다. 그는 까무잡잡하고 왜소한 캐나다인으로 굽 높은 신발을 신고도 신장이 150센티미터 정도였고 체중은 45킬로그램도 채 나가지 않았다. 말은 스코틀랜드인이 보낸 전보처럼 짧게 했지만, 금문교부터 홍콩까지 소금물 한 방울에 대한 미행을 부탁하더라도 한순간도 놓치는 일 없이 성공을 거둘 사람이었다.

"자네 앤젤 그레이스 카디건 아나?"

내가 그에게 물었다.

그는 말을 아끼며 고개를 저어 아니라고 대답했다.

"그 여자랑 전화국에서 만나기로 했어. 나랑 헤어지고 나면 여자 뒤에 따라붙어 줘. 영리한 여자고 미행이 붙을 거란 것도 짐작할 테니까 식은 죽 먹기는 아닐 거야. 할 수 있는 데까지 해봐."

딕의 입꼬리가 아래로 처지더니 드물게 보는 그의 장광설이 터져 나왔다.

"어려워 보이는 상대일수록 더 쉬운 법이죠."

전화국으로 가는 동안 그는 내 뒤를 따라왔다. 앤젤 그레이스는 출입구 앞에 서 있었다. 그녀의 얼굴은 내가 본 그 어느 때보다 시무룩했고 그래서 덜 아름다웠다. 시무룩함이 드러나기엔 지나치게 불꽃을 튕기는 초록색 눈동자만 예외였다. 둘둘 만 신문이 그녀의 손에 들려 있었다. 그녀는 말을 하지도 미소를 짓지도 고개를 까딱하지도 않았다.

"이야기를 하려면 찰리스로 가지"라고 말하며 나는 그녀를 이끌고 딕 폴리를 지나쳤다.

음식점 칸막이 좌석에 마주 보고 앉아, 주문을 받은 웨이터가 자리를 떠날 때까지 나는 그녀의 입에서 단 한마디도 들을 수가 없었다. 그제야 그녀가 떨리는 손으로 테이블에 신문을 펼쳐 놓았다.

"이게 사실이에요?"

그녀가 물었다.

나는 그녀가 떨리는 손가락으로 두들기고 있는 기사를 들여다보았다. 필모어와 아미 가에서 발견된 사체에 관한 기사였지만 내용은 부실했다. 대강 읽어 보니 사망자 이름을 밝히지 않은 것으로 보아 경찰에서 기사를 사전에 얼마쯤 검열한 듯했다. 기사를 읽는 체하며, 허위 기사라고 앤젤 그레이스에게 말함으로써 내가 얻는 이익이 무엇일까 고민했다.

그러나 별다른 소득이 없을 것 같아 나는 거짓말을 모면했다.

"비교적 사실 그대로군."

내가 인정했다.

"탐정님도 거기 있었어요?"

그녀는 신문을 밀어젖혀 바닥으로 떨어뜨린 뒤 테이블 위로 상체를 숙이고 있었다.

"경찰이랑 같이 있었어."

"혹시……"

그녀의 목소리가 쉬어 갈라졌다. 그녀가 하얀 손으로 테이블 중간쯤 되는 곳의 식탁보를 꽉 움켜쥐었다. 헛기침을 했다. 이번에는 "거기 누구……?"까지 말이 되어 나왔다.

침묵. 나는 기다렸다. 그녀가 시선을 내리깔았지만, 그 전에 이미 나는 그녀의 눈동자에서 불길을 잠재운 물기를 보았다. 침묵하는 사이 웨이터가 나타나 우리가 시킨 음식을 내려놓고 사라졌다.

"제가 물어보려는 게 뭔지 아시잖아요. 그 사람은요? 그 사람도 있었어요? 제발 말 좀 해줘요!"

낮게 갈라진 목소리로 빠르게 그녀가 말했다.

나는 진실과 거짓, 거짓과 진실의 무게를 가늠했다. 이번에도 진실이 승리를 거두었다.

"패디 더 멕스는 필모어 가에 있는 주택에서 총에 맞아 죽었어."

그녀의 동공이 점으로 줄어들었다가 다시 홍채를 거의 덮을 듯 커졌다. 그녀는 아무 소리도 내지 않았다. 텅 빈 얼굴이었다. 그녀는 포크를 들고 샐러드를 한가득 찍어 입으로 가져갔다. 또 한 번. 테이블 위로 손을 뻗어 그녀의 손에서 포크를 빼앗았다.

"옷에 흘리고만 있잖아. 입을 벌리고 음식을 입안에 넣지 않고선 먹을 수가 없는 거야."

앤젤이 테이블 위로 떨리는 손을 뻗어 내 손을 잡으려 했고 그녀의 날카로운 손톱이 나를 할퀴었다.

"나한테 거짓말하는 거 아니죠? 당신은 정직한 분이잖아요! 필라델피아에 있을 땐 나한테 솔직하게 말씀해 주셨죠! 패디도 항상 당신은 유일하게 정직한 탐정이라고 말했어요! 나 속이는 거 아니죠?"

그녀가 반은 흐느끼듯 반은 속삭이듯 말했다.

"정말이야. 패디가 너한테 중요한 사람이었나 보지?"

그녀는 힘없이 고개를 끄덕이다 양손을 잡아 빼고는 자포자기 상태에 빠져들었다.

"그 친구를 위해서라도 방법은 아직 있어."

내가 넌지시 제안했다.

"그게 무슨 말……?"

"털어놓으라고."

그녀는 내가 한 말의 의미를 파악하려고 애쓰는 듯 오래도록 멍하니 나를 응시했다. 나는 그녀가 입을 열기 전에 눈빛에서 이미 대답을 읽었다.

"털어놓을 수 있기를 나도 신에게 빌었어요! 하지만 나는 페이퍼박스 존 카디건의 딸이에요. 누구든 고자질하는 건 못 해요. 당신은 우리 편이 아니니까요. 내가 그쪽으로 넘어갈 순 없어요. 그럴 수 있다면 나도 좋겠어요. 하지만 내 안엔 카디건의 피가 너무 많아요. 당신이 놈들을 잡아내기를, 틀림없이 잡아내기를 매 순간 바라겠지만……"

"고상한 척 감정 잡는 건가, 그렇게 보이려고 말만 앞세우는 건가."

나는 그녀를 조롱했다.

"본인이 잔 다르크라도 된다고 생각하나? 동업자였던 조니 더 플러머가 그레이트폴스에서 경찰한테 네 오빠 프랭크를 밀고하지 않았더라도 그 친구가 감옥에 갇혀 있을까? 현실을 직시해, 아가씨! 넌 도둑 중의 도둑이고, 배신하지 않는 놈들은 오히려 배신을 당하고 있어. 패디 더 멕스를 누가 죽였는지 알아? 친구들이야! 그런데도 의리 때문에 놈들한테 복수를 하면 안 된다니. 하느님 맙소사!"

내 열변은 앤젤의 얼굴에 드리워진 우울함을 무겁게 만들 뿐이었다.

"난 복수할 거예요, 하지만 변절할 순 없어요. 난 못 해요, 그건 확실해요. 만약에 당신이 총잡이였다면…… 아무튼 내가 도움을 청할 사람은 우리 편이어야 해요. 그건 말리지 마세요, 알겠죠? 탐정님이 그런 일에 대해서 어떻게 생각하는지 나도 알지만…… 그 집에 또 누가 있었는지, 그 밖에 누가 발견됐는지 얘기해 줄 거죠?"

"아, 물론이지! 다 말해 줄게. 속속들이 다 까발려 주지. 하지만 너는 대단히 명예로운 너의 직업윤리를 지키는 데 위배될지도 모르기 때문에 사소한 힌트 하나도 절대 나한테 알려 줄 수 없다 이거로군."

내가 계속 빈정거렸다.

여자이기에 그녀는 이 모든 빈정거림을 무시하고 되풀이해 물었다.

"또 누가 있죠?"

"넌 관심 가질 거 없어. 하지만 이 정도는 알려 주지. 거기 없었던 자들은 몇 명 알려 주겠어. 바로 빅 플로라와 레드 오리어리."

얼빠진 그녀의 표정이 사라졌다. 그녀는 음산하고 사납게 빛나는 초록색 눈으로 내 얼굴을 살폈다.

"블루포인트 밴스도 있었어요?"

그녀가 물었다.

"네 짐작은 어떤데?"

그녀는 좀 더 내 얼굴을 뜯어보다 자리에서 일어났다.

"얘기도 해주고 이렇게 만나 줘서 고마워요. 탐정님이 이기기를 빌게요."

그녀가 말했다.

앤젤은 딕 폴리가 미행하려고 기다리는 밖으로 나갔다. 나는 점심을 먹었다.

8

그날 오후 4시에 잭 커니핸과 나는 스톡턴 가에 있는 호텔 정문이 보이는 곳에서 편히 대기하려고 임대 자동차를 가져갔다.

"경찰서에서 무혐의로 풀려났으니 아마 놈은 돌아다니지 못할 이유가 없다고 생각할 거야. 이 호텔에는 아는 사람이 없어서 괜히 직원들과 접촉진 않을 작정이야. 늦게까지 놈이 모습을 드러내지 않으면 그때 가서는 그들과 씨름을 해봐야겠지."

내가 잭에게 말했다.

우리가 담배를 피우며 다음번 헤비급 챔피언은 누가 되고 언제쯤 타이틀매치가 있을지 가늠하고, 금주법이 폐지되거나 실행될 가능성에 대해서, 맛 좋은 진은 어디에서 구해야 하며 그걸로 무엇을 할지, 비용 절감 차원에서 오클랜드는 지방 출장으로 포함시키지 않기로 한 새로운 탐정사무소 사규의 부당함을 비롯해 그와 유사한 흥미로운 주제에 대해서 서로 의견을 주고받는 사이 4시를 가리켰던 시곗바늘은 9시 10분을 가리켰다.

9시 10분에 레드 오리어리가 호텔에서 나왔다.

내가 시동을 거는 동안 "하느님은 착하다니까요"라고 말하며 잭이 도보 미행에 나서려고 자동차에서 뛰어내렸다.

머리통에 불이 붙은 듯한 빨간 머리 거인은 우리를 데리고 그리 멀리 가지 않았다. 래루이의 술집 현관이 그를 집어삼켰다. 내가 자동차를 세워 놓고 술집에 들어가자 오리어리와 잭은 둘 다 자리를 잡고 앉아 있었다. 잭이 앉은 테이블은 댄스플로어 가장자리에 있었다. 오리어리가 앉은 곳은 바 반대편 쪽으로 구석 근처 벽에 붙은 자리였다. 내가 술집으로 들어섰을 때 뚱뚱한 금발 머리 커플이 마침 그쪽 구석의 뒷자리에서 일어나 나가고 있었으므로 나는 안내를 맡은 웨이터에게 그 자리에 앉게 해달라고 부탁했다.

내 쪽에서 보이는 오리어리의 얼굴은 4분의 3이 가려져 있었다. 출입구를 뚫어져라 주시하던 그의 표정은 한 아가씨가 나타나자 돌연 행복으로 물들었다. 그녀는 앤젤 그레이스가 낸시 리건이라고 불렀던 아가씨였다. 나는 이미 그녀가 멋지다고 말한 적이 있다. 멋진 여자 맞다. 오늘밤 역시 요란한 파란색 모자로 머리칼을 전부 다 감추었는데도 그녀의 미모를 가리진 못했다.

빨간 머리는 벌떡 일어나 웨이터 한 사람과 손님 두어 명을 밀어젖히고 그녀를 맞이하러 나갔다. 열성적인 그의 태도에 대한 답례로 주변에서 몇 마디 욕설이 튀어나왔지만 그의 귀엔 들리지 않는 듯했다. 파란 눈동자를 빛내며 새하얀 치아를 드러낸 아가씨의 미소는 흠, 그야말로 멋졌다. 그는 여자를 이끌고 자리로 돌아와 나와 마주 보는 방향에 앉힌 뒤, 자기는 진짜로 여자를 마주 보고 앉았다.

그의 목소리는 낮은 바리톤이어서 내가 아무리 귀를 기울여 염탐하려 해도 말소리가 들리지 않았다. 그는 여자에게 말을 많이 하고 있었고, 여자는 이야기가 마음에 드는지 귀를 기울였다.

"하지만 레디, 그럼 안 돼, 자기야"라고 그녀가 한 번 말했다. 그녀의 목소리는 ─ 다른 표현이 있다는 건 나도 알지만, 계속 이 말을 고수하기로 하겠다 ─ 멋졌다. 음악처럼 들리면서 품위가 있었다. 총잡이의 애인인 이 여자가 누구인지는 몰라도 어렸을 땐 유복했거나 교육을 잘 받았거나 둘 중 하나였다. 이따금씩 악단이 한숨 돌리느라 쉬는 사이 몇마디 주워듣긴 했지만, 여자 쪽에서도 난폭한 파트너 쪽에서도 서로에게 거슬리는 말은 하지 않는다는 정도 이외에는 파악할 수가 없었다.

여자가 들어왔을 때만 해도 술집은 거의 비어 있었다. 10시가 되자 꽤나 붐볐는데, 래루이의 술집을 찾는 손님들에게 10시는 이른 시각이었다. 나는 멋지긴 해도 레드의 여자에게는 관심을 덜 기울이고 주변 다른 인물들에게 더 신경을 쓰기 시작했다. 눈에 띄는 여자들이 많지 않다는 사실이 퍼뜩 나를 일깨웠다. 그 점을 깨닫고 보니, 남자들에 비해 여자들이 지극히 드물었다. 얼굴이 쥐같이 생긴 남자, 모난 도끼처럼 생긴 남자, 턱이 네모난 남자, 턱이 뾰족한 남자, 창백한 남자, 혈색이 붉은 남자, 거무스름한 남자, 목이 황소처럼 굵은 남자, 깡마른 남자, 우스꽝스럽게 생긴 남자, 거칠게 생긴 남자, 평범하게 생긴 남자들이 테이블마다 둘씩 넷씩 앉아 있었고, 더 많은 남자들이 들어서고 있었지만 여자는 빌어먹게도 거의 보이지 않았다.

남자들은 이야기 자체에는 별로 관심이 없는 것처럼 서로 대화를 주고받았다. 그들은 무심하고 멍한 시선으로 술집 안을 둘러보다 오리어리를 발견했다. 그리고 무심하고 지루하게까지 보였던 그들의 시선이 오리어리한테 이르면 언제나 1, 2초쯤 고정되었다.

나는 오리어리와 낸시 리건에게 다시 관심을 돌렸다. 그는 전보다는 약간 더 똑바른 자세로 의자에 앉아 있었지만, 여전히 편하고 느긋한 태도였고 어깨가 약간 굽었기는 해도 경직된 느낌은 없었다. 여자가 그에게 무언가 이야기를 하고 있었다. 그가 술집 중앙을 향해 고개를 돌리며 웃음을 터뜨리자, 여자가 한 이야기 때문에 웃는 것뿐만이 아니라 자기 주변에 둘러앉아 무언가를 기다리고 있는 수많은 남자들을 향해서도 웃음을 터뜨리는 것처럼 보였다. 가슴 깊은 곳에서 우러나온 미숙하고 부주의한 웃음이었다.

터져 나온 웃음이 의아하다는 듯 여자가 잠시 놀란 표정을 짓더니 이내 하던 이야기를 계속했다. 여자는 자기가 다이너마이트 위에 앉아 있음을 모르고 있다고 나는 결론지었다. 오리어리는 알고 있었다. 그는 모든 손짓과 태도로 "나는 크고 강하고 젊고 거칠고 다혈질이다. 너희 사내들이 일을 저지르고 싶다면 난 여기 있을 테니 얼마든지 찾아와라"라고 외치고 있었다.

시간이 흘러갔다. 춤을 추는 남녀는 없었다. 진 래루이는 둥근 얼굴에 잔뜩 수심을 담고 돌아다녔다. 술집에 손님이 가득한데도 그는 차라리 텅 비었으면 좋겠다는 듯한 표정이었다.

11시가 되자 나는 자리에서 일어나 잭 커니핸에게 손짓을 했다. 그가 건너왔고, 우리는 악수를 하며 '어떻게 지내냐'와 '잘 지낸다' 따위의 안부를 주고받은 뒤 내 테이블에 합석했다.

"무슨 일일까요? 아무것도 눈에 보이진 않지만 공기 중에 뭔가 있어요. 혹시 제가 신경과민인가요?"

악단이 내는 소음을 은폐 삼아 잭이 물었다.

"곧 알게 될 거야. 늑대들이 모여들고 있는데, 레드 오리어리가 목표야. 거들 사람만 있으면야 자네라도 힘없는 녀석 하나 해치우는 거 문제없겠지. 하지만 여기 모인 악당들은 은행을 터는 데 일조했고, 돈 받을 날짜는 다가왔는데 봉투엔 돈 한 푼 안 들었어, 아니 봉투 자체를 못 받았지. 아마 레드는 어떻게 된 영문인지 알 거라는 소문이 돌았을 거야. 그래서 이렇게 된 거지. 놈들은 지금 기다리고 있어, 어쩌면 누군가를 기다리고 있을지도 모르겠고, 어쩌면 술이 더 취할 때까지 기다리는 거겠지."

"그런데도 우리가 여기 앉아 있는 건 소동이 벌어졌을 때 놈들의 총알이 날아들 목표물과 여기가 제일 가깝기 때문인가요? 차라리 레드의 테이블로 건너가시죠. 더 가깝기도 하고, 놈과 같이 있는 저 여자의 외모가 저도 마음에 들거든요."

"자네도 재미 볼 수 있을 테니 성급하게 굴지 마. 오리어리라는 놈을 죽게 만드는 건 무모한 짓이야. 놈들이 저자와 신사답게 거래를 한다면 우린 빠질 거야. 하지만 놈들이 오리어리한테 총을 쏘기 시작한다면 자네와 나는 저자와 여자 친구를 빼돌려 줘야 해."

"듣던 중 반가운 소리네요, 선배님!"

잭은 입언저리가 하얘지도록 웃었다.

"세부적인 계획이 있는 겁니까, 아니면 그냥 단순하게 무작정 저들을 빼돌리는 겁니까?"

"내 등 뒤로 오른쪽에 있는 문 보이지? 총질이 시작되면 내가 그리로 물러나서 문을 열어 놓을 거야. 자네는 그 중간 퇴로를 확보하도록 해. 내가 소리쳐서 신호를 보내면 자네가 어떻게든 레드를 도와서 저 뒤로 내보내게."

"좋아요, 좋아!"

잭은 건달들이 모여 있는 실내를 둘러보며 입술을 축인 뒤, 덜덜 떨리는 손에 쥐고 있던 담배를 쳐다보았다.

"저를 겁쟁이라고 생각하지는 마세요. 하지만 전 선배님처럼 골동품 살인자가 아니잖아요. 전 그저 곧 있을 살육에 반응을 하는 겁니다."

그가 말했다.

"내 눈에도 그런 반응으로 보여. 겁을 집어먹고 뻣뻣하게 굳어 있군. 하지만 허튼짓은 절대 안 된다는 거 명심해! 괜히 허세 부리려고 들면, 놈들이 자넬 살려 두어도 내가 끝장내 줄 거야. 자넨 시키는 일만 하고 다른 행동은 삼가해. 기발한 생각이 떠오르더라도 참았다가 나중에 나한테 말하라고."

"가장 모범적으로 행동하겠습니다!"

그가 나를 안심시켰다.

9

늑대들이 기다리던 대상이 나타난 것은 자정이 다 되어서였다. 마지막까지 무관심한 척하고 있던 사람들의 얼굴에 차츰 긴장이 역력해졌다. 남자들이 테이블에서 조금 떨어져 앉느라 의자로 바닥을 긁고 발을 옮기는 소리가 요란했다. 금방이라도 행동에 돌입하려는 듯 저마다 몸의 근육을 풀었다. 혀로는 입술을 축이고 눈은 출입구를 뚫어져라 바라보았다.

블루포인트 밴스가 술집으로 들어오고 있었다. 그는 혼자 나타났고,

몸에 잘 맞는 옷을 걸친 큰 키로 우아하고 유연하게 움직이며 이쪽저쪽
아는 얼굴에게 고개를 끄덕였다. 날카로운 인상의 얼굴엔 자신만만한
미소를 머금었다. 그는 서두르는 기색도 없지만 늑장을 부리지도 않으며
레드 오리어리의 테이블로 걸어갔다. 레드의 얼굴을 볼 순 없었지만 그
의 목덜미 근육이 두꺼워졌다. 여자는 밴스에게 상냥한 미소를 지으며
손을 내밀었다. 자연스러운 행동이었다. 그녀는 아무것도 모르고 있었다.

밴스가 미소 짓는 얼굴로 낸시 리건을 쳐다보다 빨간 머리 거인을 돌
아보았다. 생쥐를 데리고 장난을 하는 고양이 같은 미소였다.

"별일 없나, 레드?"

그가 물었다.

"나야 별일 없죠."

퉁명스러운 대꾸.

악단이 연주를 중단했다. 거리 쪽 출입구 옆에 서 있던 래루이는 손수
건으로 이마를 닦고 있었다. 내 오른쪽 테이블에 앉아 있던 술통 같은
몸집에 간격 넓은 줄무늬 양복을 입고 코가 부러진 뚱보 하나는 누런
이 사이로 씩씩 숨을 몰아쉬면서 물기 어린 회색 눈을 부라리며 오리어
리와 밴스, 낸시를 쳐다보고 있었다. 그의 태도가 딱히 눈에 띄는 것도
아니었다. 똑같은 자세로 주시하고 있는 사람들이 주변에 너무 많았다.

블루포인트 밴스가 고개를 돌리고 웨이터에게 말했다.

"여기 의자 하나 가져다줘."

가져온 의자는 테이블 옆쪽으로 벽을 바라보게 놓였다. 밴스가 자리
에 앉아 등을 기대고 오리어리를 향해 느긋하게 방향을 틀고는 왼팔을
등받이에 올리고 오른손엔 담배를 들었다.

"이봐 레드, 나한테 전할 소식 없나?"

그렇게 자리를 잡고 나서 그가 물었다.

목소리는 정중했지만 주변 테이블에서도 들릴 만큼 컸다.

"전혀 없는데."

오리어리의 목소리엔 다정한 척하거나 조심하는 낌새가 없었다.

"뭐야, 배춧잎 한 장도 없다고? 나한테 전하라고 누가 아무것도 안 주던가?"

밴스의 얇은 입술은 미소를 짓고 있었지만 그의 어두운 눈빛에는 조금도 유쾌한 기색이 보이지 않았다.

"아니."

오리어리가 냉큼 말했다.

"맙소사! 배은망덕이군! 그럼 내가 받아 내는 걸 도와줄 텐가, 레드?"

눈과 입의 미소는 더욱 완연해졌지만 여전히 유쾌하지 않은 말투로 밴스가 말했다.

"아니."

나는 이 빨간 머리 거인이 혐오스러워져서, 총격전이 벌어지더라도 그냥 내버려 두고 싶은 마음이 굴뚝같았다. 어째서 블루포인트가 긴가민가하면서도 받아들일 만한 그럴듯한 이야기라도 꾸며 빠져나갈 방법을 찾지 않는 걸까? 하지만 오리어리라는 청년은 머리를 써야 하는 순간에도 자신의 뚝심에 지나치게 자부심을 품은 나머지 유치하게 그것을 과시하지 않고는 못 배기는 부류였다. 놈들에게 얻어터지는 것이 그의 시체뿐이라면야 어떻게 되든 괜찮았다. 하지만 잭과 내가 치러야 할 결과는 괜찮지 않았다. 이 멍청한 거인은 그냥 잃어버리기엔 너무 소중한 존재였다. 그의 아둔함이 가져오게 될 결과로부터 그를 구해 내기 위해 우리도 같이 얻어터져야만 했다. 억울한 노릇이었다.

"내가 엄청난 액수의 돈을 받을 게 있거든. 난 그 돈이 필요해."

밴스가 느긋하게 조롱하듯 이야기했다. 그가 담배를 한 모금 빨아 아무렇지도 않게 빨간 머리의 얼굴에 연기를 뿜고는 느릿느릿 다시 입을 열었다.

"잠옷 한 벌만 세탁소에 맡겨도 26센트를 내야 한다는 거 자네도 아나? 난 돈이 필요해."

"속옷을 입고 자면 되잖아."

오리어리가 말했다.

밴스는 웃음을 터뜨렸다. 낸시 리건도 미소를 지었지만 어리둥절한 표정이었다. 무슨 영문인지 내막을 알지 못하는 듯했지만, 무언가 심상치 않은 일이 있다는 것은 그녀도 알 수밖에 없었다.

오리어리가 앞으로 몸을 숙이며 주변에 들리도록 일부러 큰 소리로 말했다.

"블루포인트, 지금도 앞으로도 영원히 당신한테는 줄 게 없어. 비슷한 관심을 갖고 있는 다른 사람들도 마찬가지야. 당신이든 누구든 내가 당신들한테 뭔가 빚을 지고 있다고 생각한다면 어디 직접 받아 가보시지. 어림없는 소리 하지 마, 블루포인트 밴스! 마음에 들지 않으면 여기 있는 친구들을 동원해 보시든가. 다 불러오라고!"

이렇게 최고로 멍청한 애송이가 다 있나! 놈에게 어울리는 건 응급차밖엔 없는 듯했고 나도 놈과 함께 끌려가야 할 판국이었다.

밴스가 사악하게 씩 웃으며 번득이는 눈으로 오리어리의 얼굴을 노려보았다.

"그러고 싶은가 보지, 레드?"

오리어리가 웅크리고 있던 큼지막한 어깨를 아래로 슬쩍 내렸다.

"싸움은 마다하지 않겠다. 하지만 낸시는 내보내고 싶다."

그가 여자를 향해 고개를 돌렸다.

"내가 좀 바빠질 것 같으니까 자기는 가보는 게 좋겠어."

그녀가 뭐라고 말을 하러 했지만, 밴스가 나서 그녀에게 말을 건넸다. 가벼운 말투였고, 여자를 보내는 것에 대해선 그도 반대하지 않았다. 그가 여자에게 한 말의 요지는 간단했다. 그녀가 레드 없이 외롭게 지내게 될 거라는 말이었다. 그러나 그는 그 외로움의 의미가 무엇인지 다정하게 설명해 주었다.

레드 오리어리는 오른손을 테이블에 올려놓고 있었다. 그 손이 밴스의 입으로 올라갔다. 어느 틈에 주먹을 쥐고 있었다. 어색하게 날아가는 주먹질이었다. 체중도 별로 실리지 않았다. 팔근육에만 의존한 움직임이었고 힘을 다 쓰지도 않았다. 그런데도 블루포인트는 의자에서 날아가 옆 테이블에 떨어졌다.

래루이의 의자가 일제히 비었다. 난투극이 벌어졌다.

"움직여."

잭 커니핸에게 으르렁거린 나는 최대한 초조한 기색의 뚱뚱한 남자처럼 행동하며, 아직은 오리어리를 향해 재빨리 달려들지 못한 사내들 사이를 뚫고 뒷문으로 달려갔다. 겁에 질려 달아나는 사람 역할을 제대로 해낸 듯 아무도 나를 막아서지 않았으므로, 나는 패거리들이 레드 오리어리한테 몰려들기 전에 뒷문에 당도했다. 문은 닫혀 있었지만 잠기진 않았다. 나는 오른손엔 곤봉을 왼손엔 권총을 들고 등으로 문을 밀었다. 내 앞에도 사람들이 있었지만 그들은 나를 등지고 있었다.

거구의 오리어리는 어디 해볼 테면 해보라는 듯한 결연한 표정으로 상기된 채 테이블 앞에 두 발로 우뚝 서서 버티고 있었다. 우리 사이에서 있던 잭 커니핸은 내 쪽으로 얼굴을 돌리고 초조한 웃음으로 입술을 씰룩거리면서도 눈빛은 즐거운 듯 춤을 추었다. 블루포인트 밴스도 다시 몸을 일으켰다. 그의 얇은 입술에서 피가 터져 턱으로 흘러내렸다. 눈빛은 차분했다. 곧 베어 버릴 나무를 살피는 벌목업자의 표정처럼 레드 오리어리를 쳐다보는 그의 눈빛은 사무적이었다. 밴스의 패거리가 모두 밴스를 지켜보고 있었다.

"레드! 이쪽이야, 레드!"

순간의 정적 속에서 내가 소리쳤다.

얼굴들이, 술집에 있는 모든 얼굴이 나를 돌아보았다. 백만 명은 되는 듯했다.

"어서, 레드!"

잭 커니핸이 총을 뽑아 들고 한 걸음 앞으로 다가오며 소리쳤다.

블루포인트 밴스가 재빨리 외투 안쪽으로 손을 넣었다. 잭의 총이 그에게 불을 뿜었다. 블루포인트는 잭이 방아쇠를 당기기도 전에 몸을 낮췄다. 총알은 엉뚱한 데로 날아갔지만 밴스가 총을 뽑는 손길은 막을 수 있었다.

레드가 왼팔로 여자를 안아 올렸다. 그의 오른손엔 큼지막한 자동 권총이 들려 있었다. 그 이후 나는 그에게 별로 관심을 쏟을 수가 없었다. 바빴기 때문이다.

래루이의 술집엔 사방에 무기가 넘쳐 났다. 총, 칼, 몽둥이, 맨주먹, 사방으로 날아다니는 의자와 술병, 자질구레한 살상 도구들. 거친 사내들이 각자 무기를 챙겨 들고 나에게 달려들었다. 난장판의 목적은 나를 문에서 밀어내는 것이었다. 오리어리가 좋아할 만한 놀이였다. 그러나 나는 다혈질의 무모한 청년이 아니었다. 사십이 다 되어 가는 중년에 10킬로그램이나 과체중이었다. 나는 내 나이와 몸무게에 어울리는 쉬운 방법을 선호하는 사람이었다. 그러나 쉬운 방법이란 없었다.

눈이 찢어진 포르투갈인이 칼을 늘고 내 목으로 달려드는 바람에 넥타이가 찢어졌다. 나는 그가 달아나기 전에 권총 옆구리로 귀 위쪽을 후려쳤고 그의 귀가 찢어져 덜렁거리는 것을 확인했다. 스무 살짜리 애송이가 씩 웃으며 미식축구를 하듯 내 다리로 달려들었다. 무릎을 깨무는 느낌에 놀라 다리를 확 들어 올리자 이가 떨어져 나갔다. 마맛자국이 있는 물라토는 앞에 서 있는 남자의 어깨 너머로 총구를 들이밀었다. 나는 곤봉으로 앞에 있던 남자의 팔을 으스러뜨렸다. 그가 움찔하며 옆으로 도는 순간 물라토가 방아쇠를 당겼고, 그의 얼굴 반쪽이 날아갔다.

나는 총을 두 방 쏘았다. 한 번은 누군가가 내 복부에서 30센티미터 떨어진 곳에 총을 들이밀었을 때였고, 또 한 번은 그리 멀지 않은 테이블에 올라선 어떤 남자가 내 머리에 조심스레 총을 겨누고 있는 것을 발견했을 때였다. 그 밖의 경우엔 나의 팔다리를 믿고 움직이며 총알을 아꼈다. 아직 밤도 깊지 않았는데 총알은 열두 발뿐이었다. 여섯 발은 총에, 여섯 발은 주머니에 들어 있었다.

술집 안은 못이 가득 든 주머니와 다름없었다. 오른쪽으로 돌고 왼쪽으로 돌고 발길질, 오른쪽으로 돌고 왼쪽으로 돌고 발길질. 주저하지도 말고 목표를 보지도 마라. 마구 휘둘러도 총이나 곤봉으로 후려갈길 상판대기와 발길질을 해댈 뱃가죽은 하느님이 언제든 마련해 주실지니.

술병이 날아와 이마에 부딪혔다. 모자 덕에 충격은 좀 덜했지만 병이 박살 나는 걸 막을 순 없었다. 나는 약간 비틀거리느라 두개골을 박살 냈어야 하는 상대의 코를 부러뜨렸다. 환기가 잘 되지 않는 실내는 답답했다. 누군가가 래루이한테 환기 좀 시키라고 말을 했어야 했다. 가죽으로 싼 납덩이를 관자놀이에 맞으면 기분이 좋은가, 금발 머리? 왼쪽에 있던 생쥐 같은 자식이 너무 가까이 달라붙고 있잖아. 몸을 오른쪽으로 기울여 물라토에게 넘긴 다음 뒤로 빠져 둘이 붙게 해야겠다. 나쁘지 않군! 하지만 밤새도록 계속 이러고 있을 수는 없다. 레드와 잭은 어디에 있지? 멀찌감치 서서 나를 구경하나?

누군가가 달려들어 무언가로 내 어깨를 후려쳤다. 느낌상 피아노였다. 눈을 게슴츠레하게 뜬 그리스인이 내가 절대 놓칠 수 없는 곳에 얼굴을 들이밀었다. 또다시 날아온 술병이 내 모자를 벗겨 머리 가죽 일부가 찢어졌다. 레드 오리어리와 잭 커니핸이 여자를 이끌고 인파를 뚫으며 지나오고 있었다.

10

잭이 여자를 데리고 문을 빠져나가는 동안 레드와 나는 우리 앞에 놓인 좁은 공간을 청소했다. 그는 청소 솜씨가 뛰어났다. 달려드는 남자들을 원래 있던 자리로 돌려보내면 그들은 다시 몰려왔다. 나는 그를 거들어 주지 않았고, 그가 원하는 만큼 운동하도록 내버려 두었다.

"됐어요!"

잭이 소리쳤다.

레드와 나는 문으로 나가 꽝 소리를 내며 닫았다. 문을 잠가 놓더라도 오래 버티지 못할 터였다. 오리어리는 문에 총을 세 발 쏘아 안에 있는 놈들에게 고민할 거리를 주었고 우리는 퇴각을 시작했다.

꽤 밝은 전등이 달려 있는 좁은 통로를 지나갔다. 통로 끝에는 문이 닫혀 있었다. 통로 중간쯤 오른쪽으로 계단이 이어졌다.

"직진할까요?"

제일 앞에 있던 잭이 물었다.

오리어리가 "그래"라고 했지만 나는 "아니야. 지금쯤이면 밴스든 경찰이든 빠져나가는 길을 막았을 거야. 위로 올라가, 옥상으로"라고 말했다.

우리는 계단에 당도했다. 뒤쪽에서 문이 벌컥 열렸다. 불이 꺼졌다. 통로 반대편 끝에 있던 문도 와락 열렸다. 양쪽 문에선 전혀 불빛이 새어 나오지 않았다. 밴스는 불을 켜려고 했을 것이다. 술집이 온통 이쑤시개로 박살 나는 걸 막으려는 래루이가 스위치를 내린 게 틀림없었다.

손으로 더듬어 가며 우리가 계단을 오르는 동안 어두운 통로에선 소란이 벌어졌다. 뒷문으로 들어온 자들과 우리를 뒤쫓아 온 자들이 뒤엉켰다. 서로 뒤엉켜 주먹질과 욕설을 주고받으며 이따금 총도 쏘았다. 더 힘차게 싸워 주길! 잭이 선두에 서고 여자가 그다음, 이어서 내가 올라가고 마지막으로 오리어리의 순으로 우리는 계단을 기어올랐다.

잭이 용감하게 여자에게 길을 설명해 주고 있었다.

"계단 꼭대기를 조심해요, 이젠 왼쪽으로 반쯤 몸을 틀어서 오른손을 벽에 대고……"

"입 닥쳐! 놈들이 죄다 몰려와 우리한테 달려드는 것보다 여자가 떨어지는 게 더 나아."

내가 나지막이 그를 나무랐다.

우리는 2층에 도착했다. 거기도 칠흑 같은 암흑이었다. 그곳은 3층 건물이었다.

"비상계단을 못 찾겠어요."

잭이 투덜거렸다.

우리는 어둠 속에서 주변을 더듬어 옥상으로 올라갈 수 있는 계단을 찾아 헤맸다. 찾을 수가 없었다. 아래층의 소요가 잠잠해지고 있었다. 밴스는 같은 편끼리 뒤엉켜 싸우고 있다고 부하들을 나무라며 우리가 어디로 갔는지 묻고 있었다. 아무도 아는 사람이 없는 듯했다. 우리도 모르기는 마찬가지였다.

"이쪽으로. 어디로든 가야 해."

건물 뒤쪽으로 이어지는 어두운 복도로 일행을 이끌며 내가 말했다.

아래층은 여전히 소란스러웠지만 더는 싸움이 벌어지지 않았다. 사람들이 불을 켜야 한다고 아우성치고 있었다. 나는 복도 끝에 있는 문 하나를 밀어 열었다. 창문 두 개가 나 있는 방으로 가로등 불빛이 흐릿하게 스며들었다. 복도로 따라 들어오기를 아주 잘한 듯했다. 몇 안 되는 나의 일행이 내 뒤를 따라왔고 우리는 문을 닫았다.

레드 오리어리가 방을 가로질러 열린 창밖으로 머리를 내밀었다.

"뒷길이야. 떨어지지 않고서야 내려갈 방법이 없군."

그가 속삭였다.

"아무도 안 보이나?"

내가 물었다.

"아무도 안 보여."

나는 방 안을 둘러보았다. 침대, 의자 몇 개, 서랍장, 탁자 하나.

"탁자를 창밖으로 던져야겠어. 가능한 한 멀리 던져서 놈들이 이쪽으로 올라오기 전에 소리 나는 쪽으로 시선을 유도할 수 있기를 바라자고."

내가 말했다.

레드와 여자는 다친 데 없이 아직 온몸이 멀쩡한지 서로를 살피고 있었다. 여자를 두고 걸어온 그가 나를 도와 탁자를 들어 올렸다. 우리는 균형을 잡고 탁자를 좌우로 흔들다 내던졌다. 반대편 건물 벽에 부딪힌 탁자는 훌륭하게 뒤뜰로 떨어져 내리며 그곳에 쌓여 있던 빈 깡통인지 쓰레기통인지 모를 쇠붙이에 요란하게 충돌했고 환상적으로 시끄러운 소음을 만들어 냈다. 한 블록 반 이상 떨어진 곳에서도 들릴 만한 소리였다.

래루이의 술집 뒷문으로 사람들이 쏟아져 나오자 우리는 창가에서 얼른 떨어졌다.

오리어리의 몸에서 아무런 상처도 찾아내지 못한 여자가 관심을 잭 커니핸에게 돌렸다. 그의 뺨이 찢어져 있었다. 여자는 상처를 만져 보고는 손수건으로 닦아 주었다.

"이거 끝내고 나면, 내가 밖에 나가서 하나 새 걸로 사줄게요."

잭이 여자에게 말하고 있었다.

"계속 말을 하는데 어떻게 끝내겠어요. 뺨을 자꾸 움직이고 있잖아요."

여자가 대꾸했다.

"그거 멋진 생각이네요. 샌프란시스코는 캘리포니아 주에서 두 번째로 큰 도시예요. 새크라멘토는 주도고요. 지리 좋아해요? 자바 섬에 대해서 얘기해 줄까요? 나도 가본 적은 없지만, 거기서 생산되는 커피를 마시거든요. 혹시……"

"멍청이! 가만히 있지 않으면 이제 그만할 거예요."

여자가 웃음을 터뜨리며 말했다.

"그러면 안 좋죠. 가만히 있을게요."

잭이 말했다.

여자가 한 일이라고는 차라리 마르도록 그냥 내버려 두는 것이 나은 피를 그의 뺨에서 닦아 내는 것이 고작이었다. 완벽하게 쓸모없는 치료를 마친 그녀가 손을 떼고서 별로 달라진 것도 없는 결과를 자랑스레 살펴보았다. 여자의 손이 그의 입 근처로 내려온 순간 잭이 고개를 숙여 지나가는 그녀의 손가락 끝에 입을 맞추었다.

"멍청이!"

그녀가 낚아채듯 손을 치우며 다시 한 번 말했다.

"저리 꺼지지 않으면 죽여 버릴 테다."

레드 오리어리가 말했다.

"신경 *끄셔*."

잭 커니핸이 말했다.

여자가 "레디!"라고 소리쳤지만 너무 늦었다.

오리어리의 오른손이 허공을 갈랐다. 잭은 주먹을 정확하게 얻어맞고 바닥에 쓰러졌다. 빨간 머리 거인이 휙 몸을 돌려 나를 굽어보며 물었다.

"할 말 있어?"

나는 씩 웃으며 잭을 내려다보다 레드를 올려다보았다.

"나도 저 녀석이 *부끄럽군*. 다짜고짜 오른손부터 휘두르는 권투 선수한테 나가떨어지다니."

내가 말했다.

"당신도 붙어 보고 싶어?"

"레디! 레디!"

여자가 애원했지만 아무도 그녀의 말을 듣지 않았다.

"자네가 오른손을 먼저 휘두를 거라면야 얼마든지."

내가 말했다.

"그러지."

그가 장담했고, 실제로 행동에 옮겼다.

나는 주먹을 피해 머리를 낮추며 권투 스텝을 밟다가 검지로 그의 턱을 찔렀다.

"주먹으로 칠 수도 있었는데 안 한 거야."

"그래? 이건 어떠신가."

나는 가까스로 몸을 숙여 그의 왼 주먹을 피해 목덜미로 그의 팔뚝을 밀어냈다. 하지만 그것은 곡예에 가까운 몸놀림이었다. 알량한 내가 감히 그를 상대로 무엇을 할 수 있나 시험해 보는 것 같았다. 여자가 그의 팔에 매달렸다.

"레디, 달링, 하룻밤에 싸움은 그만하면 충분하지 않아? 아무리 아일랜드인이라도 좀 분별 있게 굴 수 없어?"

나는 여자 친구가 그를 묶어 두고 있는 사이 놈에게 크게 한 방 먹이고 싶은 충동을 느꼈다.

그는 여자를 보며 웃음을 터뜨렸고, 머리를 숙여 그녀와 입을 맞춘 뒤 나를 보며 씩 웃었다.

"기회야 다음에도 얼마든지 있으니까."

그가 부드럽게 말했다.

11

"할 수만 있다면 여기서 빠져나가야 해. 안전을 보장받기엔 자네가 지나치게 소동을 피웠어."

내가 말했다.

"너무 걱정 말아요, 꼬맹이 형씨. 내 옷자락만 붙잡고 있으면 내가 내보내 줄 테니까."

그가 내게 말했다.

멍청한 거인 자식. 잭과 내가 없었다면 지금쯤 그에겐 옷자락도 남아 있지 않았을 것이다.

우리는 문으로 다가가 귀를 기울였지만 아무 소리도 들리지 않았다.

"3층으로 올라가는 계단은 건물 앞쪽에 있을 거야. 이젠 그쪽으로 가 보자고."

내가 속삭였다.

우리는 조심스럽게 문을 열었다. 등 뒤에서 스며든 희미한 불빛이 텅 빈 복도를 비춰 주었다. 레드와 내가 여자의 손을 하나씩 잡고 복도로 살금살금 나갔다. 잭도 무사히 빠져나가기를 바랐지만, 그는 스스로 매를 자초해 곯아떨어진 상태였고 현재로선 나 혼자도 감당하기 어려웠다.

래루이의 술집이 그토록 큰 줄은 미처 몰랐는데, 건물 복도 길이가 3킬로미터는 족히 될 듯했다. 정말이었다. 어둠 속에서는 우리가 올라왔던 계단 입구까지만도 1킬로미터는 되는 것 같았다. 우리는 계단 입구에서 걸음을 멈추고 아래층에서 들려오는 말소리에 귀를 기울일 시간이 없었다. 남은 몇 킬로미터를 더듬어 가던 끝에 오리어리가 위로 올라가는 계단 입구를 발로 찾아냈다.

바로 그때 다른 계단 꼭대기에서 고함이 터져 나왔다.

"이쪽이다, 놈들이 여기 있다!"

고함을 지른 사내에게 하얀 불빛이 비치더니 아래쪽에서 사투리가 들려왔다.

"내려오시지, 이 허풍쟁이."

낸시 리건이 "경찰이에요"라고 속삭였고 우리는 서둘러 새로 찾은 계단으로 3층에 올라갔다.

방금 벗어난 곳과 마찬가지로 또다시 암흑이었다. 우리는 계단 꼭대기에 꼼짝 않고 서 있었다. 따라오는 사람은 없는 것 같았다.

"옥상으로 가. 위험하지만 성냥을 켜야겠어."

내가 말했다.

한쪽 구석에서 희미한 성냥불을 비춰 본 우리는 천장 쪽문으로 이어지는 사다리가 벽에 붙어 있는 것을 발견했다. 가능한 한 서둘러 움직여 잠시 뒤 래루이의 술집 옥상에 올라가 쪽문을 닫았다.

"지금까지는 순조롭군. 밴스의 쥐새끼들과 짭새들이 좀 더 시간을 끌어 준다면 탈출은 문제없겠어."

오리어리가 말했다.

나는 앞장서서 옥상을 가로질렀다. 우리는 3미터쯤 낮은 옆 건물 옥상으로 뛰어내려 다시 그 옆 건물로 기어 올라갔다가 건물 옆에 매달린 화재용 비상계단을 찾아냈다. 비상계단은 뒷길로 연결되는 좁은 마당까지 늘어져 있었다.

"이리로 가면 되겠어"라고 말하며 내가 먼저 내려갔다.

여자가 내 뒤를 따랐고 이어 레드가 내려왔다. 우리가 내려선 마당은 비어 있었고 시멘트가 깔린 건물 사이의 좁은 통로였다. 내가 체중을 신자 철제 비상계단 끄트머리가 삐거덕거리는 소리를 냈지만, 인기척은 느껴지지 않았다. 뒷마당은 어두웠지만 암흑은 아니었다.

"일단 길에 도착하면 우린 찢어진다. 당신은 당신 가던 길로 가고 우린 우리 가던 길로 가는 거야."

오리어리는 내 도움에 감사하다는 말 한마디 없이 명령을 내렸다. 그는 도움이 필요했던 것조차 모르는 눈치였다.

"으웅. 내가 먼저 골목으로 나갈게."

두개골 안에서 뇌를 열심히 굴리며 내가 맞장구를 쳤다.

조심스럽게 뒷마당 끝으로 나간 나는 위험을 무릅쓰고 뒷길에 머리를 내밀었다. 조용했지만 4분의 1 블록쯤 떨어진 길모퉁이에서 두 사람이 주위를 살피며 어슬렁거리고 있었다. 그들은 경찰이 아니었다. 나는 뒷길로 걸어 나가 그들에게 손짓을 보냈다. 멀고 어두워서 나를 알아볼 수는 없었다. 그들이 밴스와 같은 일당이라면 나를 자기네 패거리라고 생각하지 않을 이유가 없었다.

그들이 이쪽으로 다가오는 걸 본 나는 뒷마당으로 후퇴해 얼른 오리어리를 불렀다. 그는 두 번 불러야 말을 듣는 젊은이가 아니었다. 놈들이 당도한 순간 그가 내 곁에 나타났다. 내가 한 놈을 붙잡았다. 오리어리는 다른 놈을 붙잡았다.

나는 소란이 일어나길 바랐으므로 그런 목적에 충실하게 행동했다. 두 멍청이는 두 사람이 상대하기엔 손쉬운 상대였다. 그런 놈들이라면 떼거지로 데려다 놓아도 싸움이 되지 않을 듯했다. 내가 붙잡은 상대는 내 몸부림을 어떻게 방어해야 할지도 모르는 놈이었다. 그는 총을 갖고 있었지만 제일 먼저 떨어뜨렸고, 몸싸움을 하다가 발로 총을 차버리기까지 했다. 내가 땀을 삐질삐질 흘리며 내 쪽으로 그를 돌려세우는 동안 놈은 계속 버텼다. 어둠이 도움이 되기는 했지만, 상대와 아무 어려움 없이 싸우고 있는 오리어리의 뒤까지 놈을 밀고 가며 몸싸움을 벌이는 척하기란 쉬운 게 아니었다.

마침내 나는 기회를 포착했다. 나는 싸우던 상대를 한 손으로 벽에 밀어붙이고 주먹으로 후려갈길 준비를 하고 있는 오리어리의 바로 뒤에 서 있었다. 나는 싸우던 상대의 손목을 왼손으로 누르고 권총을 꺼내 오리어리의 등 뒤에서 오른쪽 어깨 바로 이래쪽을 쏘았다.

레드가 싸우던 상대를 짓누르며 벽으로 비틀거렸다. 나는 나와 싸우던 놈을 권총 손잡이로 후려갈겼다.

"녀석이 쏜 총에 맞은 거야, 레드?"

나는 오리어리가 붙잡고 있던 놈의 머리통을 후려쳐 쓰러뜨리고 나서 그의 팔을 잡아 부축하며 물었다.

"그래."

"낸시."

내가 여자를 불렀다.

그녀가 달려왔다.

"저쪽을 부축해요."

내가 여자에게 말했다.

"다리에 힘을 줘, 레드. 그러면 우린 무사히 빠져나갈 수 있을 거야."

그의 오른팔은 전혀 쓸 수 없는 지경이었지만, 총알이 박힌 지 얼마 되지 않아 아직은 움직임까지 느리진 않았다. 우리는 뒷길을 따라 모퉁이까지 이동했다. 골목을 벗어나기도 전에 추적자가 나타났다. 길가를 지나는 사람들이 호기심 어린 얼굴로 쳐다보았다. 한 블록 떨어진 곳에 있던 경찰관 한 명이 우리 쪽으로 다가오기 시작했다. 여자와 내가 오리어리를 양쪽에서 부축한 채로 경찰을 피해 반 블록 정도 달아나 잭과 내가 쓰던 자동차를 버려두고 왔던 지점으로 갔다. 이제는 도로에 사람들이 많아졌고, 내가 자동차의 시동을 거는 사이 여자가 레드를 뒷좌석에 안전하게 태웠다. 경찰관이 고함을 지르며 달아나는 우리에게 총을 쏘았다. 우리는 그곳을 벗어났다.

특별히 목적지가 있었던 게 아니었으므로, 처음에 속도를 높여 달아난 이후로는 속력을 늦추고 이리저리 수없이 방향을 튼 끝에 밴네스 애버뷰 외곽의 어두운 도로에 차를 세웠다.

뒤를 돌아보자, 뒷좌석에서 한쪽으로 계속 쓰러져 가고 있는 레드를 여자가 지탱하고 있었다.

"어디로 가지?"

내가 물었다.

"병원이든 의사한테든 아무 데나 가요! 죽어 가고 있어요!"

여자가 소리쳤다.

나는 그 말을 믿지 않았다. 만약 죽어 가고 있다면 그의 잘못이었다. 그가 나에게 제대로 감사 인사를 한 뒤 친구로 데려갈 작정이었다면 그에게 총을 쏠 필요까지는 없었을 테고 계속해서 보살펴 주었을 것이다.

"어디로 갈까, 레드?"

내가 그의 무릎을 손가락으로 찌르며 물었다.

그가 쉰 목소리로 스톡턴 가에 있는 호텔 주소를 댔다.

"거긴 곤란해. 자네가 거기서 지낸다는 건 온 도시 사람들이 다 아는데, 그리로 돌아가면 자넨 끝장이야. 어디로 갈까?"

그는 "호텔"이라고 거듭 말했다.

나는 운전석에 무릎을 꿇고 앉아 뒷좌석으로 몸을 숙이며 그를 설득하기에 나섰다. 그는 약해져 있었다. 버틸 힘이 많이 남지 않은 듯했다. 정말로 죽어 가고 있는지도 모르는 사람을 다그치는 일은 신사다운 행동이 아니었지만, 나를 친구로 받아들이게 하려고 그토록 많은 투자를 했는데 이제 와서 멈출 수는 없었다. 아직 충분히 기운이 빠지지 않은 듯 한동안은 내가 총을 한 번 더 쏘아야 할 것처럼 그가 완강히 버텼다. 그러나 여자가 옆에서 나를 거들어, 둘이 협공을 하자 마침내 그의 부상도 제대로 치료하고 몸을 숨길 수도 있는 곳으로 가는 것이 유일하게 안전한 방법임을 그에게 납득시킬 수 있었다. 사실 우리가 그를 설득한 게 아니었다. 우린 그의 기운을 쏙 빼놓았고, 너무 힘이 빠져 더는 우리와 논쟁을 벌일 수 없게 된 그가 항복을 한 것이었다. 그는 나에게 홀리 파크 근처의 주소를 알려 주었다.

최선의 결과를 바라며 나는 그쪽으로 자동차를 몰았다.

12

줄지어 서 있는 작은 집들 가운데서도 작은 집이었다. 우리는 거인 청년을 데리고 차에서 내려 양쪽에서 부축해 현관문으로 걸어갔다. 그는 우리의 부축을 받아 가까스로 걸을 수 있는 상태였다. 도로는 어두웠다. 집에서 새어 나오는 불빛은 없었다. 내가 초인종을 눌렀다.

아무 일도 일어나지 않았다. 다시 초인종을 눌렀고, 이어 한 번 더 눌렀다.

"누구요?"

거친 목소리가 안에서 물었다.

"레드가 다쳤어."

내가 말했다.

한동안 정적이 흘렀다. 그러다가 문이 한 뼘쯤 열렸다. 집 안에 켜져 있는 흐릿한 불빛이 새어 나왔지만, 문을 연 남자의 정체를 알아보기엔 충분했다. 평평한 얼굴에 턱 근육이 튀어나온 두개골 박살남이자 모트사 키드의 경호원 노릇을 하다가 그를 처형한 장본인이었다.

"대체 무슨 일이야?"

그가 물었다.

"레드가 흥분했어. 놈들한테 당한 거지."

축 늘어진 거인을 앞으로 들이밀며 내가 설명했다.

우리는 문을 통과하지 못했다. 두개골 박살남은 현관문을 그대로 잡고 버텼다.

그는 "기다려 봐"라고 말한 뒤 우리 눈앞에서 문을 닫았다. 안쪽에서 "플로라" 하고 부르는 그의 목소리가 들렸다. 좋았어. 레드가 우리를 제대로 데려왔다는 의미였다.

다시 문이 열렸을 때는 현관문이 끝까지 밀렸고, 낸시 리건과 나는 부상자를 이끌고 복도로 들어섰다. 두개골 박살남 옆에는 깊게 팬 검정색 실크 가운을 입은 여자가 서 있었다. 빅 플로라일 것이라고 나는 생각했다.

굽 높은 슬리퍼를 신은 그녀는 키가 최소한 178센티미터는 될 듯했다. 슬리퍼는 작았고, 반지를 끼지 않은 그녀의 손도 작다는 사실을 나는 알아차렸다. 하지만 그 외에는 작지 않았다. 그녀는 어깨도 넓고 가슴도 풍만했으며 팔도 두꺼웠고, 분홍색 목덜미도 피부는 매끄러웠지만 레슬링 선수처럼 근육질이었다. 그녀는 나와 비슷한 또래인 듯 마흔 살에 가까운 나이로 보였는데, 심한 곱슬머리에 아주 선명한 금발을 짧게 잘랐고 피부색은 진한 분홍빛이었으며 얼굴은 잘생겼지만 잔인한 인상이었다. 깊숙한 눈은 회색이었고 두툼한 입술은 균형이 잡혔으며 적당히 넓고 적당히 굽은 코는 강인한 인상을 주었다. 또 그에 어울리는 튼튼한 하관을 지니고 있었다. 이마부터 목까지, 분홍색 피부는 매끄러운 표면 아래 유연하고 강한 근육을 감추고 있었다.

빅 플로라는 호락호락한 인물이 아니었다. 표정과 침착한 태도만 보아도 은행털이를 주도하고 나중에 배신을 저지를 수 있는 여자였다. 그녀의 얼굴과 몸이 거짓말을 하고 있지 않는 한, 그녀는 육체적으로나 정신적으로나 자신이 필요로 하는 강한 힘과 의지력을 여유로울 정도로 갖추고 있었다. 그녀는 옆에 서 있는 고릴라 같은 근육 덩어리 사내나 내가 붙들고 있는 빨간 머리 거인보다 더 힘이 넘치는 사람이었다.

"그래서?"

우리 뒤로 문이 닫혔을 때 여자가 물었다. 굵은 목소리였지만 남자 같진 않았고, 외모와 잘 어울리는 목소리였다.

"밴스가 래루이 술집에서 녀석을 덮쳤어. 뒷골목에서 총을 한 방 맞았고."

내가 설명했다.

"당신은 누구지?"

"이 친구부터 침대에 눕히시지. 얘기할 시간은 밤새도록 있으니까."

나는 일단 발뺌을 했다.

여자가 돌아서서 손가락을 튕겼다. 추레하고 왜소한 늙은이 하나가 뒤쪽 문에서 튀어나왔다. 그의 갈색 눈은 몹시 겁에 질려 있었다.

"당장 위층으로 데려가. 침대를 마련해 놓고 뜨거운 물과 수건을 준비해."

왜소한 늙은이는 관절염에 걸린 토끼처럼 어기적거리며 계단을 올라갔다.

두개골 박살남이 아가씨가 부축했던 쪽을 맡았고, 함께 거인을 부축해 위층으로 올라가 왜소한 남자가 대야와 침대보를 들고 왔다 갔다 하고 있는 방으로 들어갔다. 플로라와 낸시 리건이 뒤를 따랐다. 우리는 부상 입은 남자를 침대에 엎어 놓고 옷을 벗겼다. 총구멍에서는 아직도 피가 흘러나왔다. 그는 의식이 없었다.

낸시 리건은 이성을 잃고 말았다.

"죽어 가고 있어요! 죽어 가고 있다고요! 의사를 데려와요! 오 레디! 사랑하는……"

"입 닥쳐! 오늘 같은 날 래루이 술집에 가다니 빌어먹을 멍청이가 완전히 돌았군!"

빅 플로라가 말했다. 그녀는 왜소한 사내의 어깨를 잡더니 문 쪽으로 밀어내며, "조나이트*하고 물 더 가져와" 하고 명령했다.

"칼도 가져와, 포기."

그녀가 사내의 등 뒤에 대고 외쳤다.

고릴라 몸매의 사내가 주머니에서 잭나이프를 꺼냈는데, 칼날이 좁고 얇아질 때까지 오래 갈아 벼린 듯 칼날이 매우 길었다. 그것이 모트사 키드의 목을 벤 칼일 것이다.

그 칼로 빅 플로라는 레드 오리어리의 등에서 총알을 빼냈다.

수술이 진행되는 동안 고릴라 몸매의 사내는 낸시 리건을 방구석으로 데려가 붙잡아 놓았다. 겁먹은 표정의 왜소한 사내는 침대 앞에 무릎을 꿇고서 여자가 요구하는 물건을 건네기도 하고 오리어리의 상처에서 흘러나온 피를 닦았다.

나는 플로라 옆에 서서 그녀가 건넨 담배를 피우고 있었다. 그녀가 고

---

*액체로 된 소독약의 제품명.

개를 들면 나는 입에 물고 있던 담배를 그녀의 입에 물려 주었다. 그녀는 담배가 절반이나 타들어 가도록 폐부 깊숙이 연기를 빨아들인 다음 고개를 끄덕였다. 그러면 나는 그녀의 입에서 담배를 치웠다. 그녀는 연기를 내뱉으며 상체를 수그리고 다시 작업에 몰두했다. 나는 담뱃갑에서 다른 장초를 꺼내 불을 붙여 그녀의 다음번 흡연을 준비했다.

맨살이 드러난 그녀의 팔은 팔꿈치까지 피로 뒤덮였다. 그녀의 얼굴엔 땀이 흥건했다. 상처는 유혈이 낭자해 엉망이었고 시간이 오래 걸렸다. 그러나 그녀가 마지막으로 담배를 피우려고 허리를 폈을 때 총알은 레드의 몸에서 빠져나왔고 피가 멈추었으며, 상처엔 붕대가 감겼다.

"끝나서 다행이오. 당신이 피우는 담배는 맛이 고약하더군."

내 담뱃갑에서 한 대를 꺼내 피워 물며 내가 말했다.

겁에 질린 왜소한 늙은이가 주변을 정리하고 있었다. 낸시 리건이 방 건너편 의자에 앉아 기절해 있었지만 아무도 그녀에게 신경 쓰지 않았다.

"내가 씻고 나올 동안 이 신사를 잘 지켜보고 있어, 포기."

빅 플로라가 턱으로 나를 가리키며 두개골 박살남에게 말했다.

나는 낸시 리건한테 다가가 그녀의 손을 주물러 주고 얼굴에 물을 뿌려 깨어나게 했다.

"총알은 빼냈어. 레드는 자고 있고. 저 친구 일주일만 지나면 다시 싸움질을 하게 될 거야."

내가 그녀에게 말했다.

낸시 리건이 펄쩍 뛰어 일어나 침대 옆으로 달려갔다.

플로라가 들어왔다. 그녀는 몸을 씻고 나서 피 묻은 검은색 가운을 초록색 기모노 같은 옷으로 갈아입고 나타났는데 여기저기 옷깃이 벌어져 난초 같은 분홍색 살갗이 많이 드러났다.

내 앞에 선 그녀가 명령했다.

"이야기해 봐. 누군지, 무엇을, 왜?"

"난 퍼시 매과이어라고 하오."

방금 생각해 낸 그 이름으로 모든 게 설명된다는 듯이 내가 말했다.

그녀는 나의 가짜 별명으론 아무것도 설명되지 않는다는 듯 대꾸했다.

"그건 누구에 대한 대답이고. 이젠 뭐가 뭔지, 왜 왔는지 차례야."

고릴라 몸집을 한 포가라는 사내가 한쪽 옆에 서서 나를 위아래로 훑어보았다. 나는 단신에 통통한 편이다. 어린아이들도 겁먹을 얼굴은 아니지만, 고상함과 품위로 점철되진 못했던 험난한 인생을 다소 진실하게 드러내 주는 얼굴이긴 하다. 게다가 저녁내 즐긴 유희는 멍 자국과 긁힌 상처로 나를 치장해 주었고, 나머지 옷매무새도 그럴듯하게 어루만져 놓았다.

"퍼시. 맙소사, 당신네 족속들은 다 분별없는 모양이로군!"

씩 웃어 잇새가 넓게 벌어진 누런 치아를 내보이며 그가 외쳤다.

나는 동물원에서 탈출한 유인원에겐 관심도 보이지 않고 여자에게 말했다.

"그게 바로 뭐가 뭔지, 왜 왔는지에 대한 답이지. 나는 퍼시 매과이어고, 내 돈 15만 달러를 원했다고."

여자의 눈썹 근육이 눈 위로 내려앉았다.

"당신이 15만 달러를 챙겼다는 말인가?"

나는 잔혹한 인상의 잘생긴 여자 얼굴을 올려다보며 고개를 끄덕였다.

"그래. 난 그걸 받으러 온 거야."

"아, 돈을 챙긴 게 아니라? 돈을 달라고?"

"잘 들어, 이 여자야. 난 내 몫을 원해."

이 방법이 통하려면 거칠게 나가야 했다.

"'당신이 이랬네', '내가 저랬네' 하면서 쓸데없이 말만 주고받아 봐야 내 입만 아플 뿐이야. 우린 크게 한탕 저질렀어, 안 그래? 일은 끝났는데, 수고비는 날아갔다는 걸 알았을 때 내가 훈련시켜 데려온 애송이한테 말했지. '염려 마라, 우린 우리 몫을 받게 될 거야. 퍼시만 따라와라.' 그러고 있는데 블루포인트가 찾아와서 자기랑 같이 따지러 가자고 하더군. 나야 '당연하지!'라고 말했고, 애들 전부 모아서 그 친구를 거들기로 한 김에 드디어 오늘 밤 다 같이 그 아수라장에서 만난 거야. 그래서 내가 애송이 친구한테 말했지. '사방에서 달려들어 총질을 하면 레드를 죽이는 거야 금방이지만 놈을 죽여 봤자 우리한테 득 될 게 하나도 없다. 우리가 놈을 빼돌려서 빅 플로라가 돈방석에 앉아 있는 곳으로 데려가게 하자. 이제는 돈에 손 벌릴 놈도 거의 없어졌으니 우리는 각자 15만 달러씩은 손에 넣어야 한다. 레드를 처치하고 싶으면 돈을 받고 나서 해도 늦지 않다. 하지만 오락보다는 사업이 먼저고, 15만 달러는 엄연히 사업이다.' 그래서 우리가 나섰지. 덩치 큰 녀석이 빠져나갈 구멍이 없어 헤맬 때 우리가 달아날 구멍을 열어 줬어. 애송이 친구는 오는 길에 여자한테 홀딱 빠져 침을 흘리다 흠씬 두들겨 맞고 쓰러졌어. 그러거나 말거나 난 괜찮았어. 녀석한테는 저 여자가 15만 달러의 가치가 있다는데 어쩌겠어, 내버려 둬야지. 나는 레드 편에 붙었어. 쌈박질이 끝나고 나서 난 저 덩치를 끌고 나왔지. 제대로 하자면 애송이 몫까지 내가 가져야 하니까 30만 달러가 내 돈이지만, 처음 계획했던 대로 15만 달러를 내놓으면 서로 공평하게 퉁치는 거야."

일단 찔러 보자고 만들어 낸 속임수였다. 물론 여자가 돈을 주리라고 기대하진 않았지만, 강도 패거리의 맨 아래 졸병들이 이 사람들을 알지 못한다면 이 사람들도 패거리 일당을 전부 다 알진 못하지 않겠는가?

플로라가 포기에게 말했다.

"집 앞에 서 있는 저 빌어먹을 고물차부터 치워."

그가 밖으로 나가자 나는 기분이 나아졌다. 그녀가 당장 나를 어떻게든 해치울 작정이었다면 차를 치우라고 남자를 내보내진 않았을 것이다.

"여긴 먹을 거 좀 없나?"

마음 놓고 편안한 태도를 취하며 내가 물었다.

여자는 계단 꼭대기로 걸어가 아래쪽에 고함을 질렀다.

"우리 먹을 것 좀 준비해 줘."

레드는 여전히 의식이 없었다. 낸시 리건은 곁에 앉아 그의 손을 잡고 있었다. 그녀의 얼굴은 핏기 없이 창백했다. 빅 플로라가 다시 방으로 들어와 환자를 살펴보더니 그의 이마에 손을 얹고 맥박을 쟀다.

"아래층으로 내려가."

그녀가 말했다.

"저, 저는 괜찮으시다면 여기 있는 게 낫겠어요."

낸시 리건이 말했다. 목소리와 눈빛에서 플로라에 대한 극심한 공포가 드러났다.

덩치 큰 여자는 아무 말도 하지 않고 아래층으로 내려갔다. 나도 그녀를 따라 부엌으로 내려갔고, 그곳에선 왜소한 남자가 화덕에서 햄과 달걀을 요리하고 있었다. 창문과 뒷문에는 두툼한 널빤지를 덧대고 나무 기둥으로 버텨 바닥에 못을 박아 놓은 것이 보였다. 개수대 위의 시계는 새벽 2시 50분을 가리켰다.

플로라가 4분의 1쯤 남은 술병을 가져와 자기 잔과 내 잔에 따랐다. 우리가 식탁에 앉아 음식을 기다리는 동안 플로라는 오리어리가 멍청하게 부상을 당한 탓에 그가 힘써야 할 가장 요긴한 중요한 약속이 어긋나게 되었다면서 레드 오리어리와 낸시 리건에게 욕을 퍼부었다. 그녀가 두 사람을 각기 저주하다 쌍으로 몰아서 욕하더니 급기아 인종 문제까지 들먹여 아일랜드인 전체를 싸잡아 모욕하고 있을 때 왜소한 노인이 우리 앞에 햄과 달걀을 가져다 놓았다.

우리가 간단히 요기를 하고 두 잔째 커피를 마시며 배에 들어간 독주를 달래고 있으려니 포기가 돌아왔다. 그가 소식을 가져왔다.

"별로 마음에 안 들게 생긴 상판대기 두엇이 주변을 어슬렁거리고 있어."

"경찰이야 아니면……?"

플로라가 물었다.

"아니면"이라고 그가 대꾸했다.

플로라가 다시 레드와 낸시를 욕하기 시작했다. 그러나 그 욕설은 아까도 상당히 걸쭉하게 내뱉은 말들의 재탕이었다. 그녀가 나를 돌아보았다.

"놈들을 대체 무엇 때문에 여기까지 끌고 온 거지? 줄줄이 1킬로미터 밖까지 놈들을 달고 왔잖아! 어째서 멍청한 게으름뱅이를 총 맞은 곳에 그냥 버려두지 않은 거야?"

"난 내 돈 15만 달러를 받으려고 놈을 데려온 거야. 돈만 주면 난 내 갈 길을 갈 거라고. 다른 빚은 없어. 나도 당신한테 빚진 거 없지. 잔소리 관두고 돈이나 내놔, 그럼 난 후딱 가줄 테니까."

"어림 반 푼어치도 없는 소리."

포기가 말했다.

여자는 낮게 드리워진 눈썹 아래로 나를 노려보며 커피를 마셨다.

13

15분 뒤 추레하고 왜소한 늙은이가 부엌으로 뛰어 들어오며 지붕에서 발소리를 들었다고 말했다. 흐릿한 그의 갈색 눈은 공포에 사로잡힌 소의 눈처럼 멍했고, 제멋대로 자란 황백색 콧수염 밑으로 주름진 입술이 일그러졌다.

플로라는 그렇고 그런 옛날 욕설을 총동원하여 그에게 외설스러운 욕지거리를 퍼붓더니 다시 위층으로 쫓아 보냈다. 그녀가 식탁에서 일어나 초록색 기모노로 육중한 몸을 단단히 감쌌다.

"당신은 여기서 우리 편으로 싸운다. 다른 살길은 없어. 알겠나?"

그녀가 내게 말했다.

나는 총을 갖고 있다는 건 인정했지만 나머지 제안에 대해서는 머리를 흔들었다.

"아직은 내가 끼어들 상황이 아니지. 퍼시를 같은 편으로 만들고 싶으면 현찰로 지금 당장 15만 달러를 내놔야 할 거야."

나는 전리품이 집 안에 있는지 알고 싶었다.

낸시 리건의 눈물 어린 목소리가 계단에서 들려왔다.

"안 돼, 안 돼, 달링! 제발, 제발 침대로 돌아가! 이건 자살행위야, 레드!"

레드 오리어리가 성큼성큼 부엌으로 들어섰다. 회색 바지와 붕대 말고는 반라의 모습이었다. 열에 들뜬 그의 눈빛은 행복해 보였다. 바싹 마른 입술로 그가 씩 웃었다. 왼손에는 총을 들고 있었다. 오른팔은 힘없이 늘어졌다. 그의 뒤에서 낸시가 종종걸음으로 나타났다. 빅 플로라를 본 그녀는 애원을 멈추고 그의 뒤로 움츠러들었다.

"공 울리고 어서 나갑시다. 밴스가 집 앞에 와 있어요."

반라의 빨간 머리 거인이 웃음을 터뜨렸다.

플로라는 그에게로 가 그의 손목에 손가락을 대고 몇 초간 맥을 재더니 고개를 끄덕였다.

다름 아닌 아들을 자랑스러워하는 어머니 같은 말투로 그녀가 말했다.

"이 정신 나간 총잡이 놈. 지금 당장 싸우러 나가도 될 만큼 멀쩡하긴 하구먼. 그런데 곧바로 싸우게 됐으니 아주 잘된 일이지."

레드는 건재함을 뽐내듯 의기양양한 웃음을 터뜨리더니 나에게 시선을 돌렸다. 웃음이 잦아들고 어리둥절한 표정으로 그의 눈이 가늘어졌다.

"어이, 당신 꿈을 꿨는데 무슨 꿈이었는지 기억이 나질 않아. 뭐였더라…… 잠깐. 금방 생각날 거야. 무슨 꿈이었느냐면…… 맙소사! 꿈속에서 당신이 나한테 총을 쏘았어!"

그가 말했다.

플로라는 나를 보며 미소를 지었다. 그녀의 미소를 본 건 처음이었다. 그녀가 재빨리 말했다.

"놈을 잡아, 포기!"

나는 비스듬히 의자에서 몸을 일으켰다.

포기의 주먹이 내 관자놀이를 강타했다. 쓰러지지 않으려고 안간힘을 쓰며 비틀비틀 방을 가로지르던 나는 죽은 모트사 키드의 관자놀이에 든 멍을 떠올렸다.

벽이 내 앞을 가로막았을 때 포기가 다시 내게 다가왔다.

나는 그의 펑퍼짐한 코에 주먹을 ― 픽! ― 날렸다. 피가 튀겼지만 털이 부숭부숭한 그의 손이 나를 붙잡았다. 나는 턱을 바짝 목에 붙이고 정수리로 그의 머리를 들이받았다. 빅 플로라가 쓰는 향수 냄새가 강렬하게 풍겨 왔다. 그녀의 실크 옷이 스쳤다. 양손으로 내 머리칼을 움켜잡은 그녀가 나를 뒤로 잡아당겨 포기 앞에 내 목을 드러냈다. 그가 양손으로 내 목을 움켜잡았다. 나는 저항을 멈췄다. 그는 필요 이상으로 내목을 조르진 않았지만 그것만으로도 충분히 괴로웠다.

플로라가 내 몸을 뒤져 총과 곤봉을 찾아냈다. 그녀가 총신에 적힌 숫자를 읽었다.

"38구경 스페셜이야. 네 몸에서 내가 빼낸 총알도 38구경 스페셜이었지."

귀에서 윙윙 소리가 울려 말소리가 희미하게 들렸다.

왜소한 늙은이의 목소리가 부엌에서 재잘거리고 있었다. 그가 한 말은 하나도 알아들을 수가 없었다. 포기의 손이 내 몸에서 떨어졌다. 나는 손을 들어 목을 어루만졌다. 이제는 목을 압박하는 힘이 사라졌는데도 죽도록 아팠다. 깜깜했던 눈앞이 서서히 밝아지면서 작은 보라색 구름이 수없이 눈앞에서 둥둥 떠다녔다. 곧이어 나는 바닥에 일어나 앉을수 있었다. 그제야 나는 지금껏 바닥에 누워 있었음을 깨달았다.

보라색 구름이 줄어들어 그 사이로 시야가 확보되자 이제 방 안엔 세사람뿐이라는 사실을 알 수 있었다. 방구석에 놓인 의자에는 낸시 리건이 웅크리고 앉아 있었다. 문 옆에 놓인 또 다른 의자에는 검정색 권총을 손에 든 겁에 질린 왜소한 노인이 앉아 있었다. 공포에 사로잡힌 그의 눈빛은 필사적이었다. 나를 향한 총과 손이 덜덜 떨렸다. 떨지를 말든지 총을 내 앞에서 치우든지 해달라고 부탁하려 했지만 아직은 목구멍에서 말이 나오질 않았다.

위층에서 총소리가 울렸고, 집이 작아 소리가 더욱 과장되게 들렸다.

왜소한 남자가 움찔했다.

"나를 여기서 내보내 주기만 하면 내가 뭐든지 다 줄게! 정말이야! 나를 이 집에서 나가게만 해준다면 무엇이든 다 줄게!"

예기치 않게 그가 다급한 목소리로 속삭였다.

완전히 막막한 상황에서 희미한 한 줄기 빛을 감지한 나는 가까스로 목청을 되살릴 수 있었다.

"얘기해 봐, 얼간이."

"위층에 올라간 것들을 내가 당신한테 넘겨줄게. 저 악마 같은 여자 말이야. 돈도 줄게. 다 줄게. 날 여기서 나가게만 해줘. 난 늙었어. 난 병들었어. 감옥에선 살 수 없어. 강도 사건에 내가 뭘 했게? 아무것도 안 했어. 내가 뭘 잘못했다고 저 악마 같은 여자가…… 난 노예야. 죽을 날이 가까운 늙은이인 내가. 학대에 욕설에 매질까지, 그런데 그게 끝이 아니야. 악마 같은 여자가 악마 짓을 했기 때문에 이젠 내가 감옥에 가게 생겼어. 난 늙은이라 감옥에선 살 수 없어. 나를 내보내 줘. 당신이 그런 친절을 베풀어 줘. 그럼 악마 같은 저 여자를 내가 당신한테 넘겨줄게, 다른 악마들도, 저들이 훔친 돈도 줄게. 내가 다 준다니까!"

겁에 질린 왜소한 늙은이는 의자에 앉아 안절부절못하고 몸을 뒤쳤다.

"나더러 어떻게 당신을 내보내 달란 거야?"

노인이 들고 있는 총에 시선을 고정시킨 채 바닥에서 일어나며 물었다. 이야기를 하는 동안 그에게 가까이 갈 수 있다면……

"왜 못 해? 당신이 경찰과 친하다는 건 내가 알아. 지금 경찰이 여기 와 있어, 집 안으로 쳐들어오기 전에 날이 밝기를 기다리고 있지. 그 사람들이 블루포인트 밴스를 잡는 걸 늙은 내 눈으로 똑똑히 봤어. 당신은 당신 친구들인 경찰 몰래 날 데리고 나갈 수 있을 거야. 내 부탁대로

만 해주면 난 저 악당들과 저들이 훔친 돈을 당신한테 넘길게."

"괜찮은 얘기로군. 하지만 내가 원할 때 아무 때나 당신이 날 여기서 걸어 나가게 해주겠다고?"

내가 무심한 척 그를 향해 한 걸음 다가갔다. 그를 향해 두 번째 발걸음을 뗐지만 그는 신경 쓰지 않으며 대꾸했다.

"아니! 아니! 하지만 우선 저 악당 셋을 당신한테 넘길게. 내가 저놈들을 산 채로 꼼짝 못하게 해서 당신한테 넘길게. 그러면 당신은 나를 밖으로 빼내 주는 거야, 저 여자도 같이."

갑자기 그가 낸시를 가리켰다. 공포에 질려 있으면서도 여전히 멋진 그녀의 새하얀 얼굴엔 이제 커다랗게 뜬 눈밖에 보이질 않았다.

"저 여자도 악당 놈들이 저지른 죄와는 아무 상관이 없어. 그러니까 나랑 같이 가야 해."

나는 이 늙은 토끼가 무슨 일을 할 수 있을까 고민했다. 골똘히 생각에 잠겨 인상을 찌푸리며 한 걸음 더 노인을 향해 다가갔다.

"실수하지 마. 악마 같은 여자가 이 방으로 돌아오면 당신은 죽어. 저 여잔 분명 당신을 죽일 거야."

노인이 진심을 담아 속삭였다.

세 걸음만 더 가면 늙은이와 그의 총을 빼앗을 수 있을 만큼 가까운 거리였다.

복도에서 발소리가 들려왔다. 몸을 날리기엔 너무 늦어 버렸다.

"좋아?"

그가 필사적으로 속삭여 물었다.

빅 플로라가 문으로 들어오기 직전에 간발의 차로 나는 고개를 끄덕였다.

14

빅 플로라는 아마도 포기의 옷인 듯한 파란색 바지에 구슬이 달린 모카신, 실크 셔츠를 입어 활동성을 갖춘 차림새였다. 곱슬곱슬한 금발 머리엔 리본을 둘러 얼굴을 드러냈다. 한 손에 권총을 들고, 권총 또 하나는 뒷주머니에 꽂고 있었다.

그녀가 손에 쥐고 있던 권총을 높이 들어 올렸다.

"당신은 끝났어."

상당히 사무적인 말투로 그녀가 내게 말했다.

새로이 나와 동맹을 맺은 노인이 우는소리를 했다.

"기다려, 기다려, 플로라! 여기서 이런 식으로는 안 돼! 놈은 내가 지하실로 데리고 내려갈게."

그녀는 노인에게 인상을 찌푸리며 실크 셔츠에 감싸인 어깨를 으쓱했다.

"빨리 해치워. 한 시간 뒤면 날이 밝을 거야." 그녀가 말했다.

나는 그들의 행각이 우스워 웃음을 터뜨리다 못해 울고 싶은 심정이었다. 여자가 겁쟁이 토끼 말을 듣고 계획을 바꿀 줄이야 생각이나 했던가? 일단은 이상한 늙은이가 건넨 도움의 손길을 신중하게 받아들여야지, 그래야 나중에 이 촌극이 함정이었음이 드러나더라도 크게 실망하지 않을 것 같았다. 하지만 그들이 나를 함정에 빠뜨리려고 한들 지금 처한 상황보다 더 나쁠 수는 없을 듯했다.

그래서 나는 늙은이가 이끄는 대로 앞장서서 복도로 나갔다. 그가 가리키는 문을 열고 지하실 전등을 켠 뒤 조악한 계단을 내려갔다.

그가 내 뒤에 바짝 다가와 속삭였다.

"우선 돈 먼저 보여 주고 악당들은 나중에 넘길게. 약속한 거 잊지 않았지? 나랑 저 여자를 경찰 몰래 빠져나가게 해주겠다는 말?"

"아, 그럼."

나는 늙은 멍청이를 안심시켰다.

그가 내 옆으로 다가와 손에 권총을 쥐여 주며 "숨겨"라고 말했고, 내가 총을 주머니에 넣자 외투 안쪽에서 총 한 자루를 더 꺼내 내밀었다.

그러고 나서 그는 정말로 전리품을 보여 주었다. 돈은 은행에서 운반된 상태 그대로 여전히 상자와 가방에 들어 있었다. 그는 굳이 일부 꾸러미를 열어 안에 든 돈을 보여 주었다. 은행에서 사용하는 노란 종이끈에 묶인 초록색 돈다발이었다. 돈 상자와 돈 가방은 벽돌로 쌓아 만든 창고에 차곡차곡 쌓여 있었고, 문에는 맹꽁이자물쇠가 달렸는데 열쇠를 노인이 갖고 있었다.

전리품 확인이 끝나자 그가 창고 문을 닫았지만 잠그지는 않았다. 노인은 나를 이끌고 우리가 들어온 길을 다시 절반쯤 되돌아 나갔다.

"봤다시피 저게 그 돈이야. 이젠 그 인간들 차례지. 당신은 여기 이 상자 뒤에 숨어 있어."

지하실은 칸막이로 반이 나뉘어 있었다. 칸막이엔 문 없이 출입구만 뚫려 있었다. 노인이 나에게 숨어 있으라고 말한 곳은 이 출입구 바로 옆으로 칸막이와 포장상자 네 개 사이에 있는 공간이었다. 그곳에 있으면 누구든 돈을 감춰 둔 창고로 들어가려고 계단을 내려와 지하실을 가로지르는 사람의 오른쪽이나 약간 뒤쪽에 있게 되는 셈이었다. 다시 말해, 칸막이 출입구로 드나드는 사람을 숨어서 공격할 수 있는 위치였다.

노인은 꾸무럭꾸무럭 상자 아래쪽에서 뭔가를 찾았다. 그가 45센티미터쯤 되는 쇠파이프를 끄집어냈다. 파이프 안에는 비슷한 길이의 검정색 정원용 호스가 박혀 있었다. 그가 파이프를 내밀며 모든 것을 설명했다.

"한 번에 한 놈씩 그 작자들이 이리로 내려올 거야. 놈들이 이 문을 지나가려고 할 때마다 당신이 이걸로 어떻게 해야 하는지는 잘 알겠지. 그렇게 해서 당신이 놈들을 모두 확보하면 나는 당신이 약속한 대로 되는 거야. 그렇지?"

"어, 그래."

나는 허공에 대고 말했다.

그가 위층으로 올라갔다. 나는 상자 뒤에 웅크리고 앉아 그가 내게 준 총을 살폈다. 총에 조금이라도 문제가 있다면 낭패였다. 총은 장전되어 있었고 제대로 작동할 것처럼 보였다. 마지막으로 총까지 점검하고 나자 나는 완전히 혼란에 빠졌다. 내가 지하실에 있는 건지 풍선에 들어 있는 건지 감이 잡히질 않았다.

레드 오리어리가 여전히 바지와 붕대만 걸친 반라의 몸으로 지하실에 들어서자 나는 머리를 세차게 흔들어 정신을 집중한 다음 그의 맨발이 출입구로 들어오자마자 몽둥이로 뒤통수를 후려갈겼다. 그는 바닥에 얼굴을 박으며 고꾸라졌다.

노인이 희색이 만면한 얼굴로 다급히 계단을 내려왔다.

숨을 헐떡이며 그는 "서둘러! 서둘러!"라고 말한 뒤, 나를 도와 빨간 머리를 돈이 쌓여 있는 창고 안으로 끌어갔다. 그러고 나서 그는 밧줄 두 개를 꺼내 거인의 손과 발을 묶었다.

"서둘러!"

그가 다시 숨을 헐떡이며 말한 뒤 계단으로 올라가는 동안 나는 다시 은둔 장소로 돌아가 쇠파이프를 만지작거리며, 플로라가 만약 나를 총으로 쏘았다면 지금쯤 내가 했던 선행의 보상을 즐기고 있을까 상상했다. 천국에 올라가 지상에서 나를 못살게 굴었던 놈들을 박살 내며 영원히 행복하게 즐기고 있지 않았을까.

고릴라 몸을 한 두개골 박살남이 계단을 내려와 출입구로 들어섰다. 나는 그의 두개골을 박살 냈다. 왜소한 노인이 종종걸음으로 나타났다. 우리는 포기를 창고에 끌어다 놓고 결박했다.

"서둘러! 다음은 악마 같은 여자 차례야, 세게 쳐야 해!"

이상한 늙은이는 흥분해서 펄쩍펄쩍 춤을 추듯 뛰며 숨을 헐떡였다.

그는 재빨리 계단을 올라갔고 나는 머리 위로 들리는 그의 다급한 발소리를 들을 수 있었다.

나는 머릿속에서 어리둥절한 느낌을 밀어내고 지능이 자리 잡을 공간을 만들었다. 우리가 직면하고 있는 이 어리석은 상황은 도무지 말이 되질 않았다. 이런 식으로 일이 풀리는 경우는 절대로 없었다. 멍청한 말라깽이 노인이 한쪽 구석으로 사람들을 몰아 주면, 구석에 서 있다가 기계처럼 차례차례 상대를 쓰러뜨린다는 게 말이 되질 않았다. 어리석기 짝이 없는 짓이었다! 바보짓은 그만하면 충분했다!

나는 숨어 있던 곳에서 나와 쇠파이프를 내려놓고 계단 근처 선반 밑에 웅크리고 몸을 숨겼다. 양손에 권총을 쥔 채로 그곳에서 잠복했다. 얼떨결에 끼어든 이 놀음은 분명 뭔가 수상쩍은 구석이 있었다. 더는 그 장단에 놀아나지 않을 작정이었다.

플로라가 계단을 내려왔다. 두 계단 뒤에 왜소한 노인이 종종거리며 따라왔다.

플로라는 양손에 총을 들고 있었다. 그녀가 잿빛 눈동자로 사방을 쏘아보았다. 싸움을 목전에 둔 짐승처럼 그녀는 머리를 낮게 숙였다. 그녀의 콧구멍이 바르르 떨렸다. 느리지도 빠르지도 않게 계단을 내려오는 그녀의 몸은 무용수처럼 균형이 잡혀 있었다. 앞으로 백만 년을 살게 되더라도 나는 조악한 지하실 계단을 내려오던 이 잔혹한 미인의 모습을 결코 잊지 못할 것이다. 그녀는 싸움 본능을 타고나 전사로 키워진 아름다운 싸움꾼이었다.

내가 일어서자 그녀가 나를 보았다.

"무기 버려!"

그녀가 말을 들을 리 없다는 것을 알면서도 내가 말했다.

빅 플로라가 나를 향해 왼손에 쥔 권총을 높이 드는 순간 왜소한 노인이 소매 안에서 작은 갈색 곤봉을 꺼내 그녀의 귀 뒤를 후려쳤다.

나는 몸을 날려 그녀가 시멘트 바닥에 부딪히기 전에 그녀의 몸을 붙잡았다.

"자, 봤지! 당신은 이제 돈도 가졌고 악당들도 가졌어. 이제는 나와 여자를 내보내 주는 거야."

노인이 신이 나서 말했다.

"우선 이 사람도 다른 놈들 있는 곳으로 데려가지."

내가 말했다.

노인과 함께 여자를 창고로 옮기고 나서 나는 그에게 문을 잠그라고 말했다. 그가 자물쇠를 돌려 잠그자 나는 한 손으로 열쇠를 받아 쥐고 다른 한 손으로는 그의 목덜미를 움켜쥐었다. 그의 몸수색을 해 곤봉과 총 한 자루, 허리에 차고 있던 돈주머니를 찾아내자 그는 뱀처럼 몸을 꿈틀거렸다.

"허리띠 벗어. 여기선 아무것도 갖고 가지 못한다."

내가 명령했다.

그가 손가락을 놀려 버클을 풀자 옷 밑에 두르고 있던 허리띠가 바닥으로 떨어졌다. 허리띠에 매달린 돈주머니는 터질 듯 두둑했다.

여전히 그의 목덜미를 잡은 채로 나는 위층으로 올라갔고, 식탁 의자엔 낸시 리건이 여전히 얼어붙은 듯 앉아 있었다. 노인과 함께 밖에 나가게 되면 누구에게든, 특히 경찰에게는 한마디도 하지 말아야 한다는 상황을 여자에게 이해시키기까지 위스키 한 잔과 수없는 감언이설이 필요했다.

"레디는 어디 있어요?"

얼굴에 혈색이 돌아오고 — 최악의 상황에서도 그녀가 멋진 미모를 잃은 적은 결코 없었다 — 머릿속에도 생각할 여유가 생기자 그녀가 물었다.

나는 그가 무사하다고 말해 준 뒤 오전 중으로 병원에 가게 될 것이라고 안심시켰다. 그녀는 다른 것에 대해서는 더 묻지 않았다. 나는 모자와 외투를 가져오라며 여자를 위층으로 쫓아 보냈고 노인이 모자를 챙기는 동안에도 그를 따라갔다가, 두 사람을 1층 맨 앞방에 들여보냈다.

"내가 데리러 올 때까지 여기 있어요"라고 말하며 방문을 잠근 나는 밖으로 나가며 열쇠를 주머니에 넣었다.

15

1층 현관문과 앞쪽 창문엔 건물 뒤쪽처럼 널빤지와 버팀목이 덧대어져 있었다. 이제는 날이 꽤 밝아졌지만 무턱대고 문을 여는 위험을 감수하고 싶지는 않았다. 그래서 나는 2층으로 올라가 베갯잇과 침대보로 휴전을 알리는 깃발을 만들어 창밖에 매단 뒤 좀 기다렸다가, "좋다, 원하는 바를 얘기해라"라는 굵직한 목소리가 들리자 그제야 모습을 드러내고 경찰에게 문을 열어 주겠다고 말했다.

손도끼를 휘둘러 현관문을 여는 작업에만 5분이 걸렸다. 내가 문을 열었을 땐, 경찰서장과 형사과장, 경찰 병력 절반이 현관 계단과 인도에서 기다리고 있었다. 나는 그들을 데리고 지하실로 내려가, 돈뭉치와 함께 빅 플로라와 포기, 레드 오리어리를 인계했다. 플로라와 포기는 정신을 차렸지만 아무 말도 하지 않았다.

고위 관리들이 전리품 주변에서 바글거리는 동안 나는 위층으로 올라갔다. 온 집 안에 경찰과 형사 들이 득시글거렸다. 나는 그들과 인사를 주고받으며 인파를 헤치고 지나가 낸시 리건과 이상한 늙은이를 가둬두었던 방으로 향했다. 더프 경위가 잠긴 문을 열려고 애를 쓰는 중이었고, 오가르와 헌트가 그의 뒤에 서 있었다.

나는 더프에게 씩 웃어 준 뒤 열쇠를 건넸다.

그가 문을 열더니 늙은이와 여자를 쳐다보다 — 주로 여자 쪽을 — 나를 돌아보았다. 그들은 방 한가운데에 서 있었다. 노인의 흐릿한 눈빛은 처참할 정도로 걱정스러운 기색이었고, 여자의 푸른 눈동자 역시 불안으로 어두워졌다. 불안 따위는 그녀의 미모를 조금도 망가뜨리지 못했다.

"자네 여자라면, 가둬 둔 게 당연하겠구먼."

오가르가 내 귀에 대고 속삭였다.

"두 사람은 이제 가도 좋아. 다시 근무에 복귀하기 전에 못 잔 잠이나 충분히 자둬."

내가 방에 있는 두 사람에게 말했다.

그들은 고개를 끄덕이고 집을 빠져나갔다.

"그 탐정사무소가 한결같이 평판을 유지하는 비결이 저겁니까? 여자 직원의 미모로 남자 직원의 추한 외모를 통치는 거요?"

더프가 말했다.

딕 폴리가 복도로 들어섰다.

"자네가 맡은 쪽은 어떻게 됐나?"

내가 물었다.

"끝났죠. 앤젤이 저를 데리고 밴스한테 가더군요. 밴스는 이리로. 전 경찰을 이리로 데려왔고요. 경찰이 둘 다 잡았어요."

길에서 두 방의 총성이 들렸다.

우리는 문으로 튀어 나갔고 길에 세워 둔 경찰차 안에서 일어난 소란을 발견했다. 가까이 다가갔다. 수갑을 찬 블루포인트 밴스가 몸의 절반은 의자에 기대고 절반은 바닥에 붙인 채 몸부림치고 있었다.

"휴스턴과 제가 같이 놈을 차에 붙잡아 두고 있었습니다. 놈이 양손으로 휴스턴의 권총을 빼앗아 탈출을 기도했어요. 그래서 제가 총을 두 방 쏘는 수밖에 없었습니다. 서장님이 난리치시겠네요! 다른 놈들과 별도로 특별히 여기에다 붙잡아 놓으라고 명령하셨거든요. 하지만 하늘에 맹세코, 휴스턴이 위험하지 않았더라면 저도 총까지 쏘진 않았을 겁니다!"

평상복을 입은 단호한 입매의 경찰관이 더프에게 설명을 했다.

더프는 평복 경관에게 빌어먹을 멍청이 아일랜드 놈이라고 욕설을 퍼부은 뒤 밴스를 일으켜 자리에 앉혔다. 블루포인트 밴스의 고통스러운 시선이 나에게 꽂혔다.

"내가…… 아는……? 콘티넨털……뉴……욕?"

그가 고통스럽게 물었다.

"맞아."

내가 말했다.

"래루이 술집에서…… 레드와…… 같이 … 있을 땐…… 못 알아……봤군."

그가 말을 멈추고 기침을 해 피를 뱉어 냈다.

"레드는…… 잡았나?"

"그래. 레드, 플로라, 포기 그리고 돈도 찾았지."

"하지만…… 파파……도……풀……로스는…… 놓쳤군."

"파파가 뭘 어째?"

다급하게 물으며 나는 뒷골이 서늘해졌다.

그가 의자에 앉은 자세를 똑바로 했다. 그는 얼마 남지 않은 기운을 고통스레 끌어 모으더니 "파파도풀로스*"라고 되풀이했다.

"나는…… 그자를 쏘려고…… 그자가…… 여자와…… 걸어가는 걸…… 보고…… 빌어먹을…… 짭새가…… 너무 빨라서…… 꼭……."

그의 말이 끊어졌다. 이내 부르르 몸을 떨었다. 죽음이 그의 눈앞에까지 닥쳐 있었다. 하얀 가운을 입은 인턴 하나가 내 옆을 지나 차 안으로 들어가려 했다. 나는 그를 끄집어내고 상체를 숙여 밴스의 양 어깨를 붙잡았다. 내 뒷목은 싸늘하게 얼어붙었다. 뱃속이 텅 빈 듯했다.

"잘 들어, 블루포인트. 파파도풀로스? 왜소한 늙은이 말이야? 그자가 갱단의 우두머리였어?"

내가 그의 얼굴에 대고 고함을 질렀다.

밴스 블루포인트는 "그래"라고 말했고, 그 말과 함께 숨을 거두기 직

---

*그리스어로 '사제의 아들'이라는 뜻이며 그리스인에게 흔한 성.

354

전 마지막 핏방울을 입 밖으로 토해 냈다.

나는 그를 자동차 뒷좌석에 던져 놓고 걸어 나왔다.

당연했다! 어떻게 내가 그걸 놓칠 수가 있었을까? 처음부터 겁에 질린 척 감쪽같이 속여 넘긴 그 왜소한 늙은이 악당이 주동자가 아니었다면, 어떻게 한 번에 한 놈씩 다른 패거리를 깔끔하게 나에게 데려다 줄 수가 있었겠나? 그들은 완전히 구석에 몰려 있었다. 싸우다 죽거나, 항복을 해서 교수형을 당하거나 둘 중 하나였다. 그들에겐 빠져나갈 길이 없었다. 경찰은 그 늙은이가 주모자임을 증언해 줄 수 있는 밴스를 데리고 있었고, 법정에서는 나이와 병약함을 들먹이며 다른 일당들에게 휘둘려 강제로 개입했다는 가면을 써먹는 것이 통할 리 없었다.

그런데 그의 제안을 받아들이는 것 외에는 선택의 여지가 없던 내가 끼어들었다. 그 방법이 아니었다면 나는 죽을 운명이었다. 그의 손아귀에 걸려든 멍청이였고, 그의 공범들도 멍청이였다. 그는 다른 일당을 깔끔하게 처내는 데 도움을 준 측근들을 또다시 배신해 처단했고, 나는 그런 그를 무사히 빼돌려 주었다.

이제라도 그자를 찾아 온 도시를 샅샅이 뒤질 수 있을 것이다. 내가 한 약속은 그자를 집 밖으로 내보내 주는 것뿐이었다. 하지만……

인생이 뭐 이런가!

피 묻은 포상금 106,000달러

$106,000 Blood Money

1

"저는 톰-톰 캐리라고 합니다."

그가 느릿느릿 말했다.

나는 책상 옆 의자를 고갯짓으로 가리키며 그가 걸어오는 동안 상대를 가늠했다. 큰 키에 떡 벌어진 어깨, 육중한 가슴, 날씬한 배로 판단컨대 85킬로그램은 족히 나갈 듯했다. 거무스름한 얼굴은 주먹처럼 단단해 보였지만 심기가 불편한 기색은 없었다. 인생을 거칠게 살면서 돈을 번 사십대 남자의 얼굴이었다. 푸른색 옷은 고급이었고 몸에 잘 맞았다.

의자에 앉은 그가 불더럼 담뱃잎 뭉치를 갈색 종이로 말며 자기소개를 끝냈다.

"전 패디 더 멕스의 동생입니다."

나는 그의 말이 사실일지 모른다고 생각했다. 패디의 피부색과 태도도 이 사내와 비슷했다.

"그렇다면 본명이 카레라시겠군요."

"네. 제대로 알고 싶으시다면, 알프레도 에스타니슬라오 크리스토발 카레라입니다."

그가 담배에 불을 붙이며 말했다.

나는 그에게 에스타니슬라오의 철자를 물어 종이에 이름을 적고, '일명 톰-톰-캐리'라는 메모를 덧붙인 뒤, 토미 하우드를 불러 자료실 직원에게 관련 서류가 있는지 알아보라고 지시했다.

"댁의 직원들이 무덤을 여는 동안 저는 여기 왜 왔는지 말씀드리죠."

토미가 종이를 들고 사라지자 거무스름한 남자가 연기를 뿜으며 말했다.

"힘드셨겠습니다. 패디가 그런 식으로 세상을 떠나서요."

"형님이 오래 살 거라 믿었다면 말이 안 되겠죠. 형님은 원래 그런 사나이입니다. 마지막으로 형님을 본 건 4년 전 이곳 샌프란시스코에서였죠. 저는 원정길에서 돌아오던 길이었는데…… 그 얘긴 관두죠. 아무튼 전 빈털터리였습니다. 진주 찾으려고 떠난 여정이었는데 대신 얻은 거라곤 엉덩이에 난 총알구멍뿐이었죠. 패디는 누군가한테서 훔친 돈을 1만 5천 달러 이상 갖고 있어서 형편이 넉넉했어요. 저랑 만난 날, 형님은 누굴 만나기로 했는데 그렇게 많은 돈을 가져가기가 찜찜하다고 했습니다. 그래서 그날 밤까지 저더러 1만 5천 달러를 갖고 있으라고 주더군요."

톰-톰 캐리가 담배 연기를 내뿜으며 추억에 젖어 희미하게 미소를 지었다.

"형님은 그런 사나이였습니다. 자기 친동생을 철석같이 믿는 사람 말입니다. 그날 오후 나는 새크라멘토에 가서 동부로 가는 기차를 탔습니다. 피츠버그에서 만난 어떤 여자랑 같이 1만 5천 달러를 펑펑 썼죠. 로렐이라는 여자였는데 호밀 위스키를 마신 뒤 연이어 우유 마시는 걸 유독 좋아했어요. 나도 속을 다 게워 낼 때까지 그 여자를 따라 그렇게 술을 마셔 댔지만, 그 이후로는 두 번 다시 크림치즈를 못 먹겠더군요. 그나저나 우리의 파파도풀로스 영감한테 10만 달러의 현상금이 붙었던가요?"

"6,000을 더해야 합니다. 보험회사에서 10만 달러를 내걸었고 은행 협회에서 5천 달러, 시에서 1천 달러를 보탰거든요."

톰-톰 캐리는 꽁초를 타구唾具에 던져 넣고 새 담배를 말기 시작했다.

"내가 그자를 댁한테 넘겨 드린다면 말입니다. 돈을 어떻게 갈라서 나눠 가져야 할까요?"

"저희 쪽에서 공제하는 금액은 없을 겁니다. 콘티넨털 탐정사무소는 포상금에 손을 대지 않습니다. 이곳 직원이 포상금을 타는 것도 허락되지 않고요. 만약에 경찰이 체포 과정에 개입하게 된다면 그쪽에선 일부를 원할 겁니다."

"경찰이 개입하지 않는다면 포상금이 전부 제 몫이란 얘긴가요?"

"아무런 도움 없이 댁이 혼자서 그자를 잡아 넘기거나, 혹은 저희 도움 이외에 다른 도움이 개입되지 않는다면 그렇겠죠."

"그럼 잡아넣는 건 제가 하죠. 체포 문제는 일단락됐군요. 이젠 기소 문제로 넘어가 볼까요. 그자를 잡아넣으면, 확실히 놈을 골로 보낼 수 있다고 자신합니까?"

그의 말투는 스스럼이 없었다.

"저는 당연히 그러겠지만, 우선은 배심원단 앞에서 재판을 거쳐야 합니다. 어떠한 일도 일어날 수 있다는 뜻이죠."

갈색 담배를 들고 있는 근육질의 갈색 손이 무심코 허공을 저었다.

"그렇다면 내가 그자를 끌어다 잡아넣기 전에 자백을 받는 게 낫겠군요."

그가 퉁명스럽게 말했다.

"그러는 게 안전하겠죠. 그나저나 그 권총집은 지금보다 4, 5센티미터 아래로 내려서 차야 합니다. 권총 손잡이가 너무 높이 치솟았어요. 그러면 앉을 때 개머리판이 툭 튀어나옵니다."

"아, 제 왼쪽 어깨에 찬 총집 말씀이시군요. 갖고 있던 걸 잃어버린 뒤에 어떤 친구한테서 빼앗은 겁니다. 그런데 끈이 너무 짧아요. 오늘 오후에 새로 하나 장만해야겠습니다."

토미가 '캐리, 톰-톰, 1361-C'라고 적혀 있는 서류첩을 가져왔다. 가장 오래된 날짜는 10년 전이고 가장 최근은 8개월 전 신문 기사 스크랩이 들어 있었다. 나는 기사를 읽어 내려가며 스크랩을 하나씩 거무스름한 사내에게 넘겼다. 기사에 등장하는 톰-톰 캐리는 용병, 총기 밀수입자, 물개 밀렵꾼, 밀수범, 해적으로 묘사되어 있었다. 그러나 모두 혐의를 의심하고 짐작해서 쓴 추측성 기사였다. 그는 여러 번 체포되었지만 한 번도 기소된 적이 없었다.

신문 기사를 모두 읽은 뒤 그는 침착하게 불만을 표했다.

"나에 대해 제대로 난 기사가 하나도 없군요. 예를 들어 말이죠, 중국 전함을 훔친 건 내 잘못이 아니었습니다. 어쩔 수 없었어요, 배신당한 사람은 납니다. 그들은 무기를 배에 싣고 나서 돈을 주려고 하지 않았어요. 물건을 다시 내릴 수도 없었죠. 배를 통째로 다시 가져가는 것 외에 다른 방법이 없었다니까요. 보험회사에서 10만 달러나 현상금을 내건 걸 보니 파파도풀로스란 작자를 꽤나 잡고 싶어 하나 봅니다."

"그 돈으로 그자를 잡을 수만 있다면 싸게 먹히는 거죠. 신문에서 그자에 대해 떠드는 이야기가 전부 사실은 아닐지 몰라도, 다루기 힘든 인물인 것은 분명합니다. 그자는 중무장한 사내들로 대규모 군대를 조직해 금융가 한복판을 블록째 장악하고 도시에서 가장 큰 은행 두 군데를 털었고, 경찰 병력 전체와 맞서 싸우며 무사히 빠져나가 군대를 해산시킨 뒤엔 일부 중간 간부 패거리를 이용해 더 많은 일당을 제거했습니다. 댁의 형님인 패디도 그 과정에서 당한 겁니다. 그러고 나서는 포기리브와 빅 플로라 브레이스, 레드 오리어리의 도움으로 나머지 일당을 말끔히 해치웠죠. 중간 간부 패거리도 호락호락한 놈들은 아니었다는 걸 명심하십시오. 그자들도 블루포인트 밴스, 시버링 키드, 더비 엠러플린 같은 닳고 닳은 사기꾼이었어요. 뭐가 뭔지 사건 내막을 다 아는 측근이었습니다."

"그렇군요. 하지만 어쨌거나 수포로 돌아간 건 마찬가지죠. 약탈한 돈은 댁이 전부 되찾았고, 그자만 가까스로 도망을 쳤으니까요."

캐리는 별 감흥이 없었다.

"그자로선 운이 나빴어요. 사랑과 허영심에 눈먼 레드 오리어리가 일을 복잡하게 만들었으니까요. 그걸 파파도풀로스의 탓이라고 할 순 없습니다. 그자가 덜 똑똑하기 때문이라는 오해는 하지 마십시오. 그자는 위험인물이고, 보험회사 쪽에선 그자가 또다시 증권사의 주거래 은행을 털 사기극을 획책하지 못하도록 확실하게 잡아넣어야 발 뻗고 잘 거라고 생각하는 게 당연합니다."

"그 파파도풀로스라는 작자에 대해서는 댁도 아는 게 별로 없죠?"

"네."

나는 솔직히 시인했다.

"아무도 모릅니다. 현상금이 10만 달러나 되니까 온 나라에서 사기꾼들 절반은 달려들었어요. 그들도 우리만큼이나 열렬하게 그자를 뒤쫓고 있죠. 꼭 현상금 때문만이 아니라 그자가 대대적으로 수많은 동료들을 배신했기 때문입니다. 그런데 그들도 우리만큼이나 그자에 대해서 아는 것이 적습니다. 알려진 건 그자가 10여 가지 이상의 사건에 개입을 했고, 블루포인트 밴스가 주식 사기를 쳤을 때 배후 인물이었으며, 그자와 척진 원수들은 전부 젊은 나이에 죽는다는 정도죠. 하지만 그의 고향이 어딘지, 어디에 살며 언제 집으로 돌아오는지는 아무도 모릅니다. 제가 그자를 나폴레옹이나 일요판 신문 기사처럼 거물 주모자로 치켜세운다고 생각하지는 마십시오. 하지만 그자는 확실히 교활하고 까다로운 늙은이입니다. 말씀하셨다시피, 저는 그자에 대해 많이 알지 못합니다. 하지만 제가 잘 알지 못하는 사람은 세상에 많고 많으니까요."

톰-톰 캐리는 고개를 끄덕여 내 말의 마지막 대목을 이해한다는 제스처를 보여 준 뒤 세 번째 담배를 말기 시작했다.

"제가 노갈레스에서 지내고 있을 때 앤젤 그레이스 카디건이 연락을 해, 패디가 그 일에 연루되었다고 알려 주더군요. 거의 한 달 전 일입니다. 그 여잔 내가 당장 이리로 달려올 거라고 생각한 모양이던데, 사실 그건 내 알 바 아니었어요. 그냥 묵혀 두었죠. 그런데 지난주에 신문을 읽다 보니, 앤젤이 패디를 죽게 한 장본인이라고 말했던 바로 그 작자에게 거액의 현상금이 걸려 있더라고요. 그제야 상황이 달라졌죠. 10만 달러면 다르고말고요. 그래서 배를 타고 이리로 건너와 앤젤과 이야기를 해본 다음, 그 파파두들인가 뭔가 하는 작자한테 올가미를 씌우면 포상금이 오롯이 나한테 떨어질지 확인을 하려고 찾아온 겁니다."

"앤젤 그레이스가 댁을 저한테 보냈다고요?"

"으음. 그런데 본인은 그걸 모릅니다, 그 여자는 이야기를 하다가 당신을 언급했을 뿐이죠. 당신이 패디의 친구였고, 탐정치고는 좋은 사람이고, 파파두들이라는 작자를 잡으려고 혈안이 되어 있다고 말하더군요. 그래서 내가 만나 봐야 할 사람은 당신이라고 생각했습니다."

"노갈레스는 언제 떠나셨습니까?"

"화요일입니다, 지난주."

"그렇다면 국경 너머에서 뉴홀이 살해된 바로 다음 날이로군요."

내가 기억을 더듬으며 말했다.

거무스름한 남자는 고개를 끄덕였다. 그의 얼굴엔 아무런 변화가 없었다.

"노갈레스에서 거기는 얼마나 멉니까?"

내가 물었다.

"그 사람이 멕시코 오키토아 근처에서 총을 맞았다니까, 노갈레스에서 남서쪽으로 100킬로미터쯤 될 겁니다. 관심 있으십니까?"

"아뇨, 댁이 떠나오신 곳이 마침 뉴홀이 죽은 곳이고, 그가 죽은 바로 다음 날 찾아온 곳이 하필 그가 살던 곳이라는 게 떠올라서요. 그 사람과 아는 사이였습니까?"

"노갈레스에 있을 때, 그 사람에 대해서 듣긴 했습니다. 멕시코에 광산을 소유한 샌프란시스코 출신 백만장자라서 파티가 볼만하다더군요. 혹시 나중에 그 사람한테 뭔가 팔아먹을 게 있겠다고 여기고 있었는데 멕시코 애국자들이 나보다 먼저 해치웠더군요."

"그래서 북쪽으로 오신 겁니까?"

"으음. 소란스러워지면 일에 지장이 있거든요. 국경을 이리저리 오가며 작은 사업을 하는데, 납품업이라고 해두죠. 뉴홀 살인 사건으로 온 나라의 이목이 그 동네로 집중되고 말았습니다. 그래서 이리로 올라와 10만 달러를 받아 낸 나음 그곳에 내려가 정착할 기회로 삼아야겠다는 생각을 한 겁니다. 혹시 걱정하실까 봐 솔직히 말씀드리는데, 최근 몇 주일 새 내가 백만장자를 죽인 일은 없습니다."

"다행입니다. 그러니까 종합해 보면 선생께선 파파도풀로스를 잡을 계획이시군요. 앤젤 그레이스는 댁이 죽은 패디의 복수를 해줄 거라고 생각해서 연락을 했지만, 댁이 원하는 건 돈이고, 그래서 앤젤뿐만 아니라 저와도 함께 일을 진행하고 싶으시다, 맞습니까?"

"맞습니다."

"댁이 저와 연결되어 있다는 걸 알면 앤젤이 어떻게 나올지 아십니까?"

"으음. 경기를 일으키며 길길이 날뛰겠죠. 경찰 주변에는 얼씬도 하지 말아야 한다고 생각하는 여자니까요, 안 그래요?"

"그렇습니다. 누군가한테 도둑들 사이의 의리에 대한 이야기를 들은 모양인데 절대로 그 원칙을 깨지 않더군요. 그 여자 오빠가 현재 북쪽에서 복역 중입니다. 조니 더 플러머가 배신을 했죠. 애인이었던 패디는 친구들한테 살해당했고요. 그런 일을 겪었으면 정신을 차릴 만도 하지 않을까요? 천만에요. 앤젤은 우리와 힘을 합하느니 차라리 파파도풀로스가 마음대로 돌아다니는 쪽을 택할 겁니다."

"그건 괜찮습니다. 앤젤은 내가 충직한 동생이라고 생각하니까 — 패디가 나에 대해서 별로 이야기를 못 한 모양입디다 — 그쪽은 내가 감당할 겁니다. 그 여자한테 미행은 붙여 뒀습니까?"

"네, 풀려난 이후로 줄곧 감시하고 있습니다. 앤젤은 플로라와 포기, 레드가 붙잡힌 날 같이 체포되었지만 패디의 연인이었다는 것 말고는 다른 혐의점을 찾을 수가 없어서 풀려났죠. 댁은 앤젤한테 정보를 얼마나 많이 캐내셨나요?"

"파파두들과 낸시 리건의 인상착의가 전붑니다. 두 사람에 대해 나보다 많이 알지도 못하더군요. 그 리건이라는 아가씨는 사건에 어느 정도 연루된 겁니까?"

"우리를 파파도풀로스한테 연결시켜 줄 수 있을지도 모른다는 것 이외엔 별로 중요하지 않습니다. 그 여자는 레드의 애인이었어요. 그 여자와 데이트 약속을 지키느라 레드가 일을 망쳤죠. 파파도풀로스가 빠져나가면서 그 여자도 같이 데리고 갔습니다. 이유는 나도 모르겠어요. 노상강도에 가담하지도 않은 여자였거든요."

톰-톰 캐리는 다섯 번째 담배를 마는 작업을 끝내고 불을 붙인 뒤 자리에서 일어났다.

"우리 이제 한 팀입니까?"

그가 모자를 집어 들며 물었다.

"댁이 파파도풀로스를 잡아 온다면 저는 댁이 받아야 할 돈을 한 푼도 빠짐없이 다 받도록 해드리죠. 그리고 현장에서도 무한한 자유를 드리겠습니다. 댁의 활동을 지나치게 감시해 방해하지 않겠다는 뜻입니다."

그는 그 정도면 충분히 공평하다고 대꾸한 뒤, 엘리스 가에 있는 호텔에서 지낼 거라고 일러 주고 사무실을 떠났다.

2

사망한 테일러 뉴홀의 사무실로 전화를 걸어 보니, 그 사건에 대해 알고 싶으면 샌프란시스코에서 수 킬로미터 남쪽에 있는 시골 저택으로 연락을 해보라는 대답이 돌아왔다. 나는 그곳으로 연락을 시도했다. 장관급 목소리를 지닌 집사가 뉴홀의 변호사, 프랭클린 엘러트를 만나 보라고 말했다. 나는 엘러트의 사무실로 찾아갔다.

그는 혈압 때문에 눈이 튀어나오고 초조해서 안절부절못하는 노인으로 유독 혀가 짧았다.

"뉴홀 씨 살해 사건이 멕시코 강도들의 소행이 아니라고 생각할 만한 다른 이유가 있습니까? 놈들에게 포로로 잡히지 않으려고 저항하다 사망한 것이 아니라 다른 살해 목적이 있었을 가능성이 있을까요?"

내가 단도직입적으로 물었다.

변호사들은 질문을 받는 걸 좋아하지 않는다. 그 역시 씩씩거리며 나에게 인상을 쓰느라 눈알이 더 튀어나왔다. 물론 대답은 하지 않았다.

"뭐? 뭐요? 그 말의 의미를 설명하시오!"

노변호사는 ㅅ 발음을 할 때마다 특히 혀 짧은 소리를 내며 못마땅한 듯 쏘아붙였다.

그는 나를 노려보다가 마치 경찰 호루라기라도 찾는 사람처럼 흥분한 손길로 책상에서 서류를 이리저리 밀어냈다. 나는 그에게 톰-톰 캐리에 대해 이야기해 주었다.

엘러트는 좀 더 씨근덕대며 책상 위의 서류들을 완전히 엉망으로 흐트러뜨린 뒤 물었다.

"대체 그게 무슨 뜻입니까?"

"아무 의미도 없습니다. 제가 들은 이야기를 전하고 있을 뿐입니다."

나도 거들먹거리며 응대했다.

"그래요! 그래요! 나도 압니다!"

그가 나를 노려보던 시선을 거두고 약간 짜증을 누그러뜨렸다.

"하지만 그 사건에 대해서는 의심할 부분이 절대로 없습니다. 전혀, 조금도 없어요!"

"그 말씀이 옳을지도 모르죠. 하지만 어쨌든 저는 좀 더 파헤쳐 볼 작정입니다."

내가 문으로 향하며 말했다.

"기다려요! 기다려!"

변호사가 의자에서 꿈지럭거리며 일어나 책상을 돌아 다가왔다.

"댁이 뭔가 잘못 안 것 같기는 하지만, 수사를 할 작정이라면 댁이 알아낸 사실을 나도 알고 싶소. 무슨 일을 하게 될지 모르겠소만, 정규 비용을 나에게 청구하고 수사의 진척을 계속 보고해 주시오. 흡족합니까?"

나는 그렇다고 말한 뒤 그의 책상으로 되돌아가 그에게 질문을 던지기 시작했다. 변호사의 말대로 뉴홀 살인 사건에 특별한 것은 없었다. 사망자는 100만 달러의 몇 배나 되는 재산의 소유자였고 돈은 대부분 광산업에서 나왔다. 현 재산의 절반은 유산으로 물려받은 것이었다. 과거에도 검은 뒷거래나 채굴권 횡령, 사기 분양은 없었고, 원수를 진 적도 없었다. 그는 딸 하나를 둔 홀아비였다. 살아 있는 동안 딸이 원하는 것은 무엇이든 누리게 해주었고, 딸과 아버지 모두 서로에게 애정이 깊었다. 멕시코에 간 이유는 그곳 땅을 그에게 팔기로 한 뉴욕 광산업자들과 동행하기 위해서였다. 그들은 미국인 사업가들을 자기네 땅에서 몰아내려는 멕시코 강도들의 습격을 받았고, 싸우는 과정에서 뉴홀과 파커라는 이름의 지질학자가 사망했다.

사무실로 돌아온 나는 로스앤젤레스 지부에 뉴홀 살인 사건과 톰-톰 캐리의 행적을 조사하도록 노갈레스에 직원을 특파해 달라고 요청하는 전보문을 작성했다. 내가 전보문 입력을 부탁한 직원이 영감님이 나를 보자고 한다고 말했다. 나는 그의 사무실로 들어갔고, 후크라는 이름의 땅딸한 남자를 소개받았다.

"후크 씨는 소살리토에 있는 레스토랑의 주인이시네. 지난주 월요일에 넬리 라일리라는 여종업원을 고용하셨다는군. 그 여자가 자기 고향이 로스앤젤레스라고 하더래. 후크 씨의 설명에 따르면 그 여자의 인상착의는 자네와 커니핸이 작성한 낸시 리건의 인상착의와 대단히 유사해. 그렇죠?"

영감님이 뚱보 남자에게 물었다.

"그야 물론이죠. 신문에서 본 생김새와 똑같더라니까요. 키는 165센티미터 정도에 몸매는 중간쯤, 파란 눈에 갈색 머리, 나이는 스물한두 살쯤 되었고, 미인인 데다 무엇보다도 그 여자가 틀림없다고 생각되는 점은 대단히 거드름을 피운다는 겁니다. 아무것도 자기 수준에 안 맞는 것처럼 생각하더라니까요. 아 글쎄, 내가 좀 더 살갑게 굴려고 했더니만 나더러 '더러운 손발'을 치우라고 합디다. 그런 데다 로스앤젤레스에서 2, 3년이나 살았다고 주장하면서 그 도시에 대해 아는 게 거의 없어요. 그 여자가 틀림없습니다."

그는 자기가 받게 될 포상금이 얼마나 되는지에 대해 계속 떠들었다.

"지금 가게로 돌아가실 겁니까?"

내가 그에게 물었다.

"좀 이따가요. 어디 들러서 메뉴 몇 가지 좀 둘러봐야 하거든요. 그러고 나면 돌아갈 겁니다."

"그 여자도 일하고 있겠죠?"

"네."

"그럼 저희 직원을 한 명 같이 보내겠습니다. 낸시 리건을 아는 사람입니다."

나는 탐정 대기실에서 잭 커니핸을 불러와 후크에게 소개했다. 두 사람은 30분 뒤에 여객선 선착장에서 만나기로 약속했고, 후크는 어기적거리며 사무실을 나갔다.

"넬리 라일리라는 여자는 낸시 리건이 아닐 거야. 하지만 100분의 1의 가능성도 그냥 넘길 순 없지."

내가 잭에게 말했다.

나는 잭과 영감님에게 톰-톰 캐리에 대한 이야기와 엘러트 사무실에 갔던 일을 들려주었다. 영감님은 평소처럼 정중한 관심을 보이며 경청했다. 인간 사냥 사업에 뛰어든 지 불과 넉 달밖에 되지 않은 젊은 커니핸은 눈을 휘둥그렇게 뜨고 이야기를 들었다.

말을 마친 나는 잭과 함께 영감님의 사무실을 나왔다.

"자네는 이만 가서 후크를 만나 보는 게 좋겠군. 혹시라도 그 여자가 낸시 리건이거든, 꼭 붙잡아 둬."

영감님이 우리 이야기를 들을 수 없는 거리에 당도했으므로 내가 덧붙였다.

"그리고 제발 부탁인데 이번에는 유치한 만용 부리다가 턱주가리를 얻어터지는 일은 없길 바라네. 좀 어른처럼 굴라고."

젊은이는 얼굴을 붉히며 "그만 좀 하세요!"라고 말한 뒤 넥타이를 바로잡고는 후크를 만나러 출발했다.

나는 보고서 쓸 게 좀 더 남아 있었다. 보고서 작성을 끝낸 뒤 책상에 발을 올리고 파티마 담뱃갑에 차츰 빈 공간을 늘리며 6시까지 톰-톰 캐리에 대해 생각했다. 그러고 나서 '스테이즈'에 내려가 전복 수프와 얇게 저민 스테이크를 먹은 뒤, 시클리프 쪽으로 건너가 포커나 한판 하려고 그 전에 집에 들러 옷을 갈아입었다.

옷을 입는 도중에 전화가 걸려 왔다. 잭 커니핸이었다.

"저 지금 소살리토에 있어요. 그 여자는 낸시가 아니었지만 다른 걸 건졌어요. 제가 어떻게 처리해야 할지 모르겠어요. 오실 수 있으세요?"

"내가 포커 게임을 포기해야 할 만큼 중요한 일인가?"

"네, 큰 걸 문 것 같아요. 꼭 오시면 좋겠어요. 진짜 단서를 잡은 것 같거든요."

그는 흥분해 있었다.

"거기가 어딘데?"

"여객선 선착장요. 금문교 쪽이 아니라 반대편."

"알았어. 나가자마자 첫 배 타고 갈게."

3

한 시간 뒤 나는 소살리토에 도착해 배에서 내렸다. 잭 커니핸이 인파를 뚫고 다가와 다짜고짜 말문을 열었다.

"제가 돌아가려고 이쪽으로 막 오는데……"

"사람들 틈에서 나갈 때까지 좀 참아. 퍽이나 엄청난 일인 것 같군. 자네 셔츠 깃이 동쪽으로 비뚤어졌어."

370

내가 그에게 충고했다.

나란히 길 쪽으로 걸어가며 말쑥한 옷차림에서 유일하게 거슬렸던 셔츠를 기계적으로 바로잡기는 했지만, 그는 대체 무슨 생각을 하고 있는지 워낙 열중해 미소를 지을 생각도 하지 못했다.

"이쪽으로 오세요."

그가 길모퉁이로 나를 이끌며 말했다.

"후크의 간이식당은 저쪽 구석에 있어요. 원하시면 선배님도 그 여자 한번 보세요. 낸시 리건과 몸집과 피부색이 비슷하긴 하지만 그게 다예요. 아마도 지난번 일터에서 씹던 껌을 수프에 떨어뜨리는 바람에 해고되었나 싶을 정도로 안하무인이더군요."

"좋아. 그 여자 얘기는 빼자고. 지금 생각하고 있는 건 뭐야?"

"그 여자를 만나 보고 나서 여객선을 타려고 돌아가려는 참이었어요. 선착장이 아직 몇 블록 남았는데 배가 들어오더라고요. 그 배를 타고 온 게 틀림없는 남자 둘이 길에 나타났어요. 젊고 거칠어 보이는 그리스인들이었는데 평소 같았으면 별로 신경도 안 썼을 거예요. 하지만 파파도풀로스가 그리스인이다 보니까 당연히 그자들한테도 관심이 가더라고요. 그래서 그 남자들을 유심히 봤어요. 둘은 걸어가면서 무언가에 대해서 말다툼을 벌이고 있었고 큰 소리를 내지는 않았지만 서로 인상을 써댔어요. 저랑 스쳐 지나가면서 배수로 쪽에서 걷던 남자가 옆 사람한테 '29일이나 지났다고 내가 얘기할 거야'라고 말하더라고요.

29일요. 제가 세어 봤더니 우리가 파파도풀로스를 쫓기 시작한 지 딱 29일째였어요. 그자도 그리스인인데, 이 남자들도 그리스인이잖아요. 날짜 확인을 끝낸 저는 돌아서서 그놈들을 따라가기 시작했어요. 놈들은 시내를 가로질러 외곽에 있는 언덕까지 올라갔어요. 작은 집으로 들어

갔는데, 방이 셋 이상은 되지 않을 것 같은 집이 숲을 깎아 만든 공터에 들어앉아 있었어요. '매물'이라고 팻말이 붙어 있는 그 집엔 창문에 커튼도 없고 사람 사는 흔적도 없는데, 뒷문 바로 앞 땅바닥엔 젖은 데가 있더라고요. 마치 양동이나 냄비에 담았던 물을 내다 쏟은 것처럼요.

저는 얼마쯤 어두워질 때까지 숲 속에서 버텼어요. 어두워진 다음에 좀 더 가까이 가봤죠. 안에서 인기척은 들리는데 창문으로는 아무것도 보이질 않았어요. 판자를 덧댔더라고요. 한참 뒤에 제가 따라갔던 두 남자가 밖으로 나오면서, 집 안에 있는 누군가한테 제가 알아들을 수 없는 언어로 이야기를 했어요. 두 남자가 길에서 보이지 않을 때까지 그 집 현관문이 열려 있어서, 문가에 선 사람한테 들키지 않고 그자들을 따라갈 수는 없겠더라고요.

그러다가 문이 닫혔고 안에서 사람들이 왔다 갔다 하는 소리가 들렸어요. 어쩌면 한 사람일지도 모르겠는데, 요리하는 냄새도 나고 굴뚝으로 연기가 올라왔어요. 저는 기다리고 또 기다렸지만 아무 일도 일어나질 않기에, 선배님한테 연락을 드리는 게 좋겠다고 생각했죠."

"흥미롭게 들리긴 하는군."

우리는 가로등 아래를 지나가고 있었다. 잭이 내 팔을 잡아 걸음을 멈추게 하고는 외투 주머니에서 무언가를 끄집어냈다.

"보세요!"

그가 내 앞에 그 물건을 내밀었다. 타다 남은 파란 천 조각이었다. 4분의 3은 타버린 여자 모자의 남은 조각 같았다. 나는 가로등 아래서 천 조각을 들여다보다 손전등을 켜 들고 좀 더 꼼꼼히 살폈다.

"주변을 둘러보다가 그 집 뒤에서 주운 거예요, 그런데……"

"그런데 낸시 리건이 파파도풀로스와 함께 사라진 날 밤에 이런 모자를 썼었지."

내가 잭 대신 문장을 마무리했다.

"그 집으로 가세."

우리는 가로등을 뒤로하고 언덕을 올라갔다가 작은 계곡으로 내려가 개울을 건넜고 구불구불한 모랫길로 접어들어 한참을 걸어간 뒤, 숲 사이 풀밭을 가로질러 관목들과 작은 나무들이 어지러이 서 있는 좁은 흙길을 1킬로미터쯤 걸어갔다. 나는 잭이 방향을 제대로 알고 가는 것이기를 바랐다.

"거의 다 왔어요."

그가 나에게 속삭였다.

한 남자가 풀숲에서 튀어나와 내 목에 매달렸다.

나는 얼른 외투 주머니에 손을 넣었다. 한쪽 주머니엔 손전등이, 다른 한쪽엔 총이 들어 있었다.

나는 주머니에 넣은 채로 권총을 잡아 남자를 향해 방아쇠를 당겼다.

총알이 75달러나 주고 산 내 외투를 망가뜨렸다. 그러나 남자를 목에서 떼어 놓는 데는 성공을 거두었다.

그나마 그것은 행운이었다. 다른 남자가 등을 덮쳤다.

나는 몸을 비틀어 놈을 떼어 버리려 애를 쓰다 척추뼈에 와닿는 칼날을 느꼈고, 이후론 그다지 몸놀림이 자유롭지 못했다.

그건 별로 행운이랄 수 없었지만, 칼끝에 찔린 것보다는 나았다.

나는 그의 얼굴을 향해 박치기를 시도했지만 맞히지 못했고 계속해서 몸을 비틀어 몸부림을 치며, 주머니에서 양손을 빼 그를 붙잡았다.

그가 휘두른 칼날의 옆면이 내 뺨에 닿았다. 나는 칼을 쥔 손을 움켜잡고 뒤로 몸을 숙여 그의 몸 밑으로 빠져나갔다.

그가 "억!" 하고 외쳤다.

나는 다시 몸을 굴려 땅바닥에서 네 발로 기어가다 발목을 잡혔다.

발목을 쥔 손이 나를 끌어당겼다.

뒤이은 내 행동은 신사답지 못했다. 나는 발로 차 손가락을 떼어 버린 뒤 놈의 몸을 겨냥해 두 번 세게 발길질을 했다.

잭의 목소리가 내 이름을 속삭여 불렀다. 어두워서 그를 볼 수도 없고, 내가 총으로 쏜 남자도 볼 수 없었다.

"난 괜찮아. 자넨 이때?"

"멀쩡해요. 다 잡으신 거예요?"

"모르겠어, 일단 잡아 놓은 놈부터 살펴봐야겠지."

나는 발밑에 있는 남자에게 손전등을 들이대고 스위치를 켰다. 얼굴에 피를 흘리는 홀쭉한 금발남이 죽은 체하고 있다가 손전등 불빛에 움찔 놀라며 핏발 서린 눈을 깜박거렸다.

"수작 부리지 마!" 내가 명령했다.

덤불 뒤쪽에서 묵직한 총성이 울렸다. 또 한 번, 작은 권총에서 난 소리. 총알들이 나뭇잎 사이로 날아다녔다.

나는 손전등을 끄고 바닥에 쓰러져 있는 남자에게 몸을 수그리며 권총으로 놈의 뒤통수를 갈겼다.

"바짝 엎드려."

나는 잭에게 속삭였다.

작은 권총에서 발사된 총성이 다시 두 번 들려왔다. 좌측 위쪽이었다.

나는 잭의 귀에 입을 댔다.

"놈들이 좋아하든 말든 우린 그 빌어먹을 집으로 갈 거야. 낮게 웅크리고 움직이되, 상대방을 확실히 보기 전에는 절대로 총질은 하지 말게.

앞장서."

　가능한 한 바닥에 납작 구부린 자세로 나는 잭을 따라 오솔길을 걸어갔다. 자세 때문에 등에 난 상처가 벌어졌다. 찢어지는 듯한 통증이 어깨부터 거의 허리까지 느껴졌다. 피가 엉덩이 위로 흘러내리는 것이 느껴졌다. 혹은 그렇게 생각되었다.

　쥐도 새도 모르게 접근하기에는 가는 길이 너무 어두웠다. 발밑에선 바스락 소리가 들렸고 어깨에도 뭔가 자꾸 부딪혔다. 덤불에 숨은 우리의 친구들은 총을 사용했다. 다행히도 어둠 속에서 부서지는 나뭇가지와 부스럭거리는 나뭇잎 소리는 최적의 목표물이 되지 못했다. 총알들이 여기저기로 날았지만 우리를 맞히진 못했다. 우리는 대응사격을 하지 않았다.

　관목 숲이 끝나 칠흑 같던 밤 풍경이 흐린 회색으로 변한 곳에서 우리는 걸음을 멈추었다.

　"저기예요." 잭이 앞쪽에 보이는 네모난 형체를 가리키며 말했다.

　"덮치자." 나는 씨근덕거리듯 대꾸한 뒤 캄캄한 집을 향해 달려갔다.

　집 앞 공터를 가로지르는 사이 잭은 길고 늘씬한 다리로 어느새 내 옆을 달리고 있었다.

　건물 그림자 뒤에서 사람 형체가 나타나더니 우리를 향해 총을 쏘아대기 시작했다. 총성의 간격이 너무 짧아서 총소리가 마치 하나의 길고 요란한 폭발음처럼 들렸다.

　젊은이를 잡아끌며 나는 바닥으로 몸을 날렸지만 찌그러진 양철 쓰레기통이 내 얼굴을 강타했다.

　건물의 반대편 쪽에서 다른 총이 발사되었다. 집 오른쪽 나무 기둥 뒤에서도 세 번째 총이 불을 뿜었다. 잭과 나는 그들을 향해 총을 쏘아 대기 시작했다. 총알 하나가 바닥에 튕겨 내 입안으로 흙과 자갈을 날렸다. 나는 진흙을 뱉어 내며 잭에게 조심하라고 당부했다.

"자넨 너무 높게 쏘고 있어. 낮게 조준하고 힘을 빼."

집의 옆면 그림자에서 웅크린 형체가 드러났다. 나는 그쪽에 총알을 한 방 날려 보냈다.

"아, 윽!" 하고 외치는 남자 목소리가 들리더니 곧이어 낮고 짜증스런 음성으로, "아, 젠장, 너 때문이야, 젠장!"이라고 말했다.

후끈 달아오른 듯한 몇 초간 우리를 둘러싼 사방에서 총알이 날아다녔다. 그러고 나서는 밤의 정적을 깨뜨리던 소리가 모두 사라졌다.

정적이 5분간 지속되자 나는 양손과 무릎을 이용해 앞쪽으로 기어가기 시작했다. 잭도 나를 따라왔다. 땅바닥은 그렇게 움직일 만한 상태가 아니었다. 열 걸음도 힘에 겨웠다. 우리는 일어서서 집까지 남은 거리를 걸어갔다.

"기다려."

나는 잭에게 속삭이며 그를 집 모퉁이에 남겨 두고 한 바퀴 돌았지만, 아무도 보이지 않았고 내가 만드는 소리 외엔 아무런 소리도 들리지 않았다.

우리는 현관문을 열어 보았다. 잠겨 있었지만 낡은 문이었다. 어깨를 부딪쳐 현관문을 연 나는 손전등과 권총을 들고 안으로 들어갔다.

집은 비어 있었다.

아무도 없었고, 가구조차 없는 집이었다. 빈 벽과 빈 마룻바닥과 빈 천장뿐, 방 두 개엔 아무런 흔적이 없었고 화덕의 연통은 어디로도 연결되어 있지 않았다.

잭과 내가 마룻바닥에 서서 텅 빈 집을 둘러보며 현관부터 뒷문까지 온통 쓰레기장이나 다름없는 집구석을 욕했다. 우리가 구시렁거리기를 채 끝내기도 전에 밖에서 발소리가 들리더니 하얀 손전등 불빛이 열린 문틈으로 새어 들어오며 누군가가 쉰 목소리로 외쳤다.

"이봐! 한 번에 한 사람씩 얌전히 나와!"

"그렇게 말하는 넌 누구냐?"

나는 얼른 손전등을 끄고 옆쪽 벽으로 다가가며 물었다.

"빌어먹을 보안관님 일행이 떼거지로 몰려와 계시다!"

"한 명만 안으로 들여보내서 우리한테 보여 줄 수 있겠소? 오늘 밤 내내 목 졸림에 칼부림에 총질까지 당했더니 난 이제 누구 말도 더는 못 믿겠소이다."

안짱다리에 멀쑥한 남자가 가죽 같은 얼굴을 집 안으로 들이밀었다. 그가 나에게 경찰 배지를 보여 주고 나는 그에게 신분증을 내보이는 사이, 다른 보안관들이 안으로 들어왔다. 모두 세 명이었다.

"언덕배기 근처에 볼일이 있어서 차를 타고 지나가는데 총소리를 들었습니다. 무슨 일입니까?"

멀쑥한 남자가 설명을 해준 뒤 물었다.

나는 그에게 사정을 이야기했다.

"이 집은 오래 비어 있었어요. 누구든 쉽게 잠입해 야영을 할 수 있었을 겁니다. 파파도풀로스였을 것 같다고요? 우리도 그자와 그 친구들을 잘 찾아보겠습니다. 특히나 포상금이 그렇게 엄청난데 가만있을 순 없죠."

자초지종을 듣고 나서 그가 대꾸했다.

우리는 숲속을 뒤졌지만 아무도 찾지 못했다. 내가 기절시킨 남자도, 총을 쏘아 맞힌 남자도 모두 없었다.

잭과 나는 보안관들과 함께 차를 타고 소살리토로 돌아갔다. 나는 그곳에서 의사를 수배해 등을 치료했다. 의사는 상처가 꽤 길지만 깊진 않다고 말했다. 그런 다음 우리는 샌프란시스코로 돌아와 각자의 집을 향해 헤어졌다.

그것으로 그날의 일과가 끝났다.

4

다음은 이튿날 벌어진 일이다. 내가 직접 목격하진 않았다. 나는 정오 직전에 이야기로만 전해 들었고, 오후에 신문에 보도된 기사를 읽었다. 당시엔 개인적으로 별 관심이 없었지만 나중엔 관심이 생겼으므로, 무슨 일이 있었는지 여기 적어 두기로 한다.

그날 아침 10시, 남자 하나가 깨진 머리부터 피 칠갑을 한 발꿈치까지 온통 벌거벗은 몸으로 분주한 마켓 가를 비틀비틀 걸어갔다. 그의 가슴과 옆구리와 등의 벗겨진 살점에서 피가 뚝뚝 떨어졌다. 그의 왼팔은 두 군데나 부러져 있었다. 대머리인 그의 왼쪽 머리는 함몰된 상태였다. 한 시간 뒤, 그는 그 누구에게도 말 한마디 하지 못한 채, 발견되었을 때와 똑같이 공허한 시선으로 먼 곳을 바라보며 병원 응급실에서 사망했다.

경찰에선 쉽사리 핏방울의 흔적을 역추적했다. 핏방울은 마켓 가에서 조금 떨어진 작은 호텔 옆 골목으로 이어지다 붉고 큰 피 얼룩으로 끝이 났다. 경찰은 그 호텔에서 남자가 뛰어내렸거나 떨어졌거나 혹은 누군가에게 내던져진 방을 찾아냈다. 침대는 피로 흠씬 젖어 있었다. 잘

게 찢어 꼰 뒤 매듭으로 엮어 밧줄로 사용한 침대보가 발견되었다. 재갈을 물리는 데 사용한 것으로 보이는 수건도 있었다.

증거로 볼 때 남자는 재갈을 물린 채 결박되어 난도질을 당했다. 의사들은 너덜너덜한 살점들이 찢어지거나 파인 것이 아니라 칼로 일일이 베어 낸 것이라고 말했다. 칼잡이가 가고 난 뒤 벌거벗은 남자는 결박을 풀었고, 아마도 고통 때문에 정신이 나가 창문에서 스스로 뛰어내렸거나 떨어진 듯했다. 추락하면서 두개골이 부서지고 팔이 부러졌지만, 그는 용케도 그런 상태로 한 블록 반을 걸어 나왔다.

호텔 측에서는 그 남자가 이틀간 투숙했다고 말했다. 숙박부엔 시내에 거주하는 H. F. 배로스라고 적혀 있었다. 경찰은 그가 소지했던 검은색 보스턴백에서 옷가지와 면도 용품 따위 외에도 38구경 탄환과 눈구멍이 오려진 검정색 손수건, 만능열쇠 네 개, 작은 쇠 지렛대, 다량의 모르핀, 주삿바늘과 나머지 주사 도구를 발견했다. 방 안 다른 곳에서도 나머지 옷가지와 38구경 권총 한 자루, 2홉들이 술 한 병이 나왔다. 돈은 동전 한 푼 없었다.

강도짓을 업으로 삼던 배로스가 오전 8시에서 9시 사이에, 아마도 동료들에게 묶여 고문을 당한 뒤 돈을 털렸을 것이라는 게 경찰의 추정이었다. 그에 관해 아는 사람은 아무도 없었다. 그를 찾아오는 사람을 본 이도 없었다. 그가 묵은 방의 왼쪽 방은 비어 있었다. 반대편 방에 묵은 투숙객은 가구 공장에 출근하느라 7시 전에 방을 나섰다.

이런 일들이 벌어지고 있는 동안 나는 사무실에서 아픈 등을 달래느라 앞으로 수그려 앉은 채로, 전국의 콘티넨털 탐정사무소에 소속된 탐정들이 어쩌다가 파파도풀로스와 낸시 리건의 행방과 관련한 과거, 현재, 미래의 흔적들을 파악하는 데 실패했는지 시시콜콜 적어 놓은 보고

서를 읽고 있었다. 전혀 새로울 것도 없는 보고서였다. 나는 그와 유사한 보고서를 3주째 읽고 있었다.

영감님과 나는 함께 점심을 먹으러 나갔고, 식사를 하며 그에게 소살리토에서 전날 밤 겪은 모험을 들려주었다. 할아버지처럼 온화한 그의 얼굴은 언제나 그렇듯 신경을 집중했고 정중하게 관심을 보이듯 미소를 짓고 있었지만, 이야기가 중반을 넘어가자 내 얼굴을 보고 있던 하늘색 눈동자를 내리깔고 내가 말을 끝낼 때까지 줄곧 샐러드만 응시했다. 그러고 나서도 그는 시선을 들지 않은 채 내가 다쳐 유감이라고 말했다. 나는 그에게 고맙다고 인사했고 우리는 한동안 식사에 집중했다.

마침내 그가 나를 쳐다보았다. 내면의 냉혈함을 감추느라 습관적으로 보여 주는 부드럽고 온화한 표정과 눈빛과 목소리로 그가 말했다.

"파파도풀로스가 아직 살아 있다는 첫 조짐이 톰-톰 캐리의 등장 직후에 나왔군."

이번엔 내가 시선을 피할 차례였다.

나는 마침 자르고 있던 에그롤을 쳐다보며, "네"라고 말했다.

그날 오후, 전도 봉사를 나갔다가 한 여자에게서 전화가 걸려 왔는데, 본인이 대단히 수상쩍은 장면을 목격했으며 온 세상에 잘 알려진 그 은행 강도 사건과 관련이 있는 것이 틀림없다고 주장했다. 그래서 나는 그녀를 만나러 나갔고, 오후의 절반은 그 여자가 말하는 현장이라는 것이 상상에 불과한 것임을 깨닫는 데, 그리고 나머지 절반은 남편의 외도 사실에 대한 내막을 알아내려는 질투심 많은 아내의 사연을 들어 주느라 보내야 했다.

내가 다시 사무실로 들어온 시간은 6시가 다 되어서였다. 몇 분 뒤 딕 폴리가 전화로 나를 찾았다. 그가 하도 떨며 이를 부딪쳐서 나는 그가 하는 말을 좀체 알아들을 수가 없었다.

"하-하-하-버-펴-펴-평-워-워-네-네-와-주-주-줄-수-수-이-이-써-써-요?"

나는 "뭐라고?"라며 되물었고 그가 같은 말을 반복했지만 떨림은 더 심했다. 그러나 그즈음 그가 나에게 요청하는 것이 하버 병원으로 와줄 수 있느냐는 말임을 짐작했다.

나는 10분 안에 가겠다고 말했고, 택시의 도움을 받아 그 약속을 지켰다.

5

키 작은 캐나다인 탐정은 병원 문 앞에서 만났다. 그의 옷과 머리는 물을 뚝뚝 흘릴 정도로 젖어 있었지만, 위스키를 한잔한 덕분에 이의 떨림은 멎어 있었다.

"빌어먹을 멍청이가 만으로 뛰어들었어요!"

마치 내 잘못이라도 된다는 듯 그가 소리쳤다.

"앤젤 그레이스가?"

"달리 내가 누굴 미행? 오클랜드행 여객선 탑승. 외딴 난간으로 이동. 뭔가를 던져 버리려나 보다 생각. 계속 주시. 빙고! 뛰어내림!"

딕이 재채기를 했다.

"따라 뛰어내린 내가 얼빠진 놈. 여자는 잡았음. 끌어내는 데 성공. 안에 있음."

그가 젖은 머리로 병원 안쪽을 가리켰다.

"여객선에 오르기 전에 여자한테 무슨 일 있었어?"

"아무 일도 없었음. 온종일 칩거. 곧장 여객선 탑승."

"어제는?"

"낮엔 종일 아파트. 밤에 남자랑 외출. 4시에 로드하우스 하숙집. 운이 나빴음. 남자 미행은 실패."

"그 남자 생김새는?"

딕이 묘사한 남자는 톰-톰 캐리였다.

"좋아. 자넨 그만 집에 가서 뜨거운 물에 목욕하고 마른 옷으로 갈아입는 게 좋겠어."

나는 자살을 기도한 사람을 만나러 안으로 들어갔다.

앤젤은 침상에 똑바로 누워 천장을 올려다보고 있었다. 얼굴은 창백했지만 평소와 다를 것이 없었고, 초록빛 눈동자도 평소보다 특별히 우울해 보이지 않았다. 머리칼이 젖어 색이 진해진 것을 제외하면 별다른 일을 겪은 사람 같지 않았다.

"세상에서 제일 우스꽝스러운 생각을 했더군."

내가 침대 옆으로 다가가며 말했다.

그녀는 소스라치게 놀라 움찔하며 얼굴을 돌려 나를 쳐다보았다. 이어 나를 알아본 그녀가 미소를 지었다. 습관처럼 짓고 있는 그녀의 시무룩한 표정을 매력적인 얼굴로 되돌리는 미소였다.

"사람들을 몰래 따라다니는 건 계속 그렇게 연습을 해야 하는 건가요? 나 여기 있는 건 누가 말해 줬어요?"

"모두들 알던데. 네 사진과 인생사가 신문마다 1면에 등장했었고 네가 영국 왕세자비한테 무슨 말을 했는지까지 다 기사로 나왔잖아."

그녀는 미소를 거두고 나를 빤히 쳐다보았다.

그녀가 몇 초 뒤에 외쳤다.

"알겠어요! 나를 따라 물에 뛰어들었던 그 땅딸보가 나를 미행하던 당신네 직원이었군요. 그렇죠?"

"누가 널 따라서 뛰어든 줄은 몰랐군. 나는 수영을 마친 네가 뭍으로 혼자서 돌아온 줄 알았지. 배에서 내리기가 싫었나?"

그녀는 미소 짓지 않았다. 그녀의 눈빛은 무언가 끔찍한 것을 본 듯 변하기 시작했다.

"어휴! 사람들은 왜 나를 그냥 내버려 두지 않죠? 산다는 게 얼마나 괴로운 일인데."

그녀가 몸서리를 치며 울부짖었다.

나는 새하얀 침상 옆에 놓인 작은 의자에 앉아 침대보에 덮인 그녀의 어깨를 살며시 두들겼다.

"왜 그래? 무엇 때문에 죽고 싶어진 거야, 앤젤?"

나는 스스로 만들어 낸 아버지 같은 말투가 놀라웠다.

털어놓고 싶은 말 때문에 그녀의 눈빛이 반짝거리고 얼굴 근육이 꿈틀대며 입술까지 달싹거렸지만, 그것이 전부였다. 그녀의 입에서 힘없이 새어 나온 말은 어느 정도 단호하긴 했지만 마지못한 변명이었다.

"아니에요. 당신은 법을 지키는 사람이죠. 나는 도둑이고요. 난 선을 넘을 수 없어요. 아무도 감히 나한테……"

"알았어! 알았다고! 하지만 제발 부탁인데 또다시 그놈의 직업윤리를 들먹이진 말아 줘. 내가 뭐 도와줄 건 없나?"

"고맙지만 없어요."

"나한테 하고 싶은 말 없어?"

그녀는 고개를 저었다.

"이젠 괜찮은 거야?"

"네. 나 미행당하고 있었던 거 맞죠? 안 그랬으면 당신이 이렇게 빨리 알고 왔을 리가 없어요."

"난 탐정이야, 난 모든 걸 다 알지. 착하게 살아."

병원에서 나온 나는 경찰서로 올라가 수사국을 찾았다. 더프 경위가 반장 자리를 차지하고 있었다. 나는 그에게 앤젤의 자살 기도를 알렸다.

"그 여자가 왜 그랬는지 짐작 가는 데 있어요?"

내가 설명을 마치자 그가 캐물었다.

"뭔가를 짐작하기에 그 여자는 중심에서 너무 먼 인물이야. 그 여자를 잡아넣어 주면 좋겠군."

"네? 직접 잡을 수 있게 풀어 달라고 하신 줄 알았는데."

"이제 그 작전은 안 먹히게 됐어. 그 여자를 30일간만 감방에 집어넣어 주면 좋겠군. 빅 플로라가 재판을 기다리고 있어. 앤젤은 플로라가 자기 애인 패디를 살해한 일당 중 한 사람인 걸 알아. 플로라는 아마 앤젤에 대해서 모를 거야. 한 달 동안 두 여자를 섞어 놓으면 무슨 일이 벌어질지 한번 보자고."

"그건 가능해요. 그 앤젤이라는 아가씨 먹고살 길도 막막해 보이던데, 할 일이 없다 보면 다른 사람 영역을 침범하기가 쉬워지죠. 그렇게 진행하자고 보고 올리겠습니다."

경찰서에서 나온 나는 톰-톰-캐리가 투숙하고 있다고 말한 엘리스 가의 호텔로 찾아갔다. 그는 외출 중이었다. 나는 한 시간 뒤에 다시 오겠다는 메모를 남기고 그 한 시간 동안 식사를 했다. 호텔로 돌아가자 거무스름하고 키 큰 남자는 로비에 앉아 있었다. 그는 나를 자기 방으로 데려가 진과 오렌지 주스와 시가를 대접했다.

"앤젤 그레이스는 만났습니까?"

내가 물었다.

"네, 어젯밤에요. 대판 했습니다."

"오늘도 만났나요?"

"아뇨."

"그 여자 오늘 오후에 바다로 뛰어들었어요."

"설마. 그래서요?"

그는 살짝 놀란 듯했다.

"누가 건져 냈죠. 무사합니다."

그의 눈빛에 스친 그림자는 약간의 실망인 것도 같았다.

"웃기는 여자라니까요. 그런 여자를 고르다니 패디 취향이 별로라고까지 말할 순 없겠지만, 이상한 여자인 건 확실해요!"

"파파도풀로스를 사냥하는 일은 어떻게 진척되고 있습니까?"

"진행 중입니다. 하지만 당신 쪽에서 약속을 어기는 건 곤란합니다. 나한테는 미행을 붙이지 않겠다고 절반쯤 장담하지 않았던가요?"

나는 사과의 말을 전했다.

"제가 최고 상관이 아니라서요. 때로는 내가 원하는 일과 윗분이 원하는 일이 맞아떨어지지 않을 때가 있습니다. 그래도 맥한테 별 방해가 되진 않을 텐데요. 미행 정도는 당신이 떼어 버릴 수 있지 않습니까."

"으음. 내가 따돌리긴 했죠. 하지만 그러느라 택시를 탔다 내렸다, 뒷문으로 이리저리 빠져나가는 건 귀찮은 일이에요."

우리는 몇 분 더 술을 마시며 이야기를 나눴고, 그러고 나서 나는 호텔을 나와 약국 공중전화로 딕 폴리의 집에 전화를 걸어 톰-톰 캐리의 인상착의와 호텔 주소를 알려 주었다.

"캐리를 미행하라는 게 아니야, 딕. 누가 그자를 미행하려고 하는지 그걸 알아봐 줘야겠어. 자네가 따라붙을 사람은 바로 그자의 미행자일세. 아침부터 시작해도 충분하니까, 계속 몸이나 말리게."

그것으로 그날은 마감되었다.

6

나는 불쾌하게 비가 내리는 아침에 잠을 깼다. 날씨 때문일 수도 있겠고 전날 몸을 너무 많이 쓴 탓일 수도 있겠지만, 어쨌든 등의 상처가 길게 난 종기처럼 쑤셨다. 나는 아래층에 사는 의사인 캐노바 박사한테 전화를 걸어 시내 병원으로 출근하기 전에 상처를 봐달라고 부탁했다. 그는 붕대를 갈아 준 뒤 며칠 동안은 편히 쉬며 지내라고 말했다. 의사의 손길이 닿자 좀 나아졌지만 사무실로 전화를 걸어 영감님에게 특별한 일이 일어나지 않는 한 하루 종일 병가를 내겠다고 말했다.

낮 동안 나는 가스난로 앞에 베개를 쌓아 놓고 앉아서 책을 읽고, 날씨 때문에 잘 타들어 가지 않는 담배를 피우며 시간을 보냈다. 밤에는 전화로 포커 게임 멤버들을 불러 모았는데, 여전히 몸을 움직일 일은 많지 않았다. 마지막에 계산해 보니 딴 돈이 15달러였고, 그 정도면 내가 내기로 했던 손님들의 술값에서 겨우 5달러 모자란 금액이었다.

다음 날이 되자 등의 통증은 나아졌고, 날씨도 마찬가지였다. 나는 사무실로 출근했다. 책상에는 앤젤 그레이스 카디건이 체포되었다는 더프의 전화 메모가 놓여 있었다. 시 교도소에서 30일간 구류처분이었다. 파파도풀로스와 낸시 리건에 대해서는 진전이 없다는 각 지부 탐정들의 익숙한 보고서 파일도 놓여 있었다. 그 보고서를 훑어보고 있으려니, 딕 폴리가 들어왔다.

"알아냈음. 30에서 32세. 168. 60. 연갈색 머리에 유사한 피부. 파란 눈. 긴 얼굴에 약간 대머리. 쥐 같은 인상. 7번가 여인숙 거주."

딕의 보고 내용이었다.

"그자가 뭘 하던가?"

"캐리를 한 블록 미행. 캐리가 따돌렸음. 새벽 2시까지 캐리 추적. 추적 실패. 귀가. 다시 미행할까요?"

"그자의 여인숙에 가서 정체를 알아보게."

키 작은 캐나다인은 30분간 사라졌다.

"샘 알리. 6개월째 거주 중. 전직 이발사."

다시 나타난 그가 말했다.

"그 알리라는 놈에 대해 내 추측은 두 가지야. 첫 번째는 지난번 소살리토에서 밤중에 나한테 칼질을 한 놈이라는 것. 두 번째는 그자한테 무슨 일이 벌어지리라는 것."

쓸데없는 말을 하는 것은 딕의 원칙에 위배되는 일이었으므로 그는 아무 말도 하지 않았다.

나는 톰-톰 캐리의 호텔로 전화를 걸어 거무스름한 남자를 바꿔 달라고 했다.

"좀 건너오시죠. 댁한테 알려 드릴 소식이 있습니다."

"옷 좀 갈아입고 아침 식사를 마치는 대로 가겠습니다."

통화가 끝난 뒤 나는 딕에게 당부했다.

"캐리가 이곳을 나가면 자네도 함께 따라가도록 해. 알리라는 자가 이번에도 그 친구한테 따라붙는다면 뭔가 일이 있을 거야. 잘 살펴봐야

해."

그러고 나서 나는 경찰청 수사국에 전화를 걸어 헌트 형사와 함께 앤젤 그레이스 카디건의 아파트를 찾아가기로 약속을 잡았다. 통화 이후 바쁘게 서류 작업에 몰두해 있는데 토미가 들어와 노갈레스에서 온 거무스름한 남자가 도착했다고 알렸다.

"당신을 미행한 작자는 알리라는 이름의 이발사입니다."

나는 캐리에게 알리가 사는 곳도 알려 주었다.

"그렇군요. 얼굴이 길고 연갈색 머리 청년이죠?"

나는 그에게 딕이 알려 준 인상착의를 전했다.

"그 사람 맞는군요. 그자에 대해서 다른 것도 압니까?"

톰-톰 캐리가 물었다.

"아뇨."

"앤젤 그레이스가 체포되도록 당신이 손을 썼더군요."

그것은 비난도 질문도 아니었으므로 나는 대꾸하지 않았다.

키 큰 남자가 다시 말을 이었다.

"차라리 잘됐습니다. 어차피 나도 그 여잘 따돌려야 했을 겁니다. 내가 올가미를 던질 준비를 마쳤더라도 그 여자가 바보 같은 짓을 해서 일을 망칠 게 뻔해요."

"곧 준비가 됩니까?"

"상황이 어떻게 돌아가느냐에 달렸겠죠."

그가 일어나서 하품을 하며 넓은 어깨를 흔들었다.

"하지만 내가 그자를 잡을 때까지 그들이 단식을 결심할 수는 있어도 굶어 죽을 수는 없을 겁니다. 나한테 미행을 붙였다고 괜히 당신을 비난했군요."

"별로 기분 나쁠 것 없었습니다."

"그럼 이만."

톰-톰 캐리는 인사말을 던진 뒤 어슬렁거리며 밖으로 나갔다.

나는 경찰청으로 차를 타고 가 헌트를 태운 뒤, 앤젤 그레이스 카디건이 살고 있던 부시 가의 아파트 건물로 향했다. 아파트 관리인은 심술 맞아 보이는 입매에 눈빛이 부드럽고 향수를 심하게 뿌린 뚱뚱한 여인이었는데, 이미 그 방 세입자가 감옥에 들어간 걸 알고 있었다. 그녀는 기꺼이 앤젤의 방으로 우리를 데려갔다.

앤젤은 훌륭한 살림꾼이 아니었다. 살림살이는 퍽 깨끗했지만 정리 상태는 엉망이었다. 부엌 개수대엔 더러운 접시가 가득 쌓여 있었다. 접이식 침대는 대강이라도 정돈해 둔 흔적이 없었다. 옷가지며 갖가지 잡동사니 여성 용품들이 침실부터 부엌까지 사방에 널브러져 있었다.

우리는 관리인을 내보낸 뒤 집 안을 샅샅이 뒤졌다. 하지만 파파도풀로스와 관련된 것은 전혀 발견되지 않았다.

딕한테서 조만간 소식을 듣게 될 것이라고 예상했으나, 그날 오후와 저녁엔 캐리와 알리 콤비에 대해서 아무런 보고도 들어오지 않았다.

새벽 3시에 침대 맡에서 울려 대는 전화에 나는 잠을 깼다. 전화선 너머로 들려온 목소리는 캐나다인 탐정의 음성이었다.

"알리 퇴장."

"죽었군?"

"넵."

"어떻게?"

"유인 작전."

"우리 고객이?"

"넵."

"아침까지 미행할 건가?"

"넵."

"사무실에서 보세"라고 말하고 나는 다시 잠을 청했다.

7

9시에 사무실로 들어서자, 직원 하나가 노갈레스에 파견되었던 로스앤젤레스 지부 소속 탐정이 밤새 보내온 전신 보고서 해독을 막 끝낸 상태였다. 전보문은 길었고 내용도 알찼다.

보고서에는 톰-톰 캐리가 국경 지방에서 잘 알려진 인물이라고 적혀 있었다. 6개월간 그는 국경을 넘나들며 멕시코로 보내는 무기와 술, 그리고 아마도 미국으로 보내는 마약과 불법이민자의 운송에 관여했다. 그곳을 떠나기 바로 일주일 전에 그는 행크 배로스라는 인물에 대해 조사를 했다. 그 행크 배로스에 대한 인물 묘사는 살점이 갈가리 오려진 채 호텔 창문으로 떨어져 죽은 H. F. 배로스와 딱 맞아떨어졌다.

로스앤젤레스 탐정은 배로스가 샌프란시스코에서 불려 와 국경 근방엔 겨우 며칠 머문 뒤 샌프란시스코로 돌아간 듯하다는 점 이외엔 별다른 정보를 많이 알아내지 못했다. 뉴홀 살인 사건에 대해서는 새로운 것이 드러나지 않았다. 여전히 멕시코 애국자들에게 생포되는 것을 거부하다 살해된 것으로 보이는 증거만 있을 뿐이었다.

그 소식을 읽는데 딕 폴리가 방으로 들어왔다. 내가 서류를 다 읽고 나자 그가 톰-톰 캐리 미행에서 얻은 성과를 알려 주었다.

"여기서부터 따라붙었음. 호텔행. 알리도 대기 중. 8시에 캐리 외출. 주차장 방문. 운전기사 없이 자동차 대여. 호텔로 돌아와 체크아웃. 가방은 둘. 교외로 이동. 알리는 싸구려 소형차로 미행. 나는 알리 미행. 남쪽 도로. 어둡고 인적 없는 시골길. 알리가 속력을 높여 간격을 줄임. 꽝! 캐리 정차. 둘이 서로 총질. 알리 퇴장. 캐리는 도시로 귀환. 마퀴스 호텔. 샌디에이고에서 온 조지 E. 댄비 이름으로 투숙. 622호."

"알리를 쓰러뜨리고 나서 톰-톰이 알리의 몸수색을 하던가?"

"아뇨. 손도 안 댔음."

"그래? 미키 리니헌을 데려가게. 캐리한테서 한시도 눈을 떼지 마. 가능하면 오늘 밤 늦게 자네와 미키를 교대할 인력을 보내 주겠지만 그자는 꼭 24시간 미행해야 해, 혹시⋯⋯"

그다음에 무슨 말을 해야 할지 나도 몰랐으므로 입을 다물었다.

영감님의 사무실로 가 딕의 보고 내용을 자세히 전했다.

"폴리의 말에 따르면 알리가 먼저 쐈으니 캐리는 정당방위로 쏜 것이지만, 드디어 움직임이 포착됐는데 상황을 지체시키고 싶진 않습니다. 그래서 며칠간은 둘의 총격전에 대해서 우리가 안다는 걸 덮어 두고 싶군요. 우리가 하고 있는 일을 지역 보안관이 알게 되면 우리와 사이가 나빠지겠지만 그럴 가치가 있다고 생각합니다."

"자네 뜻대로 하게."

영감님이 수긍한 뒤 책상에서 울리는 전화를 받았다.

그는 수화기에 대고 몇 마디 한 뒤 나에게 내밀었다. 헌트 형사였다.

"플로라 브레이스와 그레이스 카디건이 동트기 직전 탈옥했습니다. 정황으로 볼 때⋯⋯"

나는 자세한 이야기를 들을 기분이 아니었다.

"감쪽같이 빠져나갔나?"

"지금까진 둘의 행적에 대한 단서가 없지만……"

"자세한 이야기는 만나서 듣겠네. 고마워"라고 말한 뒤 나는 전화를 끊었다.

"앤젤 그레이스와 빅 플로라가 시 교도소에서 탈옥을 했답니다."

나는 영감님에게 소식을 전했다.

그는 딱히 관심 없는 이야기라는 듯 정겹게 미소를 지었다.

"행동에 돌입하게 돼서 자네도 사축하는 분위기로군."

그가 웅얼웅얼 말했다.

나는 찌푸리고 있던 인상을 펴고 씩 웃으며 "어쩌면요"라고 대꾸한 뒤 내 방으로 돌아와 프랭클린 엘러트한테 전화를 걸었다. 혀짤배기 변호사가 만나면 좋겠다고 말했으므로 그의 사무실로 건너갔다.

"그래 이제껏 수사에 얼마나 진전이 있었습니까?"

내가 그의 책상 옆에 앉자마자 그가 간절히 물었다.

"얼마쯤요. 배로스라는 인물도 뉴홀 씨가 살해되던 당시 노갈레스에 있다가 사건 직후에 샌프란시스코로 돌아왔습니다. 캐리가 배로스를 따라 이리로 온 거죠. 온몸을 난도질당한 채 벌거벗은 몸으로 거리를 걷다가 발견된 남자에 대한 기사 읽어 보셨습니까?"

"예."

"그자가 배로스입니다. 그런데 또 다른 남자가 끼어들었습니다. 알리라는 이름의 이발사였죠. 그자는 캐리를 염탐하고 있었어요. 어젯밤 시 남쪽 외딴 도로에서 알리가 캐리한테 총을 쐈습니다. 캐리가 그자를 죽였고요."

나이 든 변호사의 눈이 몇 센티미터쯤 더 튀어나왔다.

"어느 도로죠?"

그가 헐떡대며 물었다.

"정확한 위치를 원하십니까?"

"그래요!"

나는 그의 전화기를 끌어당겨 사무실로 전화를 걸었고 딕의 보고서를 읽어 달라고 부탁한 뒤, 변호사에게 그가 원하는 정보를 알려 주었다.

소식은 효과를 발휘했다. 그가 의자에서 벌떡 뛰어 일어났다. 콧등에 땀이 배어 나오고 그의 온 얼굴에 주름이 졌다.

"뉴홀 양이 그 근처에 혼자 있어요! 그 도로는 아가씨 댁에서 불과 800미터쯤 떨어진 곳입니다!"

나는 인상을 쓰며 머릿속으로 계산을 했지만, 변호사의 말에서 아무 낌새를 알아차리지 못했다.

"그리로 사람을 보내서 아가씨를 보호하도록 할까요?"

"좋습니다! 우선 아버지가 돌아가신 슬픔을 감당하는 동안은 뉴홀 양도 그 집에서 계속 지내고 싶어 할 겁니다. 실력 있는 사람을 보내 주겠소?"

걱정스러운 낯빛이 밝아졌지만 여전히 그의 얼굴엔 50~60개 이상의 주름살이 남아 있었다.

"그 친구 옆에선 지브롤터 암벽도 나뭇잎 한 장처럼 보일 정도죠. 그 친구가 가져갈 소개 편지를 적어 주십시오. 그의 이름은 앤드루 매켈로이입니다."

변호사가 쪽지를 적고 있는 사이 나는 다시 그의 전화기를 빌려 사무실로 전화를 걸어, 교환원에게 앤디를 수배해 내가 찾는다고 전해 달라고 말했다. 나는 사무실로 들어가기 전에 점심을 먹었다. 내가 들어가자 앤디가 기다리고 있었다.

앤디 매켈로이는 큰 바위 같은 사람이었다. 키가 아주 크지는 않았지만 머리부터 몸통 전체가 두껍고 단단했다. 계산기 이상의 상상력은 동원할 줄 모르는 침울하고 진지한 사람이었다. 나는 그가 글을 읽을 수 있는지조차 자신이 없었다. 하지만 무슨 일이든 시키면 오로지 그 일만 할 뿐 다른 일은 쳐다보지도 않는다는 건 자신할 수 있었다. 그는 달리 머리를 쓸 줄 몰랐다.

나는 변호사가 뉴홀 양에게 보내는 편지를 전해 주며, 어디로 가서 무슨 일을 해야 하는지 일러 주고 뉴홀 양의 일은 머릿속에서 지워 버렸다.

그날 오후 나는 딕 폴리와 미키 리니헌으로부터 세 번 보고를 받았다. 톰-톰 캐리는 마켓 가에 있는 스포츠 용품점에서 44구경 탄환을 두 상자 구입한 것을 제외하면 별 움직임이 없었다.

오후 신문에는 빅 플로라 브레이스와 앤젤 그레이스 카디건의 사진이 탈옥 소식과 함께 1면에 실렸다. 신문 기사가 늘 그러하듯 이야기는 사실과 꽤 거리가 멀었다. 다른 면에는 외딴 도로에서 죽은 채 발견된 이발사에 대한 소식이 있었다. 그는 머리와 가슴 모두 네 군데에 총을 맞았다. 카운티 당국은 그가 무장 강도를 만나 저항하다 살해되었으며, 강도들은 그의 귀중품을 털지 않고 그대로 달아났다고 추정했다.

5시에 토미 하우드가 내 방으로 들어왔다.

"캐리라는 남자분이 다시 뵙고 싶다고 찾아왔는데요."

주근깨 가득한 사환 소년이 말했다.

"들여보내."

거무스름한 남자가 어슬렁거리며 안으로 들어와 "안녕하쇼"라고 말한 뒤 의자에 앉아 갈색 담배를 말았다.

"오늘 밤엔 특별한 소식 좀 있습니까?"

그가 담배를 피우며 물었다.

"별다른 건 없으니 다 나중에 해도 되는 일입니다. 파티를 시작하려나 보더군요?"

"으음. 생각 중입니다. 파파두들을 깜짝 놀라게 해줄 파티죠. 같이 가시겠습니까?"

이번엔 내가 "으음"이라고 말할 차례였다.

"11시에 뵙죠. 밴네스 애버뉴와 기어리 가 사이에서. 하지만 이번 건은 좀 조촐한 파티여야 합니다. 당신과 나, 그자만 개입하는."

"안 됩니다. 꼭 데려가야 할 사람이 있습니다. 그 친구도 데려가죠."

"그건 마음에 안 드는군요. 당신들 탐정의 수가 나보다 많아선 곤란해요. 일대일이어야 합니다."

톰-톰 캐리가 천천히 고개를 저으며 담배 연기 너머로 정겹게 미간을 찌푸렸다.

"제가 데려갈 인물은 당신 편도 아니지만 제 편도 아닙니다. 그리고 저도 신경 쓰겠지만 맥도 그 친구를 예리하게 주시하기 바랍니다. 가능하다면 우리 둘 다 그 친구를 등 뒤에 두진 않는 게 좋겠군요."

"그러면서 그자를 왜 데려간다는 겁니까?"

"상황이 좀 복잡합니다."

내가 씩 웃었다.

거무스름한 남자는 다시 미간을 찌푸렸지만 이번엔 아까보다 덜 정겨운 표정이었다.

"10만 6,000달러의 포상금은 누구와도 나눠 가지지 않을 작정입니다."

"지당하신 말씀입니다. 제가 데려가는 사람도 자기 몫을 주장하진 않을 겁니다."

"그렇다면 당신 말을 믿어 보죠. 그런데 우리 둘 다 그 사내를 감시해야 한다 이겁니까?"

그가 자리에서 일어났다.

"만사를 제대로 돌아가게 하려면 그래야죠."

"혹시라도 그자가 방해가 되면, 우리 앞길을 막는다고 칩시다. 그럼 그자를 처치해도 됩니까? 아니면 그냥 '왜 말을 안 들어!'라며 호통만 쳐야 합니까?"

"그 친구도 앞가림은 스스로 해야겠죠."

"그 정도면 괜찮겠군요. 11시 밴네스와 기어리 사입니다."

굳었던 얼굴이 다시 기분 좋은 기색으로 변하면서 그는 문으로 향했다.

8

나는 잭 커니핸이 의자에 깊숙이 기대앉아 잡지를 읽고 있는 탐정 대기실로 들어갔다.

"저한테 맡기실 일이 있나 보네요. 하도 앉아 있어서 굳은살이 박일 지경이었어요."

그가 나를 반겼다.

"인내심을 가져, 인내심. 혹시라도 탐정이 되려거든 그걸 제일 먼저 배워야 해. 내가 자네 나이 때 탐정사무소에 들어와서 막 일을 시작했을 땐 그나마 운이 좋아서……"

"그 얘긴 그만 좀 하세요."

잭이 애원했다. 잘생긴 그의 얼굴이 이내 진지해졌다.

"선배님이 왜 절 여기 처박아 두시는지 모르겠어요. 선배님 말고는 낸시 리건을 진짜로 제대로 본 사람이 저밖에 없잖아요. 전 선배님이 절 밖에 내보내서 그 여자를 추적하게 할 줄 알았어요."

"나도 영감님께 같은 이야기를 했어. 하지만 영감님은 자네한테 무슨 일이 벌어질까 염려하셔. 탐정 인생 50년 동안 영감님도 별의별 사람을 다 만났지만, 최신 유행하는 옷에다 사교성까지 갖춘 백만장자의 상속자라는 점 말고도 자네처럼 잘생긴 직원은 결코 본 적이 없다는군. 영감님 생각으론 자네를 일종의 얼굴마담으로 계속 내세우고 현장엔 내보내지 않을……"

"집어치우라고 해요!"

얼굴이 시뻘게진 잭이 외쳤다.

"하지만 내가 노친네를 설득해서 오늘 밤엔 자네 족쇄를 풀어 주려고 해. 그러니까 11시 전에 밴네스와 기어리 사이에서 나랑 만나세."

"활동 개시예요?"

그가 잔뜩 기대에 부풀어 물었다.

"어쩌면."

"뭘 하게 되는데요?"

"자네 그 장난감 총도 가져오게."

한 가지 아이디어가 떠올라 나는 그 생각을 덧붙였다.

"잘 차려입고 나타나는 게 좋겠군, 격식 있는 멋쟁이처럼."

"야회복요?"

"아니, 한계는 있어야지. 키 높은 모자만 아니면 다 괜찮아. 자네가 어떻게 행동해야 하느냐면, 탐정처럼 굴어선 안 돼. 자네가 어떤 역할을 하게 될지는 나도 딱히 자신이 없지만, 상관없겠지. 톰-톰 캐리도 같이 갈 거야. 자네는 내 친구도 그의 친구도 아닌 척 행동해야 해. 우리를 둘 다 못 믿는 것처럼 말이야. 우린 자네와 말도 안 섞을 거야. 누가 물으면 자네는 아무것도 모르는 거야. 적대감만 보이면 되네. 하지만 캐리한테 너무 바싹 다가가진 말게. 알아들었나?"

"그, 그런 것 같아요."

ㄱ가 이맛살을 찡그리며 천천히 말했다.

"두 분하고 저도 같이 볼일을 보러 가긴 하지만 친분이 있어서 그런 건 아닌 척하라는 거죠. 두 분을 믿지 못해서 그러는 것처럼. 맞아요?"

"아주 좋아. 스스로 몸조심하게. 계속 나이트로글리세린* 안에서 헤엄치는 격이 될 테니까."

"무슨 일인데요? 마음 좋게 쓰셔서 저한테도 좀 알려 주세요."

나는 그를 올려다보며 씩 웃었다. 그는 나보다 키가 한참이나 더 컸다.

"그럴 순 있겠지만 그랬다간 자네가 겁먹고 달아날까 걱정이야. 그러니까 아무 말도 해주지 않는 게 낫겠네. 즐길 수 있을 때 행복하게 지내게. 저녁 식사도 잘 챙겨먹어. 사형수들은 교수대로 걸어가기 직전에 따뜻한 햄과 달걀 요리를 아침 식사로 먹는 경우가 많지. 아무래도 자네는 저녁으로 그런 걸 먹고 싶지 않겠지만……"

톰-톰 캐리는 11시 5분 전에 검정색 임대 자동차를 몰고, 젖은 모피 코트처럼 짙은 안개 속에서 잭과 내가 기다리고 있는 길모퉁이에 나타났다.

*다이너마이트와 무연화약의 원료로 상온에서 무색 액체이다.

우리가 도로로 내려가자 그가 "타시죠"라고 말했다.

나는 앞문을 열고 잭에게 타라는 신호를 보냈다. 그는 연기를 해야 한다는 사명감에 나를 차갑게 쏘아본 뒤 뒷문을 열었다.

"뒷좌석에 타겠습니다."

잭이 퉁명스럽게 말했다.

"나쁠 것 없는 생각이네"라고 말한 뒤 나도 그의 옆자리로 올라탔다.

캐리가 운전석에서 몸을 틀었고 그와 잭은 한동안 서로를 노려보았다. 나는 아무 말도 하지 않았고, 둘을 소개하지도 않았다. 거무스름한 남자는 청년의 깜냥을 확인하고 나자 그의 깃과 넥타이부터 외투로도 감춰지지 않은 야회복 차림새를 하나하나 훑어본 뒤 씩 웃으며 나에게 느릿느릿 말했다.

"친구분이 웨이터인가 봅니다?"

발끈해서 낯빛이 어두워지며 입이 딱 벌어지는 모습은 연기가 아니라 잭의 자연스러운 반응이었으므로 나는 웃음을 터뜨렸다. 그는 입을 다물더니 우리가 동물계에서도 엄청 급이 낮은 하등동물이라도 된다는 양, 톰-톰 캐리와 나를 노려보며 아무 말도 하지 않았다.

나도 캐리를 향해 씩 웃으며 물었다.

"여기서 뭐라도 기다리는 겁니까?"

그는 아니라고 말한 뒤 잭을 쳐다보던 시선을 거두고 차를 출발시켰다. 그는 공원을 지나 큰길을 따라 남쪽으로 차를 몰았다. 우리와 같은 방향으로 가는 차량과 반대 방향으로 가는 차들이 안개 짙은 밤의 어둠 속에서 나타났다가 사라졌다. 곧이어 도시를 벗어나자 안개가 걷히고 선명한 달이 드러났다. 우리 뒤에서 달리는 차들을 돌아보진 않았지만 나는 그 가운데 딕 폴리와 미키 리니헌을 태운 자동차가 있음을 알고 있었다.

톰-톰 캐리는 큰길에서 벗어나, 매끄럽게 잘 닦이기는 했지만 차들이 많이 다니지 않는 도로로 차를 몰았다.

"어젯밤에 이 근방에서 한 남자가 살해되지 않았던가요?"

내가 물었다.

캐리는 고개를 돌리지 않은 채로 끄덕이더니 400미터쯤 더 갔을 때 "바로 여기죠"라고 말했다.

우리는 이제 좀 더 천천히 차를 몰았고, 캐리는 전조등을 껐다. 반달이 뿜어내는 은색 달빛과 회색 그림자가 반반씩 드리워진 도로를 따라 자동차는 간신히 기어가듯 1.5킬로미터를 달렸다. 우리는 키 큰 관목들 때문에 그림자가 져 길이 깜깜해진 지점에서 차를 세웠다.

"상륙 작전에 참여할 사람은 모두 준비하시오."

톰-톰 캐리가 차에서 내리며 말했다.

잭과 나는 그를 따라 내렸다. 캐리는 외투를 벗어 차 안에 던져 넣었다.

"갈 곳은 굽은 도로만 지나면 뒤쪽에 바로 있습니다. 빌어먹을 달이 문제로군요! 안개가 낄 것으로 예상했는데."

그가 우리에게 말했다.

나도, 잭도 아무 말 하지 않았다. 새하얀 청년의 얼굴은 흥분되어 있었다.

"지름길로 갈 겁니다."

캐리가 높은 철조망 울타리 쪽으로 길을 건너 앞장을 서며 말했다.

그가 먼저 철조망을 넘어갔고 이어 잭이 따라 넘어가 내 차례가 되었을 때, 길 앞쪽에서 누군가가 다가오는 소리에 나는 움직임을 멈추었다. 울타리 건너편에 있는 두 남자에게 조용히 하라는 신호를 보내며 나는 덤불 옆에 웅크려 숨었다. 다가오는 인기척은 빠르고 가벼운 여자 발소리였다.

바로 앞쪽으로 달빛을 받으며 아가씨 하나가 나타났다. 이십대 정도에 키가 크지도 작지도 않고 마르지도 통통하지도 않은 아가씨였다. 짧은 치마를 입은 그녀는 모자도 쓰지 않았고 스웨터 차림이었다. 다급히 서두르는 그녀의 창백한 얼굴엔 공포가 완연했지만, 또 다른 사실이 확연했으니, 중년의 탐정이 익숙하게 보아 왔던 것보다 훨씬 대단한 미모라는 점이었다.

어두운 그림자 속에 캐리의 자동차가 웅크리고 있는 것을 본 그녀가 돌연 걸음을 멈추고 거의 비명에 가까운 신음 소리를 냈다.

내가 앞으로 걸어 나가며 말했다.

"안녕하시오, 낸시 리건."

이번에 그녀가 내뱉은 신음은 비명이었다.

"오! 오!"

달빛이 속임수를 쓰지는 않은 듯 곧 그녀가 나를 알아보았고, 공포 어린 표정이 사라지기 시작했다. 그녀는 안도하며 양손을 내게 뻗었다.

"어라? 이게 다 무슨 일입니까?"라며, 그녀의 뒤쪽 어둠 속에서 나타난 거구의 근육남으로부터 곰이 웅얼거리는 듯한 소리가 흘러나왔다.

"잘 있었나, 앤디."

내가 근육남에게 인사를 건넸다.

앤디 매켈로이는 "안녕하세요"라고 대꾸하며 제자리에 섰다.

앤디는 항상 하라는 일만 하는 사람이었다. 그는 뉴홀 양을 보호하라는 지시를 받았다. 나는 여자를 쳐다본 뒤 이어 다시 앤디를 바라보았다.

"이분이 뉴홀 양인가?"

"네. 선배님이 지시하신 대로 내려왔는데 아가씨가 싫다고 하면서, 저를 집에 들여 주질 않았습니다. 하지만 돌아오라는 말씀은 안 하셨잖아요. 그래서 그냥 밖에서 야영을 하며 주변을 서성대다 상황을 주시하고 있었습니다. 그런데 아가씨가 조금 전에 창문으로 몰래 빠져나오는 걸 발견하고, 지시하신 대로 보호해 드리려고 따라온 겁니다."

그가 웅얼웅얼 대답했다.

톰-톰 캐리와 잭 커니핸은 철조망을 넘어 다시 도로로 나와 있었다. 거무스름한 사내는 한 손에 자동 권총을 꺼내 들고 있었다. 여자의 시선은 붙박이처럼 나에게 고정되었다. 그녀는 다른 사람들에게는 신경도 쓰지 않았다.

"이게 다 무슨 일입니까?"

내가 그녀에게 물었다.

그녀는 내 손을 꼭 잡은 채 나와 얼굴을 가까이하며 주절주절 입을 열었다.

"저도 모르겠어요. 그래요, 제가 앤 뉴홀이에요. 전 몰랐어요. 재미있을 거라고만 생각했어요. 그런데 재미로만 생각해선 안 된다는 걸 깨달았을 땐 빠져나올 수가 없었어요."

톰-톰 캐리가 신음 소리와 함께 조바심을 내며 안절부절못했다. 잭 커니핸은 길 아래쪽을 바라보고 있었다. 앤디 매켈로이는 길 한복판에 떡 버티고 서서, 다음 지시 사항을 기다리고 있었다. 여자는 다른 사람에겐 절대로 눈길도 주지 않은 채 나만 응시했다.

"어쩌다가 그자들과 엮이게 된 겁니까? 빨리 이야기해 봐요."

9

나는 여자에게 빨리 이야기하라고 말했다. 그녀는 내 요구에 따랐다. 그녀는 20분간 그곳에 선 채로, 이야기가 곁가지로 빠져들 때마다 내가 끼어들어 중심을 잡아 줄 때를 제외하고는 쉴 새 없이 재잘거리듯 사연을 들려주었다. 이야기는 뒤죽박죽 두서가 없었고 군데군데 믿어지지 않는 부분도 있기는 했지만, 전체적으로 내가 받은 인상은 그녀가 진실을 털어놓으려고 애를 쓰고 있다는 점이었다. 대부분의 경우에는 그랬다.

그리고 이야기를 하며 그녀는 단 한순간도 나를 바라보는 시선을 다른 데로 돌리지 않았다. 마치 다른 곳을 쳐다보기를 두려워하는 사람 같았다.

백만장자의 딸인 이 아가씨는 두 달 전 어느 해변에서 열린 사교 모임에 갔다가 밤늦게 일행 넷이 함께 돌아오는 중이었다. 누군가가 도로변 술집에, 이왕이면 특별히 험악한 곳에 들렀다 가자고 제안을 했다. 물론 그들에겐 험악한 분위기가 매력적으로 느껴졌다. 험악하고 거친 느낌이 오히려 신선했다. 그들은 그날 밤 처음 눈에 들어온 술집으로 들어갔고, 어쩌된 영문인지 아무도 알 수 없지만, 싸구려 술집에 들어간 지 10분도 되기 전에 그들과 어울리게 되었다.

그녀의 파트너였던 남자는 도저히 이해할 수 없는 수준의 비겁함으로 그녀를 수치스럽게 했다. 그는 레드 오리어리의 무릎 위에 엎드려 엉덩이를 맞았다. 그러고도 아무런 반격도 하지 못했다. 같은 일행이었던 다른 청년 역시 별로 용감하지 못했다. 그들이 보인 굴욕에 모욕감을 느낀 뉴홀 양은 자신의 두 호위남에게 망신을 준 빨간 머리 거인에게 다가가, 모든 사람들에게 들릴 만큼 큰 목소리로 말을 걸었다.

"절 좀 집에 데려다 주시겠어요?"

레드 오리어리는 기꺼이 부탁을 받아들였다. 그녀는 도심 주택에서 한두 블록 떨어진 곳에서 그와 헤어졌다. 그녀는 그에게 자기 이름이 낸시 리건이라고 말했다. 아마 그도 의심했겠지만, 그는 결코 그녀에게 아무것도 캐묻지 않았고 사생활을 파고들지도 않았다. 서로 속한 세계가 다름에도 불구하고 두 사람 사이엔 진정한 우정이 자라났다. 여자는 그를 좋아했다. 너무도 거칠고 험악한 그의 모습이 그녀에겐 낭만적으로 느껴졌다. 오리어리는 그녀와 사랑에 빠졌고, 그녀가 워낙 높은 곳에 있는 사람이라 그의 행동을 억지로 고치려 들 엄두도 내지 않는다는 사실을 알고 있었다.

두 사람은 자주 만났다. 그는 바닷가 주변의 떠들썩한 술집을 전부 데리고 다니며 강도, 총잡이, 협잡꾼 들에게 그녀를 소개했고 범죄자들의 모험담을 들려주었다. 그녀는 오리어리가 범법자이며, 시맨스 내셔널 은행과 골든게이트 신탁회사 사건이 터졌을 때 그 일과 연루되었음을 알았다. 그러나 그녀는 그 사건도 단순히 연극적인 구경거리라고 여겼다. 현실 그대로 인식하질 못했다.

그녀는 래루이의 술집에서, 레드 오리어리가 파파도풀로스 일당과 공모하여 배신했던 다른 범인들에게 공격을 받던 날 정신을 차렸다. 그러나 깨끗이 빠져나가기엔 너무 늦은 뒤였다. 내가 거인 청년에게 총을 쏜 뒤 그녀는 레드 오리어리와 함께 파파도풀로스 일당의 은신처로 달아났고, 그제야 낭만적으로만 보았던 자기 애인의 실체가 제대로 눈에 들어왔다. 자신이 어떤 상황에 엮여 들었는지도.

파파도풀로스와 함께 탈출했을 때 그녀는 완전히 미몽에서 깨어나 정신을 차렸고, 범법자들과 어울리는 위험한 일탈과는 영원히 작별했다.

그랬다고 생각했다. 그녀는 파파도풀로스를 겉모습처럼 왜소하고 겁에 질린 노인이라고만 생각했다. 정말로 플로라의 노예였을 뿐, 악한 구석이라고는 전혀 없이 무덤에 묻힐 날이 얼마 남지 않은 힘없는 노인이라고 여겼다. 그는 우는소리를 하며 겁을 냈다. 그는 주름진 뺨 위로 눈물을 줄줄 흘리며 자신을 저버리지 말아 달라고 애원했고, 플로라한테서 숨겨 달라고 간절히 빌었다. 그녀는 노인을 시골 저택으로 데려가 감시하는 눈길로부터 안전하도록 정원 일을 시켰다. 그녀는 그가 처음부터 자신의 정체를 알고 있었으며, 그래서 그러한 방법을 제안하도록 교묘히 유도했다는 사실을 알지 못했다.

노인이 바로 대규모 떼강도 사건의 총지휘관이었다는 기사가 신문에 보도되고 그를 체포하기 위해 10만 6,000달러의 포상금이 내걸렸을 때조차도 그녀는 그의 결백을 믿었다. 그는 플로라와 레드가 가벼운 형량을 받아 내려고 모든 죄를 그에게 덮어씌우려 하는 것일 뿐이라고 그녀를 설득했다. 그토록 겁에 질려 덜덜 떠는 이상한 노인을 과연 누가 믿지 않겠나?

그러다 아버지가 멕시코에서 돌아가시는 일이 일어나고 슬픔에 젖은 그녀는 최근 빅 플로라와 또 다른 여자 ― 아마도 앤젤 그레이스 카디건인 듯 ―가 집으로 찾아오기 전까지 좀처럼 다른 일에 신경을 쓸 겨를이 없었다. 그녀는 전에도 빅 플로라를 보았을 때 극도로 두려움을 느꼈었다. 이제는 더더욱 두려웠다. 거기다 파파도풀로스가 플로라의 노예가 아니라 주인이었다는 사실이 곧 밝혀졌다. 비열한 늙은이의 진짜 정체를 그녀는 그제야 보게 되었다. 하지만 그것이 깨달음의 끝이 아니었다.

앤젤 그레이스가 갑자기 파파도풀로스를 죽이려 했다. 플로라가 힘으로 그녀를 제압했다. 그레이스는 격렬히 반항하며 자기가 패디의 애인이었다고 말했다. 그러고는 앤 뉴홀에게 소리쳤다.

"그리고 당신, 이 빌어먹을 바보야, 저들이 당신 아버지를 죽였다는 거 모르겠어? 어떻게 그것도 모르……?"

빅 플로라가 앤젤 그레이스의 목을 졸라 말을 중단시켰다. 플로라는 앤젤을 결박하고 나서 뉴홀 양에게 돌아섰다.

"너도 같은 편이야. 너 역시 빼도 박도 못하는 같은 편이라고. 넌 우리 랑 같이 행동해야 해, 안 그랬다간…… 이렇게 설명하는 게 낫겠군. 노 친네랑 나랑은 잡히면 둘 다 교수형감이야. 그럼 너도 우리랑 같이 춤추 며 가게 되겠지. 내가 그렇게 만들 테니까. 시키는 대로만 잘하면 우린 모두 무사히 빠져나갈 수 있어. 허튼수작만 해봐, 그랬다간 넌 내 손에 무사하지 못할 거야."

플로라가 무뚝뚝하게 말했다.

앤 뉴홀은 그 이후의 일은 별로 기억하지 못했다. 문 앞에서 앤디에게 도움이 필요 없다고 말했던 것은 어렴풋하게 생각이 났다. 거구의 금발 여자가 바로 등 뒤에 서서 부추길 필요도 없을 정도로, 그녀는 앤디를 기계적으로 대했다. 나중에도 완전히 겁에 질려 멍한 상태에서 그녀는 침실 창문으로 빠져나왔고 담쟁이로 뒤덮인 테라스 옆으로 내려와 집에 서 도망쳤다. 딱히 어디로 가려는 목적도 없이 그저 달아날 생각에 길을 따라 달렸다.

내가 들은 이야기는 거기까지였다. 물론 전부 다 그 아가씨한테 들은 이야기는 아니었다. 그녀가 내게 해준 말은 극히 일부였다. 그러나 그녀 가 한 이야기와 말을 하는 태도, 얼굴 표정에 이미 내가 알고 있는 사실 과 짐작 가능한 부분을 취합하면 그러한 이야기가 도출되었다.

그리고 그녀는 이야기를 하는 동안 단 한 번도 내 시선을 외면하지 않았다. 우리 말고도 그 길에 다른 사람들이 서 있다는 사실을 안다는 기색을 단 한 번도 내보이지 않았다. 그녀는 마치 두려움에 사로잡힌 사람처럼 필사적인 태도로 내 얼굴에 시선을 고정했고, 마치 손을 놓으면 땅속으로 꺼져 버리기라도 한다는 듯 내 손을 잡고 매달렸다.

"집의 하인들은 어떻게 됐어요?"

내가 물었다.

"지금은 한 사람도 없어요."

"파파도풀로스가 다 내보내라고 하던가요?"

"네. 며칠 전에요."

"그럼 지금 집 안에 있는 사람은 파파도풀로스와 플로라, 앤젤 그레이스뿐인가요?"

"네."

"당신이 도망친 걸 그들도 압니까?"

"모르겠어요. 알진 못할 거예요. 방 안에 제가 한참 있었거든요. 감히 제가 그들이 한 말을 거역할 거라곤 짐작도 못 할 거예요."

나 역시 줄곧 그녀의 시선을 마주 응시하고 있었으며, 막상 눈길을 거두려 했을 땐 그게 쉽지 않다는 사실에 화가 났다. 그녀를 바라보던 시선을 억지로 떼어 내며 잡혀 있던 손도 빼냈다.

"나머지 이야기는 나중에 해도 됩니다."

나는 퉁명스럽게 말한 뒤 앤디 매켈로이에게도 명령을 내렸다.

"자네는 우리가 집에 들어갔다가 돌아올 때까지 뉴홀 양과 여기 있게. 편하게 차에 타고 있어."

여자가 내 팔에 한 손을 올렸다.

"저는……? 저를……?"

"그래요. 우린 당신을 경찰에 넘길 겁니다."

"안 돼요! 안 돼요!"

"어린애처럼 굴지 말아요. 살인자 무리와 어울려 돌아다니다 스스로 범죄에 가담해 놓고는 나중에 '실례할게요'라고 말하며 자유로이 풀려날 순 없는 법이죠. 나한테 말하지 않은 부분까지 포함해서 법정에서 모든 이야기를 진술한다면 풀려날 가능성은 있습니다. 하지만 체포되는 걸 피할 길은 하느님의 세상에선 있을 수 없어요. 어서 가요."

나는 잭과 톰-톰 캐리에게 돌아서며 말했다.

"우리 손님들이 집에 있는 동안 덮치려면 서둘러야겠습니다."

철조망 담장을 올라가며 뒤돌아보니, 앤디가 여자를 차에 태우고 자신도 올라타는 중이었다.

"잠깐만."

이미 담장을 넘어가고 있던 잭과 캐리에게 내가 외쳤다.

"또 시간을 지체할 거리가 생각나셨나 보군요."

거무스름한 남자가 불평을 터뜨렸다.

나는 길을 다시 건너 자동차로 다가가 재빨리 앤디에게만 속삭였다.

"딕 폴리와 미키 리니헌이 근방에서 대기하고 있을 거야. 우리가 시야에서 사라지자마자 그 친구들을 찾아보게. 뉴홀 양은 딕한테 인계해. 여자를 데리고 곧장 전화를 찾아서 보안관을 깨우라고 딕한테 전하게. 보안관한테 여자를 인계한 뒤엔 샌프란시스코 경찰이 올 때까지 데리고 있으라고 전해야 하네. 누구든 다른 사람한테는 절대 넘겨줘선 안 된다고 해. 나도 안 돼. 알겠나?"

"알겠습니다."

"좋아. 딕한테 그 말을 전하고 여자를 인계하고 난 뒤엔 미키 리니헌을 데리고 뉴홀 저택으로 가능한 한 빨리 와주게. 할 수 있는 한 우리 편을 많이 확보해서 도움을 받아야 할 가능성이 커."

"알겠어요."

앤디가 말했다.

10

"무슨 꿍꿍이요?"

내가 합류하자 톰-톰 캐리가 수상쩍다는 듯이 물었다.

"탐정끼리의 일입니다."

"혼자 내려와 처음부터 끝까지 내가 다 처리할 걸 잘못했어요. 당신은 출발한 뒤로 줄곧 시간 낭비밖엔 한 게 없잖소."

그가 투덜거렸다.

"지금 시간 낭비하는 사람은 내가 아닙니다."

내 말에 그는 코웃음을 치고는 다시 들판을 가로지르기 시작했고, 잭과 나는 그의 뒤를 따랐다. 들판 가장자리에 또 담장이 나타나 기어 올라가야 했다. 그러고 나서 약간 언덕진 숲을 넘자 뉴홀 저택이 우리 눈앞에 펼쳐졌다. 달빛을 받아 반짝거리는 하얀색 대저택은 불 켜진 창문마다 블라인드를 쳐놓아 창이 노란색 직사각형처럼 보였다. 불은 1층 방에만 켜져 있었다. 2층은 어두웠다. 사방이 고요했다.

"빌어먹을 달빛!"

톰-톰 캐리가 옷섶에서 자동 권총을 하나 더 꺼내 양손에 총을 하나씩 쥔 채로 아까 했던 말을 반복했다.

자기도 총을 꺼내려던 잭은 내가 가만히 있자 다시 총을 주머니에 넣어 두었다.

톰-톰 캐리의 얼굴은 눈과 입에만 구멍을 내놓은 듯, 거무스름한 돌로 만든 가면처럼 보였다. 인간 사냥꾼, 살인자의 엄숙한 가면이었다. 그는 넓은 가슴을 살며시 오르내리며 부드럽게 숨을 쉬고 있었다. 그의 옆에서 잭 커니핸은 흥분한 학생 같은 모습이었다. 얼굴은 섬뜩할 만큼 창백했고 크게 뜬 눈은 제 모양을 잃은 듯했으며 타이어 펌프처럼 숨을 헐떡거렸다. 그러나 몹시 초조해하면서도 씩 웃는 그의 웃음은 진심이었다.

"이쪽에서 마당을 가로질러 집으로 접근합시다. 그런 다음에 우리 중 한 사람이 앞문으로, 한 사람은 뒷문으로 들어가고, 또 한 사람은 가장 지원이 필요한 쪽이 어딘지 지켜보며 기다리는 겁니다. 됐죠?"

내가 속삭여 말했다.

"좋소."

거무스름한 사내가 동의했다.

"잠깐만요!"

잭이 나직이 외쳤다.

"여자가 2층 창문에서 담쟁이덩굴을 타고 내려왔다잖아요. 그러니 제가 그쪽으로 올라가는 것도 가능하겠죠? 제가 두 분보다 몸도 가볍고요. 놈들이 여자가 없어진 걸 알아채지 못했다면 창문은 아직 열려 있을 거예요. 10분만 주시면 제가 그 창문을 찾아 들어가서 자리를 잡을게요. 그런 다음에 두 분이 공격을 하면 제가 놈들 뒤에 있는 셈이잖아요. 어때요?"

그는 박수를 바라듯 물었다.

"그러다 자네가 들어가자마자 놈들한테 잡히면 어쩌려고?"

내가 반대하고 나섰다.

"그런다고 생각해 보세요. 그럼 제가 두 분한테 들릴 만큼 소란을 피울게요. 놈들이 저를 잡느라 정신없는 동안 두 분이 들이닥쳐 협공을 하면 되죠. 그것도 좋은 방법이에요."

"얼토당토않은 소리! 그게 뭐가 좋은 방법인가? 처음 방법이 최고야. 한 사람은 앞문으로, 한 사람은 뒷문으로 쳐들어가서 한 방에 쏘아 버려야 해."

톰-톰 캐리가 윽박질렀다.

"저 친구 생각대로 먹히기만 한다면 그 방법이 더 나을 거요. 자네가 불구덩이로 뛰어들고 싶어 한다면 막진 않겠네. 영웅적인 행동을 하겠다는데 말릴 생각은 없어."

내가 의견을 내놓았다.

"안 돼요! 그러다 다 망치려고!"

거무스름한 남자가 발끈해서 쏘아붙였다.

"됩니다. 한번 해봅시다. 20분을 기다려 주겠네, 잭. 그래도 낭비할 시간은 없을 거야."

잭은 자기 손목시계를 쳐다보았고 나는 내 시계를 확인했다. 그가 집을 향해 돌아섰다.

톰-톰 캐리는 못마땅한 얼굴로 인상을 찌푸리며 그의 앞길을 막았다. 나는 욕설을 내뱉으며 거무스름한 남자와 청년 사이로 비집고 들어섰다. 잭이 내 등 뒤로 돌아, 너무 밝은 집 앞마당을 서둘러 가로질렀다.

"정신 똑바로 차리고 있어요. 이 놀음판에는 당신이 모르고 있는 점이 너무도 많습니다."

내가 캐리한테 경고했다.

"많아도 빌어먹게 너무 많잖소!"

씨근덕거리면서도 그는 청년이 가도록 내버려 두었다.

우리 쪽에서 보이는 건물 측면 2층에는 열린 창문이 하나도 없었다. 잭은 집 뒤쪽으로 돌아가 시야에서 사라졌다.

우리 뒤쪽에서 희미하게 부스럭 소리가 들렸다. 캐리와 나는 동시에 돌아보았다. 그의 총 두 자루가 허공을 향했다. 나는 한 팔을 뻗어 그의 총을 내렸다.

"흥분하지 말아요. 이건 당신이 모르고 있던 또 하나일 뿐입니다."

내가 그에게 주의를 주었다.

부스럭거림이 멎었다.

"괜찮아"라고 내가 나직이 외쳤다.

미키 리니헌과 앤디 매켈로이가 나무 그림자에서 모습을 드러냈다.

톰-톰 캐리가 나에게 얼굴을 바짝 들이댔고, 그날 그가 면도를 까먹고 하지 않았다면 얼굴을 긁혔을 만큼 간격이 가까워졌다.

"이 배신자……"

"얌전히 굴어요! 얌전히! 나잇값을 해야죠! 이 사람들은 누구도 피 같은 당신 돈을 축낼 생각 없습니다."

내가 그를 나무랐다.

"난 이렇게 떼거지로 일하는 거 마음에 안 들어. 우린……"

"우린 가능한 한 최대한 많은 도움을 활용해야 할 겁니다."

손목시계를 처다보며 나는 그의 말을 끊었다. 이어 두 탐정에게 말했다.

"이제부터 집으로 접근할 거야. 우리 넷이서 집을 완벽하게 포위해야 해. 자네들도 파파도풀로스와 빅 플로라, 앤젤 그레이스의 생김새는 들어서 알겠지. 그들이 저 집 안에 있어. 그들에게 절대로 허점을 보여선 안 돼. 플로라와 파파도폴로스는 다이너마이트 같은 존재네. 잭 커니핸이 지금 안에서 상황을 우리한테 유리하게 돌려 보려고 애쓰는 중이야. 자네들 두 사람은 뒷문으로 들어가게. 캐리와 나는 앞문으로 들어갈 거야. 서로 손발을 잘 맞춰야 해. 자네들은 우리를 피해 누구도 빠져나가지 못하도록 지키게. 앞으로 전진!"

거무스름한 사내와 나는 저택 정면의 테라스로 향했다. 드넓은 테라스엔 양쪽으로 담쟁이덩굴이 덮여 있고, 네 개나 되는 대형 유리문에선 꼼꼼히 드리워진 커튼 너머로 노란색 불빛이 새어 나왔다.

내가 드넓은 테라스를 가로지르려고 한 걸음도 내딛기 전에 대형 유리문 하나가 스르르 열렸다.

처음 내 눈에 들어온 것은 잭 커니핸의 등짝이었다. 그는 고개를 돌리지도 않은 채 한 손과 발로 여닫이 창문을 밀어 열고 있었다.

청년의 뒤쪽으로, 환한 방 안엔 한 남자와 한 여자가 그를 마주 보고 서 있었다. 남자는 늙고 왜소하고 비쩍 말라 주름이 자글자글했고 동정심을 자아낼 만큼 겁에 질려 있는 파파도폴로스였다. 예전에 내가 보았을 때 제멋대로 자랐던 그의 하얀 콧수염은 면도를 해 사라지고 없었다. 여자는 큰 키에 풍만한 몸매, 분홍색 피부와 금발 머리를 지녔고, 잘생겼으나 잔혹한 인상의 얼굴엔 또렷한 회색 눈동자가 깊게 음영을 드리우고 있는 사십대 여자 운동선수 같은 빅 플로라 브레이스였다. 두 사람은 잭 커니핸의 총구를 노려보며 나란히 서서 꼼짝도 하지 않았다.

내가 유리문 앞에서 얼어붙은 듯 그 광경을 바라보고 있는 사이, 톰-톰 캐리는 양손에 권총을 뽑아 든 채로 내 곁을 지나쳐 유리문으로 들어가 청년 옆에 가 섰다. 나는 집 안으로 따라 들어가지 않았다.

파파도풀로스의 겁먹은 갈색 눈동자가 거무스름한 사내의 얼굴로 향했다. 플로라의 회색 눈동자 역시 의도적인 듯 그리로 따라 움직였다가 이내 톰-톰 캐리를 지나쳐 나를 쳐다보았다.

"모두들 꼼짝 마!"

내가 명령을 내리며 유리문에서 떨어져, 담쟁이덩굴이 가장 덜 무성한 테라스 옆쪽에 자리를 잡았다.

담쟁이덩굴 사이로 몸을 내밀어 달빛에 내 얼굴이 똑똑히 드러나도록 한 다음 나는 건물 옆면을 살폈다. 차고 그림자 속에 숨은 검은 형체는 사람이었다. 나는 달빛 속으로 팔을 뻗어 흔들었다. 검은 형체가 내 쪽으로 다가왔다. 미키 리니헌이었다. 앤디 매켈로이도 집 뒤쪽에서 고개를 내밀었다. 나는 다시 손짓을 했고, 그도 미키의 뒤를 따라 다가왔다.

나는 열린 테라스 문으로 다시 돌아섰다.

토끼와 암사자 같은 파파도풀로스와 플로라 커플은 캐리와 잭이 들고 있는 총을 바라보고 있었다. 내가 나타나자 그들은 다시 나를 쳐다보고, 여자의 도톰한 입술에 미소가 피어오르기 시작했다.

미키와 앤디가 모습을 드러내며 내 옆에 와 섰다. 여자의 미소가 사그라졌다.

"캐리, 당신과 잭은 그대로 있어요. 미키, 앤디, 들어가서 하느님이 주신 우리의 선물을 포획하게."

내가 말했다.

탐정 둘이 유리문으로 들어선 순간 일이 벌어졌다.

파파도풀로스가 고함을 질렀다.

빅 플로라는 그에게 돌진해 노인을 뒷문 쪽으로 밀어냈다.

"가요! 가!"라고 여자가 소리쳤다.

발이 걸려 비틀거리며 노인이 방을 가로질렀다.

플로라가 어느 틈엔가 쌍권총을 뽑아 들었다. 의지력을 동원하면 거인이 될 수 있는 사람처럼 그녀의 큰 몸집이 방 안을 가득 채우는 느낌이었다. 그녀는 곧장 잭과 캐리가 들고 있는 총을 향해 다가서며, 달아나는 노인과 뒷문을 그들이 뿜어 대는 총알로부터 막아 내려 했다.

그녀의 옆쪽으로 다가서는 형체는 앤디 매켈로이였다.

나는 잭의 팔에 한 손을 얹었다. 그의 귓가에 대고 쏘지 말라고 중얼거렸다.

플로라의 쌍권총이 동시에 불을 뿜었다. 그러나 그녀는 쓰러지고 있었다. 앤디가 그녀를 덮쳤다. 바윗돌을 던지는 사람처럼 그가 플로라의 다리에 자신의 몸을 던졌다.

플로라가 쓰러지자 톰-톰 캐리는 기다림을 끝냈다.

그가 쏜 첫 번째 총알은 너무도 가깝게 플로라를 스치고 지나가며 곱슬곱슬한 그녀의 금발 머리칼 한 줌을 잘라 냈다. 그러나 총알은 그녀를 지나쳐 막 문을 빠져나가려던 파파도풀로스를 맞혔다. 그의 등 아랫부분에 명중한 총알은 그를 바닥에 쓰러뜨렸다.

캐리는 한 방 더, 또 한 방, 또 한 방, 엎어진 그의 몸에 총을 쏘아 댔다.

"소용없어요. 그런다고 한 번 죽인 사람을 더 죽일 순 없잖소."

내가 낮게 쏘아붙였다.

그는 껄껄 웃으며 쌍권총을 내렸다.

"10만 6,000에 네 방이라. 총알 한 방에 각각 2만 6,500달러의 가치가 있다는 의미로군."

언짢았던 그의 기분과 진지함은 모두 날아간 듯했다.

앤디와 미키가 몸싸움을 벌여 플로라를 굴복시킨 뒤 바닥에서 일으켜 세웠다.

나는 두 사람을 지켜보던 시선을 거둬 거무스름한 사내를 쳐다보며 "아직 끝나지 않았소"라고 중얼거렸다.

"끝나질 않다니? 또 뭐가 남았지?"

그는 놀라는 표정이었다.

"정신 똑바로 차리고 양심이 이끄는 대로 지켜보시죠."

나는 그에게 대꾸한 뒤 젊은 커니핸을 향해 돌아섰다.

"따라오게, 잭."

나는 앞장서서 유리문으로 나가 테라스를 가로지른 뒤 난간에 기대어 섰다. 뒤따라 나와 내 앞에 선 잭은 여전히 총을 쥐고 있었고, 그의 얼굴은 초조한 긴장감으로 새하얗게 질려 지쳐 보였다. 그의 어깨 너머로 나는 우리가 방금 빠져나온 방 안을 볼 수 있었다. 앤디와 미키는 플로라를 소파에 앉혀 놓고 양옆에서 지키고 있었다. 캐리는 한쪽 옆으로 약간 비켜서서 호기심 어린 눈초리로 잭과 나를 쳐다보고 있었다. 우리는 열린 창문으로 새어 나온 빛줄기 한가운데 서 있었다. 우리는 안을 들여다볼 수 있었고, 비록 잭의 등밖엔 안 보이긴 해도 안에서도 우리를 볼 수 있었지만, 큰 소리를 내지 않는 한은 우리가 하는 이야기를 안에서 엿듣는 건 불가능했다.

내가 원한 것도 바로 그것이었다.

"이제 이야기해 보게."

내가 잭에게 명령했다.

11

"음, 전 열린 창문을 찾아냈어요."

청년이 이야기를 시작했다.

내가 말을 잘랐다.

"그 부분은 다 알아. 자네는 안으로 들어가서 자네 친구들, 파파도풀로스와 플로라에게 여자가 탈출했다는 것과 캐리와 내가 오고 있다는 사실을 이야기했지. 자네가 혼자 힘으로 두 사람을 붙잡은 것처럼 하라고 그들에게 귀띔했을 거야. 그래야 캐리와 내가 집 안으로 들어올 거라고. 자네가 우리 등을 칠 위인이라는 걸 우린 모르니까 너희들 셋이서 우리 둘을 잡는 건 쉬울 거라 여겼겠지. 그런 다음엔 도로로 내려가 앤디한테 내가 여자를 자네에게 인계하라고 지시했다고 말할 작정이었을 거야. 내가 딕과 미키를 비밀리에 데려왔고, 결코 자네한테 등을 보일 생각이 없었다는 걸 자네가 몰랐다는 점을 제외하면 썩 괜찮은 계획이었네. 하지만 그건 내가 알고자 하는 게 아니야. 나는 자네가 왜 우릴 팔아넘겼는지, 이제 어쩔 작정인지 알고 싶군."

"선배님 미쳤어요?"

젊디젊은 그의 얼굴은 당혹감에 휩싸였고, 어리숙한 그의 눈빛엔 공포가 담겼다.

"아니면 혹시……?"

"당연하지, 난 미쳤어. 미치지 않고서야 어떻게 내가 소살리토에서 자네가 친 덫에 걸려들었겠나? 하지만 나중에 그걸 깨닫지 못할 만큼 완전히 미치진 않았어. 앤 뉴홀이 자네를 쳐다보길 두려워한다는 걸 못 알아차릴 만큼 완전히 미치지도 않았지. 파파도풀로스와 플로라가 자청

하지 않은 한, 자네 혼자 그들을 붙잡을 수 있다고 생각할 만큼 미치지도 않았어. 내가 미친 건 사실이지만 정도가 미약하다는 뜻이네."

잭이 웃음을 터뜨렸다. 거침없는 젊은이의 웃음이었지만 톤이 너무 높았다. 입매와 목소리는 웃고 있었지만 그의 눈빛은 웃지 않았다. 웃음을 터뜨리는 동안 그는 나와 자기 총을 번갈아 쳐다보다 다시 나를 응시했다.

"말하게, 잭. 도대체 왜 그런 짓을 했지?"

내가 그의 어깨에 손을 얹으며 쉰 목소리로 부탁했다.

청년은 눈을 감고 마른침을 꿀꺽 삼키며 어깨를 움찔했다. 다시 눈을 뜬 그의 눈빛은 결연하게 반짝거렸고 극심한 고통이 느껴졌다.

"무엇보다도 가장 형편없었던 건 제가 별로 뛰어난 사기꾼이 아니었다는 점이겠죠? 선배님을 속이는 데 성공하지 못했으니까요."

나는 아무 말도 하지 않았다.

"선배님은 사연을 들을 권리가 있으신 것 같네요."

잠시 뜸을 들인 후에 그가 설명을 이어 갔다. 감정을 드러내는 말투와 억양은 애써 자제하려는 듯 그의 목소리가 의식적으로 단조롭게 흘러나왔다.

"저는 앤 뉴홀을 3주 전에 저희 집에서 만났습니다. 제 여동생들과 같은 학교를 다녔다는데 전에는 한 번도 만난 적이 없었죠. 물론 우리는 즉각 서로를 알아봤어요. 저는 그 여자가 낸시 리건이라는 걸 알았고, 그 여자는 제가 콘티넨털 탐정이란 걸 알았습니다.

그래서 우린 둘만 빠져나가 이야기를 나눴죠. 그런 다음엔 그 여자가 나를 데려가 파파도풀로스와 만나게 해줬습니다. 나는 그 노친네가 마음에 들었고 그도 나를 마음에 들어 했습니다. 그는 우리가 함께 힘을 합해 들어 본 적도 없는 막대한 부를 손에 넣을 수 있는 방법을 가르쳐 주더군요. 그래서 그렇게 된 겁니다. 엄청난 돈에 대한 기대가 나의 도덕성을 완전히 파괴해 버렸습니다. 나는 선배님한테 캐리에 대한 이야기를 듣자마자 그에게 전했고, 말씀하신 것처럼 선배님을 함정에 빠뜨렸습니다. 뉴홀과 파파도풀로스의 관계를 선배님이 알아차리기 전에 우리를 괴롭히지 못하게 해야 한다는 건 그의 생각이었어요.

그 일이 실패로 돌아간 뒤 파파도풀로스는 저더러 다시 시도해 보라고 했지만 또 다른 실패극에 손을 대긴 싫다며 제가 거절했습니다. 결말 없는 살인만큼 어리석은 짓은 없으니까요. 앤 뉴홀은 어리석었던 걸 제외하면 거의 아무 죄도 없습니다. 그 여자는 내가 모두를 체포하지 않는 정도가 아니라 더러운 일에도 연루되었다는 걸 손톱만큼도 짐작 못 했을 겁니다. 친애하는 셜록 탐정님, 고백은 이 정도로 끝내겠습니다.”

나는 마음 깊이 동정하는 듯 다정한 태도를 보여 주며 청년의 이야기에 귀를 기울였다. 이제 나는 그에게 인상을 찌푸리고 힐난하는 투로 말했지만, 여전히 다정한 태도는 버리지 않고 있었다.

“허튼소리 말게! 파파도풀로스가 내건 돈 정도로는 자네가 넘어갔을 리 없어. 자넨 그 여자를 만났지만 마음이 너무 약해서 고발할 수가 없었던 거야. 하지만 허영심 때문에, 자신을 상당히 냉혈하고 멋진 사나이로 여기는 자네의 자만심 때문에 스스로도 그걸 인정 못 하는 거겠지. 겉모습이나마 비정하게 보여야 했으니까. 그래서 자넨 파파도풀로스의 어금니에 씹히는 고깃덩이가 되고 말았어. 그자는 자네에게 원하는 역할을 맡게 해주었지. 최고의 신사 사기꾼, 배후 인물, 필사적이지만 정중한 악당, 그런 종류의 낭만 쓰레기 같은 이름을 다 붙여 줬을 거야. 자네가 끼어든 건 그 때문이야. 자네는 그 아가씨를 교도소에 보내지 않기 위해 필요했던 선을 훨씬 넘어섰어. 값싼 감상에서 비롯된 행동이 아니라, 스스로 품은 무모한 욕망에 따른 선택이란 걸 온 세상에, 실은 자기자신에게 보여 주고 싶었던 것뿐이었지. 그러다 이 지경이 된 거야. 자넬한번 보게나."

그가 자신에게서 본 것이 무엇인지는 모르겠지만 ― 내가 본 것을 그도 보았는지 아니면 다른 것을 보았는지 ― 그는 나와 눈을 마주치지 못했다. 그는 나를 지나쳐 멀리 도로를 바라보았다.

나는 그의 등 뒤로 환하게 불을 밝힌 방 안을 들여다보았다. 톰-톰 캐리가 중앙으로 움직여 그곳에서 우리를 지켜보고 있었다. 나는 그를 향해 한쪽 입꼬리를 비틀며 경고의 뜻을 보냈다.

"음" 하고 청년은 다시 입을 열었지만 그다음에 무슨 말을 해야 할지 알지 못했다. 그는 발을 이리저리 움직이며 계속 내 시선을 피했다.

나는 똑바로 서며, 위선적으로 연기하던 동정심의 마지막 가닥을 거두었다.

"총 이리 내놔, 형편없는 쥐새끼 같은 자식아!"

내가 빈정거리는 말투로 윽박질렀다.

그는 내가 한 대 때리기라도 한 듯 펄쩍 뛰며 뒤로 물러났다. 그의 얼굴에 광기가 스멀스멀 피어났다. 그는 홱 총을 가슴 높이로 들어올렸다.

톰-톰 캐리가 총이 올라가는 순간을 목격했다. 거무스름한 남자가 총을 두 발 쏘았다. 잭 커니핸이 내 발밑에 죽어 넘어졌다.

미키 리니헌이 총을 한 방 쏘았다. 캐리가 관자놀이에서 피를 흘리며 바닥으로 쓰러졌다.

나는 잭의 시체를 넘어 방으로 들어가 거무스름한 남자 곁에 무릎을 꿇었다. 그는 무언가 말을 하려고 애를 쓰며 꿈틀거렸지만 한마디도 새어 나오기 전에 숨을 거두었다. 나는 표정이 침착하게 정돈될 때까지 기다렸다가 일어섰다.

빅 플로라가 회색 눈을 가늘게 뜨고 나를 관찰하고 있었다. 나는 그녀를 마주 쏘아보았다.

"아직 사태 파악이 안 되긴 하지만, 설마 당신……."

"앤젤 그레이스는 어디 있지?"

나는 여자의 말허리를 잘랐다.

"식탁에 묶여 있어"라고 알려 준 뒤 그녀는 자신의 생각을 계속해서 소리 내어 말했다.

"당신 결국 남의 손을 빌려서……."

"맞아. 난 또 다른 파파도풀로스인 셈이지."

내가 퉁명스럽게 대꾸했다.

그녀의 거대한 몸집이 돌연 바르르 떨렸다. 고통이 밀려와 잔혹하지만 잘생긴 그녀의 얼굴을 뒤덮었다. 두 줄기 눈물이 낮게 깔린 눈꺼풀 아래로 흘러내렸다.

놀랍게도 빅 플로라가 그 늙은 불한당을 사랑한 게 틀림없었다!

12

시내로 되돌아갔을 때는 오전 8시가 넘어 있었다. 나는 아침을 먹고 나서 사무실로 들어갔고 아침에 배달된 우편물을 훑어보고 있는 영감님을 찾았다.

"다 끝났습니다. 파파도풀로스는 낸시 리건이 테일러 뉴홀의 상속녀란 걸 알고 있었어요. 은행 강도 사건이 무위로 돌아간 후 숨을 곳이 필요했던 그는 그 아가씨를 이용해서 시골에 있는 뉴홀의 저택으로 내려갔습니다. 그자는 두 가지 측면에서 아가씨의 약점을 쥐고 있었죠. 학대당한 늙은 얼간이에 대한 여자의 동정심과…… 또 악의는 없었다 해도 그 여자 역시 무장 강도를 방조한 공모자라는 사실로요.

머잖아 뉴홀의 아버지는 사업차 멕시코로 출장을 가야 했습니다. 파파도풀로스는 뭔가 일을 꾸밀 기회라고 여겼죠. 뉴홀이 죽으면 그 여자는 수백만 달러를 갖게 되고, 늙은 도둑은 그 돈이 자기 차지가 될 수 있다는 걸 알았으니까요. 그자는 배로스를 국경 지역으로 보내 멕시코인 강도들에게 살인을 청부했습니다. 배로스는 그 일을 해냈지만 말이 너무 많았어요. 그는 노갈레스에서 어떤 여자에게 '샌프란시스코로 돌아가 늙은 그리스인한테 돈을 톡톡히 받아 낼 것'이라고 떠벌렸고, 그렇게 되면 돌아와서 여자에게 세상을 사주겠다고 말했습니다. 여자는 그 소식을 톰-톰 캐리에게 전했고요. 캐리는 많은 단서를 둘씩 조합해 최소한 열두 가지 해답을 계산했습니다. 그도 배로스를 따라서 이곳으로 왔죠.

앤젤 그레이스는 이곳에 온 톰-톰 캐리가 배로스를 만나러 갔던 날 동행했었습니다. 그가 말한 '늙은 그리스인'이 정말로 파파도풀로스인지, 어디엘 가야 그를 만날 수 있는지 알아내기 위해서였죠. 배로스는 모르핀에 너무 취해 논리적인 대화가 되질 않는 상태였습니다. 그자는 어찌나 마약에 쩔었던지 칼부림을 시작한 뒤에도 실토하지 않았고, 통증을 느끼게 하려면 배로스의 온몸을 난도질할 수밖에 없었죠. 살점을 도려내는 과정이 앤젤 그레이스는 역겨웠습니다. 캐리를 말리려고 헛된 시도를 하다가 그녀는 그곳을 떠났습니다. 그날 오후 신문에서 캐리가 시작한 일이 어떻게 끝이 났는지 기사로 읽게 된 그녀는 머릿속에서 끊임없이 반복되는 이미지를 멈추려고 자살을 기도했던 겁니다.

캐리는 배로스가 알고 있는 모든 정보를 캐냈지만 배로스는 파파도풀로스가 어디 숨어 있는지 알지 못했어요. 파파도풀로스는 캐리가 왔다는 걸 알았습니다. 어떻게 알았는지는 영감님도 아시겠죠. 그자는 캐리를 막으려고 알리를 보냈습니다. 캐리는 그 이발사에게 기회를 주지 않았고, 그러다 그 거무스름한 사내는 파파도풀로스가 어쩌면 뉴홀의 집에 있을지도 모른다고 의심하기 시작했습니다. 그는 알리가 따라붙은 걸 알면서도 그곳으로 차를 몰았죠. 알리는 그의 목적지를 깨닫자마자 미행 거리를 좁혔고, 어떤 대가를 치르더라도 캐리를 막으려고 안간힘을 썼습니다. 캐리가 원한 것도 바로 그것이었죠. 그는 알리를 쏴 죽이고 시내로 되돌아왔고, 일손을 도울 나를 데리고 다시 내려갔습니다.

그러는 사이 감방에 들어갔던 앤젤 그레이스는 빅 플로라와 친한 사이가 되었죠. 앤젤은 플로라를 알았지만 플로라는 앤젤을 몰랐으니까요. 파파도풀로스는 플로라를 위해 탈옥을 준비했습니다. 한 사람보다는 두 사람이 탈옥하기가 언제나 더 쉬운 법이죠. 플로라는 앤젤과 동행했고 파파도풀로스한테 데려갔습니다. 앤젤이 그자를 죽이려 달려들었지만 플로라한테 쉽사리 제압되고 말았습니다.

플로라와 앤젤 그레이스, 앤 뉴홀 일명 낸시 리건은 현재 유치장에 있습니다. 파파도풀로스와 톰-톰 캐리, 잭 커니핸은 죽었고요."

이야기를 멈추고 담배에 불을 붙이던 나는 담배와 성냥을 유심히 바라보며 뜸을 들였다. 영감님은 편지 한 통을 집어 들었다가 읽지도 않고 내려놓은 후 다음 우편물을 집어 들었다.

"다들 체포 과정에서 죽은 건가?"

그의 부드러운 목소리는 평소와 다름없는 정중함을 한 치도 벗어나지 않았다.

"네. 캐리가 파파도풀로스를 죽였습니다. 잠시 후 그가 잭을 쏘았고요. 아무것도 모르는 미키가, 캐리가 잭과 나한테 총질을 하고 있다는 것 말고는 아무것도 모르는 미키가 총을 쏘아 캐리를 죽였습니다. 우린 따로 떨어져서 얘기를 나누고 있었거든요."

혀끝에서 말이 꼬여 제대로 나오질 않았다.

"미키도 앤디도 잭에 대해선 모릅니다…… 영감님과 저 외엔 정확히 무슨 일인지, 잭이 정확히 어떤 짓을 했는지 아무도 모릅니다. 플로라 브레이스와 앤 뉴홀은 알고 있지만, 그 친구가 계속 우리 명령을 받고 연기를 했던 거라고 이야기하면 아무도 부인하지 못할 겁니다."

영감님은 할아버지 같은 온화한 얼굴을 끄덕이며 미소를 지었지만, 그와 알고 지낸 지 몇 년 만에 처음으로 나는 그가 무슨 생각을 하고 있는지 알 수 있었다. 만일 잭이 살아 있었다면, 그를 자유롭게 풀어 주거나 또는 우리 소속 탐정 하나가 범법자였다는 사실을 광고함으로써 탐정사무소에 먹칠을 하거나, 괴로운 선택을 해야 했을 것이라고 그는 생각하고 있었다.

나는 담배를 집어던지고 자리에서 일어섰다. 영감님도 따라 일어나 나에게 손을 내밀었다.

"고맙네." 그가 말했다.

손을 마주 잡으며 그의 마음을 이해했지만, 나는 아무것도 고백하고 싶지 않았다. 침묵으로라도 인정하기 싫었다.

"어쩌다 일이 그렇게 됐습니다. 계획이 틀어지는 경우에도 유리하도록 패를 돌리기는 했지만, 그냥 어쩌다 보니 일이 그렇게 된 겁니다."

그는 온화하게 미소를 지으며 고개를 끄덕였다.

"전 몇 주 쉬어야겠습니다."

내가 문가에서 말했다.

지치고 진이 빠진 기분이었다.

메인의 죽음
The Main Death

강력반장은 해켄과 베그 형사가 그 사건을 담당하고 있다고 말했다. 나는 수사국 사무실을 나서는 그들을 붙들었다. 베그는 세인트버나드 강아지만큼이나 다정하지만 지능은 좀 떨어지는 주근깨투성이 과체중 형사였다. 비쩍 마른 해켄 형사는 장난기는 없었지만 늘 걱정에 사로잡힌 길쭉하고 날카로운 얼굴 뒤로 수사팀의 두뇌를 맡고 있었다.

"급한가?"

내가 물었다.

"퇴근할 때야 언제나 급하지."

씩 웃는 미소에 얼굴을 내주느라 주근깨가 위쪽으로 치솟는 모양새를 하며 베그가 말했다.

"원하는 게 뭐야?"

해컨이 물었다.

"메인 사건의 내막을 알고 싶어. 밝혀진 게 있다면 말이야."

"자네가 그 사건을 맡았나?"

"응. 메인의 보스인 군겐이 의뢰했어."

"그렇다면 자네가 우리한테 뭘 좀 얘기해 줄 수 있겠군그래. 그 사람은 왜 2만 달러를 현금으로 받았대?"

"아침에 다시 이야기해 주지. 군겐을 아직 못 만났어. 오늘 밤에 그 사람과 만나기로 했네."

우리는 이야기를 나누며 책상과 긴 의자가 교실처럼 배치되어 있는 사무실로 들어갔다. 형사 대여섯이 여기저기 흩어져 보고서를 작성하고 있었다. 우리 세 사람은 해컨의 책상 주변에 앉았고, 비쩍 마른 수사관이 이야기를 했다.

"메인은 지갑에 2만 달러를 넣은 채 일요일 밤 8시에 로스앤젤레스에서 집으로 돌아왔네. 군겐을 위해서 무언가를 팔러 출장을 다녀왔다더군. 그 사람이 그렇게 많은 돈을 왜 현금으로 갖고 있었는지는 자네가 알아봐 주게. 그 사람은 부인에게 친구와 함께 로스앤젤레스에서 자동차를 타고 왔다고 했는데, 친구 이름은 없네. 부인은 책 읽는 남편을 홀로 두고 10시 반경 잠자리에 들었지. 2만 달러나 되는 지폐는 갈색 지갑에 넣어 두고 있었어.

그때까지는 별일 없었네. 메인은 거실에서 독서 중이었어. 부인은 침실에서 잠을 자고 있었고, 아파트엔 두 사람뿐이었네. 소란스러운 소리에 부인이 잠을 깼다는군. 부인은 침대에서 뛰쳐나와 거실로 달려갔어. 메인이 두 남자와 몸싸움을 벌이고 있었지. 하나는 키가 크고 건장한 체격이야. 다른 사람은 왜소한데, 소녀처럼 가녀린 체형이었지. 그들은 둘

다 얼굴에 검은색 복면을 쓰고 모자를 푹 눌러쓰고 있었네.

메인 부인이 나타나자 왜소한 체구의 범인이 메인과 몸싸움을 중단하고 빠져나와 부인에게 총을 겨누었어. 메인 부인 얼굴에 총을 들이대면서 얌전히 굴라고 했지. 메인과 다른 남자는 여전히 씨름을 하고 있었어. 메인은 총을 들고 있었지만 강도가 그의 손목을 잡고 빼앗으려 했지. 강도는 금세 그러는 데 성공했고, 메인은 총을 떨어뜨렸네. 메인이 바닥에 떨어뜨린 총을 주우려고 몸을 수그린 사이 강도는 그의 몸을 짓누르며 순식간에 자기 총을 꺼내 들었네.

몸을 웅크린 강도를 이번엔 메인이 위에서 덮쳤지. 그는 가까스로 강도가 손에 들었던 총을 떨어뜨렸지만, 그때쯤엔 강도가 바닥에 있던 다른 총을, 메인이 떨어뜨렸던 총을 집어 든 다음이었어. 두 사람은 몇 초간 그곳에서 엎치락뒤치락했네. 메인 부인은 무슨 일이 벌어지는지 볼 수가 없었다더군. 그러다가 빵! 메인이 축 늘어져 쓰러지면서 총알이 관통한 그의 조끼 부분에 불이 붙었고, 총알은 심장에 명중했으며 복면한 사내가 쥐고 있던 총에선 연기가 피어올랐네. 메인 부인은 정신을 잃었지.

부인의 의식이 돌아왔을 땐 아파트에 자신과 죽은 남편밖에 없었다네. 남편의 지갑은 사라졌고, 총도 사라졌지. 부인이 의식을 잃은 건 30분가량일세. 다른 사람들도 어디서 난 건지는 모르지만 총소리를 들었고 우리에게 시간을 알려 줄 수 있었기에 파악한 사실이야.

메인의 아파트는 6층에 있네. 8층 건물이지. 아파트 건물 옆엔 18번가 쪽 모퉁이에 2층 건물이 붙어 있는데 1층은 식료품점이고 2층은 살림집이네. 그 두 건물 뒤로는 좁은 뒷길이, 골목이 뻗어 있네. 위치상 금상첨화지.

그날 순찰 담당 경관이었던 키니는 18번가를 걷고 있었네. 그 친구도 총소리를 들었지. 메인 부부의 아파트가 건물 측면에서 식료품 가게를 내려다보는 위치에 있기 때문에 총소리는 그 친구한테도 확실하게 들렸네. 하지만 키니는 곧장 위치를 파악할 수 없었어. 도로 위쪽을 살펴며 시간을 낭비했지. 그 친구가 뒷골목까지 내려왔을 때쯤엔 범인들은 달아난 뒤였네. 하지만 키니는 그들의 흔적을 발견했지. 놈들은 골목에 총을 버려두었네. 메인한테서 빼앗아 그를 쏘아 죽인 총 말일세. 하지만 키니는 놈들을 보지 못했고, 범인들로 의심되는 자들을 아무도 보지 못했어.

아파트 건물의 3층 복도 창문은 식료품 가게 건물 옥상과 쉽게 연결되더군. 불구자만 아니면 누구든, 절대 잠가 놓지 않는 그 창문으로 문제없이 드나들 수 있네. 식료품 가게 옥상에서 뒷길로 빠지는 것도 마찬가지로 접근이 수월해. 무쇠 파이프가 지나가고 창문은 길쭉하고 문에는 묵직한 돌쩌귀가 툭 튀어나와 있으니, 뒷벽을 타고 사다리처럼 오르내릴 수가 있게 돼 있었어. 베그와 나도 땀 한 방울 흘리지 않고 올라갈 수 있더라니까. 2인조 강도도 그 길로 침입했을지 모르겠네. 그쪽으로 달아났다는 건 우리도 알아. 식료품 가게 옥상에서 우리는 메인의 지갑을 발견했네. 당연히 비어 있었는데, 손수건 한 장이 들어 있더군. 귀퉁이에 금속을 댄 지갑이었네. 손수건은 그 금속 끄트머리에 걸렸다가 범인들이 지갑을 던져 버렸을 때 딸려 나왔겠지."

"메인의 손수건이었나?"

"한 귀퉁이에 E라고 새겨진 여자 손수건이었네."

"메인 부인의 것인가?"

"부인 이름은 애그니스야. 우리가 지갑과 권총, 손수건을 부인에게 보여 주었네. 부인은 처음 두 가지는 남편 물건이라고 했지만 손수건은 못

보던 물건이라더군. 하지만 손수건에 뿌려진 향수 이름이 뭔지는 가르쳐 주었네. '데지르 뒤 쾨르'*라네. 그걸 단서로 부인은 복면 2인조 중에서 작은 쪽은 여자였을 수도 있겠다고 말했네. 이미 한 놈이 소녀 같은 몸매라고 설명했었으니까."

해켄이 말했다.

"지문이나 다른 단서는?"

내가 물었다.

"없어. 펠스가 아파트와 창문, 옥상, 지갑, 권총을 다 확인했네. 뭉개진 지문 하나 안 나왔어."

"메인 부인이 놈들을 보면 알아볼까?"

"체구가 작은 쪽은 알아볼 거라고 하더군. 그럴지도 모르지."

"누군지 감 잡히는 데는 있나?"

"아직 없네."

문으로 걸어가며 비쩍 마른 형사가 말했다.

나는 길에서 형사들과 헤어져 웨스트우드 파크에 있는 브루노 군겐의 집으로 향했다.

진귀한 골동품 보석을 취급하는 보석상 주인은 몸치장이 좀 과도한 남자였다. 연미복 재킷은 허리 부분이 코르셋처럼 꽉 끼었고 심지를 넣은 어깨 부분은 지나치게 높고 뾰족했다. 머리와 콧수염, 스페이드 모양의 염소수염은 모두 검게 염색해, 그의 뾰족한 분홍빛 손톱만큼이나 윤기가 나도록 기름을 발라 손질한 모습이었다. 50세치고 그의 뺨이 그토

---

*Désir du Cœur. 프랑스어로 '심장의 욕망'이라는 뜻.

록 발그레한 건 맹세코 분명 화장 덕분이었다.

그는 깊숙한 서재 의자에서 일어나 어린아이 손보다 그리 크지 않은 부드럽고 따뜻한 손으로 나에게 악수를 청하고는, 한쪽으로 고개를 까딱해 인사하며 미소를 지었다.

그러고 나서 자기 아내에게 나를 소개했지만, 그의 부인은 탁자 옆에 앉은 채로 일어나지도 않고 고개만 까딱했다. 척 보기에도 그녀는 남자 나이의 3분의 1도 안 되는 듯했다. 열아홉 살에서 하루도 못 넘겼을 듯한 여자는 차라리 열여섯 살 소녀에 가까워 보였다. 그녀는 남편만큼이나 체구가 작았고 노르스름한 달걀형 얼굴에 보조개가 팼으며 동그란 갈색 눈동자, 연지를 칠한 도톰한 입술 때문에 전반적으로 장난감 가게 진열장에 놓인 값비싼 인형 같은 느낌이었다.

브루노 군겐은 내가 콘티넨털 탐정사무소 소속이며 경찰을 도와 제프리 메인의 살인범을 찾아내고 도둑맞은 2만 달러를 되찾기 위해 자기가 고용했다는 이야기를 다소 장황하게 아내에게 설명했다.

그녀는 조금도 흥미가 없다는 듯한 말투로, "아, 네"라고 중얼거린 뒤 자리에서 일어나며 말했다.

"그럼 전 이만 나가……"

"아니, 아니야, 여보! 당신과 나 사이엔 비밀을 남기고 싶지 않아."

남편은 분홍색 손가락을 들어 아내에게 내저었다.

그는 우스꽝스러운 작은 얼굴을 홱 돌려 나를 보며 옆으로 까딱 기울이더니 킬킬대며 물었다.

"안 그렇소? 남편과 아내 사이에는 비밀이 없어야겠지요?"

나는 그의 말에 동감하는 체했다.

그는 다시 자리에 앉은 아내에게 말을 건넸다.

"당신도 나만큼이나 이 사건에 관심이 많잖아, 우리 둘 다 친애하는 제프리에게 똑같이 애정을 품고 있지 않았던가? 안 그래?"

그녀는 똑같이 무관심한 말투로 "아, 네!"라고 되풀이했다.

남편이 나를 돌아보며 부추기듯 말했다.

"이제 들어 볼까요?"

"경찰은 제가 만나 봤습니다. 경찰 측 이야기에 더 덧붙이실 이야기라도 있으십니까? 새로운 사실이라든지? 경찰에 말씀하지 않으셨던 부분이라도요?"

그는 고개를 돌려 아내 쪽을 쳐다보았다.

"이니드, 그런 게 있나?"

"제가 알기론 없어요."

그녀가 대꾸했다.

그는 낄낄 웃으며 즐거운 얼굴로 나를 쳐다보며 말했다.

"그렇습니다. 우리가 알기론 없어요."

"그는 일요일 밤 8시에, 목숨을 잃고 강도를 당하기 3시간 전에 현금 2만 달러를 100달러짜리 지폐로 소지하고 샌프란시스코에서 돌아왔습니다. 그 돈으로 무얼 한 겁니까?"

"고객 한 사람에게 물건을 파는 과정이었습니다. 로스앤젤레스의 너새니얼 오길비 씨였죠."

브루노 군겐이 설명했다.

"하지만 왜 현금이죠?"

키 작은 남자의 화장한 얼굴이 일그러져 올라가며 섬뜩한 비웃음으로 변했다.

"약간 구린 데가 있는 거래의 속임수라고 해야겠지요. 수집가라는 족속을 아십니까? 참으로 연구 대상이지요! 잘 들어 보세요. 초기 고대 그리스 장인이 세공한 금제 티아러가 내 손에 들어왔다고 칩시다. 아니 엄밀히 말하면, 초기 고대 그리스 장인이 세공한 것으로 추정되며, 러시아 남부 오데사 근처에서 발견되었다는 점 또한 추정되는 물건이지요. 그러한 추정 가운데 하나라도 사실인지 아닌지 그건 저도 모르지만, 그 티아러는 분명 아름다운 작품입니다."

그가 자아도취에 빠진 듯 설명하고는 킥킥 웃음을 터뜨렸다.

"저에겐 로스앤젤레스에 사는 너새니얼 오길비 씨라는 고객이 한 분 있습니다. 그런 종류의 골동품을 보는 안목이 있는 '카코에테스 카르펜디'*로 소문난 고약한 분이죠. 당신도 듣다 보면 이해하겠지만, 그런 물건의 가치는 얼마나 받아 낼 수 있느냐에 달려 있습니다. 그 이상도 그 이하도 아니에요. 그 티아러는 평범한 골동품으로 판다 해도 최소 1만 달러는 받아 낼 수 있는 물건입니다. 하지만 역사에서 잊힌 어느 스키타이 왕을 위해 오래전에 만들어진 금제 왕관을 평범한 골동품이라고 할 수 있을까요? 아니! 안 될 말씀이죠! 그래서 제프리는 그 티아러를 솜에 앉히고 복잡하게 포장을 해서 오길비 씨에게 보여 주러 로스앤젤레스로 가져간 겁니다.

그 티아러가 어떻게 우리 손에 들어왔는지는 제프리도 발설하지 않습니다. 하지만 막연하게 여기저기에서 밀수와 폭력과 불법이 자행되었으므로 비밀에 부칠 수밖에 없다는 점을 넌지시 흘려 흥미를 유발하죠. 진정한 수집가에게는 그것이 바로 미끼거든요! 입수하기 어려웠다는 사실보다 고객에게 중요한 건 없습니다. 제프리는 거짓말을 하지 않습니다.

---

*cacoethes carpendi, 라틴어로 '흠잡기의 대가'라는 의미.

암요! '몽 디외',* 그건 부정직하고 비열한 짓이지요! 하지만 여러 가지 암시를 하면서 티아러 대금을 수표로 받는 건 거절합니다, 단호하게요! 수표는 곤란합니다, 손님! 추적당할지도 모르니까 안 됩니다! 현금이어야 합니다!

짐작대로 구린 데가 있기는 하죠. 하지만 손해날 게 있나요? 오길비 씨는 분명 그 티아러를 살 테고, 우리가 쓴 약간의 속임수는 단지 제품을 구매하는 그분의 기쁨을 더해 줄 뿐입니다. 그분은 그 물건을 소유하게 된 걸 더욱 기뻐하겠죠. 게다가 그 티아러가 진품이 아니라고 누가 이야기하겠습니까? 진품이 맞는다면 제프리가 흘린 이야기들은 틀림없는 사실이 되는 셈이죠. 오길비 씨는 2만 달러에 그 물건을 사들이기로 결정을 했고, 제프리가 그토록 많은 돈을 현금으로 지니게 됐던 것도 그 때문입니다."

그는 과장된 동작으로 분홍색 손을 나에게 흔들어 보이며 염색한 머리를 맹렬히 끄덕거리다 다음과 같은 말로 이야기를 끝냈다.

"부알라,** 바로 그겁니다!"

"메인이 여행에서 돌아온 후 소식을 들으셨습니까?"

보석상은 내 물음에 간지럽다는 듯 미소를 지었고, 고개를 돌려 미소 짓는 얼굴로 아내를 쳐다보았다.

"그랬던가, 이니드?"

그가 아내에게 질문을 넘겼다.

그녀는 입술을 삐죽이며 무관심한 듯 어깨를 으쓱했다.

"그 친구가 돌아왔다는 걸 우리가 처음 알게 된 건 월요일 아침, 그 친

---

*Mon Dieu, 프랑스어로 '하느님 맙소사' 정도의 뜻.
**Voilà, '그렇죠'라는 의미로 쓰인 프랑스어 감탄사.

구의 사망 소식을 들었을 때였습니다. 그렇지, 나의 비둘기?"

군겐이 나에게 화려한 손짓을 하며 아내의 반응을 해석해 주었다.

그의 비둘기는 "네"라고 중얼거리더니 의자에서 일어나 말했다.

"전 실례해도 되죠? 편지 쓸 게 있어요."

"당연하지, 여보."

군겐이 대꾸했고, 그의 아내를 따라 나와 군겐도 자리에서 일어섰다.

그녀는 남편의 곁을 가까이 스치고 지나며 문으로 걸어갔다. 그는 염색한 콧수염 위로 작은 코를 벌름거리며 황홀하다는 듯 눈알을 굴렸다.

"정말 기분 좋은 향기로군! 천상의 체취야! 후각을 간질이는 노래로다! 그 향수에 이름이 있나, 내 사랑?"

문가에서 걸음을 멈춘 부인이 "네"라고 말했지만 돌아보지는 않았다.

"이름이 뭐지?"

"'데지르 뒤 쾨르'예요."

그녀가 어깨 너머로 대꾸한 뒤 방을 나갔다.

브루노 군겐은 나를 쳐다보며 낄낄거렸다.

나는 다시 자리에 앉아 제프리 메인에 대해 얼마나 아는지 그에게 물었다.

"전부 다 알죠. 그 친구가 열여덟 살 애송이였을 때부터 12년간 내 오른 눈이자 오른팔이었습니다."

"그는 어떤 사람이었습니까?"

브루노 군겐은 양쪽 분홍색 손바닥을 나란히 들어 나에게 보여 주었다.

"어떤 사람이라는 건 누구나 해당하겠죠?"

그가 자기 손바닥 너머로 질문을 던졌다.

나에겐 아무런 의미도 없는 질문이었으므로 침묵을 지키며 기다렸다.

키 작은 남자는 곧 설명을 시작했다.

"말씀드리지요. 제프리는 내가 하는 거래에 적합한 심미안과 취향을 갖고 있었습니다. 나 말고는 그런 판단력을 갖춘 사람이 이 세상에 없었기에 난 제프리의 의견을 존중했습니다. 그리고 뭐랄까, 정직한 사람이었어요! 그 점에 대해서는 내 말 오해 없기를 바랍니다. 내 집에 있는 자물쇠 중에서 제프리가 열쇠를 갖고 있지 않은 것이 없었고, 그 친구가 오래 살았더라면 영원히 그랬을 겁니다.

하지만 언제나 하지만은 있는 법이죠. 그의 사생활은 망나니라는 말이 딱 어울릴 겁니다. 술에, 도박에, 연애질에, 돈은 또 얼마나 많이 써댔는지! 음주와 도박, 연애, 흥청망청 돈을 쓰는 면으로는 의심할 바 없이 가장 난잡한 친구였죠. 절제란 건 전혀 모르는 사람이었어요. 유산으로 물려받은 돈에다, 결혼하면서 부인이 갖고 온 돈만 해도 5만 달러 이상일 텐데 남은 돈이 하나도 없습니다. 다행히 보험은 잘 들어 놨죠. 안 그랬으면 그 친구 부인은 땡전 한 푼 없는 빈털터리로 남았을 겁니다. 그 친구는 진정한 엘라가발루스 황제였어요!"

브루노 군겐은 현관문까지 따라 내려와 나를 배웅했다. 나는 "안녕히 계십시오"라고 말한 뒤 자갈이 깔린 진입로를 걸어 내려와 차를 세워 둔 곳으로 향했다. 밤 날씨는 맑았지만 달이 없어 어두웠다. 군겐 저택의 양쪽 옆으로는 높은 관목이 검은색 담장처럼 둘러서 있었다. 검은 담장 왼쪽에 겨우 보일 듯 말 듯한 구멍이 하나 있었다. 달걀 모양의 짙은 회색 구멍은 딱 얼굴 크기였다.

나는 차에 올라 시동을 켜고 차를 몰고 떠났다. 처음 나타난 교차로에서 방향을 돌린 나는 차를 세워 놓고 군겐의 집을 향해 다시 걷기 시작했다. 얼굴 크기의 달걀 모양에 호기심이 일었다.

저택이 있는 모퉁이에 당도했을 때, 군겐의 집 방향에서 내 쪽으로 다가오는 여자가 눈에 들어왔다. 나는 벽 그림자에 가려져 있었다. 조심스럽게 뒷걸음질을 쳐, 벽돌로 쌓은 버팀벽이 길 쪽으로 튀어나온 대문 앞까지 길음을 옮겼다. 나는 벽에 납작 붙어 몸을 숨겼다.

여자는 길을 건너 차도로 올라가더니 전차 선로 방향으로 걸어갔다. 여자라는 것 말고는 아무것도 알아낼 수가 없었다. 그녀는 군겐의 집 마당에서 나왔을 수도 있고 아닐 수도 있었다. 관목 숲을 배경으로 본 것이 그녀의 얼굴이었을 수도 있고 아닐 수도 있었다. 그것은 동전의 앞면이냐 뒷면이냐 선택의 문제였다. 나는 맞는다고 짐작했고 그녀를 미행해 차도로 올라갔다.

여자가 가는 곳은 전차 선로에 있는 어느 약국이었다. 목적은 전화였다. 그녀는 약국에서 10분간 머물렀다. 나는 가게로 들어가 엿듣기를 시도하지 않고 길 건너편에서 여자의 생김새를 제대로 보는 쪽을 택했다.

스물다섯 살쯤 되어 보이는 여자는 중키에 풍만한 몸매를 지녔고, 흐린 회색 눈 아래쪽엔 애교 살이 두둑했으며 코는 뭉툭하고 아랫입술이 튀어나왔다. 갈색 머리엔 모자를 쓰지 않았고, 몸에는 긴 파란색 망토를 둘렀다.

약국에서부터 나는 군겐의 집으로 돌아가는 그녀의 뒤를 밟았다. 그녀는 뒷문으로 집에 들어갔다. 아마도 하인인 듯했지만, 초저녁에 내게 현관문을 열어 준 하녀는 아니었다.

자동차로 돌아간 나는 시내로 차를 몰아 사무실에 들어갔다.

"딕 폴리 요새 뭔 일 하나?"

콘티넨털 탐정사무소 야간 당직을 서는 피스크에게 내가 물었다.

"아뇨. 목 수술 받은 남자에 대한 이야기 들어 보셨어요?"

조금이라도 부추기면 피스크는 멈추지도 않고 열 몇 가지 이야기를 늘어놓는 데 명수였으므로 내가 얼른 대꾸했다.

"응. 딕한테 연락해서 아침부터 웨스트우드 파크로 미행 나갈 일을 부탁할 게 있다고 전해 주게."

나는 딕에게 전해 달라며 군겐의 주소와 함께 약국에서 전화를 걸던 여자의 인상착의를 피스크에게 알려 주었다. 그러고 나서 나는 이름이 아편인 흑인 소년에 대한 이야기도 들었으며, 마찬가지로 결혼 50주년 기념일에 노인이 자기 부인에게 한 이야기가 뭔지도 알고 있다고 덧붙였다. 그가 또 다른 이야기를 꺼내기 전에 나는 내 사무실로 달아나, 메인이 최근 방문했던 로스앤젤레스 지부에 행적 조사를 부탁하는 전보문을 작성했다.

다음 날 아침 해켄과 베그가 나를 보러 사무실에 들렀으므로 나는 왜 2만 달러를 현금으로 갖고 있었는지에 대한 군겐의 설명을 그들에게 전했다. 형사들은 정보원이 가져온 소식이라며, 무장 납치극에 가담한 전력이 있는 샌프란시스코 출신 건달 번키 달이 메인의 사망 시점 이후부터 돈을 물 쓰듯이 한다는 이야기를 들려주었다.

"아직은 그자를 체포하지 못했어. 어디 있는지 행방은 알 수 없지만, 그자의 애인을 주시하고 있네. 물론 돈은 다른 데 두었을지도 몰라."

해켄이 말했다.

그날 오전 10시에는 고무 제조업계에서 교묘한 속임수로 엄청난 양의 주식을 판 사기꾼 일당의 재판에 반대 증인으로 나서기 위해 오클랜드에 가야 했다. 저녁 6시에 사무실로 돌아와 보니, 로스앤젤레스에서 온 전보가 내 책상에 놓여 있었다.

전보에 의하면 제프리 메인은 토요일 오후에 오길비와 상담을 끝내고 즉각 호텔에서 체크아웃 해 그날 저녁에 출발했고, 일요일 이른 새벽에 샌프란시스코에 도착하는 밤 기차를 탔다. 오길비가 티아러 대금으로 지불한 100달러 지폐는 신권이어서 일련번호가 이어져 있으며, 오길비의 거래 은행에서 로스앤젤레스 지부 탐정에게 일련번호를 알려 주었다.

퇴근하기 전에 나는 해켄에게 전화를 걸어 지폐 일련번호와 함께 전보에 적힌 소식을 알려 주었다.

"아직 달을 찾아내진 못했어."

그가 내게 말했다.

이튿날 아침 딕 폴리의 보고서가 당도했다. 여자는 전날 밤 9시 15분에 군겐의 집에서 나와 미라마 애버뉴와 사우스우드 드라이브가 만나는 교차로로 향했고 그곳엔 한 남자가 뷰익 쿠페를 타고 그녀를 기다리고 있었다. 딕은 남자의 인상착의를 이렇게 적어 두었다. 나이 30세 전후. 신장 약 175, 호리호리하고 체중은 63쯤, 중간 피부색, 갈색 머리와 눈, 길고 좁은 얼굴에 뾰족한 턱, 갈색 모자와 양복, 구두에 회색 외투.

여자가 그의 차에 올라탔고 둘은 그레이트 고속도로를 한동안 달려 해변까지 드라이브를 나갔다가 미라마와 사우스우드 교차로로 돌아왔고 그곳에서 여자가 차에서 내렸다. 여자는 집으로 돌아가는 듯했으므로, 딕은 여자를 내버려 두고 뷰익을 탄 남자를 미행해 메이슨 가에 있는 퓨처리티 아파트까지 따라갔다.

남자는 그곳에서 30분가량 머물다 다른 남자 하나와 여자 둘을 대동하고 밖으로 나왔다. 두 번째 남자는 첫 번째 남자와 비슷한 연령이고, 키 172 정도에 체중은 약 77킬로그램, 갈색 머리와 눈, 피부는 검은 편,

넓적하고 평평한 얼굴에 광대뼈가 튀어나왔으며 푸른색 양복에 회색 모자, 가죽 외투, 검정색 구두, 배 모양의 진주 넥타이핀을 착용했다.

두 여자 중 한 명은 22세 정도, 키가 작고 말랐으며 금발 머리였다. 다른 여자는 서너 살 정도 많아 보였고 빨간 머리에 중키, 다부진 몸집에 들창코였다.

차에 오른 4인조는 '알제리언' 카페로 가서 새벽 1시가 약간 넘을 때까지 노닥거렸다. 그러고 나서 그들은 퓨처리티 아파트로 돌아갔다. 3시 반에 두 남자는 집을 나와 뷰익을 포스트 가 주차장에 대놓고 걸어서 마스 호텔로 들어갔다.

보고서를 다 읽은 나는 직원 대기실에서 미키 리니헌을 불러 보고서를 건네며 지시했다.

"이 작자들이 누군지 알아내게."

미키는 밖으로 나갔다. 내 방 전화가 울렸다.

브루노 군겐이었다.

"안녕하시오. 오늘은 나한테 해줄 이야기가 있을까요?"

"어쩌면요. 시내에 계십니까?"

"네, 가게에 있습니다. 4시까지는 여기 있을 거요."

"좋습니다. 오늘 오후에 찾아뵙죠."

정오에 미키 리니헌이 돌아와 보고했다.

"딕이 그 여자와 함께 있는 걸 봤다는 첫 번째 남자는 이름이 벤저민 윌입니다. 뷰익의 소유주고 마스 호텔 410호에 살아요. 세일즈맨이라는데 뭘 파는지는 모르겠습니다. 다른 남자는 그자의 친구로 며칠째 같이 지내고 있습니다. 그자에 대해서는 아무것도 알아내지 못했어요. 숙박부에 기재되어 있질 않아서요. 퓨처리티에 사는 두 여자는 매춘부입니다. 303호에 살고요. 키가 큰 여자는 에피 로버츠 부인으로 통합니다. 키 작은 금발은 바이올렛 에바츠고요."

"기다려 봐."

나는 미키에게 말하고 자료실로 가서 색인카드 서랍을 열었다.

W 항목을 뒤적인 나는 '윌, 벤저민, 일명 기침쟁이 벤, 36312W' 카드를 발견했다.

사건번호 36312W 폴더엔 기침쟁이 벤 윌이 1916년 아마도르 카운티에서 금광 도굴 혐의로 체포되어 샌퀜틴 교도소에서 3년 복역한 것으로 되어 있었다. 1922년 여배우를 협박한 혐의로 로스앤젤레스에서 다시 체포되었으나 사건은 무위로 끝났다. 그의 인상착의는 딕이 말한 뷰익 소유주와 일치했다. 1922년 로스앤젤레스 경찰이 찍은 사진 속의 그는 쐐기처럼 턱이 뾰족한 날카로운 인상의 청년이었다.

나는 그의 사진을 내 방으로 가져와 미키에게 보여 주었다.

"이게 5년 전 윌의 모습이야. 한동안 계속 놈을 감시하게."

미키가 나가자 나는 경찰서 강력반으로 전화를 걸었다. 해켄도 베그도 자리에 없었다. 나는 신원 정보과의 루이스를 찾았다.

"벙키 달이라는 작자 생김새가 어떤가?"

내가 그에게 물었다.

루이스는 "잠깐만요"라고 말한 뒤 줄이어 읊었다.

"32, 67.5, 174, 중간, 갈색, 갈색, 넓고 평평한 얼굴에 광대뼈 돌출, 왼쪽 아래에 금니, 오른쪽 귀 위에 갈색 사마귀, 오른발 새끼발가락 기형."

"그자 사진 남는 거 하나 있을까?"

"그럼요."

"고맙네, 사진 가지러 사람을 보낼게."

나는 토미 하우드에게 경찰서로 가 사진을 가져오라고 말한 뒤 배를 채우러 밖으로 나갔다. 점심을 먹고 나서 포스트 가에 있는 군겐의 가게로 향했다. 그날따라 왜소한 보석상은 더욱 번드르르한 복장이어서, 전날 밤에 보았던 연미복보다 어깨 심지는 더욱 두툼하고 허리는 더욱 꽉 조이는 검정색 외투에 줄무늬 회색 바지, 진분홍에 가까운 조끼, 금실로 화려하게 수가 놓인 큼지막한 비단 넥타이 차림이었다.

우리는 그의 매장을 가로질러 좁은 뒤쪽 계단을 올라갔고 천장이 낮은 간이 2층에 마련된 그의 작은 사무실로 들어갔다.

"이번엔 나한테 해줄 말이 있으시다고요?"

방문을 닫고 의자에 앉은 뒤 그가 물었다.

"말씀드릴 것보다는 여쭤 볼 것이 더 많습니다. 먼저, 주먹코에 아랫입술이 두툼하고 회색 눈 밑에 애교 살이 튀어나왔으면서 댁에서 거주하는 여자는 누굽니까?"

"로즈 러버리입니다. 사랑하는 내 아내의 하녀지요."

화장한 그의 작은 얼굴이 흡족한 미소로 주름졌다.

"그 여자가 전과자들과 어울리고 있습니다."

"그래요? 음, 그 아이는 어디까지나 사랑하는 내 아내의 하녀가 맞습니다."

그는 대단히 기쁜 듯 분홍색 손가락으로 염색한 염소수염을 쓰다듬었다.

"메인은 자기 부인한테 말한 것처럼 로스앤젤레스에서 친구와 함께 차로 올라오지 않았습니다. 토요일 밤에 기차를 탔고, 따라서 집에 나타나기 12시간 전에 시내에 들어와 있었죠."

브루노 군겐이 낄낄거리며 희색이 만면한 얼굴을 한쪽으로 까딱 기울였다.

"아! 수사에 진전이 있군요! 진전이 있어요! 그렇지 않은가요?"

"어쩌면요. 로즈 러버리라는 여자가 일요일 밤에, 11시부터 12시까지 집에 있었는지 기억하십니까?"

"기억하고말고요. 집에 있었습니다. 그건 확실히 알아요. 그날 밤에 사랑하는 나의 아내가 몸이 좋질 않았지요. 나의 달링은 일요일에 내가 모르는 친구들과 시골로 드라이브를 가기로 했다면서 아침 일찍 집을 나섰습니다. 그러더니 그날 밤 8시에 두통을 호소하며 집에 돌아왔죠. 아내가 아프다고 해서 꽤나 걱정이 되어 자주 들여다보았기 때문에, 하녀가 그날 밤 계속, 최소한 1시까지는 집에 있었다는 걸 내가 압니다."

"경찰에서 메인의 지갑에서 발견된 손수건을 댁한테도 보여 드렸습니까?"

"네."

그는 크리스마스트리를 보는 아이 같은 얼굴로 의자에서 안절부절못했다.

"부인 손수건이 맞는다고 확신하십니까?"

낄낄거리느라 길게 대답을 할 수 없었던 그는 "네"라고 말한 뒤, 염소수염이 검정색 양복 솔처럼 넥타이에 닿을 정도로 고개를 위아래로 까딱거렸다.

"부인이 메인 부인을 만나러 갔을 때 그 댁에 흘리고 왔을 수도 있겠군요."

"그건 불가능합니다. 나의 달링과 메인 부인은 친한 사이가 아니에요."

그가 얼른 내 추측을 바로잡았다.

"하지만 댁의 부인과 메인은 친한 사이였죠?"

그가 깔깔 웃으며 또다시 턱수염으로 넥타이를 간질였다.

"얼마나 친했습니까?"

그는 심지가 두둑한 어깨를 으쓱해 귀까지 들어 올렸다.

"나는 모릅니다. 그러니 탐정을 고용하죠."

그가 유쾌하게 대꾸했다.

"그래요? 저는 메인을 죽이고 강도짓을 한 자를 찾아내기 위해 고용된 것일 뿐, 그 외엔 모릅니다. 가족 간의 비밀을 파헤치려고 탐정을 고용한 거라고 생각하신다면, 그건 금주법만큼이나 잘못된 생각입니다."

나는 그에게 인상을 찌푸렸다.

"하지만 왜요? 하지만 왜? 나는 알아야 할 권리가 있잖소? 문제도 일으키지 않을 테고, 스캔들도 이혼소송도 없을 거라는 점은 확실합니다. 게다가 제프리도 죽었으니 과거사가 된 셈이지요. 그 친구가 살아 있는 동안 나는 눈이 멀어 아무것도 몰랐어요. 그 친구가 죽은 다음에야 확실하게 보이더군요. 나 혼자만 알아 두려는 겁니다. 그게 전부란 걸 믿어 주시오. 난 확실하게 알아야겠어요."

"그걸 저한테서 알아내실 순 없을 겁니다. 저는 선생이 말씀해 주신 것 이외엔 알지 못하고, 그 이상을 수사해 드릴 수도 없습니다. 게다가 사실을 밝혀내고도 아무런 행동을 하지 않을 거라면, 그냥 손을 떼고 내버려 두시는 게 낫지 않을까요?"

내가 무뚝뚝하게 말했다.

그는 눈빛을 반짝이며 쾌활함을 회복했다.

"아니, 아니지요, 친구. 나는 늙은이는 아니지만 쉰둘이오. 사랑하는 나의 아내는 열여덟이고 진정 사랑스러운 사람이지요."

그가 말을 하다 말고 킬킬거렸다.

"이런 일은 일어나게 마련입니다. 다시 일어나지 말란 법이 있나요? 뭐랄까요, 아내의 약점을 하나 잡고 있는 건 남편으로서 갖춰야 할 현명함의 일부가 아니겠소? 고삐랄까? 보증수표랄까? 또한 다시는 그런 일이 일어나지 않더라도, 남편이 그처럼 확실한 정보를 손에 쥐고 있으면 사랑하는 아내가 좀 더 유순해지지 않겠어요?"

"그건 댁의 사정이겠죠. 전 그 일에 관여하고 싶지 않습니다."

나는 웃음을 터뜨리며 자리에서 일어났다.

"아, 말다툼은 하지 맙시다!"

그가 벌떡 일어나 내 손을 붙잡았다.

"당신이 내키지 않는다면 그 일은 하지 말아요. 하지만 범죄 수사는 남아 있으니, 그 부분은 댁이 관여해야 합니다. 그것까지 마다하진 않겠죠? 사건 해결 약속은 지킬 거죠? 확실히?"

"만일, 어디까지나 만일의 경우입니다만, 댁의 부인이 메인의 죽음에 개입되었다는 게 드러난다고 생각해 보시죠. 그런 다음엔요?"

그는 손바닥을 위로 하고 넓게 벌려 어깨를 으쓱했다.

"그건…… 법에 맡겨야 하겠지요."

"좋습니다. 말씀하신 대로 '범죄 수사' 이외의 정보에 대해서는 간섭하지 않겠다고 양해해 주신다면 계속 사건을 맡겠습니다."

"훌륭합니다! 그리고 당신도 나의 달링을 구해 줄 수 없는 일이 일어난다면……"

나는 고개를 끄덕였다. 그는 다시 내 손을 잡고 두들겼다. 나는 잡혔던 손을 빼고 사무실로 돌아갔다.

책상에 해켄 형사한테 전화를 하라는 메모가 놓여 있었다. 나는 전화를 걸었다.

"번키 달은 메인 사건과 관련이 없네. 그와 기침쟁이 벤 월이라는 남자는 그날 밤 발레이오 근방에 있는 술집에서 파티를 열고 있었어. 놈들은 10시부터 새벽 2시까지 거기 있다가 싸움질을 해서 쫓겨났다네. 일이 점점 점입가경이로군. 나한테 그 정보를 준 자의 말이 옳아. 내가 확인해 봤는데 다른 두 사람도 그 사실을 확인해 주었네."

나는 해켄에게 고맙다는 인사를 하고, 군겐의 집으로 전화를 걸어 군겐 부인에게 내가 찾아가면 만나 줄 것인지 물었다.

그녀는 "아, 네"라고 대답했다. 말투로는 아무 느낌도 전달되지 않았지만 그 말은 그녀가 가장 좋아하는 표현인 듯했다.

달과 월의 사진을 주머니에 넣고 나서 나는 택시를 타고 웨스트우드 파크로 향했다. 차 안에서 파티마 담배 연기로 두뇌 회전을 가동하며 고객의 부인에게 할 여러 가지 거짓말을 구상했다. 내가 원하는 정보를 얻어 낼 수 있을 만한 거짓말을 생각해 내야 했다.

저택에서 150미터쯤 떨어진 길가에 딕 폴리의 차가 서 있는 것을 발견했다.

군겐의 집에 당도하자 마르고 창백한 얼굴의 하녀가 현관문을 열어 준 뒤 2층 거실로 나를 안내했다. 군겐 부인이 읽고 있던 『태양은 다시 떠오른다』*를 내려놓고, 담배를 쥔 손으로 근처 의자를 가리켰다. 이날 오후 페르시아풍 주황색 드레스를 입고 한쪽 발을 깔고 앉은 채로 양단 의자를 차지하고 있는 그녀의 모습은 그야말로 값비싼 인형 같았다.

처음 부부와 만난 날과 남편과 단독으로 만난 두 번째 만남을 떠올리

---

*1926년에 발표된 어니스트 헤밍웨이의 소설.

며 담배에 불을 붙이는 동안 그녀를 관찰하던 나는 오는 길에 차 안에서 구상했던 눈물 짜내는 이야기를 시도하지 않기로 결심했다.

"로즈 러버리라는 하녀가 있으시죠. 그 여자는 저희 대화를 듣지 않았으면 좋겠습니다"라는 말로 내가 서두를 열었다.

그녀는 조금도 놀라는 기색 없이 "알겠어요"라고 말한 뒤 "잠깐만 실례하겠습니다"라고 덧붙이더니 의자에서 일어나 방을 나갔다.

그녀는 곧 돌아와 이번엔 두 다리를 모두 깔고 의자에 올라앉았다.

"그 하녀는 최소한 30분간 나가 있을 거예요."

"그 정도면 충분합니다. 그 로즈라는 여자는 윌이라는 이름의 전과자와 친하게 지내고 있습니다."

인형 같은 얼굴을 살짝 찌푸리며 그녀는 연지를 칠한 도톰한 입술을 꾹 다물었다. 나는 묵묵히 기다리며 그녀가 무언가 말을 할 시간을 주었다. 그녀는 입을 열지 않았다. 나는 윌과 달의 사진을 꺼내 그녀에게 내밀었다.

"길쭉한 얼굴을 한 남자가 로즈의 친굽니다. 다른 남자는 그자의 친구인데 역시나 사기꾼이죠."

그녀는 작은 손으로 사진을 받아 들고 유심히 쳐다보았는데, 그녀의 손은 내 손만큼이나 떨림이 없었다. 그녀의 입술은 더 작게 오므라들었고, 갈색 눈동자는 더욱 진해졌다. 이어 서서히 얼굴빛이 밝아진 그녀가 "아, 네"라고 중얼거리고는 나에게 사진을 돌려주었다.

"남편께도 그 사실을 알렸더니 '그 여자는 내 아내의 하녀입니다'라고 말하고는 웃음을 터뜨리시더군요."

이니드 군겐은 아무 말도 하지 않았다.

"남편께서 어떤 의미로 그러셨을까요?"

"제가 그걸 어떻게 알겠어요?"

여자가 한숨을 쉬었다.

"댁의 손수건이 메인의 빈 지갑 안에서 발견되었다는 건 아시죠."

나는 뚜껑 없는 관 모양으로 조각된 벽옥 재떨이에 담뱃재를 터는 것이 무엇보다도 중요한 일이라는 듯, 대수롭지 않게 그 말을 툭 던졌다.

"아, 네. 그 이야기는 들었어요"라고 그녀는 조심스레 대꾸했다.

"어쩌다가 그런 일이 생겼다고 생각하십니까?"

"저야 상상도 못하죠."

"저로선 상상이 가지만, 확실하게 알고 싶군요. 군겐 부인, 서로 솔직하게 이야기를 한다면 시간이 많이 절약될 겁니다."

"왜 아니겠어요? 당신은 남편의 신임을 받는 사람이고 나에게 질문해도 좋다는 허락도 받았겠죠. 나에겐 모욕적인 일이 된다고 해도, 어쩌겠어요, 어차피 제가 그이의 아내인걸요. 당신들 두 사람이 앞으로 나에게 안겨 주려는 또 다른 수모가 이미 내가 겪은 치욕보다 더 심할 리는 없다고 생각해요."

이처럼 극적인 열변을 들은 나는 신음 소리를 내며 말을 이었다.

"군겐 부인, 제 관심사는 누가 메인의 돈을 빼앗고 죽였는지 알아내는 것뿐입니다. 그 방면으로는 어떠한 사실도 소중한 정보가 되겠지만, 어디까지나 제 관심은 범죄와 관련된 쪽에만 국한됩니다. 제 말뜻을 아시겠습니까?"

"당연하죠. 당신은 제 남편이 고용한 사람이란 거 알아요."

그 말로는 우리 대화가 진전될 수 없었다. 나는 다시 시도했다.

"지난번 저녁에 여기 왔을 때 제가 어떤 인상을 받았을 것 같습니까?"

"저야 상상도 못하죠."

"노력해 보시죠."

그녀는 희미하게 미소를 지었다.

"분명코, 남편은 제가 제프리의 애인이었다고 생각하고 있다는 인상을 받으셨겠죠."

"그런데요?"

"혹시……"

그녀의 보조개가 드러났다. 그녀는 즐거워하는 듯했다.

"제가 정말로 그 사람 애인이었느냐고 물으시는 건가요?"

"아닙니다, 물론 알고 싶기는 하죠."

"당연히 그러시겠죠."

그녀는 유쾌하게 대꾸했다.

"그날 저녁에 부인은 어떤 인상을 받으셨습니까?"

"저요?"

그녀는 이맛살을 찌푸렸다.

"아, 남편이 제가 제프리의 애인이었다는 걸 증명하려고 당신을 고용했단 느낌이 들더군요."

그녀는 애인이라는 단어를 입에 올리는 것이 즐겁다는 듯 되풀이해 사용했다.

"틀린 생각입니다."

"제 남편을 아는 저로서는 그 말을 믿기가 어렵네요."

"저 자신을 잘 아는 저로서는 자신합니다. 댁의 남편과 저 사이에는 불확실한 것이 전혀 없습니다, 군겐 부인. 제 일은 누가 돈을 훔쳤고 살인을 했는지 찾아내는 것뿐, 그 이상은 아니라는 데 합의가 되었습니다."

"정말인가요?"

점점 언쟁에 피로감을 느낀 그녀는 그만 끝내고 싶다는 듯 공손히 대꾸했다.

"부인 때문에 제 손발이 묶여 있습니다."

나는 유심히 그녀를 관찰하고 있다는 걸 들키지 않으려고 일어서며 불만을 토로했다.

"이제 제가 할 수 있는 일이라고는 그 로즈 러버리라는 여자와 두 남자를 체포해서 최대한 실토를 받아 내는 것뿐입니다. 하녀가 30분 뒤에 돌아올 거라고 하셨죠?"

그녀는 동그란 갈색 눈으로 나를 빤히 쳐다보았다.

"몇 분 후면 돌아올 거예요. 로즈를 심문하실 건가요?"

"하지만 여기선 하지 않을 겁니다. 경찰서로 데려가 형사들이 체포하도록 해야죠. 전화 좀 써도 되겠습니까?"

"물론이죠. 옆방에 있어요."

그녀가 나를 위해 옆방으로 통하는 문을 열어 주었다.

나는 대븐포트 20으로 전화를 걸어 수사국을 부탁했다.

거실에 서 있던 군겐 부인이 내 귀에 들릴 듯 말 듯 작은 목소리로 말했다.

"잠깐만요."

수화기를 붙든 채로 나는 열린 문을 통해 그녀를 돌아보았다. 그녀는 인상을 찌푸리며 엄지와 검지로 입술을 꼬집고 있었다. 나는 그녀가 입에 올리고 있던 손을 뻗어 나에게 내밀 때까지 수화기를 내려놓지 않았다. 그러고 나서 나는 거실로 되돌아갔다.

이젠 내가 칼자루를 쥔 셈이었다. 나는 입을 다물었다. 결정은 그녀의 몫이었다. 그녀는 몇 분간 내 얼굴을 유심히 관찰하다 이윽고 입을 열었다.

"당신을 믿는 척하진 않겠어요."

절반쯤은 자신한테 하는 말인 듯 망설이며 그녀가 말했다.

"당신은 제 남편을 위해 일하는 분이고, 남편은 돈보다 제가 한 일에 더 관심을 갖고 있죠. 어느 쪽이든 악을 택하는 일이네요. 한쪽은 확실하고, 다른 한쪽은 개연성보다 더 큰 심증이 가고."

그녀는 말을 멈추고 양손을 비볐다. 그녀의 동그란 눈동자가 망설임의 빛을 띠었다. 도움이 없다면 물러날 기세였다.

"여긴 우리 둘밖에 없습니다. 나중에 전부 다 부인하셔도 좋습니다. 그러면 부인의 말을 반박할 증거는 저의 주장뿐이겠죠. 부인이 털어놓지 않으신다 해도 다른 사람들 입으로 들을 수 있는 이야기란 걸 이젠 저도 압니다. 부인이 저의 전화 통화를 중단시키셨다는 게 그 증거입니다. 제가 남편한테 모든 걸 보고할 거라고 생각하시는군요. 제가 다른 사람들의 실토를 받아 내더라도, 댁의 남편이 알게 되는 건 아마 신문 지상을 통해서일 겁니다. 부인에게 주어진 단 한 번의 기회는 저를 믿는 겁니다. 생각하시는 것만큼 가망 없는 기회는 아닙니다. 어쨌든, 선택은 부인한테 달렸습니다."

30초쯤 침묵이 흘렀다.

그녀가 속삭여 말했다.

"혹시라도 제가 돈을 준다면……"

"무엇 때문에요? 어차피 남편한테 이야기할 작정이라면 부인에게 돈을 받고도 남편한테 이야기할 수 있지 않을까요?"

그녀의 빨간 입술이 굽어지며 보조개가 피어올랐고 눈빛이 밝아졌다.

"그렇다면 안심이네요. 말씀드릴게요. 제프리가 로스앤젤레스에서 일찍 돌아온 건 우리가 장만해 둔 작은 아파트에서 함께 하루를 보내기 위해서였어요. 그날 오후에 두 남자가 열쇠를 가지고 들이닥쳤어요. 총도 갖고 있었고요. 그들은 제프리의 돈을 빼앗아 갔어요. 그들이 찾아온 목적도 돈이었죠. 그들은 돈과 우리에 대해서 모든 걸 알고 있는 듯했어요. 그들은 우리 이름을 부르며, 자기네들이 체포되면 어떤 자백을 할지 우리를 협박하고 조롱했어요.

그들이 가고 나서도 우린 아무것도 할 수 없었어요. 그들 때문에 우스꽝스럽게도 가망 없는 곤경에 빠지고 말았죠. 잃어버린 돈을 되돌려 놓을 가능성도 없었기 때문에 우리가 할 수 있는 일은 아무것도 없었어요. 제프리는 혼자 있다가 돈을 잃어버렸거나 강도를 당했다고 연기를 할 수도 없었어요. 비밀리에 샌프란시스코로 일찍 돌아온 것 때문에 분명 그 사람이 의심을 받을 테니까요. 제프리는 이성을 잃었어요. 같이 달아나자고 하더군요. 그러고는 남편을 찾아가 사실대로 말하고 싶어 했어요. 저는 두 가지 방법 다 찬성할 수가 없었어요. 똑같이 바보 같은 짓이었으니까요.

7시 조금 지나 우리는 따로따로 아파트를 나왔어요. 솔직히 그땐 서로 좋은 감정이 아니었어요. 곤경에 처하고 보니 그 사람은 조금도…… 아니, 그 이야기는 하지 않겠어요."

이야기를 멈춘 그녀는 자리에서 일어나 털어놓은 것만으로도 모든 근심이 사라졌다는 듯 평온한 인형 같은 얼굴로 나를 쳐다보았다.

"제가 보여 준 사진이 그 두 남자였습니까?"

"네."

"댁의 하녀가 부인과 메인의 관계를 알고 있습니까? 아파트에 대해서도요? 그 사람이 로스앤젤레스에 갔다가 현금을 갖고 일찍 돌아온다는 사실도 알았을까요?"

"그 여자가 알고 있었을 거라고 자신할 순 없어요. 하지만 염탐을 했거나 엿들었거니 제 소지품을 뒤져 보면 분명 알 수 있었을 거예요. 제 프리가 로스앤젤레스 출장에 대한 것과 일요일 아침에 만나자는 약속을 적어 보낸 쪽지를 제가 갖고 있었거든요. 아마 로즈도 그걸 봤을 거예요. 제가 좀 부주의해서."

"이만 가보겠습니다. 제 연락이 있을 때까지 꼼짝 말고 계십시오. 하녀한테 겁을 주지도 마시고요."

"전 당신한테 아무 이야기도 한 적 없다는 걸 명심하세요."

그녀가 거실 문까지 따라 나오며 당부했다.

군겐의 저택에서 나는 곧장 마스 호텔로 향했다. 미키 리니헌이 신문을 펼쳐 들고 로비에 앉아 있었다.

"놈들은 안에 있나?"

"넵."

"올라가서 만나 보세."

미키가 410호 문을 두들겼다. 금속성이 나는 음성으로 누군가가 "누구요?"라고 물었다.

"소포가 왔습니다."

미키가 사환 목소리를 흉내 내 대답했다.

턱이 뾰족하고 호리호리한 남자가 문을 열었다. 나는 그에게 명함을 내밀었다. 그는 우리를 방 안으로 기꺼이 초대하진 않았지만, 우리가 들어가는 걸 막으려 들지도 않았다.

"당신이 월인가?"

미키가 방문을 닫는 사이 내가 물었다. 그렇다는 대답을 기다리지도 않은 채 이내 나는 침대에 앉아 있던 얼굴 넓적한 사내에게 고개를 돌리고 물었다.

"그리고 당신은 달이겠지?"

월이 느긋한 금속성 목소리로 달에게 말했다.

"탐정이시라는군."

침대에 앉아 있던 남자가 우릴 보며 씩 웃었다.

나는 서두르고 있었다.

"당신들이 메인한테 빼앗은 돈을 내가 가져가야겠다."

그들은 연습이라도 한 듯 서로 마주 보며 비웃었다.

나는 총을 꺼내 들었다.

월이 거친 소리로 웃음을 터뜨렸다.

"모자 가져와, 번키. 우리 둘 다 체포될 모양이네그려."

그가 낄낄대며 말했다.

"잘못 생각했군. 너희를 체포하려는 게 아니다. 이건 무장 강도야. 손 들어!"

달의 양손이 재빨리 위로 올라갔다. 월은 머뭇거리다 미키가 38구경 스페셜을 옆구리에 갖다 대자 그제야 손을 올렸다.

"몸수색을 해봐."

내가 미키에게 명령했다.

그는 월의 옷을 뒤져 총 한 자루와 서류 몇 장, 잔돈 몇 푼과 허리에 찬 두툼한 돈 자루를 찾아냈다. 그러고 나서 그는 달의 몸수색도 했다.

"돈을 세어 봐."

내가 그에게 말했다.

미키는 돈 자루를 비워 내고 손가락에 침을 퉤퉤 튀긴 후 돈 세기 작업에 들어갔다.

"19,126달러 62센트입니다."

돈을 다 센 그가 보고했다.

총을 들지 않은 손으로 나는 주머니를 뒤져 오길비한테서 메인이 받은 100달러짜리 지폐 일련번호가 적힌 쪽지를 꺼냈다. 나는 미키에게 그 쪽지를 내밀었다.

"거기 있는 100달러짜리 지폐랑 이거랑 비교해 보게."

그가 쪽지를 받아 확인하더니 "맞습니다"라고 말했다.

"좋아, 돈과 총은 주머니에 담고, 방 안에 더 뒤질 게 있나 찾아보게."

그 무렵 기침쟁이 벤 윌도 한숨 돌린 듯했다.

"이봐요! 이럴 수는 없잖소! 여기가 어디라고 생각하는 거요? 이렇게 돈을 들고 가버리는 게 어딨어요!"

그가 항의했다.

"나는 가져갈 거야. '경찰!'이라고 소리쳐 부르기라도 할 텐가? 행여나! 너희들이 고작 꽥꽥댈 수 있는 헛소리는 여자의 약점을 꽉 잡았으니 경찰에 신고하지 못할 거라고, 그래서 걱정할 게 아무것도 없다고 생각했던 너희들의 어리석음에 대한 후회뿐일걸. 난 너희들이 그 여자와 메인한테 써먹은 수법을 똑같이 돌려주는 거다. 물론 너희들은 경찰에 잡혀들어가지 않고는 큰소리칠 수가 없을 테니까 내가 더 유리하지. 이제 입 닥치시지!"

"돈은 더 없네요. 우표 네 장밖에 없습니다."

미키가 말했다.

"그것도 가져가게. 그거면 8센트니까. 이만 우린 가지."

"이봐요, 지폐 몇 장은 두고 가요."

월이 간청했다.

"입 닥치라고 하지 않았던가?"

나는 으르렁거리듯 쏘아붙인 뒤 미키가 잡고 있는 문을 향해 뒷걸음질을 쳤다.

복도는 비어 있었다. 미키는 복도에 서서 월과 달에게 총을 겨눈 채, 내가 뒷걸음질로 방에서 빠져나와 안에 꽂혀 있던 열쇠를 바깥 자물쇠에 꽂을 때까지 감시했다. 이어 나는 문을 쾅 닫고 열쇠를 돌려 잠근 다음 주머니에 열쇠를 넣고 아래층으로 내려가 호텔을 빠져나왔다.

미키의 차가 모퉁이에 주차되어 있었다. 차에 탄 우리는 미키의 주머니에 들어 있던 전리품을 ─ 총은 빼고 ─ 내 주머니로 옮겨 담았다. 그러고 나서 그는 차에서 내려 사무실로 돌아갔다. 나는 차를 돌려 제프리 메인이 살해당한 건물로 향했다.

메인 부인은 스물다섯 이상은 되지 않았을 것 같은 키가 큰 여자였고 갈색 곱슬머리에 속눈썹이 짙은 청회색 눈, 이목구비가 뚜렷한 따뜻한 얼굴의 소유자였다. 풍만한 그녀의 몸매는 목부터 발끝까지 검정색 상복으로 휘감겨 있었다.

그녀는 내 명함을 읽으며 군겐이 남편의 사망 사건을 수사하도록 나를 고용했다는 설명에 고개를 끄덕이더니, 회색과 흰색으로 장식된 거실로 나를 안내했다.

"여기가 그 방인가요?"

내가 물었다.

"네."

그녀의 목소리는 듣기 좋을 정도로 약간 허스키했다.

나는 창문으로 가 식료품 가게 옥상과 절반쯤 드러난 뒷골목을 내려다보았다. 나는 여진히 서투르고 있었다.

나는 뜬금없는 이야기의 충격을 조금이나마 누그러뜨리려는 노력으로 목소리를 낮추며 고개를 홱 돌려 부인에게 물었다.

"메인 부인, 남편이 죽은 뒤에 부인은 총을 창밖으로 던졌습니다. 그러고는 손수건을 지갑 모서리에 끼워 그것 역시 내던졌죠. 총보다 가벼웠던 지갑은 골목까지 날아가지 못하고 옥상에 떨어졌습니다. 손수건은 왜 거기······?"

부인이 소리 없이 혼절했다.

나는 바닥에 쓰러지기 전에 그녀를 붙들어 소파로 데려갔고, 향수와 스멜링 솔트*를 찾아 코에 갖다 댔다.

정신을 차린 그녀가 의자에 앉자 내가 물었다.

"누구 손수건이었는지 아십니까?"

그녀는 고개를 왼쪽에서 오른쪽으로 저었다.

"그럼 왜 그런 수고를 하셨죠?"

"남편 주머니에 들어 있었어요. 전 달리 어떻게 해야 할지 몰랐어요. 경찰에서 손수건에 대해 물어볼 거라고 생각했어요. 경찰한테 곤란한 질문을 받고 싶지가 않았거든요."

"왜 강도 이야기를 꾸며 내신 겁니까?"

대답이 없었다.

---

* 의식이 희미해졌거나 없어진 사람에게 냄새를 맡게 해 의식을 되돌리는 약.

"보험금 때문인가요?"라고 내가 넌지시 물었다.

그녀가 고개를 홱 들더니 맹렬하게 소리쳤다.

"그래요! 남편은 자기 돈을 다 써버리고 내 돈까지 탕진했어요. 그러고는 그런, 그런 짓까지 저질렀어요. 그이는……"

내가 부인의 탄식을 중간에 끊었다.

"남편께서 유서를 남겼기를 바랍니다. 증거가 될 만한 내용으로요."

그녀가 남편을 죽이지 않았다는 증거를 의미한 것이었다.

"그래요."

부인이 상복 가슴팍을 뒤졌다.

"다행이군요. 내일 아침 제일 먼저 그 편지를 가지고 변호사한테 가서 모든 이야기를 털어놓으십시오."

나는 일어나며 위로의 말을 몇 마디 더 중얼거린 뒤 달아나듯 밖으로 나왔다.

그날 벌써 두 번째로 내가 군겐의 저택 초인종을 눌렀을 땐 밤이 내려앉은 뒤였다. 문을 열어 준 창백한 얼굴의 하녀는 군겐 씨가 집에 있다고 말해 주었다. 하녀는 나를 이끌고 2층으로 올라갔다.

로즈 러버리가 계단을 내려오고 있었다. 그녀는 계단참에 멈춰 서서 우리가 지나가기를 기다렸다. 나를 안내하던 하녀가 서재를 향해 계속 걸어가고 있는 동안 나는 그 여자 앞에서 걸음을 멈추었다.

"당신은 끝났어, 로즈. 10분 줄 테니 떠나시지. 아무에게도 말하지 말고. 그게 싫다면, 감방 안에서 사는 게 마음에 들지 알아볼 기회가 기다리고 있을 거야."

"어…… 말도 안 돼요!"

"당신들 사기극이 들통 났어."

나는 주머니에 손을 넣어 마스 호텔에서 가져온 돈다발을 하나 꺼내 그녀에게 보여 주었다.

"방금 기침쟁이 벤과 번키한테 다녀오는 길이야."

그 말에 하녀의 태도가 달라졌다. 그녀는 몸을 돌려 바삐 계단을 올라갔다.

브루노 군겐이 나를 찾아 서재 문으로 나왔다. 그는 3층으로 달려 올라가고 있던 하녀와 나를 호기심 어린 눈초리로 번갈아 쳐다보았다. 키 작은 남자의 입술이 호기심으로 달싹거렸지만 나는 단호한 말로 그의 질문을 막았다.

"다 끝났습니다."

그가 서재 안으로 나를 데려가며 "브라보!"라고 외쳤다.

"당신도 들었지, 나의 달링? 다 끝났다는군!"

그의 달링은 첫날 저녁에 봤을 때처럼 탁자 옆에 앉아 인형 같은 얼굴에 표정 없는 미소를 지으며 아무런 느낌도 전해지지 않는 말투로 "아, 네"라고 대꾸했다.

나는 탁자로 가 주머니에 든 돈을 모두 꺼내 놓았다.

"우표를 포함해서 19,126달러 70센트입니다. 나머지 873달러 30센트는 사라졌습니다."

"아!"

브루노 군겐은 스페이드 모양의 새카만 턱수염을 떨리는 분홍색 손으로 쓰다듬으며 이글이글 불타는 눈으로 나를 살폈다.

"그런데 그걸 어디에서 찾으셨소? 어쨌거나 앉아서 이야기를 들려주시오. 우리도 사연이 궁금해서 죽을 지경입니다, 안 그런가, 내 사랑?"

그의 사랑은 하품을 하며 "아, 네!"라고 말했다.

"별로 드릴 말씀도 없습니다. 돈을 되찾기 위해 전 침묵을 조건으로 거래를 해야 했습니다. 메인은 강도를 당한 겁니다. 일요일 오후에요. 하지만 강도들을 잡는다고 해도 기소할 수가 없게 되었습니다. 그들의 정체를 확인해 줄 유일한 사람이 증언을 하지 않을 겁니다."

"하지만 제프리는 누가 죽였지요? 그날 밤 누가 그 친구를 죽인 겁니까?"

키 작은 남자는 양손으로 자기 가슴팍을 쥐어뜯었다.

"자살입니다. 설명할 수 없는 상황에서 강도를 당한 절망감 때문이었겠죠."

"말도 안 돼!"

나의 고객은 자살을 좋아하지 않았다.

"메인 부인은 총소리를 듣고 잠에서 깨어났습니다. 자살을 했을 경우엔 남편이 든 보험이 무산될 테고 부인은 무일푼으로 남게 되겠죠. 그래서 부인은 총과 지갑을 창밖으로 던져 버리고, 남편이 남긴 유서를 감춘 다음 강도 이야기를 꾸며 냈습니다."

"하지만 손수건이 있잖소!"

군겐이 소리쳤다. 그는 완전히 흥분 상태였다.

"그건 아무 의미도 없습니다. 다만 혹시라도 메인이 부인의 하녀와 놀아나고 있었고 ― 그자가 난잡했다고 말씀하셨죠 ― 많은 하녀들이 그러듯 그 여자가 부인의 소지품에 손을 댔다면 또 모르죠."

그는 붉게 칠한 뺨을 부풀리며 거의 춤이라도 추듯 발을 굴러 댔다. 그의 분노는 그의 입에서 튀어나온 말만큼이나 우스꽝스러웠다.

"어디 두고 봅시다! 두고 봐요!"

그가 홱 몸을 돌려 서재를 나가며 거듭 되풀이해 말했다.

이니드 군겐이 나에게 손을 내밀었다. 인형 같은 그녀의 얼굴엔 활짝 웃음이 피어 보조개가 드러났다.

"당신께 감사해요"라고 그녀가 속삭였다.

나는 그녀의 손을 잡지 않으며 낮게 웅얼거렸다.

"감사할 일이 뭔지 모르겠군요. 모든 게 뒤죽박죽되어 버려서 증거라고 할 만한 건 없습니다. 하지만 남편이 알 수밖에 없지 않겠어요? 제가 사실상 다 이야기한 거나 다름없는데?"

"아, 그거요! 남편한데 확실한 증거가 없는 한은 제가 얼마든지 감당할 수 있어요."

그녀가 작은 얼굴을 까딱 움직이며 자신 있게 말했다.

나는 그녀의 말을 믿었다.

브루노 군겐이 호들갑을 떨며 염색한 염소수염이 다 젖을 정도로 침을 튀기면서 다시 서재로 들어와 로즈 러버리가 집 안에 없다고 소리쳤다.

다음 날 아침 딕 폴리는 그 하녀가 윌과 달을 따라 포틀랜드로 떠났다고 내게 알려 주었다.

국왕 놀음
This King Business

베오그라드에서 출발한 기차는 이른 오후 모라비아의 수도 스테파니아에 나를 내려 주었다. 끔찍한 오후였다. 화강암으로 네모나게 지은 황량한 기차역을 나와 택시에 오르는 사이 차가운 바람이 휘몰아쳐 차가운 빗줄기가 내 얼굴과 목으로 흘러들었다.

택시 기사에게는 영어도 프랑스어도 통하지 않았다. 유창한 독일어로도 의사소통엔 실패할 듯했다. 어쨌든 내가 올라탄 택시의 운전기사는 내 말을 이해하는 척이라도 했던 첫 번째 인물이었다. 나는 그가 제대로 추측했을지 의심했고, 어딘가 머나먼 교외에 데려다 줄지 모른다고 예상했다. 아마도 그는 추측에 뛰어난 사람이었나 보다. 어쨌거나 그는 나를 리퍼블릭 호텔에 데려다 주었다.

호텔은 새로 지은 6층 건물이었고, 엘리베이터와 미국식 배관, 개인용

욕실 및 기타 현대적인 시설을 매우 자랑스레 여겼다. 몸을 씻고 옷을 갈아입은 뒤 카페로 내려가 점심을 먹었다. 그러고는 격식 갖춰 유니폼을 차려입은 상급 짐꾼에게 몇 분간 영어와 프랑스어, 몸짓 언어로 안내를 받은 끝에 우비 깃을 세우고 말이 푹푹 빠지는 진흙 광장을 가로질러, 발칸반도 국가 가운데 가장 역사도 짧고 규모도 작은 그 나라에서 미국 대리공사를 맡고 있는 로이 스캔런을 찾아갔다.

그는 땅딸한 삼십대 남자로 윤기 나는 머리칼은 이미 반백이 다 되어 있었고, 초조해 보이는 얼굴은 축 늘어졌으며 안절부절못하고 둥둥한 하얀 손을 움찔거렸으나, 옷은 매우 고급이었다. 그는 나와 악수를 나눈 뒤 의자를 권하고는 내가 내민 소개장은 보는 둥 마는 둥 나의 넥타이를 응시하며 입을 열었다.

"샌프란시스코에서 오신 탐정이시라고요?"

"네."

"그런데요?"

"라이어널 그랜덤 때문입니다."

"그럴 리가!"

"맞습니다."

"하지만 그 친구는……"

내 눈을 쳐다보고 있다는 것을 깨달은 외교관은 다급히 시선을 내 머리칼로 옮기다 하려던 말이 무엇이었는지 까먹었다. 내가 그를 다그쳤다.

"하지만 그 친구가 어쨌다는 겁니까?"

"아! 그런 게 아닙니다."

그가 머리와 눈썹을 위로 들어 올리며 모호하게 대꾸했다.

"그 친구가 여기 얼마나 있었죠?"

"두 달요. 석 달이나 석 달 반쯤 됐을 가능성도 있습니다."

"그 청년과 잘 아십니까?"

"아, 아니요! 물론 서로 얼굴을 보고 대화를 나누긴 했지요. 여기 있는 미국인은 그와 나뿐이라서 상당히 친하기는 합니다."

"그 청년이 여기에서 무슨 일을 하는지 아십니까?"

"아뇨, 모릅니다. 여행을 하다가 우연히 들른 것으로 알고 있지만, 물론 특별한 이유가 있어서 찾아왔을 수도 있겠지요. 분명 여자 문제가 있긴 할 겁니다. 잘은 모르지만 상대가 라드냐크 장군의 딸이니까요."

"여기에서 그 친구가 어떻게 지내고 있죠?"

"정말이지 난 모릅니다. 우리 외국인들 주거지로는 상당히 인기가 높은 리퍼블릭 호텔에 살면서 승마도 하고, 부유한 명망가의 청년다운 삶을 누리며 사는 거지요."

"어울려선 안 될 사람과 엮인 적은요?"

"마흐무드와 에이나르손과 함께 있는 걸 본 적을 제외하면 모르겠군요. 아닐지도 모르지만 그 사람들은 분명 불한당들이니까요."

"그들이 누군데요?"

"누바르 마흐무드는 대통령인 세미치 박사의 개인 비서입니다. 에이나르손 대령은 아이슬란드인인데 현재 실질적인 군의 총수권자지요. 두 사람에 대해서 난 아무것도 모릅니다."

"불한당이라는 것 이외엔 말이죠?"

대리공사는 고통스러운 듯 새하얀 이마를 찌푸리며 힐난하듯 나를 흘끔 쳐다보았다.

"전혀 모른다니까요. 이제 그랜덤이 무슨 혐의를 받고 있는지 물어도 되겠소?"

"아무 혐의도 없습니다."

"그런데요?"

"7개월 전, 스물한 살 생일을 맞은 라이어넬 그랜덤은 아버지가 물려준 유산을 손에 넣게 되었습니다. 꽤 거액이었죠. 그때까지 그 청년은 어려운 시기를 보냈습니다. 청년의 어머니는 품위에 대해서 중산층 특유의 엄격한 개념을 키워 왔습니다. 청년의 아버지는 구식 사고를 지닌 진짜 귀족이었고요. 원하는 것은 무조건 손에 넣고 마는 집념이 강하면서도 상냥한 사람이었죠. 오래된 와인과 젊은 여자를 어지간히도 좋아했고, 카드놀이와 주사위, 승마 도박에 싸움까지, 실제로 본인이 하거나 구경하는 걸 좋아하는 인물이었습니다.

아버지가 살아 있는 동안에는 아들도 자기 방식대로 키웠습니다. 그랜덤 부인은 남편 취향을 저급하다고 생각했지만, 그는 뭐든 자기 방식대로 하는 사람이었죠. 게다가 그랜덤 가문의 혈통은 미국에서 최고로 손꼽혔습니다. 부인은 그 점에 반했던 여자였고요. 11년 전 라이어넬이 열 살 꼬마였을 때 아버지가 세상을 떠났습니다. 그랜덤 부인은 가문의 도박 성향을 도미노 상자에 쓸어 담고는 아들을 진정한 갤러해드*로 개조하기 시작했습니다.

저도 청년을 만나 본 적은 없지만 부인의 노력은 성공을 거두지 못했다고 들었습니다. 어쨌거나 부인은 아들을 11년간 꼭꼭 집에 가둬 두었고 대학으로 달아날 기회조차 주지 않았죠. 그래서 마침내 청년이 아버지의 재산을 합법적으로 소유하게 되는 성년을 맞는 날까지 그런 삶이 이어졌습니다. 그날 아침 청년은 어머니에게 입을 맞추며 혼자서 세상

---

*원탁의 기사 중 가장 고결한 인물로 흔히 고결한 사람을 칭함.

을 둘러보고 오겠노라고 아무렇지도 않게 이야기했답니다. 부인은 어머니로서 예상할 수 있는 온갖 회유와 협박을 쏟아부었지만 소용이 없었죠. 그랜덤의 피가 발현된 겁니다. 라이어넬은 이따금씩 엽서를 보내겠다고 약속하고는 집을 떠났습니다.

한동안은 떠도는 동안에도 꽤 잘 지냈던 듯합니다. 제 생각으로는 단순히 자유를 얻은 것만으로도 청년에겐 짜릿했겠죠. 그런데 몇 주 전 청년의 유산을 관리하는 신탁회사가 철도회사 주식을 일부 현금화해서 베오그라드 은행으로 송금하라는 청년의 요청을 받았답니다. 300만 달러가 넘는 상당한 금액이라 신탁회사에서는 그랜덤 부인에게도 그 사실을 알렸죠. 부인은 졸도하고 말았습니다. 아들이 파리에서 보낸 편지를 받기는 했지만 베오그라드에 대해서는 일언반구도 없었으니까요.

어머니는 당장 유럽으로 달려갈 기세였습니다. 동생인 월번 의원이 가까스로 부인을 만류했죠. 의원이 연줄을 동원하여 알아보니 라이어넬은 어디 숨기라도 했는지, 파리에도 베오그라드에도 종적이 없었습니다. 그랜덤 부인은 짐을 꾸리고 예약을 했습니다. 의원은 또다시 누이를 찾아가 만류하며 어머니가 간섭하면 청년이 발끈할 거라고, 조용히 조사를 하는 것이 최선이라고 설득했습니다. 의원이 그 일을 우리 탐정사무소에 맡긴 겁니다. 파리로 찾아갔던 저는 라이어넬의 친구 하나가 그곳에서 우편물을 전달해 주었으며, 라이어넬이 이곳 스테파니아에 있다는 사실을 알게 되었습니다. 오는 길에 베오그라드에도 들렀는데 돈이 이곳으로 다시 송금되었고, 대부분 이미 인출되었다는 사실을 알아냈습니다. 그래서 이렇게 찾아온 겁니다.”

스캔런은 행복한 듯 미소를 지었다.

“내가 할 수 있는 일은 없군요. 그랜덤은 성인이고 그건 그 친구 돈이니까요."

"맞는 말씀이고 저도 같은 입장입니다. 제가 할 수 있는 일은 그 친구가 무얼 하려는 것인지 알아보고, 혹시 사기를 당한 거라면 돈을 되찾도록 애써 보는 것이 전부겠죠. 혹시 짐작되시는 일이라도 있을까요? 300만 달러를 그 청년이 어디에 투자했을까요?"

대리공사는 불편한 듯 몸을 움찔거렸다.

"모르겠습니다. 여긴 그런 거액을 투자할 만한 사업이 없어요. 이곳은 순전히 농업국가고, 땅도 10, 15, 20에이커로 쪼개진 소규모 자작농들 소유입니다. 하지만 그 친구가 에이나르손과 마흐무드와 어울린 것이 문제겠죠. 그 사람들은 분명 기회만 있다면 그 친구의 등을 쳐서 돈을 빼앗을 겁니다. 나는 그들 짓이라고 봅니다. 하지만 그들이 정말로 그랬을 것 같진 않군요. 어쩌면 그 친구와 그들이 친한 사이가 아닐 수도 있어요. 아마 여자 문제일 겁니다."

"음, 그렇다면 제가 누구를 만나 봐야 할까요? 전 이 나라도 잘 모르고 언어도 몰라서 불리한 처지입니다. 누구한테 이야기를 해야 도움을 받을 수 있겠습니까?"

"전 모릅니다."

그가 음울하게 대꾸했다. 그러더니 얼굴이 밝아졌다.

"바실리예 주다코비치한테 가보시지요. 그 사람이 치안부 장관입니다. 댁이 만나 봐야 할 사람이죠! 그 사람이라면 댁을 도울 수도 있고, 댁이 믿어도 좋을 인물입니다. 그 사람은 두뇌 대신 소화기관을 갖췄지요. 당신이 하는 얘기를 그 사람은 한마디도 이해 못 할 겁니다. 그래요, 주다코비치가 적격입니다!"

"감사합니다"라고 말한 뒤 나는 발이 푹푹 빠지는 길로 걸어 나갔다.

나는 광장 꼭대기에 있는 대통령 관저 바로 옆의 음산한 콘크리트 건물인 정부 청사에서 치안부 장관 집무실을 찾아냈다. 폐병에 걸린 산타클로스처럼 새하얀 콧수염을 단 깡마른 직원이 내 독일어보다도 형편없는 프랑스어로 장관님이 안 계시다고 말했다. 나는 심각한 표정으로 거의 속삭이듯 목소리를 낮추어 미국 대리공사가 보내서 왔다는 말을 되풀이했다. 내 간교한 속임수가 산타클로스를 움직인 듯했다. 그는 알았다는 듯 고개를 끄덕이더니 방을 빠져나갔다. 이내 돌아온 그는 고갯짓으로 문을 가리키며 따라오라고 했다.

나는 그를 따라 어두침침한 복도를 지나 '15'라고 적혀 있는 넓은 문 앞에 당도했다. 그는 문을 열고 나를 들여보낸 뒤 씩씩거리며 "아세예부, 실 부 플레"*라고 말한 뒤 문을 닫고 가버렸다. 큼지막한 정사각형 사무실이었다. 그곳은 모든 것이 거대했다. 네 개의 창문은 보통 창문의 두 배 크기였다. 책상 뒤에 놓인 가죽 의자를 제외한 의자들은 전부 벤치에 가까웠고, 가죽 의자는 관광버스 뒷좌석의 절반만 한 크기였다. 책상에선 남자들 두세 명이 잘 수 있을 듯했다. 탁자는 스무 명이 동시에 식사를 할 수 있는 넓이였다.

내가 들어온 문과 마주 보고 있는 반대편 문이 열리고 아가씨 한 명이 들어오더니, 등 뒤로 문을 닫아 틈새로 새어 들어오던 육중한 기계 진동음 같은 소음을 차단했다.

"저는 로메인 프랭클입니다. 장관님 비서예요. 무슨 일로 오셨는지 저한테 말씀하시죠?"

그녀가 영어로 말했다.

---

*Asseyez-vous, s'il vous plaît. 프랑스어로 '앉으십시오'라는 뜻.

스무 살에서 서른 살 사이로 보이는 그녀는 키가 150도 안 될 듯했고 뼈가 드러나진 않았지만 날씬했다. 갈색 기운이 약간 도는 검정색에 가까운 곱슬머리에, 회색 동공을 감싼 검정색 홍채와 검정색 속눈썹이 도드라져 보이는 직은 얼굴은 이목구비가 섬세했고, 목소리는 너무 부드럽고 기운이 없어 들릴 듯 말 듯했다. 빨간색 모직 드레스를 입었는데 옷의 굴곡이 전혀 없어 그녀가 몸을 움직일 때만 살짝 몸매가 드러났고, 마치 누군가 다른 사람이 조종을 하는 듯 걸음을 걷거나 손을 들어 올리는 움직임에 전혀 힘을 들이지 않는 듯했다.

"제가 직접 뵙고 싶은데요."

"나중엔 분명 만나시겠지만 지금은 불가능합니다."

그녀가 유난히 힘을 들이지 않은 우아한 동작으로 돌아서서 문을 열자, 모터가 돌아가는 듯한 요란한 소음이 다시 방에 울려 퍼졌다.

"들리시죠? 낮잠을 주무시고 계십니다."

그녀는 문을 닫아 장관의 코 고는 소리를 잠재운 뒤 둥둥 떠다니듯 책상 뒤의 거대한 가죽 의자에 올라앉았다.

그녀가 가느다란 검지를 까딱거려 책상 옆에 놓인 의자를 가리키며 말했다.

"앉으세요. 용건을 저한테 말씀하시는 게 시간이 절약될 거예요. 우리 말을 하시지 않는 한은 어차피 제가 장관님께 댁의 용건을 통역해 드려야 하니까요."

나는 라이어넬 그랜덤에 대한 사연과 그 청년에 대한 나의 관심사를 스캔런에게 했던 이야기와 거의 똑같이 전달한 뒤, 다음과 같이 말을 맺었다.

"그 청년이 무슨 일을 하려는지 알아보고, 필요하다면 도움을 주는 것밖엔 저도 할 일이 없습니다. 그 친구를 직접 찾아갈 순 없어요. 워낙 그랜덤의 혈통을 타고난 청년이라 누군가가 보모 노릇을 한다고 하면 순순히 받아들이지 않을 겁니다. 스캔런 씨가 저에게 치안부 장관님을 만나 도움을 청해 보라고 하더군요."

"운이 좋으셨네요. 댁의 나라 대리공사는 이해하기가 쉽지 않은 분이던데요."

그녀는 내 나라를 대표하는 공무원에 대해서 농담을 하고 싶은데 내가 그걸 어떻게 받아들일지 모르겠다는 표정이었다.

"일단 익숙해지면 어렵지 않습니다. 그 사람이 하는 말에서 '안 된다, 아니다, 아무것도 없다, 모른다'를 빼고 이해하면 되거든요."

"맞아요! 바로 그거예요! 뭔가 묘수가 있을 거라고 생각은 늘 했었는데, 아무도 그걸 파악해 내지 못하는 것 같았거든요. 우리나라의 국가적인 골칫거리를 당신이 해결해 주셨네요."

그녀가 내 쪽으로 몸을 숙이고 웃음을 터뜨렸다.

"그럼 그에 대한 보답으로 그랜덤에 대해서 알고 계신 모든 정보를 알려 주시지요."

"알려 드리긴 하겠지만 먼저 장관님과 말씀을 나눠 보셔야 해요."

"비공식적으로 당신은 그랜덤을 어떻게 생각하는지 얘기해 주실 순 있겠죠. 그 친구를 아십니까?"

"네. 매력적인 사람이에요. 착하고 유쾌할 정도로 순진하고, 미숙하긴 하지만 정말로 매력적인 청년이죠."

"이곳에서 그와 친한 사람들은 누구죠?"

내 질문에 그녀는 머리를 저으며 말했다.

"장관님이 깨어나실 때까지는 더 말씀드릴 수 없어요. 샌프란시스코에서 오셨다고요? 우스꽝스럽게 생긴 작은 전차와 안개, 샐러드가 수프 다음에 나오던 거랑 '커피 댄스'라는 카페는 저도 기억해요."

"가보셨군요?"

"두 번이요. 미국에 1년 반 동안 있으면서 유랑극단에서 모자 속의 토끼 꺼내는 일을 했어요."

30분이 지나도록 여전히 우리가 대화를 나누고 있을 때 문이 열리고 치안부 장관이 걸어 나왔다.

과도하게 컸던 가구들이 즉각 정상 크기로 줄어들었고, 여비서는 난쟁이가 되었으며 나 역시 누군가의 어린 아들이 된 느낌이었다.

바실리예 주다코비치는 키가 거의 2미터는 넘을 듯했는데, 신장은 허리둘레에 비하면 아무것도 아니었다. 아마 250킬로그램은 넘지 않겠지만 그를 쳐다보고 있으면 톤 단위 몸무게밖에 생각나질 않았다. 금발 머리 금발 수염에 검정색 연미복을 입고 있는 그는 고깃덩어리를 산처럼 쌓아 놓은 듯했다. 넥타이를 매고 있으니 깃도 있겠다고 생각은 했지만, 셔츠 깃은 시뻘겋게 축 늘어진 목살에 완벽하게 가려졌다. 하얀색 조끼는 앞섶에 단추가 줄지어 달려 있긴 해도, 버팀대로 봉긋하게 부풀려 놓은 스커트 같았다. 주변 살에 파묻혀 눈은 거의 보이지 않았고, 깊은 우물물처럼 색깔 없는 암흑으로 뚫려 있을 뿐이었다. 노란색 콧수염과 턱수염 한가운데 뚫린 입은 붉고 뚱뚱한 타원형이었다. 그가 육중한 몸을 움직여 서서히 방으로 들어선 순간, 나는 마룻바닥이 삐걱거리지 않는 게 놀라웠다.

로메인 프랭클은 유심히 나를 관찰하며 커다란 가죽 의자에서 내려와 나를 장관에게 소개했다. 그는 뚱뚱한 입술을 움직여 나른한 미소를 지어 보이며, 그야말로 벌거벗은 갓난아기만 한 크기의 손을 나에게 내밀더니, 방금 아가씨가 내려온 의자에 천천히 앉았다. 그곳에 자리를 잡은 그가 몇 개나 되는 턱을 쿠션 삼아 머리를 숙이자 잠든 것같이 보였다.

나는 아가씨를 위해 다른 의자를 가져왔다. 그녀는 나를 또 한 번 예리한 눈초리로 쳐다본 뒤 — 내 얼굴에서 무언가 낌새를 찾아내려는 듯했다 — 그들의 모국어로 생각되는 언어로 그에게 말을 하기 시작했다. 그녀가 빠르게 2분쯤 이야기를 하는 동안 장관은 귀를 기울이고 있다거나 심지어 깨어 있다는 기미조차 보이지 않았다.

그녀가 이야기를 끝내자 그가 "다"*라고 말했다. 그는 꿈꾸듯 말을 했지만, 거대한 그의 배에서 울려 나오는 소리답게 성량이 풍부했다. 여자가 나를 돌아보며 미소를 지었다.

"장관님께서 기꺼이 가능한 한 도움을 주시겠답니다. 물론 공식적으로는 다른 나라에서 온 방문객의 일에 간섭을 하고 싶지 않지만, 그랜덤 씨가 이곳에서 지내는 동안 희생을 당하지 않도록 하는 것이 중요하다는 걸 아신답니다. 내일 오후에, 3시쯤 다시 오시면……"

나는 그러겠다고 약속한 뒤 여자에게 감사 인사를 하고, 산만 한 고깃덩어리와 악수를 나눈 뒤 빗속으로 걸어 나왔다.

호텔로 돌아온 나는 별 어려움 없이 라이어넬 그랜덤이 6층 스위트룸에 묵고 있으며 마침 방에 있다는 사실을 알아냈다. 나는 주머니에 그의 사진을, 머릿속엔 인상착의를 담고 있었다. 그의 모습을 보게 되기를 기다리며 나머지 오후와 초저녁 시간을 보냈다. 7시가 약간 넘은 시각 나는 소망을 이뤘다.

*Da. 러시아어에서 유래된 긍정의 뜻.

엘리베이터에서 걸어 나온 그는 키가 크고 등이 꼿꼿한 데다 넓은 어깨부터 좁은 엉덩이까지 탄력이 넘쳤고, 근육질의 다리도 길쭉하여 재단사가 좋아할 만한 몸매였다. 분홍빛이 도는 피부색에 이목구비가 반듯하고 정밀로 잘생긴 얼굴에는 도도한 우월감이 숨김없이 드러나 젊은이 특유의 자신만만함 또한 감출 도리가 없었다.

그는 담배에 불을 붙이며 거리로 나섰다. 비는 그쳤지만 잔뜩 내려앉은 먹구름이 좀 더 비가 쏟아질 것을 예고했다. 그는 길을 따라 걸어갔다. 나도 뒤를 따랐다.

우리는 호텔에서 두 블록 떨어진 금빛 화려한 레스토랑으로 들어갔고, 한쪽 벽에 높이 마련된 작은 발코니석에는 집시 오케스트라가 음악을 연주하고 있었다. 웨이터들은 물론이고 손님들도 절반은 그 청년을 아는 듯했다. 그는 두 남자가 기다리고 있는 맨 가장자리 테이블로 걸어가며 이쪽저쪽에 고개 숙여 인사를 하고 미소를 날렸다.

둘 중 한 남자는 키가 크고 몸집이 큰 데다 텁수룩한 갈색 머리에 숱 많은 갈색 콧수염을 길렀다. 불그레한 혈색에 코가 짧은 얼굴엔 이따금씩 쌈박질을 마다하지 않는 남자 특유의 표정이 담겨 있었다. 그는 초록색과 금색이 어우러진 군복에 번쩍거리는 긴 검정색 가죽 장화 차림이었다. 그의 동행은 연미복 차림이었고, 중키에 살집이 많고 얼굴은 거무스름했으며 기름을 바른 검정색 머리칼에 상냥한 인상의 달걀형 얼굴이었다.

그랜덤이 그 두 사람과 합석하는 사이 나도 좀 떨어진 테이블에 자리를 잡았다. 나는 저녁 식사를 주문하고 주변 손님들을 둘러보았다. 드물게 군복 차림과 연미복과 이브닝드레스를 차려입은 손님들이 군데군데 있기는 했지만 대다수는 평범한 일상복을 입고 있었다. 얼굴로 봐서는 아마도 영국인인 듯한 두어 사람과, 그리스인도 한두 명, 터키인도 서너 명 보였다. 음식은 훌륭했고 나의 식욕도 왕성했다. 내가 앙증맞은 컵에 담긴 시럽 같은 커피를 마시며 담배를 피우고 있을 때, 그랜덤과 혈색 붉은 거구의 장교가 자리에서 일어나 밖으로 나갔다.

다급히 소란을 피우지 않고서는 제시간에 계산서를 받아 돈을 내고 그들을 따라갈 수가 없었으므로 나는 그냥 그들을 보냈다. 그러고는 음식에 흡족해하며, 두 사람이 두고 간 통통하고 피부색 검은 남자가 계산서를 청할 때까지 기다렸다. 나는 그보다 1분 먼저 밖으로 나와, 다음엔 무얼 해야 할지 모르는 관광객 같은 표정을 지으며 희미하게 전깃불이 들어온 광장 쪽을 올려다보고 서 있었다.

그는 내 앞을 지나쳐 다음 발자국을 어디에 찍어야 하는지 알고 있는 고양이처럼 경쾌하고 조심스러운 걸음걸이로 진흙투성이 길을 걸어갔다.

비아냥거리는 듯한 잿빛 입술 위로 부숭부숭한 잿빛 콧수염을 기른 깡마른 사병 하나가 양가죽 코트에 모자를 쓴 채 어두운 문가에서 튀어나와 우는소리를 하며 피부색 검은 남자를 불러 세웠다.

피부색 검은 남자는 분노와 놀라움으로 양손과 어깨를 들어 올렸다.

사병은 또다시 우는소리를 했지만, 잿빛 입술에 떠오른 비웃음은 더욱 도드라져 보였다. 통통한 남자의 목소리는 낮고 날카롭고 화가 나 있었지만, 그는 주머니에 손을 넣었다가 사병에게 내밀었다. 손에는 갈색 모라비아 지폐를 쥐고 있었다. 사병은 돈을 받아 주머니에 넣고 거수경례를 한 뒤 길을 건너 사라졌다.

피부색 검은 남자가 걸음을 멈추고 사병의 뒷모습을 바라보고 있을 무렵, 나는 양가죽 코트에 모자를 쓴 남자가 사라진 모퉁이를 향해 움직였다. 사병은 한 블록 반쯤 앞장서서 고개를 숙인 채 성큼성큼 걸어

가고 있었다. 그는 서두르는 기색이었다. 나는 그를 따라잡느라 상당한 운동을 해야 했다. 이내 빽빽했던 도시 느낌이 흐려지기 시작했다. 건물이 드문드문해질수록 나는 그 탐험이 더 마음에 들지 않았다. 미행은 대낮에 익숙한 대도시에서 하는 것이 최선이다. 이런 미행은 최악의 경우이다.

그는 시멘트 도로를 따라 주변에 집들이 거의 없는 시 외곽으로 향했다. 나는 최대한 뒤로 처졌으므로 그의 모습은 희미하게 앞장서서 걸어가는 그림자에 불과했다. 남자가 급격하게 꺾인 굽은 도로로 접어들었다. 굽은 길에 당도하자마자 다시 거리를 늘려야겠다고 작심하며 나는 서둘러 굽은 길로 달려갔다. 속도를 높이다 나는 거의 일을 망칠 뻔했다.

사병이 갑자기 굽은 길을 돌아 내 쪽으로 오고 있었다.

내 바로 뒤쪽으로 길가에 목재가 야트막하게 쌓여 있었는데, 30미터 근방에는 몸을 숨길 데가 그곳밖에 없었다. 나는 짧은 다리를 빠르게 놀렸다.

불규칙하게 쌓인 널빤지 덕분에 목재 더미 한쪽에 얕게나마 공간이 있었고 크기도 내가 숨기에 충분했다. 진흙탕에 무릎을 꿇고서 나는 그 빈 공간으로 기어 들어갔다.

쌓아 놓은 널빤지 틈으로 사병이 보였다. 그의 한쪽 손에서 금속 물건이 빛을 받아 번쩍거렸다. 칼이라고 나는 생각했다. 그러나 내가 숨은 곳 바로 앞에 그가 멈춰 섰을 때 보니 구식으로 니켈 도금을 한 리볼버 권총이었다.

그는 도로 양쪽을 훑어보다 내가 숨은 은신처를 쳐다보며 여전히 서 있었다. 그는 끙 소리를 내며 내 쪽으로 다가왔다. 널빤지 아래로 더 납작 엎드리려니 나뭇조각이 빰을 찔렀다. 나의 권총은 곤봉과 함께 호텔

방에 두고 온 보스턴백에 들어 있었다. 지금 상황에서 참 훌륭한 보관 장소였다! 사병이 쥐고 있는 권총이 번쩍거렸다.

빗방울이 널빤지와 땅바닥을 두들기기 시작했다. 사병이 다가오며 코트 깃을 세웠다. 평생 그렇게 내 마음에 드는 행동을 한 이는 역사상 없었다. 다른 상대에게 몰래 접근하는 남자는 절대로 그런 행동을 하지 않는다. 그는 내가 거기 있는지 모르고 있었다. 그는 자기가 숨을 곳을 찾고 있었다. 게임은 막상막하였다. 그가 나를 찾는다 해도, 그에겐 총이 있지만 먼저 본 건 내 쪽이었다.

그가 바로 내 곁을 지나쳐 내가 숨어 있는 목재 뒤쪽으로 몸을 숙이자 널빤지에 양가죽 코트 스치는 소리가 들려왔다. 떨어지는 빗방울이 우리 두 사람을 모두 맞힐 정도로 서로 가까운 거리였다. 나는 주먹 쥔 손을 펴고 얼굴을 때리는 빗방울을 닦아 냈다. 눈에는 보이지 않았지만 그가 숨 쉬는 소리, 몸을 긁는 소리, 심지어 콧노래 소리까지 들을 수 있었다.

몇 주일이 흘러갔다.

진흙 바닥에 무릎을 꿇었으니 무릎뿐만 아니라 정강이까지 바지가 다 젖었다. 숨을 쉴 때마다 거친 나무 표면에 살갗이 긁혔다. 무릎이 젖어 가는 것만큼 입은 바작바작 타들어 갔다. 소리를 내지 않으려고 무릎에 입을 대고 숨을 쉬고 있었기 때문이다.

자동차 한 대가 굽은 길에서 나타나 도심으로 향했다. 사병이 미세하게 끙 소리를 내는 것이 들려왔고, 권총의 공이치기를 꺾는 소리도 들려왔다. 눈앞에 나타난 자동차는 순식간에 지나갔다. 사병이 숨을 내쉬며 몸을 북북 긁기 시작하더니 다시 콧노래를 불렀다.

또 몇 주일이 흘러갔다.

빗소리를 뚫고 희미하긴 했지만 남자들 목소리가 들려왔다. 양가죽 코트에 모자를 쓴 사병 넷이 우리가 왔던 길을 따라 걸어왔고, 그들이 굽은 길을 돌아 사라지자 그들의 목소리도 이내 정적으로 잦아들었다.

밀리서 자동차 경적 소리가 흉하게 두 번 울렸다. 사병이 신음을 냈다. 확실히 "이제 오는군"이라고 말하는 듯한 신음 소리였다. 진흙탕을 밟는 그의 발소리가 철벅거리며 들렸고, 그의 체중을 못 이긴 목재 더미가 삐걱댔다. 나는 그가 무슨 행동을 하려는지 볼 수가 없었다.

굽은 도로에서 하얀 불빛이 춤을 추더니 자동차 한 대가 시야에 들어왔다. 젖어서 미끄러운 도로 사정은 신경도 쓰지 않는 속력으로 도심을 향해 달려오는 고성능 자동차였다. 비와 어둠과 속도 때문에 앞좌석에 앉은 두 사람이 제대로 보이질 않았다.

내 머리 위에서 묵직한 리볼버 권총의 총성이 울렸다. 사병이 총을 쏘고 있었다. 빠른 속도로 달리던 자동차가 귀를 찢을 듯 브레이크 소음을 내며 미친 듯이 젖은 도로 위에서 이리저리 방향을 틀며 미끄러졌다.

여섯 번째 총성이 들려와 아마 니켈 도금을 한 권총이 비었음을 짐작한 나는 어둠 속에서 튀어나왔다.

사병은 권총으로 여전히 미끄러지고 있는 자동차를 겨냥한 채, 목재 더미에 엎드려 빗줄기 사이로 눈앞의 광경을 지켜보고 있었다.

내가 바라보고 있는 사이 그가 나를 돌아보며 총을 겨누더니 알아들을 수 없는 명령을 읊조렸다. 나는 그의 총알이 다 떨어졌다고 자신했다. 나는 양손을 머리 위로 높이 들어 올리며 깜짝 놀라는 표정을 짓고는 그의 배를 걷어찼다.

그가 반으로 몸을 접으며 내 다리로 달려들었다. 우리는 같이 쓰러졌다. 내가 밑에 깔려 있었지만 그의 머리가 내 허벅지 위에 놓여 있는 자세웠다. 그의 모자가 벗겨졌다. 나는 양손으로 그의 머리칼을 잡고 벌떡 일어나 앉았다. 그의 이가 내 다리로 파고들었다. 나는 그에게 욕설을 퍼부으며 그의 양쪽 귀 아래 오목한 곳에 엄지를 박았다. 사람을 깨물어선 안 된다는 걸 가르치는 데 힘을 많이 줄 필요는 없었다. 그가 고개를 들고 울부짖자 나는 왼손으로 그의 머리칼을 잡고 면상에 오른 주먹을 날렸다. 깔끔하고 정확한 타격이었다.

나는 그를 밀어내고 자리에서 일어나, 그의 코트 깃을 움켜쥐고 도로로 끌고 나갔다.

하얀 불빛이 우리한테 쏟아졌다. 눈을 찡그리며 나는 길에 서 있는 자동차를 보았고, 전조등이 나와 나의 스파링 파트너를 비추었다. 초록색과 금색 제복을 입은 거구의 남자가 빛 속으로 들어섰다. 레스토랑에서 그랜덤과 함께 있던 혈색 붉은 장교였다. 그의 손엔 자동 권총 한 자루가 들려 있었다.

그는 긴 장화 때문에 뻣뻣한 걸음걸이로 우리에게 다가와, 바닥에 쓰러져 있는 사병은 무시한 채 예리한 검은 눈으로 나를 유심히 관찰했다.

"영국인이오?"

그가 물었다.

"미국인이오."

"그렇군요, 그게 낫죠."

그는 콧수염 한쪽 끝을 깨물며 별 의미 없이 말했다. 그의 영어는 독일어 억양이라 후두음이 강했다.

라이어넬 그랜덤이 자동차에서 나와 우리에게 다가왔다. 그의 얼굴은 초저녁에 보았을 때처럼 분홍빛이 아니었다.

"무슨 일입니까?"

그는 장교에게 물었지만 시선은 나를 향하고 있었다.

"나도 모릅니다. 저녁 식사 후 산책을 하다가 방향을 좀 헷갈렸습니다. 여기까지 오고 나서야 잘못 왔다는 걸 깨달았죠. 돌아가려고 뒤돌아섰는데 이 남자가 목재 더미 뒤에 숨어 있는 게 보이더군요. 손에 총을 들고 말입니다. 무장 강도인 줄 알고 내가 살금살금 다가가 먼저 잡을 생각이었지요. 막 놈을 잡으려던 순간에 놈이 댁들을 향해 총을 쏘기 시작했습니다. 내가 놈을 제대로 붙잡은 덕분에 총알이 빗나갔지요. 댁들과 아는 사입니까?"

"미국인이시군요. 전 라이어넬 그랜덤입니다. 이쪽은 에이나르손 대령이고요. 당신께 깊이 감사드립니다."

청년이 말했다. 그는 이맛살을 찌푸리며 에이나르손을 쳐다보며 물었다.

"무슨 일인 것 같아요?"

장교가 어깨를 으쓱하며 웅얼웅얼 대꾸했다.

"내 부하 중 한 명인데, 알아봅시다."

그가 바닥에 쓰러져 있는 남자의 옆구리를 발로 찼다.

발차기를 당한 사병이 정신을 차렸다. 일어나 앉은 그는 손과 무릎으로 기어가 더러운 손으로 대령의 상의를 붙잡으며 띄엄띄엄 장황하게 애원을 하기 시작했다.

"악!"

에이나르손은 권총 끝으로 사병의 손마디를 쳐내며, 옷에 묻은 진흙 자국을 혐오스럽게 쳐다보더니 명령을 내렸다.

사병이 벌떡 일어나 차렷 자세를 하더니 또 다른 명령이 떨어지자 뒤로 돌아 자동차를 향해 행진했다. 에이나르손 대령은 뻣뻣한 걸음걸이로 남자의 등에 권총을 겨눈 채 뒤를 따랐다. 그랜덤이 내 팔에 손을 얹으며 말했다.

"같이 가시죠. 제대로 감사 인사도 하고, 저 친구를 처리하고 난 뒤엔 서로 좀 더 친해져야죠."

에이나르손 대령이 운전석에 앉고 사병을 조수석에 앉혔다. 그랜덤은 내가 사병의 몸을 수색해 권총을 찾는 동안 기다렸다. 그러고 나서 우리는 뒷좌석에 탔다. 장교는 곁눈으로 나를 의심스레 쳐다보았지만 아무 말도 하지 않았다. 그는 오던 길로 다시 차를 몰았다. 그는 스피드를 좋아했고 우리가 갈 길도 멀지 않았다. 우리가 좌석에 적응했을 무렵 자동차는 높은 돌담 위에 양쪽으로 무기를 내놓고 있는 초소 사이로 난 문을 지나갔다. 우리는 반원형 진입로로 접어들어 회반죽을 칠한 사각형 건물 앞에서 끽 차를 멈추었다.

에이나르손이 사병을 먼저 차에서 내리게 했다. 그랜덤과 나도 차에서 내렸다. 왼쪽으로 길고 낮게 줄지어 서 있는 건물들이 빗속에 희미한 회색으로 드러났다. 군인들의 막사였다. 사각형 흰 건물 현관문이 열리고 초록색 군복에 턱수염을 기른 당번병이 나타났다. 우리는 안으로 들어갔다. 에이나르손이 죄수를 밀며 좁은 현관 복도를 지나 문이 열려 있는 침실로 들어갔다. 그랜덤과 나도 그들을 따라 들어갔다. 당번병은 문가에 서서 에이나르손과 몇 마디를 주고받더니 문을 닫고 사라졌다.

우리가 들어간 방은 하나밖에 없는 작은 창문에 쇠창살이 없긴 해도 감방처럼 보였다. 길쭉한 방엔 회반죽을 칠한 벽과 천장뿐 황량했다. 양잿물로 문질러 벽만큼이나 거의 새하얗게 된 마룻바닥엔 아무것도 깔려 있지 않았다. 가구라고는 검정색 철제 침대와 나무와 캔버스 천으로 된 접이식 의자 세 개, 칠을 하지 않은 서랍장 하나, 그 위에 놓인 빗과 브러시, 종이 몇 장이 전부였다.

"앉으시지요. 이 일은 지금 처리해야 합니다."

에이나르손이 야전 의자를 가리키며 말했다.

청년과 나는 자리를 잡고 앉았다. 장교는 권총을 서랍장에 올려놓고 한쪽 팔꿈치를 총 옆에 기대어 큼지막한 붉은 손으로 콧수염 끝을 만지작거리며 사병에게 말을 걸었다. 그의 목소리는 친절하고 부성애가 넘쳤다. 방 한가운데 경직된 자세로 서 있던 사병은 공허하고 의중을 알 수 없는 눈빛으로 장교를 쳐다보며 우는소리로 대답했다.

그들은 5분쯤 더 이야기를 나누었다. 대령의 목소리와 태도는 인내심을 잃어 가고 있었다. 사병은 멍한 눈빛을 유지했다. 에이나르손은 이를 빠득빠득 갈며 성난 표정으로 청년과 나를 쳐다보았다.

"이 돼지 새끼!"

그가 고함을 지르더니 사병에게 악을 써대기 시작했다.

사병의 잿빛 얼굴에 땀이 솟았고, 군인 특유의 경직된 자세도 풀어졌다. 에이나르손이 고함을 멈추더니 문에 대고 두 단어를 외쳤다. 문이 열리고 수염 난 당번병이 짧고 두툼한 가죽 채찍을 들고 나타났다. 에이나르손이 한 번 고갯짓을 하자 당번병이 채찍을 서랍장에 올려놓은 권총 옆에 놓아두고 방을 나갔다.

사병이 읍소했다. 에이나르손은 그에게 퉁명스럽게 말했다. 사병은 부르르 몸을 떨며 떨리는 손으로 코트를 풀기 시작했고, 계속해서 더듬더듬 우는소리로 간청했다. 그가 코트와 초록색 상의, 회색 속옷을 벗어 바닥에 내려놓고 서자, 털이 무성하고 별로 깨끗하지 않은 상반신이 드러났다. 그는 손을 맞잡으며 눈물을 흘렸다.

에이나르손이 한마디 외쳤다. 사병은 차렷 자세로 경직되어 양팔을 옆구리에 붙인 채 우리를 정면으로 보고 에이나르손을 왼편에 두도록 방향을 바꾸었다.

에이나르손 대령이 천천히 허리띠를 풀고 상의 단추를 끌러 옷을 벗더니 조심스럽게 개어 침상에 올려놓았다. 상의 아래 그는 새하얀 면 서츠를 입고 있었다. 그가 소매를 팔꿈치까지 걷어 올리고 채찍을 집어 들었다.

"이 돼지 새끼!"라고 그가 다시 말했다.

라이어넬 그랜덤은 의자에 앉아 불편한 듯 몸을 움찔거렸다. 그의 얼굴은 창백했고 눈빛은 어두웠다.

또다시 왼쪽 팔꿈치를 서랍장에 올려 둔 채 왼손으로 수염 끝을 만지작거리던 에이나르손이 나른하게 꼬고 앉았던 다리를 펴고 일어나 사병을 채찍질하기 시작했다. 채찍 자루를 쥔 그의 오른팔이 높이 올라갔다가 사병의 등 위로 채찍 끈을 휘둘렀고, 채찍은 거듭 올라갔다 내려오기를 반복했다. 그가 조금도 서두르는 기색이 없고 힘도 들이지 않는다는 점이 특히 고약했다. 그는 원하는 것을 얻어 낼 때까지 사병에게 매질을 할 작정이었고, 필요한 만큼 오래 체력을 유지할 수 있도록 힘을 비축하고 있었다.

첫 번째 매질과 함께 사병의 눈에서 공포가 사라졌다. 그의 눈빛은 시무룩한 듯 흐려졌고 입술도 경련을 멈추었다. 그는 그랜덤의 머리 위쪽을 응시하며 나무토막처럼 서서 매질을 당하고 있었다. 장교의 얼굴 역시 무표정해졌다. 분노는 사라졌다. 그는 매질을 하며 즐거워하는 표정도 아니었고 아예 감정의 표출 자체가 없었다. 그의 태도는 석탄을 삽으로 퍼 넣는 화부나, 판자를 톱질하는 목수나, 편지를 타이핑하는 속기사와 다를 바 없었다. 서두르거나 흥분하거나 쓸데없는 노력을 기울이지도 않고, 열정이나 혐오감도 없이 일을 대하는 장인의 태도로 주어진 일을 할 뿐이었다. 고약한 광경을 지켜보며 나 역시 에이나르손 대령이란 사람을 존중해야 한다는 걸 배웠다.

라이어넬 그랜덤은 야전 의자 끄트머리에 걸터앉아 눈가가 하얗게 질려 사병을 응시했다. 나는 그가 숫자 세는 걸 중단시키려고 청년에게 담배를 권했고, 그와 내 담배에 불을 붙이며 불필요하게 복잡한 과정을 거쳤다. 청년은 매질을 세고 있었는데 그에겐 득 될 게 없는 짓이었다.

채찍은 위로 구부러졌다가 매서운 소리를 내며 내려와 등의 맨살을 찢어 놓았다. 위로 아래로, 위로 아래로. 에이나르손의 불그레한 얼굴에 가벼운 운동으로 인한 땀이 배어 나와 번들거렸다. 사병의 잿빛 얼굴은 풀 덩어리처럼 일그러졌다. 그는 그랜덤과 나를 향하고 있었다. 우리는 채찍 자국을 볼 수 없었다.

그랜덤이 속삭이듯 혼잣말을 했다. 이어 그가 헐떡이며 말했다.

"난 못 견디겠습니다!"

에이나르손은 돌아보지 않고 하던 일을 계속했다.

"지금 멈추지는 마시죠. 이만큼까지 왔는데."

내가 말했다.

청년은 비틀비틀 일어나 창문으로 가 유리창을 열고는 비 오는 밤하늘을 내다보았다. 에이나르손은 청년에게 신경도 쓰지 않았다. 그는 이제 다리를 넓게 벌리고 서서 앞으로 약간 몸을 숙인 채 왼손은 허리를 짚고 오른손으로 채찍질의 속도를 높이고 힘도 더 주어 매질을 하고 있었다.

비틀거리던 사병의 털 난 가슴에서 흐느낌이 새어 나왔다. 채찍이 허공을 가르고, 가르고, 또 갈랐다. 나는 손목시계를 쳐다보았다. 에이나르손은 40분째 채찍을 휘두르고 있었고 밤을 새울 수도 있을 듯했다.

사병이 신음을 하며 장교 쪽으로 돌아섰다. 에이나르손은 매질의 리듬을 잃지 않았다. 채찍이 군인의 어깨를 후려쳤다. 나는 그의 등을 흘깃 볼 수 있었다. 생고기나 다름없었다. 에이나르손이 매섭게 말했다. 사병은 다시 차렷 자세를 하며 장교를 왼쪽에 두고 섰다. 채찍질은 다시 계속되었다. 위로 아래로, 위로 아래로.

사병이 에이나르손의 발치에 손과 무릎을 대고 엎드려, 흐느낌으로 간간이 중단된 말을 쏟아 놓기 시작했다. 에이나르손은 여전히 채찍 손잡이를 오른손에 쥐고 끈을 왼손으로 잡은 다음, 그를 내려다보며 유심히 귀를 기울였다. 사병이 이야기를 마치자 에이나르손은 질문을 던졌고 답을 듣더니 고개를 끄덕였고, 사병이 일어났다. 에이나르손은 사병의 어깨에 다정하게 한 손을 얹고 몸을 돌려 엉망이 된 시뻘건 등을 쳐다보더니 동정 어린 말투로 몇 마디 했다. 그러고 나서 그는 당번병을 불러 몇 가지 명령을 내렸다. 사병은 허리를 숙이느라 신음을 하며 버려진 옷가지를 주워 당번병을 따라 방을 나갔다.

에이나르손이 서랍장 위에 채찍을 집어던지고 침대로 걸어가 상의를 집어 들었다. 안주머니에 있던 가죽 지갑이 바닥에 떨어졌다. 그가 지갑을 집어 들자 낡은 신문 조각이 흘러나와 내 발치로 날아왔다. 나는 신문 조각을 주워 그에게 돌려주었다. 한 남자의 사진이었고, 사진 아래 프랑스어로 적힌 설명에 따르면 페르시아의 왕이었다.

"저 돼지 새끼!"

그가 상의를 입고 단추를 채우며 말했는데, 그건 왕이 아니라 사병을 의미했다.

"저자에겐 아들이 있었는데 역시나 지난주까진 내 부대 소속이었소. 그 아들놈은 술을 너무 많이 마셔서 탈이었죠. 내가 혼쭐을 냈어요. 건

방진 놈입니다. 규율 없는 군대가 어디 있습니까? 돼지 새끼들! 나는 그 돼지 새끼를 때려눕혔고 놈은 칼을 뽑아 들더군요. 악! 사병이 장교한테 칼을 들고 대드는 군대가 어디 있습니까? 이해하겠지만 내가 개인적으로 그 돼지 새끼를 손봐 준 후에 군법회의에 부쳐 20년형을 살게 했어요. 그랬더니 그의 아버지인 늙은 돼지가 속이 상한 거죠. 그래서 오늘 밤에 나를 쏘려 한 겁니다. 악! 무슨 군대가 이렇습니까?"

창가에 있던 라이어넬 그랜텀이 다가왔다. 청년의 얼굴은 초췌했다. 아직 어린 그의 눈빛엔 초췌한 자기 얼굴에 대한 수치심이 담겨 있었다.

에이나르손 대령은 나에게 깍듯하게 고개를 숙인 뒤 사병의 총알이 빗나가도록 하여 ─ 내가 한 일이 아님에도 ─ 목숨을 구해 준 것에 대한 공식 감사 인사를 했다. 이어 대화는 모라비아에 온 나의 체류 목적으로 흘러갔다. 나는 전쟁 때 군 첩보부 대위로 복무했다는 이야기를 간단하게 들려주었다. 그 부분은 사실이었지만, 그것이 내가 그들에게 이야기한 유일한 진실이었다. 나는 옛날이야기를 지어냈다. 유럽에서 살기로 결심했던 나는 전쟁이 끝난 뒤에 제대를 하고 이곳저곳을 떠돌며 별의별 일에 다 손을 댔다. 나는 그 별의별 일이란 게 항상 또는 대부분 점잖지 못한 일이었다는 인상을 모호하게 전하려고 애썼다. 계속해서 상상력을 동원하여 최근에는 어느 기업연합에서 일을 했다고 좀 더 자세한 정보를 준 다음, 이렇듯 세상의 구석으로 숨어든 이유는 서유럽에 1년 정도 모습을 드러내지 않는 것이 낫다고 생각했기 때문임을 인정했다.

"감옥에 갈 일은 전혀 아니지만 나한테는 좀 난감한 상황이 될 수가 있어서 말이죠. 그래서 중부 유럽으로 떠돌아 들어갔다가 베오그라드에 연줄이 닿을 수도 있겠다 싶어서 그리로 갔는데 거짓 정보란 걸 알고 이리로 건너온 겁니다. 여기서 뭔가 일을 찾을 수도 있겠지요. 내일 치안부 장관과 만나기로 했습니다. 만나게 되면 그분에게 나의 쓸모를 보여 줘야겠지요."

"구역질 나는 주다코비치! 그자가 마음에 들던가요?"

에이나르손은 경멸을 솔직히 드러내며 물었다.

"일을 안 하면 입에 풀칠을 못 하니까요."

내가 말했다.

그랜덤이 머뭇거리며 말문을 열었다.

"에이나르손, 혹시 우리가, 당신 생각은……"

그는 말을 맺지 못했다.

청년에게 인상을 찌푸린 대령은 내가 그의 찌푸린 얼굴을 봤다는 걸 깨닫고 헛기침을 하더니 퉁명스럽지만 다정한 말투로 내게 말했다.

"그 뚱보 장관과 너무 빠르게 일을 진행시키지 않는 것이 이로울지도 모르겠습니다. 어쩌면, 댁의 취향에도 더 잘 맞고 이윤도 많은 일자리에서 댁이 재능을 발휘할 수 있도록 우리가 다른 분야를 알아볼 수도 있을 듯하군요."

나는 가타부타 대꾸하지 않고 그 문제를 그냥 미정으로 놓아두었다.

우리는 장교의 차를 타고 도심으로 되돌아왔다. 장교와 그랜덤은 뒷자리에 앉았다. 나는 운전병 옆 조수석에 앉았다. 청년과 나는 호텔 앞에서 내렸다. 에이나르손은 인사를 한 뒤 서둘러 갈 데가 있는 사람처럼 바삐 차를 몰아 사라졌다.

"이른 시간이네요. 제 방으로 올라오시죠."

나란히 건물에 들어서자 그랜덤이 말했다.

나는 내 방에 들러 목재 더미에서 묻은 진흙을 물로 닦아 내고 옷을 갈아입은 다음 그와 함께 올라갔다. 그는 광장이 내려다보이는 꼭대기 층에 방 세 개짜리 객실을 쓰고 있었다.

그는 위스키 한 병과 커피 추출기, 레몬, 시가, 담배를 내놓았고, 우리는 술을 마시고 담배를 피우며 이야기를 나누었다. 15분 내지 20분이 흘렀지만 양쪽 모두 깊은 이야기는 나오지 않았다. 그날 밤 있었던 일에 대한 이야기와 스테파니아에 대한 나의 인상 따위가 오갔을 뿐이었다. 우린 둘 다 각자 서로에게 할 이야기가 있었다. 각자 그것을 털어놓기 전에 상대를 가늠하는 중이었다. 나는 먼저 터뜨리기로 결심했다.

"에이나르손 대령은 오늘 밤 우리를 속였습니다."

"속이다뇨?"

청년이 발딱 일어나 앉으며 눈을 깜박거렸다.

"그 사병은 복수가 아니라 돈을 위해 총을 쐈어요."

"그 말뜻은⋯⋯?"

그의 입은 계속 벌어져 있었다.

"그 말뜻은 당신이 함께 저녁을 먹었던 피부색 검은 작은 남자가 그 사병한테 돈을 줬다는 겁니다."

"마흐무드예요! 어째서 그런⋯⋯ 확실한가요?"

"내 눈으로 직접 봤소."

그는 내가 거짓말을 하고 있다고 생각하는 자신의 표정을 들키기 싫은 듯 돌연 시선을 피해 자기 발을 내려다보았다.

"그 사병이 에이나르손에게 거짓말을 했을 수도 있겠죠. 교육받은 모라비아인이 하는 말은 저도 좀 알아들을 수가 있어도 아까 그 군인이 쓴 시골 사투리는 알아듣지 못하기 때문에 뭐라고 했는지는 모르지만, 그자가 거짓말을 했을 수도 있잖아요."

여전히 나를 거짓말쟁이로 생각한다는 것을 들키지 않으려 애쓰며 그가 말했다.

"그럴 리 없어요. 그자가 사실대로 털어놨다는 데 내 바지를 걸어도 좋소."

청년은 침착하고 냉정한 표정을 지으려고 무던히 애를 쓰며 쭉 뻗은 발을 계속해서 응시했다. 그의 생각이 일부 말로 새어 나왔다.

"물론, 우리를 구해 주셨으니 당신께 엄청난 은혜를 입었지만……"

"그렇지 않아요. 은혜는 형편없이 조준을 한 그 사병에게 입었죠. 나는 그자의 총알이 다 떨어진 다음에 비로소 달려든 거였소."

"하지만……"

내가 소매 끝에서 기관총을 꺼내 들어도 놀라지 않겠다는 듯 청년이 휘둥그렇게 뜬 눈으로 나를 바라보았다. 그는 나를 완벽한 범법자라고 의심하고 있었다. 나는 스스로 너무 과신했던 자신을 저주했다. 이제는 있는 패를 다 펼쳐 보이는 것밖에 다른 도리가 없었다.

"잘 듣게, 그랜덤. 나에 대해서 자네와 에이나르손에게 했던 이야기는 대부분 거짓말이네. 자네 숙부님인 월번 의원이 나를 이리로 보낸 거야. 자네는 파리에 있어야 할 사람이니까. 상당한 재산이 베오그라드로 송금되었다지. 의원님은 그 일을 미심쩍어했고, 자네가 일을 벌이고 있는 건지 누군가가 사기를 친 건지 알 수가 없었네. 나는 자네 행적을 좇아 베오그라드로 갔다가 이리로 건너왔고 오늘 같은 일을 맞닥뜨리게 된 걸세. 자네한테 전달된 돈을 추적해 이렇게 직접 이야기도 나눴으니 됐네. 내가 고용된 목적은 그것이 전부니까. 내 일은 끝났어. 이제라도 내가 자네를 위해 도와줄 일이 있지 않은 한은 말일세."

"그런 거 없습니다. 어쨌든 고맙습니다."

그가 아주 침착하게 말했다. 그가 하품을 하며 자리에서 일어났다.

"떠나시기 전에 혹시 또 뵐 수 있을지 모르겠군요."

"그래. 잘 자게."

그의 무관심에 어울리게 나도 심드렁한 목소리를 꾸며 내는 건 쉬운 일이었다. 나는 숨겨야 할 엄청난 분노가 없었으니까.

나는 방으로 내려와 침대에 누워 잠을 청했다.

다음 날 아침 나는 늦잠을 잤고 아침 식사도 방에서 해결했다. 한창 식사 중에 방문을 두드리는 소리가 들렸다. 구겨진 회색 제복을 입고 짧고 굵은 검을 찬 땅딸한 남자가 들어와 경례를 하더니 하얀 봉투 하나를 내밀며 탁자에 올려 둔 미제 담배를 간절히 쳐다보았고, 내가 담배를 권하자 미소를 지으며 한 개비 받아 들더니 다시 경례를 하고 방을 나갔다.

네모난 봉투에는 내 이름이 작게 적혀 있었다. 꾸밈없고 동글동글한 필체가 유치하진 않았다. 안에는 똑같은 펜으로 적은 쪽지가 들어 있었다.

> 치안부 장관님께서 공적인 일로 오늘 오후에
> 당신을 접견하실 수 없게 되어 유감입니다.

'로메인 프랭클'로 서명이 되어 있고, 추신이 있었다.

> 오늘 저녁 9시 이후에 저를 찾아오시는 것이 불편하지 않다면
> 시간을 절약할 수 있겠습니다.
>
> R. F.

추신 아래에는 주소가 적혀 있었다.

나는 주머니에 쪽지를 넣고, 또 한 번 들려오는 노크 소리에 "들어오세요"라고 외쳤다.

라이어넬 그랜덤이 들어섰다. 그의 얼굴은 창백하게 굳어 있었다.

나는 어젯밤 소동이 별일 아니라는 듯 쾌활하고 스스럼없이 인사를 건넸다.

"어서 오게. 아침은 먹었나? 앉아서 같이……"

"아, 네, 감사합니다. 식사는 했습니다."

그의 잘생긴 붉은 얼굴이 더 붉어지고 있었다.

"어젯밤엔…… 제가……"

"잊어버리게! 자기 일에 시시콜콜 간섭하는 걸 좋아할 사람이 어디 있겠나."

"좋은 분이시군요."

그는 쥐고 있던 모자를 비틀며 말했다. 그가 헛기침을 했다.

"제, 제가 원한다면 도, 도와주시겠다고 하셨죠."

"응. 그럴 걸세. 좀 앉지."

그가 자리에 앉아 기침을 하고는 혀로 입술을 축였다.

"어젯밤 그 사병과의 일에 대해서 아무한테도 말씀 안 하셨죠?"

"응."

"그 일에 대해서 아무 말 안 하실 거죠?"

"왜?"

그는 남아 있는 내 아침 식사를 쳐다보며 대답을 하지 않았다. 나는 담배에 불을 붙여 커피와 함께 피우며 기다렸다. 그는 의자에 앉은 채로 불안하게 움찔거리다 고개도 들지 않고 물었다.

"어젯밤에 마흐무드가 죽었다는 거 아세요?"

"레스토랑에서 자네와 에이나르손과 합석했던 남자 말인가?"

"네. 자정이 지난 직후에 자기 집 앞에서 총을 맞았어요."

"에이나르손 짓이로군?"

청년이 펄쩍 뛰었다.

"아니에요! 왜 그런 말씀을 하시죠?"

"에이나르손은 마흐무드가 사병한테 돈을 주고 암살을 지시한 걸 알았고, 그래서 마흐무드를 죽였거나 사람을 시켜 죽이게 했겠지. 어젯밤에 내가 한 얘기 대령한테도 했나?"

"아뇨. 가족이 보호자를 보냈다는 게 민망해서요."

그가 얼굴을 붉혔다.

나는 짐작한 바를 발설했다.

"대령이 어젯밤에 제안했던 일자리를 나에게 권하면서 사병에 대한 이야기는 함구하도록 당부하라고 자네한테 지시했군. 그렇지?"

"그, 래, 요."

"그럼 어서 제안을 해보게."

"하지만 대령은 당신에 대해서 모르고……"

"그럼 어쩔 셈인가? 나한테 일자리를 제안하지 않으면, 대령한테 그 이유를 전해야 할 텐데?"

"오, 하느님, 뭐가 이리도 엉망인지!"

지친 듯 그가 푸념하며 무릎에 팔꿈치를 올리고 손바닥으로 얼굴을 받치더니 인생이 너무 복잡하다는 걸 깨달은 소년 같은 당혹스러운 얼굴로 나를 쳐다보았다.

그는 속마음을 털어놓기 직전이었다. 나는 그를 보며 씩 웃어 준 뒤 커피를 마저 마시면서 기다렸다.

"알다시피 전 귀를 잡혀서 집으로 끌려가진 않을 겁니다."

그가 다소 유치한 반항심을 돌연 터뜨리며 말했다.

"알다시피 나는 자네를 끌어려고 하지도 않을 거야." 내가 그를 달랬다.

그 뒤로 우리는 한동안 침묵을 지켰다. 그가 머리를 붙잡고 걱정하는 사이 나는 담배를 피웠다. 한참이나 의자에서 꼼지락거리던 그가 똑바로 앉자, 머리칼부터 셔츠 깃 사이의 온 얼굴이 완벽한 선홍색이었다.

그는 자기가 얼굴을 붉히고 있다는 것을 모르는 체하며 입을 열었다.

"당신께 도움을 요청하겠습니다. 바보 같은 이야기를 전부 다 해드리죠. 웃음을 터뜨리신다면 저는…… 웃지 않으실 거죠?"

"웃음이 나면 웃을 수도 있겠지만 그런다고 자네를 돕는 데 지장이 있지는 않을걸."

"그래요, 웃으세요! 어리석은 이야기니까요! 꼭 웃어야 합니다!"

그가 심호흡을 했다.

"혹시…… 혹시 그런 생각을 해본 적 있으신지……?"

그가 필사적으로 부끄러움을 참는 표정으로 말을 멈추더니 마음을 다잡고 거의 소리치듯 핵심 낱말을 내뱉었다.

"왕이 되고 싶단 생각요."

"어쩌면. 나도 되고 싶은 게 참 많았는데 그중에 하나였을 수도 있겠지."

그는 드디어 쏟아 버릴 수 있어서 기쁜 사람처럼 재빨리 말을 쏟아내며 성급하게 이야기를 꺼냈다.

"전 콘스탄티노플에서 열린 대사관 무도회에서 마흐무드를 만났어요.

그 사람은 세미치 대통령의 비서였죠. 그 사람을 특별히 좋아하진 않았지만 우린 꽤 친해졌어요. 그는 저를 설득해 이곳으로 데려왔고, 에이나르손 대령한테 소개해 주었습니다. 그러고 나서 그들은…… 이 나라가 형편없이 통치되고 있다는 건 정말로 의심할 바 없는 진실이었어요. 상황이 그렇지 않았다면 저도 그 일에 끼어들진 않았을 거예요.

그들은 혁명을 준비하고 있었어요. 혁명을 이끌던 지도자가 막 세상을 떠난 뒤였죠. 또한 자금 부족으로 어려움을 겪고 있기도 했어요. 믿어 주세요, 정말이지 제가 그 일에 뛰어든 이유는 허영심이 전부는 아니었어요. 저는 이 나라의 번영을 위해서 좋은 일이라고 믿었고 지금도 여전히 믿고 있어요. 그들이 제안한 계획은 제가 가능한 한 그들의 혁명 자금을 지원하면 저를 왕으로 추대하겠다는 거였어요.

잠깐만요! 그것만으로도 충분히 우스꽝스럽겠지만, 현실보다 더 어리석은 놀음이라고 생각하지는 말아 주세요! 제가 가진 돈이면 이 작고 가난한 나라는 꽤 오래 버틸 수 있습니다. 그런 데다 미국인 통치자가 있으면, 미국이나 영국에서 이 나라 명의로 돈을 빌리는 것도 당연히 더 쉬워지겠죠. 또한 정치적인 이점도 있어요. 모라비아는 네 나라에 둘러싸여 있고, 주변국 중엔 아무리 원한다 해도 무력으로 합병할 만큼 강한 나라가 하나도 없습니다. 모라비아가 입때 독립국으로 남을 수 있었던 건 오로지 힘센 주변국 간의 시기심과 항구가 없다는 점 때문이었죠.

하지만 미국인이 통치자로 앉게 되고 미국과 영국에서 차관을 들여와 외국 자본을 이곳에 투자하고 나면 상황에 변화가 일어날 겁니다. 모라비아는 더 힘센 지위를 누릴 테고 최소한 강대국들에게 미약하게나마 우정을 요구할 수 있겠죠. 그 정도만 되어도 주변국들의 태도가 조심스러워질 겁니다.

1차 대전 직후 알바니아도 같은 생각을 했고, 나폴레옹의 후손이었던 부유한 미국인에게 왕관을 제안한 적이 있습니다. 그는 왕위를 원치 않았어요. 그는 나이가 많았고 이미 직업도 있었으니까요. 저에게 기회가 왔을 때 저는 그걸 원했습니다. 과거에도⋯⋯"

  약간 민망해하느라 그가 잠시 말을 끊었다가 계속했다.

  "과거에도 그랜덤 혈통엔 왕이 있었습니다. 우리 조상은 거슬러 올라가면 스코틀랜드 제임스 4세의 후손이에요. 저는 왕이 되기를 원했고, 혈통을 다시 왕좌에 올려놓는다는 생각에 기뻤습니다.

  우린 폭력적인 혁명을 계획하지 않았어요. 군대는 에이나르손이 장악하고 있으니까요. 단지 군대를 동원해서 아직 우리에게 동조하지 않은 국회의원들에게 정부의 형태를 바꾸어 나를 왕으로 선출하도록 압력을 행사하면 되는 일이었죠. 왕족 혈통과 상관없는 후보자가 왕으로 나서는 경우보다는 저의 가계가 더 유리하게 작용하리라고 봤어요. 제가 비록 어리기는 하지만 왕이 되면 상당한 지위를 확보할 테고, 사람들은, 특히 농부들은 정말로 왕을 원하고 있어요. 그들은 왕 없는 나라는 나라도 아니라고 생각할 정도죠. 그들에게 대통령은 아무런 의미도 없어요. 대통령도 자신들과 다를 바 없는 평범한 사람에 불과하니까요. 그래서 제가⋯⋯ 그렇게 해서⋯⋯ 어서 웃으세요! 얼마나 어리석은 일인지 충분히 들었잖아요! 웃어요! 왜 안 웃죠?"

  톤이 높아진 그의 목소리가 갈라졌다.

  "무엇 하러 웃겠나? 미친 짓이라는 건 하느님도 아시겠지만 어리석은 일은 아니군. 자네 판단력은 감정에 치우쳤지만 정신은 멀쩡해. 그런데 거사가 모두 끝장나 묻혀 버린 것처럼 이야기를 하더군. 계획이 실패로 돌아갔나?"

"아뇨, 그렇지는 않아요. 하지만 전 계속 그런 생각이 들어요. 마흐무드가 죽었다고 해서 상황이 바뀌진 않겠지만, 제 느낌에는 다 끝난 것 같아요."

그가 인상을 찌푸리며 천천히 말했다.

"자네 돈도 엄청 들어갔겠군?"

"그건 상관없어요. 하지만, 음, 미국 언론에서 이 사실을 알아낸다고 생각해 보세요. 아마 결국엔 그렇게 되겠죠. 신문에서 얼마나 조롱하는 기사를 써댈지 빤하잖아요. 그래서 이 일을 알게 될 다른 사람들, 나의 어머니와 숙부님, 신탁회사의 반응도 빤하죠. 제가 수치심 없이 그들과 대면할 수 있다고 위선을 떨진 않겠어요. 그리고 또……"

그의 얼굴이 빨개지면서 빛이 났다.

"발레스카 라드냐크 양도 걱정이에요. 그 사람 아버지가 바로 혁명을 주도하던 분이었어요. 살해당하기 전까지는 지도자였죠. 그 아가씨는, 저는 절대로 그 사람한테 어울리는 자격을 갖출 수 없었을 거예요."

그는 경외심에 압도된 기묘한 명청이 같은 말투로 여자에 대한 이야기를 이어 갔다.

"하지만 그 사람 아버지의 과업을 제가 잇는다면, 그리고 그 사람한테 단순히 돈이 전부가 아닌 것을 줄 수 있다면, 제가 스스로 확고한 자리를 잡을 수 있는 행동을 보여 준다면, 그 아가씨도 어쩌면…… 무슨 말인지 아시잖아요."

나는 "으음"이라고 대꾸했다.

그는 열정적으로 되물었다.

"전 어떻게 해야 하죠? 달아날 순 없어요. 그녀를 위해서, 그리고 저의 자존심을 지키기 위해서라도 끝장을 봐야 해요. 하지만 다 끝나 버린 것 같은 기분이 들어요. 절 도와주시겠다고 하셨으니까, 절 좀 도와주세요. 제가 무슨 일을 해야 하는지 말씀해 주세요!"

"내가 얼굴 부끄럽지 않도록 일을 마무리해 주겠다고 약속한다면, 내가 하라는 대로 할 건가?"

나는 스코틀랜드 왕의 후손인 백만장자 청년이 발칸반도의 정치적 음모를 헤치고 나가도록 돕는 것이 마치 나에겐 다 옛날이야기이며, 한나절짜리 임무에 불과하다는 듯이 물었다.

"네!"

"혁명 과업의 다음 계획은 뭐지?"

"오늘 밤에 회의가 있어요. 당신을 데려가겠습니다."

"몇 시에?"

"자정에요."

"여기서 11시 반에 만나기로 하세. 내가 얼마나 알고 있는 걸로 보여야 하나?"

"혁명 계획을 들려주고 당신을 합류시키는 데 필요한 만큼 설득을 해 보라는 이야기만 들었어요. 당신에게 정보를 얼마나 많이, 혹은 얼마나 적게 알려 줘야 한다는 확실한 지시 사항은 없었습니다."

그날 밤 9시 반에 택시가 치안부 장관의 비서가 쪽지에 적어 준 주소지 앞에 나를 데려다 주었다. 그곳은 도시의 동쪽 끝 열악한 포장도로 변에 있는 작은 이층집이었다. 빳빳하게 풀을 먹여 아주 깨끗하지만 몸에는 맞지 않는 옷을 입은 중년 여인이 문을 열어 주었다. 내가 말을 하기도 전에 로메인 프랭클이 분홍색 민소매 새틴 드레스를 입고 미소를 지으며 여인의 뒤에서 허공을 떠다니듯 다가와 내게 작은 손을 내밀었다.

"오실 줄 몰랐어요."

"왜요?"

하인이 문을 닫고 내 코트와 모자를 받아 드는 동안 나는 그녀의 초청을 무시하는 남자가 세상에 있으리라는 사실이 퍽 놀랍다는 듯 과장된 태도를 보이며 물었다.

우리는 칙칙한 장미 무늬 벽지를 바르고 동양적인 분위기가 물씬 풍기는 카펫으로 바닥을 마감한 방에 서 있었다. 그 방에서 딱 하나 어울리지 않는 물건은 거대한 가죽 의자였다.

"2층으로 올라갈 거예요"라고 말한 여자는 하인에게 마리야라는 이름 외엔 아무것도 알아들을 수 없는 언어로 무언가를 지시했다. 그녀가 나를 돌아보며 다시 영어로 물었다.

"혹시 와인보다 맥주를 더 좋아하시나요?"

나는 그렇지 않다고 대답했고 우리는 2층으로 올라갔다. 여자는 여전히 전혀 힘을 들이지 않는데도 저절로 움직이는 듯한 걸음걸이로 앞장서서 계단을 올라갔다. 그녀는 나를 데리고 검정색과 흰색, 회색으로만 치장한 방으로 들어갔는데, 최대한 가구를 줄여 아주 우아하고 여성스러운 분위기로 가꾼 그 공간은 또다시 쿠션을 덧댄 거대한 의자들 때문에 전체적인 조화가 깨졌다.

여자는 길쭉한 회색 의자에 앉아 프랑스와 오스트리아 잡지 더미를 치워 내가 옆에 앉을 공간을 마련해 주었다. 열린 문 사이로 스페인풍 침대의 페인트 칠한 다리와 자주색 침대보 일부, 그리고 자주색 커튼이 드리워진 창문이 절반쯤 보였다.

"장관님께서 매우 유감으로 생각하세요."

여자가 이야기를 시작했다가 말을 멈추었다.

나는 큼지막한 가죽 의자를 쳐다보고 있었지만 뚫어져라 응시한 건 아니었다. 내가 의자를 쳐다보고 있다는 점 때문에 그녀가 말을 멈추었다는 사실을 깨달은 나는 일부러 시선을 거두지 않았다.

"바실리예가 오늘 오후 약속을 연기하게 돼서 매우 유감으로 생각하세요. 대통령 비서가 암살당한 사건 때문에 ─ 소식 들으셨죠? ─ 당장은 다른 모든 일을 제쳐 두어야 했어요."

그녀는 필요 이상으로 장관의 이름을 콕 집어서 말했다.

나는 의자를 쳐다보던 시선을 서서히 거두어 그녀에게 고개를 돌렸다.

"아 네, 그 마흐무드라는 사람 말이죠? 누가 죽였는지 범인은 잡았습니까?"

그녀가 거의 검정색에 가까운 곱슬머리를 달랑거리며 고개를 젓는 사이, 검정색 고리 안에 검정색 동공이 들어 있는 그녀의 눈동자는 나를 멀리서 관찰하는 듯했다.

"아마 에이나르손일 겁니다."

내가 말했다.

"놀고만 계시진 않았군요."

반쯤 내려왔던 눈꺼풀을 들어 올리며 그녀가 미소를 짓자 눈이 반짝거리는 효과가 났다.

마리야가 와인과 과일을 들고 들어와 긴 의자 옆 작은 탁자에 내려놓은 뒤 방을 나갔다. 여자는 와인을 따르고 은제 상자에 든 담배를 권했다. 나는 그녀의 담배를 거절하고 내 담배를 꺼내 피웠다. 그녀는 시가만큼이나 길고 큰 이집트 담배를 피웠다. 대형 담배 때문에 그녀의 작은 얼굴과 손이 강조되었다. 어쩌면 그녀가 그렇게 큰 크기를 좋아하는 것도 그 때문일지 모르겠다.

"우리 청년을 혹하게 만든 혁명이란 게 대체 어떤 겁니까?"

내가 물었다.

"엎어지기 전까지는 아주 훌륭한 혁명이었어요."

"어쩌다가 엎어졌죠?"

"그건…… 우리나라 역사에 대해서 좀 아세요?"

"아뇨."

"음, 모라비아는 네 나라의 두려움과 시기심의 결과로 존재하게 됐어요. 1만 5,000~6,000제곱킬로미터에 불과한 이 나라의 국토는 별로 가치 있는 땅이 아니죠. 여긴 주변의 네 나라가 특별하게 탐낼 만한 것도 없지만, 한 나라가 차지해 버리는 걸 나머지 세 나라가 가만히 보고 있을 리도 없었어요. 그 일을 해결하는 유일한 방법은 각국이 손을 떼는 거였어요. 그런 결정이 1923년에 내려졌죠.

세미치 박사가 10년 임기로 초대 대통령에 선출되었어요. 그 사람은 정치인도 아니고 정치가도 아니고 앞으로도 결코 정치를 할 인물이 아니에요. 하지만 자기 고향 밖에까지 이름이 알려진 모라비아인은 그가 유일했고, 그 사람이 대통령으로 선출되면 신생 국가에 특혜가 좀 주어질 거라는 생각이 많았어요. 게다가 모라비아 유일의 위대한 사람에게 어울리는 영예이기도 했죠. 그 사람은 명목상 내세우는 간판 이상의 의미는 없는 인물이었어요. 진짜 정부는 이 나라에서 총리나 마찬가지로 여겨지는 부통령으로 선출된 다닐로 라드냐크 장군 손에 달려 있었죠. 라드냐크 장군은 능력 있는 사람이었어요. 군대는 장군을 우러러보았고, 농부들은 그를 신뢰했고, 우리 '부르주아지'도 그를 정직하고 보수적이고 지적인 사람이라고 알고 있을 뿐만 아니라 군 통치자로서의 능력만큼이나 경영자로서도 뛰어나다고 생각했어요.

세미치 박사는 세상 물정에 대해서는 아무것도 모르는 대단히 유순하고 나이 든 학자예요. 이렇게 이야기하면 이해가 빠르겠군요. 그는 종종 생존하는 가장 위대한 세균학자로 손꼽히는 사람이지만, 그와 사석에서 허물없는 사이로 대화를 하게 되면 당신한테도 자기는 세균학의 가치를 전혀 믿지 않는다고 말할 거예요. '인류는 친구들과 어울리듯 박테리아와 어울리며 사는 법을 배워야 해'라고 말하겠죠. '우리 인체는 스스로 질병에 적응해야 하기 때문에, 가령, 결핵에 걸렸거나 안 걸렸거나 별 차이는 없어. 그래야 승리하는 거야. 이렇게 세균과 전쟁을 벌여 봤자 다 쓸데없는 짓이지. 쓸데없긴 하지만 흥미로운 일이야. 그래서 우리가 연구를 하는 거야. 실험실에서 어물쩍거리고 돌아다니는 건 순전히 쓸모없는 일이지만 우리는 재미로 하는 거야'라고요.

그런데 이 유쾌한 몽상가 늙은이가 국민들에게 대통령으로 선출되는 영예를 누리게 되자, 그걸 최악의 방향으로 받아들였어요. 실험실을 닫아걸고 전심전력으로 정부를 운영함으로써 감사의 마음을 보여 주겠다고 결심한 거죠. 아무도 그런 걸 기대하거나 원치 않았어요. 정부는 라드냐크가 운영하기로 되어 있었으니까요. 한동안 장군은 상황을 잘 통제했고 만사가 잘 돌아갔어요.

하지만 마흐무드에겐 혼자만의 계획이 있었죠. 그는 세미치 박사의 비서였고 신임을 받고 있었어요. 그는 라드냐크 장군이 대통령의 권력을 대신 휘둘러 월권을 행사하는 여러 가지 사안에 대통령이 관심을 쏟도록 부추기기 시작했어요. 제멋대로 행동하는 마흐무드를 막아 볼 심산으로 라드냐크는 끔찍한 실수를 저질렀어요. 세미치 박사를 찾아가 솔직하게 대통령이 국가 운영에 전력투구하는 건 누구도 기대하지 않으며, 국민들이 그를 초대 대통령으로 뽑아 준 의도는 의무보다는 명예를 안겨 주려는 것이었다고 진심을 털어놓았죠.

라드냐크가 마흐무드의 손에서 놀아난 셈이에요. 결국 비서가 실질적인 정부를 운영했으니까요. 세미치 박사는 이제 라드냐크가 자신의 권위를 훔쳐 가려 한다고 믿게 되었고 그날부터 라드냐크는 손발이 묶이고 말았어요. 세미치 박사는 모든 국정 운영을 세세한 부분까지 직접 처리하겠다고 주장했고, 그 말은 곧 마흐무드가 처리한다는 의미였어요. 대통령은 취임한 날이나 오늘이나 정치에 대해서 아는 것이 없는 사람이니까요. 불평이 터져 나왔지만 소용없었어요. 누구 입에서 나온 불평이든 상관도 없었어요. 세미치 박사는 불평하는 국민은 전부 다 라드냐크 장군의 공모자로 치부했어요. 국회에서 마흐무드를 비난하면 할수록 세미치 박사는 그를 더 신뢰했어요. 작년엔 상황이 더 견딜 수 없는 지경에 이르렀고 혁명의 기운이 싹트기 시작했죠.

물론 라드냐크 장군이 주동자였고 모라비아에서 영향력 있는 사람들의 최소 90퍼센트가 혁명을 지지했어요. 전체적인 국민들의 태도는 판단하기 어려워요. 국민들 대다수가 농부와 소규모 토지 소유주고, 그들이 원하는 건 단지 그냥 내버려 둬 달라는 거예요. 하지만 그들도 대통령보다는 왕이 낫다고 여기는 건 확실했기 때문에 앞으로 다가올 변화를 반길 것 같았죠. 라드냐크 장군을 숭배하는 군대는 당연히 참여했어요. 혁명의 기운은 서서히 무르익었어요. 라드냐크 장군은 조심스럽고 신중한 사람이었고, 이 나라는 부자 나라가 아니라서 쓸 수 있는 돈이 별로 없었어요.

혁명일로 정해진 날을 두 달 앞두고 라드냐크가 암살되었어요. 혁명 세력은 산산이 흩어져 대여섯 개의 파벌로 쪼개졌죠. 다른 사람들을 한데 아우를 만큼 강력한 인물이 없었어요. 그들 가운데 일부 파벌은 여전히 머릴 맞대고 모의를 하지만 그들은 전체적인 영향력도 없고 진정한 목적도 없이 표류 중이에요. 이게 바로 라이어넬 그랜덤이 혹해 가담하게 된 혁명의 사연이에요. 하루 이틀 지나면 좀 더 정보를 입수하겠지만, 지금까지 우리가 알고 있는 건 콘스탄티노플에서 한 달간 휴가를 보냈던 마흐무드가 그랜덤을 이리로 데려왔고, 에이나르손의 설득으로 그 청년도 혁명 세력에 가담하게 되었다는 점이에요.

물론 마흐무드는 혁명에서 완전히 배제된 인물이었어요. 그를 겨냥한 혁명이었으니까요. 하지만 에이나르손은 상관이었던 라드냐크 장군 휘하에서 가담한 사람이에요. 라드냐크 사후에 에이나르손은 죽은 장군에게 품었던 사병들의 충성심을 대다수 고스란히 물려받는 데 성공을 거두었어요. 장군을 좋아했던 것만큼 그 아이슬란드인을 좋아하지는 않지만, 에이나르손은 겉모습도 근사하고 극적인 성품을 지녔으니, 단순한 사람들이 지도자한테 바라는 자질을 모두 갖췄다고 봐야죠. 그래서 에이나르손은 군대를 등에 업고 그랜덤한테 깊은 인상을 주기에 충분할 만큼 혁명 세력을 확보했어요. 돈을 위해서라도 그는 혁명을 할 거예요. 그래서 그와 마흐무드는 당신의 청년을 위해 쇼를 기획했어요. 그들은 장군의 딸인 발레스카 라드냐크도 이용했어요. 내 생각엔 그 여자도 속았을 거예요. 듣기로는 청년과 그 아가씨가 왕과 왕비로 등극할 계획이라더군요. 이 촌극에 그 청년이 투자한 돈이 얼마죠?"

"아마 미화 300만 달러는 될 겁니다."

로메인 프랭클이 나지막이 휘파람을 불고는 와인을 좀 더 따랐다.

"혁명 기운이 무르익을 때 치안부 장관의 입장은 어땠습니까?"

내가 물었다.

그녀는 말을 하는 사이사이 와인을 홀짝거리며 내 질문에 대답했다.

"바실리예는 기묘한 사람이에요, 독보적이죠. 그 사람은 자신의 편안함 이외엔 아무 데도 관심이 없어요. 그에게 편안함이란 어마어마한 양의 음식과 술, 그리고 최소한 하루 16시간의 잠을 의미하고, 깨어 있는 8시간 동안에도 많이 돌아다니지 않아야 해요. 그 이외에는 아무것도 상관하지 않는 사람이에요. 자신의 편안함을 지키기 위해서 그는 치안부를 이상적인 행정부서로 만들어 놓았어요. 소속 직원들은 유연하고 깔끔하게 일을 처리해야 해요. 그렇지 못하면 범죄자들이 처벌을 받지 않을 테고 사람들이 불평을 할 테고 그런 불평이 쌓여 장관님을 괴롭힐지도 모르니까요. 심지어 회의 참석이나 면담 때문에 오후 낮잠을 줄여야 하는 상황이 올 수도 있겠죠. 그런 건 용납될 수 없어요. 그래서 그는 범죄를 최소로 줄이고, 그렇게 줄어든 범법자들을 모두 체포할 수 있는 조직을 유지해야 한다고 주장해요. 그리고 그렇게 하고 있고요."

"라드냐크의 암살범은 잡았습니까?"

"살인을 저지른 지 10분 뒤 체포에 저항하다 사살됐어요."

"마흐무드의 부하 중 한 사람이었겠군요?"

여자는 술잔을 비우고 나를 보며 얼굴을 찌푸렸다. 찡그리느라 눈꺼풀이 내려왔는데도 눈이 반짝거렸다.

"추리력이 그리 나쁘진 않은 것 같지만 이젠 제가 질문할 차례예요. 왜 에이나르손이 마흐무드를 죽였다고 말했죠?"

"에이나르손은 그날 초저녁에 마흐무드가 자신과 그랜덤을 총으로 쏘아 죽이려 했다는 사실을 알았어요."

"정말이에요?"

"사병 하나가 마흐무드한테 돈을 받고 잠복해 있다가 에이나르손과 그랜덤을 기다렸는데 총알 여섯 발로도 못 맞힌 걸 내가 목격했습니다."

그녀가 손톱으로 자기 이를 톡톡 두들겼다.

"살인 청부로 돈을 주는 장면을 목격당하다니 마흐무드답지 않은데 요."

그녀가 이의를 제기했다.

"어쩌면 아닐지도 모르죠. 하지만 그가 고용한 총잡이가 돈을 더 받아 내야겠다고 결심했거나, 받기로 한 돈을 일부만 받았다고 생각해 봐요. 주어진 임무를 계획대로 수행하기 몇 분 전에 길거리에 불쑥 나타나 돈을 받아 내는 것보다 더 좋은 방법이 어디 있겠어요?"

내 말에 그녀는 고개를 끄덕이며, 마치 생각을 입에 올리듯 말했다.

"그렇다면 그들은 그랜덤한테 예상했던 걸 다 받아 낸 뒤에 각자 서로를 제거하려 했다는 뜻이네요."

"당신이 잘못 생각하고 있는 부분은 혁명이 엎어졌다고 여기는 점입니다."

"하지만 300만 달러가 걸린 일인데 마흐무드가 권력에서 스스로 배제되려고 음모에 가담하진 않았을 거예요."

"맞아요! 마흐무드는 청년을 위해 쇼를 한다고 생각했어요. 그런데 그게 쇼가 아니었다는 걸 알게 되자, 에이나르손이 진심이라는 걸 깨닫자, 그를 제거하려 한 거예요."

"어쩌면요. 하지만 이번엔 당신의 추측일 뿐이죠."

그녀가 매끄러운 맨어깨를 으쓱했다.

"그럴까요? 에이나르손은 페르시아 왕의 사진을 갖고 다닙니다. 많이 꺼내 본 것처럼 낡은 사진이었어요. 그 페르시아 왕은 전쟁 이후에 그 나라로 들어가 혼자 힘으로 승진해 군대를 손에 넣고 독재자가 되었다가 이어 왕에 등극한 러시아 군인 출신이죠. 내가 틀린 부분이 있다면 바로잡아 주십시오. 에이나르손은 전쟁 이후에 이 나라로 흘러 들어와 혼자 힘으로 승진해 군대를 손에 넣었습니다. 만일 그가 페르시아 왕의 사진을 품고 다니며 하도 만져서 닳을 정도로 자주 들여다봤다면, 그건 그를 전범으로 삼아 따르려는 희망을 품고 있다는 의미가 아닐까요?"

로메인 프랭클은 자리에서 일어나 방 안을 이리저리 돌아다니며 의자를 이쪽으로 약간 옮겨 놓기도 하고 장식품을 저쪽으로 살짝 밀어 놓거나, 창문 커튼의 주름을 펼쳐 놓지 않으면 벽에 걸린 그림이 똑바르지 않다는 듯 수선을 떨었고, 그러는 가운데도 분홍색 새틴 드레스를 입은 우아하고 키 작은 아가씨의 자태는 변함없이 유지되었다.

그녀는 거울 앞에 멈춰 서서 거울에 내 모습이 비치도록 거울을 약간 한쪽으로 밀어 놓고는 곱슬머리를 빗으며 거의 무심한 듯 말했다.

"좋아요, 에이나르손이 혁명을 원한다고 치죠. 당신의 청년은 무얼 할 건가요?"

"내가 하라는 대로요."

"청년에게 당신은 뭐라고 할 건데요?"

"가장 수지가 맞는 쪽으로 하라고요. 나는 청년의 돈을 전부 되찾아 집으로 데려가고 싶소."

그녀가 거울 앞을 떠나 내게로 다가와 머리칼을 헝클어 놓더니, 내 무릎에 앉아 작고 따뜻한 손으로 내 얼굴을 잡고 입술에 키스를 했다.

"혁명을 이뤄 줘요, 착한 아저씨!"

그녀의 눈빛은 흥분으로 새까맣게 빛났고, 목소리는 쉰 듯했고 입으로는 웃고 있으면서 몸이 떨렸다.

"난 에이나르손이 싫어요. 나 대신 그자를 이용하고 부숴 버려요. 하지만 날 위해 혁명을 꼭 이뤄 줘요!"

506

나는 소리 내어 웃으며 그녀에게 키스를 했고, 그녀가 머리를 내 어깨에 편히 기대도록 무릎에 앉아 있는 그녀의 몸을 틀었다.

"두고 봅시다. 자정에 사람들을 만나기로 했습니다. 혹시 만나 보면 알게 되겠죠."

"모임 끝나고 다시 올 건가요?"

"나를 멀리하는 게 좋을 텐데!"

나는 11시 반에 호텔로 돌아와 뒷주머니에 권총과 곤봉을 챙겨 넣은 뒤 그랜덤의 스위트룸으로 올라갔다. 그는 혼자 있었지만 곧 에이나르손이 올 거라고 말했다. 그는 나를 봐서 반가운 듯했다.

"말해 보게, 마흐무드가 회의에 참석한 적 있었나?"

"아뇨. 그 친구가 혁명에 가담하고 있다는 건 연루자들도 대부분 모르는 사실이었어요. 그가 나타날 수 없는 이유가 있었거든요."

"있었겠지. 가장 중요한 이유는 그자가 반란을 원치 않고, 원하는 건 돈뿐이라는 점을 모든 이들이 알고 있었기 때문이야."

그랜덤이 아랫입술을 깨물며 "오, 하느님, 완전 엉망이로군요!"라고 말했다.

에이나르손 대령이 양복 정장 차림으로 나타났지만 군인다운 풍채와 활동가로서의 면모는 여전했다. 악수를 나누는 그의 손에는 필요 이상으로 힘이 실려 있었다. 작고 짙은 그의 눈은 단호한 빛을 뿜었다.

"준비되셨소, 제군들?"

마치 여러 사람에게 외치듯 그가 청년과 내게 말했다.

"좋습니다! 이제 갑시다. 오늘 밤엔 어려움이 있을 거요. 마흐무드가 죽었으니까요. 우리 동지들 가운데서도 '왜 이제 와서 새삼 반란을 일으키나?'라고 묻는 사람이 있을 겁니다. 악!"

그가 윤기 나는 짙은 색 콧수염 한 가닥을 잡아당겼다.

"나는 그 질문에 대답을 할 겁니다. 우리 동지들은 선한 영혼이지만 소심한 경향이 있어요. 능력 있는 지도자 밑에서 소심함은 설 자리가 없습니다. 보면 알게 될 거요!"

그가 콧수염을 다시 잡아당겼다. 오늘 저녁 이 신사 군인은 나폴레옹이 된 기분인 듯했다. 그러나 나는 그를 뮤지컬 코미디에 등장하는 혁명가로 묘사하진 않겠다. 나는 그가 사병에게 무슨 짓을 했는지 기억하고 있다.

우리는 호텔을 나와 자동차에 올랐고, 일곱 블록을 운전해 이면도로에 있는 작은 호텔로 들어갔다. 에이나르손에게 현관문을 열어 주며 짐꾼이 배꼽까지 머리를 숙였다. 그랜덤과 나는 장교를 따라 계단을 한 층 올라가 어두운 복도를 걸어갔다. 머리에 기름을 잔뜩 바른 뚱뚱한 오십 대 남자가 고개 숙여 인사를 한 뒤 혀를 차며 우리에게 다가왔다. 에이나르손이 나에게 그를 소개해 주었다. 호텔 주인이었다. 그가 우리를 이끌고 천장이 낮은 방으로 들어가자, 30~40명쯤 되는 사람들이 의자에서 일어나 담배 연기 사이로 우리를 쳐다보았다.

에이나르손이 짧으면서도 대단히 격식 갖춘 연설을 했지만 나는 알아들을 수가 없었고 이어 동지들에게 나를 소개했다. 나는 그들에게 고개를 숙여 인사한 뒤 그랜덤 옆자리에 앉았다. 에이나르손은 청년의 다른 쪽 옆자리에 앉았다. 특별한 명령 없이도 모두들 다시 자리를 잡고 앉았다.

에이나르손 대령은 수염을 다듬고 나서 이 사람 저 사람에게 말을 건네기 시작했고 필요한 경우엔 다른 사람들의 떠들썩한 웅성거림 위로 고함을 치기도 했다. 나지막한 말투로 라이어넬 그랜덤은 좀 더 중요한 공모자들을 내게 일러 주었다. 국회의원이 열두어 명 있었고, 은행가 한 사람과 재무부 장관의 동생(장관의 대리인인 듯했다), 장교들 대여섯 명(오늘 밤엔 모두 민간인 복장이었다), 대학 교수 셋, 노동조합장, 신문사 발행인과 편집자, 학생 클럽 대표, 시골에서 올라온 정치인 한 사람, 소규모 사업가가 몇 명 있었다.

새하얀 수염을 기른 뚱뚱한 육십대 은행가가 자리에서 일어나 에이나르손을 빤히 응시하며 연설을 시작했다. 그는 의도적으로 부드럽게 말을 했지만, 말투에서 약간 반항기가 느껴졌다. 대령은 그가 말을 오래하도록 내버려 두지 않았다.

"악!"

에이나르손이 분연히 일어서며 소리쳤다. 그의 말은 나에게 아무런 의미도 없었지만, 은행가의 뺨이 붉게 달아올랐고 우리 주변 사람들의 눈빛에도 불편한 기색이 떠올랐다.

"저들은 혁명을 취소하길 원해요. 이제는 끝을 보지 않겠답니다. 저도 그럴 줄 알았어요."

그랜덤이 내 귓가에 속삭였다.

회의가 거칠어졌다. 많은 사람들이 한 번씩은 버럭 소리를 질렀지만 누구도 에이나르손의 고함에 맞서 기를 꺾지 못했다. 시뻘겋게 달아올랐거나 매우 창백해진 얼굴로 모두들 자리에서 일어났다. 주먹질과 삿대질이 오가고 사방에서 머리를 절레절레 흔들었다. 재무부 장관의 동생— 갸름하고 지적인 얼굴에 늘씬하고 옷차림이 우아한 남자였다 — 이 코안경을 사납게 벗어던지다 절반으로 부러뜨리고는 에이나르손에게 몇 마디 소리친 뒤 홱 몸을 돌려 문으로 걸어갔다.

문을 확 열어젖힌 그가 걸음을 멈추었다.

복도 한가득 초록색 제복이 보였다. 군인들이 벽에 기대어 서 있기도 하고 줄지어 쪼그려 앉거나 무리를 지어 서 있었다. 총은 들고 있지 않았고 옆구리에 찬 칼집에 총검만 꽂혀 있었다. 재무부 장관의 동생은 문 앞에 꼼짝도 않고 서서 군인들을 쳐다보았다.

갈색 구레나룻을 기르고 피부색이 검은 편인 데다 허름한 옷차림에 묵직한 장화를 신은 덩치 큰 남자가 붉게 충혈된 눈으로 군인들과 에이나르손을 번갈아 쳐다보더니 대령 앞으로 두 걸음 다가갔다. 그는 지방 정치인이었다. 에이나르손이 입술을 꾹 다물고 그에게 다가섰다. 두 사람 사이에 서 있던 다른 사람들은 자리를 비켜 주었다.

에이나르손이 고래고래 소리를 질렀고 시골 남자도 악을 썼다. 에이나르손이 주로 큰 소리를 냈지만 시골 남자도 지지 않을 기세였다.

에이나르손 대령이 "악!" 하고 소리를 지르더니 시골 남자의 얼굴에 침을 뱉었다.

시골 남자가 뒤로 한 걸음 비틀거리며 물러나면서 두툼한 손을 갈색 코트 안에 넣었다. 내가 에이나르손의 옆으로 돌아 나서며, 시골 남자의 옆구리에 총구를 들이밀었다.

에이나르손이 웃음을 터뜨리더니 사병 둘을 방으로 불러들였다. 그들은 시골 남자의 양팔을 잡고 방에서 끌어냈다. 누군가가 문을 닫았다. 모두들 자리에 앉았다. 에이나르손이 또 한 번 연설을 했다. 아무도 그의 연설을 방해하지 않았다. 허연 수염을 기른 은행가도 연설을 했다. 재무부 장관의 동생은 자리에서 일어나 길쭉한 양손에 부러진 안경을 반쪽씩 쥔 채로 사팔뜨기처럼 에이나르손을 쳐다보며 대여섯 마디 공손한 발언을 했다. 에이나르손이 한마디 하자, 그랜덤이 자리에서 일어나 이야기를 했다. 모두들 매우 공손하게 경청했다.

에이나르손이 다시 이야기를 했다. 모두들 흥분했다. 모두들 한꺼번에 입을 열었다. 오래도록 그런 상황이 지속되었다. 그랜덤은 혁명이 목요일 아침 일찍 시작될 거라고 나에게 설명해 주었다. 현재 수요일 새벽이었는데, 지금은 마지막으로 세부적인 사항을 논의하고 있다고 했다. 이렇듯 와자지껄한 소란이 지속되고 있는데 세부적인 사항을 아는 사람은 내가 보기엔 아무도 없을 듯했다. 마지막 두어 시간 동안 나는 구석 벽에 의자를 기대 놓고 앉아 꾸벅꾸벅 졸았다.

그랜덤과 나는 회의가 끝나자 걸어서 호텔로 돌아갔다. 그는 다음 날 새벽 4시에 광장에 집결할 예정이라고 나에게 말했다. 6시에 동이 틀 테고, 그때쯤이면 정부 청사와 대통령, 대다수 공무원과 우리 편이 아니었던 국회의원들까지 우리 손에 들어와 있을 것이다. 국회 본회의는 에이나르손의 군대가 지켜보는 가운데 열리고, 모든 일은 가능한 한 빠르고 순조롭게 진행될 예정이었다.

나는 일종의 경호원으로 그랜덤을 수행하라는 지시를 받았는데, 그 말은 곧 우리더러 가능한 한 멀찌감치 떨어져 있으라는 의미였다. 나도 그게 좋았다.

나는 5층에서 그랜덤과 헤어져 방으로 들어가 찬물로 얼굴과 손을 씻은 뒤 다시 호텔을 나섰다. 그 시간에 택시를 잡을 가능성은 없었으므로 걸어서 로메인 프랭클의 집으로 향했다. 가는 길에 나는 약간의 흥분을 만끽했다.

걸어가는 내 얼굴로 바람이 휘몰아쳤다. 나는 걸음을 멈추고 뒤를 돌아 바람을 등지고서 담배에 불을 붙였다. 길을 걷고 있던 그림자 하나가 건물 그림자 속으로 재빨리 모습을 감추었다. 별로 솜씨가 좋지 않은 사람에게 미행을 당하고 있었다. 나는 담뱃불을 다 붙이고 나서 흡족할 만큼 어두운 이면도로에 당도할 때까지 계속해서 걸어갔다. 이면도로로 방향을 틀어 들어가서는 길가에 면한 어두운 건물 출입구에 몸을 숨겼다.

한 남자가 다급하게 모퉁이를 돌아 나왔다. 첫 번째 휘두른 몽둥이질은 그를 빗나갔다. 그가 너무 앞으로 몸을 숙인 바람에 곤봉이 그의 뺨을 때렸다. 두 번째 손길은 그의 귀 뒤에 정통으로 맞았다. 나는 길가에 잠든 그를 버려두고 계속해서 로메인 프랭클의 집으로 향했다.

하녀 마리야가 회색 모직 목욕 가운을 걸치고 나와 문을 열어 준 뒤, 여전히 분홍색 드레스를 입은 장관 비서가 긴 의자에 쿠션을 받쳐 놓고 앉아 기다리고 있던 검정색과 흰색과 회색 방으로 나를 안내했다. 담배꽁초가 수북한 재떨이를 보니 그녀가 시간을 어떻게 보냈는지 알 수 있었다.

"어때요?"

내가 그녀에게 다가가 손수 옆자리에 공간을 만들자 그녀가 물었다.

"목요일 새벽 4시에 봉기한답니다."

"당신이 해낼 줄 알았어요."

그녀가 내 손을 톡톡 두들겼다.

"우리 대령님의 귓방망이를 때려서 회의를 중단시키고 나머지 사람들한테 그자를 갈가리 찢어 버리라고 던져 주고 싶은 순간이 몇 분간 있기는 했지만 저절로 그렇게 된 거요. 그러고 보니 생각났는데, 오늘 밤에 이리로 찾아오는데 누군가가 고용한 남자가 나를 따라오려고 했소."

"어떤 남자였는데요?"

"키가 작고 살집이 많은 사십대, 체구와 나이가 딱 나와 비슷하더군."

"하지만 그 사람이 미행에 성공하진 못했죠?"

"내가 기절시켜서 길바닥에 재워 놓고 왔어요."

여자가 웃음을 터뜨리며 내 귀를 잡아당겼다.

"그 사람은 우리나라 최고 실력자 형사 곱체크예요. 그 사람 화 엄청 내겠네요."

"더는 그런 사람들 시켜서 나를 공격하지 말아요. 두 번이나 때려서 미안하다고 그 사람한테 전해 주면 좋겠지만, 그건 그 사람 잘못이었소. 처음에 머리를 뒤로 빼질 말았어야지."

그녀는 소리 내어 웃다가 인상을 찌푸리더니 이윽고 웃음과 찡그림에 반반씩 걸친 표정을 지었다.

"회의 얘기 좀 해봐요."

그녀가 명령했다.

나는 아는 대로 이야기를 해주었다. 이야기를 마치자 그녀는 내 머리를 끌어내려 입을 맞춘 뒤 그대로 두고 속삭였다.

"당신은 나 믿죠?"

"그럼요. 딱 당신이 나를 믿는 만큼만."

"그걸로는 절대 충분하지 않아요."

여자가 내 얼굴을 밀어내며 대꾸했다.

마리야가 음식 쟁반을 들고 들어왔다. 우리는 탁자를 의자 앞에 끌어다 놓고 음식을 먹었다.

로메인이 아스파라거스 줄기를 씹으며 말했다.

"난 당신을 제대로 이해 못 하겠어요. 나를 믿지 못한다면 왜 그런 이야기를 나에게 해줬죠? 내가 아는 한 당신은 나한테 거짓말을 많이 하지 않았어요. 나를 믿지도 못하면서 왜 사실대로 얘기했어요?"

"감수성 예민한 나의 본성 때문이오. 나는 당신의 미모와 매력에 압도당해서 아무것도 거절할 수가 없어요."

"농담 말아요!"라고 소리친 그녀가 돌연 진지해졌다.

"난 세상의 절반쯤 되는 나라에서 미모와 매력으로 돈을 벌었어요. 내 앞에서 그런 말은 두 번 다시 하지 말아요. 그런 말 들으면 마음이 아파요, 왜냐하면…… 왜냐하면……"

그녀가 접시를 밀어내고 담배를 찾아 손을 뻗다가 허공에서 멈추더니 못마땅한 눈초리로 나를 쳐다보았다.

"사랑해요"라고 그녀가 말했다.

나는 허공에 떠 있는 그녀의 손을 잡고 손바닥에 입을 맞춘 뒤 물었다.

"세상 그 누구보다도 나를 사랑하오?"

그녀가 나에게 잡혔던 손을 빼냈다.

"회계사라도 돼요? 매사에 양과 무게와 수치를 재야 직성이 풀리겠어요?"

그녀가 물었다.

나는 씩 웃어 준 뒤 계속해서 음식을 먹으려 애써 보았다. 나는 몹시 배가 고팠다. 그런데 겨우 몇 입 안 먹었는데도 식욕이 달아났다. 사라져 버린 허기가 아직 남아 있는 것처럼 애를 써보았지만 소용이 없었다. 음식을 삼키고 싶지가 않았다. 나는 곧 포기하고 담배에 불을 붙였다.

그녀가 왼손을 부채처럼 흔들어 우리 사이에 피어오른 담배 연기를 흩어 놓았다.

"당신은 나를 믿지 못해요. 그러면서 왜 내 손에 자신의 안위를 맡겨요?"

"못 할 것도 없잖소? 당신이 혁명을 그르칠 순 있겠죠. 하지만 그렇게 한대도 나한텐 아무 의미가 없어요. 어차피 내 편도 아니고, 혁명이 실패했다고 해서 내가 돈과 함께 청년을 이 나라에서 빼낼 수 없다는 의미는 아니니까."

"혹시라도 감옥에 가거나 처형을 당할 수도 있는데요?"

"운에 맡겨 볼 생각이오."

내가 말했다. 하지만 정작 머릿속으로는, 대도시에서 권모술수와 감언이설로 보낸 세월이 20년인데 만일 내가 이런 좁은 촌구석에서 덫에 걸린다면 당해도 싸다는 생각을 하고 있었다.

그녀는 웃음을 터뜨리며 한 손으로 내 입을 가리고 말했다.

"그런데 당신 나한테 아무런 감정 없어요?"

"바보 같은 소리 말아요. 난 어젯밤 8시 이후로 아무것도 먹지 못했어요."

내가 담배로 먹지 않은 음식을 가리켰다.

"이해해요. 당신은 나를 사랑하지만, 당신 계획을 내가 중간에서 방해하도록 그냥 내버려 둘 만큼 사랑하진 않는군요. 그건 마음에 안 들어요. 나약한 태도예요."

"당신도 혁명에 찬성한다는 걸 드러낼 작정이오?"

내가 물었다.

"길거리를 뛰어다니며 폭탄을 던지진 않을 거예요. 그런 의미로 물은 거라면 말이죠."

"그럼 주다코비치는?"

"그 사람은 아침 11시까지 잠을 자요. 새벽 4시에 시작한다면 그가 깨어나기 전까지 7시간이네요. 그 시간 안에 끝내세요. 안 그러면 그 사람이 중지시키려 할지도 몰라요."

로메인은 완벽하게 진지한 얼굴로 말했다.

"그래요? 나는 그 친구도 혁명을 원한다는 느낌을 받았는데."

"바실리예는 평화와 편안함 말곤 아무것도 원하지 않아요."

"하지만 들어 봐요. 만일 바실리예가 정말로 유능하다면, 당연히 미리 알 수밖에 없었을 거요. 에이나르손과 그의 군대가 혁명의 핵심이잖소. 은행가와 국회의원 같은 수많은 사람들이 그자와 함께 행동하고 혁명 세력에 책임을 실어 주며 영화 같은 음모를 꾸미고 있어요. 저들을 봐요! 저들은 한밤중에 회의를 열며 온갖 종류의 어리석은 짓은 다 저지르죠. 이제 실제로 저들이 무언가를 실행에 옮기려 한다면 소문이 퍼지는 걸 막진 못할 거요. 온종일 다들 삼삼오오 이상한 구석 자리에 모여 몸을 떨고 속삭여 대겠죠."

"그들은 몇 달째 그러고 있어요. 그래서 아무도 그들에게 신경 쓰지 않아요. 내가 장담하는데 바실리예는 새로운 소식을 듣지 못할 거예요. 나는 확실히 그에게 이야기하지 않을 테고, 그는 다른 사람의 이야기는 절대 듣지 않거든요."

여자가 말했다.

"잘됐군요."

잘된 일인지 나도 자신은 없었지만 그럴지도 몰랐다.

"만일 군대가 에이나르손을 따른다면 이번 반란이 성공할까요?"

"네, 그리고 군대는 그를 따를 거예요."

"그렇다면 반란이 끝난 후에 진짜 우리 일이 시작되겠군요?"

그녀는 탁자 깔개에 떨어진 담뱃재를 작고 뾰족한 손가락으로 털어 내며 아무 말도 하지 않았다.

"에이나르손은 축출되어야 할 인물이오."

"우리가 그를 죽여야 할 거예요. 당신이 직접 하는 게 낫겠어요."

로메인 프랭클이 진지하게 말했다.

그날 저녁 나는 에이나르손과 그랜덤을 만나 그들과 몇 시간을 함께 보냈다. 청년은 혁명이 성공하리라는 확신이 없어 안절부절못하며 초조해했지만 상황을 당연한 일로 받아들이고 있는 척 애를 썼다. 에이나르손은 말이 많았다. 그는 다음 날 계획에 대해서 온갖 세세한 부분까지 우리에게 전부 이야기했다. 나는 그가 하는 말보다 그에게 더 관심이 갔다. 그는 혁명을 성공시킬 수 있는 인물로 생각되었고, 나도 기꺼이 그에게 그 일을 맡길 작정이었다. 그래서 그가 이야기를 하는 동안 나는 약점을 찾느라 그를 꼼꼼히 훑어보았다.

우선 나는 그를 신체적으로 평가했다. 전성기를 보내고 있는 키가 크고 몸집이 육중한 이 남자는 과거보다는 민첩성이 떨어졌을지 몰라도 강인하고 튼튼했다. 턱이 넓고 코는 짧고 불그레한 얼굴은 주먹깨나 맞아 본 듯했다. 그는 뚱뚱하진 않았지만 몸을 단련하기엔 너무 많이 먹고 마셔 댔으니 허리띠 주변을 물고 늘어지면 좀처럼 견디지 못할 터였다. 신사의 몸이라기엔 거슬리는 게 너무 많았다.

정신적으로도 그는 헤비급이 아니었다. 그의 혁명은 조악한 계획이었다. 혁명이 완수된다면 주된 요인은 반대 세력이 없기 때문이었다. 상상컨대 그의 의지력은 대단하겠지만, 나는 그 점을 높이 평가하지 않았다. 두뇌가 달리는 사람들은 어느 분야에서든 성공하려면 의지력을 개발해야 한다. 그가 배짱을 갖추었는지도 알 수 없었지만, 관객 앞에서는 그럴듯하게 포장할 줄 알 거라 추측했다. 그러한 행동은 대부분 관객 앞에서만 가능한 일이었다. 어두운 구석에 몰리면 약해질 사람이라고 나는 생각했다. 그는 전적으로 자기 자신을 믿고 있었다. 자신감이 리더십의

90퍼센트를 차지하므로 그 부분에 대해서는 그도 단점이 없었다. 그는 나를 신뢰하지 않았다. 그는 나를 문밖에 세워 두는 것보다는 참여시키는 편이 형편상 쉽기 때문에 나를 받아들였다.

그는 계속해서 계획에 대해 떠들어 댔다. 이야기하고 말고 할 것도 없었다. 그는 이른 새벽 사병들을 이끌고 시내로 들어가 정부를 전복시킬 것이다. 필요한 계획은 그것이 전부였다. 나머지는 접시에 장식된 양상추에 불과한데 그 양상추가 유일하게 우리가 의논할 수 있는 부분이었다. 그건 따분했다.

11시에 에이나르손이 이야기를 멈추고 우리와 헤어지며 다음과 같은 연설을 했다.

"모라비아의 역사가 시작되는 4시에 봅시다, 여러분."

그가 내 어깨에 한 손을 올리더니 명령했다.

"당신은 폐하를 보호하시오!"

나는 "으음"이라고 대꾸한 뒤 즉각 폐하를 잠자리에 보냈다. 잠을 잘 생각은 없겠지만 그것을 고백하기엔 너무 어리숙한 그는 별 군말 없이 자리를 떠났다. 나는 택시를 타고 로메인의 집으로 갔다.

그녀는 소풍 전날 밤의 아이 같았다. 그녀는 나에게 입을 맞추었고 하녀 마리아에게도 입을 맞추었다. 그녀는 내 무릎에 앉았다가 내 옆에 앉았다가 바닥에 앉았다가 의자마다 번갈아 앉으며 30초에 한 번씩 매번 자리를 바꾸었다. 그녀는 웃음을 터뜨리며 혁명에 대해서, 나에 대해서, 자신에 대해서, 아무것도 아닌 이야기에 대해서 쉴 새 없이 떠들었다. 와인을 삼키는 도중에도 이야기를 하다가 숨이 거의 넘어갈 뻔하기도 했다. 그녀는 큼지막한 담배에 불을 붙인 뒤 피우는 걸 까먹거나, 입술을 델 때까지 멈추지 않고 담배를 빨아 댔다. 그녀는 대여섯 가지 언어로 노래를 불렀다.

나는 3시에 그 집을 나왔다. 그녀가 현관문까지 배웅하며, 내 머리를 붙잡고 내 눈과 입술에 키스했다.

"만일 뭐라도 잘못되면 감옥으로 와요. 거긴 당분간 우리가 장악하고……"

"만일 일이 꼬이게 되면 나도 그곳으로 이송되겠죠."

내가 장담했다.

그녀는 이제 농담을 하지 않았다.

"나도 이제 광장에 갈 거예요. 에이나르손이 우리 집도 타도 목록에 넣었을까 두렵군요."

"좋은 지적이오. 곤란한 상황을 만나게 되면 나한테 연락해요."

내가 말했다.

나는 어두운 거리를 걸어서 호텔로 돌아갔다. 가로등은 자정에 모두 꺼졌다. 다른 사람은 한 사람도, 심지어 회색 제복을 입은 경찰관도 눈에 띄지 않았다. 내가 호텔에 당도했을 무렵엔 비가 줄기차게 쏟아지고 있었다.

방에 올라간 나는 좀 더 두툼한 옷과 신발로 바꾸고, 가방에서 총을 한 자루— 자동 권총이었다 — 더 꺼내 어깨에 메는 권총집을 착용했다. 그러고 나서 안짱다리로 걸어야 할 만큼 주머니에 총알을 잔뜩 담은 뒤 모자와 비옷을 집어 들고 라이어넬 그랜덤의 스위트룸이 있는 위층으로 올라갔다.

"4시 10분 전이야. 우리도 광장으로 내려가 보는 게 좋겠지. 총은 주머니에 넣어 두게."

내가 그에게 말했다.

그는 잠을 자지 않았다. 그의 잘생긴 얼굴은 처음 나와 만났을 때처럼 차분하고 침착한 분홍빛이었지만 눈빛은 지금이 더 환했다. 그가 외투를 걸친 뒤 우리는 아래층으로 내려갔다.

어두운 광장 한가운데를 향해 걸어가는 우리 얼굴로 빗물이 흘러내렸다. 다른 사람들도 주변에서 걷고 있었지만 아무도 가까이 다가오지 않았다. 우리는 말을 탄 모습의 어느 철제 인물상 발치에서 걸음을 멈추었다.

유난히 몸이 호리호리하고 창백한 청년 하나가 다가오더니 코감기에 걸린 듯 이따금씩 재채기를 해대다가 양손으로 손짓을 섞어 가며 빠르게 이야기를 시작했다. 나는 그가 하는 말을 한마디도 알아들을 수 없었다.

다른 사람들 목소리도 빗소리와 경쟁을 벌이기 시작했다. 회의에 참석했던 뚱뚱하고 흰 수염을 단 은행가의 얼굴이 어둠 속에서 갑자기 나타났다가 사람들이 알아보는 게 싫다는 듯 갑자기 다시 어둠 속으로 사라졌다. 내가 본 적 없는 남자들이 우리 주변으로 모여들어 쑥스러운 듯 존경을 담아 그랜덤에게 경례를 했다. 지나치게 큰 망토를 걸친 키 작은 남자 하나가 달려와 거칠게 갈라진 목소리로 우리한테 말을 걸기 시작했다. 빗물이 안경에 점점이 튀긴 홀쭉하고 등이 굽은 남자가 키 작은 남자의 말을 영어로 통역했다.

"포병대가 우릴 배신해서, 정부 청사 건물에 무기들이 그대로 설치되어 있어 동이 트면 광장을 쓸어버릴지도 모른답니다."

남자가 기묘하게도 그러기를 바라는 듯한 목소리로 자기 의견을 덧붙였다.

"그렇게 된다면 당연히 우리가 할 수 있는 일은 전혀 없겠죠."

라이어넬 그랜덤은 부드럽게 "우리도 죽을 순 있잖아요"라고 대꾸했다.

최소한의 분별력도 없는 쓰레기 같은 말이었다. 그곳에 죽으러 온 사람은 아무도 없었다. 그들이 전부 그곳에 모인 이유는 에이나르손의 사병들 몇 명을 제외하면 아무도 죽을 가능성이 없기 때문이었다. 분별력 있는 사람이라면 청년의 말을 그렇게 이해해야 마땅했다. 하지만 그것이 하느님의 진리인지, 요정을 믿는다는 것이 어떤 기분인지 까맣게 잊어버린 중년의 탐정인 나도 젖은 옷 안쪽이 돌연 후끈 달아오르는 느낌이었다. 그래서 누군가가 나에게 "저 청년은 진정 왕이오"라고 말했더라도 그걸로 논쟁을 벌이고 싶진 않았다.

갑자기 우리 주변에서 웅성거리던 사람들이 일시에 조용해지더니 빗소리와 함께 줄을 지어 도로로 진군해 오는 군화 소리만이 척, 척, 척 들려왔다. 에이나르손의 군대였다. 모두들 다시 기대에 들떠 행복하게 떠들어 대고 환호하면서 어려운 임무를 맡게 될 사람들이 나타난 것을 반겼다.

번쩍이는 비옷을 입은 장교 하나가 군중을 뚫고 나타났다. 너무 큰 검을 찬 작고 말쑥한 청년이었다. 그는 공을 들어 그랜덤에게 거수경례를 한 뒤, 스스로도 자랑스러운 듯 영어로 말했다.

"에이나르손 대령님의 존경을 전하며, 순조로운 진척입니다."

나는 그의 마지막 말이 무슨 의미인지 궁금했다.

그랜덤은 미소를 지으며 "에이나르손 대령에게 나의 감사 인사를 전해주세요"라고 말했다.

이제는 우리와 함께 있을 용기가 났는지 은행가가 다시 모습을 드러냈다. 회의에 참석했던 다른 사람들도 보였다. 우리는 동상 주변에 소규모 무리를 형성했고, 대다수 군중이 우리를 둘러쌌다. 이른 아침의 회색 여명 속에 이제는 사람들의 얼굴이 더 쉽게 눈에 띄었다. 에이나르손의 얼굴에 침을 뱉었던 시골 남자는 보이지 않았다.

우리는 비에 흠뻑 젖었다. 우리는 발을 구르고 몸을 떨며 이야기를 나누었다. 서서히 날이 밝아 왔고, 비에 젖어 호기심 어린 눈초리로 우리 주변에 서 있는 사람들이 점점 많아졌다. 끄트머리에 있는 군중 사이에서 환호성이 터져 나왔다. 나머지 사람들도 그에 동조했다. 그들은 속속들이 젖어 불편한 상황을 잊고 웃음을 터뜨리며 춤을 추고 서로 포옹하고 입을 맞추었다. 가죽 코트를 입은 수염 난 남자가 다가와 그랜덤에게 인사를 하더니 에이나르손의 군대가 정부 청사를 장악한 것이 목격되었다고 설명했다.

날이 완전히 밝았다. 우리 주변에 모인 사람들이 기병대에 둘러싸여 다가오는 자동차에 길을 터주었다. 자동차는 우리 앞에서 멈추었다. 칼을 뽑아 든 에이나르손 대령이 차에서 내려 거수경례를 하고는 그랜덤과 나를 위해 문을 잡고 있었다. 그는 코티의 코러스 걸*처럼 승리의 냄새를 풍기며 우리를 따라 자동차에 올랐다. 기병대가 다시 자동차를 둘러쌌고, 우리는 환호하는 군중 사이로 정부 청사 건물로 향했다. 사람들이 붉게 상기된 얼굴로 행복하게 우리 뒤를 따라왔다. 모든 것이 상당히 극적인 광경이었다.

"도시는 우리가 장악했습니다. 대통령과 국회의원, 중요한 거의 모든 공직자들도 우리 편입니다. 총 한 발 쏘지 않고, 유리창 하나 깨뜨리지 않고도 말이오!"

칼끝을 바닥에 내려놓은 에이나르손이 칼자루를 손에 쥔 채 앞으로

---

*프랑스 화장품 회사 '코티'의 설립자인 프랑수아 코티는 여성 편력으로 유명하여 공공연히 젊은 애인들을 대동하고 다녔음.

몸을 숙이며 말했다.

그는 자기가 이룬 혁명을 자랑스러워했고 나도 그런 그를 비난하지 않았다. 전혀 두뇌라곤 없는 사람이라고 생각했던 것도 자신이 없어졌다. 그는 군인들이 일을 마칠 때까지 민간인 지지자들을 광장에서 기다리게 할 정도의 분별력은 갖춘 사람이었다.

우리는 정부 청사 앞에서 차를 내려 보병들이 받들어총 자세로 열병해 있는 계단을 올라갔다. 총 끝에 장착한 검에 매달린 빗방울이 반짝거렸다. 복도에도 받들어총 자세를 한 초록색 제복의 군인들이 더 있었다. 우리가 화려하게 장식된 식당으로 들어서자, 그곳에 있던 열다섯 명에서 스무 명쯤 되는 장교들이 일어나 우리를 반겼다. 모두들 승리감에 도취되어 있었다. 그곳에서 아침 식사를 하는 내내 대화가 끊이지 않았다. 나는 한마디도 알아듣지 못했다.

식사 후 우리는 국회의사당으로 갔고, 큼지막한 타원형 방에는 책상과 의자가 높은 연단을 향해 동심원을 그리듯 줄지어 놓여 있었다. 연단에 마련된 책상 세 개 옆엔 스무 개쯤 되는 의자가 의원석을 향해 놓여 있었다. 우리와 아침 식사를 같이했던 장교들이 그 의자에 앉았다. 연단에서 민간인 복장을 한 사람은 그랜덤과 나뿐이었다. 에이나르손을 따르는 군인들만 와 있을 뿐, 혁명을 공모했던 다른 동지들은 그곳에 없었다. 나는 그것이 그다지 마음에 들지 않았다.

그랜덤은 첫줄에 에이나르손과 내 사이에 앉았다. 우리는 의원들을 내려다보았다. 100명쯤 되는 사람들이 원형으로 배치된 의자에 앉아 있었는데 완전히 두 집단으로 갈라져 있었다. 회의실 오른쪽 절반을 차지하고 있는 사람들은 혁명 동조자들이었다. 그들은 자리에서 일어나 우리에게 환호했다. 왼쪽에 있는 나머지 절반은 포로들이었다. 그들은 대부분 다급하게 옷을 입은 모습이었다.

회의실 벽에는 연단과 문이 있는 곳을 제외한 모든 곳에 군인들이 어깨를 맞대고 빽빽이 지키고 서 있었다.

양쪽에 군인을 거느린 노인이 들어왔다. 눈빛이 유순하고 대머리에 허리가 약간 구부정했고, 주름진 얼굴을 깨끗하게 면도하여 학자다운 인상을 풍기는 노신사였다.

"세미치 박사입니다"라고 그랜덤이 속삭였다.

대통령 경비병들이 그를 단상에 마련된 책상 셋 중에서도 가운데로 데려갔다. 그는 단상에 앉아 있는 우리를 거들떠보지도 않았고 의자에 앉지도 않았다.

혁명 동조자 쪽에 있던 빨간 머리 의원 하나가 자리에서 일어나 발언했다. 그가 이야기를 마치자 동료들이 환호했다. 대통령이 입을 열었다. 아주 무미건조하고 침착한 목소리로 딱 세 마디를 한 그는 단상을 떠나 들어왔던 통로로 다시 나갔고 군인 둘이 그를 수행했다.

"사임을 거부했어요"라고 그랜덤이 내게 알려 주었다.

빨간 머리 의원이 단상으로 걸어 나와 중앙 책상을 차지하고 앉았다. 입법 절차가 진행되고 있었다. 간단하게 의견을 발표하는 사람들은 주로 혁명 동조자들 쪽이었다. 포로로 잡힌 의원들은 아무도 일어나지 않았다. 투표가 이루어졌다. 반대자 측 몇 명은 아예 투표를 하지 않았다. 투표를 하는 사람들은 대부분 찬성파인 듯했다.

"헌법을 철회했어요"라고 그랜덤이 속삭였다.

자발적으로 혁명에 가담했던 의원들이 다시 환호하고 있었다. 에이나르손이 앞으로 몸을 숙이며 그랜덤과 나에게 중얼거렸다.

"오늘은 여기까지 하는 게 안전할 거요. 모든 게 우리 손에 들어왔으니."

"제안할 게 있는데 들어 줄 시간이 있으십니까?"

내가 물었다.

"좋소."

"잠깐 우리 둘이 실례해도 되겠죠?"

내가 그랜덤에게 말한 뒤 자리에서 일어나 단상 뒤쪽 구석으로 걸어 갔다.

에이나르손은 내 제안을 생각해 보는 눈치였다. 그의 얼굴에서 핏기 가 조금 가시며 작게 물결이 일듯 턱살이 부르르 떨렸다. 나는 이미 왼 손으로 쥐고 있는 권총의 끄트머리가 보일 만큼만 약간 비옷을 벌려 그 를 구석으로 몰고 갔다. 그는 승리의 순간에 죽음을 맞이할 만큼 무모 하진 않았다.

그는 빨간 머리 의원이 차지하고 있던 단상 위 책상으로 성큼성큼 걸 어가, 위협적인 신음 소리와 손짓으로 의원을 몰아낸 뒤 책상을 짚고 서 서 의사당이 쩌렁쩌렁 울리도록 고함을 질렀다. 나는 우리 사이에 아무 도 끼어들지 못하도록 그의 바로 옆 뒤쪽에 서 있었다.

대령이 고함 지르기를 마친 뒤에도 한참 동안 입을 여는 의원은 없었 다. 그러다 혁명 반대파 의원 하나가 벌떡 일어나 신랄하게 소리를 질러 댔다. 에이나르손이 길쭉한 갈색 손가락으로 그를 가리켰다. 벽에 있던 군인 둘이 다가가 그 의원의 목과 팔을 잡고 거칠게 밖으로 끌어냈다. 또 다른 의원이 일어나 발언을 했고 역시 끌려 나갔다. 다섯 명이 끌려 나간 뒤엔 만사가 평화롭게 진행되었다. 에이나르손이 질문을 던져 이구 동성의 대답을 들었다.

그가 뒤를 돌아 내 얼굴과 비옷을 번갈아 쳐다보다 다시 내 얼굴을 응시했다.

"끝났소."

"이젠 대관식을 거행해야겠군요."

내가 명령했다.

나는 예식의 대부분을 놓쳤다. 혈색 붉은 장교를 위협하느라 바쁘긴 했지만, 마침내 라이어넬 그랜덤은 공식적으로 모라비아의 국왕 라이어 넬 1세로 등극했다. 에이나르손과 나는 함께라고 해야 할지 모르겠으나 어쨌든 청년에게 축하 인사를 건넸다. 그러고 나서 나는 대령을 한쪽 옆 으로 데려갔다.

"우린 산책이나 좀 해야겠습니다. 바보 같은 짓 말아요. 옆문으로 같이 나가시죠."

내가 말했다.

이제 그는 총을 거의 쓸 필요도 없이 내 손아귀에 잡혀 있었다. 세상 사람들의 조롱을 피하고 싶다면 그는 그랜덤과 나를 조용히 처리해야 할 것이다. 사람들 모르게 죽여야 한다는 뜻이다. 얼결에 총의 위협에 굴복해 자기 군대 한복판에서 왕위를 빼앗긴 남자가 아닌가.

정부 청사를 나와 로터리를 돈 우리는 아는 사람을 아무도 만나지 않 고 리퍼블릭 호텔로 갔다. 국민들은 전부 광장에 모여 있었다. 호텔에도 인적이 없었다. 나는 그를 시켜 엘리베이터를 작동해 내 방으로 끌고 올 라갔다.

문을 돌려 보니 잠겨 있지 않았으므로 나는 손잡이를 놓고 그에게 안 으로 들어가라고 말했다. 그가 문을 열고는 멈칫했다.

로메인 프랭클이 침대 한가운데 책상다리를 하고 앉아 내 양복 단추 를 꿰매고 있었다.

나는 에이나르손을 밀어 방으로 들여보낸 뒤 문을 달았다. 로메인이 그를 쳐다보고는 이제 비웃으로 가리지도 않고 뻗쳐 들고 있는 자동 권총을 응시했다. 과장되게 실망스러운 표정을 지으며 그녀가 말했다.

"어머, 아직도 그 사람을 죽이지 않았군요!"

에이나르손 대령의 얼굴이 굳어졌다. 이제는 관객이, 그의 치욕을 목격하는 사람이 있었다. 그가 무슨 짓을 저지를 가능성이 있었다. 그를 내가 함부로 다뤄 처리하거나…… 다른 방법이 더 좋을 듯했다. 나는 그의 발목을 걷어차며 으르렁거렸다.

"저 구석으로 가서 앉아!"

그가 나를 향해 홱 돌아섰다. 나는 그의 얼굴에 총구를 들이대고 그의 입술과 잇몸을 짓이겼다. 그가 고개를 뒤로 젖히자 나는 다른 주먹으로 그의 복부를 가격했다. 그가 큰 입을 벌리고 숨을 몰아쉬었다. 나는 한쪽 구석에 있는 의자 쪽으로 그를 밀어냈다.

로메인이 웃음을 터뜨리고 나에게 손가락 하나를 흔들며 말했다.

"난폭하기도 하셔라!"

"난들 달리 어쩌겠소? 누군가가 지켜보고 있다는 걸 알게 되면 인간은 영웅이 되려 해요. 나는 저자를 총으로 위협해 청년에게 직접 왕관을 씌워 주도록 강요했소. 하지만 저자는 여전히 군대를 갖고 있고 군대는 곧 정부를 의미하죠. 내가 저자를 풀어 주면 라이어넬 1세와 나 둘 다 총알받이가 될 테니 어쩔 수 없어요. 저자를 데리고 돌아다니는 건 저자만큼 나도 싫은 일이지만 어쩌겠소. 내가 나서서 저자의 정신을 차리게 해줘야 하는걸."

나는 주로 포로로 잡혀 온 대령더러 들으라고 변명을 했다.

"저 사람을 살려 두는 건 잘못하는 짓이에요. 당신은 저 사람을 함부로 대할 권리가 없어요. 유일하게 당신이 예의를 갖출 수 있는 방법은 신사답게 저 사람의 목을 자르는 거라고요."

로메인이 대꾸했다.

"악!"

에이나르손의 허파가 다시 작동을 하고 있었다.

"입 닥치지 않으면 뼈를 두 동강 내주겠다."

내가 그에게 소리쳤다.

그는 나에게 눈을 부라렸고, 나는 여자에게 물었다.

"저자를 어떻게 할까요? 나도 기꺼이 저자의 목을 자르고 싶지만 문제는 저자의 군대가 복수를 할지도 모른다는 거요. 난 군대가 달려들어 복수하는 걸 즐기는 사람이 아니오."

"바실리예한테 넘겨요. 그 사람은 어떻게 할지 알 거예요."

침대 옆으로 늘어뜨린 발을 흔들며 말하던 그녀가 자리에서 일어났다.

"그 사람은 어디에 있소?"

"위층 그랜덤의 스위트룸에서 아침 낮잠을 마저 자고 있어요."

이어 그녀는 심각하게 생각해 본 적 없다는 듯 지나가는 가벼운 말투로 덧붙였다.

"그래서 당신이 그 청년한테 왕관을 씌웠다고요?"

"그래요. 당신은 바실리예한테 왕관을 주고 싶었겠죠? 좋아요! 우리는 양위 조건으로 미화 500만 달러를 원하오. 그랜덤이 혁명 지원에 300만 달러를 썼으니 이자도 챙겨야죠. 그 친구는 정식으로 국회의 동의를 받아 선출됐소. 이 나라에선 아무런 배경 세력이 없는 청년이지만 이웃 나라에선 도움을 받을 수 있을 거요. 그 점을 간과하지 말아요. 자신이 원하는 이권을 챙기기 위해서라면 수백만 킬로미터 밖에서도 합법적인 왕을 지원할 군대를 보내 줄 나라가 여럿이니까. 하지만 라이어넬 1세는 비합리적인 사람이 아니오. 나라는 자국민이 다스리는 것이 낫다고 그도 생각하죠. 그가 요구하는 건 오로지 정부 차원의 적절한 보상이오. 500만 달러면 낮은 가격이고 양위는 내일이라도 가능해요. 바실리예한테 가서 말하시오."

그녀는 내가 들고 있는 총과 목표물 사이를 지나지 않으려고 내 뒤쪽으로 돌아 다가오더니 발끝으로 서서 내 귀에 입을 맞추었다.

"당신과 당신의 왕은 날강도로군요. 몇 분 안에 돌아올게요."

그녀가 밖으로 나갔다.

"천만 달러를 부르지 그랬소."

에이나르손 대령이 말했다.

"이제 난 당신을 믿지 못해. 당신은 돈을 써서라도 우리를 총살 부대 앞에 세울 사람이지."

"저 돼지 같은 주다코비치는 믿을 수 있소?"

"그자는 우리를 미워할 이유가 없으니까."

"당신과 로메인의 관계를 전해 들으면 그자도 미워할걸."

나는 웃음을 터뜨렸다.

"게다가 그자가 어떻게 왕이 될 수 있소? 악! 돈을 지불할 처지가 아닌데 돈을 주겠다는 약속이 무슨 소용이오? 심지어 내가 죽었다고 칩시다. 내 군대를 갖고 그자가 뭘 할 수 있겠소? 악! 당신도 그 돼지를 봐서 알잖소! 그런 인간이 어떻게 왕이 된다는 거요?"

"나야 모르지. 그자는 편안함을 방해받는 게 싫어서 비효율적인 걸 용납하지 않기 때문에 훌륭한 치안부 장관이 됐다고 하더군. 어쩌면 같은 이유로 그자가 훌륭한 왕이 될 수도 있을 거요. 한번 그를 만나 보긴 했소. 산처럼 몸이 부풀긴 했소만, 어리석은 구석은 전혀 없는 사람이었소. 몸무게가 1톤은 나가겠던데 바닥을 울리지 않고 걸어 다니더군요. 나도 두려워서 그 사람에겐 당신한테 하듯 이렇게 섣불리 대들지 못할 거요."

나는 솔직히 털어놓았다.

모욕적인 나의 말이 군인을 자극한 듯, 그가 큰 키로 꼿꼿이 섰다. 그는 입술을 꾹 다물고 타는 듯한 눈빛으로 나를 노려보았다. 내가 처치하기도 전에 먼저 그가 문제를 일으키려 하고 있었다.

문이 열리고 바실리예 주다코비치가 들어왔고 여자도 뒤따라 들어섰다. 나는 뚱뚱한 장관에게 씩 웃어 주었다. 그는 미소 없이 고개만 끄덕였다. 그가 작고 검은 눈으로 차갑게 나와 에이나르손을 쳐다보았다.

여자가 말했다.

"정부는 양위의 대가로 라이어넬 1세에게 빈이나 아테네 은행에서 발행한 미화 400만 달러짜리 어음을 내놓겠습니다."

그녀가 공식적인 말투를 내려놓고 덧붙였다.

"내가 푼돈까지 끌어모아서 받아 낸 금액이에요."

"당신과 당신의 바실리예는 닮고 닮은 협상 전문가로군. 하지만 받아들이겠소. 양위가 공식적으로 효력을 발생하기 전에 우리를 국경 너머까지 안전하게 데려다 줄 살로니카행 특별 열차도 마련해 주어야 하오."

"그렇게 준비하죠."

여자가 장담했다.

"좋소! 이제 당신의 바실리예가 할 일은 에이나르손의 군대를 빼앗는 것뿐이겠군요. 그럴 수 있겠소?"

"악! 감히 어디 한번 해보라고 하시지!"

에이나르손 대령이 머리를 꼿꼿하게 세우고 두툼한 가슴을 벌렁거렸다. 뚱뚱한 남자가 노란색 수염 사이로 졸린 듯 웅얼거렸다. 로메인이 다가와 내 팔에 한 손을 얹었다.

"바실리예가 에이나르손과 단둘이 이야기를 하고 싶대요. 저 사람한 테 맡겨요."

나는 동의를 하고 주다코비치에게 내 자동 권총을 내밀었다. 그는 총과 나에겐 신경도 쓰지 않았다. 그는 진땀이 나는 듯 인내심을 발휘하며 장교를 쳐다보고 있었다. 나는 여자와 밖으로 나가 문을 닫았다. 계단 입구에서 내가 그녀의 어깨를 잡았다.

"당신의 바실리예를 내가 믿어도 되겠소?"

"아이, 그 사람은 에이나르손 같은 사람 대여섯 명도 감당할 수 있어요."

"그걸 의미하는 게 아니오. 나를 속이려 하진 않을까?"

"이제 와서 새삼 왜 그런 걱정을 시작하죠?"

"나를 대할 때 다정했던 태도가 싹 바뀐 것 같아서 그래요."

로메인은 웃음을 터뜨려 얼굴을 일그러뜨리고 내 손을 깨물었다.

"그 사람한텐 이상이 있어요. 나라가 곤경에 빠진 걸 빌미로 이윤을 챙기는 모험가 같은 당신과 당신의 왕을 경멸하죠. 그래서 그 사람이 그렇게 뻣뻣하게 구는 거예요. 하지만 약속은 지킬 거예요."

그녀가 설명했다.

그럴지도 모른다고 생각했지만, 그는 나에게 직접 약속을 하지 않았다. 여자가 약속했을 뿐이었다.

"난 가서 폐하를 만나 봐야겠소. 오래 걸리진 않을 테니, 방에 올라가 있어요. 그런데 바느질은 무슨 생각으로 한 거요? 난 단추 떨어진 옷 없는데."

내가 말했다.

"있었어요."

그녀가 내 주머니에서 담배를 찾으며 반박했다.

"당신과 에이나르손이 이쪽으로 오고 있다는 소식을 우리 측근한테 들었을 때 내가 하나 잡아 뜯었거든요. 가정적으로 보일 것 같아서요."

나는 대통령 관저 응접실에서 사회적으로나 정치적으로 야심만만한 모라비아인들에게 둘러싸여 와인을 마시고 있는 왕을 찾아냈다. 여전히 제복을 입은 사람들이 대다수였지만, 마침내 민간인들도 부인과 딸을 대동하고 군데군데 나타나 그에게 접근했다. 그는 너무 바빠 나를 알아차릴 여유가 없었으므로, 나는 몇 분간 주변에 서서 사람들을 관찰했다. 특히 한 사람이 눈에 띄었다. 검정색 옷을 입고 다른 사람들과 떨어져 창가에 서 있는 키 큰 아가씨였다.

아름다운 얼굴과 몸매 때문에 대번에 그녀를 알아본 나는 새 왕을 지켜보는 그녀의 갈색 눈동자에 떠오른 표정 때문에 더 유심히 그녀를 관찰했다. 다른 사람을 정말로 자랑스럽게 바라보는 사람이 있다면, 그 랜덤을 바라보는 이 아가씨의 모습이 바로 그러했다. 창가에 홀로 서 있는 자태와 그를 바라보는 아가씨의 표정으로 봐선, 라이어넬이 최소한 아폴로와 소크라테스와 알렉산더를 합쳐 놓은 인물이 되어야 절반이나마 여자에 어울리는 자격을 갖출 것 같았다. 발레스카 라드냐크가 틀림없다고 나는 생각했다.

나는 청년을 살펴보았다. 그의 얼굴은 자랑스레 상기되어 있었고, 주변을 둘러싼 숭배자들이 재잘거리는 이야기에 귀를 기울이면서도 2초에 한 번은 아가씨가 있는 쪽을 돌아보았다. 나는 그가 아폴로와 소크라테스와 알렉산더의 발톱도 못 따라가는 인물이란 걸 알았지만, 겉으로는 제법 그럴듯해 보였다. 그는 세상에서 자기 마음에 드는 한 지점을 찾아냈다. 그곳에서 계속 지낼 수 없다는 게 나도 거의 미안할 지경이었지만, 그렇다고 그런 생각이 이미 시간을 충분히 허비했다는 결론을 내리는 데 방해가 되진 않았다.

나는 군중을 뚫고 그에게 다가갔다. 그는 공원에서 자던 노숙자가 경찰 몽둥이로 신발 밑창을 맞는 바람에 소스라치게 놀라 달콤한 꿈에서 깨어난 듯한 눈빛으로 나를 알아보았다. 그가 주변 사람들에게 양해를 구하더니 나를 데리고 복도로 나가, 스테인드글라스 유리창과 고급스럽게 조각된 사무실 가구가 비치된 방으로 들어갔다.

"여긴 세미치 박사의 집무실이었어요. 이제 내가……"

"자네는 내일이면 그리스에 있을 거야."

내가 무뚝뚝하게 말했다.

그가 고집스레 발밑을 내려다보며 인상을 찌푸렸다.

"계속 왕위를 유지할 순 없다는 건 자네도 알아야 해. 자네는 다 순조롭게 진행될 거라고 생각할지도 모르겠군. 혹 그렇다면 자네는 귀머거리에 벙어리에 장님이야. 자네가 그 자리에 오를 수 있었던 건 내가 에이나르손의 간에 총구를 들이박았기 때문이네. 내가 그자를 납치했기 때문에 자네가 지금껏 무사한 거라고. 난 주다코비치와 거래를 했네. 여기에서 만나 본 사람 중에 유일하게 힘 있는 사람이니까. 에이나르손의 처리는 그의 손에 달렸어. 나로선 그자를 더 오래 붙잡고 있을 수가 없네. 주다코비치는 마음만 먹으면 훌륭한 왕이 될 걸세. 그 사람은 자네한테 400만 달러와 특별 열차와 살로니카까지 무사히 데려다 줄 것을 약속했네. 자네는 고개를 당당히 들고 나가면 돼. 자네는 왕이었네. 자네는 악당들의 손에 떨어진 나라를 구해 선량한 사람에게 넘겨준 셈이야. 그 뚱뚱한 남자는 진짜야. 그리고 자네는 스스로 100만 달러의 이윤도 챙겼지."

"아니에요. 당신은 가세요. 나는 끝까지 해볼 거예요. 이 나라 사람들은 나를 믿어요, 그러니까 나도……"

"맙소사, 그건 늙은 세미치 박사가 하던 말이잖아! 이 나라 사람들은 자네를 믿은 적이 없네. 조금도. 자네를 믿은 사람은 나야. 나는 자네를 왕으로 만들어 줬어, 알겠나? 난 자네가 턱을 꼿꼿이 들고 집으로 돌아갈 수 있도록 자네를 왕으로 만들었어. 여기 남아 스스로 멍청이가 되라고 한 일이 아니야! 나는 약속을 했고 도움을 받기로 했네. 저들 중 한 사람이 자네를 24시간 안에 여기서 빼내 줄 거야. 자네는 자네 이름으로 내가 한 약속을 반드시 지켜야 해. 사람들이 자네를 믿는다고? 흥! 사람들은 억지로 자네를 삼켜야 했어! 내가 삼키게 만들었다고! 이제 나는 사람들이 자네를 뱉어 내도록 할 걸세. 혹시라도 자네 로맨스가 걸림돌이 된다면, 자네의 발레스카 양이 이 보잘것없는 나라의 왕좌에 목을 매지 않는다면……"

"그쯤 했으면 충분해요."

청년의 목소리가 나보다 최소한 15미터는 위쪽에서 들려오는 듯했다.

"당신이 원하는 양위는 해주겠어요. 난 돈은 원치 않아요. 기차가 준비되면 나한테 기별을 주세요."

"지금 각서를 쓰게."

내가 명령했다.

그가 책상으로 다가가 종이 한 장을 꺼내, 모라비아를 떠남으로써 자

534

신의 왕위와 모든 권리를 넘기겠다는 내용을 흔들림 없는 필체로 적어 내려갔다. 그는 종이에 '라이어넬 국왕'이라고 서명한 뒤 나에게 내밀었다. 나는 종이를 주머니에 넣고 다정하게 말했다.

"자네 기분은 나도 이해할 수 있네, 나도 미안하게 생각하네만……"

그가 내게 등을 돌리고 걸어 나갔다. 나는 호텔로 돌아갔다.

5층에서 엘리베이터를 내린 나는 조심스럽게 내 방문으로 다가갔다. 아무 소리도 들리지 않았다. 문을 열어 보니 잠겨 있지 않았으므로 안으로 들어갔다. 텅 빈 방. 내 옷가지와 가방도 사라졌다. 나는 그랜덤의 스위트룸으로 올라갔다.

주다코비치와 로메인, 에이나르손, 경찰 병력 절반이 그곳에 모여 있었다.

에이나르손 대령은 방 중앙의 안락의자에 매우 꼿꼿한 자세로 앉아 있었다. 검은 머리칼과 수염이 빳빳하게 서 있었다. 턱을 앞으로 내민 불그레한 얼굴의 온 근육이 꿈틀거렸으며 눈빛은 뜨거웠다. 그는 금방이라도 싸움에 응할 분위기였다. 그것은 관객 효과 때문이었다.

나는 창문을 등진 채 거대한 다리를 넓게 벌리고 서 있는 주다코비치에게 인상을 찌푸렸다. 뚱뚱한 멍청이가 어째서 에이나르손을 혼자 구석방에 가둬 둬야 잘 다룰 수 있다는 걸 몰랐을까?

로메인이 방 이곳저곳에 서거나 앉아 있는 경찰관들 사이로 둥둥 떠다니듯 움직여 문 앞에 서 있는 나에게 다가왔다.

"일은 다 매듭지었나요?"

"양위 각서는 내 주머니에 있소."

"나한테 주세요."

"아직 안 되오. 우선 당신의 바실리예가 겉모습만큼 큰 그릇인지 알아 봐야겠소. 에이나르손은 진압되지 않은 걸로 보이는군요. 뚱뚱한 장관 께서 저자는 관객 앞에서 태도가 달라진다는 걸 아셨어야지."

"적절한 조치를 취하리라는 것 말고는 바실리예가 어떻게 할지 말이 없었어요."

그녀가 가볍게 대꾸했다.

나는 그녀만큼 자신이 없었다. 주다코비치가 웅얼웅얼 그녀에게 질문 을 던지자 그녀가 재빨리 대답했다. 그가 경찰관들에게도 좀 더 웅얼웅 얼 말을 했다. 그들이 홀로, 둘이 짝을 지어, 또는 무리를 지어 밖으로 나가기 시작했다. 마지막 인물이 사라지자 뚱뚱한 남자는 노란색 수염 사이로 에이나르손에게 몇 마디 던졌다. 에이나르손이 어깨를 활짝 펴고 가슴을 내밀며 일어나 검은 콧수염 밑으로 자신만만한 웃음을 지었다.

"이젠 뭘 하죠?"

내가 여자에게 물었다.

"같이 가서 보면 알아요."

우리 넷은 아래층으로 내려가 호텔 현관문을 나섰다. 비는 그쳐 있었 다. 광장에는 스테파니아 시민이 대부분 군집해 있었고, 특히 정부 청사 와 대통령 관저 앞에 인파가 가장 많았다. 시민들 머리 위로 에이나르손 의 부대원들이 쓰는 양가죽 모자가 군데군데 보였고, 그들은 여전히 그 가 주둔시킨 건물 옥상을 장악하고 있었다.

우리 네 사람이 광장을 가로지르자, 사람들이 최소한 에이나르손을 알아보고 환호했다. 에이나르손과 주다코비치는 나란히 맨 앞에서 걸어 갔다. 군인은 행진을 했고, 뚱뚱한 거인은 어기적어기적 걸었다. 로메인 과 나는 두 사람 뒤를 바짝 따라갔다. 우리는 정부 청사로 향했다.

"뭘 하려는 거요?"

내가 짜증스레 물었다.

그녀가 내 팔을 두들기고 흥분한 듯 미소를 지으며 말했다.

"기다려 보라니까요."

나도 걱정 말고는 달리 할 일이 없을 듯했다.

우리는 청부 청사 건물의 돌계단 앞에 당도했다. 에이나르손의 부대가 받들어총 자세를 취하자, 초저녁 불빛을 받아 총검이 사방에서 불안하게 금속광을 번득였다. 우리는 계단을 올라갔다. 넓은 계단 꼭대기에서 에이나르손과 주다코비치가 뒤로 돌아 광장 아래의 군인들과 시민들을 향했다. 여자와 나는 그들 두 사람 뒤로 숨었다. 그녀는 이를 부딪치며 손톱이 파고들 정도로 내 팔을 붙잡았지만, 입술과 눈은 무모하게 미소 짓고 있었다.

대통령 관저 주변에 있던 군인들이 몰려와 이미 우리 앞에 와 있던 군인들과 합류하며 민간인들을 밀어내고 자리를 잡았다. 다른 부대도 몰려왔다. 에이나르손은 한 손을 들어 올리고 열 마디쯤 외치더니, 주다코비치를 향해 인상을 쓰며 뒤로 물러났다.

주다코비치는 멀리 호텔에서도 들릴 만큼 쩌렁쩌렁 울리는 목소리를 전혀 힘들이지 않고 내고 있었다. 그는 연설을 하면서 주머니에서 종이 한 장을 꺼내 들었다. 그의 목소리나 태도에서 극적인 분위기는 찾아볼 수 없었다. 별로 중요하지 않은 이야기를 하는 것 같았다. 그러나 청중의 표정을 보면 중대한 이야기란 걸 알 수 있었다.

군인들이 대열을 무너뜨리고 얼굴을 붉히며 주변 인파와 뒤섞였고 여기저기에서 총검을 꽂은 소총을 흔들었다. 그들 뒤쪽에 서 있던 시민들은 겁에 질린 얼굴로 서로의 얼굴을 쳐다보며 웅성거렸고, 일부는 더 가까이 다가오려 하고 일부는 달아나려 하고 있었다.

주다코비치가 계속해서 이야기를 했다. 소란이 일었다. 동료 사병들을 헤치고 나온 군인 하나가 계단을 올라오기 시작하자 다른 사병들이 뒤를 따랐다.

에이나르손이 뚱뚱한 남자의 연설을 중단하고 계단 가장자리로 다가가더니, 절대 복종에 익숙한 남자의 목소리로 자신을 올려다보는 사람들에게 고함을 질렀다.

계단을 오르던 군인들이 굴러 떨어졌다. 에이나르손이 또다시 고함쳤다. 흐트러졌던 대열이 서서히 정비되면서 번쩍거리던 소총이 바닥에 놓였다. 에이나르손은 잠시 침묵하고 서서 부대원들을 노려보다가 연설을 시작했다. 나로선 뚱뚱한 남자의 이야기만큼이나 그의 말도 이해할 수 없었지만, 그의 영향력에 대해서는 의문의 여지가 없었다. 광장 아래 사람들의 얼굴에서 확실히 분노가 사라지기 시작했다.

나는 로메인을 쳐다보았다. 그녀는 부들부들 떨며 더는 미소를 짓지 않고 있었다. 나는 주다코비치를 쳐다보았다. 산을 닮은 그는 여전히 감정을 드러내지 않고 있었다.

나는 무슨 영문인지 알고 싶었다. 그래야 에이나르손을 쏘아 죽이고 비어 있는 듯한 뒤쪽 건물로 숨는 것이 가장 현명한 방법인지 아닌지 나로서도 판단을 할 수 있을 듯했다. 주다코비치가 들고 있는 종이가 대령의 잘못을 입증하는 증거이며, 군인들이 절대 복종을 하는 데 지나치게 익숙하지 않았다면 상관을 공격하려 들 정도로 결정적인 증거라는 것만 짐작할 수 있었다.

내가 헛된 바람과 추측에 열중하는 사이 에이나르손이 연설을 마치고 한 걸음 옆으로 물러서더니 손가락으로 주다코비치를 가리키며 명령을 내렸다.

아래 모여 있는 군인들의 얼굴엔 망설임이 피어났고 이리저리 눈을 돌렸지만, 사병 넷이 대령의 명령에 즉각 나서서 계단을 올라왔다. 나는 '그러니까 내가 밀고 있던 뚱뚱한 후보가 졌군! 총살 부대는 그자더러 맡으라고 해야겠어. 나는 뒷문으로 도망쳐야지'라고 생각했다. 나는 오래도록 외투 주머니 속에서 권총을 잡고 있었다. 여전히 주머니에 든 총을 쥔 채로 여자를 데리고 천천히 뒤로 한 걸음 물러났다.

"내가 신호하면 움직여요."

내가 중얼거렸다.

"기다려요! 보세요!"

전처럼 졸린 눈을 한 뚱보 거인이 큼지막한 손을 뻗어 에이나르손이 삿대질을 하고 있는 손목을 붙잡았다. 그러고는 에이나르손을 잡아당겼다. 손목을 놓은 그가 대령의 어깨를 움켜잡았다. 그는 한 손으로 그의 어깨를 잡아 바닥에서 30센티미터쯤 들어 올렸다. 광장 아래 서 있는 군인들에게 그를 흔들어 보였다. 한 손으로 부하들 앞에서 에이나르손을 흔들고 있었다. 다른 손으로는 뭔지 몰라도 들고 있던 종이를 흔들었다. 그런데도 그의 한쪽 팔에 다른 팔보다 더 힘이 들어간 기미는 전혀 보이지 않았다!

남자와 종이를 동시에 흔들어 대며 그는 졸린 듯 쩌렁쩌렁 목청을 울렸고, 이야기를 마치자 양손에 쥐고 있던 물건을 사나운 눈빛으로 도열해 있는 군인들에게 내던졌다. 두 가지를 내던지며 그가 보인 제스처의 의미는 이러했다. '너희가 원하는 사람과 그자에 대한 증거가 여기 있다. 너희 좋을 대로 해라.'

그러자 높은 곳에서 위풍당당하게 서서 군림할 땐 에이나르손의 명령에 따라 슬그머니 대열을 정비했던 사병들이 자기네 수중으로 던져진 고약한 상관을 대할 때 예상되는 행동을 보였다.

그들은 그를 갈가리, 실제로 조각조각 찢어 버렸다. 사병들은 무기를 내려놓고 그를 붙잡으려 달려들었다. 멀리 있던 군인들은 가까이에 있는 동료들을 밟고 올라가 마구 짓이겼다. 그들은 계단 앞을 이리저리 휩쓸고 다녔고 광기 어린 인간의 무리는 늑대 떼로 변해, 분명 던져진 지 1분도 지나기 전에 목숨이 끊어졌을 한 남자를 파멸시키느라 야만스럽게 달려들었다.

나는 내 팔을 잡은 여자의 손을 떼어 내고 주다코비치를 만나러 갔다.

"모라비아는 당신 소유입니다. 나는 어음과 기차 외엔 아무것도 원치 않습니다. 여기 양위 각서입니다."

로메인이 재빨리 내 말을 통역해 준 다음 이어 주다코비치의 말도 통역해 주었다.

"기차는 지금 준비되어 있소. 어음도 그리로 보내 드리지요. 그랜덤한 테 가보고 싶으시오?"

"아뇨. 사람을 보내 내려오라고 해주시죠. 기차는 어디에서 타야 합니까?"

"제가 데려다 드릴게요. 건물을 통과해서 옆문으로 나가요."

그녀가 말했다.

호텔 앞에는 주다코비치의 형사 하나가 운전석에 앉아 있었다. 로메인과 내가 그 차에 올랐다. 광장 전체가 아직도 소요로 들끓고 있었다. 자동차가 어두워져 가는 거리를 빠져나가는 동안 우리는 둘 다 입을 열지 않았다.

곧이어 그녀가 아주 작은 소리로 물었다.

"이제 당신은 나를 경멸하나요?"

나는 그녀에게 손을 뻗었다.

"아뇨. 하지만 집단 구타는 질색이오. 구역질 나는 짓이에요. 인간이 아무리 잘못을 했다고 해도, 군중이 그와 맞선다면 나는 그 사람 편이오. 하느님께 한 가지 간절히 기도를 올려 이루고 싶은 소원이 있다면 언젠가 집단 구타를 저지르는 일당을 앞에 놓고 기관총으로 죄다 쏘아 버리는 것이죠. 나도 에이나르손을 써먹을 데가 없기는 했지만 그런 짓을 하라고 그자한테 넘긴 건 아니었소! 이미 저지른 일은 저지른 일이니 어쩌겠소. 그나저나 그 서류는 뭐였소?"

"마흐무드가 보낸 편지였어요. 자기한테 혹시라도 무슨 일이 생기면 바실리예한테 주라고 친구한테 남겨 두었대요. 그자는 에이나르손을 워낙 잘 아니까 복수를 준비했던 모양이에요. 편지에는 자기가 — 마흐무드 말이에요 — 라드냐크 장군의 암살에 개입했다는 걸 고백하면서 에이나르손도 공모했다는 점을 밝혔어요. 군대는 라드냐크를 숭배했고, 에이나르손은 군대를 원했죠."

"그런 증거가 있었다면 당신의 바실리예는 늑대들한테 먹이로 던져 주지 않고도 에이나르손을 축출할 수 있었을 거요."

내가 불평을 토로했다.

"바실리예가 옳아요. 끔찍하긴 했지만 그렇게 했어야 하는 일이에요. 일은 마무리되었고 바실리예가 권력을 잡았으니 사람들은 영원히 만족할 거예요. 에이나르손이 살아 있고, 그자가 군인들의 우상을 죽였다는 사실을 모르는 군대를 거느리고 있는 건 너무 위험해요. 마지막에 에이나르손은 부하들이 어떤 사실을 알게 되더라도 그들을 통솔할 수 있는 힘을 지녔다고 생각했어요. 그는……"

"끝난 일이니 됐소. 국왕 놀음이 끝나서 나로선 정말 기쁘군요. 키스해 줘요."

그녀가 내게 키스를 한 뒤 속삭였다.

"바실리예가 죽으면 ─ 그렇게 먹어 대니 오래 살진 못할 거예요 ─ 내가 샌프란시스코로 갈게요."

"당신 참 냉혈한 바람둥이로군." 내가 말했다.

모라비아의 전 국왕 라이어넬 그랜덤은 우리보다 겨우 5분 늦게 도착해 기차에 올랐다. 그는 혼자가 아니었다. 어느 나라의 여왕 같은 모습의 발레스카 라드냐크가 그와 함께 나타났다. 그녀는 왕관을 잃어버렸다고 해도 완전히 이성을 잃고 무너지는 사람이 아닌 듯했다.

덜컹거리는 기차를 타고 살로니카까지 오는 동안 청년은 충분히 유쾌하고 공손한 태도로 나를 대했지만, 내가 함께 있는 것이 아주 편하지는 않은 게 분명했다. 그의 신붓감은 다른 사람이 바로 눈앞에 와 있지 않은 한은 이 세상에 그 청년밖에 존재하지 않는다는 듯 다른 사람은 안중에도 없었다. 그래서 나는 그들의 결혼식을 기다리지 않고, 기차가 살로니카에 닿은 지 몇 시간 만에 그곳을 떠나는 배에 다시 몸을 실었다.

물론 어음은 그들에게 두고 떠났다. 그들은 라이어넬의 돈 300만 달러만 은행에서 인출하고 4분의 1은 모라비아로 돌려보내기로 결정했다. 그리고 나는 내 경비 내역에 포함된 5달러, 10달러짜리 항목이 불필요하다고 생각하는 상관과 담판을 지으러 샌프란시스코로 돌아갔다.

파리 잡는 끈끈이
Fly Paper

1

그것은 방황하는 딸을 찾는 일이었다.

햄블턴 가문은 뉴욕에서 몇 대째 부와 점잖은 평판을 이어 온 명문가였다. 햄블턴 가계의 역사를 죄다 뒤져 보아도 일족 가운데서 가장 막내인 수의 행동을 설명해 줄 만한 일은 없었다. 그녀는 어린 시절을 벗어나며 비뚤어졌고, 윤택한 자신의 삶을 혐오하고 거친 인생을 선호하게되었다. 1926년 스물한 살이 되었을 무렵 그녀는 확실히 5번가보다 10번가를, 은행가보다는 떠돌이들을, 그녀에게 청혼한 명예로운 세실 윈다운보다는 '해결사' 하이미를 더 좋아했다.

햄블턴 가문은 수의 행동을 바로잡으려 애썼지만 너무 늦은 뒤였다.

마침내 그녀는 가족들에게 지옥에나 꺼져 버리라고 말한 뒤 집을 나갔고, 그들은 어떻게 더 해볼 도리가 없었다. 아버지인 월도 햄블턴 소령은 딸을 구해 내겠다는 희망은 완전히 포기했지만, 할 수 있다면 딸이 곤경에 빠지는 것은 막고 싶어 했다. 그래서 그는 콘티넨털 탐정사무소 뉴욕 지부를 찾아가 딸을 지켜봐 달라고 요청했다.

'해결사' 하이미는 필라델피아 출신의 협잡꾼으로, 동업자와 불화를 겪은 뒤 톰슨식 소형 기관총을 파란색 체크무늬 방수포에 싸 가지고 북쪽으로 올라갔다가 대도시로 내려온 인물이었다. 뉴욕은 필라델피아만큼 기관총을 사용하기에 좋은 지역이 아니었다. 톰슨식 기관총은 1년이 넘도록 쓸데가 없었고, 그사이 하이미는 대신 자동 권총을 장만해 할렘에서 벌어지는 자잘한 일에 끼어들어 생계를 유지했다.

수가 집을 나가 하이미와 동거한 지 서너 달 뒤, 그는 서부처럼 대규모로 조직을 운영해 보려고 시카고에서 뉴욕을 찾은 옛 동료와 연줄이 닿았고 퍽 좋은 기회라고 생각했다. 그러나 시카고에서 온 청년들은 하이미를 원하지 않았다. 그들이 원한 건 톰슨 총이었다. 자기도 고용되리라고 여기며 이력서 대신 그가 소총을 보여 주자 그들은 하이미의 머리에 총알구멍을 낸 뒤 총을 갖고 달아났다.

수 햄블턴은 하이미를 매장한 뒤 먹고사느라 반지를 저당 잡혀 외롭게 몇 주간을 보내다, 바소스라는 이름의 그리스인이 운영하는 밀주 판매점에 서빙 일자리를 얻었다.

바소스의 술집을 찾는 손님 중에 베이브 매클루어라는 작자가 있었다. 검은 머리에 푸른 눈, 스코틀랜드인과 아일랜드인, 인디언의 혼혈로 튼튼한 뼈와 근육으로 이루어진 120킬로그램의 거인인 그는 뉴올리언스부터 오마하 사이에 있는 작은 우체국을 대부분 약탈한 혐의로 레번워스 교도소에서 15년형을 살고 나와 쉬는 중이었다. 베이브는 쉬는 동안 어두운 거리에서 보행자들을 놀라게 해 술 마실 돈을 스스로 조달하고 있었다.

베이브는 수를 좋아했다. 바소스는 수를 좋아했다. 수는 베이브를 좋아했다. 바소스는 그게 마음에 들지 않았다. 질투심이 그리스인의 판단력을 흐리게 했다. 어느 날 밤 베이브가 들어오려 하자 그는 술집 문을 걸어 잠갔다. 베이브는 쪼개진 문 조각을 손에 들고 들어왔다. 바소스가 총을 뽑아 들었지만, 팔에 매달린 수를 떨쳐 버릴 순 없었다. 그가 몸부림을 멈춘 순간 베이브가 황동 손잡이가 달린 문의 잔해로 그를 후려쳤다. 베이브와 수는 바소스의 술집에서 함께 달아났다.

그때까지만 해도 뉴욕 지부는 가까스로 수의 행적을 파악하고 있었다. 그녀를 지속적으로 감시한 건 아니었다. 수의 아버지도 그것을 원하지는 않았다. 몇 주에 한 번씩 사람을 보내, 아직 그 여자가 살아 있는지 확인하고, 물론 여자 쪽에선 감시당하고 있다는 것을 모르도록 친구들과 이웃들한테 가능한 한 정보를 알아 오는 게 전부였다. 그 일은 퍽 쉬운 작업이었지만, 수와 베이브가 술집을 부수고 달아난 뒤로는 완전히 행적이 묘연했다.

온 도시를 샅샅이 헤집어 본 뒤 뉴욕 지부는 전국에 있는 콘티넨털 탐정사무소 사무실로 공문을 보내, 위와 같은 사정을 알리고 수와 새 애인의 사진 및 인상착의를 동봉했다. 그것이 1927년 후반의 일이었다.

갖고 다닐 사진 사본도 많았으므로 그로부터 한 달 이상 딱히 할 일이 없는 직원들은 사라져 버린 그 두 사람을 찾아 샌프란시스코와 오클랜드를 뒤졌다. 우리는 그들을 찾지 못했다. 다른 도시 지부의 탐정들도 똑같이 노력했지만 행운은 찾아오지 않았다.

그러다가 거의 1년 뒤 뉴욕 지부에서 우리한테 전보가 한 장 날아왔다. 해독하면 다음과 같은 내용이었다.

오늘 햄블턴 소령이 샌프란시스코에 있는 딸에게 전보를 받았음 '인용' 에디스 가 601번지 아파트 206호로 1,000달러 송금해 주세요 '마침표' 허락해 주시면 집에 돌아갈게요 '마침표' 집에 와도 좋다고 부디 말해 주시고 제발 부탁이니 어쨌든 돈은 송금해 주세요 '인용 끝' 햄블턴은 즉각 돈을 지불할 것을 명함 '마침표' 내용을 잘 아는 유능한 탐정을 직접 보내 돈을 전달하고 귀가를 준비시킬 것 '마침표' 가능하다면 남녀 직원을 함께 파견할 것 '마침표' 햄블턴이 딸에게 전보 발송 중 '마침표' 전보로 즉각 보고 바람.

2

영감님이 나에게 전보와 수표를 내밀며 말했다.

"상황은 알겠지. 어떻게 처리해야 할지 자네가 알 거야."

나는 그의 말에 동의하는 체하며 은행으로 내려가 수표를 몇 꾸러미나 되는 지폐로 바꾼 뒤 전차를 타고 에디스 가 601번지로 향했다. 라킨 가 모퉁이에 있는 꽤 큰 아파트 건물이었다.

아파트 현관에 있는 206호 우편함엔 J. M. 웨일스라는 이름이 적혀 있었다.

나는 206호 초인종을 눌렀다. 잠겼던 문이 징 소리를 내며 열리자 나는 건물로 들어가 엘리베이터를 지나 계단으로 올라갔다. 206호는 계단

바로 옆 모퉁이에 있었다.

깔끔한 짙은 색 옷을 입은 삼십대 정도의 호리호리하고 키 큰 남자가 아파트 문을 열었다. 길고 창백한 그의 얼굴은 미간이 좁고 짙은 눈동자가 박혀 있었다. 잘 빗어 두피에 바짝 붙여 놓은 갈색 머리칼은 군데군데 하얗게 세어 있었다.

"햄블턴 양을 찾습니다."

내가 말했다.

"어, 무슨 일이시죠?"

그의 목소리는 매끄러웠지만 듣기 좋을 만큼 매끄럽진 못했다.

"직접 뵙고 싶은데요."

그의 눈꺼풀이 약간 내려오며 양쪽 눈썹이 좀 더 가까워졌다. 그가 "혹시……?"라고 질문을 시작했다가 말을 멈추고는 나를 빤히 쳐다보았다.

나는 아무 말도 하지 않았다. 이내 그가 질문을 마무리했다.

"전보와 관련된 일인가요?"

"네."

그의 길쭉한 얼굴이 금세 환해졌다. 그가 물었다.

"그 사람 아버지가 보냈나요?"

"네."

그가 뒤로 물러나며 문을 활짝 열었다.

"들어오세요. 햄블턴 소령님의 전보가 불과 몇 분 전에 도착했습니다. 누군가가 찾아올 거라고 하셨더군요."

우리는 좁은 복도를 지나 싸구려 가구가 놓이긴 했지만 꽤나 깔끔하고 깨끗하게 정돈되어 햇살이 환하게 비쳐 드는 거실로 들어갔다.

"앉으시죠."

남자가 갈색 흔들의자를 가리키며 말했다.

나는 의자에 앉았다. 그는 내 앞에 놓인 올 굵은 삼베를 씌운 소파에 앉았다. 나는 방을 둘러보았다. 어자가 살고 있다는 흔적은 어디에서도 찾을 수 없었다.

그가 기름한 콧날을 더 긴 손가락으로 문지르며 천천히 물었다.

"돈은 갖고 오셨습니까?"

나는 본인과 직접 이야기하고 싶다고 말했다.

그는 좀 전까지 콧날을 문질렀던 손가락을 내려다보다가 고개를 들고 부드럽게 말했다.

"하지만 제가 수 친구라니까요."

나는 "그래요?"라고 대꾸했다.

"그렇습니다."

그가 내 말을 반복하듯 말했다. 그는 얇은 입술 양쪽 꼬리를 입안으로 빨아들이며 약간 인상을 찌푸렸다.

"전 돈을 갖고 오셨는지 아닌지 물었을 뿐입니다."

나는 아무 말도 하지 않았다.

그가 상당히 논리적인 말투로 말했다.

"요점은 만일 댁이 돈을 가져왔다면 수도 본인 말고는 다른 사람에게 돈을 건네는 걸 기대하지 않는다는 겁니다. 돈을 가져오지 않았다면 당신을 만날 이유가 없고요. 그 점에 대해서 수가 마음을 바꿀지는 저도 모르겠습니다. 돈을 가져왔는지 제가 물은 건 그 때문이에요."

"가져왔습니다."

그는 의심스럽다는 듯 나를 쳐다보았다. 내가 은행에서 찾아온 돈을 그에게 보여 주었다. 그가 소파에서 펄쩍 뛰다시피 일어났다.

"1, 2분 안에 데려오겠습니다."

그가 긴 다리로 성큼성큼 문으로 걸어가며 어깨 너머로 말했다. 그가 문가에 멈춰 서서 물었다.

"댁은 수를 아십니까? 아니면 수가 스스로 자신의 신분을 증명할 서류 같은 걸 가져와야 할까요?"

"그게 최선이겠군요."

내가 그에게 말했다.

그가 복도로 이어지는 현관문을 열어 놓고 밖으로 나갔다.

3

5분 뒤에 그가 흐린 초록색 실크를 입은 스물세 살쯤 되어 보이는 날씬한 금발 아가씨를 데리고 돌아왔다. 작은 입술 주변이 약간 처진 듯하고 푸른 눈동자를 둘러싼 눈두덩이 두툼했지만 예쁘장한 외모를 망칠 만큼 단점이 두드러져 보이지는 않았다.

나는 자리에서 일어났다.

"이 사람이 햄블턴 양입니다."

남자가 말했다.

여자는 나를 흘끔 쳐다본 뒤 초조한 듯 들고 있던 핸드백 끈을 만지작거리며 다시 시선을 내리깔았다.

"본인인지 증명할 수 있겠습니까?"

내가 물었다.

"물론이죠. 보여 드려, 수."

남자가 말했다.

여자가 가방을 열고 서류 몇 장과 물건을 꺼내 나에게 내밀었다.

"앉으세요, 앉으세요."

내가 서류를 받아 들자 남자가 말했다.

그들은 소파에 앉았다. 나는 흔들의자에 앉아 여자가 내게 준 물건을 살펴보았다. 수 햄블턴 앞으로 주소가 적힌 편지 두 통과, 집에 돌아오는 걸 환영하겠다는 아버지의 전보 한 통, 백화점 영수증 몇 장, 운전면허증, 잔액이 10달러도 남지 않은 은행계좌 통장이 하나 있었다.

내가 서류 확인을 끝냈을 무렵 여자의 당혹감은 사라지고 없었다. 그녀는 옆에 앉은 남자처럼 나를 똑바로 쳐다보았다. 나는 주머니를 더듬어 뉴욕에서 수사 시작 단계에 우리한테 보내 온 사진을 꺼내 눈앞의 여자와 비교해 보았다.

"입이 좀 줄어들을 순 있겠지만, 어떻게 코가 그렇게 훨씬 더 길어질 수가 있죠?"

내가 말했다.

"내 코가 마음에 들지 않으면 지옥에나 가시지."

여자의 얼굴이 빨개졌다.

"그게 요점이 아니잖소. 부풀어 오르는 코가 있다 한들 그건 수의 코가 아니죠. 직접 한번 봐요."

내가 사진을 여자에게 내밀었다.

여자가 사진을 노려보다 이어 남자를 째려보았다.

"참 똑똑하기도 하지."

여자가 남자에게 말했다.

어두운 눈빛으로 나를 쳐다보고 있던 그의 눈동자가 좁게 뚫린 눈꺼풀 사이로 빛을 뿜었다. 그는 나를 계속해서 지켜보며 입꼬리만 움직여 나직이 여자에게 쏘아붙였다.

"입 다물어."

여자는 입을 다물었다. 그는 앉아서 나를 지켜보았다. 나는 앉아서 그를 지켜보았다. 시계 초침이 째깍거리는 소리를 내며 돌아갔다. 그의 초점이 흔들려 나의 양쪽 눈을 번갈아 쳐다보기 시작했다. 여자는 한숨을 쉬었다.

남자가 낮은 목소리로 말했다.

"그래서요?"

"당신들은 궁지에 몰렸소." 나는 말했다.

"무슨 혐의로요?"

그가 대수롭지 않은 듯 물었다.

"사취 공모."

여자가 벌떡 일어나 화가 난 듯 손등으로 남자의 어깨를 후려치며 소리쳤다.

"이런 거지 같은 궁지로 날 몰아넣다니 참 똑똑하기도 하셔라. 식은 죽 먹기라며! 손도 안 대고 코 푸는 거라며! 이제 당신 꼴 좀 봐. 저 남자한테 직접 찾아보라고 말할 배짱도 없잖아!"

그녀가 홱 고개를 돌려 여전히 흔들의자에 앉아 있는 나에게 비아냥거렸다.

"당신은 뭘 기다리는 거예요? 작별 키스라도 기다려요? 우린 당신한테 아무것도 빚진 거 없어요, 안 그래요? 그 잘난 돈 우린 한 푼도 안 받았잖아요, 안 그래요? 그러니까 나가요. 바람이나 쐬라고요. 딸랑딸랑 가버려요!"

"그만하시지, 자매님. 그러다 뭐라도 깨뜨리겠군."

내가 낮게 쏘아붙였다.

남자가 거들고 나섰다.

"제발 부탁이니 소리 좀 그만 지르고 다른 사람한테도 말할 기회 좀 줘, 페기."

그러고는 그가 내게 말했다.

"그래서 원하는 게 뭡니까?"

"댁들은 어쩌다 이 일에 끼어든 거죠?"

그가 재빨리 진지하게 설명을 했다.

"케니라는 친구가 수 햄블턴이라는 여자 이야기를 하면서 아버지가 돈이 많다고 이런 건수를 던져 줬습니다. 나도 한번 시도해 볼 만하다고 생각했죠. 그 여자 아버지가 즉각 돈을 보내 주거나 아예 보내지 않거나 둘 중 하나일 거라고 생각했어요. 이렇게 사람을 직접 보낼 줄은 몰랐어요. 사람을 보내 딸을 만나게 하겠다는 아버지의 전보를 받았을 때 일을 중단했어야 하는 거였죠.

하지만 젠장! 거액을 현금으로 가져온 남자가 나타난 거예요. 시도도 해보지 않고 그냥 흘려보내기엔 너무 좋은 기회였죠. 아직은 임기응변으로 넘길 기회가 있는 것 같아서 페기더러 수 노릇을 해달라고 했어요. 오늘 당장 그 남자가 찾아온다는 건 이쪽 서부에 사는 사람이라는 뜻이니까 수를 만나 본 적도 없고 인상착의 정도만 알고 있다고 여겼죠. 케니한테 들은 이야기로 페기가 수의 인상착의와 상당히 비슷하다고 알고 있었거든요. 당신이 그 사진을 어떻게 입수했는지는 여전히 모르겠네요. 텔레비전에 나왔나요? 노친네한테 내가 전보를 친 게 겨우 어제였어요. 수 앞으로 이곳 주소를 적어 보낸 편지도 몇 통 어제 부쳤고, 전보

회사에서 돈을 찾을 다른 증명서도 마련해 두었죠."

"케니가 노친네 주소를 알려 줬소?"

"당연하죠."

"그자가 수의 주소도 알려 줬나요?"

"아뇨."

"케니가 그런 사정을 어떻게 알게 됐을까요?"

"그런 말은 안 하던데요."

"지금 케니는 어디 있죠?"

"몰라요. 뭔가 다른 문제가 생겨서 동부로 가는 중이라 이번 일에도 낄 수 없었어요. 그래서 나한테 넘긴 거죠."

"케니는 마음이 아주 넓군요. 당신도 수 햄블턴을 압니까?"

"아뇨. 케니한테 얘기 듣기 전까지는 이름도 들어 본 적 없었어요."

강력하게 그가 부인했다.

"그 케니라는 사람 마음에 안 들지만, 그자의 증언 없이는 댁의 이야기가 꽤 신빙성이 있군요. 그렇다고 그자가 범죄 혐의를 벗어날 수 있을 것 같소?"

그가 천천히 좌우로 머리를 흔들며 말했다.

"일단 일어난 일은 돌이킬 수가 없죠."

"참 안됐군요. 사취 공모 죄는 나한테 수를 찾는 일에 비하면 아무런 의미도 없어요. 당신과 내가 거래를 할 수도 있어요."

그는 또다시 고개를 저었지만 눈빛은 생각에 잠겼고, 아랫입술로 윗입술을 살짝 깨물었다.

여자는 우리 두 사람을 지켜볼 수 있도록 한발 뒤로 물러나, 혐오스럽다는 표정으로 우리가 말을 주고받을 때마다 우리를 번갈아 쳐다보았다. 이제 그녀의 시선은 남자에게 고정되어 있었고, 그녀의 눈빛은 또다시 점점 더 분노로 차올랐다.

내가 자리에서 일어나며 그에게 말했다.

"마음대로 하시오. 하지만 당신이 그런 식으로 나온다면 나로선 두 사람을 다 잡아넣는 수밖에 없어요."

그가 입술을 깨문 채로 미소를 지으며 따라 일어났다.

여자가 그와 나 사이에 끼어들며 남자와 마주 섰다.

"지금 그렇게 멍청하게 굴 때가 아니잖아. 불어 버려, 못난 자식아, 안 그러면 내가 다 불어 버릴 거야. 내가 당신과 함께 추락할 거라고 생각했다면 당신 미친 거야."

여자가 그에게 딱딱거렸다.

"입 닥쳐."

그가 쉰 목소리로 말했다.

"어디 닥치게 해보시지."

여자가 악을 썼다.

남자는 양손으로 여자의 입을 막으려 했다. 내가 여자의 어깨 너머로 손을 뻗어 그의 한쪽 손목을 잡고 다른 손까지 쳐올렸다.

여자가 우리 사이에서 빠져나가 내 뒤로 숨으며 소리쳤다.

"조가 그 여자 알아요. 그 여자한테서 직접 들은 얘기예요. 그 여잔 오패럴 가 세인트마틴에 살아요. 그 여자랑 베이브 매클루어랑 같이."

여자의 이야기에 귀를 기울이는 동안 나는 조가 휘두른 오른쪽 주먹을 피해 고개를 옆으로 빼야 했고, 그의 왼팔을 잡아 비틀어 뒤로 결박하면서 골반으로 그의 무릎을 치며 왼 손바닥으로 그의 턱을 붙잡았다. 내가 그의 목을 일본 목각 인형처럼 꺾어 버리려고 하는 순간 그가 몸부림을 멈추고 중얼거렸다.

"다 이야기할게요."

"어서 하시지."

나는 흡족한 마음으로 그에게서 손을 떼고 뒤로 물러났다.

그는 내가 비틀었던 손목을 문지르며 내 뒤에 숨은 여자에게 인상을 썼다. 그는 가장 순한 욕이 '멍청한 년'일 정도로 여자에게 온갖 험악한 욕설을 다 퍼부은 뒤 이렇게 말했다.

"저 사람이 우릴 감옥에 처넣겠다고 한 건 허풍을 떤 거야. 수의 아버지가 신문에 광고를 냈을 거라는 생각은 못 했어?"

형편없는 짐작은 아니었다.

그는 여전히 손목을 문지르며 다시 소파에 앉았다. 여자는 이를 드러내고 그를 비웃으며 방 반대편에서 서성댔다.

내가 말했다.

"좋아, 둘 중 아무나 다 털어놓으시지."

"이미 다 한 얘깁니다. 지난주에 베이브를 만나러 갔다가 그 사연을 알게 됐고 그냥 허비하기엔 너무 좋은 건수라고 생각했어요."

"지금 베이브는 뭘 하고 지내지?"

"난 몰라요."

"아직도 강도짓으로 먹고사나?"

"난 몰라요."

"행여나 모르겠다."

"몰라요. 베이브와 알고는 지내도 그 친구가 무얼 해서 먹고사는지는 아무 얘기도 들을 수 없다고요."

그가 주장했다.

"그자와 수가 여기서 지낸 지는 얼마나 됐지?"

"내가 알기론 여섯 달 정도예요."

"그자가 어울리는 패거리들은 누군가?"

"난 몰라요. 베이브가 패거리를 데리고 일을 할 때는 매번 길에서 사람들을 구해 길에서 헤어져요."

"어쩌다가 그자가 정착을 했을까?"

"난 몰라요. 그 집에 가면 항상 음식과 술이 넘쳐 났어요."

그렇게 30분을 보내고 나자 나는 두 실종 인물에 대해서 별로 많은 정보를 캐내진 못하리라는 점을 깨달았다.

나는 복도에 있는 전화기로 사무실에 전화를 걸었다. 교환대 사환이 직원 대기실에 맥맨이 있다고 알려 주었다. 나는 그를 나한테 보내 달라고 당부하고 거실로 돌아갔다. 내가 들어가자 붙어 있던 조와 페기의 머리가 얼른 떨어졌다.

맥맨은 10분도 되기 전에 당도했다. 나는 그에게 문을 열어 주며 말했다.

"저 두 사람에 따르면 남자 이름은 조 웨일스고 여자는 위층 421호에 사는 페기 캐롤이야. 우린 둘을 사취 공모 현행범으로 붙잡았지만, 내가 저들과 거래를 했네. 난 지금 나가서 확인해 볼 게 있어. 자네는 이 방에서 저들과 함께 기다려 주게. 아무도 드나들어서는 안 되고, 자네 말고는 전화기도 쓰면 안 돼. 앞쪽 창문에 화재용 비상 탈출구가 있더군. 창문은 현재 잠겨 있네. 나라면 그대로 내버려 두겠네. 거래 내용이 제대로 확인되면 우린 저들을 풀어 줄 예정이지만 만약 내가 나간 사이 자네한테 허튼수작을 부린다면 자네 원하는 대로 해치워도 좋아."

맥맨은 단단하고 둥근 머리로 끄덕한 뒤 두 사람과 문 사이에 의자를 가져다 놓았다. 나는 모자를 집어 들었다.

조 웨일스가 외쳤다.

"이봐요, 베이브한테 내가 불었다고 말하진 않을 거죠? 그것도 거래 조건의 일부예요."

"어쩔 수 없는 경우가 아닌 한은 그러지."

"맞아 죽느니 차라리 내가 포기하겠어요. 감옥에 있는 게 더 안전할 테니까."

그가 말했다.

"최대한 자네 얘기는 빼고 해보겠지만, 본인이 저지른 일의 대가는 치러야 할 거야."

내가 약속했다.

4

웨일스의 집에서 불과 여섯 블록밖에 떨어지지 않은 세인트마틴으로 걸어가며 나는 지난주에 앨러미다의 어느 은행 지점에서 발생한 무장 강도 사건 용의자로 베이브를 의심하는 콘티넨털 소속 탐정으로서 매클루어와 여자를 찾아가기로 결정했다. 은행 직원들이 묘사한 강도들의 인상착의가 절반만 정확하다고 해도 베이브는 그들 중에 없었으므로, 그는 내가 제기하는 의혹에 크게 겁을 먹을 가능성이 없었다. 혐의를 벗으려고 그가 이야기를 하다 보면 나에게 쓸 만한 정보가 흘러나올지도 몰랐다. 물론 내가 원하는 가장 중요한 일은 여자를 한 번이라도 만나서 그녀의 아버지에게 따님을 봤다고 보고를 하는 거였다. 수의 아버지가 계속해서 딸과 베이브를 주시하고 있었다는 사실을 그들이 알고 있을 이유는 없었다. 베이브는 전과가 있었다. 탐정이 이따금씩 들러 그에게 뭔가를 알아내려 하는 것은 충분히 자연스러운 일이었다.

세인트마틴은 높은 두 호텔 건물 사이에 있는 작은 3층짜리 벽돌 건물이었다. 웨일스와 페기가 말한 대로 현관 명패에 'R. K. 매클루어, 313호'라고 적혀 있었다.

나는 해당 호수의 초인종을 눌렀다. 아무 응답도 없었다. 네 번이나 더 눌렀지만 아무 반응이 없었다. 나는 '관리인'이라고 석힌 초인종을 눌렀다.

문이 덜컥 열렸다. 나는 안으로 들어갔다. 현관문 바로 안쪽 아파트 입구에 다림질이 몹시 필요해 보이는 분홍색 줄무늬 면 원피스를 입은 투실투실한 여인이 서 있었다.

"이름이 매클루어라는 사람들 여기 살죠?"

내가 물었다.

"313호예요."

"여기 산 지 오래됐습니까?"

그녀는 살찐 입술을 꾹 다물고 나를 유심히 쳐다보며 망설였지만 마침내 "지난 6월부터예요"라고 말했다.

"그들에 대해서 뭘 좀 아십니까?"

그녀는 내 질문에 턱과 눈썹을 들어 올리며 주춤했다.

내가 그녀에게 명함을 건넸다. 충분히 안전한 행동이었다. 위층으로 올라가 보려는 나의 의도와도 맞아떨어졌다.

명함을 들어 올려 읽고 난 여인의 얼굴은 호기심으로 번들거렸다.

"이리로 오세요."

그녀가 출입구로 뒷걸음치며 쉰 목소리로 속삭였다.

나는 그녀를 따라 아파트로 들어갔다. 우리는 소파에 자리를 잡고 앉았고, 그녀가 속삭였다.

"무슨 일이에요?"

나는 그녀의 연극 놀음에 장단을 맞추느라 목소리를 낮췄다.

"아무 일도 아닐지 모릅니다. 금고 털이로 징역을 산 적이 있는 사람이거든요. 혹시 최근에 벌어진 사건에 연루되었을 가능성이 있어서 지금 그자를 찾고 있는 중이에요. 그자가 한 짓인지는 모릅니다. 요샌 착하게 살고 있는지도 모르죠."

내가 레번워스 교도소에서 찍은 그의 측면과 정면 사진을 주머니에서 꺼냈다.

"이 사람 맞습니까?"

여인은 신이 나서 사진을 받아 들고 고개를 끄덕거리며 "네, 이 사람이에요, 맞아요"라고 말하더니 사진을 뒤집어 뒤에 적힌 인상착의를 읽고 나서 "네, 이 사람이에요, 맞아요"라고 되풀이해 말했다.

"부인도 여기 같이 살죠?"

내 물음에 여인이 열렬히 고개를 끄덕였다.

"그 여자에 대해서는 저도 모릅니다. 어떻게 생긴 여자죠?"

내 질문에 여인은 수 햄블턴이라고 생각되는 여자를 묘사했다. 나중에 수와 베이브가 이야기를 전해 듣는 경우 내 정체가 탄로 날 수 있으므로 수의 사진은 보여 줄 수 없었다.

나는 매클루어 부부에 대해서 아는 것이 무언지 여인에게 물었다. 여인은 별로 아는 것이 없었다. 제때에 집세를 냈고 불규칙한 시간에 드나들며 이따금씩 음주 파티를 열고 많이 싸운다는 정도였다.

"지금 안에 있을까요? 초인종을 눌러도 대답이 없던데요."

"모르겠어요. 둘이 싸웠던 그제 밤 이후로는 둘 다 본 적이 없어요."

여인이 속삭였다.

"크게 싸웠나요?"

"평소보다 많이 심하진 않았어요."

"두 사람이 집 안에 있는지 알아봐 주실 수 있을까요?"

여인이 나를 눈꼬리로 훔쳐보았다.

"부인께서 곤란을 겪는 일은 없게 하겠습니다. 하지만 그들이 야반도주라도 했다면 저도 알아야겠고 부인도 아셔야 할 것 같은데요."

나는 여인을 안심시켰다.

"좋아요, 알아보죠. 여기서 기다리세요."

여인이 자리에서 일어나 열쇠가 든 주머니를 두들겨 쩔그럭거리는 소리를 내며 말했다.

"제가 3층까지 같이 따라 올라가 보이지 않는 곳에서 기다리겠습니다."

"좋아요."

마지못해 여인이 대꾸했다.

3층에 올라간 나는 엘리베이터 옆을 지켰다. 그녀는 어두운 복도 모퉁이를 돌아 사라졌고 이내 약한 전자음 초인종 소리가 들렸다. 초인종이 세 번 울렸다. 열쇠 부딪치는 소리가 들리고, 열쇠 하나를 자물쇠에 꽂는 소리가 들려왔다. 자물쇠가 딸깍 열렸다. 여인이 문고리를 돌리는 소리도 들을 수 있었다.

그러고 나서 잠시 이어진 정적은 이쪽 벽에서 저쪽 벽까지 온 복도를 울리는 비명으로 중단되었다.

나는 복도로 뛰어들어 모퉁이를 돌았고 열린 문으로 들어가 등 뒤로 쾅 소리가 나게 문을 닫았다.

비명이 멎었다.

방금 내가 들어온 출입문 옆 좁은 현관에는 나란히 문이 세 개 줄지어 있었다. 문 하나는 닫혀 있었다. 화장실 문은 열려 있었다. 나는 다른 문으로 들어갔다.

뚱뚱한 관리인이 문 바로 안쪽에 서서 펑퍼짐한 등을 보이고 있었다. 나는 그녀를 밀어내고 그녀가 쳐다보고 있던 광경을 보았다.

수 햄블턴이 검은 레이스 장식이 달린 연노란색 파자마를 입고 침대에 누워 있었다. 반듯하게 누운 자세였다. 양팔은 머리 위로 들어 올린 모습이었다. 한쪽 다리는 접혀 몸 아래 깔려 있고 한쪽 다리는 쭉 뻗어 맨발이 바닥에 닿아 있었다. 그녀의 맨발은 산 사람의 발이라기에는 너무 핏기가 없었다. 그녀의 얼굴도 발처럼 새하얀 색이었지만 오른쪽 눈썹 위쪽으로 얼룩덜룩 부풀어 오른 부분과 오른쪽 광대뼈 부분, 목둘레의 짙은 멍 자국은 예외였다.

"경찰에 전화하세요."

나는 여인에게 말한 뒤 집 안 구석구석, 옷장과 서랍을 뒤지기 시작했다.

탐정사무소로 돌아갔을 때는 늦은 오후였다. 나는 자료실 직원에게 조 웨일스와 페기 캐롤에 대해 자료가 있는지 알아봐 달라고 부탁한 뒤 영감님의 사무실로 들어갔다.

그가 읽고 있던 보고서를 내려놓고 고개를 끄덕여 앉으라고 청한 뒤 물었다.

"여자는 만나 봤나?"

"네. 죽었어요."

영감님은 내가 비가 온다고 말하기라도 한 듯 "그렇군"이라고 대꾸하고는 내가 상황을 전부 보고하는 동안 성중하게 귀 기울여 들으며 미소를 지었다. 나는 웨일스의 아파트 초인종을 눌렀을 때부터 죽은 여자의 아파트에서 뚱뚱한 관리인 아주머니를 만났을 때까지 세부 사항을 전부 이야기했다.

"죽은 지 꽤 된 것 같았고 얼굴과 목에 멍이 들어 있었습니다. 하지만 사인은 그게 아니었어요."

내가 이야기를 마쳤다.

"살해됐다고 생각하나?"

그가 여전히 온화하게 미소를 지으며 물었다.

"모르겠어요. 조던 박사는 비소 중독일 거라고 하더군요. 지금 사인을 조사하려고 부검 중입니다. 그런데 그 집에서 이상한 물건을 발견했어요. 화덕과 부엌 벽 사이 어두운 구석에 두툼한 진회색 종이 몇 장이 『몽테크리스토 백작』 책 사이에 끼워져 한 달 지난 신문에 싸여 있었습니다."

"아, 비소를 이용한 파리 잡는 끈끈이로군. 메이브릭과 세던이 써먹은 수법이지. 물에 적셔 으깨면 종이 한 장에서 4에서 6그레인*이 녹아 나오는데, 그거면 두 사람을 죽이기에 충분한 양이지."

영감님이 중얼거렸다.

나는 고개를 끄덕이며 말했다.

---

*아주 적은 양의 무게 단위로, 1그레인은 0.0648그램.

"저도 1916년 루이빌 사건 때 다뤄 본 적 있습니다. 혼혈 청소부가 어제 아침 9시 반에 매클루어가 나가는 걸 봤답니다. 여자는 아마 그 전에 죽었을 거예요. 그 뒤로는 그자를 본 사람이 아무도 없습니다. 그날 새벽에 옆집 사람들이 대화하는 소리와 여자의 신음 소리를 들었답니다. 하지만 두 사람이 워낙 많이 싸워서 이웃들은 별다른 관심을 기울이지 않았죠. 관리인 아주머니는 그들이 그 전날 밤에도 싸웠다고 하더군요. 경찰에서 놈을 쫓고 있습니다."

"경찰에 그 여자가 누군지 얘기했나?"

"아뇨. 그 점에 대해서는 우리가 어떻게 해야 하죠? 사연을 전부 밝히지 않고는 웨일스에 대해서 경찰에 알릴 수가 없겠는데요."

"내 생각엔 사실을 다 드러내야 할 거야. 뉴욕에는 내가 전보를 치겠네."

그가 신중하게 말했다.

나는 그의 사무실을 나왔다. 자료실 직원이 신문 기사 스크랩 몇 장을 갖다 주었다. 첫 번째 기사에 따르면 15개월 전, 일명 홀리 조로 알려진 조지프 웨일스는 투미라는 이름의 농부가 웨일스와 다른 일당 셋에게 가짜 '사업 기회'를 빌미로 2,500달러를 빼앗겼다고 고발하여 체포되었다. 두 번째 기사는 투미가 법정에 웨일스의 반대 증인으로 나타나지 않아 사건이 기각되었다는 소식이었다. 돈을 전부, 혹은 일부 돌려주는 흔한 방법으로 증인이 매수된 경우였다. 웨일스에 대해서는 그것이 우리가 갖고 있는 기록의 전부였고, 페기 캐롤에 대해서는 아무 자료도 없었다.

5

웨일스의 아파트로 돌아가자 맥맨이 문을 열어 주었다.

"별일 없었나?"

"둘 다 배가 많이 아프다고 한 것 외엔 아무 일도 없었어요."

웨일스가 앞으로 다가와 간절히 물었다.

"이제 만족합니까?"

여자는 창가에 서서 나를 염려스러운 눈길로 쳐다보고 있었다.

나는 아무 말도 하지 않았다.

"여자를 찾았죠? 내가 이야기한 곳에 있었죠?"

웨일스가 인상을 찌푸리며 물었다.

"그래."

"그럼 됐네요."

구겨졌던 그의 얼굴이 일부나마 펴졌다.

"그럼 페기와 난 빠질 수 있겠네요, 그렇다고……"

그가 말꼬리를 흐리다 아랫입술을 혀로 핥더니 한 손으로 턱을 쥐고 날카롭게 물었다.

"두 사람한테 내가 알려 줬단 말은 안 했죠?"

나는 안 했다고 고개를 저었다.

그는 턱을 쥐고 있던 손을 내리고 짜증스럽게 물었다.

"그럼 뭐가 문젭니까? 뭘 더 원하기에 그런 식으로 쳐다보는 거요?"

그의 등 뒤에서 여자가 앙칼지게 입을 열었다.

"이렇게 될 줄 알았다니까. 우리가 무사히 빠져나가는 일은 절대 없을 줄 알았어. 어휴, 참 똑똑도 하시지!"

"자넨 페기를 데리고 부엌으로 가게. 문을 둘 다 닫아 주고. 홀리 조와 나는 진심을 털어놓고 해야 할 이야기가 좀 있어."

내가 맥맨에게 말했다.

여자는 순순히 밖으로 나갔지만 맥맨이 문을 닫으려 하자 다시 머리를 문틈으로 들이밀며 웨일스에게 말했다.

"당신이 또 말을 아끼면 난 저 사람이 당신 코를 박살 내주길 바랄 거야."

맥맨이 문을 닫았다.

"당신 애인은 당신이 뭘 좀 안다고 생각하는 것 같군."

내 말에 웨일스는 문을 향해 인상을 쓰며 웅얼거렸다.

"부러진 다리만큼도 도움이 안 되는 여자죠."

그가 고개를 돌려 나를 보고는 솔직하고 다정한 표정을 지으려고 애를 썼다.

"원하는 게 뭡니까? 아까도 난 사실대로 얘기했어요. 이번엔 또 뭐가 문제죠?"

"뭔지 짐작해 보시지?"

그가 입술을 다물어 이로 깨물었다.

"뭘 짐작해 보라는 거예요? 나도 기꺼이 당신과 거래할 용의가 있어요. 하지만 당신이 뭘 원하는지 말을 하지 않는데 내가 뭘 어쩌겠어요? 당신 머릿속을 볼 재주는 없다고요."

"가능하다면 발로 차서라도 알아내고 싶겠지."

그는 지친 듯 머리를 절레절레 흔들고는 소파로 걸어가 자리를 잡고 앉으며 앞으로 몸을 수그려 무릎 사이에 양손을 끼었다.

"좋아요. 천천히 물어보시죠. 나도 기다릴 테니까."

나는 그의 앞으로 다가가 섰다. 나는 왼손으로 그의 턱을 쥐고 들어 올리며 서로 거의 코가 닿을 때까지 얼굴을 숙인 채 말했다.

"살인을 저지른 직후에 전보를 보낸 건 실수였어, 조."

"그 인간 죽었어요?"

그의 눈이 휘둥그렇게 벌어지기도 전에 그의 입에서 질문이 튀어나왔다.

그 질문에 나는 허를 찔렸다. 나는 얼굴을 찌푸리지 않으려고 이마와 씨름을 벌여야 했으므로 곧이어 나온 내 목소리는 지나치게 침착했다.

"누가 죽었을까?"

"누군데요? 내가 어떻게 알아요? 누구 얘기예요?"

"당신 생각엔 내가 누구 얘기를 하는 것 같은가?"

"내가 어떻게 알아요? 아, 맞다! 햄블턴 노친네, 수의 아버지로군요."

"맞아"라고 대답하며 나는 그의 턱에서 손을 뗐다.

"그런데 그분이 살해됐다는 겁니까? 어떻게요?"

그는 내가 얼굴을 들어 올린 자세에서 한 치도 움직이지 않았다.

"비소를 바른 파리 잡는 끈끈이로."

"비소를 바른 파리 잡는 끈끈이라니. 우스운 방법이네요."

그는 생각에 잠긴 표정이었다.

"그래, 아주 우습지. 그걸 사려면 어디로 가야 할까?"

"그걸 사다뇨? 나야 모르죠. 어렸을 때 이후로는 본 적 없어요. 어차피 샌프란시스코에서는 파리 잡는 끈끈이를 아무도 사용하지 않잖아요. 파리도 별로 없고."

"여기서도 누군가가 그걸 사용했어, 수에게."

내가 말했다.

"수라고요?"

그는 소파가 삐거덕거릴 정도로 펄쩍 뛰었다.

"그래. 어제 아침에 살해됐어, 비소를 바른 파리 잡는 *끈끈이*로."

"두 사람 다요?"

그가 믿어지지 않는다는 듯이 물었다.

"두 사람 다라니 누구?"

"수와 아버지요."

"그래."

그는 가슴팍에 턱을 파묻은 채로 한쪽 손바닥으로 다른 쪽 손등을 문질렀다.

"그렇다면 내가 난처하게 됐네요."

그가 천천히 말했다.

"바로 그거야. 얘기를 털어놓아 혐의를 벗어 보겠나?"

내가 흔쾌히 맞장구를 쳤다.

"생각해 보고요."

나는 그가 생각을 하는 동안 벽시계의 초침 소리를 들으며 충분히 그에게 시간을 주었다. 곧이어 그가 자세를 똑바로 해 앉으며 알록달록한 손수건으로 얼굴을 훔쳤다.

"얘기할게요. 이젠 얘기해야겠네요. 수는 베이브를 버리고 떠날 준비를 하고 있었어요. 나랑 같이 멀리 달아나려고 했어요. 수는…… 자요, 보여 드릴게요."

그가 주머니에 손을 넣어 접혀 있는 두툼한 편지지를 꺼내 나에게 내밀었다. 나는 종이를 받아 내용을 읽었다.

조에게

나 더는 이런 생활 못 견디겠어. 우리 그냥 빨리 떠나자. 오늘 밤에 베이브가 또 날 때렸어. 당신이 정말로 나를 사랑한다면, 부디 서둘러 줘.

수

길쭉길쭉하고 모난 글씨는 초조한 여인의 필체였고 간격이 촘촘했다.

"내가 햄블턴한테 돈을 뜯어내기로 했던 것도 그 때문이었어요. 몇 달째 밥벌이두 못 하고 있는데 어제 그 편지를 받고 보니 어떻게든 수를 데리고 달아나려면 돈을 마련해야 했어요. 수는 자기 아버지한테 돈을 뜯어낸다는 걸 못 견뎌 할 테니까 내가 수 모르게 속임수를 썼죠."

"마지막으로 수를 본 건 언제지?"

"그저께, 수가 편지를 보낸 날이에요. 오후에 만났는데, 여기로 왔었거든요. 그날 밤에 편지를 썼더라고요."

"베이브가 두 사람이 하려는 일을 의심했나?"

"우린 그가 모른다고 생각했어요. 모르죠. 그 인간은 이유가 있든 없든 수시로 미친 듯이 질투하는 인물이었거든요."

"그자가 그럴 만한 이유가 얼마나 많았지?"

웨일스는 내 눈을 똑바로 쳐다보며 대꾸했다.

"수는 착한 여자였어요."

"어쨌든 살해당했어." 나는 말했다.

그는 아무 말도 하지 않았다.

해가 저물어 저녁이 되어 가고 있었다. 나는 문으로 걸어가 전깃불 스위치를 켰다. 그러는 동안에도 홀리 조 웨일스를 내 시야에서 벗어나게 하지는 않았다.

스위치에서 손을 떼려는데 무언가 창문에 부딪혔다. 딸각거리는 소리가 꽤 요란하고 시끄러웠다.

나는 창문을 쳐다보았다.

화재용 비상계단에 한 남자가 웅크리고 서서 유리창과 레이스 커튼 너머로 안을 들여다보고 있었다. 우락부락한 생김새와 거대한 체구만으로도 나는 그가 베이브 매클루어임을 알 수 있었다. 큼지막한 검정색 자동 권총의 총구가 유리창을 두들겨 댔다. 그는 우리의 관심을 끌려고 유리창을 두들기고 있었다.

그는 우리의 관심을 끌었다.

바로 그 순간엔 내가 할 수 있는 일이 별로 없었다. 나는 선 자리에서 그를 쳐다보았다. 그가 나를 보는지 웨일스를 보는지도 확인할 수 없었다. 그의 모습을 똑똑히 볼 수는 있었지만 레이스 커튼 때문에 그의 시선 같은 세세한 부분까지 확인할 순 없었다. 나는 그가 우리 둘 다 놓치지 않으리라고 생각했고, 레이스 커튼이 그의 시야까지 가려 줄 거란 생각은 하지 않았다. 그는 우리보다 커튼에 더 가까이 있었고, 나는 방에 불까지 켜주었다.

얼어붙은 듯 의자에 앉아 있던 웨일스도 매클루어를 보고 있었다. 웨일스의 얼굴엔 기묘하게 부루퉁한 표정이 떠올랐다. 그의 눈빛도 못마땅한 기색이었다. 그는 숨을 죽이고 있었다.

매클루어가 총 끝으로 유리창을 후려치자 삼각형으로 쪼개진 유리조각이 바닥으로 떨어졌다. 안타깝게도 부엌에 있는 맥맨이 놀라 달려 나올 만한 소음은 나지 않았다. 이곳과 그곳 사이에는 닫힌 문 두 개가 놓여 있었다.

웨일스는 깨진 유리창을 쳐다보더니 눈을 감았다. 그는 마치 잠이 들듯 천천히 조금씩 눈꺼풀을 내려 시야를 닫았다. 부루퉁하게 굳은 무표정한 얼굴은 계속해서 창문을 향하고 있었다.

매클루어가 그에게 총을 세 발 쐈다.

총에 맞은 웨일스는 소파에 앉은 채로 벽에 부딪혔다. 웨일스가 눈알이 튀어나올 듯 눈을 번쩍 떴다. 입술이 이 위로 말려 올라가 그의 잇몸이 드러났다. 그의 혀가 빠져나왔다. 그러고는 그의 머리가 툭 떨어졌고 더는 움직이지 않았다.

매클루어가 창문에서 뛰어내린 순간 나는 창문을 향해 뛰어들었다. 커튼을 밀어젖히고 잠긴 문을 열어 올리며, 나는 그의 발이 시멘트 바닥에 떨어지는 소리를 들었다.

맥맨이 문을 열어젖히고 들어왔고 여자가 뒤따라왔다.

"여길 부탁해. 매클루어가 조를 쐈어."

내가 창틀을 넘어 빠져나가며 명령했다.

6

웨일스의 아파트는 2층에 있었다. 화재용 비상계단은 2층에서 끝이 나고 그 아래로는 육중한 철제 사다리가 달려 남자가 체중을 실어 매달리면 시멘트로 포장된 안뜰로 내려갈 수 있게 되어 있었다.

나는 베이브 매클루어가 지나간 대로 사다리를 내려가 마당에 뛰어내릴 수 있을 높이까지 몸을 흔들다 이윽고 사다리를 잡았던 손을 놓았다.

안마당에서 도로로 이어지는 출구는 하나뿐이었다. 나는 그 길로 나갔다.

안마당으로 이어지는 골목 근처 인도에 서 있던 왜소한 남자는 내가 느닷없이 뛰쳐나오자 깜짝 놀란 표정을 지었다.

내가 그의 팔을 잡고 흔들었다.

"덩치 큰 남자가 달려 나왔죠. 어디로 갔어요?"

어쩌면 내가 고함을 질렀는지도 모르겠다. 그는 무언가 말을 하려 했지만 말이 나오질 않았고, 길 반대편 공터 앞에 서 있는 광고용 간판을 가리키며 팔을 흔들었다.

나는 고맙다는 말도 잊은 채 그쪽으로 서둘러 달려갔다.

나는 양쪽 끝이 터져 있는 광고 간판을 멀리 돌아가는 대신 간판 밑으로 기어 들어가 통과했다. 공터는 꽤나 넓고 잡초도 많아 베이브 매클루어 같은 거구라도 납작하게 누우면 쉽게 몸을 숨길 수 있었다.

그 점을 고민하고 있는 사이, 공터 한쪽 구석에서 개 짖는 소리가 들려왔다. 달려 지나가는 사람을 보고 짖는 것일 수도 있었다. 나는 그쪽 공터 구석으로 달려갔다. 개는 공터와 도로를 잇는 좁은 골목길 모퉁이 주변에 둘러쳐진 나무 울타리 안에서 짖고 있었다.

나는 나무 울타리 위로 올라가 걸으며 마당에 홀로 있는 털이 뻣뻣한 테리어 한 마리를 발견했고, 개가 내 쪽을 향해 짖어 대는 사이 골목을 달려갔다.

나는 골목에서 도로로 나가기 전 총을 다시 주머니에 넣었다.

골목에서 5미터쯤 떨어진 시가 가게 앞 인도에 작은 임대 자동차 한 대가 서 있었다. 경찰관 하나가 시가 가게 문에 나와 있던 날씬한 흑인과 이야기를 나누고 있었다.

"1분 전쯤에 덩치 큰 사내가 골목에서 나왔을 겁니다. 어느 쪽으로 갔죠?"

내가 물었다.

경찰관은 멍한 표정을 지었다. 날씬한 남자가 길 아래쪽으로 고개를 끄덕이며 "저쪽으로 내려갔어요"라고 말하고는 대화를 이어 갔다.

나는 고맙다고 말한 뒤 그쪽 교차로를 향해 내려갔다. 길모퉁이엔 택시 전화 부스와 빈 택시 두 대가 서 있었다. 한 블록 반쯤 되는 거리에서 전차 한 대가 멀어지고 있었다.

"1분 전에 이쪽으로 온 덩치 큰 남자가 택시나 임대 자동차를 탔습니까?"

택시 차체에 몸을 기대고 있던 두 택시 기사에게 내가 물었다.

지저분하게 생긴 쪽이 대답을 해주었다.

"택시는 타지 않았어요."

"나는 타야겠군요. 저 전차 좀 따라잡아 주시오."

우리가 출발하기도 전에 전차는 세 블록이나 떨어져 있었다. 누가 타고 내리는지 보기엔 전차가 너무 멀었다. 우리는 마켓 가에서 정차한 전차를 따라잡았다.

"계속 따라와요."

내가 차에서 뛰어내리며 기사에게 말했다.

전차 뒤에 매달려 유리창 안을 들여다보았다. 승객은 여덟 명에서 열 명 정도밖에 되지 않았다.

"하이드 가에서 굉장히 몸집이 큰 남자가 탔을 겁니다. 어디에서 내렸죠?"

내가 차장에게 말했다.

차장은 내가 손가락으로 튕기고 있는 은화를 쳐다보며 거구의 남자가 테일러 가에서 내렸다는 걸 기억해 냈다. 그는 은화를 손에 넣었다.

나는 마켓 가로 방향을 돌리는 전차에서 내렸다. 바짝 따라오고 있던 택시가 속도를 늦추더니 문이 열렸다.

"6번가와 미션 가 사이로 갑시다."

내가 택시 안으로 뛰어들며 말했다.

매클루어는 테일러 가에서 어느 방향으로든 갈 수 있었다. 나는 추측을 해야 했다. 그가 마켓 가의 반대편 방향으로 갔으리라는 것이 가장 신빙성 있는 추측이었다.

이제는 꽤 어두워졌다. 우리는 5번가로 내려가 마켓 가를 벗어난 뒤 다시 미션 가로 건너갔다가 6번가로 되돌아와야 했다. 우리는 6번가까지 가는 동안 매클루어를 발견하지 못했다. 6번가에서도 그의 모습은 보이지 않았고, 교차로 양쪽을 살펴도 마찬가지였다.

"9번가까지 올라갑시다."

차로 움직이는 동안 나는 기사에게 내가 찾는 남자의 인상착의를 알려 주었다.

우리는 9번가에 당도했다. 매클루어는 없었다. 나는 욕설을 내뱉으며 이리저리 머리를 굴렸다.

거구의 사내는 금고 털이범이었다. 샌프란시스코 전역에서 그를 쫓고 있었다. 금고 털이범의 본능은 기차를 이용해 문제를 피해 달아나려고 할 것이다. 화물 열차 기착지는 도시의 이쪽 외곽에 있었다. 혹시 임기응변에 뛰어난 작자라면 멀리 달아나는 대신 납작 엎드려 근처에 몸을 숨길 수도 있었다. 그렇다면 그는 아마도 마켓 가를 아예 건너지 않았을 것이다. 숨어 있다면 내일이라도 그를 잡아낼 가능성이 아직은 있었다. 그가 멀리 달아날 계획이라면 지금 잡지 않으면 영영 기회가 없을 것이다.

"해리슨 가로 내려가요."

내가 기사에게 말했다.

우리는 해리슨 가로 내려갔다가 해리슨 가에서 3번가로, 다시 브라이언트 가로 거슬러 올라갔다가 8번가로, 브래넌 가로 내려갔다가 다시 3번가를 거쳐 타운센드 가로 돌아다녔지만 베이브 매클루어는 발견하지 못했다.

"참 힘든 일이네요."

서던 퍼시픽 역 건너편 도로에서 차를 멈추었을 때 택시 기사가 측은한 듯 말했다.

"난 길을 건너가서 역사 안을 둘러볼 겁니다. 내가 없는 동안 잘 지켜보고 있어요."

내가 역에 배치된 경찰관에게 사정을 이야기하자 그가 매클루어를 잡으려고 파견된 사복 경찰 두어 명을 소개해 주었다. 수 햄블턴의 시체가 발견된 직후에 내려진 조치였다. 홀리 조 웨일스를 쏘아 죽인 것은 그들에게 금시초문이었다.

나는 다시 밖으로 나갔고, 역 문 앞에 서 있던 택시가 요란하게 경적을 울려 대고 있었지만 실내에서 듣기엔 완전히 천식환자의 기침 소리 같았다. 지저분한 운전기사는 아주 흥분 상태였다.

"댁이 말한 것 같은 남자가 방금 킹 가에서 나와서 조금 전에 출발한 16번 전차에 뛰어올랐어요."

"어느 쪽으로 갔죠?"

"저쪽이요."

기사는 남동쪽을 가리키며 말했다.

"놈을 잡아요."

내가 택시에 뛰어오르며 말했다.

전차는 두 블록 아래쪽에서 3번가로 접어드는 굽은 선로를 달리느라 시야에서 사라졌다. 우리가 굽은 길을 달려가자 전차가 네 블록 앞에서 모습을 드러냈다. 전차가 속도를 많이 늦추지도 않았는데 남자 하나가 전차 밖으로 몸을 내밀더니 뛰어내렸다. 그는 키가 컸지만 워낙 어깨가 넓어 멀리선 그리 커 보이지 않았다. 그는 가속도 때문에 몸을 사리는 대신 가속도를 이용해 인도를 건너뛰어 시야에서 사라졌다.

우리는 남자가 전차에서 내린 곳에서 차를 멈추었다.

나는 기사에게 돈을 꽤나 많이 주며 말했다.

"타운센드 가로 되돌아가서 역 안에 있는 경찰관에게 내가 베이브 매클루어를 추적해 S. P. 열차 기지로 갔다고 전해 줘요."

7

두 줄로 서 있는 객차 사이로 소리 없이 움직이고 있다고 생각했지만 5미터도 채 가기 전에 손전등이 내 얼굴을 비추며 날카로운 목소리로 명령하는 소리가 들렸다.

"꼼짝 말고 서."

나는 꼼짝 않고 서 있었다. 열차 사이에서 남자들이 나타났다. 그들 중 한 사람이 내 이름을 부르며 덧붙였다.

"여기서 뭐 하세요? 길이라도 잃었어요?"

해리 페블 형사였다.

숨을 멈추고 있던 나는 호흡을 재개하며 말했다.

"잘 있었나, 해리. 베이브를 찾는 건가?"

"네. 저쪽 화물열차까지 훑어보고 오는 길이에요."

페블은 욕설을 내뱉으며 손전등을 껐다.

"조심해, 해리. 놈과 장난칠 생각은 말게. 놈은 총도 여럿 갖고 있고 오늘 밤엔 한 놈 쏘아 죽였어."

"전 놈과 장난치며 놀아 볼 생각인데요."

페블은 장담하듯 말한 뒤 같이 온 동료 한 사람에게 기지 반대편에 있는 동료에게 매클루어가 들어왔다는 사실을 경고하고 이어 지원 인력을 더 보내 달라는 전화를 걸라고 지시했다.

"지원 인력이 올 때까지 우린 그냥 구석에 앉아서 놈을 지켜야겠네요." 그가 말했다.

우리의 처지를 참 적절하게 표현한 말이었다. 우리는 흩어져서 기다렸다. 한번은 기지로 몰래 숨어드는 술 취한 부랑자를 페블과 내가 잡아 돌려보냈고, 우리 아래쪽에 있던 형사 한 사람이 덜덜 떨며 몰래 빠져나가려던 꼬마 하나를 붙잡았다. 그 외에는 더프 경위가 경찰관을 자동차 서너 대에 가득 태우고 당도할 때까지 아무 일도 일어나지 않았다.

수사 인력 대부분은 열차 차량 기지 주변에 쳐진 경찰 저지선 안으로 들어갔다. 나머지 인원은 소규모로 나누어 기지 안을 돌아다니며 열차를 한 칸 한 칸 다 뒤졌다. 우리는 페블과 동료들이 미처 잡아내지 못했던 떠돌이들을 몇 명 더 잡았지만 매클루어는 찾아내지 못했다.

그의 흔적조차 찾지 못했던 우리는 이윽고 누군가가 무개 열차가 드리운 그림자 때문에 철로에 발이 걸려 넘어지는 바람에 그 밑에 깔려 있던 사람을 발견했다. 그를 꺼내는 데만도 몇 분이 걸렸고, 밖으로 꺼낸 뒤에도 그는 말을 하지 못했다. 턱이 부러져 있었다. 그러나 매클루어가 때렸는지 묻자 그는 고개를 끄덕였고, 매클루어가 어느 방향으로 갔느냐는 우리 질문에 힘없는 손을 들어 동쪽을 가리켰다.

우리는 샌타페이 차량 기지로 가서 그곳을 수색했다.

8

나는 더프와 함께 차를 타고 경찰 본부로 향했다. 맥맨이 수사관 서너 명과 함께 형사과장 방에 있었다.

"웨일스는 죽었나?"

내가 물었다.

"넵."

"죽기 전에 무슨 말이라도?"

"선배가 창문을 빠져나가기도 전에 숨이 끊어진걸요."

"여자는 잡아 뒀지?"

"여기 와 있어요."

"여자는 뭐라고 해?"

"여자를 어느 쪽으로 다그쳐야 할지 몰라서 신문하기 전에 자네를 기다리고 있었네."

오가르 과장이 말했다.

"데려오라고 하세요. 아직 전 저녁도 못 먹었어요. 수 햄블턴 부검은 어떻게 됐어요?"

"만성 비소 중독이라더군."

"만성이요? 그럼 통째로 먹인 게 아니라 조금씩 조금씩 먹였다는 뜻이네요."

"으음. 콩팥과 창자, 간, 위와 혈액에서 발견된 걸로 보아 조던 박사는 다 합해도 비소가 1그레인 정도일 거라고 추정하더군. 그걸로는 여자를 죽이기에 충분하지 않은 양이지. 하지만 그 여자 머리칼 끝에서도 비소가 발견된 걸 보면 최소한 한 달 이상 시간을 두고 그 지경에 이르게 된 거야."

"사인이 비소 중독이 아닐 가능성도 있습니까?"

"조던이 엉터리 의사가 아닌 한은 없어."

여경이 페기 캐롤을 데리고 들어왔다.

금발 여자는 지쳐 있었다. 눈꺼풀과 입꼬리와 몸이 다 축 늘어져 있었고, 내가 여자를 향해 의자를 내밀자 그녀는 털썩 주저앉았다.

오가르가 나를 보며 반백이 된 총알 같은 머리를 끄덕였다.

"자, 페기, 이 지저분한 사건에서 당신은 어디쯤 개입됐는지 말해 보시지."

내가 말했다.

"나는 개입한 적 없어요. 조가 날 끌어들인 거죠. 그 사람이 말했잖아요."

그녀는 고개를 들지 않았다. 그녀의 목소리는 지쳐 있었다.

"당신이 그 친구 애인인가?"

"그렇게 부르고 싶다면 마음대로 해요."

"질투를 했나?"

"그게 이 일과 무슨 상관이죠?"

그녀가 나를 올려다보며 어리둥절한 표정을 지었다.

"수 햄블턴은 조와 달아날 준비를 하다가 살해당했어."

여자는 앉은 자세를 고치며 똑똑히 들으란 듯 말했다.

"하느님께 맹세코 난 그 여자가 살해당한 줄 몰랐어요."

"하지만 그 여자가 죽은 건 알았잖아."

내가 확신을 갖고 말했다.

"몰랐어요."

여자는 나와 똑같이 확신 어린 말투로 대꾸했다.

나는 오가르를 팔꿈치로 슬쩍 찔렀다. 그가 쑥 나온 아래턱을 여자 쪽으로 내밀며 소리쳤다.

"우리한테 뭘 어쩌려는 수작이지? 당신은 그 여자가 죽었다는 걸 알았어. 알지도 못하는데 어떻게 여자를 죽일 수가 있었겠어?"

여자가 그를 쳐다보는 사이 나는 손짓을 해서 다른 사람들을 더 불러들였다. 그들은 빽빽하게 여자를 둘러싸고 서서 돌아가며 형사과장의 레퍼토리를 반복했다. 여자는 이후 몇 분간 수없이 소리치고 비아냥거리고 고함을 질러 댔다.

그녀가 형사들한테 말대꾸를 끝낸 순간 내가 다시 끼어들었다.

"잠깐만요. 어쩌면 저 여자가 그 여자를 죽이지 않았을 수도 있어요."

내가 매우 진지하게 말했다.

오가르는 다시 무대의 중심을 잡아 다른 사람들이 지나치게 인위적으로 보이지 않으면서 여자 주변에서 물러날 수 있도록 "퍽도 안 죽였겠다"라고 버럭 소리를 질렀다.

"자네 말은 그러니까 저 여자가……"

"죽이지 않았다고는 말하지 않았어요. 죽이지 않았을지도 모른다고 했죠."

내가 다시 한 번 의견을 정리했다.

"그럼 누가 죽였다는 거야?"

나는 그 질문을 여자에게 넘겼다.

"누가 죽였을까?"

"베이브겠죠."

여자는 즉각 대답했다.

오가르는 코웃음을 쳐 여자 말을 믿지 않는다는 의사를 밝혔다.

나는 진심으로 어리둥절하다는 듯 물었다.

"그 여자가 죽었다는 걸 알지도 못했다면서 그걸 어떻게 알지?"

"그 사람이 한 짓이라야 말이 되니까요. 누구라도 알 수 있을걸요. 베이브는 수가 조와 같이 달아날 작정이라는 걸 알고 그 여자를 죽인 다음에 조를 찾아와서 또 죽인 거예요. 베이브가 사실을 알아냈다면 딱 그렇게 했을 거예요."

"그래? '당신'은 두 사람이 함께 달아나기로 한 걸 언제부터 알고 있었지?"

"두 사람이 결정을 내린 다음부터요. 조가 한두 달 전에 나한테 얘기했어요."

"그런데도 당신은 아무렇지 않았다?"

"당신이 모든 걸 오해한 거예요. 당연히 난 아무렇지도 않았어요. 난 어쩔 수 없이 끼어든 거예요. 그 여자 아버지가 부자라는 건 당신도 알잖아요. 조가 원한 것도 그거였어요. 그 여자는 조가 노친네 주머니에 손을 뻗을 수단이었을 뿐 조한테 아무 의미도 없었어요. 그리고 나도 몫을 챙기기로 되어 있었고요. 내가 생기는 것도 없는데 뜬금없이 조나 다른 사람을 돕겠다고 나설 만큼 정신 나간 여자라고 생각하지 말아요. 베이브는 사실을 깨닫고 둘을 처리한 거예요. 쉽잖아요."

"그래? 베이브가 그 여자를 어떻게 죽였을 거라고 생각해?"

"그 남자요? 그 남자가……"

"내 말은 그자가 어떻게 그 여자를 죽였을 것 같으냐는 거야."

"아! 자기 손으로 죽였겠죠, 아닐 수도 있지만."

여자가 어깨를 으쓱했다.

"일단 그자가 그렇게 하기로 마음을 먹었다면 빠르고 폭력적인 방법을 사용했겠지?"

"베이브라면 그런 식이겠죠."

내 예상에 여자도 순순히 동의했다.

"하지만 그자가 한 달에 걸쳐서 서서히 독이 퍼지도록 독살할 인물은 아닌 것 같지?"

여자의 푸른 눈에 걱정의 빛이 떠올랐다. 그녀는 아랫입술을 잘근잘근 깨물다가 느릿느릿 대답했다.

"네, 베이브가 그런 식으로 할 것 같진 않네요. 베이브답지 않아요."

"그런 방법에 어울리는 사람은 누가 있을까?"

"조를 가리키는 건가요?"

여자는 눈을 크게 뜨고 물었다.

나는 아무 말도 하지 않았다.

"조라면 그럴 수도 있겠죠. 그 사람이 왜 그런 짓을 하려고 들었는지, 평생 먹고살 밥줄 같은 여자를 왜 없애 버리려고 했는지는 하느님만이 아시겠죠. 하지만 조는 원래 무슨 꿍꿍인지 늘 알 수 없는 사람이었어요. 멍청한 생각도 많이 했었죠. 조는 똑똑하진 못하면서 항상 말만 너무 번드르르 앞세웠어요. 어쨌든 만일 조가 그 여자를 죽일 작정이었다면 그런 식으로 했을 거예요."

여자가 설득력 있게 말했다.

"조와 베이브는 사이가 좋았나?"

"아뇨."

"베이브의 집에 조가 많이 들락거렸나?"

"내가 알기론 그리 많이 다니지 않았어요. 조는 베이브 앞에서 워낙 조심했기 때문에 그 집에서 계획이 발각될 가능성은 없었어요. 내가 위 층으로 이사를 간 것도 그 때문이에요. 수가 우리 아파트로 자유롭게 조를 만나러 올 수 있도록."

"그렇다면 조는 어떻게 그 여자 아파트에 독살에 사용할 파리 잡는 끈끈이를 감출 수가 있었을까?"

"파리 잡는 끈끈이라고요!"

여자의 당혹스러운 표정은 충분히 진짜처럼 보였다.

"보여 주시죠."

내가 오가르에게 말했다.

그가 책상에서 종이 한 장을 꺼내 여자 얼굴에 가까이 들이밀었다.

여자는 잠시 종이를 빤히 쳐다보다가 펄쩍 뛰어 일어나며 양손으로 내 팔을 잡았다.

"나는 저게 뭔지 몰랐어요. 조가 몇 달 전에 저런 걸 갖고 있었어요. 내가 들어가니까 저걸 쳐다보고 있더군요. 난 그게 뭐냐고 물었지만 그 는 아는 사람만 안다는 미소를 지으면서 '이걸로 천사를 만들 수가 있 지'라고 말하더니 다시 종이에 싸서 주머니에 넣었어요. 나는 그 사람 말에 별 관심을 기울이지 않았어요. 조는 늘 자기를 부자로 만들어 줄 속임수를 고민했지만 한 번도 성사시킨 적이 없었으니까요."

"그 물건을 다시 본 적 있나?"

"아뇨."

"수와는 당신도 잘 아는 사이인가?"

"전혀 몰라요. 난 그 여자를 본 적도 없어요. 조가 그 여자와 놀아나는 동안 잔소리를 하지 않으려고 나는 일부러 자리를 계속 피했어요."

"하지만 베이브와는 알고 지냈지?"

"네, 그 사람이랑 같은 파티에 몇 번 간 적 있어요. 그 사람에 대해서 아는 건 그뿐이에요."

"누가 수를 죽였을까?"

"조가 그랬겠죠. 그 여자를 살해한 종이를 조가 갖고 있었다니까요?"

"그자가 왜 그 여자를 죽였을까?"

"나도 몰라요. 가끔씩 엄청 멍청한 속임수를 생각해 내던 사람이니까요."

"당신은 그 여자를 안 죽였다고?"

"아니에요, 아니에요, 아니에요!"

나는 오가르를 향해 입꼬리를 씰룩거렸다.

"당신은 거짓말쟁이야. 당신이 그 여잘 죽였잖아."

그가 여자 얼굴 앞에 파리 잡는 끈끈이를 흔들며 소리쳤다. 다른 수사관들도 일제히 합세해 여자를 비난했다. 그들은 페기가 나가떨어질 지경이 되어 지켜보던 여경이 걱정스러운 표정을 짓기 시작할 때까지 윽박지르기를 계속했다.

그러자 내가 화난 목소리로 말했다.

"됐습니다. 저 여자를 유치장에 처넣고 생각 좀 해보라고 하죠."

여자에게는 "오늘 오후에 당신이 조한테 했던 말 알지. 지금은 멍청하게 굴 때가 아니라고 말이야. 오늘 밤에 생각 좀 많이 해보시지"라고 말했다.

"하느님께 맹세코 난 그 여자 안 죽였어요."

나는 여자에게 등을 돌렸다. 여경이 그녀를 데리고 나갔다.

"하아. 짧은 시간에 그 정도면 우리가 여자를 꽤나 정신없게 잘 요리한 거야."

오가르가 하품을 하면서 말했다.

"나쁘진 않았어요."

나도 동의했다.

"다른 용의자가 있었더라면 전 저 여자가 수를 죽이지 않았다고 말했을 거예요. 하지만 저 여자 말이 사실이라면 홀리 조가 죽였단 얘기잖아요. 황금알을 낳는 거위가 될 여자를 그자가 왜 독살했겠어요? 그리고 어떻게 왜 독극물을 그 두 사람 아파트에 숨겨 놓았죠? 베이브는 동기가 있지만, 천천히 독살을 할 만한 사람으론 절대로 안 보입니다. 하지만 모르는 거죠. 그자와 홀리 조가 공모해서 같이 저지른 일인지도요."

"그럴 수도 있겠죠. 하지만 그런 결론을 내리려면 상상력이 많이 필요해요. 어쨌거나 탐정님이 뭐라 하셔도 지금까지는 페기가 가장 유력한 용의잡니다. 아침에 한 번 더 세게 다그쳐 봐야겠죠?"

더프가 말했다.

"그래. 그리고 베이브도 찾아야지."

다른 사람들은 저녁을 먹은 뒤였다. 맥맨과 나는 밖으로 나가 늦은 저녁을 먹었다. 한 시간 뒤 우리가 수사국으로 돌아갔을 땐 사무실이 거의 텅 비어 있었다.

"매클루어가 42번 부두에 있다는 제보가 들어와서 다들 그리로 갔어요."

스티브 워드가 우리에게 말했다.

"얼마나 됐지?"

"10분이요."

맥맨과 나는 택시를 타고 42번 부두로 향했다. 그러나 우리는 42번 부두까지 가지 못했다.

부두에서 반 블록쯤 떨어진 1번가에서 우리가 탄 택시가 갑자기 끽 소리를 내며 멈췄다.

"무슨……?"

말문을 열었던 나는 택시 앞에 서 있는 남자를 보았다. 그는 큼지막한 총을 든 거구의 남자였다.

"베이브잖아"라고 웅얼거리며 나는 총을 꺼내려는 맥맨의 팔을 잡았다.

"나랑 갈 데가……"

겁에 질린 택시 기사에게 말을 하던 매클루어가 우릴 보았다. 그는 내가 탄 쪽으로 돌아와 문을 벌컥 열고는 우리에게 총을 겨누었다.

그는 모자를 쓰지 않았다. 머리칼은 흠씬 젖어 두피에 들러붙어 있었다. 머리칼에서 여기저기 물줄기가 흘러내렸다. 그의 옷에서도 물이 뚝 뚝 떨어졌다.

"내려." 그는 우릴 보고 놀란 표정으로 명령했다.

우리가 차에서 내리자 그가 운전석 쪽을 험악하게 노려보았다.

"승객이 타고 있는데 '빈 차' 표시를 하면 대체 어쩌라는 거야?"

기사는 그곳에 없었다. 그는 반대편 문으로 뛰어내려 도로 아래쪽으로 달아나는 중이었다. 매클루어는 기사에게 욕설을 퍼붓고는 나에게 총을 겨누고 으르렁거렸다.

"어서 꺼져."

그는 나를 알아보지 못한 듯했다. 그곳은 불빛이 밝지 않았고 이제 나는 모자를 쓰고 있었다. 웨일스의 방에서 그가 나를 본 건 불과 몇 초간이었다.

나는 옆으로 한 걸음 물러났다. 맥맨은 반대편 옆으로 물러났다. 매클루어는 우리 사이에 끼지 않으려고 뒷걸음질을 치며 분노에 찬 욕설을 퍼붓기 시작했다.

맥맨이 매클루어에게 몸을 날려 총을 들고 있는 팔을 붙잡았다. 나는 매클루어의 턱을 향해 주먹을 날렸다. 다른 사람이었더라면 나도 꽤나 큰 타격을 입혔을 수도 있었을 것이다.

그는 나를 밀어내고는 맥맨의 입에 주먹을 날렸다. 맥맨은 택시가 있는 곳까지 날아갔다가 이를 하나 뱉어 내고는 다시 달려들었다.

나는 매클루어의 왼쪽에 매달려 기어오르려 했다.

맥맨은 그의 오른쪽으로 달려들다가 권총 손잡이가 달려드는 걸 피하지 못했고 정수리를 정통으로 얻어맞아 쿵 소리를 내며 쓰러졌다. 그는 쓰러져 일어나지 못했다.

나는 매클루어의 발목을 걸어차려 했지만 발이 그 아래까지 닿지 않았다. 나는 오른손 주먹으로 그의 뒷덜미를 후려치고 왼손으로는 그의 젖은 머리칼을 움켜쥔 채로 허공에 대롱대롱 매달렸다. 그는 머리를 흔들며 나를 매단 채 몸을 움직였다.

그가 내 옆구리에 주먹질을 하자, 나는 갈비뼈와 내장이 책 사이에 끼워 놓은 나뭇잎처럼 납작해지는 것을 느꼈다.

나는 다시 그의 뒷덜미에 주먹을 휘둘렀다. 그것이 그를 짜증 나게 했다. 그는 가슴 깊은 곳에서 포효하는 듯한 소리를 내더니 왼손으로 내 어깨를 부숴 버릴 듯 붙잡고 오른손에 쥔 권총으로 후려갈겼다.

나는 그의 몸 어딘가에 발길질을 했고 재차 그의 목을 때렸다.

도로 아래쪽 부두에서 경찰관 하나가 호루라기를 불고 있었다. 사람들이 우리를 향해 1번가를 달려오고 있었다.

매클루어는 기관차처럼 코웃음을 치더니 나를 떼어 내 던져 버렸다. 나는 떨어지고 싶지 않았다. 나는 매달려 있으려 기를 썼다. 그는 나를 멀찌감치 내던지고 도로를 달려 올라갔다.

나는 엉거주춤 몸을 일으켜 총을 뽑아 든 채 그의 뒤를 쫓았다.

첫 번째 모퉁이에서 그는 달리기를 멈추고 나에게 총질을 했다. 세 발이었다. 나는 그에게 한 발을 쏘았다. 총알 네 발 모두 명중하지 못했다.

그는 모퉁이 너머로 사라졌다. 그가 벽에 납작하게 기대어 나를 기다리고 있을 경우를 대비하여 나는 모퉁이를 멀찌감치 돌았다. 그는 나를 기다리고 있지 않았다. 그는 30미터쯤 앞선 곳에서 두 창고 건물 사이 공간으로 들어가고 있었다. 나는 그를 쫓아갔고, 내가 뒤쫓는 쪽인 데다 120킬로그램의 거구인 그보다는 85킬로그램인 내가 달리기는 더 빨랐으므로 거리가 좁혀졌다.

그는 길을 하나 건너 방향을 틀더니 부둣가에서 먼 쪽으로 달아났다. 모퉁이에 가로등이 하나 있었다. 내가 가로등 아래를 지날 무렵 그가 돌아서서 나에게 총을 겨누었다. 방아쇠를 당기는 소리는 들리지 않았지만 총알이 날아왔다. 총알은 1미터쯤 빗나가 내 뒤쪽의 문을 맞혀 요란한 소리를 냈다.

매클루어가 돌아서서 도로를 달려갔다. 나도 그의 뒤를 따라 도로를 달렸다.

나는 그의 옆을 스치도록 총알을 한 방 날려 다른 사람들에게 우리의 위치를 알렸다. 다음번 교차로에서 그는 왼쪽으로 꺾어질 듯하더니 마음을 바꿔 직진했다.

나는 힘차게 달려 둘의 거리를 10미터쯤으로 좁힌 뒤 소리쳤다.

"멈추지 않으면 쏘겠다."

그는 길옆으로 나타난 좁은 골목으로 뛰어들었다.

나도 뒤따라 뛰어들며 그가 날 기다리고 있지 않다는 걸 확인한 뒤 안으로 들어갔다. 도로에서 스며든 불빛은 우리 주변과 서로를 알아볼 만큼 충분히 밝았다. 그곳은 막다른 골목이었다. 양쪽엔 담장이 둘러쳐 있고 반대편 끝엔 창문과 문에 강철 셔터가 내려진 높은 콘크리트 건물이 버티고 있었다.

매클루어는 둘의 거리가 채 5미터도 되지 않는 곳에서 나를 향해 돌아섰다. 그의 턱이 앞으로 튀어나왔다. 양팔은 옆구리에서 흔들거리고 있었다. 그의 어깨엔 힘이 잔뜩 들어갔다.

"손들어."

내가 총을 들어 올리며 명령했다.

"비켜, 난쟁이. 안 그럼 내가 널 잡아먹을 거다."

그가 뻣뻣한 다리로 나에게 한 걸음 다가서며 웅얼웅얼 말했다.

"계속 다가오면 쏘아 쓰러뜨리겠다."

"쏴보시지. 난 총알을 맞고도 여전히 네놈을 해치울 수 있다."

그가 한 걸음 더 내딛으며 약간 몸을 수그렸다.

"내가 총알을 골고루 박아 주면 안 될걸."

나는 다른 사람들이 올 때까지 기다리느라 그에게 자꾸 말을 걸었다.

"내가 애니 오클리*는 못 돼도, 이 정도 거리면 총알 두 발로 두 무릎을 박살 내 꼼짝도 못하게 할 수 있다. 박살 난 슬개골로 움직여 보겠다니 참 재미있는 광경이겠군."

그는 "허풍 떨지 마라"라고 하며 내게 달려들었다.

나는 그의 오른쪽 무릎을 쏘았다.

그가 나를 향해 휘청거렸다.

나는 그의 왼쪽 무릎을 쏘았다.

그가 무너져 내렸다.

"내가 쏘겠다고 했잖아."

나는 투덜거렸다.

그가 몸을 꿈틀거리더니 양팔로 체중을 버텨 나를 향해 일어나 앉았다.

"난 네놈이 그런 짓을 할 만큼 똑똑한 줄 몰랐다."

그가 이를 악물고 말했다.

9

나는 병원에 입원한 매클루어와 이야기를 나누었다. 그는 베개 여러 개를 머리 뒤에 받치고 똑바로 누워 있었다. 입과 눈 주변의 피부가 창백하고 경직되어 있었지만 다른 데를 봐선 그가 고통을 겪고 있다는 게 드러나지 않았다.

"자네가 날 아주 작살을 내놨더군, 친구."

내가 들어서자 그가 말했다.

*Annie Oakley(1860~1926). 순회공연을 다닐 정도로 명성을 날린 여성 명사수.

"미안, 하지만……"

"불평하는 건 아닐세. 내가 자초했으니까."

"홀리 조는 왜 죽었나?"

내가 침대 옆에 의자를 하나 가져다 놓으며 지나가는 말투로 물었다.

"이런, 엉뚱한 데 가서 종을 치시는군."

나는 웃음을 터뜨리며 그날 조와 함께 방에 있던 남자가 나라고 이야기했다.

매클루어는 씩 웃으며 말했다.

"나도 전에 어디서 본 사람이다 했네. 거기서 봤군. 자네가 손을 움직이지 않고 있기에 그쪽엔 신경도 쓰지 않았지."

"그자는 왜 죽였지?"

그는 입술을 꾹 다물고 나를 물끄러미 바라보며 무언가를 생각하더니 입을 열었다.

"내가 아는 여자를 그자가 죽였으니까."

"그자가 수 햄블턴을 죽였다고?"

내가 물었다.

그는 대답하기 전에 한참 내 얼굴을 살폈다.

"그래."

"어떻게 그걸 알아냈지?"

"알아내긴. 그럴 필요도 없었네. 수가 말해 줬으니까. 담배나 한 대 주게."

나는 그에게 담배를 주고 라이터를 켜준 뒤 반박했다.

"그건 내가 알고 있는 다른 사실과 맞지 않아. 정확히 무슨 일이 있었고 수는 뭐라고 말하던가? 여자 눈을 밤탱이로 만들었던 날부터 시작해 봐."

그는 생각에 잠긴 표정으로 담배 연기를 천천히 코로 내뿜더니 이윽고 입을 열었다.

"그 여자 눈을 때린 건 내 잘못이었고, 그건 사실이야. 하지만 그 여자가 오후 내내 밖에 나갔다 왔으면서 어딜 갔었는지 말을 안 하더군, 그래서 크게 말다툼을 했지. 오늘이…… 목요일 아침인가? 그럼 그날이 월요일이겠군. 말다툼 뒤에 나는 밖에 나가 아미 가에 있는 술집에서 밤새도록 퍼마셨지. 다음 날 아침 7시쯤 집에 들어갔어. 수가 심하게 앓으면서도 의사를 부르지는 못하게 하더군. 겁에 질려 몸이 뻣뻣하게 굳어서도 그러다니 낌새가 이상했어."

매클루어는 회상에 잠겨 머리를 북북 긁더니 갑자기 담배를 통째로 먹어 버릴 듯 허파 깊숙이 연기를 빨아들였다. 그가 입과 코로 동시에 연기를 뿜으며 희뿌연 연기 사이로 나를 멍하니 쳐다보았다. 그러고 나서 그가 무뚝뚝하게 말했다.

"암튼 수는 숨을 거두었지. 하지만 숨을 거두기 전에 홀리 조가 자기한테 조금씩 독을 먹여 죽인 거라고 말했어."

"그자가 독을 어떻게 먹였는지 이야기하던가?"

매클루어는 고개를 저었다.

"나는 대체 무슨 일인지 물었지만 그 여자는 아무 말도 하려 들지 않았어. 그러더니 우는소리를 하면서 독약 때문이라고 하더군. '난 독에 중독된 거야, 베이브. 비소 중독. 빌어먹을 홀리 조의 짓이야'라고 그 여자가 징징거렸어. 그런 다음엔 더는 아무 말도 하지 않았는데, 그러다 얼마 후에 숨이 넘어갔지."

"그래? 그래서 당신은 뭘 했지?"

"홀리 조를 찾아 나섰지. 나도 그자를 알기는 했지만 그자가 어디 숨어 사는지는 몰랐고, 어제야 비로소 놈의 집을 알아냈어. 내가 갔을 땐 자네가 거기 있었지. 그다음은 당신도 알잖아. 나는 차를 한 대 훔쳐서 달아날 때 쓰려고 터크 가에 세워 두었어. 차로 돌아갔을 땐, 그 근처에 경찰이 하나 서 있더군. 도난 차량이란 걸 알고 누가 가지러 오는지 보려고 기다리는 것 같아서 나는 차를 버려두고 대신 전차에 올랐고 열차 기지로 향했어. 가다 보니 길에 경찰이 쫙 깔렸길래 차이나베이슨에서 물로 뛰어들어 부두까지 헤엄쳐 가야 했는데, 부두에서도 또 경비원한테 들켜 다른 선창으로 계속 헤엄쳐 달아났다가 마침내 뭍으로 올라왔더니만 또다시 재수 없게 일이 꼬이고 말았어. 그 택시에 '빈 차' 표시만 없었어도 그 차에 뛰어들진 않았을 거야."

"수가 당신 몰래 조와 달아날 작정이라는 건 알았나?"

"그건 미처 몰랐군. 그 여자가 바람을 피우고 있다는 건 분명히 알았지만 누구인 줄은 몰랐어."

"만약에 그 사실을 당신이 미리 알았더라면 어떻게 했을까?"

"나? 지금과 똑같이 했겠지."

그가 잔인하게 씩 웃었다.

"둘 다 죽였겠군."

내가 말했다.

그는 엄지로 아랫입술을 문지르며 침착하게 물었다.

"내가 수를 죽였다고 생각하나?"

"당신이 죽였잖아."

"나야 어떻든 상관없어. 노년에 내 인생이 단순해지겠군. 형편없는 아랫도리와 씨름하면서 살아 뭘 하겠나? 죽어 봤자 슬퍼해 줄 사람 하나 없을 테고. 이젠 그만 가서 그렇게 정리하도록 하게. 난 할 말 다 했으니까."

정말로 그는 입을 다물었다. 나는 그에게서 한마디도 더 듣지 못했다.

10

영감님은 기다란 노란 연필로 책상을 가볍게 두들기면서 테 없는 안경을 쓴 하늘색 눈으로 나를 꿰뚫어 보며 내 이야기에 귀를 기울였다. 내가 최근까지의 사건 정황 보고를 마치자 그가 유쾌하게 물었다.

"맥맨은 어떤가?"

"이가 두 개 빠졌지만 머리에 금은 가지 않았답니다. 며칠 안에 퇴원할 거예요."

영감님은 고개를 끄덕이며 다시 물었다.

"남은 할 일은 뭔가?"

"별거 없습니다. 페기 캐롤을 다시 신문할 순 있겠지만 다른 진술을 더 짜낼 수 있을 것 같긴 않아요. 그 점을 제외하면 사건 정황이 모두 다 잘 드러나고 있어요."

"그래서 자네 생각엔 결론이 뭐지?"

"자살입니다." 나는 의자에서 몸을 움찔거리며 말했다.

영감님은 정중하지만 회의적인 표정으로 미소를 지었다.

"저도 그런 결론이 마음에 들진 않습니다. 아직은 보고서에 그렇게 쓸 마음의 준비도 안 됐고요. 하지만 모든 사실을 다 종합해 볼 때 결론은 그것뿐입니다. 파리 잡는 끈끈이는 부엌 화덕 뒤에 감춰져 있었어요. 미친 사람이 아니고서야 그 여자 몰래 감춰야 할 물건을 그 여자 부엌에 숨길 리는 없겠죠. 하지만 그 여자 본인이라면 거기 숨겼을 수도 있어요.

페기 말에 따르면 홀리 조가 끈끈이 종이를 갖고 있었답니다. 수가 그걸 숨겼다면 조한테서 받았겠죠. 무슨 용도로? 두 사람은 함께 달아날 작정이었고, 빈털터리였던 조가 충분한 돈을 마련할 때까지만 기다리기로 했었어요. 어쩌면 베이브가 두려워서, 혹시 달아나기 전에 베이브가 둘의 계획을 알아차리는 경우 먹이려고 거기 감춰 뒀을 수도 있겠죠. 달아나기 전에 어차피 그에게 먹일 계획이었을 수도 있고요.

제가 살인 사건에 대해서 홀리 조와 이야기를 시작했을 때 그자는 죽은 사람이 베이브라고 생각했어요. 놀라기는 한 것 같았지만, 일이 너무 빨리 벌어져서 놀란 것 같더군요. 그자는 수 역시 죽었다는 소식을 듣고 좀 더 놀랐지만, 매클루어가 살아서 창가에 나타난 것을 봤을 땐 오히려 별로 놀라지 않았어요.

여자는 죽으며 홀리 조를 욕했고 자기가 독에 중독됐다는 걸 알면서도 매클루어한테 의사를 부르지 못하게 했어요. 여자가 조한테 반감을 품고 베이브한테 먹이기로 했던 독을 자기가 먹었다는 의미가 아닐까요? 독은 베이브 몰래 감춰져 있었어요. 하지만 그자가 독을 찾았다고 해도 독살을 할 인물로는 보이지 않습니다. 그런 짓을 하기엔 너무 거친 사람이에요. 자기를 독살하려던 현장을 목격하고 대신 여자에게 독을 삼키게 했다면 또 모르죠. 하지만 그건 여자 머리칼에 한 달 이상 쌓인 비소 성분을 설명해 주지 못합니다."

"자네의 자살 가설로는 그게 설명이 되나?"

영감님이 물었다.

"설명이 될 수도 있겠죠. 제 가설에 더 구멍 내지 마십시오. 지금 자체로도 구멍이 숭숭 뚫려 있으니까요. 하지만 이 시점에 그 여자가 자살을 저질렀다면, 왜 더 이전에 시도하지 않았는지 납득이 되질 않습니다. 가령 한 달 전에 조와 말다툼을 벌이고 난 뒤에 곧장 삼켰을 수도 있는데 말이죠. 그랬더라면 그녀의 몸에 비소가 남아 있게 되겠죠. 그 여자가 한 달 전에 비소를 먹었는지 그저께 먹었는지에 대해서는 결정적인 증거가 없어요."

"부검에서 만성 중독이라는 것을 밝혀낸 것 말고는 결정적인 증거가 없지."

영감님이 은근하게 반박했다.

나는 전문가의 추측 때문에 내 주장을 굽혀 본 적이 절대 없는 사람이다.

"부검의의 주장은 그 여자 몸에 남아 있는 비소가 소량이라는 점을 근거로 삼고 있어요. 치명적인 양보다는 적거든요. 그런데 사망 후 부검으로 위에서 발견된 그 정도의 양은 죽기 전에 그 사람이 얼마나 많이 토했는지에 따라 달라집니다."

영감님은 온화한 미소로 나를 쳐다보며 물었다.

"하지만 아직은 그 가설을 보고서로 남길 준비가 안 되었다고 하지 않았나? 그럼 그 전에 뭘 할 작정인가?"

"달리 바쁜 일이 없으면 전 집에 가서 파티마 담배나 피우며 머리를 소독한 다음에 이런 엉뚱한 생각을 머리에서 몰아내야겠습니다. 『몬테크리스토 백작』이나 구해서 읽어 볼까 봐요. 어렸을 때 이후로는 읽어 본 적 없거든요. 파리 잡는 끈끈이를 그 책 사이에 끼워서 둘둘 말아 벽과 화덕 사이에 끼워 놓았던 건 그 책이 두꺼워서 떨어지지 않게 하려고 그런 것 같습니다. 하지만 책 내용에 뭔가 있을지 모르죠. 암튼 읽어 보려고요."

"어젯밤에 내가 읽어 봤네."

영감님이 중얼거렸다.

나는 "그런데요?"라고 물었다.

그가 책상 서랍에서 책을 꺼내 책갈피를 끼워 놓았던 부분을 펼치더니, 분홍색 손가락으로 한 문단을 가리키며 나에게 내밀었다.

"자네가 그 독을 첫날은 0.0001그램만 먹고, 둘째 날엔 0.0002그램을 먹는 식으로 하루하루 양을 늘려 갔다고 생각해 보게. 그렇게 열흘이 지나면 복용량이 0.001그램쯤 되겠지. 하루하루 더 양을 늘려서 스무날이 지나고 나면 0.3그램쯤 먹게 될 거야. 다시 말해서 그 정도 양이면 자네는 아무 불편함 없이 견딜 수 있지만, 그렇게 미리 내성을 키우지 않은 사람에겐 대단히 위험한 양이겠지. 그러니까 한 달이 지나고 나면, 똑같은 양의 물을 한 잔 마셔도, 물에 독성분이 섞였다는 일말의 의심도 일으키지 않으면서 다른 사람을 죽일 수 있다는 뜻이지."

"바로 그거예요. 바로 그겁니다. 그들은 베이브를 죽이지 않고 달아나기가 두려웠고, 그가 뒤쫓아 올 거라고 지나치게 확신했어요. 여자는 독에 몸이 견딜 수 있도록 조금씩 꾸준히 양을 늘려 가면서 스스로 비소 중독에 면역력을 키우려고 애를 썼겠죠. 그래야 베이브의 음식에 다량으로 비소를 넣어도 별 위험 없이 같이 그 음식을 먹을 수 있을 테니까요. 병이 나긴 하겠지만 죽진 않을 테고, 경찰에서도 여자 역시 독이 든 음식을 먹었으니 사형을 시키긴 못할 거라고 짐작한 겁니다.

그러니까 다 맞아떨어지네요. 월요일 밤 베이브와 말다툼을 하고 나서 수는 조에게 달아나는 계획을 앞당기자는 편지를 보냈고, 자기도 면역성을 좀 더 빨리 높여 볼 욕심에 너무 빨리 너무 많은 양을 삼켰던 겁니다. 마지막에 수가 조를 욕한 것도 그 때문이고요. 그자의 계획이었으니까요."

"일을 빨리 끝내려고 그 여자가 스스로 복용량을 늘렸을 가능성이 있기는 하지만 딱히 그럴 필요는 없었을 걸세. 별문제 없이 비소를 다량으로 복용할 수 있는 능력을 키울 수 있는 사람들이 더러 존재하긴 하지만, 그건 태어날 때부터 타고나야 하는 재능이고 대단히 특이한 체질이지. 보통 그런 짓을 시도하는 사람은 다들 수 햄블턴이 맞이한 운명을 따르게 마련이네. 스스로 서서히 독을 먹다가 몸에 쌓인 독이 효력을 발휘해 죽음에 이르는 거야."

베이브 매클루어는 여섯 달 뒤 홀리 조 웨일스를 살해한 혐의로 교수형을 당했다.

'콘티넨털리언'의 시작

파란만장한 인생 경험을 바탕으로 해야만 훌륭한 예술 작품이 탄생하는 것은 아니다. 하지만 빼어난 예술 작품 뒤에 남달리 드라마틱한 작가의 삶이 발견될 때 유독 흥미와 매력이 배가되는 묘한 심리는 어쩔 수가 없다. 가령 생활고와 정신병에 시달리다 자살로 생을 마감한 고흐나, 역시 우울증으로 엽총 자살한 헤밍웨이의 경우처럼.

하드보일드 문학의 효시이자 거장으로 손꼽히는 대실 해밋 또한 자신의 작품 못지않게 흥미진진한 인생사를 지닌 인물이다. 가난한 가정환경, 사설탐정을 비롯한 다양한 직업, 두 번의 입대, 만성 폐질환, 할리우드 영화 시나리오 집필, 끊임없는 여성 편력, 좌익 활동, 매카시즘의 표적, 투옥, 파산, 암 투병. 평단과 대중의 호응을 동시에 받으며 할리우드 영화계로 진출했던 스타 작가였구나 싶지만, 전성기였던 삼십대를 보낸 이후 그는 이렇다 할 작품을 내놓지 못했다. 결국 다시 생활고와 병마에 시달리며 친구들의 호의에 기대어 살아야 하는 비참한 말년이 그를 기다리고 있었다.

그가 추리소설 작가로 대중의 인기를 누리던 1920년대와 1930년 대 미국은 역사적으로도 격변의 시기였다. 흔히 광란의 시대로 불리는 1920년대는 경제 호황으로 배금주의가 팽배했으며, 알 카포네 같은 범죄 조직이 활개를 쳤고, 금주법이 발효되었으나 오히려 더 많은 불법 술집에서 밀주가 버젓이 유통되었다.

물질적 풍요를 누리던 미국인들은 곧이어 닥친 대공황을 겪으며 미국 역사상 최악의 불황에 허덕인 1930년대를 보내야 했다. 아메리칸드림을 꿈꾸며 세계 각지에서 모여든 이민자들의 천국, 미국 사회의 부패상도 여실히 드러났다. 주머니 가벼워진 서민들의 오락거리로 싸구려 펄프 매거진이 크게 유행한 것도 바로 이 시기였다.

판매 부수가 백만 부에 달할 정도로 최고 인기를 누렸던 주요 펄프 매거진은 장르 문학의 요람이자 훗날 상업성과 문학성을 동시에 검증 받은 작가들의 등용문이었으며, 썩어 빠진 미국 사회의 부패상을 낱낱이 폭로하는 배설 통로의 역할도 도맡았다. 대실 해밋은 레이먼드 챈들러와 더불어 대중적으로 큰 인기를 확보한 《블랙 마스크》의 필진이었다. 이 책에 실린 아홉 편의 단편 역시 모두 1920년대 《블랙 마스크》에 발표된 작품들이다.

핑커턴 탐정사무소에서 실제로 근무한 경험을 바탕으로 선배 탐정을 모델로 삼았기에, 현장감 넘치는 사건 묘사와 수사 과정을 담백한 필체로 담아낸 해밋의 작품들은 범죄소설의 백미로 꼽힌다. 또한 그가 작품에서 다룬 다양한 주제와 인물들은 당시 혼란스러웠던 미국 사회의 생생한 축소판이다.

「배신의 거미줄」에서는 가짜 면허로 개원해 명성과 부를 얻은 의사의 죽음을 다룬다. 「불탄 얼굴」과 「메인의 죽음」에서는 상류층 여성들의 타락상을 엿볼 수 있다. 「중국 여인들의 죽음」과 「쿠피냘 섬의 약탈」에선 중국과 러시아에서 온 이민자들의 삶을 흥미진진하게 파헤쳤다. 「크게 한탕」과 「피 묻은 포상금 106,000달러」에서는 범죄 조직의 활약상과 경찰의 무능함, 탐정계의 부패상까지도 풍자의 대상이다. 유럽까지 무대가 확장된 「국왕 놀음」에선 민감한 전후 국제 정세를 소재로 삼았고, 「파리 잡는 끈끈이」에선 종잡을 수 없는 인간의 욕망을 특히 절묘하게 분석했다. 엄선된 아홉 편의 단편엔 하나같이 고유한 작가의 철학과 관심사가 느껴져, 섣불리 선호 순서를 정하기도 어렵다.

치밀하게 잘 짜인 범죄소설을 읽는 묘미는 굳이 설명할 필요가 없을 것이다. 셜록 홈즈 이전에도 이후에도 탐정은 언제나 매혹적인 주인공이었다. 더욱이 고매한 정의를 앞세우기보다는 인간미가 넘치고, 땅딸한 키에 복부 비만이 연상되지만 그저 범죄자를 잡아넣는 탐정 일이 좋아 묵묵히 직업을 고수하는 중년 탐정의 모습은 은근한 블랙 유머와 함께 작품 속에서 더욱 돋보인다.

셜록 홈즈의 팬과 연구자들을 지칭하는 '홈지언', '셜로키언'이라는 말이 있다. 챈들러의 필립 말로나 대실 해밋의 콘티넨털 탐정, 샘 스페이드를 사랑하는 장르 문학의 팬들도 많지만 아직 이들의 이름을 딴 낱말이 만들어졌다는 이야기는 들어 보지 못했다. '셜로키언'과 상당수 겹쳐지기 때문일까.

나 또한 셜로키언이라 자처하는데, 이제는 슬며시 '콘티넨털리언'쯤으로 말을 만들어 내세우고 싶은 마음이다. 툭툭 내던지듯 간결한 문체와

간간이 섬세한 장문의 묘사가 혼재하는 초기 단편들과 씨름하며 옮긴
이로서 좌절의 순간도 꽤나 있었지만, 한 사람의 독자로선 분명 행복하
고 짜릿한 작업이었다.

1894   5월 27일, 증조부 새뮤얼 해밋이 소유한 메릴랜드 주 세인트메리스
        카운티 소재, '호프웰 앤 에임' 담배 농장에서 리처드 토머스 해밋
        과 애니 본드 대실의 세 자녀 중 둘째로 새뮤얼 대실 해밋 출생(해
        밋 가문은 17세기부터, 대실 가문은 18세기부터 미국에 거주. 만성
        폐결핵을 앓던 어머니의 조상은 프랑스 위그노 교도였으나 해밋과
        결혼하며 가톨릭으로 개종. 아버지는 가족 소유 담배 농장에서 일
        하며 지방 정계 진출을 시도했으나 실패). 세인트니콜라스 성당에서
        가톨릭 세례 받음.

1895~97 누나 애러니아와 남동생 리처드를 포함한 온 가족이 잠시 필라델피
        아로 이주.

1898~1907	볼티모어로 이주 후 아버지가 점원을 시작으로 세일즈맨, 차장, 공장 십장, 경비원으로 근무. 해밋은 72 공립학교 입학.
1908~14	1908년 볼티모어 기술전문학교 입학. 1년도 안 되어 학교를 떠나 신문 배달원, B&O 철도회사 사환 및 화물 관리직원, 포 앤드 데이비스 주식중개회사 사무원으로 일함. 가족 모두 경제적 어려움을 겪음. 1911년 증조부 사망.
1915~17	콘티넨털 빌딩에 입주한 핑커턴 탐정사무소 볼티모어 지부에서 탐정 일 시작. 선배 탐정 제임스 라이트에게 일을 배움(훗날 해밋은 이 인물을 모델로 삼아 콘티넨털 탐정을 묘사).
1918	핑커턴 퇴사 후 입대. 메릴랜드 주 미드 부대에서 신병 교육. 7월에 부상자 수송중대 배속. 10월에 독감 증상을 호소하다 고열로 입원, 기관지폐렴 진단 후 20일 만에 퇴원.
1919	2월에 재입원. 폐결핵 진단 받고 의가사제대 후 소액의 장애연금 혜택과 함께 귀가 조치. 병약한 상태로 핑커턴에서 다시 일 시작. 6개월 뒤 재입원. 전쟁상해보험위원회 검토 후 연금 증액 받음.
1920	5월에 집에서 영구 독립. 워싱턴 주 스포캔을 여행하다 그곳에서 핑커턴 탐정으로 복귀. 아이다호와 몬태나 지부에서 핑커턴 탐정으로 복무하다 애너콘다 광부 파업 사태 때 파업 방해에 연루됨. 건강 악화. 11월에 터코마 소재 쿠시먼 병원에 입원.

1921	간호사 조세핀(조즈) 돌런과 사랑에 빠짐. 넉 달 뒤 캘리포니아 주 샌디에이고 근처의 커니 부대 치료센터로 이송됨. 4월에 어머니 사망. 해밋은 볼티모어에서 열린 장례식에 참석하지 않음. 조즈의 임신 사실 알게 됨. 편지로 결혼 합의. 5월에 커니 부대에서 퇴원하지만 건강 상태는 계속 안 좋음(이후 줄곧 만성적인 폐질환에 시달림). 6월에 샌프란시스코로 이주. 7월 7일, 세인트메리 대성당에서 조즈와 결혼. 조즈와 함께 에디 가 아파트에 정착 후 핑커턴에 다시 복귀. 10월 15일, 첫딸 메리 제인 탄생(훗날 해밋은 여러 사람에게 자기 친자식이 아니라고 언급).

1922~23	심각한 지병 재발로 일하기 어려워졌으나 가족에게 경제적 지원을 부탁하지는 못함. 재향군인회 보조금으로 먼슨 비즈니스 칼리지에서 속기와 작문 수학. 광고계에서 직업을 찾으려 작심. 1922년 10월, 첫 단편소설 「마지막 화살The Parthian Shot」이 《스마트 셋*The Smart Set*》에 수록된 이후, 핑커턴 탐정사무소의 경험을 바탕으로 한 자전적 이야기 「사립탐정의 회고록에서From the Memoirs of a Private Detective」를 포함해 네 편의 작품을 이듬해까지 같은 잡지에 발표. 1922년 12월, 피터 콜린슨이라는 필명으로 《블랙 마스크*Black Mask*》에 첫 작품 「귀가길The Road Home」 수록. 1923년 10월, 《블랙 마스크》에 실린 「방화 그리고Arson Plus」에 최초로, 훗날 콘티넨털 탐정으로 알려지게 되는 익명의 탐정이 등장함(이 탐정은 이후 스물여덟 편의 단편소설과 두 편의 장편소설 주인공이 됨).

1924~25	아내와 딸이 몬태나 친정으로 가서 6개월간 체류. 「열 번째 실타래

The Tenth Clew」, 「터크 가의 집The House in Turk Street」, 「그 아무개 아이The Whosis Kid」, 「불탄 얼굴The Scorched Face」, 「중국 여인들의 죽음Dead Yellow Women」을 포함해 정기적으로 《블랙 마스크》에 단편 발표. 장편소설 『비밀의 황제The Secret Emperor』 집필 시작했다가 중단.

1926   보석상 앨버트 새뮤얼스를 위해 홍보 담당자로 상근직 수락. 5월 24일, 딸 조세핀 레베카 출생. 수년째 폭음을 이어 온 해밋은 폐출혈로 고생하다 7월 근무 중에 쓰러짐. 간염으로 진단받아 계속 일하기 어려워짐. 가족과 별거. 11월, 《블랙 마스크》 편집장으로 부임한 조지프 T. 쇼에게 문학적으로 인정받음.

1927   1월부터 《토요문학비평Saturday Review of Literature》에서 범죄소설 비평을 시작(이후 3년간 이 잡지에 지속적으로 작품 발표). 1년간의 공백 후 다시 소설 집필 시작. 「크게 한탕The Big Knock-Over」(2월), 「피 묻은 포상금 106,000달러$106,000 Blood Money」(5월), 「메인의 죽음The Main Death」(6월) 등 《블랙 마스크》에 콘티넨털 탐정 시리즈 연재. 조즈가 아이들을 데리고 봄에 샌안셀모로 이주(이후 2년간 가족은 간헐적으로만 같이 살게 됨). 장편소설 『붉은 수확Red Harvest』(원제는 '포이즌빌Poisonville'이었음) 집필 시작. 1화가 「포이즌빌의 정화The Cleansing of Poisonville」라는 제목으로 《블랙 마스크》 11월호에 수록됨.

1928   2월에 완성된 장편소설 원고를 앨프리드 A. 크노프에게 보냄. 블랜치 크노프는 출간을 제안하지만, 폭력성의 수위를 낮추는 등 내용

수정을 권유함. 해밋은 일부 수정안을 받아들이지만, 이후 크노프 출판사의 편집자 해리 블록과 함께 대대적인 수정 작업에 착수. 윌리엄 폭스 스튜디오로부터 시나리오 작업 제의를 받고 6월에 할리우드로 가지만 계약은 성사되지 않음. 6월에 두 번째 장편소설 『데인 가의 저주*The Dain Curse*』(1928년 11월부터 1929년 2월까지 《블랙 마스크》에 시리즈로 연재) 탈고. 연말까지 다음 장편소설 『몰타의 매*The Maltese Falcon*』 완성.

1929　2월에 『붉은 수확』 출간. 파라마운트 영화사에서 영화 판권 구입. 크노프 출판사에서 『데인 가의 저주』 출판을 수락하며 대대적인 수정 작업을 요구하지만, 해밋은 마지못해 수정에 응함. 건강이 회복된 해밋은 작가 겸 여배우인 넬 마틴과 함께 값비싼 새 아파트로 이주해 동거하며 오랜 관계를 유지함. 『몰타의 매』 원고 역시 크노프 출판사에서 사소한 수정 사항 요구와 함께 출간 결정. 7월에 출간된 『데인 가의 저주』는 『붉은 수확』보다 호평을 받으며 더 많이 팔림. 《블랙 마스크》에 『몰타의 매』 연재(1929년 9월~1930년 1월). 해밋과 마틴은 가을에 뉴욕으로 여행을 갔다가 장기 체류. 새 장편소설 『유리 열쇠*The Glass Key*』 집필.

1930　2월에 『몰타의 매』 출간. 윌 커퍼, 프랭클린 P. 애덤스 등 영향력 있는 비평가들로부터 엄청난 호평을 받으며 그해에만 7쇄 인쇄. 파라마운트 영화사에서 『붉은 수확』을 차용한 영화 〈로드하우스 나이트 The Roadhouse Nights〉 개봉. 『유리 열쇠』(《블랙 마스크》에 3월부터 6월까지 연재되었음) 탈고. 〈뉴욕 이브닝 포스트〉에 정기적으로 비평

을 쓰는 범죄소설 평론가로 활약. 데이비드 O. 셀즈닉의 부추김으로 파라마운트 영화사와 시나리오 계약을 맺게 된 해밋은 다급히 쓴 7페이지짜리 단편 줄거리로 계약을 성사시킴. 몇 작품 더 시나리오 작업에 참여한 후, 그해 말 파라마운트 영화사와 결별. 11월에 할리우드 어느 파티에서 당시 작가 아서 코버의 아내였던 릴리언 헬먼을 만나 연인 사이로 발전(자주 헤어졌다 재결합하기를 반복했지만 두 사람의 관계는 남은 평생 지속됨).

1931   봄까지 할리우드에서 지냄. 아서 코버와 릴리언 헬먼, 도로시 파커, S. J. 페렐먼과 그의 아내 로라 등 다른 작가들과도 친분을 쌓으며, 폭음을 하고 수없이 염문을 뿌림. 워너브러더스 영화사의 제작자 대릴 재넉을 위하여 샘 스페이드가 주인공으로 등장하는 최초의 이 야기 초안을 집필하지만, 계약금 1만 달러를 받은 이후 거절당함. 해밋이 파라마운트 영화사와 최초로 작업한 각본을 바탕으로 한 영화 〈시티 스트리트City Streets〉가 4월에 개봉됨.『유리 열쇠』역시 4월에 크노프 출판사에서 출간되어 호평을 받으며 판매 호조를 보임. 뉴욕으로 이주. 윌리엄 포크너와 친분을 쌓게 됨.『그림자 없는 남자 The Thin Man』의 65페이지짜리 초고를 완성하지만 묻어 둠. 리카르도 코르테즈와 베브 대니얼스 주연의 영화 〈몰타의 매〉가 워너브러더스 제작으로 5월에 개봉됨.

1932   여배우 엘리즈 드 비안이 폭행 및 강간 미수 혐의로 제기한 민사소송에서 결석재판 후 유죄판결을 받고 원고에게 손해배상금 2,500달러 지급.『그림자 없는 남자』원고 손질 시작. 호텔 피에르의 체류비

를 지불하지 못하게 되자 야반도주하여 너새니얼 웨스트가 운영하는 이스트 65번가 서튼 클럽 호텔로 옮김.

1933   중편소설 「어둠 속의 여인Woman in the Dark」이 《리버티》에 3부작으로 연재됨. 5월에 『그림자 없는 남자』 탈고(12월, 《레드북Redbook》에 발표했던 원고 축약판). 헬먼과 플로리다키스 제도로 여행을 떠나 낚시 야영지에서 장기간 체류하며, 헬먼의 희곡 「아이들의 시간The Children's Hour」 집필을 도움. 여름엔 롱아일랜드 헌팅턴에 주택 임대.

1934   1월, 크노프 출판사에서 『그림자 없는 남자』 출간. 6월, 이 소설을 각색한 윌리엄 파월과 머나 로이 주연의 영화가 개봉됨(1934년과 1947년 사이 이 소설에 등장하는 닉과 노라 찰스를 주인공으로 하는 영화가 다섯 편 더 제작됨). 해밋이 글을 쓰고 앨릭스 레이먼드가 그림을 그린 것으로 알려진 연재만화 『비밀요원 X-9Secret Agent X-9』이 1월에 최초로 선을 보임(저자로 올랐던 해밋의 이름은 15개월 뒤 사라짐). 1월부터 3월까지 《콜리어스Collier's》에 세 편의 단편 발표. 플로리다키스 제도에서 헬먼과 함께 봄을 지냄. 10월, MGM 영화사와 『그림자 없는 남자』 시리즈의 두 번째 영화 판권 계약. 비벌리 윌셔 호텔에 투숙해 허버트 애즈버리, 너널리 존슨, 조엘 세이어, 아서 코버, 에드워드 G. 로빈슨 등의 친구들과 어울림. 폭음.

1935   1월, MGM 영화사에 초고 제출. 4월에 디너파티에서 그의 작품을 대단히 숭배하는 거트루드 스타인을 만남. 3월, 각본가 겸 제작자로 매주 최소 1,000달러를 받기로 하고 MGM 영화사와 3년 계약에 서

명(해밋이 종종 계약 조건을 어겨 주기적으로 봉급이 깎였음). 심각한 채무 문제로 이후 수년간 다양한 채무자들에게 피소. 여름 동안 로라 페렐먼과 짧은 염문. 가을에는 LA와 뉴욕을 오가며 지냄. 해밋이 1931년에 쓴 원작을 각색하여 유니버설 영화사가 제작한 에드먼드 로 주연의 영화 〈미스터 다이너마이트Mister Dynamite〉 개봉. 파라마운트 영화사가 조지 래프트와 에드워드 아놀드 주연으로 제작한 영화 〈유리 열쇠〉가 개봉됨.

1936   1월,《블랙 마스크》에서 주최한 디너파티에서 레이먼드 챈들러를 만남.《블랙 마스크》에 기고하는 작가 라울 위트필드의 부인 프루 위트필드와 장기 연애 시작. 비밀 회원으로 가입한 공산당과 깊이 연루됨. 봄 동안에는 코네티컷 주 노워크 근방에 있는 태번 아일랜드에서 헬먼과 체류. 10월, 뉴저지 주 프린스턴으로 옮겨 감. 워런 윌리엄과 베티 데이비스 주연으로 워너브러더스 영화사에서 『몰타의 매』를 두 번째로 영화화한 〈사탄과 숙녀의 만남Satan Met a Lady〉이 개봉됨. 해밋의 원작을 각색한 〈그림자 없는 남자 이후After the Thin Man〉가 12월에 개봉됨. 해밋이 약속한 소설 원고를 넘기지 못해 크노프 출판사와 전속 계약 파기.

1937   4월, 할리우드로 되돌아가 완성된 작품에만 원고료를 지급하기로 하는 새로운 계약 조건으로 『그림자 없는 남자』의 세 번째 영화화 시나리오 손질에 착수. 반나치연맹과 서부 작가 대회를 공공연히 지지하고 나서며, 왕당파 정부 옹립을 위해 스페인에서 투쟁하는 에이브러햄 링컨 여단에도 기부금 지원. 영화작가협회를 지지하는 영화

사들의 인정을 받고자 정치 활동에 활발히 참여. 14개월간 금주 시작. 조즈 해밋이 멕시코 소노라에서 우편 이혼 소송 청구(해밋 사망 후, 멕시코 법정의 이혼 판결은 불법으로 간주되어 조즈는 부인으로서의 혜택 회복이 인정됨).

1938   영화 〈또 다른 그림자 없는 남자Another Thin Man〉를 위한 손질 원고 완성. 릴리언 헬먼, 랭스턴 휴즈, 도로시 파커, 맬컴 카울리 등 다른 작가들과 함께 스탈린의 주도로 소련에서 자행된 대숙청 사건을 옹호하는 선언에 서명. 다시 술을 입에 댄 후 건강이 악화되어 뉴욕으로 돌아가 레녹스 힐 병원에 입원. 6월, 퇴원 후 플라자 호텔로 옮김. 모던라이브러리 출판사의 베넷 서프와 새 장편소설 계약. 친구들에게 가제 '내 동생 펠릭스'라는 소설을 집필 중이라고 이야기함. 여름부터 초가을까지 릴리언 헬먼과 함께 태번 아일랜드에서 지내며 헬먼의 희곡 「귀여운 여우들 The Little Foxes」 퇴고에 세심한 도움을 줌. 공산당 주최로 11월에 뉴욕에서 열린 반나치 집회에서 연설. MGM 영화사에서 〈그림자 없는 남자〉 시리즈에 대한 해밋의 시나리오 거절.

1939   7월, MGM 영화사가 해밋과 계약 취소. 모던라이브러리 출판사에서 가을에 해밋의 새 소설 '한 젊은이가 있었네'를 출간한다고 발표했으나 해밋은 원고를 넘기지 못함. '민주주의를 수호하고 반유대주의와 파시즘에 맞서 싸우는 것'이 목표라고 선언한 미 공산당이 후원하는 출판사 이퀄리티 퍼블리셔스의 편집위원이 됨(이 출판사에서는 월간지 《이퀄리티Equality》를 발간했으나, 8월 말 나치-소비에트

동맹에 지지 서명을 한 이후 출간을 중단함). 릴리언 헬먼이 뉴욕 주 플레전트빌에 구매한 130에이커 규모의 하드스크래블 농장에 단골손님이 됨. 11월, 영화 〈또 다른 그림자 없는 남자〉 개봉.

1940   일간지 〈PM〉의 발행인 랠프 잉거솔의 직원 채용을 도와줌. 언론을 장악한 공산당의 영향력을 공개적으로 비판한 잉거솔은 이후 주주들에게 보낸 편지에서 해밋과의 관계를 철회함. 지역구 선거에서 공산당 후보자를 추대하기 위해 조직된 전국선거권위원회 의장에 취임한 뒤, 미국 공산당 서기장 얼 브라우더의 대통령 선거 운동에 참여.

1941   나치-소비에트 동맹으로 인한 공산당 정책 변화에 따라 영국에 대한 무기 지원과 미국의 참전을 공공연하게 반대(6월에 독일이 소련을 침공한 뒤 또다시 달라진 공산당 정책에 따르느라 전쟁 지지자로 돌아섬). 미국작가연맹 회장으로 당선. NBC 라디오 연속극 〈그림자 없는 남자의 모험The Adventures of the Thin Man〉의 명목상 작가로 주급 500달러를 받지만, 실제로는 집필에 참여하지 않음. 존 휴스턴 감독이 만든 험프리 보가트와 메리 애스터 주연의 영화 〈몰타의 매〉가 크게 성공을 거둠.

1942   릴리언 헬먼과 함께 그녀의 희곡 「라인 강 감시Watch on the Rhine」를 대대적으로 각색한 시나리오 작업 착수(1943년 9월에 영화가 개봉되었을 때 해밋은 각본의 제1 저자로 크레딧에 이름을 올림). 랜덤하우스 출판사와 계약했던 미집필 소설에 대한 선인세 반납. 크노프 출판사에서 『대실 해밋 전집』으로 총 다섯 권의 장편소설 출간. 브

라이언 돈레비와 앨런 래드를 주연으로 두 번째 영화화된 〈유리 열쇠〉 개봉. 건강 문제로 1차 거절되었던 해밋의 자원입대가 육군 이등병으로 수락됨. 9월에 입대하여 뉴저지 주 먼마우스 훈련소에서 통신병 훈련을 받은 뒤, 훈련병들에게 작문을 가르치고 오리엔테이션을 담당.

1943   계속되는 치과 질환을 미연에 방지할 목적으로 육군병원에서 모든 치아 발치. 5월, 상병으로 진급. 6월, 정치적으로 불온한 사상을 지닌 사병들을 격리할 목적으로 이용되는 펜실베이니아 주 셔넌고 부대로 전출. 전출된 지 일주일 뒤, 영부인 엘리너 루스벨트의 반대로 부대는 해산되고 해밋은 워싱턴 주 터코마 근방의 로턴 기지로 전출되었다가 다시 알래스카 주 랜덜 기지로 재전출. 알류샨열도에 주둔한 미군 사병들의 오리엔테이션 임무를 맡아 9월에 작은 화산섬 에이댁에 당도. 여단장 해리 톰슨 장군의 명령으로 군보 《에이더키언 *Adakian*》 발간 시작.

1944   1월, 《에이더키언》 창간호 발행됨(해밋은 15개월간 군보 발행인을 맡아 자신의 이름으로 열세 편의 기사를 게재). 훗날 저널리스트가 되는 버나드 칼브와 엘리엇 아시노프 등이 그와 함께 편집자로 활약했으며, 전체적으로 부대 내 인종차별이 엄격했음에도 군보는 인종적으로 통합된 성격을 띠었다. 8월, 병장 진급. 해밋이 공동 집필한 회보 《알류샨군도의 전투》가 발간되어 각 부대에 보급됨. 현역 군인들 교육을 위해 알류샨군도 순회강연에 차출됨.

1945   앵커리지 근방의 리처드슨 훈련소로 합류. 6월, 상사로 진급, 9월,
            제대. 뉴욕으로 이주. 이스트 66번가 아파트에서 거주. 그의 작중 인
            물들을 각색한 세 편의 라디오 연속극 저작권 수익으로 생계유지.

1946   뉴욕 아파트와 하드스크래블 농장을 오가며 생활. 6월, 공산당에서
            후원하는 뉴욕 공민권 대회 의장(명목상의 직책)으로 선출, 이 단체
            의 보석 기금 신탁관리자로 임명됨. '노동계급을 위한 철학과 사회과
            학으로서의 마르크스주의'를 신봉하는 제퍼슨 사회과학 학교에서
            추리소설 작문 지도(1956년까지 계속 이곳에서 교육에 힘씀).

1947   그리니치빌리지 아파트로 이주. 입주 가정부로 고용된 로즈 에반스
            가 해밋의 전반적인 일을 관리함. 동생 리처드와 화해. 딸 메리 제인
            이 해밋의 집에 장기간 머물며, 부녀가 함께 폭음.

1948   근 20년 만에 처음으로 아들을 만나러 왔던 해밋의 아버지가 3월에
            메릴랜드에서 사망. 워너브러더스 영화사에서 『몰타의 매』에 대한
            모든 방송 판권이 영화사 소유라고 주장하며 라디오 연속극 시리즈
            〈샘 스페이드의 모험The Adventures of Sam Spade〉을 상대로 소송을 제
            기. 해밋도 샘 스페이드의 이름 사용권 확보를 위해 고소 진행. 오랜
            폭음으로 건강이 악화되어 레녹스 힐 병원에 입원. 계속 술을 마시
            면 즉각 생명에 지장이 있다는 경고에 영구히 금주 선언.

1949   〈샘 스페이드의 모험〉을 둘러싼 영화사와의 소송에서 패소. 영화사
            에서 해밋을 표절 혐의로 고소. 8월, 제퍼슨 사회과학 학교 재단 이

사장으로 선출. 11월, 미 정부에 대한 무력 전복을 공모한 혐의로 1940년 제정된 스미스 법에 따라 유죄가 확정된 11명의 공산당 지도자들에 대한 항소를 위해 공민권 대회 측에서 보석 신청.

1950   윌리엄 와일러 감독의 〈탐정 이야기Detective Story〉 각본 집필을 위해 할리우드로 건너가지만 쓰지 못함. 6개월간 조즈와 딸 조세핀과 함께 지냄. 릴리언 헬먼의 희곡 「가을 정원The Autumn Garden」 함께 작업.

1951   로스엔젤레스로 조세핀과 손녀딸 앤을 만나러 감. 두 사람과 함께 돌아와 하드스크래블 농장에서 지냄. 스미스 법 위반으로 유죄 선고를 받은 공산주의자 네 명이 법에 굴복하지 않자, 공민권 대회 보석 기금 신탁 관리자인 해밋에게 소환장이 발부됨. 7월 9일, 실베스터 라이언 판사 주재 미 지방법원에 출석한 해밋은 공민권 대회와 보석 기금, 도망자들의 행방에 대한 질문을 받을 때마다 미 헌법 수정조항 5조를 반복해서 언급함. 그의 증언에 대해 라이언 판사는 법정모독죄를 적용, 6개월 징역형 선고. 뉴욕 연방 구치소에서 복역하던 해밋은 9월에 켄터키 주 애시랜드 연방 교도소로 이감. 모범수로 감형되어 12월 9일에 석방됨. 수감 생활로 건강이 더욱 악화됨. 12월, 워너브러더스 영화사와의 소송에서 해밋 승소(영화사의 항소는 1954년에 기각됨).

1952   그의 작품을 각색한 라디오 연속극이 취소되고, 1943년부터 쌓인 세금 체납으로 국세청에서 그의 모든 수입에 대한 선취권을 행사하여 빈털터리가 됨. 그의 모든 책이 절판됨. 친구인 새뮤얼 로젠 박사

의 영지가 있는 뉴욕 주 캐토나로 옮겨 가 문지기 오두막에서 무상으로 거주. 12,500단어의 소설을 집필하지만 내던져 버림(1966년에 출간된 해밋의 단편집 『크게 한탕』에 '튤립'이라는 제목으로 실림).

1953 조지프 매카시 상원의원으로부터 미 상원 국정운영위원회 소속 분과위원회에서 증언을 하라는 소환장을 받아 증인으로 참석한 해밋은, 미 국무부가 그의 책을 구매해 도서관에 비치함으로써 발생한 인세를 공산당에 기부한 적이 있느냐는 질문을 받음. 공산주의에 맞서 싸우는 정부가 공산주의자의 책을 구매해 보급하는 것이 합리적이라고 생각하느냐는 매카시 의원의 질문을 받은 해밋은 "만일 내가 공산주의와 싸우고 있다 해도, 국민들에게 아예 책을 읽히지 않음으로써 그 목적을 달성할 거라고는 생각하지 않는다"라고 대답함.

1955 2월, 뉴욕 주 공동입법위원회 앞에서 공민권 대회와의 관계를 밝히라는 증인 소환 받음. 질의응답 과정에서 그는 "나에게 공산주의는 더러운 낱말이 아니다. 인류의 진보를 위해 일할 때, 그 사람이 공산주의자인지 아닌지는 결코 염두의 대상이 아니다"라고 말함. 8월에 마사 포도원으로 릴리언 헬먼을 방문했을 당시 심장 발작으로 고생.

1956 3월, 14만 달러가 넘는 세금 체납액 지불 능력에 관하여 FBI 조사를 받음. 해밋은 수입과 저축이 전혀 없음을 주장. 같은 달 〈워싱턴 데일리 뉴스〉와의 인터뷰에서 그는 "내가 자기복제를 하는 것 같아서 글쓰기를 관뒀다. 자신의 스타일을 발견한 순간 그것은 종말의 시작이다"라고 언급. 세금 체납으로 인한 연방 소송에서 법정에 출

두하지 않음.

1957~61   1957년 2월, 1950년부터 1954년 사이에 체납된 세금 104,795달러의 납부 명령이 떨어짐. 건강 상태가 극도로 악화됨. 1958년 봄, 릴리언 헬먼의 뉴욕 아파트로 이주. 1959년 5월, 중증 호흡기 질환을 근거로 재향군인회에서 소액의 연금 지급. 1960년 2월, 헬먼의 희곡 「다락방의 장난감Toys in the Attic」 초연을 보기 위해 마지막으로 외출. 1961년 1월 10일, 레녹스 힐 병원에서 폐암으로 사망. 장례는 뉴욕 프랭크 E. 캠벨 장례식장에서 거행됨. 1월 13일, 알링턴 국립묘지에 안장.

세계문학 단편선을 펴내며

　세상의 모든 이야기는 단편으로 시작되었다. 성서와 그리스 신화를 비롯해 인류의 많은 신화와 설화는 단편의 형식으로 사물의 기원, 제도와 금기의 탄생, 운명이라는 이름의 삶의 보편적 형식을 설명했다.

　〈세계문학 단편선〉은 모든 산문의 형식 중 가장 응축적이고 예술성이 높은 단편소설에 포커스를 맞추어 세계문학을 바라보는 새로운 관점을 제시하고자 한다. 단편소설을 언급할 때 빼놓을 수 없는 작가들의 작품들은 물론이고, 한두 편의 장편소설로만 우리에게 알려진 세계적 작가들이 남긴 주옥같은 단편들을 통해 대가의 진면모를 총체적으로 바라볼 수 있게 할 것이다. 또한 우리에게 문학의 변방으로 여겨져 왔던 나라들의 대표적 단편 작가들도 활발히 소개할 것이며 이미 순문학과의 경계가 불분명해진 장르문학의 형성과 발전에 크게 기여한 작가들의 작품 역시 새롭게 조명해 나갈 것이다.

　에드거 앨런 포는 문학작품은 독자가 앉은자리에서 다 읽을 수 있을 정도로 짧아야 한다고 했다. 바쁜 일상의 삶을 사는 현대인들에게 〈세계문학 단편선〉은 삶과 사회, 나아가 세계를 바라볼 수 있게 하는 더할 나위 없이 좋은 친구가 될 것이라 확신한다.

　21세기인 현재에 이르기까지 단편소설은 그리스 신화가 그러했듯이 삶의 불변하는 조건들을 응축된 예술적 형식으로 꾸준히 생산해 왔다. 그리고 새로운 문학적 기법과 실험적 시도를 통해 단편소설은 현재도 계속 진화, 확장되고 있다. 작가의 치열한 예술적 열정이 가장 뜨겁게 반영된 다양한 개성으로 빛나는 정교한 단편들을 통해 문학의 진정한 존재 이유를 독자들이 느낄 수 있기를 소망하며 이번 〈세계문학 단편선〉을 펴낸다.

현대문학 편집부

대실 해밋

초판 1쇄 펴낸날 2013년 11월 8일

지은이 대실 해밋
옮긴이 변용란
펴낸이 양숙진

펴낸곳 (주)현대문학
등록번호 제1 452호
주소 137-905 서울시 서초구 잠원동 41-10
전화 02-2017-0280
팩스 02-516-5433
홈페이지 www.hdmh.co.kr

ⓒ 2013, 현대문학

ISBN 978-89-7275-667-5 04840
세트 978-89-7275-672-9

* 책값은 뒤표지에 있습니다.